C. M. Singer

soulbound

Band 2 der Ghostbound-Trilogie

Amrûn

Jürgen Eglseer, Traunstein

1. Auflage November 2013
Covergestaltung: Magdalena Braun
Lektorat: Asaviel

ISBN – 978-3-944729-22-0

Besuchen Sie unsere Webseite:

http://amrun-verlag.de

Für all meine geduldigen und kritischen Beta-Leser
und meine moralischen Unterstützer.

Ihr wart die Motivation, die mich dieses Buch zu Ende bringen ließ.

There's nothing left for you to give.
The truth is all that you're left with.
Twenty paces, then at dawn
We will die and be reborn

The Road to Mandalay
Robbie Williams

1

„Elizabeth! Was ist passiert? Bist du verletzt?"

Verletzt? Nein, sie war nicht verletzt. Sie war vernichtet.

In sich zusammengesunken kniete sie auf den kalten Steinplatten und sah zu Wood auf, der, alarmiert von ihrem Schrei, auf die Terrasse des Penthouses gestürmt war.

Sie fühlte sich seltsam distanziert. Der Schmerz, der sie seit dem gestrigen Telefonat mit Sir Thomas fest im Griff gehabt hatte, war einer dumpfen Taubheit gewichen. Als hätte sie jedes Gefühl, das in ihr gewesen war, einfach hinausgeschrien und so einer gnädigen Empfindungslosigkeit Platz gemacht.

Wood ging vor ihr in die Hocke und rüttelte sie an den Schultern. „Elizabeth!"

„Wo ist Danny?" Ihr Blick flackerte zu Riley. Der hagere Junge war, gefolgt von Susan, ebenfalls nach draußen gekommen und hatte die Frage in einem leisen, argwöhnischen Ton gestellt.

„Gegangen", flüsterte sie kaum hörbar.

„Gegangen? Wohin?", frage Wood verständnislos. Dann dämmerte es ihm. „Etwa *hinüber*gegangen?" Als Elizabeth nicht antwortete, griff er nach ihrem Kinn und zwang sie dazu, ihn anzusehen. „Ist er hinübergegangen, Elizabeth?", fragte er noch einmal. Seine stahlblauen Augen spießten sie förmlich auf.

Alles, was sie als Antwort zustande brachte, war ein schwaches Nicken.

Keuchend ließ Wood die Hand fallen und schloss kurz die Augen. „Wieso jetzt?", verlangte er mit gepresster Stimme zu wissen.

Riley ging nun ebenfalls in die Hocke, während Susan mit über den Mund geschlagenen Händen auf einen der Rattansessel sank.

„Wieso jetzt?" Wood schrie beinahe, als er die Frage wiederholte. „Ich dachte, du hältst ihn, wenn er gerufen wird!"

„Ich habe ihn gehen lassen." Das Echo dieser Worte hallte in Elizabeths Schädel. Sie hatte es tatsächlich getan. Sie hatte Daniel ins Licht gehen lassen. Auf die andere Seite …

Wood sprang auf und starrte auf sie hinunter. „Was ist nur los mit dir?“, rief er ungehalten. „Sind das die Nachwirkungen der Drogen, die sie dir in der Klapse verabreicht haben? Haben sie dort an deinem Hirn herumgepfuscht?“ Wutentbrannt schüttelte er den Kopf. „Gestern machst du noch auf heile Welt und Wolke sieben und heute schickst du ihn in die Wüste!“

Ohne ihn anzusehen, geschweige denn zu antworten, ließ Elizabeth Woods Ausbruch über sich ergehen. Sie wusste nur zu gut, dass sie seinen Zorn durchaus verdiente. Durch ihre Entscheidung und ihr Handeln hatte Wood zum zweiten Mal innerhalb weniger Wochen seinen besten Freund verloren und sie hatte ihn nicht gewarnt, ihm keine Möglichkeit gegeben, sich zu verabschieden.

Susan erhob sich und legte zaghaft ihre Finger auf Woods Ellenbogen. „Tony ...“

Brüsk entzog er sich der Berührung und stürmte davon.

Susan sah ihm seufzend nach, dann setzte sie sich neben Elizabeth auf den Boden und umfing mit einem Arm deren Schultern. „Was ist passiert?“, fragte sie. „Du hast ihn doch nicht grundlos gehen lassen, nicht wahr?“

„Nein“, hauchte Elizabeth. „Ich konnte nicht zulassen, dass er das gleiche Schicksal wie Dorian erleidet.“

„Wer zum Geier ist denn Dorian?“, wollte Riley wissen, der nun in einem der Sessel saß.

„Dorian ist ein Geist“, presste Elizabeth heraus, „der sich zu lange dem Ruf der anderen Seite widersetzt hat, um bei seiner sterblichen Geliebten zu bleiben und der dafür nun bezahlen muss. Ihm bleibt die andere Seite auf ewig verwehrt. Er ist dazu verdammt in dieser Welt umherzuwandern. Als schwindender Schatten.“ Sie schloss die Augen. „Einsam. Für immer von seiner geliebten Eleonor getrennt.“

Susan legte eine Hand auf Elizabeths Hinterkopf, drückte ihn sanft nach unten, bis die Stirn an ihrer Schulter ruhte, und streichelte über ihren Rücken.

„Ruf der anderen Seite?“, fragte Riley zweifelnd. „Wer hat dir das denn erzählt?“

„Sir Thomas“, flüsterte Elizabeth.

„Der Antiquitätenhändler?“ Riley sah aus, als wollte er noch etwas sagen, doch Susan gab ihm mit einem Kopfschütteln zu verstehen, dass jetzt nicht der richtige Zeitpunkt dafür war.

„Er ist wirklich weg …“ Erst allmählich begann Elizabeth zu begreifen, dass es tatsächlich geschehen war. Das, was sie schon so lange befürchtet hatte, war nun Wirklichkeit geworden. Die Gnadenfrist, die das Schicksal Daniel und ihr gewährt hatte, war abgelaufen. Ihr Traum war zu Ende geträumt, ihr Prinz in unerreichbare Gefilde verschwunden. Und die Realität wartete mit nichts auf, das ihr Trost spenden konnte. Es gab für sie keine Wunder mehr und auch keine Magie. Nur kalte, herzlose Realität.

Ein Schluchzen brach aus Elizabeth heraus und mit ihm kam der Schmerz zurück. Zunächst nur als Ziehen im Magen, doch dann mit unverminderter Intensität. Keuchend rang sie nach Atem.

Aber wenigstens ist er nun an einem besseren Ort, sagte sie sich. Im Paradies. So wie das Elysium in der griechischen Mythologie, wo Helden die Ewigkeit mit Sport, Spielen und Musik verbrachten. Allerdings würde er dort nicht an sie denken, da man der Legende nach im Elysium alles Weltliche vergaß. Doch vermutlich wäre das auch besser so, denn wenn sie an Daniels verletzten Gesichtsausdruck dachte, als das gleißend helle Licht ihn in sich aufgenommen hatte, stand außer Frage, wie sehr er sich von ihr im Stich gelassen fühlte. Lieber sollte er gar nicht an sie denken, als dass er auf sie wütend war.

Sie wünschte, sie hätte ihm gesagt, warum sie ihn nicht länger halten konnte. Wenn er verstanden hätte, dass sie ihn nur deshalb gehen ließ, weil er ihr zu wichtig war, wichtiger als ihr eigenes Glück, dann wäre er vielleicht nicht so verwirrt und enttäuscht von ihr gewesen.

„Und was jetzt?“, fragte Riley nach einer Weile. „Wie geht es jetzt weiter?“

„Wir machen natürlich weiter wie bisher!“ Elizabeth hob den Kopf und sah Riley grimmig an. „Was denn sonst! Wir können Dannys Mörder nicht ungestraft davonkommen lassen. Sie müssen dafür bezahlen. Jeder von ihnen!“

Außerdem brauchte sie eine Aufgabe. Etwas, auf das sie sich konzentrieren konnte und das sie beschäftigen würde. Denn wenn sie zu viel Gelegenheit hätte, über Daniel und ihre triste und freudlose Zukunft nachzudenken, würde sie mit Sicherheit den Verstand verlieren.

Mit einer energischen Geste wischte sie sich die Tränen aus den Augen und stand auf. „Was habt ihr gestern herausgefunden?“

Obwohl sie sich schwach und zittrig fühlte, klang ihre Stimme doch entschlossen.

Die Hände fest vor ihrem Bauch verknotet, machte sie ein paar Schritte auf und ab. Sie musste in Bewegung bleiben, um zu funktionieren. Wenn sie stehen blieb, würde sie erst erstarren und dann zerbersten.

Weder Riley noch Susan antworteten ihr, sondern sahen sie nur betroffen an.

„Elizabeth", sagte Susan schließlich, „denkst du nicht, du solltest dir etwas Zeit gönnen, um zu … um zu trauern?"

Ruckartig blieb Elizabeth stehen und fuhr zu der dunkelhaarigen Frau herum. Ihr war klar, dass Susan es nur gut meinte, und sie wusste auch, dass sie recht hatte. Trotzdem rief sie: „Nein! Ich will nicht um ihn trauern. Ich will, dass seine Mörder bestraft werden! Danach habe ich mehr als genug Zeit zum Trauern. Mein ganzes verdammtes Leben lang!" Zitternd holte sie Luft. „Also", sagte sie betont ruhig. „Wo stehen wir?"

„Ich sag dir was." Susan erhob sich. „Mach dich erst mal etwas frisch. Nimm dir Zeit und gönn dir eine lange Dusche. Und beim Frühstück reden wir weiter."

Sie wusste, es war irrational, doch Elizabeth machte Susans bedächtige und fürsorgliche Art unglaublich wütend. Am liebsten hätte sie ihr ins Gesicht geschrien, sie solle sich gefälligst um ihre eigenen Angelegenheiten kümmern und aufhören, Mutter Theresa zu spielen. Doch bevor es aus ihr herausplatzen konnte, rannte sie in ihr Zimmer und dort direkt ins Bad.

Anstelle Susans Rat zu befolgen und eine lange Dusche zu nehmen, spritzte sie sich lediglich am Waschbecken etwas kaltes Wasser ins Gesicht und starrte dann ihr Spiegelbild an. Die braunen Augen waren fast schwarz und wirkten gehetzt. Ihr sonst so voller Mund war einer angespannten weißen Linie gewichen. Insgesamt wirkten ihre Züge bitter und gleichzeitig getrieben.

Dieses Gesicht konnte sie nicht zur Schau stellen.

Sie richtete sich kerzengerade auf, hob das Kinn und konzentrierte sich darauf, ihre Muskeln zu entspannen, einen nach dem anderen, bis der Ausdruck auf ihrem Gesicht gleichmütig wirkte und ihre Hände nicht mehr zu Klauen gekrümmt waren.

Und so fror sie sich ein, wurde zu einer Eisskulptur. Nach außen hin kühl und beherrscht, auch wenn in ihrem Inneren ein Höllenfeuer loderte.

So hatte es ihre Mutter ihr beigebracht. Man sprach nicht über seine

Gefühle und man zeigte sie erst recht nicht. *Contenance*, hatte sie immer gesagt. *Nimm dir ein Beispiel an der Queen.* Bisher war Elizabeth nie sonderlich gut darin gewesen, die sprichwörtliche britische Haltung zu bewahren, doch nun wäre ihre Mutter mit Sicherheit zufrieden mit ihr.

„Endlich habe ich ein richtiges Pokerface, Danny", flüsterte sie. „Und du kannst es nicht sehen."

Sie ging zurück in ihr Zimmer und zog sich an. Dann suchte sie nach dem Foto, das sie aus Daniels Wohnung mitgenommen hatte. Hektisch wühlte sie in der Reisetasche und warf achtlos die Sachen auf den Boden, bis sie die Jeans gefunden hatte, in dessen Hosentasche sich das Foto befand. Darauf bedacht, es nicht anzusehen, faltete sie es und schob es in die Tasche der schwarzen Hose, die sie nun trug.

Nachdem sie ihre Erscheinung im Spiegel überprüft und ihre dunklen Locken zurecht gezupft hatte, verließ sie mit hölzernen Schritten das Zimmer und ging in die Küche, wo Riley und Susan in ein Gespräch vertieft am Tresen saßen.

„... nie gehört. Geister entscheiden selbst ..." Riley brach abrupt ab, als er Elizabeth bemerkte, und senkte seinen Blick auf die Müslischale vor ihm.

Offensichtlich gab es heute kein Schlemmerfrühstück à la Susan, nur Toast und Cornflakes.

„Lasst euch nicht stören", sagte Elizabeth und setzte sich mit geradem Rücken auf einen Barhocker. Doch anstelle weiterzureden, warfen Riley und Susan sich nur einen vielsagenden Blick zu.

Schweigend nahmen sie ihr Frühstück ein, wobei Elizabeth nur an ihrem Tee nippte und nichts aß. „Wo ist Tony?", fragte sie nach einer Weile.

„Joggen im Park", erwiderte Susan. „Er versucht wohl, seinen Unmut in den Boden zu stampfen."

Irgendetwas sagte Elizabeth, dass *Unmut* eine Untertreibung war. Mit einem leisen Räuspern stellte sie die Teetasse vor sich ab und faltete die Hände auf der Theke. „Nun", sagte sie und klang dabei, als eröffnete sie eine geschäftliche Besprechung. „Was ist der aktuelle Stand unserer Ermittlungen und wie machen wir weiter?"

„Ich habe die Angehörigen der toten Teenager angerufen, mit denen du noch nicht gesprochen hast und Termine für dich vereinbart", erklärte Susan, verstohlen zu Riley schielend. „Ich habe dich als private Ermittlerin vorgestellt, die im Auftrag der Eltern eines der anderen ermordeten

Jungs recherchiert. Wenn du willst, kann ich die Termine aber verschieben", fügte sie schnell hinzu.

„Nein", sagte Elizabeth. „Nicht nötig. Danke für deine Mühe Susan."

„Kein Problem. Darüber hinaus haben Tony und ich angefangen, Informationen zu diesem Dr. Mortimer zusammenzutragen. Viel haben wir allerdings noch nicht."

„Ich habe mit meinem Kumpel Mick gesprochen", meldete sich Riley. „Er hat das Handy von diesem Typen, der Dannys Dad das Amulett abkaufen wollte, wieder geortet. Und zwar praktisch vor deiner Haustür."

„Wann?", wollte Elizabeth wissen.

„Vorgestern."

„Als wir am Nachmittag in meiner Wohnung wahren, um meine Sachen zu holen?" Ihr Ton war beherrscht und verriet keine Emotion. Ihre Eismaske saß perfekt, doch innerlich erbebte sie. Hatte man ihnen nach ihrer Flucht aus St. Agnes vor der Wohnung aufgelauert? Kannten sie vielleicht sogar ihren neuen Aufenthaltsort?

„Nein, vormittags", klärte Riley sie auf. „Und gestern Abend konnte Mick es noch mal orten. Im Westen von London, im gleichen Radius, in dem er es das erste Mal vor ein paar Tagen geortet hatte."

„Dann sollten wir uns diese Gegend wohl mal genauer ansehen", stellte Elizabeth fest.

„Tony hat mit seinem Chef Richard Merton gesprochen", fuhr Susan fort. „Er steht nach wie vor zu ihm und hält die Ohren offen. Er versucht auch, an Personalfotos von leitenden Beamten heranzukommen, damit du diesen Mr Nadelstreifen identifizieren kannst."

„Das hat sich erledigt." In Shorts, T-Shirt und mit verschwitzten Haaren kam Wood in die Küche. Er steuerte direkt den riesigen Edelstahlkühlschrank an und nahm sich eine Wasserflasche heraus. Elizabeth würdigte er keines Blickes. „Ich knöpfe mir heute noch mal Clark und Stokes vor. Sie werden sich zwar sicherlich weiterhin unkooperativ zeigen, aber bei Gott, heute werden sie mir sagen, wer der Kerl war, und wenn ich es aus ihnen heraus prügeln muss."

Fast hörte es sich so an, als hoffte Wood, dass die Detectives sich weiterhin weigern würden, mit ihm zu sprechen. So finster, wie er dreinschaute, zweifelte Elizabeth keine Sekunde daran, dass Wood tatsächlich handgreiflich werden würde, sollten die beiden ihm nicht verraten, wer der Mann im Nadelstreifenanzug gewesen war.

Da fiel Elizabeth ein, dass sie ja noch immer rätselten, woher ihre Gegenspieler überhaupt wussten, dass sie eine heiße Spur verfolgten und sich veranlasst fühlten, sie in St. Agnes verschwinden zu lassen.

„Riley“, wandte sie sich an den Jungen, „hast du Mick gefragt, ob er mit jemandem über den Bhowanee-Dolch oder die Handynummer gesprochen hat?“

„Nein“, antwortete er forsch. „Das ist nicht nötig. Er hat ganz sicher mit keinem drüber geredet. *Ihm* kann man vertrauen.“

Elizabeth überging die letzte Bemerkung, obwohl ihr natürlich klar war, dass diese auf sie abgezielt gewesen war. Auch Rileys Zorn hatte sie verdient. „Für wann hast du heute den ersten Termin vereinbart, Susan?“

„Um eins bei Mr und Mrs Morris“, entgegnete sie leise. „Und den nächsten um vier bei Mrs Orkafu.“

„In Ordnung“, nickte Elizabeth. „Dann kann ich vorher noch den Artikel fertigstellen und an Sir Thomas schicken. Wer begleitet mich zu den Terminen?“

In Woods Blick lag Fassungslosigkeit und sogar eine Spur Verachtung, als er ihr praktisch ins Gesicht spuckte: „Was sind wir heute wieder für ein effizienter kleiner Roboter!“ Kopfschüttelnd verließ er die Küche. Kurz darauf hörte man den lauten Knall einer zuschlagenden Tür.

„Ich sollte wohl in ein Hotel umziehen“, murmelte Elizabeth, die es kaum überraschte, dass sie hier nun nicht mehr willkommen war.

Oder ich vergesse das Hotel und gehe einfach nach Hause, überlegte sie. Was machte es schon, wenn die Typen sie dort aufspürten? Was konnten sie ihr jetzt noch antun? Möglicherweise taten sie ihr ja sogar den Gefallen und töteten sie endlich.

Erschrocken über ihre eigenen Gedanken fuhr Elizabeth zusammen, rutschte vom Hocker und brachte hastig ihre Tasse zur Spüle.

„Gib Tony etwas Zeit“, sagte Susan und legte ihr eine Hand auf die Schulter.

„Das habe ich schon mal gehört“, seufzte Elizabeth, die Hand abschüttelnd. „Ich bin in meinem Zimmer.“

Ihre Atmung kam stoßweise, als sie sich in ihrem Schlafzimmer auf die Bettkante fallen ließ und die Fäuste in die Magengrube presste, um den Schmerz unter Kontrolle zu bringen. Es fühlte sich an, als würde sie innerlich verbrennen und äußerlich erfrieren. Die Wände schienen sich um sie herum zusammenzuziehen und drohten sie zu erdrücken.

Daniel war noch nicht mal drei Stunden fort, und die Sehnsucht nach ihm war schon so groß, dass sie keinen klaren Gedanken mehr fassen konnte. Der einzige Gedanke, der sich wiederholte wie eine festhängende Schallplatte, war: *Wie soll es jetzt nur weitergehen? Wie soll ich ohne ihn die nötige Kraft aufbringen, um weiterzumachen?*

„Wo auch immer du jetzt sein magst, Danny, ich bete, dass du dort glücklich bist", flüsterte sie und rollte sich an der Stelle, wo Daniel die Nacht zuvor gelegen hatte, zu einer Kugel zusammen. Eigentlich wollte sie nur kurz die Augen schließen, doch die Übermüdung siegte, und sie fiel in einen tiefen, traumlosen Schlaf.

2

Als Elizabeth erwachte, war es bereits früher Nachmittag. Mit schweren Gliedern und schlechtem Gewissen erhob sie sich. Am liebsten hätte sie einfach weiter geschlafen, hätte sich unter der Decke verkrochen und sich vor der Welt versteckt. Doch das konnte sie nicht, zumindest noch nicht. Noch gab es zu viel zu tun.

Wenn sie Daniels Mörder gestellt hatten, würde sie reichlich Zeit haben sich zu verkriechen.

Wahrscheinlich würde sie dann London den Rücken zukehren und irgendwo von vorne anfangen. Diese Stadt hatte ihr nicht mehr das Geringste zu bieten.

Genau genommen hatte die Welt ihr nichts mehr zu bieten. Vielleicht würde sie sich einfach in ein kleines, abgeschiedenes Cottage auf dem Land zurückziehen und den Rest ihres tristen, freudlosen Lebens damit zubringen, schwermütige Gedichte zu verfassen …

Aber noch war es nicht soweit. Sie würde das durchziehen, ganz egal wie langwierig und schmerzlich es auch war. Für Daniel würde sie stark bleiben, wenn schon nicht für sich selbst.

Sie sah auf die Uhr. Für den ersten Termin war es bereits zu spät, aber noch zu früh, um sich auf den Weg zum zweiten zu machen. Also holte sie ihren Laptop aus der Tasche, setzte sich damit auf das Bett und machte sich daran, den Artikel für Sir Thomas zu überarbeiten. Schließlich war der verleumderische Bericht über Daniel bereits vor über einer Woche im London Star erschienen. Die Veröffentlichung einer würdigenden Darstellung von Daniels Arbeit eilte, sonst würde er am Ende den Menschen doch noch als spielsüchtiger und korrupter Polizist in Erinnerung bleiben.

Wenn allerdings jemand wie Sir Thomas ein Loblied auf Daniel und seine Leistungen sang … Die Meinung eines achtbaren und für seine Wohltätigkeit geschätzten Mannes wie ihm wog doch sicherlich mehr als die einer Boulevard-Zeitung.

Mindestens ein Dutzend Mal setzte sie an, den Text zu lesen, doch jedes Mal brach sie nach wenigen Sätzen ab. Sie konnte sich einfach nicht konzentrieren, und immer, wenn sie Daniels Namen las, war es wie ein kleiner Tritt in den Magen.

Frustriert klappte sie den Rechner wieder zu. Sir Thomas würde sich noch etwas länger gedulden müssen. Oder sie würde ihm einfach mitteilen, dass sein Assistent George freie Hand hätte und den Text nach Hamiltons Vorstellungen abändern durfte. Wegen ihr konnte er auch seinen Namen als Autor darunter setzen. Vermutlich wäre das sowieso wirkungsvoller als ihr eigener unbedeutender Name oder irgendein Pseudonym.

Seufzend sah sie erneut auf die Uhr. Möglicherweise konnte sie sich doch schon auf den Weg zur Familie Orkafu machen. Auf dem Weg könnte sie einen Zwischenstopp in einem Musikladen einlegen, um einige von Daniels Lieblingsalben zu kaufen. Abgesehen von Margery besaß sie kaum Erinnerungsstücke von ihm, doch wenigstens seine Musik konnte sie hören.

Vielleicht war es ihr ja vergönnt, dabei ein klein wenig seine Nähe spüren.

Bevor sie das Zimmer verließ, überprüfte sie im Spiegel den Sitz ihrer Eismaske und wappnete sich innerlich, sich den anderen zu stellen.

Riley saß mit seinem Laptop auf dem Schoß auf der Couch, während Susan im Schneidersitz auf dem Boden hockte und einen Stapel Zeitungen durchging. Beide waren offenbar in Recherchen vertieft.

Als Elizabeth zu ihnen stieß, sah Susan auf. „Hi“, sagte sie mit einem warmen Lächeln. „Geht es dir etwas besser?“

Elizabeth ignorierte die Frage. „Tut mir leid wegen des Termins um eins. Aber ich würde jetzt gerne zu den Orkafus fahren. Wäre einer von euch bereit, mich zu begleiten?“ Selbst in ihren eigenen Ohren klang ihre Stimme wie eine maschinelle Bandansage.

„Nun …“, setzte Susan an, doch Riley fiel ihr schroff ins Wort. „Ich geh schon mit, keine Sorge.“

„Danke“, sagte Elizabeth. „Woran arbeitet ihr?“

„Ich durchforste die Nachrichten nach dem zehnten Mord“, erklärte Susan, während Riley den Rechner zuklappte und sich erhob. Mit gesenkten Augen schob er sich an Elizabeth vorbei und verließ das Zimmer. „Und Riley liest sich in das Thema *Thuggees* ein“, ergänzte Susan, dem Jungen missbilligend hinterher blickend.

„Hast du etwas über einen neuen Mord gefunden?“

„Vor ein paar Tagen ist zwar schon wieder ein Teenager bei einer Messerstecherei getötet worden, aber das hatte mit Sicherheit nichts mit unserem Fall zu tun. Es gab ziemlich viele Zeugen, die den Streit und die darauf folgende Schlägerei beobachteten."

„Verstehe. Tony ist gerade mit Clark und Stokes beschäftigt?"

Susan nickte nur und wandte sich dann wieder ihren Zeitungen zu.

„Ich bin soweit." Riley stand bereits mit Jacke und Rucksack in der Tür, also holte auch Elizabeth ihre Sachen. Ehe sie das Apartment verließen, ließ sie sich von Susan noch die Adresse der Familie Orkafu geben.

Als sie während der Taxifahrt einen größeren Musikladen passierten, bat Elizabeth den Fahrer kurz anzuhalten und auf sie zu warten. In weniger als zehn Minuten war sie zurück, denn sie hatte einem hilfsbereiten Verkäufer einfach die fraglichen Alben genannt, anstatt selbst auf Suche zu gehen.

Für den Rest der Fahrt starrte Elizabeth zum Seitenfenster hinaus, die Tüte mit den CDs so fest an sich gedrückt, als hinge ihr Leben daran. Es kam ihr vor, als hüllte sich die ganze Stadt in Trauer, als wüsste sie, dass einer ihrer Besten für immer gegangen war.

Alle Farben waren über Nacht aus der Welt verschwunden. Dunkelgraue Wolken hingen unheilvoll am Himmel und drohten mit plötzlichem, heftigen Regen. Selbst die Menschen sahen in ihren Augen finster und feindselig aus.

Kims Worte auf der Beerdigung kamen ihr in den Sinn: *Die Welt ist ohne dich nicht mehr die gleiche. Sie ist dunkler und kälter geworden.*

Wie recht Daniels Schwester damit doch gehabt hatte.

Die Orkafus waren eine siebenköpfige Einwandererfamilie aus Uganda und lebten in einem kleinen Haus im Londoner Osten, in dessen Erdgeschoss sich auch ein Friseursalon befand, den Mrs Orkafu zusammen mit zwei ihrer Töchter betrieb.

Sie saßen auf farbenfrohen Holzstühlen im Wartebereich des Salons, umgeben von buntem Treiben und lauten Unterhaltungen. Eigentlich eine fröhliche, ausgelassene Atmosphäre, die aber nur dazu führte, dass Elizabeth sich noch erbärmlicher und einsamer fühlte.

Wie eine Gestrandete saß sie inmitten des Trubels auf ihrer eigenen trostlos grauen Insel. Ihre Finger umklammerten ihr neues Notizbuch, das Susan besorgt hatte und nun geschlossen auf ihren Knien lag.

Sie zählte mindestens vier eingerahmte und mit Blumen geschmückte Fotos von Mrs Orkafus Sohn Adam, der vor etwa acht Monaten im Alter von siebzehn Jahren erstochen worden war. Riley saß auf dem Stuhl neben Elizabeth, den Blick abwesend auf eines der Fotos geheftet.

„Adams Bruder Corbin war dabei, als es passierte", berichtete Mrs Orkafu gerade. „Sie waren auf dem Weg ins Kino. Corbin ging kurz in einen Laden, um Süßigkeiten zu kaufen und als er wieder herauskam, lag Adam am Boden. Corbin hatte nichts gehört und niemanden gesehen. Es muss blitzschnell passiert sein."

„Wissen Sie, ob Adam kurz vor seinem Tod jemandem die Freundschaft aufgekündigt hat?", fragte Elizabeth. Ihre Stimme war leise und monoton.

„Adam war sein Freundeskreis sehr wichtig", entgegnete Mrs Orkafu. Sie sprach mit einem weichen Akzent, und meist umspielte ein gütiges, aber auch trauriges Lächeln ihre Lippen. „Es hätte schon etwas sehr Schlimmes passieren müssen, damit Adam einem der Jungs die Freundschaft aufkündigt. Und das hätte er auf jeden Fall erwähnt."

„Und anders herum? Könnte sich ein Freund von ihm abgewendet haben?"

„Er hat nichts in dieser Richtung erzählt. Wie gesagt, waren Adam seine Freunde sehr wichtig, und er hat für sie gekämpft. Zum Beispiel damals, als sein Freund Billy weggegangen ist, da hat Adam alles dafür getan, um in Kontakt zu bleiben, und das ist für Teenager nicht selbstverständlich. Wie sagt man? Aus den Augen aus dem Sinn, nicht wahr? Aber das galt nicht für meinen Sohn."

„Könnte es denn einen Streit mit einem seiner Freunde gegeben haben?"

„Miss, Jungs in dem Alter streiten sich nun mal. Und am nächsten Tag? Da ist alles vergeben."

„Gab es jemanden, den Adam als seinen Feind oder … oder Rivalen bezeichnete?"

„Nein", schüttelte Mrs Orkafu mit weiten Augen den Kopf. „Ganz sicher hatte er keine Feinde. Er war ein lieber Junge und ein vorbildlicher Schüler."

„Hatte er eine Freundin?", schaltete sich Riley doch noch in das Gespräch mit ein.

„Ja, er ging mit einem Mädchen aus seiner Schule", entgegnete Hannah, Adams ältere Schwester. Sie stand hinter ihrer Mutter und flocht ihr mit flinken Fingern kleine Zöpfchen. „Ihr Name ist Winona. Adam hatte sie richtig gern."

„Hatte Adam Konkurrenz? Waren da noch andere, die auf Winona standen?", fragte Riley weiter.

„Ich weiß nicht ...", sagte Mrs Orkafu, doch Hannah nickte heftig. „Ja, da bin ich mir sogar sehr sicher. Da war ein Junge, der auch auf Adams Schule war, und mein Bruder hatte immer Angst, der Typ könnte ihm Winny ausspannen. Und soweit ich das mitbekommen habe, sind die beiden jetzt wirklich zusammen."

Riley warf Elizabeth einen selbstgefälligen Blick zu, bevor er fortfuhr. „Kennst du vielleicht auch noch seinen Namen, Hannah?"

„Oje." Mit zwei Haarsträhnen ihrer Mutter in der Hand hielt das Mädchen inne. „Adam nannte ihn immer den Schleimer ... Ich glaube, er heißt Stephen oder Steve."

„Nachname?" Elizabeth hatte mittlerweile das Buch aufgeschlagen und damit begonnen, Notizen niederzuschreiben.

„Keine Ahnung." Hannah hob die Schultern und widmete sich wieder dem Zöpfchen.

„Weißt du vielleicht sonst etwas über Steve, dass uns weiterhelfen könnte?"

„Naja, ich denke, er macht irgendeinen Kampfsport, weil Adam mal sagte, der Schleimer solle sich nur nicht einbilden, dass er Respekt vor ihm hätte, nur weil er einen schwarzen Gürtel hat."

„Klingt, als hätten wir einen Gewinner", murmelte Riley, was Elizabeth mit einem knappen Nicken bestätigte.

„Noch eine andere Frage", sagt sie. „Wurde Adam bei dem An griff etwas gestohlen? Ein persönlicher Gegenstand?"

„Seltsam, dass Sie das fragen", antwortete Mrs Orkafu. „Als wir seine Sachen erhielten, war alles dabei, seine Geldbörse, sein Handy, seine Uhr. Aber sein Talisman fehlte."

Elizabeth sah auf. „Sein Talisman? So etwas, wie ein Glücksbringer?" Ihre Stimme war rau und zeigte das erste Mal einen Hauch von Emotion. Ihre linke Hand wanderte unbewusst die Brust hinauf zu der Stelle, wo sich Daniels silbernes Sonnenamulett befunden hatte, bevor es ihr vor einer Woche gestohlen worden war.

„Ja", nickte Mrs Orkafu. „Ein Talisman, den er von seiner Großmutter bekam." Sie schloss ihre Augen. „Der ihn beschützen sollte."

„Wie sah er aus?“, wollte Elizabeth wissen.

„Genau so“, meldete sich Hannah und zeigte auf einen weißen, kugelförmigen Anhänger, den sie an einer Silberkette um den Hals trug. „Wir alle haben einen bekommen. Großmutter sagt, sie beinhalten ein Stück Heimat und damit ein Stück unserer Vorfahren, die über uns wachen.“

„Ich nehme an, Adam hat den Talisman immer getragen?“

„Ja, das hat er“, bestätigte Hannah.

„Danke, für Ihre Hilfe“, sagte Elizabeth abschließend. „Nur eins noch. Haben Sie Winonas Nachnamen und eventuell ihre Adresse? Wir würden versuchen, mit ihrer Hilfe mehr über diesen Steve herauszubekommen.“

„Sie heißt Winona Taylor“, antwortete Hannah. „Ihre Adresse kenne ich nicht, aber Adams Schule kann Ihnen da sicher weiterhelfen. Er ging auf die St. Andrew´s.“

„Danke“, sagte Elizabeth erneut und klappte das Buch zu. „Dürfen wir uns noch mal bei Ihnen melden, falls wir weitere Fragen haben?“

„Natürlich“, erwiderte Mrs Orkafu. „Wir tun alles, um zu helfen. Auch wenn es uns Adam nicht zurückbringt, so hoffen und beten wir doch, dass seine Mörder gefunden werden. Die Wunde wird niemals heilen, aber vielleicht hört sie dann auf zu pochen. Wie war der Name des Jungen, für dessen Familie Sie arbeiten?“

„Sein Name war Danny“, antwortete Riley leise.

Beim Klang seines Namens fuhr Elizabeth blitzartig in die Höhe und drängte, ohne sich zu verabschieden, zwischen den Stühlen hindurch zur Tür. Sie war schon fast auf der Straße, da hörte sie noch: „Sagen Sie seiner Familie bitte, dass wir für Dannys Seele beten.“

„Toller Auftritt“, bemerkte Riley, als er eine Minute später aus dem Laden kam und neben Elizabeth trat. Sie lehnte mit geschlossenen Augen und geballten Fäusten an der Hausmauer und konzentrierte sich darauf, gleichmäßig ein- und auszuatmen. „Hat sicher Eindruck gemacht.“

„Tut mir leid“, entgegnete sie seufzend. Ihr war schwindelig und übel, was kein Wunder war, hatte sie doch seit gestern früh kaum etwas zu sich genommen. „Hör mal, ich brauche dringend etwas zu essen. Wartest du kurz?“

Ohne Rileys Antwort abzuwarten, stieß sie sich von der Wand ab und überquerte die Straße, um sich in einem kleinen Supermarkt ein Sandwich zu kaufen.

Da es in der Gegend, in der sie sich befanden, kaum Taxis gab, machten sie sich anschließend zu Fuß auf den Weg zu einer Bushaltestelle. „Das war vorhin echt clever von dir, nach einer Freundin und einem Rivalen zu fragen“, sagte Elizabeth nach einer Weile, während sie an ihrem Thunfischsandwich pickte.

Riley zuckte mit den Achseln. „War so ´ne Art Eingebung.“

„Denkst du, Mick kommt an das Schülerverzeichnis von St. Andrew´s heran?“

„Klar.“

Nachdem sie erneut einige Zeit still nebeneinander hergegangen waren, fragte sie plötzlich: „Warum bist du eigentlich noch hier, Riley?“

„Wenn du mich jetzt auch noch loswerden willst, musst du mich schon vor ein fahrendes Auto stoßen.“

Elizabeth ließ sich nicht provozieren. „Ich meine, warum hilfst du uns noch? Du hast Danny einen Gefallen geschuldet, nicht uns.“ Sie schluckte schwer. „Und nun, da er fort ist … Du kannst doch jederzeit nach Hause gehen.“

Riley antwortete nicht sofort, doch dann meinte er: „Wer sagt, dass es daheim sicher ist?“

„Ist das wirklich der einzige Grund?“

„Nein.“ Zum ersten Mal, seit dem Morgen, sah Riley ihr in die Augen. „Ich kann euch nicht einfach hängen lassen. Ich hab ihm doch mein Wort gegeben …“

Er brach ab, als sei es ihm peinlich, darüber zu sprechen. Die Muskeln in seinem schmalen Gesicht spannten sich. „Meinen Leuten, also den Pavees, ist Ehre echt wichtig, weißt du. Man ist für seine Familie und für seine Freunde da, man lässt sie auf keinen Fall im Stich und Versprechen sind heilig. Das sind praktisch die Pfeiler, auf denen unsere Gemeinschaft gebaut ist. Ich habe Danny versprochen zu helfen. Und nur, weil … weil er jetzt weg ist, heißt das noch lange nicht, dass mein Ehrenwort nicht mehr gilt.“

„Verstehe“, sagte Elizabeth dankbar lächelnd.

„Außerdem“, fuhr der Junge in einem lockereren Ton fort, „erwartet mich meine Mom erst nächsten Freitag zurück. Die würde Augen machen, wenn ich schon jetzt aus Paris zurück wär.“

Als sie in die Wohnung zurückkamen, waren Susan und Wood nirgends zu sehen. Elizabeth ging direkt in ihr Zimmer, schloss die Tür hinter sich und legte eine der neuen CDs ein. Nachdem sie die Musik laut aufgedreht und ihre Schuhe ausgezogen hatte, sank sie auf das Bett.

Ein paar Minuten lang saß sie einfach nur da, dann nahm sie all ihren Mut zusammen und zog das Foto aus der Hosentasche. Sie hatte befürchtet, dass der Anblick von Daniels lachendem Gesicht die brennende Wunde in ihrer Brust noch weiter aufreißen würde, doch stattdessen schien er den Schmerz auf wundersame Weise ein klein wenig zu lindern.

So behutsam, als berührte sie tatsächlich Daniels Gesicht und nicht nur ein Foto, ließ sie ihre Fingerspitzen über das glatte Papier wandern. Sie legte sich zurück und rollte sich zusammen, das Foto auf Augenhöhe neben sich auf dem Kissen platziert.

Eine kühle Brise wehte durch das geöffnete Fenster herein und strich über ihre Wange. Elizabeth schloss fest die Augen und versuchte sich vorzustellen, dass es nicht der Wind war, den sie fühlte, sondern Daniels Berührung. Dass er neben ihr lag und leise den Song mitsang.

Doch so sehr sie sich auch anstrengte, es wollte ihr einfach nicht gelingen. Sie wusste, er war nicht da und würde es nie wieder sein. So einfach ließ sich ihr Verstand nicht austricksen.

Auch die Musik verfehlte die erhoffte Wirkung. Was sie hörte, war nur irgendein Song und in keiner Weise eine Verbindung zu Daniel. Alles, was sie spürte, war seine Abwesenheit. Die Leere, die er hinterlassen hatte, war um sie herum, genauso wie in ihr.

Sie hielt es nicht länger aus. Wenn sie weiterhin untätig liegen blieb, würde das unsägliche Nichts sie in den Wahnsinn treiben. Sie musste sich beschäftigen. Nur womit? Sir Thomas! Sie wollte ihn doch anrufen!

Eilends rappelte sich Elizabeth aus dem Bett und suchte ihr Handy.

Merkwürdig, dachte sie, während sie die Nummer wählte. *Seit heute Morgen schwanke ich praktisch im Minutentakt zwischen blindem Aktionismus und der „Nichts-hören-nichts-sehen"-Einigel-Taktik hin und her.* Einerseits hatte sie das dringende Bedürfnis, in Bewegung zu bleiben und sich zu beschäftigen, andererseits wollte sie nichts lieber, als sich vor der Welt zu verstecken und sich ihrem Elend hinzugeben. Vielleicht sollte sich endlich für eine Strategie entscheiden …

„Hamilton Anwesen", meldete sich George in seiner üblichen steifen Art und riss sie aus ihren Gedanken.

„Guten Abend, George. Hier ist Elizabeth Parker. Ich würde gerne mit Sir Thomas sprechen."

„Ich bedaure, Miss Parker, doch Sir Thomas hat einen Gast und ist momentan nicht abkömmlich.“ Hörte sie da etwa eine gewisse Schadenfreude in seiner Stimme? „Darf ich etwas ausrichten?“

Einen kurzen Augenblick lang überlegte Elizabeth, ob sie es später erneut versuchen sollte, doch dann entschied sie, dass sie die Nachricht ebenso gut von George übermitteln lassen konnte.

„Könnten Sie Sir Thomas bitte wissen lassen, dass er, was meinen Artikel betrifft, freie Hand hat und er ihn nach eigenem Ermessen abändern darf? Auch was das Pseudonym angeht, hat er mein volles Einverständnis, egal welchen Namen er wählt.“

„Natürlich, Miss Parker. Ich werde Sir Thomas unterrichten. Dürfen wir denn bald wieder mit Ihrem Besuch rechnen?“

„Ich … ich weiß nicht. Im Moment … widme ich mich einem anderen Projekt.“

„Ich verstehe.“

„Aber bitte richten Sie Sir Thomas meine Grüße aus. Und sagen Sie ihm, dass ich für alles, was er für mich und Daniel Mason getan hat, aufrichtig dankbar bin.“

Sie beendete gerade das Gespräch, als es an der Tür klopfte. Da sie im Moment keinen der anderen sehen, geschweige denn mit ihnen sprechen wollte, tat sie so, als hätte sie das Klopfen nicht gehört, drehte die Musik lauter und legte sich wieder aufs Bett. Doch es half nichts. Als sie auch auf das zweite Klopfen nicht reagierte, wurde die Tür einfach geöffnet.

„Komm mit“, forderte Wood im Befehlston eines Drill-Sergeants. „Wir müssen uns unterhalten.“

„Nicht jetzt“, murmelte Elizabeth und rollte sich von ihm weg auf die Seite. Einer Diskussion mit Wood fühlte sie sich im Moment nicht gewachsen. Morgen Früh durfte er ihr gerne wieder Vorhaltungen machen, aber bis dahin würde sie sich mit lauter Musik und Daniels Foto in ihrem Zimmer verkriechen.

„Doch, jetzt“, ließ Wood nicht locker. Mit zwei langen Schritten stand er am Bett. „Hör dir an, was Riley zu sagen hat.“

„Riley?“ Verwundert drehte Elizabeth den Kopf und sah zu Wood auf. Er war wieder gänzlich zu dem mürrischen und spröden Mann geworden, der sie nach dem Überfall im Krankenhaus aufgesucht und auf dem Yard verhört hatte.

Und es war allein ihre Schuld. „Na schön“, seufzte sie, erhob sich und folgte ihm in den Wohnbereich, wo Riley und Susan bereits auf sie warteten und ihnen unbehaglich entgegen sahen.

„Sag es ihr“, forderte Wood den Jungen auf, während er sich neben Susan auf die Couch fallen ließ.

Elizabeth blieb mit verschränkten Armen vor dem Kamin stehen. „Was sollst du mir sagen?“, fragte sie, als Riley nur stirnrunzelnd auf seine Hände starrte.

„Ich habe Tony und Susan erzählt, dass ich noch nie von einem … einem Ruf der anderen Seite gehört habe und auch nichts dazu in meinen diversen Quellen finden konnte.“ Seufzend blickte er auf. „Die Sache ist die, Bets: Meiner doch recht beträchtlichen Erfahrung nach liegt es an den Geistern selbst, wann es an der Zeit ist, hinüberzuwechseln. In der Regel ist das der Fall, wenn sie ihre offenen Angelegenheiten geregelt und somit ihren Frieden gefunden haben. Verstehst du, sie müssen sagen: *Okay, ich bin jetzt soweit*, damit sie gehen können. Und Danny … Danny war ganz sicher nicht soweit.“

„Was soll das heißen?“, flüsterte Elizabeth. „Er wurde gerufen. Von dem Morgen an, als mir das Amulett gestohlen worden war, wurde er gerufen. Das weißt du so gut wie ich.“ Sie meinte seekrank zu werden. Ihr Kopf schwamm, und ihr Magen fühlte sich an, als würde er zwischen zwei Mühlsteinen zermahlen. Unter den Blicken der anderen ging sie zu einem Sessel und ließ sich auf der Kante nieder, die Fäuste in den Bauch gepresst. „Und Sir Thomas … Sir Thomas sagte, dass Geister, die sich zu lange dem Ruf widersetzen und das Zeitfenster verpassen, in alle Ewigkeit in dieser Welt festsitzen und zu einem verblassenden Schatten ihrer selbst werden. Er sagte, Dorian sei genau das passiert, und er wäre jetzt für immer von seiner Eleonor getrennt. Und gestern früh meinte Danny, dass der Ruf schwächer würde.“ Kopfschüttelnd sah sie zu Riley. „Du musst dich irren!“

Anstelle des Jungen antwortete Wood: „Und was lässt dich glauben, dass ein greiser Antiquitätenhändler mehr von diesen Dingen versteht als Riley, der schon sein ganzes Leben lang mit Geistern zu tun hat?“

„Sir Thomas weiß solche Dinge!“, fuhr Elizabeth auf. „Er beschäftigt sich wahrscheinlich länger mit diesem Thema als Riley überhaupt auf der Welt ist. Er war es, von dem wir erfuhren, dass Geister bei Sonnenauf- und –untergang Substanz erhalten. Er hat eine Erklärung für den Ruf geliefert, wohingegen Riley noch nicht einmal von ihm gehört hatte!“

„Aber warum hast du seine Geschichte mit dem Ruf so einfach hingenommen und nicht hinterfragt?“, rief Wood. „Warum hast du nicht mit Riley drüber gesprochen? Warum hast du nicht mit *mir* gesprochen?“

„Weil Sir Thomas bisher mit allem Recht gehabt hatte!“ Elizabeths Eispanzer war bis auf eine gefährlich dünne Schicht zusammengeschmolzen. Sie konnte ihre Tränen nicht länger zurückhalten. „Und mir lief die Zeit davon! Schließlich wurde der Ruf bereits schwächer und ich wusste doch nicht, ob es eine weitere Chance für Danny geben würde. Schon am nächsten Morgen hätte der Ruf völlig verschwunden sein können. Ich wollte … nein, ich *konnte* nicht riskieren, dass ihm die andere Seite auf ewig verwehrt bleibt, nur weil ich so egoistisch bin und ihn bei mir haben will. Das konnte ich doch nicht zulassen!“ Der Eispanzer brach nun völlig zusammen und heftiges Schluchzen erschütterte ihren Körper.

„Du hättest mit uns reden müssen, Elizabeth.“ Wood Stimme war jetzt leiser, aber noch immer zornig. „Du hättest mit *Danny* reden müssen! Du hattest kein Recht, so eine Entscheidung alleine zu treffen!“

„Aber er hätte doch nie und nimmer eingewilligt, zu gehen! Und das Risiko, ihn mit meinem Zögern zu so einem grausigen Schicksal zu verdammen, war einfach zu groß!“

„Bets“, meldete sich Riley nun wieder zu Wort. Im Gegensatz zu Wood klang er ruhig und sachlich, ja, sogar ein wenig mitfühlend. „Ich bin Geistern begegnet, die Jahrzehnte lang rumspukten, bevor sie ohne Probleme ins Licht gingen.“

„Sir Thomas sagte, dass das Zeitfenster vermutlich für jeden anders sei …“, warf Elizabeth ein.

„Das mag ja schon sein“, winkte Riley ab, „aber der Knackpunkt ist der, dass sie alle freiwillig gingen, und nicht gerufen wurden.“

„Aber Danny wurde gerufen! Bei jedem verdammten Morgengrauen! Und hätte ich ihn nicht gehalten, wäre er schon vor einer Woche fort gewesen. Danny vermutete, dass davor das Amulett den Ruf unterdrückt hatte, dass er aber von Anfang an da gewesen war. Könnte das nicht der Unterschied sein, Riley? Dass er eigentlich gar nicht hier sein sollte und es deshalb ein Zeitlimit für ihn gab?“

„Ich glaube, kein Geist sollte eigentlich hier sein, Bets. Deshalb suchen sie ja nach Erlösung. Und am Ende gehen sie alle ins Licht. Für manche dauert das nur eben länger als für andere. Ich habe noch nie von Hamiltons *schwindenden Schatten* gehört, geschweige denn bin ich einem begegnet. Ich persönlich denke, dass dieser Ruf, was immer es auch war, und woher er auch kam, nicht Dannys letzte Chance gewesen wäre, hinüberzuwechseln. So etwas wie ewige Verdammnis gibt es nicht, da bin ich mir ziemlich sicher."

„Also denkst du, ich hätte ihn weiterhin halten sollen? Dass uns unbegrenzt Zeit zur Verfügung gestanden hätte?" Kopfschüttelnd biss Elizabeth auf ihre Unterlippe. „Aber ich konnte es doch nicht riskieren … Was, wenn du unrecht hast? Du sagst doch selbst, dass du noch nie von dem Ruf gehört hast, und doch war er da, das lässt sich nicht leugnen. Und neulich hast du gesagt, dass dir noch nie ein Geist wie Danny begegnet wäre, und du wusstest auch nicht, dass er mich dank des Amuletts überall finden konnte." Sie schüttelte erneut den Kopf. „Du weißt vielleicht viel, aber nicht alles, Riley!"

„Wie dem auch sei", schaltete sich Wood wieder ein. "Du hättest damit zu uns kommen und keine voreiligen Entscheidungen treffen sollen!"

„Glaubt ihr etwa, mir sei das leicht gefallen?" Elizabeth sprang auf und lief, die Fäuste noch immer in den Bauch gepresst, vor der Couch auf und ab. „Ich musste Danny gehen lassen! Meine große Liebe … Alles, wovon ich träumte, war mit Danny zusammen zu sein, und die Opfer, die dazu nötig gewesen wären, hätte ich ohne auch nur mit der Wimper zu zucken gebracht. Es war die schwerste Entscheidung meines Lebens, und ihr tut so, als hätte ich ihn leichtfertig fortgeschickt, weil er mir nichts bedeutete. Dabei war er *alles* für mich!" Abrupt blieb sie stehen als wäre sie gegen eine unsichtbare Wand gelaufen. Hatte sie etwa gerade in der Vergangenheitsform von ihm gesprochen? „Egal wo du auch bist, du wirst immer die Welt für mich sein", wiederholte sie kaum hörbar die letzten Worte, die sie an ihn gerichtet hatte.

Dann wirbelte sie auf dem Absatz herum und stürmte in ihr Zimmer.

Fast erwartete sie, dass ihr jemand folgte, Susan vielleicht, die ein paar unerwünschte tröstende Worte für sie parat hatte, doch zu ihrer Erleichterung kam ihr niemand nach. Eine Weile lehnte sie schwer atmend an der Tür, bevor sie sich abstieß und auf die Dachterrasse lief.

„Es tut mir so leid, Danny!" Keuchend klammerte sie sich an die Brüstung und lehnte sich leicht darüber. „Furchtbar leid. Ich war mir sicher, das einzig Richtige zu tun." Eine alte Redensart kam ihr in den Sinn: *Der Weg zur Hölle ist gepflastert mit guten Absichten.*

Hatte sie tatsächlich das Richtige getan? Warum war sie wirklich so schnell bereit gewesen, Hamiltons Geschichte vom Ruf der anderen Seite Glauben zu schenken und hatte keine Sekunde lang daran gezweifelt? Auch wenn der alte Herr offenkundig von der Geschichte überzeugt war, so konnte sie trotzdem nicht mehr als eine Theorie sein. Woher sollte er es denn mit Sicherheit wissen?

Die Wahrheit war, dass Elizabeth tief in ihrem Inneren darauf gewartet hatte. Auf dieses Ultimatum, dieses drohende Unheil, das ihr Daniel wieder wegnehmen würde. Von Anfang an hatte beständig die Sorge an ihr genagt, dass das alles viel zu schön war, um von Dauer zu sein. Dass ihnen keine zweite Chance, sondern nur ein Aufschub geschenkt worden war. Tief in ihrem Herzen hatte sie gewusst, dass der Tag kommen würde, an dem sie ihn erneut verlor. Hamiltons Geschichte war nur der Kiesel gewesen, der die Lawine ins Rollen gebracht hatte.

Aber die Geschichte war doch auch plausibel, und sie war ihr zum genau richtigen Zeitpunkt zugetragen worden, nämlich als der Ruf bereits schwächer geworden war. Also war es vielleicht doch die einzige Möglichkeit gewesen, Daniel zu retten.

Wie auch immer, die anderen hatten völlig recht: Wie hatte sie diese Entscheidung nur über Daniels Kopf hinweg treffen können? Elizabeth hätte es nie und nimmer für sich behalten dürfen, das war ihr nun klar. Zumindest Rileys Rat hätte sie einholen müssen. Er hätte die Sache objektiver betrachtet.

Nach der Beerdigung, als sie von Wood erfahren hatte, was Daniel alles vor ihr verheimlichte, hatte sie ihm eine Szene gemacht, weil er sie über den Ermittlungsstand im Dunklen gelassen hatte, nur um sie zu schützen. Sie war so wütend auf ihn gewesen!

Und dann hatte sie das Gleiche getan: Weil sie ihn beschützen wollte, hatte sie Geheimnisse vor ihm gehabt und ihn nicht in ihre Absichten eingeweiht. Nur dass die Konsequenzen ihrer Entscheidung tausendmal weitreichender waren und nicht mehr rückgängig gemacht werden konnten. Nun blieb ihr nichts anderes übrig, als zu lernen, mit ihrer Entscheidung zu leben.

Doch musste sie das tatsächlich?

Mit geweiteten Augen starrte sie in die Tiefe, auf den Verkehr und die Fußgänger. Der Wind wehte ihr Haarsträhnen ins Gesicht, die sie abwesend hinters Ohr strich.

Zwölf Stockwerke. Ganz sicher nicht hoch genug, damit man während des Falls das Bewusstsein verlor und den Aufprall nicht mehr mit bekam.

Dennoch, es wäre ganz leicht, geradezu ein Klacks. Nur über das Geländer beugen und sich fallen lassen. Fast, als könnte man fliegen. Es würde ganz schnell gehen, und in wenigen Augenblicken wäre sie in Daniels Armen. Es wäre so einfach, jetzt alles zu beenden. Den Schmerz nicht mehr zu fühlen …

Nein!

Angewidert trat sie einen Schritt zurück. So leicht würde sie sich nicht aus der Affäre ziehen. Sie musste helfen, die Mörder zur Strecke bringen. Für Daniel. Das war sie ihm schuldig, jetzt sogar noch mehr, nachdem sie ihm die Möglichkeit genommen hatte, selbst an den Ermittlungen teilzuhaben. Aber danach … danach würde sie weitersehen.

„Ich weiß, dass du das nicht gutheißt“, flüsterte sie. „Du möchtest, dass ich mein Leben lebe und ich verspreche dir, es zu versuchen. Aber ehrlich gesagt bin ich mir nicht sicher, wie lange ich es schaffen werde ohne dich weiterzumachen. Ich brauche dich, Danny!“

Mit steifen Schritten ging sie zurück ins Zimmer und holte ihre Reisetasche aus dem Schrank. Hier war sie nicht länger willkommen, das war offensichtlich. Ihre eigenmächtige Entscheidung hatte sie nicht nur Daniel, sondern auch ihre Verbündeten gekostet.

Während sie mit mechanischen Bewegungen ihre Sachen in die Tasche packte, überlegte sie, wohin sie gehen sollte. Ihre Wohnung war keine Option, da die Thuggees sie dort mit Sicherheit aufspüren würden, und die vertraute Umgebung Oxfords war zwar verlockend, doch konnte sie von dort aus die Recherchen nicht weiterführen.

Ihr Blick fiel auf Daniels Foto, das noch immer auf dem Kissen lag. Da wusste Elizabeth, wohin ihr Weg sie führen würde.

3

„Maybe there's a God above, but all I've ever learned from love, was how to shoot at someone who outdrew you."

Leise singend saß Elizabeth im Gras, die Augen geschlossen und den Kopf an die Rückseite des frisch gesetzten Grabsteins gelehnt. Ihre Wangen waren nass von den ungezählten Tränen, die gar nicht mehr versiegen wollten.

Seit Sonnenaufgang war sie auf dem Friedhof, der nur wenige Minuten von dem kleinen Hotel entfernt lag, in dem sie sich in der vergangenen Nacht ein Zimmer genommen hatte.

Es war bereits nach neun, doch noch immer lag ein morgendlicher Dunstschleier über der Stadt und das Gras war feucht vom Tau.

Nachdem es gegen Mitternacht im Penthouse still geworden war, hatte sich Elizabeth bepackt mit ihrer Reisetasche und Daniels Gitarrenkoffer hinausgeschlichen und von einem Taxi nach Highgate fahren lassen. Der Fahrer hatte ihr das Hotel empfohlen, das ziemlich genau in der Mitte zwischen Daniels Wohnung und dem Friedhof lag. Sie hatte ein winziges Zimmer bezogen und dort eine schlaflose Nacht verbracht, in der sie darüber nachgegrübelt hatte, wie sie die Recherchen alleine fortführen und ihre Ergebnisse gegebenenfalls an Wood weitergeben konnte. Ihr war durchaus bewusst, dass sie zwar ihren Beitrag leisten konnte, aber alleine nie imstande sein würde, dem Kult das Handwerk zu legen.

„And it's not a cry that you hear at night. It's not somebody who's seen the light."

Elizabeth konnte sich nicht erinnern, wann sie sich jemals zuvor so alleine und auf sich gestellt gefühlt hatte, wie in dieser nicht enden wollenden Nacht. Als es dann endlich zu dämmern begonnen hatte, war sie in Jeans und Sweatjacke geschlüpft, um bei Sonnenaufgang bei Daniel zu sein.

„It's a cold and it's a broken Hallelujah."

„Also das mit der Gesangskarriere kannst du vergessen."

Die Tränen wegblinzelnd öffnete Elizabeth die Augen und stöhnte innerlich auf, als sie Wood vor sich stehen sah. Was machte der denn hier?

War sie noch nicht mal auf dem Friedhof vor seinen Vorwürfen sicher?

„Das ist Hallelujah von Leonard Cohen. Auf gewisse Weise war das unser Lied“, seufzte sie. Mit dem Handrücken wischte sie die Tränen von der Wange. „Und er hat mich nie singen gehört.“

„Das war wohl auch besser so“, erwiderte Wood trocken und ließ sich neben ihr nieder. Er trug eine schwarze Anzughose und ein schwarzes Poloshirt, was ihm ein wenig das Aussehen eines Geistlichen verlieh. „Was tust du hier, Elizabeth? Du weißt besser als jeder andere, dass er nicht hier ist.“ Er klang kein bisschen anklagend, sondern überraschend liebenswürdig.

„Ich will ihm einfach nur nahe sein“, gab sie mit einem müden Schulterzucken zurück. „Aber egal was ich auch versuche, ich spüre seine Nähe nicht.“

„Tja, ich schätze andere Hinterbliebene können sich mit der Vorstellung trösten, dass ihre Lieben immer bei ihnen sind und über sie wachen. Sie sehen sie zwar nicht, aber sie sind sich doch sicher, ihre Anwesenheit zu spüren. Den Luxus hast du leider nicht.“

„Nein … scheinbar nicht“, flüsterte Elizabeth. „Und was machst du hier, Tony?“

„Na, ich habe dich gesucht.“

„Tatsächlich? Ich dachte du wärst froh, mich aus den Augen zu haben.“

Wood legte einen Arm um ihre Schultern. Eine Sekunde lang war Elizabeth geneigt, den Arm einfach abzustreifen, doch stattdessen blieb sie regungslos sitzen.

„Ich muss mich wohl mal wieder für meine ruppige Art entschuldigen“, sagte er und suchte ihren Blick. „Es tut mir leid, Elizabeth. Ich hätte nicht so auf dich losgehen dürfen. Das war nicht fair.“

Vor Überraschung blieb Elizabeth einen Moment die Luft weg. Dann sagte sie: „Nein, Tony. Ich bin es, die um Verzeihung bitten muss. Du hattest recht. Mit allem, was du gesagt hast.“

„Schon möglich.“ Der Schatten eines Lächelns erschien auf seinem Gesicht, und er zuckte leicht mit den Schultern. „Aber das war noch lange kein Grund, so mit dir umzuspringen. Und ich denke, ich verstehe jetzt, warum du so gehandelt hast. Warum du glaubst, keine andere Wahl gehabt zu haben. Ich meine, ich bin nach wie vor der Ansicht, dass du es nicht für dich hättest behalten dürfen, vor allem nicht Danny gegenüber. Aber ich verstehe dich.“

„Hat Susan mit dir geredet?"
„Oh ja", bestätigte er, ohne eine Miene zu verziehen. „Sehr lange."
Nun huschte auch ein winziges Lächeln über Elizabeths Gesicht, bevor sie den Blick auf ihre Hände senkte. „Denkst du, er versteht es ebenfalls? Denkst du, er verzeiht mir?"
„Da bin ich mir ganz sicher." Tröstend drückte er ihren Oberarm. „Er liebt dich, Elizabeth. Ganz egal, wo er jetzt auch ist und was du getan hast, er liebt dich. Und deshalb würde er dir alles verzeihen. Und außerdem ... Wäre der Fall andersherum gelegen, bin ich überzeugt, Danny hätte nicht anders gehandelt. Ihr seid nämlich beide die gleichen Dickköpfe mit Beschützerkomplex."
Elizabeth erkannte Wood kaum wieder. Vor allem nicht nach dem gestrigen Tag. So warmherzig und einfühlsam hatte sie ihn lediglich an jenem Abend erlebt, als ihr das Amulett gestohlen worden war. Susan schien einen ziemlich positiven Einfluss auf ihn haben.
Sie konnte nicht verhindern, dass sich neue Tränen einen Weg über ihr Gesicht bahnten. Erstaunlich, dass sie noch immer welche zustande brachte. Eigentlich müsste sie doch schon so ausgedörrt sein wie eine Trockenpflaume.
„Weißt du, was ich mir gerade vorstelle?", fuhr Wood leise lächelnd fort. „Dass er jetzt, genau in diesem Moment, einen tollen Gig hat, mit Elvis Presley, Freddie Mercury und Jim Morrison."
Elizabeth lachte auf, sie konnte einfach nicht anders. „Was für eine großartige Vorstellung!"
„Ja, nicht wahr?", nickte Wood und rubbelte noch mal ihren Arm. „Ich habe hier etwas für dich." Mit der freien Hand holte er ein geflochtenes, schwarzes Lederarmband aus seiner Hosentasche und reichte es ihr.
Zum zweiten Mal an diesem Morgen machte Wood sie sprachlos. Ohne sich zu bewegen, starrte sie auf das kurze Lederband, das sie sofort wiedererkannt hatte. Daniel hatte es bei dem Überfall getragen und somit auch in seiner körperlosen Gestalt.
„Nun nimm es schon", drängte Wood. „Ich bin mir sicher, Danny will, dass du es hast."
„Danke, Tony", hauchte Elizabeth. Sie griff nach dem Band und legte es umgehend an, auch wenn es für ihr schmales Handgelenk viel zu weit war. „Danke!"
„Keine Ursache. Nur lass es dir nicht wieder klauen, okay? Und jetzt

komm. Gehen wir nach Hause. Sue wartet bestimmt schon mit dem Frühstück."

„Meinst du wirklich?", fragte Elizabeth zögernd. „Ich bin nicht sicher, ob … nun, ob ich noch dazugehöre."

„Ob du noch dazugehörst? Soll das ein Witz sein? Elizabeth, du bist das Herz der ganzen Sache. Sozusagen der Chef des Scooby-Doo Clubs."

„Ehrlich?"

Wood fand wohl, dass diese Frage keine Antwort verdiente, denn er schüttelte nur augenrollend den Kopf und erhob sich. „Na los, die Pancakes werden kalt." Auffordernd hielt er ihr eine Hand entgegen.

„Ich habe noch meine Sachen im Hotel …"

„Kein Problem, die holen wir auf dem Weg."

Endgültig überzeugt ergriff Elizabeth seine Hand und ließ sich von ihm in die Höhe ziehen.

Bevor sie gingen, trat sie vor das Grab, auf dem noch immer Kränze und Gebinde von der Beerdigung lagen. Ganz vorne stand eine große Vase mit frischen, weißen Callas. Sie kniete sich nieder und zupfte die verwelkten Blüten aus den Gebinden.

„Sie haben einen schönen Stein ausgesucht, nicht wahr?", sagte sie leise, als Wood neben sie trat. „Und auch die Inschrift ist perfekt."

Daniels Familie hatte sich für einen schlichten, beinahe schwarzen Granitstein entschieden, auf dem neben seinem Namen und den Geburts- und Sterbedaten stand:

Die Menschen,
Deren Herz du berührtest,
Werden dich immer lieben
Und niemals vergessen.

Elizabeth erhob sich und warf eine Handvoll verwelkter Blumen unter einen Strauch. Sie küsste ihre Fingerspitzen, ehe sie den eingravierten, goldfarben hinterlegten Namenszug entlang strich. „Ich liebe dich, Danny", flüsterte sie. „Jetzt und für immer."

Auch Wood strich zum Abschied über die Oberkante des Steins und murmelte: „Machs gut, Kumpel. Und keine Sorge, ich passe gut auf sie auf."

Dann wandten sie sich um und gingen zum Wagen.

„Woher wusstest du eigentlich, wo ich bin?“, wollte Elizabeth wissen, als sie in Woods silbernen Aston Martin stieg.

„Also bitte“, schnaubte er. „Ich bin Ermittler. Ein bisschen was darfst du mir schon zutrauen.“

Das konnte Elizabeth nicht beeindrucken. „Du hast Mick mein Handy orten lassen, oder?“

„Jup“, bestätigte Wood und fuhr vom Parkplatz. „Hat genau zehn Minuten gedauert. Wenn du das nächste Mal nicht gefunden werden willst, schalte es aus oder wirf es weg.“

„Ich werd´s mir merken.“ Etwas später fragte sie. „Hattest du gestern bei Clark und Stokes Erfolg? Hast du einen Namen?“

„Ja.“ Er knurrte beinahe. „DAC Stan Gilbertson.“

Elizabeth hatte das starke Gefühl, den Namen schon mal gehört zu haben. Aber wo und in welchem Zusammenhang? Sie kam einfach nicht darauf. „Für was steht DAC?“

„Deputy Assistant Commissioner.“

„Kennst du ihn?“

„Nur flüchtig. Ich habe mal kurz auf einer Tagung mit ihm gesprochen. Schmieriger Emporkömmling.“

„Jetzt hat Mr Nadelstreifen also einen Namen … Musstest du ihn aus Clark und Stokes herausprügeln?“

„Leider nein.“ Wood klang ehrlich enttäuscht. „Richard Merton hat versprochen, mir Gilbertsons Akte zu besorgen.“

Nachdem sie Elizabeths Gepäck aus dem Hotel geholt hatten, fuhren sie Richtung Kensington und passierten dabei Camden. „Ich weiß, die Pancakes werden kalt“, sagte sie. „Aber Sandra Headways Laden liegt praktisch auf dem Weg und ich würde gerne kurz mit ihr reden.“

„Die Hexe?“, fragte Wood nach. „Die wollte ich mir sowieso mal ansehen. Sag aber Sue nicht, dass wir ohne sie dort waren, okay?“

Er parkte direkt vor dem Ladeneingang. Dem Halteverbotsschild am Straßenrand würdigte er dabei keines Blickes. Elizabeth fragte sich, ob er vielleicht vergessen hatte, dass er nicht im Dienst war. Möglicherweise war das aber auch einfach die angeborene Ignoranz reicher Leute, die Strafzettel nebenher aus der Portokasse bezahlten.

Es war ein seltsames Gefühl, ohne Daniel hierher zurückzukommen. Wood betrat als Erster den Laden und sah sich staunend in dem gold- und purpurfarbenen Sammelsurium magischer Utensilien um. „Wow.“

„Ja, wow … und irgendwo gibt es bestimmt auch Phönixfedern", wiederholte Elizabeth Daniels Worte bei ihrem letzten Besuch und versuchte dabei, das intensive Déjá-vu Gefühl zu verdrängen. Sie drückte sie an Wood vorbei und trat an die Theke. „Sans?", rief sie in das Hinterzimmer. „Hallo?"

„Ich bin hier, Elizabeth", sagte eine warme Stimme, und sowohl Elizabeth als auch Wood fuhren erschrocken zusammen.

Direkt neben der Theke stand Sandra Headway, ein sehr zufriedenes Lächeln zur Schau tragend. Wie konnten sie die blonde Frau nur übersehen haben? Sans stand doch nur wenige Schritte von ihnen entfernt! Und sie sah wieder einmal aufsehenerregend aus, in ihrer geschnürten goldenen Korsage über einem cremefarbenen Spitzenoberteil sowie einem langen, freischwingenden Rock in der gleichen Farbe.

„Was …", setzte Wood an, doch er verstummte, als Sandra auf Elizabeth zuging und sie in die Arme schloss.

„Was ist nur passiert? In dir ist so viel Schmerz und Trauer", hauchte die Frau. Unbehaglich tätschelte Elizabeth Sandras Rücken, dann entließ die Hexe sie aus ihrer Umarmung und sah zu Wood. „Auch für dich tut es mir sehr leid. Du hast ebenfalls einen schmerzlichen Verlust erlitten."

„Ja … aber", versuchte Wood es erneut, doch Sandra war noch nicht fertig. „Ihr müsst daran glauben, dass alles auf dieser Welt aus einem bestimmten Grund geschieht. Ihr mögt es jetzt noch nicht verstehen, aber ihr müsst darauf vertrauen, auch wenn es schwerfällt. Ihr befindet euch auf einem prüfungsreichen Weg, den ihr nur mit vereinten Kräften meistern werdet. Doch wählt eure Verbündeten gut …" Ein verlegenes Lächeln trat auf ihr Gesicht. „Ich plappere schon wieder, nicht wahr? Entschuldigt bitte." Kopfschüttelnd trat sie hinter die Theke. „Wie hat euch mein kleiner Zauber gefallen?"

Sowohl Elizabeth als auch Wood hingen in Gedanken noch immer Sandras Worten nach, deshalb fragte Elizabeth mit einiger Verspätung: „Welcher Zauber?"

„Na, mein Unsichtbarkeitszauber. Oder besser: Un*schein*barkeitszauber. Richtige Unsichtbarkeit gibt es nicht. Aber ich finde, das war schon ziemlich nah dran. Ich bin gerade dabei, den Zauber zu perfektionieren, wisst ihr?"

„Wie funktioniert das?", wollte Elizabeth wissen, während Wood murmelte: „Unsichtbarkeitszauber! Das glaubt mir doch keiner!"

„Nun ja", beantwortete Sandra die Frage. „Im Grunde ist es die Umkehrung des Attraktivitätszaubers, dessen Zeuge du neulich wurdest. Anstelle jedoch die positiven Attribute einer Person hervorzuheben, und damit die Aufmerksamkeit der Menschen in der näheren Umgebung auf sie zu lenken, wird die Aufmerksamkeit von der Person weggelenkt. Die Person wird vollkommen uninteressant, sodass die Menschen einfach über sie hinweg sehen. Und damit wird sie von ihrem Umfeld nicht mehr wahrgenommen."

„Wie ein blinder Fleck im Gesichtsfeld", sagte Elizabeth, was Sandra begeistert nickend bestätigte.

„Wie praktisch", bemerkte Wood grimmig. „Vor allem für Taschendiebe und Einbrecher."

„Oder hinterhältige Angreifer", ergänzte Elizabeth leise.

„Oh nein!", rief Sandra bestürzt. „Ich würde niemals zulassen, dass Magie für so etwas missbraucht wird. Als Zaubermächtige hat man eine Verantwortung!"

„Überaus beruhigend", brummte Wood.

„Aber wie kann ich euch helfen? Habt ihr noch weitere Fragen wegen Ian?"

„Nun", setzte Elizabeth verlegen an. „Es hat den Anschein, als seien wir mit dem Bhowanee-Kult auf der richtigen Spur, denn offenbar fühlt sich jemand durch uns bedroht. Die Frage ist nur, woher wissen die Täter, welcher Spur wir folgen?"

„Du willst wissen, ob ich mit jemandem über unsere Unterhaltung gesprochen habe", zog Sandra den richtigen Schluss. „Nun, ich habe mich in der Tat mit ein paar Freunden darüber unterhalten. Ich konnte einfach nicht fassen, dass es hier einen Zirkel oder einen Kult geben sollte, der im Namen der Schwarzen so grausame Morde begeht. Das ist etwas, das die gesamte Hexengemeinschaft angeht. Es könnte das Gleichgewicht bedrohen."

„Haben Sie mich dabei auch erwähnt?"

„Nicht mit Namen, nein. Nur, dass eine Ermittlerin mich darauf aufmerksam gemacht hat."

„Wie haben Ihre Freunde auf die Geschichte reagiert?", wollte Wood wissen.

„Sie waren genauso schockiert wie ich. Keiner von ihnen hatte davon gehört."

„Und deshalb erzählten sie die schockierende Geschichte natürlich weiter", meinte Wood. „Bis sie schließlich an der richtigen Stelle ankam, und jemand eins und eins zusammenzählte."

„Glaubst du wirklich?" Sandra wirkte bestürzt. „Könnte ich damit eure Ermittlungen in Gefahr gebracht haben?"

„Na, zumindest erschwert", seufzte Wood.

„Das tut mir ehrlich leid. Kann ich es irgendwie wieder gut machen? Ich könnte für euch die Runen befragen."

Elizabeth horchte auf. „Tatsächlich? Das wäre ja …"

„Danke", fuhr Wood schnell dazwischen. „Ein anderes Mal vielleicht. Wir müssen jetzt gehen."

Damit legte er einen Arm um Elizabeths Schultern und schob sie Richtung Ausgang, doch sie tauchte unter seinem Arm hindurch und drehte sich wieder zu Sandra.

„Sans", sagte sie mit vor Erregung bebender Stimme. „Können Sie Kontakt mit der anderen Seite aufnehmen? Mithilfe der Runen, meine ich. Oder gibt es dafür vielleicht einen Zauber?"

„Elizabeth!", rief Wood.

„Nein", sagte Sandra bedauernd. „Diese Art Magie praktiziere ich nicht. Sie ist gefährlich und bringt nur selten etwas Gutes hervor."

Elizabeths Erregung schwand so schnell wie sie aufgebrandet war, und als Wood erneut den Arm um sie legte, ließ sie sich widerstandslos zum Ausgang führen.

„Trotzdem danke für Ihre Hilfe", verabschiedete sich Wood für sie beide. „Und bitte erzählen sie die Geschichte von nun an niemandem mehr, bis Sie davon in der Zeitung lesen."

„Bekomme ich jetzt wieder eine Strafpredigt?", fragte Elizabeth leise, sobald sie im Auto saßen. Für einen kurzen Moment hatte tatsächlich ein klein wenig Hoffnung in ihr gekeimt, doch nun kam sie sich nur noch unfassbar dumm vor.

„Weswegen?", schnaubte Wood. „Weil du auch nach dem kleinsten Strohhalm greifen würdest, um Danny zu erreichen? Ich denke, das ist sehr verständlich. Ungesund, aber verständlich. Allerdings", setzte er nach und warf ihr dabei einen Blick aus den Augenwinkeln zu, „könnte ich dir einen kleinen Vortrag darüber halten, dass man bei einer Befragung keine vertraulichen Details zum Ermittlungsstand preisgibt. Leute reden nun mal und früher oder später bekommen die Falschen es zu

Ohren. Diskretion ist eine Grundregel bei Ermittlungen."

„Verstanden." Elizabeth hob leicht die Schultern. „Ich bin eben Journalisten und gewohnt, Informationen zu teilen, anstatt sie für mich zu behalten."

„Aber wenn du an einer großen Story arbeitest, erzählst du doch auch nicht allen schon vorher von den Ergebnissen deiner Recherchen, oder?" Er machte eine theatralische Pause. „Moment. Sagte ich *große Story*? Entschuldige, ich vergaß, für welche Zeitung du gearbeitet hast."

„Echt witzig", seufzte Elizabeth und drückte sich mit vor der Brust verschränkten Armen tiefer in den Ledersitz. Daniel hatte an ihrer Art Befragungen durchzuführen nie etwas auszusetzen gehabt. Im Gegenteil, sie hatte stets den Eindruck gehabt, als sei er stolz auf sie gewesen.

Daniel. Er war beständig in ihrem Bewusstsein, Teil eines jeden Gedankens. Auch der Schmerz war als unangenehmes Ziehen oder dumpfes Pochen allgegenwärtig. Aber wann immer sie doch kurz abgelenkt war und ihre Gedanken dann wieder zu ihm zurückkehrten, jagte ein Stromschlag durch ihre Brust und ließ sie zusammenzucken. Wie ein Blitz, der immer an der gleichen Stelle einschlug, und zwar genau in den ausgebrannten und verkohlten Krater, wo einmal ihr Herz gewesen war. Doch die Gedanken an ihn zu verdrängen, und damit den Schmerz zu unterdrücken, kam für sie nicht in Frage. Der Schmerz war nun ihr permanenter Begleiter. Er war der Preis, den sie für die Zeit, die ihr mit Daniel vergönnt gewesen war, zu zahlen hatte.

Und sie würde ihn ohne ein Wort der Klage zahlen.

„Elizabeth?" Wood sah sie an, als erwarte er eine Antwort.

„Entschuldige, was?"

„Ich fragte, ob du dich fit genug fühlst, um zu arbeiten, oder ob du Zeit brauchst."

„Arbeiten", erwiderte sie sofort.

„Ok. Dann werden wir beide uns heute Nachmittag in der Gegend umsehen, in der Mick das Telefon des Jungen geortet hat. Und Sue und Riley werden die restlichen Angehörigen telefonisch befragen. Ich denke, wir wissen jetzt, auf was wir uns konzentrieren müssen."

„Die Feinde und den gestohlenen persönlichen Gegenstand", nickte Elizabeth.

„Genau. Das können wir auch telefonisch recherchieren und damit Zeit sparen."

„Klingt nach einem guten Plan.“ Insgeheim fragte sie sich, ob es Zufall war, dass Wood sie zu seiner Partnerin erkoren hatte, oder ob er sie vielleicht im Auge behalten wollte, für den Fall, dass sie wieder eine Dummheit vorhatte. Nun, selbst wenn Letzteres der wahre Grund sein sollte, konnte sie es ihm nicht verdenken.

4

Als sie schließlich im Penthouse eintrafen, war es schon fast Mittag. Nachdem Elizabeths Gepäck in ihrem Zimmer untergebracht war, gingen sie in die Küche, wo Riley gerade mit Mick telefonierte. Susan kam wohl eben vom Einkaufen, denn sie war dabei, Lebensmittel auszupacken und zu verstauen.

„Hi Tony, hi Elizabeth“, rief sie. „Wir haben wieder frisches Obst und Getränke.“

Zu Elizabeths nicht geringer Überraschung ging Wood zu Susan, umarmte sie und gab ihr einen kleinen Kuss. „Was würden wir nur ohne Sie tun, Miss Pearce?“

„Verhungern und verdursten?“, schlug Susan lächelnd vor.

Natürlich lag es Elizabeth fern missgünstig zu sein, trotzdem versetzte ihr die unerwartete Vertrautheit der beiden einen kleinen Stich. *Naja*, seufzte sie innerlich, *vielleicht haben wenigstens die zwei eine Chance auf ein Happy End.*

„Mick schickt die Infos zu Doc Mort, dem Irrenarzt, in den nächsten zehn Minuten“, verkündete Riley, nachdem er das Gespräch beendet hatte, und warf sich eine kleine Schokokugel in den Mund. „Hi Bets, alles klar? Sue, was gibt´s zu essen?“

Ratlos sank Elizabeth auf einen Barhocker. Nach ihrem unrühmlichen Abgang gestern hatte sie sich nicht gerade darauf gefreut, Susan und Riley unter die Augen zu treten. Doch es war beinahe, als hätten die beiden gar nicht bemerkt, dass sie fort gewesen war. Mehr noch, sie taten so, als hätte der gesamte gestrige Tag niemals stattgefunden, und alles wäre wie vorher. Dennoch hielt Elizabeth eine Entschuldigung mehr als angebracht.

„Leute, hört mal“, begann sie unbehaglich, aber sie wurde von Susan unterbrochen, die mit einem hastigen: „Wie wäre es mit Pasta?“ auf Rileys Frage antwortete.

„Cool“, entgegnete der Junge.

Elizabeth startete einen neuen Versuch: „Also, ich würde mich gerne bei euch …“

Dieses Mal fiel ihr Wood ins Wort: „Wir haben jetzt übrigens eine Vermutung, woher die Typen wissen, welcher Spur wir folgen. Diese Hexe, Sandra Headway, hat die Geschichte offenbar in der gesamten okkulten Gemeinde Londons verbreitet."

„Wirklich?", fragte Susan, während sie das Kochgeschirr herausholte. „Woher weißt du das?"

Nachdem scheinbar niemand an ihrer Entschuldigung interessiert war, oder daran, wo sie die letzte Nacht verbracht hatte, stand Elizabeth auf und ging Susan zur Hand, schweigend und darauf bedacht, keinem der anderen in die Augen zu blicken.

„Wir, äh, wir haben sie vorhin kurz besucht", gestand Wood unterdessen etwas kleinlaut.

Also dafür, dass er Susan den Besuch bei der Hexe eigentlich vorenthalten wollte, hat er es plötzlich ziemlich eilig, ihr davon zu erzählen, dachte Elizabeth im Stillen.

Susan zeigte sich auch prompt entrüstet. „Ihr wart dort und habt mich nicht mitgenommen?", rief sie. „Schämt euch! Das nächste Mal bin ich aber dabei!"

Diese ganze Szene kam Elizabeth merkwürdig unwirklich vor. War das alles nur Show? Für sie inszeniert, damit sie sich nicht so schlecht fühlte? Aber das, was sie getan hatte von nun an totzuschweigen und zur Tagesordnung überzugehen, war doch auch keine Lösung!

Da sie aber im Moment ebenso wenig darauf brannte, die Geschehnisse des Vortages auf den Tisch zu bringen, hörte sie einfach zu, als Wood von ihrem Gespräch mit Sandra berichtete. Er erzählte sogar von ihrer kryptischen Warnung und dem Unscheinbarkeitszauber, was Susan besonders faszinierte.

Das Essen war schnell zubereitet, und sobald jeder einen Teller vor sich hatte, begannen sie damit, die Arbeitsteilung für den restlichen Tag zu besprechen.

„Bevor ich es vergesse", sagte Wood. „Elizabeth, kannst du bitte Mrs Carmichael fragen, wie wir am besten an Ians ehemaligen Freund Rafid herankommen? Und mit diesem Warren müssen wir auch noch reden."

„Natürlich", antwortete Elizabeth, lustlos in ihren Nudeln herumstochernd. Ihre Stimme war leise, aber wenigstens klang sie nicht mehr blechern wie eine Maschine. „Ich rufe Mrs Carmichael gleich nach dem Essen an. Und von Justin habe ich die Adresse von Warrens Eltern. Ich werde sie am besten nach seiner neuen Schule fragen. Dort werden wir ihn am ehesten erreichen." Sie wandte sich an Riley. „Hast du mit Mick schon über die Schülerliste der St. Andrew's gesprochen?"

„Hab sie sogar schon hier", nickte er. „Und ich hab auch schon versucht, diese Winona Taylor zu erreichen, aber es war niemand zu Hause." Er schnaubte amüsiert. „Mann, bei der ganzen Arbeit, die wir ihm geben, wird Mick noch richtig reich mit uns."

„Du meinst wohl noch reicher", murmelte Elizabeth, an den Hightech-Spielplatz denkend, den das Computergenie sein Zuhause nannte.

„Wenigstens halten wir ihn damit von irgendwelchem illegalen Unfug ab", meinte Wood.

„Aber so richtig legal ist das auch nicht, was er da für uns tut", gab Riley zu bedenken.

Gleichgültig hob Wood die Schultern. „Ist ja für eine gute Sache."

„Hat Mick eigentlich noch etwas über die Dolche herausgefunden?", wollte Elizabeth nun wissen.

„Nicht viel", antwortete Riley, während er ein Stück Brot in die Tomatensoße tunkte. „Nur, dass sie 1898 aus Bengalen nach England kamen, zusammen mit einigem anderen kolonialen *Beutegut*. Sie wurden nie ausgestellt, sondern sind direkt im riesigen Archiv des British Museum verschwunden."

„Also hatte der Kult damals in den Fünfzigern wohl jemanden, der im Museum arbeitete", überlegte Wood laut. „Wie sonst hätten sie von deren Existenz und dem Lagerort wissen können?"

„Heute habe ich den Bericht eines gewissen Dr. Perry gelesen", fuhr Riley fort und hörte sich dabei an wie ein dozierender Universitätsprofessor. „Darin hieß es, dass es um die Jahrhundertwende herum Gerüchte gab, nachdem die Thuggees alle wichtigen Institutionen in Indien aber auch in Großbritannien infiltriert haben sollen, und somit vor Verfolgung und Bestrafung sicher waren. Sogar Königin Victoria soll unwissentlich indische Bedienstete beschäftigt haben, die zum Thuggee-Kult gehörten. Und das, obwohl der Kult offiziell bereits seit 1870 als besiegt und ausgerottet galt."

„Ja, koloniale Propaganda hatte eben selten etwas mit der Wirklichkeit zu tun", bemerkte Wood spöttisch.

„Und der Originalkult hatte auch ein Erkennungszeichen", setzte Riley seinen Vortrag fort. „Ein gelbes Halstuch, das sie zum Strangulieren ihrer

Opfer benutzten. Als sie auch nach Großbritannien kamen, haben sie es abgewandelt. Sie trugen dann gelbe Schals oder Krawatten. Gelb, weil das die Farbe ihrer Göttin ist."

„Ratet mal, wer neulich gelbe Krawatten trug", unterbrach Elizabeth, ohne von ihrem Teller aufzusehen. „Mr Nadelstreifen und Dr. Mortimer."

„Aber bedeutet das nicht, dass wir Mitglieder des Kultes erkennen können? An ihren gelben Krawatten?", rief Susan aufgeregt.

„Sue, auch ich habe ein paar gelbe Krawatten im Schrank", hielt Wood dagegen. „Die machen sich nämlich recht gut zu dunklen Anzügen. Und ich habe mit dem Kult ganz sicher nichts am Hut."

„Trotzdem", kam Elizabeth Susan zur Hilfe. „Es könnte uns eine Warnung sein oder ein Hinweis, jemanden genauer unter die Lupe zu nehmen."

„Na meinetwegen", lenkte Wood seufzend ein. „Solange wir nicht im Umkehrschluss jedem vertrauen, der keine gelbe Krawatte trägt."

„Also auf jeden Fall", nahm Riley seinen Faden wieder auf, „ist es laut diesem Dr. Perry relativ unwahrscheinlich, dass die Thuggees auch heute noch in Großbritannien existieren. Er schreibt, deren Riten und Traditionen wären in der heutigen aufgeklärten Zeit kaum vorstellbar."

„Riten wie das Opfern eines Feindes, um Bhowanees Wohlwollen zu erbeten?", lachte Elizabeth humorlos. „Ja, das muss man erlebt haben, um es zu glauben." Sie legte ihre Gabel beiseite und schob den noch immer halb vollen Teller weit von sich. „Ich werde dann mal mit Mrs Carmichael und Warrens Eltern telefonieren."

Damit erhob sie sich und ging in ihr Zimmer, um ihre Anrufe zu tätigen. Mrs Carmichael erreichte sie umgehend, und die Frau versprach, sobald ihr Mann aus dem Haus war, nach Rafids Nummer und Adresse zu suchen und sie schnellstmöglich per SMS zu senden. Allerdings befürchtete Mrs Carmichael, dass ihr Sohn Rafids neue Adresse nach dessen Umzug gar nicht bekommen hatte, aber sie würde auf jeden Fall die alten Kontaktdaten schicken.

Bei Warrens Eltern, deren Nummer sie über die Auskunft bekam, hatte Elizabeth leider weniger Glück. Da sich lediglich der Anrufbeantworter meldete, sprach sie ihr Anliegen auf Band und hinterließ ihre neue Handynummer. Seufzend setzte sie sich danach in den Sessel vor dem Fenster und schloss die Augen. Gott sei Dank war der Tag bereits komplett durchgeplant und hielt sie auf Trab. So würde sich ihr kaum Gelegenheit zum Grübeln bieten. Die Zweifel daran, ob sie die richtige Entscheidung getroffen hatte, wuchsen mit jeder Minute, und es graute ihr bereits vor der Nacht, wenn sie alleine mit sich und ihren Schuldgefühlen sein würde.

Ein kühler Lufthauch streifte ihre Schulter, und sie fröstelte. Verdutzt blickte Elizabeth zum fest verschlossenen Fenster. Doch dann ließ sie eine kaum wahrnehmbare und von einem elektrischen Prickeln begleitete Berührung an der Wange in die Höhe fahren.

„Danny?", keuchte sie. Ihr erloschenes Herz erwachte voller Hoffnung zum Leben und pochte wild in ihren Ohren. Gleichzeitig verspürte sie jedoch ein unerklärliches und komplett widersinniges Unbehagen, ihre Nackenmuskeln verspannten sich, und sie konnte den Drang, sofort das Zimmer zu verlassen, kaum bezähmen.

Unversehens verschwand die Berührung wieder, und Elizabeth legte ihre Fingerspitzen an die Stelle, wo sie eben noch das vertraute Kribbeln gespürt hatte.

„Danny?", wiederholte sie flüsternd. Mit weit aufgerissenen Augen sah sie sich im Zimmer um. „Ich spüre dich, aber ich kann dich weder hören noch sehen!" Doch er war hier. Ganz ohne Zweifel. Irgendwie hatte er es geschafft und einen Weg zurück zu ihr gefunden! Unglücklicherweise war wohl ihre Verbindung abgebrochen, aber ganz gewiss würden sie eine Möglichkeit finden, sie wieder herzustellen. Hauptsache, Daniel war zurück!

Die Lichter im Zimmer gingen hektisch flackernd an und aus, dann begann die CD in der Stereoanlage zu spielen.

Da begriff Elizabeth, was das Unbehagen zu bedeuten hatte: Er war wütend auf sie, sehr wütend sogar. Und er hatte ja auch allen Grund dazu. „Gott, Danny. Es tut mir so schrecklich leid. Bitte verzeih mir. Ich wollte dich doch nur beschützen! Aber jetzt bist du ja wieder bei mir. Alles wird wieder gut!"

Ohne Vorwarnung wurde die Tür zu ihrem Zimmer aufgerissen und Wood, dicht gefolgt von Riley und Susan, stürmte herein.

„Es ist Danny", rief ihnen Elizabeth aufgeregt entgegen. „Er ist hier! Er ist zurückgekommen!"

„Das ist nicht Danny, Bets", stöhnte Riley. „Das ist Justin." Er hielt sich den Kopf als hätte er Migräne. "Mann, schrei doch nicht so, ich hör dich ja!"

„Justin …“ Wie eine ausgepustete Kerze erlosch die Hoffnung in Elizabeth und damit auch ihr für einen kurzen Moment neu entfachtes Herz. Ernüchtert sank sie zurück auf den Sessel, ihre zu Fäusten geballten Hände wieder fest in den Bauch gepresst.

Währenddessen rief Riley: „Jetzt beruhige dich endlich! Danny ist nicht hier.“ Und nach einer kurzen Pause: „Er ist ins Licht gegangen. Er ist fort.“

Ins Licht gegangen, dachte Elizabeth und schnaubte leise. Das klang so, als hätte er freiwillig auf die andere Seite gewechselt. Aber sie alle hier wussten, dass das ganz und gar nicht der Fall gewesen war. Daniel hatte nicht gehen wollen. Er war geholt worden, gegen seinen Willen, und Elizabeth hatte ihn nicht gehalten.

Justin andererseits war noch immer hier, und das, obwohl er schon einige Monate vor Daniel gestorben war. Wurde er denn nicht gerufen?

Wood stand hinter Riley und maß die immer wilder flackernden Lampen mit besorgten Blicken. „Wie hat er Elizabeth aufgespürt?“, rief er über die Musik hinweg.

“Danny hat Justin vor drei Nächten die Wohnung gezeigt, damit er ihn im Notfall finden kann“, erklärte Riley, und in den Raum hinein: „Das geht auch leiser! Ich bin nicht taub, verdammt noch mal!“ Endlich schien sich Justin etwas zu beruhigen, denn die Lichter blieben aus, und auch die Musik schaltete sich wieder ab.

Susan hielt mit beiden Händen Woods rechten Arm umklammert und beobachtete Riley mit ehrfürchtig geweiteten Augen.

Dieser deutete auf sie und Wood und sagte: „Das ist Tony, er war Dannys Partner, und das ist Sue, Tonys Freundin … oder was auch immer.“ Wood quittierte die letzte Bemerkung mit einem frostigen Blick. „Er hat deine Nachricht auf dem AB der Gibbons gehört, Bets“, fuhr der Junge fort und wirkte nun deutlich entspannter. Er setzte sich auf die Bettkante und strich über seine dunklen Haarstoppel. „Er sagt, dass er regelmäßig bei den Gibbons vorbeischaut, um zu sehen, ob Warren vielleicht zu Hause ist. Und heute ist es endlich soweit. Er hat gehört, wie sich Warrens Eltern darüber unterhielten, dass er sie zu seinem Geburtstag besuchen kommen wird. Was zufälligerweise heute ist.“

„Ok“, sagte Wood. „Also werden auch wir ihm einen Geburtstagsbesuch abstatten. Riley, ich denke, dich brauchen wir dazu.“

„Justin, verspürst du bei Sonnenaufgang einen Ruf?“, fragte Elizabeth unvermittelt und hob ihre wie zum Gebet gefalteten Hände vor Mund

und Nase. „So, als ob etwas dich holen oder … oder wegziehen wollte?"

„Nichts dergleichen", gab Riley weiter. „Und Danny hatte ihn das neulich auch schon gefragt."

Wie konnte das sein? Warum war nur Daniel geholt worden? Warum hatte Riley noch nie etwas von einem Ruf gehört, und warum wurde nicht auch Justin auf die andere Seite geholt, der nach Elizabeths Ermessen viel weniger Grund hatte, in dieser Welt zu bleiben als Daniel?

„Nein, Mann", sagte Riley mit einem verstohlenen Blick in Elizabeths Richtung. „Ich glaube nicht, dass es dir auch so gehen wird. Ich bin mir ziemlich sicher, du wirst dann hinübergehen, wenn du bereit dazu bist. Es liegt nur an dir, wann das sein wird." Wieder eine Pause, in der er offensichtlich Justin zuhörte, dann gab er für die anderen weiter: „Justin sagt, Danny hätte ihm gezeigt, wie er mithilfe des PCs kommunizieren kann, und er übt jetzt, damit er seinem Bruder endlich sagen kann, dass er noch da ist und auf die Familie aufpasst."

„Das freut mich, Justin", flüsterte Elizabeth. „Dein Bruder braucht dich so sehr wie du ihn brauchst."

Wood sah sie einen Moment lang an, als wollte er widersprechen, doch falls er tatsächlich etwas zu sagen hatte, schluckte er es hinunter.

„Möchtest du uns heute Nachmittag zu den Gibbons begleiten?", fragte Elizabeth.

„Er wird auf jeden Fall da sein", antwortete Riley, dann rollte er mit den Augen. „Ja, klar kannst du das. Solange ich keine Botengänge für dich erledigen soll … Ja, das ist genau, was ich meine! Fang erst gar nicht damit an!"

„Wenn du möchtest, darfst du mich jederzeit besuchen, Justin", sagte Elizabeth. „Mach dich bemerkbar, und ich schalte meinen Laptop für dich ein."

„Er sagt Danke", wiederholte Riley Justins Worte. „Er geht jetzt und wird später bei den Gibbons auf uns warten."

„Bis später", flüsterte Elizabeth.

„Bye", hauchte auch Susan, mit einem zaghaften Winken in keine bestimmte Richtung, dann verließ sie zusammen mit Wood das Zimmer.

Riley blieb noch auf dem Bett sitzen und sah hinüber zu Elizabeth, die in sich zusammengesunken im Sessel saß. „Tut mir leid", sagte er leise.

„Ist nicht deine Schuld", gab Elizabeth ebenso leise zurück.

„Er kommt nicht wieder, Bets. Wenn sie erst mal hinübergegangen sind, gibt es kein Zurück."

„Wenn jemand einen Weg findet, dann Danny." Diesen winzigen Funken der Hoffnung würde sie sich bewahren. Sie würde nicht darauf vertrauen und ganz sicher nicht darauf warten. Aber sie würde immer darauf hoffen.

„Hm", war alles, was Riley erwiderte.

„Warum habe ich eigentlich nie Dannys Emotionen gefühlt?", fragte sie nun. „So wie du … Nicht einmal, wenn er mich berührte. Ich meine, in St. Agnes war es ihm fast unmöglich, seine Wut in Zaum zu halten, doch wenn er mich berührte, habe ich nicht dieses Unbehagen gefühlt wie die anderen Leute, die er angefasst hat."

Riley hob die Schultern. „Ich denke, das lag an der Art eurer Verbindung. Das war einzigartig. Ich könnte mir sogar vorstellen, dass seine Gefühle bis zu einem gewissen Grad zu deinen eigenen wurden. Und umgekehrt. Aber das ist nur eine Theorie …"

„Siehst du", lächelt Elizabeth traurig. „Wieder etwas, das du nicht genau weißt."

„Davon gibt es eine ganze Menge. Ich habe mir übrigens so meine Gedanken zu der Sache mit dem Ruf der anderen Seite gemacht …"

„Riley", stöhnte sie abwehrend.

„Nein, hör mir zu", bat er. „Ich denk mir das so: Die Geister, die ich bisher kannte, konnten sich alle Zeit der Welt nehmen, um ihre Angelegenheiten zu regeln, denn auf sie hat nichts gewartet, keine Aufgabe. Aber was, wenn die höheren Mächte mit besonderen Seelen, die zu Lebzeiten Außergewöhnliches geleistet haben, noch etwas vorhaben, und sie Danny deshalb holten? Ich bin noch immer überzeugt, dass es für Danny keine ewige Verdammnis bedeutet hätte, wäre er hier geblieben, denn Gottes Wege mögen vielleicht unergründlich sein, aber ungerecht sind sie ganz sicher nicht. Ich könnte mir vorstellen, dass die höheren Mächte große Pläne mit ihm haben und deshalb nicht warten wollten, bis er von sich aus hinübergeht." Als Elizabeth ihn nur ausdruckslos ansah, fragte er unsicher: „Macht das Sinn?"

„Ja", nickte Elizabeth schließlich und blinzelte die erneut aufsteigenden Tränen aus den Augen. „Sehr viel Sinn sogar."

„Naja, und deshalb …", fuhr Riley mit einem kleinen Schulterzucken fort, „deshalb glaube ich, dass es doch richtig war, dass du ihn hast gehen lassen."

5

„Du und Susan, seid ihr jetzt wieder zusammen?“ Elizabeth bemühte sich, echtes Interesse in ihre Stimme zu legen. Sie hatten eben Susans Kombi aus dem Parkhaus an der Paddington Station geholt und fuhren nun Richtung Clapham zum Haus der Gibbons.

Elizabeth saß dabei auf dem Beifahrersitz, während Riley auf dem Rücksitz vor sich hinbrütete. Es war offensichtlich, wie wenig ihm die Aussicht behagte, erneut Justins negativen Emotionen ausgeliefert zu sein.

Susan hatte unterdessen die Aufgabe übernommen, sich den Sektor der beiden Handyortungen in Wimbledon genauer anzusehen und eine möglichst umfassende Aufstellung aller dort ansässigen Geschäfte, Familien und Einrichtungen anzufertigen. Auch wenn das besagte Gebiet nur eine Quadratmeile umfasste, so war diese Aufgabe für eine Person alleine doch gewaltig, aber Susan war bis in die Haarspitzen motiviert an die Sache herangegangen.

„Sagen wir mal so“, beantwortete Wood nach kurzem Zögern Elizabeths Frage, „die jüngsten Ereignisse haben uns daran erinnert, wie kostbar das Leben und die gemeinsame Zeit sind und dass man gut daran tut, sie nicht zu vergeuden.“

„Gute Einstellung“, nickte Elizabeth,

Es nieselte, als sie vor dem Plattenbau ausstiegen, in dem Warrens Eltern wohnten. Ihre Handys ließen sie auf Rileys Anraten hin im Auto, schließlich war absehbar, dass Justin nicht sonderlich gute Laune haben würde.

Auf den wenigen Meter bis zur Haustür wickelte sich Elizabeth fest in ihre Jacke und zog die Schultern bis zu den Ohren hoch. In letzter Zeit fror sie ständig.

Wood hatte bereits geklingelt und sprach nun in offiziellem Ton in die Gegensprechanlage. „Guten Tag, Mrs Gibbons. Mein Name ist Detective Sergeant Wood von der Metropolitan Police. Ich würde mich gerne kurz mit Warren unterhalten.“

„Oh“, kam es knacksend und etwas abgehackt zurück. „Ist etwas passiert? Hat er was angestellt?“

„Kein Grund zur Sorge, Mrs Gibbons. Es geht um den Fall Justin Moreland.“

Es folgte eine kurze Pause, dann sagte Warrens Mutter: „Muss das wirklich sein? Heute ist Warrens Geburtstag, und den will ich ihm nicht vermiesen. Justins Tod hat ihm schwer zugesetzt und … Ah!“

In dem Moment, als Mrs Gibbons erschrocken aufschrie und die Gegensprechanlage verstummte, fasste sich Riley stöhnend an die Schläfe.

Wood und Elizabeth tauschten einen wissenden Blick. „Justin“, seufzte Wood, bevor er Riley besorgt ansah. „Geht´s Kleiner?“

Der Junge biss die Zähne zusammen und nickte tapfer. „Gegen Dannys Wüten neulich ist das hier ein Kinderspiel.“

Elizabeth zuckte zusammen. „Du kannst ihn schon jetzt spüren?“, fragte sie leise und rang darum die durch Rileys Bemerkung heraufbeschworenen Erinnerungen aus ihrem Bewusstsein zu verbannen.

„Je stärker ihre Emotionen sind, desto weiter der Radius, in dem ich Geister spüren kann. Und vertraute Schwingungen reichen sogar noch weiter.“

Wood klingelte noch einmal, doch die Gegensprechanlage blieb stumm. Einen Augenblick später wurde jedoch die Haustür von einer stämmigen Frau mit kurzen, platinblonden Haaren und geröteten Wangen geöffnet. Sie trug einen hellblauen Hausanzug und sah ziemlich abgehetzt aus.

„Entschuldigung“, sagte sie kurzatmig. „Aber wir haben schon wieder einen Stromausfall. Das passiert heute andauernd. Und gerade eben kam eine Stichflamme aus der Kaffeemaschine! Ausgerechnet, wenn Besuch da ist!“

„Ja, Probleme dieser Art haben wir alle hin und wieder“, sagte Wood trocken. „Dürfen wir reinkommen?“

„Sind Sie alle drei von der Polizei?“Mrs Gibbons skeptischer Blick haftete zunächst auf Elizabeth, die versuchte freundlich zu lächeln, und dann auf Riley, der äußerst missmutig drein schaute.

„Miss Parker ist als externe Ermittlerin tätig. Sie hat heute Mittag eine Nachricht auf ihrem AB hinterlassen. Und dieser junge Mann hier nimmt an einem Schülerprogramm teil, in dem Jugendlichen ein Eindruck über die Arbeit der Polizei vermittelt werden soll.“

„Aha. Na dann kommen Sie mal mit rauf. Wir haben gerade eine Feier. Es wäre also schön, wenn es nicht allzu lange dauert.“

Damit trat sie zurück und ließ sie ein.

„Wir werden Ihre Zeit nicht übermäßig in Anspruch nehmen, Mrs Gibbons", versicherte Wood.

Sie folgten der Frau die Treppen hinauf bis in eine Wohnung im vierten Stock, aus der laute Musik zu hören war.

„Es gibt wohl wieder Strom", bemerkte Elizabeth leise, und Riley flüsterte: „Die Frage ist nur, für wie lange."

„Warren", rief Mrs Gibbons ins Wohnzimmer, aus dem die Musik, vermischt mit dem Stimmengewirr mehrerer angeregter Unterhaltungen, drang. „Hier ist Besuch für dich."

Sofort erschien ein hochgewachsener junger Mann mit braunen Haaren und den gleichen roten Wangen wie seine Mutter in der Tür.

Hinter ihm kam ein älterer Mann mit millimeterkurz geschorenem Haar aus dem Zimmer getrottet. Er trug einen schwarzen Trainingsanzug und Pantoffeln.

„Noch mehr neue Freunde von dir?", wollte er von Warren wissen, während Mrs Gibbons in der Küche verschwand, aus der es wenig verführerisch nach Kaffee, Zigarettenrauch und verschmortem Plastik roch.

„Nein, Dad", antwortete der junge Mann mit einem fragenden Stirnrunzeln. Im Gegensatz zu seinen Eltern war er mit Kakihose und weißem Hemd gut gekleidet. „Ich weiß nicht, wer das ist."

„Ich bin Detective Sergeant Anthony Wood von der Metropolitan Police. Wir würden gerne mit dir über Justin Moreland sprechen. Und alles Gute zum Geburtstag übrigens."

„Danke", murmelte Warren verhalten. Seine Augen waren schmal, als versuchte er, die Situation einzuschätzen. „Ich habe gerade Besuch …"

„Fragen wegen Justin?", unterbrach Mr Gibbons polternd. „Das ist doch Monate her."

„Ja, das ist richtig, Sir", entgegnete Wood mit professioneller Höflichkeit. „Aber es gibt neue Erkenntnisse." Und an Warren gewandt: „Es wird nicht lange dauern."

„Also schön", lenkte der junge Mann schließlich ein. „Aber nicht hier. Das ist kein Thema für eine Geburtstagsfeier. Lassen Sie uns vor die Tür gehen." Sein Auftreten war nicht das eines Teenagers, sondern das eines selbstbewussten Erwachsenen.

„Wie du meinst", nickte Wood und deutete einladend zur Tür. „Nach dir."

Sie gingen zurück ins Treppenhaus, und Warren zog die Wohnungstür hinter sich ins Schloss.

„Wie gefällt es dir auf deiner neuen Schule?“, fragte Elizabeth. „Martin, Justins Bruder, erzählte uns, dass du auf einer Schule für Hochbegabte aufgenommen wurdest.“

„Es ist ganz großartig. Fordernd und sehr erhellend.“ Sein Tonfall war selbstgefällig, ja, geradezu überheblich.

„Und hast du viele neue Freunde gefunden?“

„Jede Menge.“

„Wusstest du, dass Justin sehr darunter gelitten hat, als du weggegangen bist und die Freundschaft beendet hast?“

Warrens Augen wurden wieder schmal. In einer abwehrenden Haltung verschränkte er die Arme vor der Brust. „Ich habe die Freundschaft nicht beendet. Aufgrund des umfangreichen Stundenplans hatte ich einfach nur wenig Zeit für ihn.“

„Aber ihr hattet doch einen heftigen Streit, oder nicht?“, fragte Riley, sich die Schläfe massierend. „Und du hast ihm gesagt, er soll sich zur Hölle scheren, wenn er nicht versteht, dass du dich bestmöglich um deine Ausbildung kümmern möchtest.“

„Woher weißt du das?“, fauchte Warren. Die Erwachsenen-Fassade bröckelte, und für einen kurzen Moment schimmerte ein unsicherer Junge durch.

„Auch das hat Martin uns erzählt“, erklärte Elizabeth schnell.

„Hast du Justin nach diesem Streit noch immer als deinen Freund betrachtet?“, fragte Wood nun. Er beobachtete Warrens Reaktion sehr genau.

„Natürlich!“, entgegnete dieser energisch. „Justin war mein bester Freund.“

Warren hatte kaum zu Ende gesprochen, als alle Türglocken auf dem Stockwerk auf einmal losschrillten. Wenige Sekunden später herrschte wohl abermals Stromausfall, denn sobald die Türklingeln verstummten, war auch die Musik aus der Wohnung nicht mehr zu hören.

Riley lehnte sich stöhnend an die Wand. „Ich denke nicht, dass Justin das genauso sah.“

„Ich wünschte wirklich, jemand würde dieses Problem endlich in den Griff bekommen“, brummte Wood.

„Und ich erst“, ächzte Riley.

Verständnislos sah Warren zwischen Wood und Riley hin und her. „Warum stellen Sie mir diese Fragen überhaupt? Hat Martin gesagt, ich hätte etwas damit zu tun? Verdächtigen Sie mich etwa?"

Anstelle Warren zu antworten, fragte Elizabeth: „Hast du so etwas schon mal gesehen?" Sie hatte das Foto des Bhowanee-Dolchs aus der Tasche gezogen und hob es nun für Warren hoch.

„Nein", erwiderte der junge Mann, ohne zu zögern.

„Möchtest du es dir nicht erst mal genauer ansehen?", meinte Wood und hob fragend die Augenbrauen.

Daraufhin besah sich Warren das Foto in Elizabeths Hand betont aufmerksam, bevor er sagte: „Nein, Sir. Ich habe diesen Dolch noch nie zuvor gesehen."

Wood wirkte wenig überzeugt. „Wo warst du eigentlich, als Justin getötet wurde?", fragte er wie beiläufig, während Elizabeth das Foto in ihrer Handtasche verschwinden ließ.

„Sie verdächtigen mich also tatsächlich?", fuhr der junge Mann auf. „Warum sollte ich das getan haben? Er war doch mein Freund!"

„Das ist eine reine Formalität", erwiderte Wood. „Wenn du uns die Frage beantwortest, können wir dich umso schneller von der Liste der Verdächtigen streichen."

„Ich habe zusammen mit einigen Schulkameraden gelernt", blaffte Warren. „Das können die Ihnen auch bestätigen."

„Und das weißt du genau, obwohl es Monate her ist?", hakte Wood ein.

„Ja, weil es ein täglicher Bestandteil meines Stundenplans ist."

„Lässt dein umfangreicher Stundenplan die Mitgliedschaft in einer … einer außerschulischen Gemeinschaft zu?"

„Was soll denn jetzt diese Frage?", rief Warren ärgerlich. „Und nein! Außerschulische Aktivitäten sind strikt untersagt."

Riley stieß sich von der Wand ab, um Wood etwas ins Ohr zu flüstern. Der nickte einmal und schürzte die Lippen. „Dürften wir mal einen Blick auf deine Handgelenke werfen?"

„Was? Wieso?"

Das fragte sich Elizabeth ehrlich gesagt auch, aber offenbar hatte Justin eine wichtige Beobachtung gemacht, die er Riley mitgeteilt hatte.

„Du musst ihnen keine Fragen beantworten, Warren." Zwei junge Männer waren aus der Wohnung getreten und bauten sich wie Bodyguards neben ihrem Freund auf. Der Junge, der gesprochen hatte, war farbig und von Warrens Statur, der zweite hatte wellige blonde Haare und reichte den anderen beiden gerade mal bis zur Schulter. Auch sie trugen Kakihosen und weiße Hemden. „Komm rein und lass uns weiterfeiern."

„Jungs, es handelt sich hier um eine polizeiliche Ermittlung." In Woods Stimme lag eine Autorität, die keine Widerrede duldete. „Mr Gibbons hier ist ein wichtiger Zeuge in einem Mordfall und verpflichtet, uns Auskunft zu geben."

„Nein, Detective. Das ist er ganz sicher nicht", stellte der farbige Junge richtig. Woods offizielles Auftreten schien ihn nicht im Geringsten zu beeindrucken. „Dafür müssten Sie ihn schon vorladen lassen."

„Hör zu, du Schlaumeier", knurrte Wood und machte einen Schritt auf das Dreiergespann zu. „Wenn Warren nur mit einer Vorladung mit uns redet, wirft das kein besonders gutes Licht auf ihn. Dann sollte er besser gleich mit einem Anwalt erscheinen. Willst du es wirklich darauf ankommen lassen?"

Warren wirkte plötzlich nervös und wich etwas zurück, doch seine beiden Freunde sahen Wood nur gelassen an. „Warren, du hast dir doch sicherlich den Ausweis des Detectives zeigen lassen, oder?", fragte der blonde Junge selbstgerecht grinsend. „Sie können sich doch ausweisen, nicht wahr, Detective?

Selbstverständlich konnte Wood das aufgrund seiner Suspendierung nicht. Anstelle es jedoch gut sein zu lassen und sich diskret zurückzuziehen, zischte er: „Ihr kleinen arroganten Mistfliegen! Was bildet ihr euch eigentlich ein? Entweder ihr verschwindet jetzt und lasst Warren in Ruhe mit uns reden, oder ..."

„Oder was?", unterbrach ihn der blonde Junge ungerührt. „Holen sie dann die Polizei?"

„Tony", flüsterte Elizabeth, umfasste seinen Arm und versuchte ihn zurückzuziehen. „Wir haben andere Möglichkeiten. Lass uns gehen."

Auch Riley legte beschwichtigend eine Hand auf Woods Schulter und versuchte ihn von den Dreien wegzubewegen. „Das ist es nicht wert, Mann", flüsterte er.

Doch Wood schien die beiden gar nicht wahrzunehmen. Stattdessen machte er einen schnellen Schritt nach vorne, packte Warrens rechten Arm und schob den Ärmel des weißen Hemdes zurück.

Elizabeth schnappte nach Luft. Auf der Unterseite von Warrens Handgelenk war ein etwa fünf Zentimeter großes Symbol eingeritzt.

Die Ränder der Wunde waren noch gerötet und mit frischem Schorf bedeckt.

Nur eine Schrecksekunde später versetzte Warren Wood einen kräftigen Stoß gegen die Brust und entzog ihm den Arm. Gleichzeitig gingen auch die zwei anderen Jungs dazwischen. Sie stellten sich Schulter an Schulter vor ihren Freund und drängten Wood somit zurück.

„Dafür werden Sie noch büßen", drohte der blonde Junge. Sein Gesicht war wutverzerrt, seine Hände zu Fäusten geballt.

Dieses Mal war es an Wood, ihm ein gelassenes Lächeln zu schenken, denn er hatte gesehen, was er wollte. Mit halb erhobenen Händen machte er einen Schritt zurück.

„Gehen wir", sagte Elizabeth nachdrücklich und schob ihn mit Rileys Hilfe Richtung Treppe. Die Situation stand kurz davor zu eskalieren, und auf einen echten Kampf sollten sie es auf keinen Fall ankommen lassen. Sie hatten genug gehört und gesehen.

Niemand sagte ein Wort, bis sie wieder im Auto saßen, doch dann konnte Elizabeth nicht länger an sich halten. „Also ganz ehrlich, Tony? *Meine* Art, Leute zu befragen ist vielleicht nicht optimal, aber sie entspricht noch eher der Vorschrift als deine."

Sprachlos starrte Wood sie von der Seite an, und erst, als ein winziges Lächeln auf Elizabeths Gesicht durchbrach, zuckten auch seine Mundwinkel. „Ja, das entsprach nicht ganz dem Diensthandbuch."

„Und wen kümmert's?", erwiderte sie mit einem lapidaren Schulterzucken.

„Du klingst wie Danny … Ist Justin bei uns?", fragte er mit einem Blick in den Rückspiegel.

„Nein, Gott sei Dank nicht", seufzte Riley erleichtert. „Lange hätte ich ihn nicht mehr ertragen."

„Hoffentlich macht er ihnen so richtig die Hölle heiß", grollte Wood.

„Das darfst du aber glauben." Riley schloss die Augen und legte den Kopf zurück.

„Sieht so aus, als hätte Justin von Anfang an recht gehabt, was Warren betrifft", stellte Elizabeth fest. „Ich bin mir sicher, er und seine Freunde gehören zu dem Kult und dass sie es waren, die Justin angegriffen haben." Mit leisem Schrecken wurde ihr bewusst, dass sie eben mit großer Wahrscheinlichkeit Mördern gegenübergestanden hatten. Eiskalten Mördern, die Justin ohne sichtbare Reue ihrer grausamen Göttin geopfert hatten.

Ein weiterer Gedanke durchzuckte sie. Waren Warren und seine Freunde eventuell auch Daniels Mörder? Waren sie es gewesen, die ihn als Feind des Kultes getötet hatten?

Nein, vermutlich nicht, beantwortete sie sich umgehend selbst die Frage. Sonst hätte Warren sie erkannt und anders auf sie reagiert. Wenn er nicht ein ganz hervorragender Schauspieler war, hatte er nicht gewusst, wer sie war.

„Ja, ich glaube auch, dass wir mit dem Trio Infernale einen Treffer gelandet haben", sagte Wood indes.

„Ich hoffe nur", dass Justin an ihnen dran bleibt", meinte Elizabeth. „Er kann uns sagen, wo der Kult zusammentrifft, wer noch dazu gehört und was sie vorhaben. Er könnte sogar herausfinden, wer das letzte Opfer sein soll."

„Ich würde mich nicht zu sehr auf Justin verlassen", warnte Riley von der Rückbank her. „Er denkt nicht wirklich rational. Ich könnte mir vorstellen, dass er ein paar Blitze verschießt und anschließend nach Hause zu seiner Familie geht."

„Es wäre eine Schande, wenn diese Gelegenheit ungenutzt bliebe", seufzte Elizabeth. Mit den Handballen rieb sie die geschwollenen Augenlider. „Alles, was uns fehlt, ist ein Beweis für Warrens Schuld, und Justin könnte ihn liefern. Ich wünschte, wir hätten ihm gesagt, was er tun soll."

„Denkt ihr, es war Zufall, dass Warrens Kumpel nach Tonys Ausweis gefragt hat?", wollte Riley wissen. „Oder wusste er, dass er suspendiert ist?"

„Er wusste es", knurrte Wood.

„Aber nicht Warren", gab Elizabeth zu bedenken. „Ich glaube, er hatte keine Ahnung, wer wir sind."

„Vermutlich haben die beiden anderen mit ihrem Meister telefoniert und von ihm Anweisungen erhalten, während Warren sich vor der Tür mit uns unterhielt."

„Sehr gut möglich", nickte Elizabeth. „Mit ihrem *Acharya* …" Sie bedachte Wood mit einem fragenden Blick. „Gibt es eigentlich einen Grund, warum wir noch hier parken?

„Ja, den gibt es durchaus." Er klang wieder gewohnt beherrscht, ganz wie ein Officer im Dienst. „Wir müssen an Warren dran bleiben. Nachdem wir uns laut Riley nicht auf Justin verlassen können, müssen wir das selbst übernehmen. Er ist die heißeste Spur, die wir haben. Heißer als Dr.

Mortimer oder Stan Gilbertson. Die beiden sind Handlanger, aber Warren ist an den Morden beteiligt, auf ihn müssen wir uns konzentrieren. Er wird uns zu den Mördern der anderen Jungs führen. Und zu Dannys Mördern."

„Und wie sollen wir das machen?", wollte Riley wissen. Er saß mitten auf der Rücksitzbank und hatte sich soweit nach vorne gebeugt, dass sein Kopf zwischen den beiden Vordersitzen hervorschaute. „An ihm dran bleiben, meine ich."

„Na, durch gute altmodische Beschattung", erwiderte Wood grimmig lächelnd. „So wie wir das früher ohne *geistigen Beistand* auch gemacht haben."

„Klingt ja spannend", murrte Riley sarkastisch. „Und er wird jetzt auch ganz sicher nicht besonders wachsam sein …"

„Hast du einen besseren Vorschlag, Kleiner?"

„Können wir ihn nicht verwanzen, oder so was?"

„Ja, klar", nickte Wood. „Wenn wir jemals wieder nahe genug an ihn ran kommen."

„Das kann doch ewig dauern, bis sie runter kommen", stöhnte Riley und sank zurück in den Sitz. „Vielleicht übernachtet Warren heute ja auch bei seinen Eltern."

„Tut er nicht." Elizabeth deutete aus dem Fenster. „Da kommen sie."

Gehüllt in identische dunkelblaue Regenjacken kamen die drei jungen Männer die Stufen zur Straße herunter. Ihre Gesichter waren düster, als sie aufmerksam die Umgebung sondierten.

„Köpfe runter!", zischte Wood und duckte sich als Erster. Gott sei Dank parkten sie nicht direkt vor dem Plattenbau, sondern in einer Reihe von Fahrzeugen, einige Meter die Straße hinunter. Außerdem gab es wohl kaum einen unauffälligeren Wagen, als Susans blauen Kombi.

„Als ob ich es geahnt hätte", seufzte Riley, der sich seitlich auf die Rückbank hatte fallen lassen. „Keine Spur von Justin. Er ist sicher schon wieder zuhause."

Elizabeths Stirn berührte fast ihre Knie, aber sie traute sich nicht, auch nur einen Millimeter weit den Kopf zu heben. „Das darf doch wohl nicht wahr sein!", stöhnte sie. „Hält er es tatsächlich nicht länger als zwei Stunden ohne seine Familie aus?"

„Sie gehen Richtung Bahnhof", sagte Wood. Eine Sekunde später startete er den Wagen.

„Riley, ich lass dich an der nächsten Ecke raus. Häng dich an sie ran."

„Was?", krächzte der Junge. „Ich hab doch null Erfahrung im Beschatten!"

Auch Elizabeth hielt das für keine besonders gute Idee. „Wir können Riley unmöglich alleine hinter drei Mördern herschicken! Was, wenn sie ihn bemerken?"

„Wenn sie einen Zug oder die U-Bahn nehmen, ist ein Teenager alleine am unauffälligsten." Wood sah kurz in den Rückspiegel. „Zieh am besten die Kapuze über den Kopf und halte den Blick gesenkt, dann siehst du aus wie tausend andere auch. Hast du deinen iPod dabei? Dann steck dir die Kopfhörer in die Ohren."

Trotzdem hatte Elizabeth kein gutes Gefühl bei der Sache. „Tony, wir …", setzte sie an, doch Wood ließ sich nicht unterbrechen.

„Geh kein Risiko ein, Kleiner", sagte er mit Nachdruck. "Halte immer genügend Abstand und versuche, sie nicht direkt anzusehen. Wenn du glaubst, sie könnten dich entdeckt haben, haust du sofort ab, irgendwohin, wo Leute sind, und du rufst uns umgehend an, verstanden?"

„Ok", murmelte er und packte seine Sachen zusammen. Wood hielt gegenüber vom Bahnhof, wo Riley mit einem geseufzten: „Also bis später", aus dem Wagen sprang.

„Hoffentlich geht das gut", sagte Elizabeth, während sie dem hageren Jungen hinterher sah, der mit hochgezogenen Schultern über die Straße sprintete. Die drei dunkelblauen Regenjacken verschwanden gerade im Treppenabgang ins Untergeschoss des Bahnhofs. „Danny hätte das ganz gewiss nicht gutgeheißen." *Allerdings hätte sich, wenn Daniel hier wäre, die Frage erst gar nicht gestellt, wer die Beschattung übernahm*, dachte sie bitter.

„Keine Sorge. Der Kleine ist clever", meinte Wood zuversichtlich. „Er bekommt das hin."

6

Sie waren noch keine fünf Minuten unterwegs, als Elizabeths Handy klingelte. Sie erwartete, Rileys Namen auf dem Display zu sehen, doch es war Jennifer.

Eigentlich hatte sie im Moment weder Zeit noch Nerv für den Anruf ihrer Freundin, doch ihr letztes Gespräch lag fast eine Woche zurück, und Elizabeth hatte das Gefühl, Jennifer nach dem Überfall in Soho zumindest ein offenes Ohr zu schulden, wenn sie sich schon nicht persönlich treffen konnten.

„Hey! Gott sei Dank erreiche ich dich mal. Wo hast du nur gesteckt?" Jennifer klang nicht vorwurfsvoll, nur ehrlich erfreut Elizabeth endlich zu sprechen. „Alles okay bei dir? Ich habe mir Sorgen gemacht."

„Ja, alles in Ordnung. Ich habe zurzeit nur sehr viel um die Ohren."

„Du hörst dich müde an. Du solltest mal einen Gang runter schalten."

„Im Moment ist das eher schwierig", seufzte Elizabeth, mit der freien Hand über ihre Augen reibend. Vielleicht sollte sie ihrer Freundin doch einen dezenten Hinweis geben, dass der Zeitpunkt für ein Gespräch ungünstig war. „Ich bin gerade mit Tony unterwegs ..."

„Hm, ich finde, dir würde mal eine etwas andere Beschäftigung gut tun", plapperte Jennifer fröhlich weiter. „Zum Beispiel mit mir auf Brautkleidjagd zu gehen. Bist du Montagnachmittag frei? Wir könnten uns auch schon einige Lokale für die Hochzeit ansehen."

„Jenn", setzte Elizabeth an, doch ein dicker Knoten, der plötzlich in ihrem Hals steckte, ließ sie nicht weiterreden. Sie schluckte heftig und versuchte es erneut. „Jenn, ich weiß nicht, wie ich es sagen soll ... aber ich denke, es wäre besser, wenn du jemand anderen darum bittest, deine Trauzeugin zu sein. Ich ..." Wieder versagte ihr die Stimme, woraufhin Wood ihr einen besorgten Blick zuwarf.

Einen Herzschlag lang herrschte Stille in der Leitung. Dann sagte Jennifer: „Du willst nicht mehr? Warum nicht?" Sie klang so enttäuscht und verletzt, dass der Kloß in Elizabeths Kehle weiter anschwoll.

„Es geht nicht um wollen, Jenn", presste sie mühsam hervor. „Ich glaube nur, dass ich im Moment keine große Hilfe für dich sein kann." Und zwar, weil sie allein den Gedanken an eine Hochzeit und alles was dazugehörte, kaum ertrug und sie sich völlig außerstande sah, für Jennifer ein fröhliches Gesicht aufzusetzen. „In meiner derzeitigen Gemütsverfassung würde ich dir alles verderben, und das will ich nicht."

„Was ist passiert, Elizabeth? Letzte Woche warst du doch noch so glücklich. Hat es was mit Patrick zu tun?"

„Er … er wurde versetzt." Verschämt schielte sie zu Wood, der bei ihren Worten leise geschnaubt hatte.

„Und wo ist das Problem? Du kannst doch jederzeit nachkommen, jetzt, da du von überall aus arbeiten kannst. Und überhaupt, habt ihr schon mal was von Fernbeziehungen gehört?"

Fast hätte Elizabeth hysterisch aufgelacht. *Fernbeziehung! Ja, genau. Über die unüberwindbarste aller Entfernungen hinweg.* Aber früher oder später würde sie nachkommen, und dann zeigte sich, ob er sie nach dem, was sie getan hatte, noch immer haben wollte. „So einfach ist das nicht, Jenn", sagte sie mit rauer Stimme. „Er ist undercover … sozusagen."

„Oh, das ist natürlich etwas anderes. Hm." Sie schwieg einen Augenblick, dann sagte sie: „Hör zu, Süße. Ich hätte dich wirklich gerne als Trauzeugin, und wir haben ja noch etwas Zeit. Wir müssen heute noch keine Entscheidung treffen. Lass uns einfach Ende nächster Woche noch mal telefonieren, und dann sehen wir, wie es dir geht. Einverstanden?"

„Okay", seufzte Elizabeth, obwohl sie wenig Hoffnung hatte, dass sich nächste Woche etwas an ihrer Verfassung ändern würde. Oder nächsten Monat. Oder in den nächsten zehn Jahren …

„Halt die Ohren steif. Das wird schon wieder! Du weißt doch, die Zeit heilt alle Wunden."

Richtig, dachte Elizabeth, *aber mitunter hinterlässt sie dabei auch hässliche Narben.*

Nachdem sie aufgelegt hatte, wandte sie sich an Wood, der das mitgehörte Gespräch mit keinem Wort kommentierte, wofür sie ihm ausgesprochen dankbar war. „Wäre es möglich, dass wir einen kurzen Stopp in meiner Wohnung einlegen? Ich habe dort etwas vergessen."

„Ist es wichtig?"

Sie zögerte und strich abwesend über das Lederband an ihrem Handgelenk. Für sie war es sehr wichtig, so wichtig, dass sie eigentlich gar nicht verstand, warum sie nicht daran gedacht hatte, als sie neulich ihre Sachen aus der Wohnung geholt hatten. Aber würde Wood das auch verstehen?

„Ich will die Rock'Zone Demo-CD holen", sagte sie schließlich kleinlaut. „Um seine Stimme zu hören." Und damit hoffentlich endlich ein wenig von seiner Nähe spüren, nach der sie sich so verzweifelt sehnte.

„Ok", sagte Wood nur und lenkte den Wagen Richtung Southwark.

Wie beim letzten Mal legte er kurzerhand die Absperrpfosten am Anfang des für Autos gesperrten Weges um und fuhr direkt vor die Haustür.

Bevor sie ausstiegen, fing er Elizabeths Blick ein. „Würde mich zwar wundern, wenn sie deine Wohnung noch immer rund um die Uhr beobachteten, aber wir sollten trotzdem auf Nummer sicher gehen und uns beeilen. Außerdem wäre es besser, in der Wohnung nicht zu reden. Ich gehe zuerst rein und überprüfe die Zimmer. Und auf dem Rückweg legen wir dann ein paar kleine Umwege ein. Nur für den Fall."

Oben an der Wohnungstür musste Elizabeth lange in den unergründlichen Tiefen ihrer Handtasche nach dem Schlüsselbund suchen, den sie ja schon eine Weile nicht mehr gebraucht hatte. Um sich vorzuarbeiten, kramte sie zunächst ihre Geldbörse heraus und drückte sie Wood in die Hand, dann holte sie das neue Notizbuch und die Unterlagen hervor und klemmte sich alles unter den Arm. Schließlich ertasteten ihre Fingerspitzen die Schlüssel.

Sie war gerade dabei, die Tür zu öffnen, als jemand laut ihren Namen rief. Erschrocken fuhr sie herum und stellte fest, dass es ihre indisch-stämmige Nachbarin Shari war, die gut gelaunt die Treppe herauf kam. Sie seufzte leise. *Erst Jennifer und jetzt Shari. Fabelhaft.*

„Mann! Ich wollte schon eine Vermisstenanzeige aufgeben … Oh!" Elizabeths jammervolle Erscheinung und Woods ungeduldige Miene wischte das Lächeln aus Sharis Gesicht. „Ist etwas passiert?"

„Nein, Shari. Alles in Ordnung. Danke." Eilig versuchte Elizabeth ihre Sachen wieder in der Tasche zu verstauen, doch die Papiere entglitten ihren Fingern und flatterten zu Boden.

Sofort gingen Wood und Shari in die Knie, um sie aufzusammeln. Dabei erwischte Shari das nachbearbeitete Foto des Dolches und betrachtete es stirnrunzelnd.

„Des treusten Freundes Blut für Bhowanees Gunst", las sie laut vor. „Was ist denn das?"

„Das ist für eine Story, an der ich arbeite", sagte Elizabeth sofort und nahm ihrer Nachbarin das Foto aus der Hand.

„Moment! Was haben Sie da eben gesagt", fuhr Wood dazwischen.

„Des *treusten Freundes* Blut?"

„Ja, das steht da", entgegnete Shari verständnislos.

„Freundes, nicht Feindes?", vergewisserte sich Wood.

„Ja, Freundes. Ganz sicher. Mein Sanskrit ist ziemlich gut. Meine Eltern legten immer sehr viel Wert darauf, dass ich es fließend beherrsche."

Elizabeth begegnete Woods verwirrtem Blick. In seinen Augen stand sie die gleiche Frage, die sie sich auch selbst stellte: Wieso hatte Hamilton eine falsche Übersetzung geliefert?

„Shari, kann man die Wörter für Freund und Feind in Sanskrit leicht verwechseln?", fragte sie. Noch hielt sie sich an der Hoffnung fest, dass Sir Thomas lediglich ein Flüchtigkeitsfehler unterlaufen war.

„Nein", erklärte die junge Frau jedoch. „Das sieht komplett verschieden aus."

Elizabeth fühlte sich wie vor den Kopf gestoßen. „Mein Gott, das bedeutet …"

„… dass er dich belogen hat", vervollständigte Wood ihren Satz.

Wenn mir der alte Mann hierbei nicht die Wahrheit gesagt hatte, wobei hat er dann noch gelogen?, fragte sich Elizabeth, holte zittrig die Zeichnung mit dem Sonnenamulett hervor und reichte sie Shari. „Was ist damit? Was steht da?"

„Hm, einige Zeichen sind nicht ganz korrekt, aber ich würde denken, das heißt: *Teure Seele, beschworen durch der Sonne Macht.*"

„Und wie hat er es übersetzt?", wollte Wood wissen.

„Ersehnte Seele, gelenkt durch die Strahlen der Sonne." Elizabeth wandte sich wieder an ihre Nachbarin: „Shari, sagt dir eventuell Bhowanee etwas? Oder der Kult der Thuggees?"

„Naja, ich habe natürlich die alten Geschichten gehört. Von den Raubmördern, die sich in Reisegruppen eingeschlichen und nachts die Mitreisenden erdrosselt und ausgeraubt haben. Warum? Sind die Thuggees das Thema, über das du schreibst?"

„In gewisser Weise", murmelte Elizabeth.

„Das Ganze hat aber nichts mit dem Mord zu tun, dessen Zeuge du vor einigen Wochen warst, oder etwa doch?"

Elizabeth setzte gerade zu einer Antwort an, aber Wood war schneller: „Natürlich nicht. Der Kult der Thuggees existiert seit über hundert Jahren nicht mehr." Anschließend wandte er sich mit Ungeduld in der Stimme an Elizabeth.

„Ich stehe im Halteverbot, also lass uns schnell deine CD holen."

„Danke, Shari. Du warst uns eine große Hilfe. Bis bald." Elizabeth verabschiedete sich von ihrer perplexen Nachbarin mit einer Umarmung und schloss dann die Wohnungstür auf.

Als sie wenige Minuten später wieder im Wagen saßen, sagte Wood: „Tut mir leid wegen vorhin, aber wir dürfen wirklich niemandem mehr trauen. Je weniger Leute von unseren Ermittlungen wissen, desto besser."

„Verstehe", nickte Elizabeth. „Tony, bitte sag mir, dass es für die falsche Übersetzung eine harmlose Erklärung gibt." Ihr Ton war beinahe flehentlich. „Sir Thomas ist alt. Seine Augen sind denkbar schlecht und sein Gesundheitszustand ist besorgniserregend. Ihm könnten doch Fehler unterlaufen sein, weil er körperlich und geistig nicht mehr ganz auf der Höhe ist. Oder vielleicht ist er auch einfach in Sanskrit nicht so sicher wie er uns gerne glauben machen möchte. Immerhin hat er ja nicht nur den Text auf dem Dolch falsch übersetzt, auch seine Übersetzung der Schriftzeichen auf dem Amulett war nicht hundertprozentig korrekt, und das hat mit dem Fall ja nun nichts zu tun."

„Das wäre natürlich möglich", meinte Wood. „Eine andere Möglichkeit wäre jedoch, dass er uns bewusst auf eine falsche Fährte gesetzt hat."

„Was bedeuten würde, er ist einer von ihnen. Ein Thug." Den letzten Teil flüsterte Elizabeth beinahe.

„Das müssen wir wohl ernsthaft in Betracht ziehen."

„Oh mein Gott!", keuchte Elizabeth, das Gesicht in ihren Händen verbergend.

„Freund statt Feind … Wir müssen unsere gesamte Theorie überdenken", sagte Wood. Sein Blick war auf die Straße geheftet, seine Nasenflügel bebten vor Anspannung. Er war viel zu schnell unterwegs, dennoch fischte er mit einer Hand sein Handy aus der Jackentasche und drückte die Wahlwiederholung. „Sue? Wo bist du? ... Wir haben einige neue Informationen. Hör auf, mit was immer du gerade tust und fang an, Material über Sir Thomas Hamilton zusammenzutragen. Er ist gerade zu unserem Hauptverdächtigen aufgestiegen …„ Er brummte leise. „Ja, ja, du hattest Recht … Okay, bis gleich." Er beendete das Gespräch und sah aus den Augenwinkeln zu Elizabeth. „Hör zu …"

„Ich weiß, was du sagen willst", unterbrach sie ihn. Sie senkte ihre zitternden Hände und verkrallte sie so fest ineinander, dass sich ihre Fingernägel wie kleine Speerspitzen in die Haut bohrten. „Es war unverzeihlich ihm derart zu vertrauen. Aber er war so großzügig und hilfsbereit. Wie hätte ich … wie sollte ich …“ Ihre Stimme versagte, und sie schüttelte hilflos den Kopf.

„Niemand macht dir einen Vorwurf, Elizabeth“, versicherte Wood. „Du warst nicht die Einzige, die ihn falsch eingeschätzt hat. Aber du solltest dich mit dem Gedanken anfreunden, dass er dich von Anfang an manipuliert hat. Die Geschichte mit dem Artikel war wahrscheinlich nur ein Vorwand, um an dich heranzukommen und dein Vertrauen zu gewinnen, damit er über den Ermittlungsstand immer bestens informiert ist. Und vermutlich wurdest du nach St. Agnes geschickt, weil sie dank ihm wussten, dass wir die Thugs im Visier haben.“

„Nur wegen ihm habe ich Danny gehen lassen“, flüsterte Elizabeth. „Warum hat er mir diese Geschichte erzählt? Was hat er damit bezweckt? Er konnte doch unmöglich von ihm wissen.“

„Möglicherweise wusste er es ja doch“, gab Wood zu bedenken.

Elizabeth sah bestürzt auf. „Wie meinst du das?“

„Naja, vielleicht durch einen seiner Spiritistenfreunde … Oder, was noch wahrscheinlicher ist, einfach weil er dich beobachtet hat. Ich denke mir, dass dein Verhalten für jemanden, der sich mit so etwas beschäftigt, doch recht verräterisch war. Ich meine, sogar für mich war es offensichtlich, wann sich Danny in deiner Nähe befand. Selbst wenn du nicht mit ihm gesprochen hast, so hast du dennoch auf ihn reagiert. Du hast andauernd scheinbar grundlos gelächelt, deine Augen leuchteten und sind ihm ständig gefolgt.“

Elizabeth dachte eingehend über Woods Worte nach. Sie erinnerte sich an ihren letzten Besuch bei Sir Thomas und an die seltsamen Fragen zu ihrem Beziehungsstand, die er ihr gestellt hatte. Und sie dachte daran, wie sie sich benommen hatte, wie sie nicht hatte verhindern können, dass ihre Augen immer wieder zu Daniel gewandert waren, und wie sie auf seine Berührungen und Worte reagiert hatte.

Wood lag wahrscheinlich richtig, und für jemanden, der offen war für Paranormales, war Daniels Anwesenheit unschwer zu erkennen gewesen. Vermutlich hatte sie Hamilton bereits während des Spiritistentreffens mit ihrer Reaktion auf Eleonors und Dorians Geschichte erste Verdachtsmomente geliefert, oder möglicherweise sogar schon während der Beerdigung.

„Aber warum? Warum hat er mich dazu gebracht, Danny gehen zu lassen? Was hat er davon?"

„Ganz einfach, es sollte dich brechen, dich in die Knie zwingen. Mit St. Agnes hatten sie keinen Erfolg, aber sie gingen davon aus, dass du nach dem Verlust von Danny erst mal keine weiteren Nachforschungen anstellen würdest."

Elizabeth fühlte sich, als würde ihr Kopf in einen Bottich voll Eiswasser gedrückt und sie wäre kurz vorm Ertrinken. Sie versuchte es zu begreifen, den Gedanken zu akzeptieren, von dem alten Antiquitätenhändler komplett durchschaut und vorgeführt worden zu sein. Alles sprach dafür, dass er nie ihr Freund und Daniels guten Ruf wieder herzustellen nie sein Ziel gewesen war. Alles, was er gewollt hatte, war sie in seiner Nähe zu wissen, um sofort eingreifen zu können, sollten sie der Wahrheit zu nahe kommen.

Und es war ihm prächtig gelungen. Alle Informationen zum Stand ihrer Ermittlungen hatte sie ihm praktisch auf einem Silbertablett geliefert!

„Dieser verdammte Hurensohn!", platzte es aus ihr heraus, als der Knoten in ihrem Kopf endlich aufging. Der lähmende Schmerz, der sie seit Daniels Verschwinden fest im Griff gehabt und fast ihrer gesamten Energie beraubt hatte, verwandelte sich schlagartig in weißglühende Wut. Eine Wut, die pulsierend die Leere in ihr ausfüllte und Vergeltung forderte, und die sie wie ein Reaktor mit jeder Menge neuer Energie versorgte. „Er gibt sich nach außen als Philanthrop und Mentor, doch in Wahrheit gehört er zu einer mordenden Sekte!"

„Beruhige dich, wir haben dafür noch keine Beweise."

„Mich beruhigen?" Der Reaktor in ihrer Brust stand kurz vor der Kernschmelze. „Tony, er hat uns verraten! Er hat uns benutzt!"

„Es ist ein Verdacht, den wir zunächst mit handfesten Beweisen untermauern müssen."

Vor noch nicht mal zwei Stunden war er Warren fast an den Hals gegangen, und jetzt ermahnte Wood sie zur Ruhe! Wenn es nach Elizabeth ginge, würden sie umgehend nach Camley Hall fahren, um Hamilton direkt mit ihrem Verdacht zu konfrontieren.

Hätte der alte Bastard sie nicht mit seiner Geschichte, seiner höchstwahrscheinlich erlogenen Geschichte, dazu gebracht, Daniel gehen zu lassen, wäre ihm vermutlich gar nichts passiert. Der Ruf hätte immer weiter nachgelassen, bis er schließlich ganz verstummt wäre. Daniel hätte bei ihr bleiben können, bis ihre eigene Zeit gekommen war und dann wären sie gemeinsam auf die andere Seite gegangen, wie sie es geplant hatten. Von ewiger Verdammnis wäre keine Rede gewesen.

Doch Hamilton hatte andere Pläne. Geradezu virtuos hatte er Elizabeths emotionale Schwächen und Ängste auszuspielen gewusst und sie zu seiner willfährigen Marionette gemacht.

Einer Marionette mit Holzkopf!, schimpfe Elizabeth innerlich. *Wie konnte ich nur so leichtgläubig sein und mich dermaßen in dem alten Mistkerl täuschen!*

„Glaub mir, niemand weiß so gut wie ich, wie schwer es manchmal ist, Ruhe zu bewahren." Wood lachte humorlos auf. „Aber genau das müssen wir jetzt tun. Wir müssen unsere nächsten Schritte genauestens planen. Uns darf kein Fehler mehr passieren. Dafür sind wir zu nah am Ziel. Und übrigens", er nahm kurz den Blick von der Straße, um sie anzusehen, „natürlich hat auch die falsche Übersetzung der Inschrift auf dem Anhänger etwas mit dem Fall zu tun. Schließlich haben die Mörder einiges riskiert, um ihn in die Finger zu bekommen."

„Ja, aber doch nur als Token, als Beweis für den erfolgreich ausgeführten Mord, oder nicht? Die Tatsache, dass es sich dabei um ein mächtiges magisches Amulett handelte, war doch nur Zufall."

„Richtig, das haben wir bis jetzt angenommen. Aber vielleicht steckt auch mehr dahinter, immerhin stammt es aus Indien. Elizabeth, wir müssen alles noch mal komplett von vorne aufrollen."

Endlich kamen sie in Kensington an. Elizabeth war froh, aussteigen und sich etwas bewegen zu können. Sie fühlte sich wie eine bis zum Bersten gespannte Feder und wäre am liebsten die zwölf Stockwerke zu Fuß gelaufen.

„Zieh dir etwas Bequemes an, am besten Sportkleidung, falls du was dabei hast", sagte Wood, sobald die Aufzugtür den Weg in den Apartmentflur freigab.

„Weshalb? Halten wir jetzt keinen Kriegsrat?", fragte Elizabeth irritiert.

„Das kann noch ein paar Minuten warten. Zunächst sorgen wir dafür, dass du wieder etwas klarer siehst."

„Ich sehe klar! Glasklar! Kristallklar! Wir sollten keine Zeit verlieren und Susan darüber informieren, was für eine hinterhältiger Bastard Sir Thomas ist!"

„Diskutier nicht mit mir, sondern zieh dich um. In fünf Minuten treffen wir uns wieder hier."

Frustriert die Hände in die Luft werfend, stapfte Elizabeth davon. Nachdem sie in ihre knielange Sweathose, ein weißes Trägertop und Turnschuhe geschlüpft war, kam sie zurück in den Flur und sah Wood, der vor der Aufzugtür in Trainingshose und T-Shirt auf sie wartete, herausfordernd an. „So, und was jetzt?"

„Jetzt fahren wir in den Keller", sagte er nur und drückte den Fahrstuhlknopf.

Im Untergeschoss angekommen, führte er sie zu einem kleinen Fitnessraum mit Laufband, Spinningrad, Gewichtebank und Sandsack. Letzteren steuerte er an, nahm dabei ein paar rote Boxhandschuhe von einem Wandhaken und warf sie Elizabeth zu.

„Was soll ich damit? Ich kann nicht boxen!"

„Jeder kann boxen", meinte Wood. „Achte nur darauf, dass du das Handgelenk gerade hältst. Handrücken und Arm müssen eine Linie bilden. Jetzt zier dich nicht so", setzte er ungeduldig nach, als Elizabeth skeptisch zwischen den klobigen Handschuhen und dem Sandsack, der an einer Kette von der Decke hing, hin und her sah.

Schließlich zog sie die Handschuhe an, und Wood schnürte die Bänder an ihrem Handgelenk zu.

„Also dann, leg los", sagte er und machte einen Schritt zurück. „Lass alles raus."

Zaghaft trat sie an den Sandsack und versetzte ihm mit der Rechten einen Schlag. Sie hatte nicht besonders viel Kraft hineingelegt, trotzdem spürte sie den Aufprall bis hinauf in die Schulter. Beim nächsten Schlag mit der Linken spannte sie die Muskeln fester an und nahm den Oberkörper mit.

„Komm schon", drängte Wood, nachdem sie ein paar eher halbherzige Schläge ausgeteilt hatte. „Das kannst du doch besser. Schalte dein Hirn aus und lass deine Gefühle ran. Gib ihnen ein Ventil."

Und plötzlich gelang es ihr. Sie dachte nicht mehr darüber nach, was sie tat und achtete auch nicht auf die dumpfen Erschütterungen, die bei jedem Schlag ihre Knochen und Gelenke stauchten.

Sie rammte ihre Fäuste nicht mehr in einen einfachen, bedeutungslosen Sandsack, sondern in Daniels skrupellose Mörder. Sie schlug auf die Sinnlosigkeit seines Todes ein und auf alles Unrecht, das ihnen beiden wiederfahren war. Auf die himmelschreiende Ungerechtigkeit, dass sie nur so lächerlich wenig Zeit zusammen gehabt hatten, und darauf, dass sein Verlust, dieser immense, dieser unaussprechliche Verlust, durch nichts in der Welt aufgewogen werden konnte.

Und ganz besonders hagelten ihre Fäuste auf Sir Thomas nieder. Auf seine falsche Freundlichkeit und Hilfsbereitschaft, die sie hinters Licht geführt hatte. Auf seine Niedertracht, auf jede Lüge, die er ihr aufgetischt und die sie geglaubt hatte, und schließlich auf ihr eigenes kümmerliches Urteilsvermögen und die Fehlentscheidungen, die sie getroffen hatte und für die sie niemanden außer sich selbst verantwortlich machen konnte.

Auf einmal wurde ihr bewusst, dass sie schrie wie ein Berserker und den Sandsack nicht nur mit den Fäusten, sondern auch mit den Beinen bearbeitete. Abrupt hielt sie inne. Sie war schweißgebadet, jeder einzelne Knochen und jeder Muskel schmerzte, doch sie fühlte sich so gut wie seit drei Tagen nicht mehr.

„Besser?“ Mit einem kleinen, zufriedenen Lächeln lehnte Wood an der Wand.

„Für´s Erste“, keuchte Elizabeth. Mit dem Unterarm wischte sie sich den Schweiß von der Stirn.

„Na, dann komm her du *Million Dollar Baby*“, sagte Wood und öffnete ihr die Handschuhe. „Du kannst hier runterkommen so oft und wann immer du willst.“

„Danke, Tony“, nickte sie atemlos. „Ich komme sicherlich darauf zurück.“

Als sie wieder im Apartment ankamen, sagte Wood: „Während du duschst, versuche ich Riley zu erreichen und gebe Sue ein Update. Komm einfach dazu, wenn du soweit bist.“

Damit verschwand er in die Küche, und Elizabeth schleppte sich mit schweren Gliedern in ihr Schlafzimmer. Sobald sie die Türe hinter sich geschlossen hatte, brach die tief stehende Sonne durch die Wolkendecke und tauchte den Raum in golden-oranges Licht. Fast schien es, als wollte sie Elizabeth daran erinnern, dass sie gleich den Horizont erreichen würde.

Seufzend wandte sie den Blick vom Fenster ab, denn der Sonnenuntergang hatte für sie jegliche Bedeutung verloren. Nichts in ihrem Leben war mehr magisch, schon gar nicht die wenigen Minuten am Abend und am Morgen.

Sie legte ihre durchgeschwitzten Kleider ab, warf sie über den Sessel am Fenster und verschwand im Bad. Bevor sie unter die dampfend heiße

Dusche stieg, legte sie Daniels Armband sorgsam auf die Ablage, darauf bedacht, dabei nicht ihrem Spiegelbild zu begegnen.

Während ihr das Wasser wohltuend über die Haare, das Gesicht und die verkrampften Muskeln ihres Körpers rann, bemühte sie sich, über die neuesten Erkenntnisse mit der nötigen Distanz nachzudenken. Wer war dieser alte Mann wirklich? Sie versuchte sich so genau wie möglich daran zu erinnern, was Sir Thomas gesagt und wie er sich verhalten hatte. Was hatte Daniel über ihn erzählt, und was hatte sie im Rahmen ihrer Recherche über ihn im Internet gelesen?

„Oh verdammt!" Die Erkenntnis zuckte wie ein Stromschlag durch ihre Glieder, denn plötzlich wusste sie, wo ihr der Name Stan Gilbertson, der Name ihres Entführers, schon einmal untergekommen war. Und schlagartig fügte sich das Bild zusammen.

Hastig drehte sie die Dusche ab und griff nach dem bereitliegenden Handtuch. Nur dürftig abgetrocknet und mit noch immer triefend nassen Haaren, stieg sie in die nächstbeste Hose und T-Shirt, nahm ihren Laptop vom Bett und rannte, kleine Pfützen auf dem Boden hinterlassend, ins Wohnzimmer.

„Es sind die Schulen!", rief sie noch im Flur. Zu ihrem Erstaunen stand Riley am Küchentresen und bereitete sich ein Sandwich zu. „Hey, du bist ja schon wieder da", begrüßte sie ihn knapp. Dann fuhr sie aufgeregt fort: „Die Mitglieder des Kultes waren allesamt auf einer der von Hamilton unterstützten Privatschulen!" Sie ließ sich neben Susan auf die Couch fallen, klappte ihren Rechner auf und öffnete die Datei mit dem abgespeicherten Internetartikel, den sie am vergangenen Sonntag während ihrer Recherche entdeckt, und Auszüge davon in ihren eigenen Text eingearbeitet hatte.

„Langsam, Elizabeth. Was sagst du da?" Wood, der eben noch die Neuigkeiten für Susan und Riley zusammengefasst hatte, stellte sich hinter das Sofa, um über Elizabeths Schulter hinweg auf den Bildschirm zu sehen.

„Mir ist eben wieder eingefallen, in welchem Zusammenhang ich den Namen Stan Gilbertson schon einmal gehört habe", erklärte Elizabeth atemlos. „Und zwar in einem Bericht über die besonderen Erfolge der von Sir Thomas subventionierten Schulen. Er enthielt eine Auflistung von angesehenen Persönlichkeiten, die allesamt aus einfachen Verhältnissen stammten und dank eines von Hamilton finanzierten Stipendiums eine seiner Privatschulen besuchten. Hier ist sie.“ Elizabeth zeigte auf den entsprechenden Absatz. „Richter, Staatsanwälte, Vorstände, Ärzte, Politiker, Redakteure. Die Liste deckt sämtliche Bereiche der Wirtschaft und Gesellschaft ab. Und hier“, ihr Finger tippte auf den Bildschirm. „Stanley Gilbertson. Kein Wunder, dass Sir Thomas nicht besonders erfreut über diesen Teil meines Artikels war. Ich verwette alles, was ich habe, darauf, dass wir feststellen werden, dass auch Dr. Mortimer auf einer der drei Schulen war. Bestimmt gehört auch Warrens Schule für Hochbegabte dazu und sein Stipendium wurde von Hamiltons Stiftung bezahlt. Es war die ganze Zeit direkt vor unseren Augen. Ich fasse es nicht, dass ich nicht früher darauf gekommen bin!“

„Alles talentierte Jungs aus ärmlichen Verhältnissen“, Wood kratzte sich grübelnd am Ohr und überflog den Text. „Und dank Hamiltons Großzügigkeit machen sie eine glänzende Karriere.“

„Und gelangen auf diese Weise zu jede Menge Geld und Macht“, ergänzte Susan.

„Ganz genau“, bestätigte Elizabeth. „Jedes Jahr fünfzig neue hoffnungsvolle und begabte Teenager, die der Kult nach seinen Vorstellungen formen kann. Und das seit über fünfzig Jahren.“

„Was bedeutet, der Kult zählt im Moment mindestens zweitausendfünfhundert Mitglieder“, überschlug Riley, der sich, ausgestattet mit seinem Snack, neben Wood gestellt hatte. „Die Thuggees scheinen ihrer Tradition treu geblieben zu sein. Sie bieten demjenigen, der sich voll und ganz dem Kult verschreibt, einen Weg aus der Armut, und sie entgehen der Entdeckung, indem sie alle wichtigen Bereiche der Gesellschaft infiltrieren und so ihre Existenz erfolgreich verschleiern.“

„Aber wie kann das sein?“, fragte Susan. „Diese Männer führen ein öffentliches Leben, allen voran Sir Thomas. Er ist schon fast eine Berühmtheit. Wie kann so jemand einem mörderischen Kult angehören, ohne dass jemand davon erfährt?“

„Am besten versteckt man sich noch immer in der Öffentlichkeit“, bemerkte Wood düster lächelnd. „Das war schon immer so. Kaum jemand würde auf die Idee kommen, eine allseits geschätzte und für seine Wohltätigkeit gerühmte Persönlichkeit zu verdächtigen.“

Susan hob kritisch die Augenbrauen. „Also frei nach dem Motto: Wer das Scheinwerferlicht sucht, kann nichts zu verbergen haben?“

„Könnte man so sagen“, nickte Elizabeth. „Und vergesst nicht, dass in diesen Kreisen Geheimgesellschaften alles andere als ungewöhnlich sind. Denkt nur an die Freimaurer oder Rosenkreuzer oder die Bonesmen in Amerika. Wenn ich nur allein an die Bruderschaften und Orden an der Universität von Oxford denke! In Akademikerkreisen gehört es regelrecht zum guten Ton, einem Geheimbund anzugehören. In der Regel sind die alle harmlos, aber sie umgeben sich gern mit dem Mantel des Geheimnisvollen und Mystischen. Sollte also doch jemand zufällig eine Verbindung zwischen all diesen Männern herstellen, so ließe sich das leicht auf eine weitere Geheimgesellschaft mit lustigen kleinen Ritualen und fröhlichen Trinkgelagen schieben, ohne dass jemand Verdacht schöpft."

Susan sah Elizabeth mit großen Augen an. „Aber die Mitglieder dieser speziellen Geheimgesellschaft, also Hamilton und all die Männer in dieser Auflistung, das sind alles Mörder?"

Gute Frage", meinte Riley.

„Wohl eher nicht", schüttelte Elizabeth den Kopf. Ihr Gehirn arbeitete jetzt blitzschnell und präzise. Als wäre die Erkenntnis, dass Sir Thomas zu den Thuggees gehörte, ein fehlendes Zahnrädchen gewesen, das dafür gesorgt hatte, dass ihr Denkapparat nur holpernd und mit eingeschränkter Leistung funktionierte. Doch nun, da das Zahnrädchen an Ort und Stelle saß, lief er auf Hochtouren. „Die letzte Mordserie liegt über fünfzig Jahre zurück. Ich denke, es handelt sich um einen Zyklus, und nur bestimmte Mitglieder führen diese Morde aus."

„So was wie Auserwählte? Was aber nicht heißt, dass die anderen Mitglieder nicht auch Dreck am Stecken haben, oder?", wollte Riley wissen.

„Die haben sogar ganz sicher Dreck am Stecken", erklärte Wood. „Hamilton, Dr. Mortimer und Gilbertson sind die besten Beispiele."

„Und Sam Jeffreys", rief Elizabeth. „Vergessen wir meinen liebenswürdigen Ex-Chef nicht! Auch er wurde in dem Artikel genannt. Sein Job war es, mit dieser miesen Verleumdungskampagne von den wahren Hintergründen des Mordes abzulenken, und den fragwürdigen Ermittlungen beim Yard Rückhalt zu geben."

„Tja", sagte Wood, „die anderen Thugs waren bestimmt nicht sonderlich erfreut darüber, dass Jeffreys dich gefeuert hat. Wenn du weiterhin beim Star gearbeitet hättest, hätten sie dich besser unter Kontrolle gehabt. Wahrscheinlich haben sie deshalb Sir Thomas auf dich angesetzt. Er sollte sich dein Vertrauen erschleichen, damit du ihn stets über unseren Ermittlungsstand auf dem Laufenden hältst."

„Hat wunderbar funktioniert", knurrte Elizabeth.

„Nun", meldete sich Susan zu Word, „ich denke, es ist kein Zufall, dass sich in dem Gebiet in Wimbledon, das ich überprüfen sollte, eine Privatschule befindet. Die Cripwell Academy. Ich nehme an, sie ist eine der drei fraglichen Schulen?"

„Ja, ist sie", bestätigte Elizabeth mit einer gewissen Genugtuung. „Die anderen beiden sind das Hayden College in Chiswick und die Colbert Hill School in Ealing."

„Da es ist wohl ebenfalls kein Zufall", sagte Riley, „dass ich Warren und seine Kumpel bis zur Station in Chiswick verfolgt habe, wo sie alle ausgestiegen sind … und wo ich sie dann aus den Augen verloren habe, weil meine Karte nicht ausreichend aufgeladen war und ich nachzahlen musste", fügte er etwas kleinlaut hinzu.

„Trotzdem gute Arbeit, Kleiner", lobte Wood mit einem Schulterklopfen. Dann wandte er sich wieder an alle. „Also können wir annehmen, dass Warren und seine Kumpel am Hayden College sind. Und dass der junge Mann, der Dannys Vater nach dem Anhänger gefragt und sich letzten Mittwoch vor Elizabeths Wohnung aufgehalten hat, ein Schüler der Cripwell Academy ist."

„Und sie alle wurden dank eines von Hamilton finanzierten Stipendiums dort aufgenommen", ergänzte Elizabeth. „Es dürfte nicht sonderlich schwer sein herauszufinden, wer in den letzten vierzig, fünfzig Jahren ein Stipendium für die drei Schulen erhalten hat. Damit sollte uns eigentlich eine umfassende Liste der Thugs vorliegen."

„Okay, Freunde, dann lasst uns doch mal überprüfen, ob die Theorie auch standhält", verkündete Riley, verschwand wieder in Richtung Küche und kam mit seinem aufgeklappten Laptop in der Hand zurück. Er stellte das Gerät auf dem Couchtisch ab und setzte sich im Schneidersitz auf den Boden. „Das ist alles, was Mick über Doc Mort finden konnte", erklärte er. „Mal sehen, ob wir auch Informationen zu seiner Schullaufbahn haben."

Kurz darauf rief er triumphierend: „Ha!" und tippte auf den Bildschirm. „Hier, mit fünfzehn wurde er auf dem Hayden College aufgenommen und hat seinen Abschluss mit Auszeichnung gemacht. Wow, danach war er noch zwei Jahre in Eton!"

„Steht da auch was über seine Herkunft?", wollte Elizabeth wissen.

„Hm, geboren ist er in Liverpool. Sein Vater war wohl Werftarbeiter und seine Mutter Schneiderin. Als er zehn war, sind sie nach London gezogen."

„Nicht gerade Eton-Material, wenn ihr mich fragt", kommentierte Wood.

„Danach kam dann ein Medizinstudium in Cambridge."

„Eton und Cambridge. Das kann sich im Lebenslauf sehen lassen", stellte Susan fest. „Und niemand würde die gute Herkunft in Frage stellen."

„So, und nun die Millionenfrage", sagte Elizabeth leise, stellte den Laptop neben sich auf die Couch und erhob sich. Mit in die Hüften gestemmten Händen lief sie auf und ab. „Wen kennen wir, der sowohl in Verbindung zu Danny, als auch zu Sir Thomas steht, und der ein Stipendium für eine der Schulen erhalten hat?"

„Simon Stephens", antwortete Wood, ohne zu zögern und ohne sichtbare Überraschung.

„Simon Stephens", bestätigte Elizabeth grimmig. „Für den Danny der einzige Freund war, den er hatte. Sein bester Freund, sein großer Bruder!"

„Das Blut des treuesten Freundes", zitierte Wood. „Dieser Scheißkerl!"

„Er hat ihn geopfert", nickte Elizabeth. Ihre Stimme zitterte. „Für die Aussicht auf Geld und Macht hat er ihn geopfert. Den einzigen Menschen, der an ihn geglaubt und ihn unterstützt hat." Sie hatte das Gefühl, als wären ihre Adern mit Nitroglyzerin gefüllt, und die nächste Erschütterung würde sie zur Explosion bringen und eine ungeheure Zerstörungskraft entfalten.

Daniel war von allen Seiten verraten worden. Von Simon, von Sir Thomas … und zuletzt sogar von ihr. Von Menschen, denen er geholfen und denen er vertraut hatte. Auf die er gezählt hatte.

Der Gedanke, dass jemand aus seinem Umfeld für den Mord verantwortlich gewesen sein könnte, hatte Daniel schwer zu schaffen gemacht. Für ihn war es eine Erleichterung gewesen, zu glauben, er wäre als Feind des Kultes angegriffen worden, und damit vermutlich von niemandem, den er kannte. Wie hätte er wohl auf die Erkenntnis reagiert, dass es sein Schützling Simon gewesen war, der, vergiftet durch die Gier nach Reichtum und Macht, den Dolch in seine Brust gerammt hatte.

Susan war fassungslos. „Sie opfern ihre Freunde?"

„Ihre besten Freunde. So ziemlich das größte Opfer, das man bringen kann", bestätigte Wood leise. Er hatte eine Hand über seinen Mund gelegt und schüttelte leicht den Kopf. „Was für Menschen sind das, die so etwas verlangen?"

„Und was für Menschen sind das, die sich auf so etwas einlassen?", fragte Riley fassungslos. „So geldgierig kann man doch eigentlich gar nicht sein. Einen Feind zu töten wäre ja schon schlimm genug gewesen, aber wenigstens halbwegs nachvollziehbar. Aber einen Freund!"

„Sie müssen vor Ehrgeiz schier zerfressen sein", sagte Wood. „Und für ihre Karriere und ihren gesellschaftlichen Aufstieg sind sie bereit, buchstäblich über Leichen zu gehen."

„So wie Warren", stimmte Elizabeth zu. „Und Rafid, Ian Carmichaels engster Freund, der sich von ihm zurückgezogen hatte und von dem Ben uns erzählte, wie strebsam und ehrgeizig er doch sei. Ich wette, ihn hat Ian in den Runen gesehen, vor ihm wollte er sich schützen. Was hat Sans noch gleich gesagt? Ein trügerischer Freund, der den rechten Weg aus den Augen verloren hat. Wir waren mit den beiden schon auf der richtigen Spur, nur haben sie ihre Opfer nicht als Feinde gesehen, sondern noch immer als ihre Freunde. Wenn wir die Familien der anderen toten Jungs noch mal befragen, finden wir bestimmt bei allen ehrgeizige Freunde, die im letzten Jahr die Schule gewechselt haben. Und damit kennen wir die Mörder."

„Es passt wirklich perfekt zusammen." In Woods Stimme lag grimmige Entschlossenheit. „Jetzt brauchen wir nur noch die Beweise, mit denen wir an die Öffentlichkeit gehen können, sonst nützt uns das alles nichts."

„Was für ein Irrsinn." Tief bestürzt schüttelte Susan den Kopf. „Jugendliche, die für Reichtum und Macht ihre besten Freunde töten. Was für ein Irrsinn!"

7

In den vertrauten grünen Augen lag eine unbeschreibliche Zärtlichkeit. Seine Hände ruhten auf ihren Hüften und zogen sie näher zu sich heran. Warmer Atem streifte ihr Gesicht, als sie ihre Hände flach an seinen Oberkörper legte. Unter ihren Fingern spürte sie, wie sich sein Brustkorb gleichmäßig hob und senkte.

Es war dunkel in der Gasse, kein Laut war zu hören, weder von der nahegelegenen Straße, noch aus dem Club. Sie waren völlig allein und ungestört.

Ein jungenhaftes Lächeln erstrahlte auf seinem Gesicht. Seine Finger gruben sich in ihre Haare, bevor er ganz langsam den Kopf senkte. Doch anstatt einen perfekten ersten Kuss mit ihr zu teilen, hielt er inne und fragte: „Warum, Liz?"

Verwirrt sah sie in seine plötzlich schmerzerfüllten Augen.

„Warum tust du das?"

Sie verstand nicht, was er meinte, und schüttelte nur den Kopf.

Als Antwort sah er an sich hinab.

Elizabeth folgte seinem Blick. Entsetzt starrte sie auf ihre rechte Hand, die fest den Griff des Dolchs umschlossen hielt, der oberhalb seines Herzens aus der Brust ragte. Blut breitete sich auf seinem weißen Hemd aus und färbte es innerhalb von Sekunden dunkelrot.

„Warum, Liz?", wiederholte er.

„Es tut mir leid", flüsterte sie. „Das wollte ich nicht." Sie zog den Dolch aus seiner Brust und ließ ihn fallen. Ihre blutige Hand wischte sie an ihrem Kleid ab. Doch so sehr sie sich auch bemühte, das Blut erschien immer wieder aufs Neue an ihren Fingern. Es ließ sich einfach nicht entfernen.

Plötzlich begann das Sonnenamulett auf seiner Brust zu glühen. Das Leuchten wurde schnell heller, so hell wie die echte Sonne, und begann ihn zu verzehren.

„Leb wohl", sagte er mit ausdrucksloser Stimme.

„Nein!", rief sie und griff nach seinem Arm, doch ihre Hand fuhr einfach durch ihn hindurch. „Geh nicht! Es tut mir leid! Ich schwöre, ich werde es wieder gut machen. Aber bitte, bleib bei mir!"

Daniel schüttelte den Kopf. „Es ist nicht meine Entscheidung, Liz. Und du kannst es nicht wiedergutmachen."

Das Licht wurde gleißend hell und nahm ihn in sich auf.

Dann erlosch es, und Elizabeth blieb allein in der Finsternis zurück.

Schreiend fuhr sie von ihrem Kissen auf und sah sich desorientiert im schwach beleuchteten Schlafzimmer um.

Nachdem sie sich vergewissert hatte, dass ihre Hände nicht blutverschmiert waren, schloss sie die bleischweren Augenlider und wartete darauf, dass sich ihr Puls beruhigte.

Die Stereoanlage spielte noch immer leise die Rock`Zone Demo CD, mit Daniels Ballade in Endlosschleife. Elizabeth hatte sie vor dem Zubettgehen eingelegt, um sich von Daniel in den Schlaf singen zu lassen. Und für den kurzen Augenblick, in dem sie zwischen Wachen und Schlafen geschwebt hatte, war es tatsächlich fast so gewesen, als wäre er bei ihr und hätte ihr sanft ins Ohr gesungen.

Seufzend sank sie zurück und sah auf die Nachttischuhr. Halb sechs. Dank Susans Schlaftablette hatte sie fünf Stunden am Stück geschlafen.

Susan hatte darauf bestanden, dass Elizabeth die Tablette nahm. „Du musst endlich mal wieder etwas schlafen", hatte sie gesagt. „Solche schwarzen Augenringe sehen nämlich nur bei Pandabären süß aus."

Nach ihrer erst kürzlichen und recht unerfreulichen Erfahrung mit Sedativa hatte sich Elizabeth zunächst geweigert, doch dann hatte sie eingesehen, dass sie vermutlich ohne Hilfe kein Auge würde zutun können. Und weiteren Schlafentzug konnte sie sich nicht leisten. Sie standen kurz vor dem Ziel, deshalb musste sie so fit wie möglich sein.

Das bedeutete auch, dass sie ab jetzt wieder regelmäßig essen musste. Um genau zu sein, sollte sie sofort damit beginnen, denn ihr Magen gurgelte und knurrte wie ein wütendes Tier.

Da weiterer Schlaf utopisch war, hievte sich Elizabeth aus dem Bett und zog den Bademantel über. Um keinen der anderen zu wecken, schlich sie so leise wie möglich in die Küche, doch zu ihrer Überraschung brannte dort bereits Licht.

Wood war ebenfalls schon auf und saß mit einer Tasse Kaffee an der Bar. Seine blonden Haare standen einmal mehr wie Igelstacheln von seinem Kopf ab und ein Bartschatten verlieh seinem meist doch recht aufgeräumten Gesicht etwas Raues. Vor ihm ausgebreitet lagen Fotos, die er melancholisch lächelnd durchsah.

Als er Elizabeth bemerkte, sah er auf. Er wirkte geradezu ertappt. „Guten Morgen. So früh schon auf? Konntest du ein wenig schlafen?"

„Ja, ziemlich lange sogar. Was ist mit dir?"

„Nicht wirklich. Ich bin seit vier Uhr wach."

Elizabeth goss sich eine Tasse Kaffee ein und kippte Cornflakes und Milch in eine große Schale, dann gesellte sie sich zu Wood, um sich die Fotos mit anzusehen. Es überraschte sie nicht, dass auf den meisten davon Daniel zu sehen war. Was sie allerdings verblüffte, war die Tatsache, dass es ihr überhaupt nicht schwerfiel, die Bilder zu betrachten. Ganz im Gegenteil.

„Das war letzten Monat", sagte Wood und tippte auf eines der Bilder, auf dem er und Daniel in Uniform nebeneinander standen und stolz lächelnd eine Plakette in die Kamera hielten. „Wir wurden vom Bürgermeister ausgezeichnet. Für unsere Arbeit mit straffällig gewordenen Jugendlichen." Schnaubend schüttelte er den Kopf. „Was für ein schlechter Witz."

„Ich hab' davon gelesen." Nun sah Elizabeth Daniel doch noch in Uniform und wenn auch nur auf einem Foto. Sie hatte ihm tatsächlich hervorragend gestanden.

„Eigentlich habe ich diese Auszeichnung gar nicht verdient", fuhr Wood nachdenklich fort. „Danny war derjenige, dem die Kids am Herzen lagen. Mich hat er nur mitgezogen."

„Wann war das?" Elizabeth tippte auf eine Aufnahme, die Daniel mit deutlich kürzeren Haaren und einem Dreitagebart zeigte. Ausnahmsweise lächelte er nicht, sondern blickte eher mürrisch in die Kamera.

„Das war letztes Jahr im Sommer. Wir waren mit ein paar Jungs auf einer Hikingtour in den Schottischen Highlands."

„Warum schaut er so grimmig? Hatte er aufgrund des Ausflugs ein Arsenal-Spiel verpasst?"

Wood lächelte verschmitzt. „Wir hatten uns einen kleinen Scherz mit ihm erlaubt. Am Ende der Tour übernachteten wir in einem Bed and Breakfast in Inverness, wo es nur einer Dusche pro Flur gab. Und … naja, bevor Danny unter die Dusche ist, haben wir einen Suppenwürfel im Duschkopf platziert."

„Das muss ja eine üble Schweinerei gegeben haben."

„Ja, ich glaube, sein Fluchen war noch in Aberdeen zu hören", meinte Wood. „Oh, hier. Die wolltest du doch sehen, nicht wahr?" Er schob ihr einen weiteren Packen Fotos zu.

„Oh mein Gott! Das ist ja noch schlimmer, als ich es mir vorgestellt habe!" Lachend schlug sich Elizabeth eine Hand vor den Mund. Die Fotos stammten von dem berüchtigten Karaoke-Abend vor drei Monaten, an dem Daniel nach einer verlorenen Wette mit der Abteilung in Frauenkleidern hatte auftreten müssen. Er hatte ein rotes Minikleid, Netzstrümpfe sowie eine schwarze Lockenperücke getragen. Und auch wenn er im Pub nach der Beerdigung alles andere als erfreut darüber gewesen war, dass Wood dieses Thema auf den Tisch gebracht hatte, so wirkte es auf den Fotos, als hätten nicht nur seine Kollegen einen Heidenspaß bei der Sache gehabt.

„Als ich Danny damals auf der Bühne beobachtete", sagte sie grübelnd, „kam mir der Gedanke, dass Musiker seine wahre Berufung sein könnte. Man sah ihm an, wie glücklich er dabei war."

„Ja, ich weiß, was du meinst", nickte Wood und nahm einen Schluck Kaffee. „Aber er ging auch im Job voll auf. Er war mindestens genauso glücklich, wenn er jemandem helfen konnte. Mir ging es um Gerechtigkeit, aber ihm ging es ums Helfen. Der ewige Weltverbesserer. Hat er dir erzählt, dass er kurz vor der Beförderung zum Detective Inspector stand?"

„Nein, das wusste ich nicht. Aber er hatte es bestimmt verdient." Dieses Gespräch war ein Segen. Es war einfach wunderbar, dank der Anekdoten und Fotos Daniel durch die Augen seines Freundes zu sehen und dabei mal wieder ein klein wenig zu lachen. Es war Balsam für ihre geschundene Seele.

Nach einer Weile kam Susan in die Küche getrottet und drückte Wood einen Kuss auf die Wange. „Was treibt ihr beiden hier zu dieser nachtschlafenden Zeit?", fragte sie gähnend. Ihre langen schwarzen Haare hatte sie zu einem lockeren Pferdeschwanz zusammengebunden.

„Hier, erinnerst du dich daran, Sue?" Wood hielt ein Foto hoch, das Susan sich mit zusammengekniffenen Augen betrachtete.

„Aber klar! Das war der London Marathon vor zwei Jahren."

„Du bist den Marathon gelaufen?", fragte Elizabeth anerkennend. „Wow."

„Danny ist auch angetreten", lachte Susan. „Voller Eifer und Tatendrang."

„Nur leider ohne vernünftiges Training“, warf Wood ein.

„Ins Ziel geschafft hat er es trotzdem“, erzählte Susan weiter, während sie Teewasser aufsetzte. „Praktisch auf allen Vieren und als einer der Letzten. Aber aufgegeben hat er nicht.“

„Ein Wunder, dass er das unbeschadet überstanden hat. Er sah aus, als müsste er sofort ins Krankenhaus. Danach ist er dann nie wieder mit zum Laufen gegangen.“

Elizabeth kam nicht umhin, Wood und sogar Susan ein wenig zu beneiden. Beide besaßen so viele großartige Erinnerungen an Daniel. Und was hatte sie? Die Erinnerung an nicht mal drei volle Wochen.

Gleichzeitig wurde ihr bewusst, dass Daniel, obwohl er fort war, noch immer einen festen Teil des Teams bildete. Er lebte in ihrer aller Herzen und Gedanken und bestimmte ihr Handeln. Alles, was sie taten, taten sie in seinem Namen.

Während der letzten Tage hatte sie verzweifelt nach einem Weg gesucht, seine Nähe zu fühlen. Nichts hatte wirklich funktioniert, doch hier und jetzt konnte sie ihn spüren als säße er in ihrer Mitte.

Gegen sieben stand schließlich auch Riley auf und gesellte sich zu ihnen, um zu frühstücken. Für eine Weile redeten sie noch über Daniel, doch dann gingen sie dazu über, die Ermittlungen zu besprechen und Aufgaben zu verteilen.

Sie mussten mehr Informationen zusammentragen, sozusagen ihre Hausaufgaben machen, bevor sie konkret etwas unternehmen konnten. Das Ziel ihrer ohne Frage zeitraubenden Arbeit war die Erstellung einer möglichst umfassenden Liste aller Thugs, mit Details zu ihrem Werdegang, ihren Verbindungen und ganz besonders zu ihren diversen Vergehen.

Nach einem äußerst arbeitsreichen Tag fanden sie sich dann am Abend wieder im Penthouse ein und tauschten sich über die Ergebnisse ihrer Recherchen aus.

Dank Mick, der sich problemlos in die Computer der drei Privatschulen eingehackt hatte, besaßen sie nun eine Schülerliste der letzten zwanzig Jahre. Außerdem lagen ihnen nach einigen Telefonaten mit Angehörigen vier neue Namen von ehrgeizigen und hochfliegenden Freunden vor, die Riley bereits mit der Schülerliste abgeglichen hatte. Zusammen mit Simon Stephens, Warren Gibbons und Ians Freund Rafid kannten sie somit sieben der neun Mörder.

Während Wood sich mit Richard Merton getroffen und von ihm eine umfangreiche Akte über Stanley Gilbertson erhalten hatte, waren Elizabeth und Susan in die Bibliothek gefahren, wo sie einige Stunden im Zeitungsarchiv zugebracht hatten, um nach Material über Sir Thomas Hamilton zu suchen. Wenn man sein Alter bedachte, gab es über ihn bestimmt mehr als das, was im Internet auffindbar war.

Aber bis jetzt hatten sie noch nichts Verfängliches ans Licht befördert. Nichts, keine Vergehen, keine zwielichtigen Verbindungen, noch nicht mal negativen Klatsch. Sogar seine Steuern schien er pünktlich zu bezahlen. Die Weste des Antiquitätenhändlers war so weiß, dass man davon schneeblind werden konnte.

Riley war es allerdings gelungen, im Internet ein paar interessante Details über Sam Jeffreys zutage zu fördern, jedoch nichts wirklich Gesetzeswidriges, nur Pikantes zu seinem ausschweifenden Privatleben und seinen fragwürdigen journalistischen Praktiken.

„So wird das nichts", seufzte Wood schließlich. „Wir brauchen handfeste Beweise." Mit beiden Händen rieb er über die Augen und das Gesicht. „Den neun Jungs, den Mördern, werden wir kaum etwas nachweisen können. Im Grunde gibt es ja keine Zeugen, und ich wette, ihre Thuggee-Freunde würden für wasserdichte Alibis sorgen. Auch über Dr. Mortimer und Gilbertson werden wir nur mit sehr viel Glück belastendes Material finden. Höchstens, wenn es Leute in St. Agnes gibt, die zu Elizabeths Einweisung aussagen können. Aber das wird nicht reichen, um an den Kult selbst ran zu kommen." Er seufzte erneut, tiefer diesmal. „Und was die restlichen Thugs angeht, so werden wir wohl nur sehr wenig bis gar nichts finden. Diese Leute halten sich perfekt bedeckt."

„Vielleicht können wir die sieben Jungs etwas unter Druck setzten", schlug Elizabeth vor. „Ihnen Angst machen, damit sie aussagen. Immerhin drohen ihnen lange Haftstrafen." Eigentlich hätte sie sagen sollen: den sechs Jungs. Denn was Simon Stephens anging, so hatte sie mehr vor, als nur Druck auf ihn auszuüben.

„Tolle Idee", erwiderte Wood finster. „Du hast doch erlebt, wie gut das bei Warren und Co. funktioniert hat. Diese Kerle haben eine Gehirnwäsche hinter sich. Sie fühlen sich allen überlegen und unbesiegbar."

„Was schlägst du also vor?"

„Wir brauchen Informationen von innen."

Alle schwiegen und sahen Wood nur skeptisch an.

Elizabeth schwante Böses. „Und verrätst du uns auch, wie wir das machen, Tony?"
„Das wird dir wahrscheinlich nicht gefallen."
„Davon bin ich schon jetzt überzeugt."
„Wir müssen jemanden in den Kult einschleusen, der an uns von innen heraus berichtet."
„Du meinst einen Spion?", vergewisserte sich Elizabeth.
„Sozusagen, ja. Einen ambitionierten, cleveren Jungen aus einem eher schwierigen Umfeld." Woods Blick richtete sich bedeutungsvoll auf Riley. „Der dank Sir Thomas auf einer der Schulen aufgenommen wird."
„Nein! Auf gar keinen Fall. Kommt nicht in Frage!" Elizabeth fuhr in die Höhe und verschränkte mit einem vehementen Kopfschütteln die Arme vor der Brust.
„Du hast Zugang zu Hamilton, Elizabeth", fuhr er eindringlich fort und erhob sich ebenfalls. „Du kannst ihm Riley vorstellen."
„Er wird doch sofort wissen, dass es eine Falle ist!", rief sie. „Er weiß über unsere Ermittlungen Bescheid. Er weiß, dass wir die Thuggees im Visier haben."
„Was er aber nicht weiß, ist, dass wir die Verbindung zu ihm und den Schulen hergestellt haben. Elizabeth, wir müssen den Spieß umdrehen. Jetzt benutzen wir ihn. Du musst ihn nur glauben machen, dass wir einer falschen Spur nachjagen."
„Selbst wenn er mir glaubt", hielt sie energisch dagegen, „wird er Riley trotzdem nie als Schüler akzeptieren. Er holt doch niemanden, der in Verbindung zu mir steht, in den Kult."
„Nun, das liegt dann an Riley und wie gut er sich als ehrgeiziger und hemmungsloser Überflieger verkauft. Du solltest sagen, dass du dich aus den Ermittlungen zurückgezogen hast. Das wird er nach Dannys Verschwinden vermutlich erwarten. Und dass du Riley zwar kaum kennst, du allerdings weißt, dass Danny ihn Sir Thomas vorstellen wollte, nachdem das ja bei Simon so gut geklappt hat."
„Was, wenn ihm bekannt ist, dass ich euch helfe? ", wand Riley leise ein.
„Dein Name ist nirgends gefallen, Kleiner", beruhigte ihn Wood, eine Hand auf seine Schulter legend. „Oder hast du ihn Hamilton gegenüber erwähnt, Elizabeth?"
Als sie verneinte, sagte Riley: „Warren und seine Kumpel haben mich gestern gesehen und Doc Mort auch."

„Aber Hamilton nicht. Und wenn er dir tatsächlich ein Stipendium verschafft, wird es noch dauern, bis du in der Privatschule anfängst. Bis dahin kannst du dein Äußeres etwas verändern. Zum Beispiel durch eine Brille oder aufgehellte Haare. Du könntest auch Gewicht zulegen, das würde dir eh nicht schaden."

Elizabeth sträubten sich die Haare. „Das ist zu gefährlich. Das können wir von Riley nicht verlangen!"

„Sollte nicht mal jemand Riley fragen, ob er überhaupt bereit ist, den Spion zu spielen?", ging Susan dazwischen, woraufhin sich alle Augen auf den Jungen richteten.

„Naja", Riley kratzte sich unbehaglich am Hals. „Ich glaub zwar nicht, dass Hamilton darauf reinfallen wird, aber einen Versuch ist es vermutlich wert. Mum wär bestimmt stolz, wenn ich auf einer Privatschule aufgenommen würde."

„Danke, Riley", sagte Wood. „Wir werden alles dafür tun, damit du sicher bist."

Kapitulierend schüttelte Elizabeth den Kopf und atmete tief durch. „Ich halte das immer noch für Wahnsinn, aber gut, wenn ihr euch einig seid, dann werde ich Riley Hamilton vorstellen. Wir werden ja sehen, ob er anbeißt."

„Denkst du denn, du kannst ihm unter die Augen treten, ohne sie ihm sofort auszukratzen?", fragte Wood grimmig lächelnd.

„Das wird schwierig werden, aber ich bekomme das schon hin. Vermutlich wäre es aber ratsam, davor etwas auf den Sandsack einzudreschen."

Nachdem sie sich gemeinsam eine plausible Geschichte für Sir Thomas überlegt hatten, rief Elizabeth, umringt von ihren Freunden, in Camley Hall an.

Wie zu erwarten, war es George, der den Anruf entgegen nahm und sie informierte, dass Hamilton im Moment unabkömmlich sei.

„Es ist wichtig, George. Wann kann ich ihn denn erreichen?"

„Ich werde Sir Thomas wissen lassen, dass Sie angerufen haben, Miss Parker. Sobald es seine Verpflichtungen zulassen, wird er sich bei Ihnen melden. Kann ich ihm ausrichten, in welcher Angelegenheit Sie anrufen?"

„Ja, äh, sagen Sie ihm bitte, dass es um einen ambitionierten jungen Freund von Mr Mason geht, über den ich mit ihm sprechen möchte." Sie dachte, das würde den Antiquitätenhändler auf jeden Fall hellhörig machen. Schließlich könnte es ja auch um Simon Stephens gehen, und dass würde ihn mit Sicherheit interessieren.

Und tatsächlich wurde sie nur wenige Minuten später zurückgerufen. „Meine liebe Elizabeth, wie geht es Ihnen?“ Der alte Mann klang so agil wie lange nicht mehr. Was für gesundheitliche Probleme ihn auch immer geplagt haben mochten, er schien es überstanden zu haben.

Elizabeth schloss die Augen, atmete tief durch die Nase ein und zwang sich zu einem ruhigen, freundlichen Ton. Doch ihre Hand, die das Telefon hielt, zitterte. „Danke für Ihren prompten Rückruf, Sir Thomas. Ich störe Sie auch nur kurz.“

„Aber nicht doch, meine Liebe. Sie stören mich nicht …“, unterbrach er sie. Jetzt, da sie wusste, was für ein Lügner und Heuchler er war, konnte sie sein falsches Lächeln deutlich heraushören.

„Wenn es Ihnen recht ist, würde ich morgen gerne vorbeikommen und Sie mit jemandem bekannt machen. Es geht um Riley O´Shea, einen jungen Mann aus der hiesigen Pavee-Gemeinde, den Daniel Ihnen als Kandidaten für ein Stipendium vorstellen wollte. Vielleicht erinnern Sie sich, ich hatte ihn in meinem Artikel erwähnt?“

„Tatsächlich? Der Pavee-Junge, der fälschlich eines Verbrechens beschuldigt wurde?“

Elizabeth konnte nicht sagen, ob Hamilton bereits skeptisch wurde. „Ja, das möchte ich noch erledigen, für Daniel sozusagen, ehe ich London verlasse.“

„Sie verlassen London? Warum das? Arbeiten Sie nicht mehr mit Detective Wood an der Aufklärung des Mordes?“

„Nein, ich … ich habe mich aus den Ermittlungen zurückgezogen. Jüngste Ereignisse machen es mir unmöglich weiter an dem Fall zu arbeiten. Ich werde zurück nach Oxford gehen.“ Ihre Stimme hatte zu beben begonnen, doch das war in Ordnung, schließlich wusste Hamilton sehr genau, von welchen Ereignissen sie sprach und welche Krater diese hinterlassen hatten.

„Wie außerordentlich bedauerlich. Ich hatte auch in Zukunft auf eine Zusammenarbeit gehofft.“

Elizabeth schluckte und ballte die freie Hand zur Faust. „Das wird sicherlich möglich sein, Sir Thomas. Als freie Journalistin kann ich auch von Oxford aus für Sie schreiben.“

„Natürlich, meine Liebe. Sagen Sie, wo steht Detective Wood denn mit seinen Ermittlungen? Braucht er eventuell Hilfe?“

„Nun, wie es aussieht, steckt hinter den Morden ein kleiner Wicca-Coven, der sich Bhowanee zur Göttin erwählt hat und ihr kultische Menschenopfer darbringt. Detective Wood hat Kontakt zur Londoner Wicca-Gemeinde aufgenommen und versucht nun, mehr über die Mitglieder dieses Covens herauszufinden.“

Wood nickte Elizabeth zustimmend zu. Anscheinend hatte sie ihren Text glaubwürdig genug vorgetragen.

„Das klingt, als stünde Detective Wood kurz vor einem Durchbruch“, meinte Sir Thomas, und wieder klang sein Lächeln durch.

Natürlich, dachte Elizabeth, *dass waren ja auch genau die Neuigkeiten, die er hören wollte.* „Ja, ich glaube, er ist recht zuversichtlich, was diese Spur angeht“, sagte sie, die Faust öffnend und schließend. „Darf ich denn morgen mit Riley vorbeikommen?“

„Nun, ich bin sehr beschäftigt, meine Liebe. Am Dienstag findet eine große Party auf Camley Hall statt, und es gilt noch so vieles vorzubereiten …“

„Es wäre mir ein dringendes Anliegen, Sir Thomas“, ließ Elizabeth nicht locker. „Ich weiß, dass Daniel viel daran lag, sie mit Riley bekannt zu machen und morgen Abend werde ich bereits abreisen.“

Der alte Mann schwieg dazu, vermutlich versuchte er abzuwägen, was zu tun war.

Also sprach Elizabeth einfach weiter: „Ich persönlich kenne Riley zwar nicht sonderlich gut, aber nach allem, was ich gehört habe, ist er ein sehr engagierter Junge, der hart arbeitet und hochgesteckte Ziele verfolgt, die er jedoch in seiner derzeitigen Schule und vor allem mit seinem sozialen Hintergrund kaum erreichen wird.“

„Nun gut“, sagte Sir Thomas schließlich. „Wenn der geschätzte Mr Mason so große Stücke auf den jungen Mann hielt, dann möchte ich ihn auf jeden Fall kennenlernen. Und außerdem würde ich mich auch gerne persönlich von Ihnen verabschieden, Elizabeth. Was halten Sie also von einem gemeinsamen Mittagessen? Um ein Uhr?“

„Sehr gerne. Vielen Dank, Sir Thomas.“ Elizabeth signalisierte den anderen mit einem erhobenen Daumen, dass er angebissen hatte. Ein kleines, boshaftes Lächeln erschien auf ihrem Gesicht. „Ach, eine Frage noch, Sir Thomas. Gibt es etwas Neues bezüglich des Artikels? Konnten Sie ihn bereits platzieren?“

„Oh, das hat leider nicht so kurzfristig geklappt wie ich gehofft hatte, Elizabeth." Er klang tief betrübt. „Aber ich werde es natürlich weiterhin versuchen."

Na klar wirst du das, dachte sie. *Dir liegt ja auch so viel an Daniels gutem Ruf, du Heuchler!*

Sie merkte, wie sich ihre Kehle zuschnürte und ihre Stimme vollends zu versagen drohte. Deshalb verabschiedete sich eilends: „Trotzdem vielen Dank für ihre Bemühungen, Sir Thomas. Wir sehen uns morgen Mittag."

Den restlichen Abend verbrachten sie damit, das morgige Treffen mit Hamilton zu planen und mit Riley seine Rolle als strebsamer Überflieger zu proben. Er musste sich selbstbewusst geben wie jemand, der genau wusste, was er wollte und bereit war, es sich auch rücksichtslos zu nehmen. Es war klar, dass Riley diese Rolle nicht sonderlich lag, doch er tat sein Bestes.

Gegen elf wünschte Elizabeth allen eine gute Nacht. Susan gab ihr auch diesmal eine Schlaftablette mit, doch Elizabeth wollte zunächst versuchen, auf natürliche Weise einzuschlafen. Nach zwei Stunden rastlosen Herumwälzens nahm sie die Tablette aber doch. Innerhalb einer halben Stunde schlief sie daraufhin ein, doch damit kamen auch die Albträume wieder.

Als sie vor Morgengrauen schweißgebadet erwachte, fühlte sie sich trotzdem einigermaßen erholt. Allerdings ließ sie der Gedanke daran, dass sie Riley heute in die Höhle des Löwen schicken würden, den Tag alles andere als unbesorgt beginnen.

Was hätte Daniel wohl davon gehalten? Sie hatte seine tadelnden Worte noch genau im Ohr, als sie Riley damals lediglich darum gebeten hatte, Augen und Ohren innerhalb seines Bekanntenkreises offen zu halten: *Es gehört nicht unbedingt zur Polizeiroutine, Teenager als Informanten zu missbrauchen.*

Nun, Wood sah das offenbar anders …

Nach dem Frühstück legte sie an diesem Morgen tatsächlich eine Runde am Sandsack ein. Zum einen sollte es sie fit für den Tag machen, der vor ihr lag, zum andern wollte sie ihren Emotionen ein Ventil geben, bevor sie nach Richmond fuhren.

Rileys Sicherheit hing auch davon ab, dass Elizabeth zu überzeugen vermochte. Hamilton durfte nicht misstrauisch werden. Er durfte keinen

Verdacht schöpfen, dass sie ihn durchschaut hatten und nun den Spieß umdrehten, wie Wood es ausgedrückt hatte.

Deshalb stand Elizabeth nach der Dusche auch lange vor dem Spiegel, um ihre Eismaske, die während der letzten zwei Tage im Kreis ihrer Freunde nicht mehr notwendig gewesen war, in Position zu bringen.

Es dauerte eine Weile, doch schließlich gelang es ihr. Noch immer verrieten ihre Augen ihren Schmerz, doch den durfte Hamilton ruhig sehen. Hauptsache, die eisige Schale verbarg ihren unbändigen Hass auf ihn.

Die anderen warteten bereits auf sie, als Elizabeth, bekleidet mit schwarzer Hose und taillierter, dunkelgrüner Bluse, ins Wohnzimmer trat. Auch Riley hatte sich mit der dunkelblauen Hose und dem weißen Hemd seiner Schuluniform bestmöglich in Schale geworfen.

„Fertig, Bets?“, fragte er und zeigte ein zuversichtliches Lächeln.

Nervös spielten ihre Finger mit Daniels ledernem Armband. „Lasst uns gehen“, sagte sie schlicht.

Während Wood sie zu Gerry´s Garage fuhr, wo Margery, Daniels roter MG, untergestellt war, gab er ihnen noch letzte Anweisungen, wie sie sich Hamilton gegenüber zu verhalten hatten.

Sie bogen in die kleine Hinterhofwerkstatt ein und stellten fest, dass Gerry, ein untersetzter Mann mit Halbglatze, den MG bereits vorgefahren hatte. Sobald Elizabeth Margery sah, schlug der Blitz auf ein Neues in das bereits verkohlte Loch in ihrer Brust ein und als sie hinter das Steuer des Oldtimers glitt und diesen Geruch nach Chrom, Leder und Politur einatmete, den sie fest mit Daniel verband, kostete es sie enorme Mühe, ihren Eispanzer aufrechtzuerhalten.

„Wenn Sie dieses hübsche Schätzchen irgendwann mal verkaufen möchten“, sagte Gerry und beugte sich zur offenen Fahrertür herein, „ich hätte schon einen Interessenten dafür.“

„Danke, aber das wird nicht passieren“, erwiderte Elizabeth gepresst, fasste an Gerry vorbei nach dem Griff und zog die Tür mit so viel Schwung zu, dass der Mann einen erschrockenen Satz zurückmachte.

Riley hatte es sich inzwischen auf dem Beifahrersitz bequem gemacht und das Radio eingeschaltet.

Auf dem Weg nach Richmond war Wood in Susans Kombi direkt hinter ihnen. Etwa eine Meile vor der Einfahrt zu Camley Hall hupte er, dann bog er in einen Feldweg ein, wo er auf sie warten, oder besser gesagt, für den Notfall bereit stehen würde.

Falls Hamilton wirklich Verdacht schöpfen und die Situation brenzlig werden sollte, genügte eine kurze Tastenkombination auf dem Handy, um Wood zu alarmieren. Allerdings war es Elizabeth nicht ganz klar, was genau er dann unternehmen wollte. Etwa als Ein-Mann-Armee das Gebäude stürmen?

Als Elizabeth Margery in der Auffahrt von Camley Hall abstellte, pochte ihr Puls so heftig in den Schläfen, dass sie fürchtete, er könnte ihren Schädel sprengen. Sie umklammerte das Lenkrad, bis ihre Knöchel weiß hervortraten, und betrachtete das Herrenhaus, das nicht anderes war, als das Nest einer hinterhältigen, arglistigen und nicht zu vergessen, gefährlichen Schlange.

„Los geht´s“, flüsterte Riley, dessen geweitete Augen ebenfalls auf das imposante Gebäude gerichtet waren.

Sie nickte dem Jungen zu, aufmunternd wie sie hoffte, und holte tief Luft. Nach einem letzten prüfenden Blick in den Rückspiegel stieg sie aus und ging mit Riley Richtung Haupteingang.

Doch der Junge wurde immer langsamer.

„Alles klar?“, fragte Elizabeth besorgt. Rileys Augen flackerten und huschten umher, als würde er nach etwas suchen. „Spürst du etwas … oder jemand?“

„Ich … ich weiß nicht, Bets. Es ist komisch …“

In diesem Moment wurde die Eingangstür geöffnet und George trat heraus, um sie willkommen zu heißen. Sie folgten ihm in einen hellen Salon mit Stuckdecke und lindgrünen Wänden. Im Kamin, über dem das Ölgemälde eines blonden jungen Mannes in der Armeeuniform des neunzehnten Jahrhunderts hing, loderte trotz der relativ warmen Temperaturen ein kleines Feuer.

Hamiltons Diener wies auf den eingedeckten Tisch mit sechs Polsterstühlen. „Sir Thomas wird jeden Moment bei Ihnen sein“, informierte er sie und zog sich dann mit einer angedeuteten Verbeugung zurück.

Sobald George aus der Tür war, wandte sich Elizabeth wieder Riley zu, der so nervös und fahrig wie ein Tier wirkte, das Gefahr gewittert hatte. „Was immer du spürst, du musst dich zusammenreißen! Entspann dich, blende es aus, was immer nötig ist, aber so kannst du Hamilton nicht unter die Augen treten.“

„Ich weiß, aber …“ Mit Daumen und Zeigefinger massierte er seine Stirn und schloss die Augen.

„Es ist so merkwürdig, und eigentlich komplett unmöglich."

„Geht es Ihrem jungen Freund nicht gut?" Sir Thomas trat strahlend lächelnd in den Salon, wechselte seinen Gehstock in die linke Hand und reichte Elizabeth die rechte, die sie steif lächelnd ergriff. „Meine liebe Elizabeth, bezaubernd wie immer." Er trug eine Tweedhose und ein weißes, am Kragen geöffnetes Hemd. Sein volles, silbernes Haar war präzise gescheitelt.

„Sir Thomas", sagte sie förmlich. „Darf ich Ihnen Riley O´Shea vorstellen?"

„Sehr erfreut, Riley." Der alte Mann musterte den hageren Jungen interessiert.

Riley hingegen war zur Salzsäule erstarrt und brachte kein Wort heraus.

„Ich fürchte, er hat einen Migräneanfall", entschuldigte Elizabeth sein Verhalten. Gleichzeitig warf sie Riley einen flehentlichen Blick zu. „Könnte George ihm ein Glas Wasser bringen?"

Als hätte er nur auf sein Stichwort gewartet, kam George mit einer Karaffe voll Eiswasser herein und füllte die drei bereitstehenden Gläser. Eines reichte er sofort Riley, der es betrachtete, als wüsste er nicht, was er damit anfangen sollte. Schließlich nahm er es und stürzte das Wasser in einem Zug hinunter.

„Du bist also ein Pavee?", richtete sich Sir Thomas wieder an den Jungen. „Und ein Freund von Daniel Mason? Wie ich hörte, habt ihr euch unter ziemlich dramatischen Umständen kennengelernt, was?"

„Ja, das ist richtig", antwortete Riley heiser. Seine Augen flackerten noch immer, und seine Finger umschlossen das leere Glas so fest, dass Elizabeth fürchtete, es könnte jederzeit dem Druck nachgeben und zerspringen. „Und danach hat er mich regelmäßig mit zum Fußball genommen."

„Ah. Wie nett von ihm." Hamiltons überhebliches Lächeln, das früher gutmütig und väterlich gewirkt hatte, empfand Elizabeth nun als übelkeitserregend. Er ließ sich auf einen Stuhl sinken. „Elizabeth erzählte mir, dass der Detective große Stücke auf dich hielt. Er war wohl der Meinung, dass du ein Stipendium für eine Privatschule verdient hättest. Kannst du dir denken, warum?"

„Er wusste, dass ich auf meiner derzeitigen Schule nicht gefordert bin", flüsterte Riley seinen einstudierten Text. „Und dass sich meine Mum die Gebühren für eine Privatschule nicht leisten kann." Er zog scharf die Luft ein und fuhr zu Elizabeth herum. „Wir sollten gehen. Es war ein Fehler hierher zu kommen."

„Was? Aber …" Entsetzt sah sie zwischen Riley und Sir Thomas hin und her. Der alte Mann hatte den Kopf zur Seite geneigt und taxierte den Jungen mit durchdringendem Blick.

„Ich habe fürchterliche Kopfschmerzen. Und überhaupt wäre meine Mum bestimmt nicht damit einverstanden, wenn ich die Schule wechseln würde. Lass uns gehen." Als sei der Teufel persönlich hinter ihm her stürmte Riley an Sir Thomas vorbei aus der Tür.

„Nun, das war ein wenig enttäuschend, nicht wahr?", meinte der alte Mann bedauernd. Er stemmte beide Hände auf die Tischplatte und erhob sich. „Sie sollten Ihren jungen Freund zu einem Arzt bringen, Elizabeth."

„Ja, ich schätze, das ist eine gute Idee", sagte sie, noch immer fassungslos über Rileys Verhalten. „Tut mir leid, Ihre Zeit gestohlen zu haben, Sir Thomas."

„Aber nicht doch, meine Liebe. Es hat mich sehr gefreut, Sie noch einmal zu sehen, bevor sie abreisen. Ich wünsche Ihnen für ihre Zukunft alles erdenklich Gute. Und lassen Sie uns bitte auf jeden Fall in Kontakt bleiben."

„Selbstverständlich, Sir Thomas." Sie biss die Zähne zusammen und rang sich ein Lächeln ab. „Und danke noch mal für alles." *Dafür, dass du mich benutzt hast. Dafür, dass du mich belogen hast. Dafür, dass du mir Danny genommen hast!*

Eilends hastete sie hinter Riley her, der am Auto mit zu Fäusten geballten Händen auf und ab ging. In seine Stirn gruben sich tiefe Falten. Er sah sie nicht an, als sie den Wagen erreichte und ihm aufsperrte. Stattdessen war sein Blick auf den Seitenflügel des Herrenhauses geheftet, auf dessen flachem Dach sich das viktorianische Glashaus erhob.

„Was zum Geier sollte das eben?", verlangte Elizabeth zu wissen, sobald sie eingestiegen waren. Wütend blitzte sie ihn an. Ihre Eismaske war längst wieder zersplittert.

„Fahr", grollte der Junge.

„Konntest du dir nicht vorher überlegen, dass du doch den Schwanz einziehst?"

„Fahr!"

Kopfschüttelnd startete Elizabeth den Wagen und setzte zurück. Sie war von Anfang an nicht begeistert von diesem Plan gewesen, und sie war heilfroh, dass sie das Haus unbeschadet verlassen hatten. Doch über die Zeitverschwendung, als die sich das Ganze herausgestellt hatte, war sie auch nicht eben erfreut. Die auf die Vorbereitung verwendeten Stunden hätten sie um einiges sinnvoller gestalten können.

Riley brütete schweigend vor sich hin, bis sie zu Wood stießen, der im Feldweg auf sie wartete. Er war sofort ausgestiegen, als er sie im Rückspiegel gesehen hatte, und kam ihnen nun verwundert entgegen. „Das ging ja schnell. Was ist passiert?"

„Riley hat etwas *gespürt*", erklärte Elizabeth augenrollend, blies eine Locke aus den Augen und lehnte sich mit verschränkten Armen gegen den MG. Sie fühlte wieder deutlich das Nitroglyzerin durch ihre Adern pumpen. „Daraufhin war er weder in der Lage zu reden noch zu denken."

Wood sah den Jungen stirnrunzelnd an. „Und was hast du gespürt?"

Riley seufzte und fuhr sich mit beiden Händen über den Kopf. „Danny", sagte er schließlich und blickte Elizabeth in die Augen. „Ich denke, ich habe Danny gespürt."

8

„Was sagst du da?“, flüsterte Elizabeth. Sie packte Riley an den Schultern. Ihre Fingernägel krallten sich durch den Hemdstoff hindurch in seine Haut. „Was …?“

Rileys fast schwarze Augen hielten ihrem flammenden Blick stand, als er sagte: „Ich glaube, Hamilton hält ihn dort fest. Seine Schwingungen waren gedämpft und verzerrt, so als würden sie durch irgendwas abgeschirmt. Aber eines war klar“, er schüttelte leicht den Kopf und befeuchtete seine Lippen. „Er ist verzweifelt. Und er hat höllische Angst.“

Die letzten Worte waren der Zündfunke, der das Nitroglyzerin in Elizabeths Adern endgültig zur Explosion brachte, und es war Riley, der die volle Wucht der Zerstörung zu spüren bekam.

„Wie konntest du nur?“, schrie sie ihn an, während sie mit der Faust auf seine Schulter einschlug. „Warum hast du vorhin nichts gesagt? Wie konntest du zulassen, dass wir ihn dort zurückließen! Er leidet und wir haben ihn zurück gelassen!“

„Elizabeth.“ Sie hatte Wood vollkommen ausgeblendet, doch nun trat er wieder in ihr Bewusstsein. Er griff um ihre Taille und zog sie von Riley fort. „Elizabeth!“

„Lass mich los!“ Sich windend und tretend versuchte sie sich aus seinem eisernen Griff zu befreien. „Wir müssen zurück! Sofort!“

„Sch ... ruhig, Elizabeth“, sagte Wood in ihr Ohr. Seine Stimme war leise und besonnen. „Natürlich werden wir zurückfahren und natürlich werden wir ihn da rausholen. So schnell wie nur irgendwie möglich. Aber wir müssen mit Bedacht vorgehen. Wir dürfen nicht den Kopf verlieren. Riley hat völlig richtig gehandelt. Wenn du tief Luft holst und einen Moment darüber nachdenkst, weißt du das auch.“

Einige Sekunden lang wehrte sich Elizabeth noch halbherzig, dann nickte sie und entspannte sich ein wenig. Ihre Wut flaute ab, wurde zu einem Pochen hinter den Augen und in der Kehle.

Es gelang ihr einigermaßen rational zu denken und den Drang, sofort ins Auto zu springen und zurückzufahren, unter Kontrolle zu halten. Fürs Erste zumindest.

Wood wartete noch einen Moment, dann entließ er sie aus seinen schraubstockartigen Armen. „Also“, sagte er, „wie ist das möglich? Wie kann Danny in Camley Hall sein?“ Er wirkte zwar beherrscht, doch die zuckenden Muskeln in seinem Gesicht verrieten, dass auch er damit kämpfte Ruhe zu bewahren.

„Und wie kann Hamilton ihn überhaupt festhalten?“, ergänzte Elizabeth. Beide blickten Riley an, der in die Hocke gegangen war und seine Hände über die Augen gelegt hatte.

„Ich weiß es nicht“, erwiderte er leise. „Das Ganze war so seltsam. Auch Hamilton …“

„Was meinst du?“, fragte Wood. „Was war mit Hamilton?“

Riley nahm die Hände runter und sah auf. „Ich kann es nicht genau sagen. Er war … falsch. Falsche Schwingungen.“

„Ich dachte, du spürst nur Geister?“, fragte Elizabeth.

„Das tue ich auch. Deshalb war es ja so seltsam. Seine Schwingung war auch nicht wie die eines Geistes, aber doch irgendwie ähnlich. Ich kann mir darauf einfach keinen Reim machen.“

„Okay, wir fahren nach Hause und reden dort weiter“, seufzte Wood. Als Elizabeth zu einem vehementen Protest ansetzte, sagte er schnell: „Keine Sorge, wir lassen ihn sicher nicht im Stich.“ Er legte beide Hände auf ihre Schultern und sah ihr fest in die Augen. „Elizabeth, atme durch und denk nach. Das ist eine gute Nachricht, ja, eine großartige Nachricht! Danny ist nicht ins Licht gegangen, sondern ist noch hier. Du bekommst ihn zurück!“

„Du hast recht …“ Die Erkenntnis drang nur langsam zu ihr durch wie helle und wärmende Sonnenstrahlen, die nach einem schweren Unwetter erst vereinzelt und dann gebündelt durch bedrohlich dunkle Wolken brechen. Daniel war nicht unwiederbringlich fort. Er war hier und sie würde ihn wiedersehen. Bald! „Du hast recht!“, wiederholte sie begeistert auflachend. „Ich bekomme Danny wieder!“

Angefeuert durch diese Vorstellung sprang mit einem kleinen Satz ihr verstummtes Herz wieder an, füllte sich mit Zuversicht und ersetzte den verkohlten Krater in ihrer Brust.

„Worauf warten wir noch? Lasst uns nach Hause fahren und uns überlegen, was wir unternehmen!“

Aufgeregt stieg sie in den Wagen und ließ den Motor an. Rileys Blick huschte abwägend zwischen dem MG und dem Kombi hin und her, dann entschied er sich, mit Elizabeth zu fahren und rutschte auf den Beifahrersitz.

„Können Geister beschworen werden, Riley?", fragte sie. „Denn ich wette, das ist es, was dieser alte Bastard mit ihm gemacht hat. Bei Sonnenaufgang, weil da die Barriere zwischen den Welten am schwächsten ist." Ihre Stimme war zwei Oktaven höher als normal und sie redete doppelt so schnell. „Aber ich war stärker als er, ich habe Danny gehalten. Deshalb hat er dafür gesorgt, dass ich ihn gehen lasse. Und jetzt hält er ihn irgendwie fest. Wahrscheinlich benutzt er ihn als Anschauungsobjekt für seinen Spiritistenzirkus!"

Riley antwortete nicht, er blickte nur missmutig auf die Straße und nickte hin und wieder.

„Was, denkst du, war ihm wichtiger? Uns zu trennen und mich dadurch von weiteren Recherchen abzuhalten, oder einen echten Geist zum Spielen zu haben?"

Jetzt antwortete Riley doch. „Wenn es nur das ist, warum hat Danny dann solche Angst? So eine Hoffnungslosigkeit habe ich noch nie gespürt …"

Bei dem Gedanken an Daniels Furcht und daran, dass er tatsächlich alle Hoffnung verloren haben könnte, krampfte sich Elizabeths gerade erst wiederbelebtes Herz zusammen.

„Ich werde ihn da rausholen", schwor sie. „Ich habe ihm das eingebrockt und ich werde es wieder gut machen. Heute Abend, bei Sonnenuntergang, werde ich ihn zu mir holen, so wie ich ihn auch in St. Agnes aus großer Distanz herbeigerufen habe." Die Aussicht darauf, Daniel schon heute Nacht wiederzusehen, ihn vielleicht sogar in den Armen zu halten, falls er ihr verzieh, berauschte sie geradezu.

„Ich hoffe wirklich, dass es so einfach ist", murmelt Riley wenig zuversichtlich.

Sie folgten dem Kombi in die Tiefgarage des Apartmenthauses und fuhren dann gemeinsam mit Wood hinauf ins Penthouse. Susan erwartete sie schon ungeduldig. „Erzählt mir alles!", verlangte sie und ergriff Woods Hand, der wohl zwischenzeitlich mit ihr telefoniert hatte.

Riley bog sofort in die Küche ab. „Ich brauch erst mal ein Bier", verkündete er.

„Na, ausnahmsweise", brummte Wood und folgte ihm mit Susan im Schlepptau.

Den Abschluss bildete Elizabeth, die vor Erregung schier vibrierte und keine Ahnung hatte, wie sie die Stunden bis zum Sonnenuntergang überstehen sollte.

Sobald sie sich alle auf den Barhockern vor der Theke niedergelassen hatten, konnte Susan ihre Neugierde nicht länger zügeln. „Danny wurde also gar nicht auf die andere Seite gerufen, sondern von Sir Thomas beschworen?"

„Ja", bestätigte Elizabeth. „Diese ganze Geschichte vom Ruf der anderen Seite und der drohenden Verdammnis war eine Lüge, damit ich Danny gehen lasse. Hamilton wusste genau, dass ich ihn nicht länger halten würde, wenn ich befürchtete, ihn dadurch in Gefahr zu bringen."

„Das ist also der Grund, warum Justin nicht gerufen wurde", erkannte Susan. „Und warum Riley noch nie von einem solchen Ruf gehört hat. Aber wie hat er das nur angestellt?"

„Ich denke …" setzte Wood an, doch Elizabeth fiel ihm ins Wort. „Er hat das Amulett benutzt!" Es war wie eine Erleuchtung. „Immer, wenn er gerufen wurde, ging das Leuchten zuerst von dem Anhänger aus. Dem Anhänger, dessen wahre Inschrift lautet: *Teure Seele, beschworen durch der Sonne Macht.*" Sie lachte humorlos. „Dannys Seele ist Hamilton teuer, so viel ist sicher." Dann verfinsterte sich ihr Blick. „Aber nicht so teuer wie mir!"

Riley nickte. „Damit könntest du recht haben. Das Amulett ist mächtig, und wenn jemand weiß, wie man es richtig einsetzt, dann …" Er wurde von einem lauten Summen unterbrochen.

Wood ging zur Gegensprechanlage und drückte einen grünen Knopf. „Ja?"

„Sir", meldete sich der Concierge, „hier ist ein junger Mann für Sie." Er machte eine kurze Pause, während der es in der Leitung leise rauschte. „Ein Mr Stephens."

Wood fuhr herum, und sah Elizabeth überrascht in die Augen. Kerzengerade aufgerichtet erwiderte sie seinen Blick. Was um alles in der Welt wollte Simon von ihnen? Ausgerechnet jetzt, nach ihrem Besuch bei Sir Thomas? War das ein neuer Versuch des Kultes sie auszuspionieren? Und wie hatte er sie überhaupt gefunden?

„Schicken Sie ihn rauf", wies Wood den Concierge an.

Elizabeth, Riley und Susan eilten sofort zum Aufzug, um den unerwarteten Besucher in Empfang zu nehmen. Susan spürte wohl Elizabeths inneren Aufruhr, denn sie griff nach ihrer Hand und drückte sie ermutigend.

Wie eine Bollmauer bauten sie sich vor dem Fahrstuhl auf und erwarteten Simons Ankunft.

Wood war in sein Schlafzimmer gestürmt und stieß nun wieder zu ihnen. Aus seinem hinteren Hosenbund ragte der Griff einer schwarzen Pistole. Als das melodische Signal des Aufzugs erklang, stellte er sich mit leicht ausgestellten Beinen vor die anderen.

Die Türen des Fahrstuhls öffneten sich, und vier Augenpaare fixierten den blonden jungen Mann, der den Kopf gesenkt und die Hände tief in den Taschen seiner Kakihose vergraben an der Stirnseite der Kabine lehnte. Zögernd und ohne aufzublicken, stieß er sich ab und trat aus dem Lift.

Sobald er einen Fuß in den Flur gesetzt hatte, schnellte Wood nach vorne, schnappte sich Simons rechten Arm und verdrehte ihn auf den Rücken. Dann warf er ihn herum und drückte ihn gegen die Wand. Simon leistete dabei keinerlei Widerstand.

„Was willst du hier?", schnarrte Wood in sein Ohr.

„Reden", nuschelte Simon gegen die Tapete. „Über Danny. Er wird gefangen gehalten."

Elizabeth macht einen Schritt nach vorne, doch Susan zog sie zurück. Wood schien noch fester zuzudrücken, falls das überhaupt möglich war und stemmte Simons rechten Arm weiter nach oben. Elizabeth erwartete fast, das Knacken von Simons Knochen zu hören, nein, eigentlich hoffte sie sogar es zu hören. Er sollte Schmerzen haben, er sollte leiden.

„Das wissen wir bereits. Schickt Hamilton dich? Bist du uns gefolgt?"

„Ja", keuchte der Junge. „Nein!"

„Also was jetzt?", fragte Wood.

„Ich bin hier, weil ich euch helfen will."

„Oh, Schwachsinn!", rief Elizabeth ungehalten, schüttelte Susans Hand ab und trat neben Wood. „Du kamst, weil du dachtest, wir wüssten nicht, was du getan hast und uns ausspionieren wolltest! Aber wir wissen längst, dass du es warst, der Danny getötet hat! Und auch warum." Sie griff nach Simons linkem Handgelenk, mit dem er versuchte, sich von der Wand abzudrücken, und schob die Ärmel seiner Jacke und des Hemdes darunter zurück. Wie bei Warren zeigte sich auf der Unterseite ein frisch eingeritztes Symbol. „Du bist ein Thuggee", spuckte sie ihm entgegen.

„Du hast Danny deiner blutrünstigen Göttin geopfert. Aus Habgier hast du deinen besten Freund getötet! Und jetzt hast du tatsächlich den Nerv, dich hier blicken zu lassen!"

Simon versuchte noch nicht einmal, es zu leugnen. „Bitte", stöhnte er unter Woods erbarmungslosen Griff. „Hört mir zu …"

„Warum sollten wir ausgerechnet dir zuhören?", knurrte Wood. „Warum sollten wir irgendetwas glauben, was aus deinem Mund kommt?"

„Weil ihr Danny helfen müsst." Simons Gesicht war dunkelrot angelaufen. „Ihr seid die Einzigen, die ihn retten können." Mit einem Ruck und einer blitzschnellen Drehung befreite er sich aus Woods Griff.

Elizabeth wich erschrockenen zurück, während Wood die Pistole zückte und sie mit beiden Händen auf den blonden Jungen richtete. „Lass dein Kung-Fu schön stecken, verstanden?", drohte er.

„Das ist Kalarippayat", stellte Simon großspurig richtig und rieb sein rechtes Handgelenk. „Eine uralte indische Kampfkunst, in der alle Brüder unterwiesen werden. Und übrigens nennen wir uns auch schon lange nicht mehr Thuggees, sondern Guhya Bruderschaft." Wie Warren, so wirkte auch Simon nicht wie ein Teenager, sondern wie ein hochmütiger Erwachsener.

„Nenn es, wie du willst. Das ist mir so was von egal. Ich will deine Hände sehen. Hoch damit."

„Bitte." Seufzend hob Simon die Hände auf Schulterhöhe. „Wir haben nur wenig Zeit. Die anderen warten unten auf mich."

Einen Moment herrschte Stille, dann fragte Wood ohne die Waffe zu senken: „Welche anderen?"

„Rafid und Alex. Sie sind meine … Arme."

„Ians Freund Rafid", flüsterte Elizabeth, während Wood sagte. „Deine was?"

„Meine Arme. Wir drei sind ein Team, wir erledigen alle Aufträge gemeinsam. Acharya hat mich geschickt, damit ich herausfinde, wie viel ihr wirklich wisst und ob ihr uns verdächtigt."

Wood verzog verächtlich den Mund. „Also doch!"

„Aber ich sah darin die Gelegenheit, um euch zu warnen", fuhr Simon eilends fort. Seine Stimme überschlug sich und knackte, als wäre er im Stimmbruch. „Wenn ich gewusst hätte … Ich hätte mich niemals darauf einlassen dürfen! Aber seine Versprechungen … Und die anderen haben mich unter Druck gesetzt. Aber das jetzt … das ist ..." Ihm fehlten die

Worte, und er schüttelte den Kopf. „Das kann ich nicht zulassen."

„Ich glaube, wir sollten uns anhören, was er zu sagen hat", meinte Elizabeth widerstrebend.

Die graublauen Augen des Jungen richteten sich dankbar auf sie. Langsam senkte er die Arme.

„Riley", sagte Wood, ohne Simon aus den Augen zu lassen. „Sieh nach, ob er bewaffnet ist."

Riley trat zögerlich näher und begann, Simons Taschen zu durchsuchen und ihn abzutasten. Bis auf ein Handy, eine Packung Kaugummi und ein Portemonnaie konnte er jedoch nichts finden.

Wood schob die Waffe wieder in seinen Hosenbund. „Vorwärts", befahl er mit einem kleinen Nicken Richtung Wohnbereich. „Wie war es euch möglich, uns zu folgen?", wollte er wissen, nachdem er Simon in einen Sessel bugsiert hatte. Er selbst hatte sich direkt vor ihm aufgebaut und blickte nun finster auf Simon hinunter. Seine Stimme war hart wie Granit.

Elizabeth stand mit zu Fäusten geballten Händen hinter Wood, da sie das sichere Gefühl hatte, dass eine Barriere zwischen Simon und ihr nötig werden könnte. Sie wusste nicht, wie lange sie noch an sich halten konnte, bevor sie dem Dreckskerl an die Kehle ging.

Riley hatte sich hinter Simons Sessel postiert, die Hände auf die Rückenlehne gestützt, und Susan war in sicherer Distanz nahe der Tür zum Flur stehen geblieben.

„Euch zu folgen war gar nicht nötig", beantwortete Simon Woods Frage. Er sah niemanden direkt an, sein Blick war auf den Boden gerichtet. „Wir wussten die ganze Zeit, wo ihr wart."

„Was?", zischte Wood. „Und wie?"

Jetzt flimmerte Simons Blick kurz zu Elizabeth, bevor er sich wieder auf den Teppich senkte. „Wir haben in ihrem Laptop einen GPS-Sender versteckt. Wir waren sicher, dass sie ihren Rechner früher oder später holen würde."

„Das war letzten Mittwoch." Elizabeth blickte auf ihren Laptop, der zusammengeklappt auf der Couch lag. „Ihr wart in meiner Wohnung, bevor wir meine Sachen geholt haben." Ein weiteres Mal hatte man unbemerkt in ihr Zuhause eingebrochen. Sie bezweifelte, dass sie sich dort jemals wieder sicher fühlen würde. „Einer von euch hat dabei telefoniert, nicht wahr?", fragte sie, und als Simon überrascht aufsah, erklärte sie mit einem Schulterzucken: „Handyortung. Auch wir haben so unsere kleinen Tricks. Von Dannys Vater haben wir die Nummer eines ausländisch aussehenden Jungen, der ihn nach dem Amulett gefragt hat. Das war Rafid, oder?“

Wieder nickte Simon. „Mr Mason hätte mich auf der Beerdigung wiedererkennen können, deshalb ging Raf. Es war ja auch mit seine Verantwortung … Wir haben als Team versagt, und mussten das Amulett als Team wiederbeschaffen.“

„Nachdem du es bei dem Angriff verloren hattest“, stellte Elizabeth fest. „Daraufhin habt ihr es zunächst bei Dannys Eltern gesucht.“

„Ja, doch dann sahen wir es an dir.“

„Ok, der Reihe nach“, fuhr Wood dazwischen. „Erzähl uns alles von Anfang an.“

„Ich sagte doch, wir haben keine Zeit!“, rief Simon ungeduldig. „Raf und Alex werden misstrauisch, wenn ich zu lange weg bin.“

„Das Risiko gehen wir ein“, erwiderte Wood ungerührt. „Wie sollen wir dir glauben, wenn du uns nicht alles erzählst?“

„Also gut“, seufzte Simon und vergrub das Gesicht in seinen Händen. „Was wollt ihr wissen?“

Tausend Fragen schossen Elizabeth durch den Kopf. Tausend drängende Fragen, auf die dieser unscheinbare, blonde Bursche vor ihr die Antworten wusste. „Wer ist euer Meister, euer Acharya?“

„Na, Hamilton“, sagte Simon verdutz. „Ich dachte, ihr wüsstet das bereits.“

Elizabeth schnappte nach Luft, und auch Wood hob überrascht den Kopf. Hamilton war nicht einer der Thuggees, er war *der* Thuggee! Er hatte den Mord an Daniel nicht nur gut geheißen und versucht, die Mörder zu decken, er hatte den Mord in Auftrag gegeben! Genauso wie die acht anderen Morde und Elizabeths Entführung. Er war der Mann im Hintergrund, von ihm hatten Gilbertson und Dr. Mortimer ihre Anweisungen.

„Er kam mit der Bruderschaft in Indien in Kontakt und ist dort einer von ihnen geworden“, erklärte Simon weiter. „Daraufhin brachte er das geheime Wissen nach England.“

„Warum all diese Morde? Was ist das für ein Ritual?“, fragte Wood nun.

Simon biss sich auf die Unterlippe, als überlegte er, wie viel er preisgeben konnte. „Es ist das Ritual der Wiederkehr“, sagte er schließlich.

„Die zehn würdigsten Jungbrüder führen es aus. Nur wer Kali und der Guhya Bruderschaft bedingungslos ergeben und bereit ist für das Ritual den engsten Freund zu opfern, darf daran teilhaben. Es ist eine gewaltige Ehre, dafür ausgewählt zu werden." Sein Ton war nicht mehr sachlich distanziert, sondern bewegt, ja, regelrecht feierlich. „Diese zehn werden zu Kalis Armen. Drei Gruppen, jeweils bestehend aus drei Mitgliedern, einem aus jeder der drei Schulen, die der Bruderschaft gehören. Und dann gibt es noch den ... nun, den Zeremonienmeister könnte man wohl sagen. Nach Durchführung des Rituals werden die zehn am reichsten belohnt."

„Also wird es einen zehnten Mord geben?", vergewisserte sich Wood, während Elizabeth gleichzeitig sagte: „Kali?" Sie erinnerte sich an die grausige Bronzefigur in Hamiltons Bibliothek, die sowohl ihr, als auch Daniel aufgefallen war. Zehn dolchbewehrte Arme ...

Simon beantwortete zunächst Elizabeths Frage. „Kali und Bhowanee sind zwei Namen der gleichen Göttin. Sie verehren wir und sie belohnt uns. Oder bestraft uns, wenn wir zu schwach sind." Dann wandte er sich an Wood. „Die zehnte Opferung wird die Vollendung des Rituals sein."

„Du sprichst von Ehre", sagte Riley mit einem angewiderten Kopfschütteln. „Du hast doch gar keine Ahnung, was Ehre ist! Was ist ehrbar daran, einem Freund ein Messer in die Brust zu jagen?"

„Oder danach auf dessen Beerdigung zu erscheinen", ergänzte Elizabeth. „Umgeben von trauernden Angehörigen. Wie war das? In die Augen von Leuten zu sehen, die einen geliebten Menschen verloren haben und zu wissen, dass man für deren Leid verantwortlich ist?"

„Ich sagte, es ist eine Ehre, als Kalis Arm erwählt zu werden", stellte Simon richtig, ohne sich zu Riley umzudrehen.

„Auserwählt zu sein, steigt einem dann wohl zu Kopf und schaltet erst den freien Willen und dann das eigenständige Denken aus!", gab Riley scharf zurück.

Simon quittierte das mit einem resignierten Seufzen und richtete sich wieder an Elizabeth. „Das Blut treuer Freunde zu opfern ist ein essenzieller Teil des Rituals, aber es ist auch eine Prüfung. Man muss beweisen, wie stark der Wille ist, wie weit man bereit ist, zu gehen. Dazu gehört es auch, an der Beerdigung teilzunehmen und sich somit den Konsequenzen seiner Tat zu stellen. In gewisser Weise müssen alle Brüder einen solchen Test bestehen, doch geht es bei ihnen nicht so weit, dass sie töten

müssen. Sie müssen nur einer nahestehenden Person Schaden zufügen."
„Nur!", hörte Elizabeth Susan schnauben. Sie war noch keinen Schritt näher herangekommen. „Ich frage mich, was für Versprechungen notwendig sind, damit ein junger Mensch bereit ist, so etwas zu tun."
„Was weißt du schon davon, wie es ist keine Zukunft zu haben!", fuhr Simon sie ungehalten an. „Wenn dir alle Welt einredet, wertlos zu sein und du für Lehrer praktisch unsichtbar bist, weil man dich nicht nach deinen Leistungen, sondern nach deiner Herkunft beurteilt. Wenn es ständig heißt, deine Eltern sind asoziale Trinker, aus dir wird sowieso nie was. Wenn schon im Vorschulalter die Eltern deiner Freunde sagen, gib dich bloß nicht mit dem ab, der hat einen schlechten Einfluss. Das ist wie ein Stigma, das bekommst du nie los und irgendwann glaubst du selbst, du wärst wertlos und strengst dich erst gar nicht mehr an."
„Ach, hör bitte auf, hier das Opfer zu spielen", wehrte Susan ungerührt ab. „Es gibt durchaus engagierte Lehrer, die genau solche Fälle herausfischen und gezielt fördern."
„Oh ja, die gibt es ganz bestimmt. Vereinzelt", gab Simon schroff zurück. „Nur leider nicht an meiner alten Schule. Dort haben die Lehrer keinen Finger gerührt."
„Aber es gab jemanden, der dich nicht abgeschrieben hat", bemerkte Elizabeth. Die Anklage, die in ihren Worten mitschwang, war nicht zu überhören. „Danny hat an dich geglaubt."
„Ja", gab Simon zu. „Das hat er. Deshalb hat er mich Hamilton vorgestellt. Und sobald Hamilton von deinem Potenzial überzeugt ist, erzählt er dir, dass du in deinem Leben alles erreichen kannst, dass dir die Zukunft weit offen steht. Dass deine Herkunft eben nicht über dein Schicksal entscheidet. Er bringt dich mit anderen zusammen, die aus ähnlichen Verhältnissen stammen und es geschafft haben und die dich sofort als einen der ihren akzeptieren. Das erste Mal in deinem Leben fühlst du dich verstanden und unter deinesgleichen. Es gibt keine Vorurteile. Deine Leistungen werden anerkannt und honoriert. Und alles, was neben uneingeschränktem Leistungswillen von dir verlangt wird, ist bedingungslose Loyalität und Hingabe gegenüber der Bruderschaft und gegenüber Kali. Und plötzlich merkst du, wie sich deine Perspektive verändert.
Die Gesellschaft ist dir etwas schuldig! Wer sind schon die Leute außerhalb der Bruderschaft, was zählen die schon? Sie stehen dir und deinen

Brüdern höchstens im Weg. Ihnen Schaden zuzufügen oder … oder sie sogar zu töten, für die Ziele der Bruderschaft, für Kali, das ist … naja, vertretbar. Es ist eben der Preis, der gezahlt werden muss."

„Und der Preis für deine aussichtsreiche Zukunft war Dannys Leben", stellte Elizabeth leise fest.

„Sozusagen, ja", flüsterte Simon.

Nach einem kurzen Moment der Stille stellte Elizabeth ihre nächste drängende Frage. „Warum habt ihr mich am Leben gelassen? Wäre es nicht am Einfachsten gewesen, mich schon bei dem Angriff auf Danny aus dem Weg zu räumen? Oder als du und deine Kameraden mich in Soho überfallen und den Anhänger gestohlen habt?" Unbewusst rieb sie an dem fast verheilten Schnitt an ihrer Hand. Den Schnitt, den Simon ihr zugefügt hatte. „Das wäre doch die Gelegenheit gewesen. Immerhin stand ich euch auch im Weg."

„Also erstens", sagte Simon, und in seine fahlen Wangen schoss ärgerliche Röte, „sind wir keine gewissenlose Mörderbande. Ich dachte, das hätte ich gerade erklärt." Elizabeths abschätziges Schnauben überhörte er. „Und zweitens haben wir eine explizierte Anweisung, dass dir nichts passieren darf."

„Was?", entfuhr es ihr überrascht. „Warum denn das?"

Er zuckte mit den Achseln. „Na, wegen Danny. Und außerdem mag Hamilton dich sehr."

„Wieso wegen Danny?", wollte Elizabeth argwöhnisch wissen und trat hinter Woods Rücken hervor.

„Weil Hamilton davon ausgeht, dass, wenn du stirbst, Danny unwillkürlich mit dir zusammen auf die andere Seite wechseln wird und er somit für seine Zwecke verloren wäre. Nachdem er Danny mit dir auf der Beerdigung gesehen hat, war er besessen davon, ihn in die Finger zu bekommen."

„Moment." Elizabeth blinzelte verwirrt und hob eine Hand. „Sobald er Danny *gesehen* hat?"

„Ja", bestätigte Simon. „Er konnte ihn die ganze Zeit sehen."

„Er konnte ihn sehen?", fragte sie noch einmal und machte einen weiteren Schritt auf Simon zu. „Auf der Beerdigung? Und auch sonst?" Ihre Stimme war immer schriller geworden.

„Na eben, sobald er in der Nähe war", erwiderte Simon unwirsch. "Ich wusste das vorher auch nicht, aber er ist wohl so was wie ein Medium.

Von Hamilton nach der Beerdigung zu hören, er hätte Dannys Geist gesehen, war ein echter Schock für mich. Ich dachte erst, er wäre hinter mir her, um sich zu rächen."

Elizabeth tauschte fassungslose Blicke mit Wood und Riley. Der alte Bastard hatte sie nicht nur nach Strich und Faden belogen, er hatte mit ihr sogar Theater gespielt!

Sie erinnerte sich an Hamiltons Gesichtsausdruck, als er sie bei ihrem ersten Besuch in Camley Hall auf der Terrasse begrüßt hatte. Für den Bruchteil einer Sekunde hatte sie geglaubt, Enttäuschung in seinen Zügen zu lesen. Jetzt wusste sie, dass sie seine Miene richtig gedeutet hatte. Er war enttäuscht gewesen, weil Daniel nicht bei ihr gewesen war. Und dann später, während der Spiritistensitzung, hatte sich mit einem Mal sein Gesicht aufgehellt, so als ob er sich über etwas gefreut hätte und dann hatte er die Geschichte von Eleonor und Dorian zum Besten gegeben. Genau dann musste Daniel hinter ihr im Raum erschienen sein, und Hamilton hatte ihn gesehen.

„Oh mein Gott", keuchte sie, als ihr noch etwas anderes klar wurde. „Er hat von Anfang an versucht, uns auseinander zu bringen." Nur das hatte er mit der Geschichte von Eleonor und Dorian bezweckt: Sie sollte ihr und Daniel zeigen, dass ihre Liebe ins Verderben führen würde und sie dazu bringen, sich zu trennen. Und bei Daniel hätte er damit sogar fast Erfolg gehabt.

Aber am Ende war es nicht Danny, sondern ich, dank der Hamiltons perfider Plan doch noch aufging, dachte Elizabeth bitter.

„Stimmt", bestätigte Simon. „Schon beim ersten Sonnenaufgang nach der Beerdigung hat er versucht, Danny zu rufen. Aber das hat nicht funktioniert und er verstand nicht so recht, wieso. Er vermutete zwar, dass das an dir liegt, aber er dachte, mithilfe des Amuletts würde die Beschwörung dennoch gelingen. Als wir das Amulett dann endlich hatten, versuchte er es erneut. Zwar konnte er dann Kontakt herstellen, doch herbeirufen konnte er ihn noch immer nicht. Da begriff er, wie stark dein Halt wirklich ist, und sorgte dafür, dass du verschwindest, und zwar so, dass du Danny beim nächsten Sonnenaufgang nicht schützen konntest …"

„Warte!", unterbrach Wood den Redeschwall des Jungen. „Soll das etwa heißen, nur deshalb wurde Elizabeth entführt und nach St. Agnes gebracht? Um sie von Danny zu trennen? Nicht, weil wir auf der richtigen Spur waren und ihr uns stoppen wolltet?"

Simon lachte leise und in Elizabeths Ohren geradezu höhnisch. „Hamilton hat sich nie allzu große Sorgen um eure Ermittlungen gemacht. In seinen Augen seid ihr keine wirklich ernst zu nehmende Gefahr. Alles, was ihn interessierte, war, wie er Danny in seine Gewalt bringen konnte. Doch er wurde immer schwächer. Diese Beschwörungen sind nämlich sehr kräftezehrend."

„Deshalb war es Dr. Mortimer so enorm wichtig, dass ich für volle vierundzwanzig Stunden betäubt werde. Ich sollte den nächsten Sonnenaufgang verschlafen", begriff Elizabeth. „Und Gilbertsons Bemerkung, ich würde so viel Ärger verursachen, war nicht auf unsere Ermittlungen bezogen, sondern darauf, dass ich Danny vor Hamiltons Beschwörungsversuchen beschützte."

Ihr Herz raste, und sie hörte das Blut in ihren Ohren rauschen. Die ganze Zeit über war es um Daniel gegangen und darum, ihr Band zu durchtrennen. Hamilton hatte sie nicht in seiner Nähe haben wollen, um über den Ermittlungsstand auf dem Laufenden gehalten werden. Zumindest war das nicht der vorrangige Grund gewesen. In erster Linie hatte er die einzigartige Verbindung zwischen Daniel und ihr verstehen wollen, um einen Weg zu finden, sie zu lösen. Sie waren so blind gewesen!

Sie dachte daran, wie schwach Hamilton gewirkt hatte, als sie ihn mit Daniel zusammen aufgesucht und er ihr all diese merkwürdigen Fragen gestellt hatte. Wie genau er sie studiert hatte, nein, sie *beide* studiert hatte! Und noch am selben Tag hatte er ihre Entführung angeordnet.

„Aber warum", sie schluckte heftig und rang um Fassung. „Warum ist Danny ihm so wichtig?" Sie glaubte nicht mehr daran, dass es Hamilton nur um ein paranormales Anschauungsobjekt ging. Nicht bei all dem Aufwand, den er betrieben hatte, um seiner habhaft zu werden.

„Tja", sagte Simon. „Ich fürchte, das ist jetzt wirklich schwierig zu erklären."

„Versuch es!", blaffte Wood. „Wir alle hier glauben an Geister. Um wie viel abgedrehter kann es schon werden?"

„Ok, aber ich muss etwas weiter ausholen."

„Wir haben Zeit."

„Nein, eigentlich haben wir die ganz und gar nicht", grollte Simon. „Also, so wie ich das verstanden habe, bedarf es für die erfolgreiche Durchführung des Rituals der Wiederkehr sehr viel Energie. Magischer Energie … spiritueller Energie. Hamilton nennt sie Mana. So was wie eine universelle Energie, die alles durchdringt und alles zusammenhält. Er sagt, ein Zauber sei nichts anderes, als das Wissen um diese Energie und deren zielgerichteter Einsatz. Nun, Dannys Sonnenamulett besitzt wohl jede Menge von dieser Energie sowie die Macht, Seelen zu lenken. Als ich zu Kalis Arm berufen wurde, hat Hamilton mich deshalb angewiesen, das Amulett als Tribut für Kali mitzubringen. Normalerweise bestimmt aber ein Arm selbst, welchen Tribut er Kali darbringt."

„Was du also sagst, ist, dass nach jedem Mord ein persönlicher Gegenstand des Opfers als Tribut für eure Göttin gestohlen wurde", fasste Wood zusammen. „Und die anderen haben selbst entschieden, welcher Gegenstand das sein soll, nur dir hat Hamilton gesagt, was du mitbringen sollst."

„Richtig", nickte Simon langsam. „Hamilton hat das Amulett an Danny gesehen, und kurz darauf wurde ich zu Kalis Arm erwählt."

„Man könnte ja fast glauben, dass das der einzige Grund war, warum du auserwählt wurdest", bemerkte Elizabeth zynisch. „Hamilton fand das bestimmt sehr praktisch. Das neunte Opfer und ein magischer Gegenstand, den er unbedingt haben wollte. Alles in einem Streich."

„Ja", flüsterte Simon. Seine Kiefermuskeln zuckten. „Der Gedanke könnte sich einem beinahe aufdrängen, nicht wahr? Dass ich nicht berufen wurde, weil ich würdig bin, sondern Hamilton das Amulett beschaffen sollte."

Elizabeth zog die Augenbrauen in die Höhe.

Zeigten sich da etwa Einsicht und Reue? Nun, selbst wenn dem so sein sollte, reichte es nicht, um in ihr auch nur das kleinste bisschen Mitgefühl zu wecken.

„Gut, das Amulett habt ihr ihm ja schlussendlich beschafft", sagte Wood. „Warum war Hamilton dann hinter Danny her?"

„Ich dachte, das sei offensichtlich", seufzte der blonde Junge. „Danny ist pure spirituelle Energie, die Hamilton für das Ritual nutzen will." Er ließ den Kopf wieder hängen. „Für ihn ist es wie ein Sechser im Lotto. Ein mächtiges magisches Amulett, das Seelen lenken kann, und reines, gebündeltes Mana. Mit diesen beiden Komponenten wird die Durchführung des Rituals ein Kinderspiel."

„Und danach?", fragte Elizabeth. „Lässt er Danny dann gehen?"

Simon schnaubte. „Du kapierst es nicht, oder? Danach wird es keinen Danny mehr geben! Das Ritual wird seine Energie aufzehren, seine Essenz, sein Bewusstsein. Es wird nichts von ihm übrig bleiben! Er wird aufhören zu existieren!"

Das entsetzte Keuchen der anderen nahm Elizabeth nur am Rande wahr, denn plötzlich war alles, was sie sah, fühlte und dachte ein grelles rotes Glühen wie Eisen in der Esse. „Du lügst!" Sie stürzte sich auf Simon, packte ihn am Kragen und zog ihn in die Höhe. Wood rührte keinen Finger, um sie zurückzuhalten. „Das kann nicht sein!" Eine Welt ohne Daniel zu akzeptieren, war schwer genug gewesen, doch ein Universum ohne Daniel? Das war unvorstellbar! Ausgeschlossen! Vollkommen unmöglich!

„Warum, denkst du, bin ich hergekommen und habe euch das alles erzählt?" Simon erwiderte herausfordernd ihren Blick. „Ich will nicht an seiner vollkommenen Auslöschung schuld sein. Ihr müsst ihn befreien, ehe das Ritual stattfindet. Weder das Amulett noch Danny sind für das Gelingen des Rituals notwendig. Es wurde schon früher vollzogen, ohne diese zusätzlichen Energiequellen. Hamilton will es sich nur einfach machen!"

„Und wann wird das Ritual durchgeführt?", fragte Wood hinter Elizabeth.

„Bei Sonnenaufgang nach der nächsten Vollmondnacht."

„Geht das vielleicht etwas genauer?"

„Morgen. Es ist morgen früh."

„Weiß Danny, was Hamilton mit ihm vorhat?" Woods Stimme klang kehlig und gepresst.

„Ich denke schon, ja."

Ein gequältes Ächzen drang über Elizabeths Lippen, als sie Simons Hemdkragen wieder losließ. „Ich werde ihn rufen!" Sie drehte sich zu Wood um, der sie erschüttert ansah. Susan kam mit tränenfeuchten Augen heran und griff nach seiner Hand. „Bei Sonnenuntergang", fuhr Elizabeth flüsternd fort. Es klang wie ein Versprechen.

Sie wandte sich wieder um und sah Riley an. „Ich muss mich nur ausreichend auf ihn konzentrieren, dann kann ich ihn von überall herbeirufen. Ich habe es schon einmal geschafft!", versicherte sie sowohl den anderen als auch sich selbst.

„Das wird kaum funktionieren", meinte Simon und setzte sich wieder. „Er ist in einem Blutbann gefangen, den wirst du mit deinem Ruf nicht durchbrechen können."

„Deshalb habe ich seine Schwingungen nur dumpf und verzerrt wahrgenommen“, murmelte Riley, während Elizabeth fragte: „Was zum Teufel ist ein Blutbann?“

„Ein Bannkreis, gezogen mit Blut. Seinem eigenen Blut von dem Dolch“, er schob erst den rechten, dann den linken Ärmel zurück und zeigte die eingeritzten Symbole, „und unserem. Daraus kann er nicht entmaterialisieren, und keine Magie, und damit auch kein Ruf dringt zu ihm durch.“

Keuchend fuhr sich Elizabeth mit beiden Händen durch die Haare und begann, auf und ab zu gehen. Es musste doch einen Weg geben! „Du sagtest, Hamilton hatte Angst, dass, falls mir etwas zustößt, Danny aufgrund unseres Bandes automatisch mit mir auf die andere Seite gehen würde. Wenn ich also aus irgendeinem Grund heute Nacht sterbe …“

„Nein“, winkte Simon ab, Woods und Susans bestürzte Reaktionen ignorierend. „Auch das würde der Blutbann unterbinden. Da müsstest du dich schon mit Danny innerhalb des Bannkreises befinden.“

„Hm.“ Nachdenklich neigte Elizabeth den Kopf auf die Seite.

„Schluss damit!“, rief Wood, packte sie am Arm und drehte sie herum. Seine stahlblauen Augen bohrten sich in ihre. „Das ist keine Option, hast du mich verstanden?“ Drohend hob er einen Finger.

„Schon gut“, murmelte Elizabeth halbherzig. „Mach dir keine Sorgen.“ Dann wandte sie sich wieder an Simon. „Eins verstehe ich nicht. Warum hat Hamilton sich all die Mühe gemacht, um Danny zu beschwören? Es war kompliziert und hat ihn viel Kraft gekostet. Dabei hätte er uns doch ganz einfach nach Camley Hall locken und dafür sorgen können, dass Danny in diesen Kreis tritt.“

„Nein, so funktioniert das nicht.“ Der blonde Junge schüttelte ungeduldig den Kopf. „So wie ich das verstanden habe, musste er in den Kreis beschworen und verankert werden, sonst hätte der Kreis ihn nicht halten können. Um ihn zu befreien, muss der Bannkreis zerstört werden.“

„Und wie, bitte schön, sollen wir unbemerkt bis zu ihm vordringen?“, fragte Riley misstrauisch. „Ich schätze Camley Hall ist ziemlich gut gesichert.“

„Natürlich, aber es gibt Schlupflöcher … die ich euch verraten werde.“

„Warum tust du es nicht?“, flüsterte Susan an Woods Seite. „Wenn dir plötzlich doch so viel an Danny liegt, warum zerstörst du den Bannkreis nicht selbst und befreist ihn?“

„Weil Alex und Raf zu jeder Tages- und Nachtzeit um mich herum sind. Es war schon schwierig genug, sie zu überzeugen, unten zu warten und mich alleine mit euch sprechen zu lassen."

Wood hob skeptisch eine Braue. „Neulich warst du alleine beim Fußball."

„Ja, und dafür habe ich auch den Einlauf meines Lebens verpasst bekommen. Seitdem lassen sie mich keine Sekunde mehr aus den Augen."

Wood schien das nicht zu überzeugen, dennoch fragte er: „Und was wären das für Schlupflöcher?"

„Es sind unsere geheimen Ein- und Ausgänge. Kalis Arme genießen nämlich das Privileg, auf Camley Hall zu wohnen. Und wenn wir mal etwas … Abstand brauchen, schleichen wir uns auf diesen Wegen rein und raus. Also, der westliche Teil des Gartens wird von einem trockenen Bachlauf durchzogen, der von niedrigen Büschen und Sträuchern gesäumt wird. An der Südseite führt der Bachlauf unter der Mauer hindurch. Da ist ein Gitter, aber das haben wir ausgehängt und angelehnt. Wenn ihr dem Bachlauf von dort aus geduckt folgt, seid ihr für die Kameras unsichtbar. Der Graben führt an den Gemüsebeeten vor der Küche vorbei. Dort gibt es ein kleines Gewächshaus, das ihr als Deckung benutzen könnt. Schräg gegenüber, rechts vom Kücheneingang, befindet der Schacht zum ehemaligen Kohlekeller. Der Winkel der Kameras dort deckt das kurze Stück zwischen Gewächshaus und Schacht nicht ab. Die Luke halten wir immer offen. Vom Kohlekeller führt eine Treppe hinauf in die Küche."

„Sehr praktisch", meinte Wood. „Und wer sagt uns, dass du und deine Kumpel uns dort nicht bereits erwarten?"

„Mann!", fuhr Simon auf. „Kapier es doch endlich! Ich will euch helfen. Ich will Danny helfen! Wenn ich könnte, würde ich diese ganze Scheiße rückgängig machen, aber das kann ich nicht. Alles, was ich tun kann, ist dafür zu sorgen, dass es nicht noch schlimmer wird. Ich riskiere gerade meinen Hintern, indem ich mit euch rede."

„Wo im Haus befindet sich Danny?", fragte Elizabeth leise.

„Im Wintergarten auf dem Dach des Ostflügels. Der Zugang führt über eine Wendeltreppe in der Bibliothek."

Elizabeth schoss einen Blick in Rileys Richtung. Deshalb hatte er heute Mittag die Augen nicht vom Glashaus nehmen können.

„Im Haus müsst ihr allerdings verdammt vorsichtig sein", sagte Simon.

„Wegen des Rituals morgen werden zahlreiche Gäste erwartet. Alles äußerst verdienstvolle Brüder." Er erhob sich. „So, und jetzt muss ich wirklich gehen. Sonst kommen Raf und Alex mich noch holen. Ich werde Acharya sagen, dass ihr mich aufs Herzlichste empfangen und die Guhya Bruderschaft nicht mehr im Visier habt."

Wood stellte sich ihm sofort in den Weg. „Du denkst doch nicht ernsthaft, dass du hier einfach so raus marschierst? Du hast einen heimtückischen Mord auf dem Gewissen, für den man dich zur Rechenschaft ziehen wird!"

„Naja", erwiderte Simon und setzte ein gelangweiltes Gesicht auf. „Ich denke eigentlich schon, dass ich hier einfach raus marschieren werde. Sonst habt ihr nämlich die Bruderschaft tatsächlich am Hals und glaubt mir, das würde für euch alle hier nicht gut ausgehen. Obendrein könntet ihr es vergessen, Danny noch rechtzeitig rauszuholen."

„Tony", zischte Elizabeth, woraufhin Wood mürrisch einen Schritt zurücktrat. Als Simon an ihr vorbei wollte, hielt sie ihn mit einer Hand vor seiner Brust noch einmal auf. „Glaub ja nicht, dass du ungeschoren davon kommst. Ich schwöre dir, Simon, früher oder später wirst du zur Rechenschaft gezogen werden. Auch wenn wir Danny zurückbekommen, so hast du ihm dennoch das Leben geraubt. Ein niederträchtiges, abscheuliches Verbrechen, für das du deine Strafe erhalten wirst!"

„Ich weiß", flüsterte Simon und sah zu Boden. Seine kräftigen Kiefermuskeln arbeiteten wieder. „Aber aus der Nummer komme ich jetzt nicht mehr raus." Damit schob er Elizabeths Arm zur Seite und hastete ohne ein weiteres Wort zum Fahrstuhl.

9

„Also, wann starten wir?“ Mit vor Erregung funkelnden Augen sah Elizabeth von einem zum anderen. „Ich denke, wir sollten bis Sonnenuntergang warten, dann haben wir eine bessere Deckung, was meint ihr?“ Die Zeit schien im Zeitraffer abzulaufen, so wahnsinnig schnell ging plötzlich alles. Die Morde waren aufgeklärt, sie kannten die Schuldigen und deren Motive, und das, ohne Riley in die Bruderschaft einschleusen zu müssen.

Ihre Gefühlswelt hatte alle Mühe, mit den neuesten Entwicklungen Schritt zu halten. Noch bis vor wenigen Stunden hatte Elizabeth mehr schlecht als recht versucht, Daniels Verlust zu verarbeiten und sich mit ihrer Zukunft als einsame Jungfer zu arrangieren, und nun planten sie seine Befreiung, dank der sie ihn noch heute zurückbekommen würde.

„Tut mir leid, aber das stinkt zum Himmel“, sagte Wood kopfschüttelnd. Die zu Fäusten geballten Hände trommelten gegen seine Oberschenkel. „Das ist zu glatt. Ausgerechnet jetzt, nach eurem denkwürdigen Besuch bei Hamilton, kreuzt Simon hier auf und gibt den Reumütigen.“

„Er hat doch zugegeben, dass Hamilton ihn zum Spionieren geschickt hat“, hielt Elizabeth dagegen.

„Richtig, aber vielleicht hat Hamilton ihn ja gar nicht geschickt, um uns auszuspionieren, sondern um uns alle nach Camley Hall zu locken.“

„Warum sollte er diesen Aufwand betreiben, um uns eine Falle zu stellen? Sie wissen doch genau, wo wir sind. Wenn sie uns ausschalten wollten, bräuchten sie nicht zu warten, bis wir zu ihnen kommen.“

„Trotzdem“, beharrte Wood. „Wir sollten Simons Informationen nicht blauäugig Glauben schenken. Wir könnten ihnen direkt ins Messer laufen.“

„Also was?“, rief Elizabeth ungehalten. In ihrem Sichtfeld begannen erneut rote Funken zu sprühen. „Willst du einfach nichts tun und abwarten, ob Danny morgen noch existiert?“

„Natürlich nicht!“, entgegnete Wood ebenso wütend. „Und fahr deine Krallen wieder ein. Ich stehe auf deiner Seite, okay? Ich finde nur, dass wir uns eine Alternative überlegen sollten, anstelle blind den Anweisungen eines geständigen Mörders zu folgen!“

„Ja, genau! Geständig!"
„Das ändert nichts an der Sache!"
Riley und Susan waren zusammen in der Küche in Deckung gegangen, während Wood und Elizabeth sich wie zwei zähnefletschende Kampfhunde gegenüberstanden. Keiner von beiden war bereit, auch nur einen Millimeter von seiner Position abzurücken.
„Wir haben aber keine Zeit, uns großartige Alternativen zu überlegen, Tony! Morgen bei Sonnenaufgang wird es zu spät sein!"
„Was uns ein Zeitfenster von mindestens vierzehn Stunden verschafft. Genug Zeit, um alles in Ruhe durchzuspielen. Genug Zeit, um eventuell auch Verstärkung zu holen."
„Du willst Verstärkung holen?", lachte Elizabeth ungläubig. „Wen denn? Die Polizei? Klar, davon wird Hamilton bestimmt nichts mitbekommen. Hast du etwa schon vergessen, dass seine Leute den Yard infiltriert haben?"
Wood seufzte. „Natürlich habe ich das nicht vergessen. Elizabeth, mir ist ebenso viel daran gelegen wie dir, Danny da rauszuholen", erklärte er betont ruhig. Sein Blick war intensiv und entschlossen. „Aber wir müssen auch an unsere Sicherheit denken und die lege ich ganz gewiss nicht in Simons Hände."
„Ich hatte nicht den Eindruck, dass er lügt. Ich denke, er bereut, was er getan hat und will Danny wirklich helfen."
„Siehst du, Elizabeth, und genau da liegt das Problem. Du bist viel zu leichtgläubig und hinterfragst nicht, was die Leute dir erzählen. Ziemlich schlechte Eigenschaft für eine Journalistin, oder? Und genaugenommen auch der Grund, warum wir jetzt in diesem Schlamassel sitzen. Hast du aus der Sache mit Hamilton gar nichts gelernt?"
Woods Worte hatten die Wirkung eines Schwingers in die Magengrube, und jede Antwort, die ihr in den Sinn kam, blieb Elizabeth unweigerlich im Hals stecken.
„Du hast gewonnen", brachte sie schließlich hervor.
Wood bereute seine Worte bereits und griff nach ihrer Schulter. „Tut mir leid, so war das nicht gemeint."
Elizabeth hob abwehrend die Hände und machte einen raschen Schritt von ihm weg.
„Doch", nickte sie. "War es."
„Hör zu", startete er einen neuen Versuch. „Warum gehst du nicht eine

Runde an den Sandsack? Danach sprechen wir alles in Ruhe durch. Wir haben genug Zeit, glaub mir."

„Gute Idee", stimmt sie ihm leise zu. Sie wich auch nicht vor ihm zurück, als er auf sie zukam und sie in die Arme nahm.

„Wir holen ihn da raus", sagte er in ihr Ohr. „Versprochen. Alles, worüber wir reden, ist wie und nicht ob."

Mit einem leisen Räuspern löste sich Elizabeth aus der Umarmung. „Ich gehe mich umziehen." Der Reihe nach sah sie Susan, Riley und dann Wood an, nicht entschuldigend, sondern im Stillen Abschied nehmend.

Denn sie hatte nicht vor, in das kleine Gym im Keller zu gehen, um sich abzureagieren. Sie wollte zu Daniel, so schnell wie möglich. Sie zweifelte nicht an Simons Bericht und mit weiterem Diskutieren und Analysieren vergeudeten sie nur kostbare Zeit. Zeit, die Daniel in dem furchtbaren Glauben verbrachte, dass es keine Hoffnung mehr für ihn gab, dass die letzten Stunden seines Daseins vor ihm lagen und dass er von allen aufgegeben worden war.

Der Gedanke daran, was Daniel im Moment durchmachte, schnürte Elizabeth die Kehle so fest zu, dass sie glaubte, daran zu ersticken. Was hatte sie ihm nur angetan?

Wood hatte es eben noch mal deutlich gesagt: Es war allein ihre Schuld, dass Daniel in dieser Situation war. Daher wäre es unfair, wenn sich neben ihr auch die anderen in Gefahr begeben müssten, um die Folgen von Elizabeths Dummheit auszumerzen.

Und eigentlich war es auch gar nicht nötig, dass mehr als einer nach Camley Hall ging, um den Bannkreis zu zerstören. Im Gegenteil, vermutlich wäre es für eine Einzelperson sogar einfacher, ungesehen an den Thugs vorbeizukommen. Außerdem hatte sie da bereits eine Idee, wie sie sich wirkungsvoll vor Blicken schützen konnte. Im Inneren des Hauses würde sie sich zurechtfinden, immerhin hatte ihr Sir Thomas persönlich bei ihrem ersten Besuch eine ausgiebige Führung gegeben. Den Weg in die Bibliothek und von dort in das Glashaus sollte sie somit problemlos finden.

Also ging sie in ihr Zimmer und zog sich um. Doch sie schlüpfte nicht in Sportkleidung, sondern in ihre Röhrenjeans, eine kurzärmelige schwarze Bluse, Turnschuhe sowie in eine eng anliegende, schwarze Fleecejacke. Sie nahm ihre Umhängetasche und packte alles hinein, was sie benötigte:

Geld, Telefon, Papiere und Autoschlüssel. Ihr Handy stellte sie vorher auf lautlos, da Wood mit Sicherheit versuchen würde, sie zu erreichen und von ihrem Vorhaben abzubringen.

Anschließend riss sie eine Seite aus ihrem Notizbuch und verfasste einen kurzen Brief, in dem sie sich für ihr Handeln entschuldigte und Wood darum bat, nicht sofort nachzukommen, sondern sie es zunächst auf ihre Art versuchen zu lassen. Sie war zuversichtlich, dass sie Daniel befreien konnte, ohne Wood oder einen der anderen einem unnötigen Risiko auszusetzen. Falls er allerdings bis Mitternacht nichts von ihr hörte, sollte er davon ausgehen, dass sie doch keinen Erfolg gehabt hatte. In diesem Fall durfte er es gerne mit seinen Methoden versuchen und Kavallerie spielen.

Mit dem guten Gefühl, zur Not Verstärkung im Rücken zu haben, legte sie den Brief auf das Kopfkissen.

Da die anderen glaubten, sie würde sich am Sandsack verausgaben, hatte sie einen Vorsprung von etwa einer halben bis dreiviertel Stunde. Dann würden sie ihr Verschwinden bemerken. Sicherlich wäre Wood sofort klar, was sie vorhatte. Und er würde sie verwünschen, weil sie sich einmal mehr über alle hinweggesetzt hatte und mit ihrem Alleingang alles durcheinanderbrachte. Doch das ließ sich leider nicht ändern.

Bevor sie ihr Schlafzimmer verließ, überprüfte sie durch den Türspalt, ob die Luft rein war. Eilends huschte sie zum Aufzug. Den Finger bereits am Fahrstuhlknopf rief sie noch: „Bis später“, und fügte ein geflüstertes: „Hoffentlich“ hinzu. Dann fuhr sie hinunter in die Tiefgarage.

Statt auf kürzestem Weg nach Richmond zu rasen, lenkte sie den MG jedoch nach Norden, nach Camden Town. Schließlich war Hamilton nicht der einzige, der mit Magie herumspielen konnte.

Wann immer es der Verkehr zuließ, scherte sie sich nicht um Geschwindigkeitsbegrenzungen und legte so die Strecke in Rekordzeit zurück. Woods Beispiel folgend hielt sie sich auch nicht lange mit der Parkplatzsuche auf, sondern stellte den MG direkt vor Pandora´s Box im Halteverbot ab. Sie schnappte sich ihre Handtasche vom Beifahrersitz und sprang aus dem Wagen, nur um festzustellen, dass Sandras Zauberladen geschlossen war. Irritiert sah sie auf das Schild an der Ladentür, das Mondphasen anstelle von Öffnungszeiten zeigte: Tatsächlich, bei Vollmond geschlossen.

Fluchend lehnte sich Elizabeth mit dem Rücken gegen die Tür. Aus der erhofften magischen Unterstützung würde wohl nichts werden.

Sie überlegte bereits, ob sie ihren Alleingang nicht doch lieber abblasen und nach Kensington zurückkehren sollte, als sie etwas aus dem Inneren des Ladens vernahm. Sie fuhr herum und legte ein Ohr an die Tür. Ja, sie hörte eindeutig einen undefinierbaren Singsang.

Im nächsten Moment trommelte sie ihre Faust wild gegen die Holztür. „Sans?“, rief sie. „Sind Sie da? Ich bin es, Elizabeth Parker!“ Der Gesang brach ab, doch niemand machte ihr auf. „Es ist ein Notfall, Sans. Bitte lassen Sie mich rein!“

Endlich öffnete sich die Tür ein wenig, und Sandra Headway spähte blinzelnd heraus. „Elizabeth? Was …“

„Ich brauche dringend ihre Hilfe, Sans“, sprudelte es aus ihr heraus. „Ich brauche Schutz, den nur Sie mit Ihrer Magie mir geben können!

„Es tut mir wirklich leid, aber wir sind gerade mitten in einem Ritual und. …“

„Sans, bitte“, flehte Elizabeth. „Die Leute, die im Namen Bhowanees diese schrecklichen Morde begehen, haben etwas, das mir wahnsinnig wichtig ist. Und mir bleibt nur heute Nacht, um es zurückzuholen.“ Als die blonde Frau sie noch immer nicht einließ, versuchte sie es mit einem anderen Argument: „Sie wollten es neulich doch wiedergutmachen, dass Sie mit ihren Freunden über die Morde gesprochen haben, nicht wahr? Das ist Ihre Gelegenheit!“

Sandra seufzte. „In Ordnung, komm rein.“ Sie griff nach Elizabeths Handgelenk, zog sie in den Laden und schloss hastig die Tür hinter ihr. Die Hexe trug eine fließende, leicht transparente weiße Robe, die bis zu ihren Knöcheln reichte und bei jeder Bewegung leise raschelte. „Es ist soweit, nicht wahr?“, fragte sie. „Du stellst dich deinem Schicksal. Welche Art von Schutz benötigst du?“

„Ich muss in das Refugium einer mörderischen Bruderschaft eindringen. Es ist ein riesiges Haus, das heute Nacht Dutzende von ihnen beherbergen wird. Sie dürfen mich auf keinen Fall entdecken, deshalb dachte ich, ich könnte einfach … naja, unsichtbar werden.“

„Nun, einfach ist das ganz und gar nicht“, sagte die Frau ernst, doch dann lächelte sie. „Aber du hast Glück, dass du ausgerechnet heute mit deinem Anliegen zu mir kommst. Heute Nacht ist Vollmond, was sich sehr günstig auf Magie auswirkt, und ich habe einige Freunde hier, mächtige Freunde, die uns dabei helfen können, den Zauber zu weben." Sie strich mit ihren Fingerspitzen über Elizabeths Wange, dann ihren Hals hinab bis zu ihren Schultern. „Außerdem wirst du noch immer von Magie umhüllt. Zwar nicht mehr so stark wie bei unserem ersten Treffen, doch sie ist noch deutlich spürbar." Ihr Lächeln wurde zuversichtlich. „Ja, ich denke, mit vereinten Kräften können wir den Zauber bewerkstelligen."

„Danke!", seufzte Elizabeth erleichtert und folgte Sandra in das abgedunkelte Hinterzimmer, wo drei Männer und drei Frauen unterschiedlichen Alters in einem Kreis auf dem Boden knieten und ihnen teils neugierig, teils verärgert entgegen sahen. Auch sie trugen weiße Roben. Vor jedem von ihnen standen ein Kupferschälchen und eine brennende Kerze. Es war stickig und viel zu warm in dem kleinen Raum.

„Wir hatten gerade mit einer Zeremonie zu Ehren der Mondgöttin begonnen", klärte Sandra sie auf und begann, in den Regalen und Schränkchen die nötigen Zauberutensilien zusammenzusuchen. „Aber das können wir auch später fortführen."

Sie winkte vage in Elizabeths Richtung. „Knie dich schon mal in die Mitte des Kreises." Und an den Zirkel gerichtet: „Schwestern und Brüder, das ist Elizabeth. Sie erbittet unsere Hilfe in einer wichtigen Angelegenheit. Wir werden für sie einen mächtigen Unscheinbarkeitszauber weben."

Überraschtes Getuschel erhob sich, während sich Elizabeth in der Kreismitte niederließ. „Tut mir leid, Sie zu stören", murmelte sie dabei. „Aber es wirklich äußerst dringend ..."

„Ich versteh das nicht, Sans", sagte ein Mann, der eher aussah wie ein Buchhalter als ein Hexenmeister, und Elizabeth über die Halbgläser seiner Brille hinweg musterte. „Es ist Vollmond! Wenn wir das Ritual nicht rechtzeitig ..."

„Keine Sorge, Victor", unterbrach ihn Sandra. „Wir werden hinterher noch genügend Zeit haben. Außerdem ist es eine perfekte Gelegenheit, die Verbesserungen, die ich an dem Unscheinbarkeitszauber vorgenommen habe, zu testen."

Sie zerrte einen goldgerahmten Standspiegel heran, den sie direkt vor Elizabeth schob, dann verschwand sie wieder und kam wenige Augenblicke später mit einem zweiten, etwas kleineren Standspiegel zurück, den sie in Elizabeths Rücken aufstellte. Nachdem sie vor jedem Spiegel eine brennende Kerze platziert hatte, hängte sie Elizabeth eine Silberkette mit einem Bergkristallanhänger um den Hals.

„Schwestern und Brüder“, sagte Sandra. „Beginnt bitte schon mit dem Auriel-Zyklus, während ich die weiteren Vorbereitungen treffe. Elizabeth, versuche dich zu entspannen und konzentriere dich auf dein Spiegelbild.“

Umgehend legten die sechs Hexen ihre Hände vor die Augen, die Handflächen nach außen gerichtet. Die Fingerspitzen zeigten nach oben und berührten sich, gleichzeitig waren die Daumen unter der Nase überkreuzt, sodass sich ein Dreieck ergab. Sie summten eine monotone Melodie und schaukelten dabei ihre Oberkörper leicht vor und zurück.

Elizabeth atmete zittrig durch. Mit den Fingerspitzen trommelte sie nervös auf ihren Schenkeln herum. Wie sollte sie sich nur entspannen? Sie schloss die Augen und versuchte, sich auf eine gleichmäßige Atmung und einen ruhigen Herzschlag zu konzentrieren.

Sobald sie das Gefühl hatte, ihre Nerven einigermaßen unter Kontrolle zu haben, blickte sie ihrem Spiegelbild vor sich in die dunklen, glimmenden Augen. Sie sah eine fremde junge Frau vor sich. Eine Frau, die an ihre Grenzen gebracht worden war, und die trotz allem entschlossen schien, wenn nötig diese Grenzen ohne zu zögern zu überschreiten.

Sandra entzündete unterdessen eine Art Weihrauch und verteilte ihn in den Schalen vor den Hexen. Zuletzt stellte sie eine Schale mit der süßlich riechenden Substanz vor Elizabeth. „Tief einatmen“, wies sie leise an.

Während Elizabeth den schweren, klebrigen Rauch durch die Nase einsog und den Hustenreiz unterdrückte, der augenblicklich darauf folgte, zeichnete Sandra mit Kreide einige keltische Symbole auf den Boden, dann nahm sie ihren Platz im Zirkel ein und legte wie die anderen Hexen ihre Hände vor die Augen. Allerdings waren Sandras Handflächen komplett mit schwarzen Runen überzogen.

Schon nach wenigen Atemzügen stieg der Weihrauch Elizabeth zu Kopf, machte ihn leicht und linderte ihre Angst. In Kombination mit dem monotonen Summen des Zirkels fiel es ihr gar nicht mehr schwer, sich zu entspannen und zu konzentrieren.

„Richte deine ganze Aufmerksamkeit auf dein Ziel, Elizabeth“, sagte Sandra leise. Ihre Stimme war weich und einschmeichelnd. „Visualisiere es. Und öffne dich für die Magie.“ Sie begann Worte zu sprechen, die Elizabeth nicht verstand und die von den Hexen, die sich nun an den

Händen hielten, rhythmisch und voller Inbrunst wiederholt wurden. Es waren seltsam wohlklingende Worte, die, auch wenn sie Elizabeth fremd waren, ein positives Echo in ihrer Seele hinterließen.

Ihr Kopf, nein, ihr ganzer Körper, fühlte sich zunehmend leichter an. Es war, als glitt sie ohne jedes Zeitgefühl auf sanften Wellen dahin.

Dann sah sie es tatsächlich. Fasziniert beobachtete sie ihm Spiegel vor sich, wie der weiße Rauch aus den acht Schälchen immer dichter wurde, und ihre eigene Gestalt darin langsam verschwand. Wenig später schien die gesamte Spiegelfläche nur noch aus undurchdringlichen, wogenden Schwaden zu bestehen.

Aber schon lichtete sich der Rauch, als würde Wind ihn vertreiben, und die Spiegelfläche wurde vollkommen klar. Ihr Spiegelbild war jedoch nur schemenhaft, als vager Umriss zu erkennen. Deutlich sah sie hingegen den Standspiegel, der sich direkt hinter ihr befand, und darin die Spiegelung ihres Rückens.

Sie konnte durch sich hindurchsehen.

„Halte es fest", sagte Sandra nun. Elizabeth brauchte eine Sekunde, um zu begreifen, dass das Worte waren, die sie verstand. „Verknüpfe es in deinem Bewusstsein mit einem glücklichen Gedanken oder einer Erinnerung. Mit etwas, das du leicht heraufbeschwören kannst, und das dir Kraft und Selbstsicherheit verleiht."

„Danny", flüsterte Elizabeth, während sie sich daran erinnerte, wie es gewesen war, in seinen Armen zu sein. An die Geborgenheit, den Halt. An das Gefühl, zu Hause zu sein.

„Nutze diese Kraft", fuhr Sandra fort. „Lass sie dich umfließen und einhüllen wie einen Mantel. Zieh sie enger um dich, bis sie zu einer zweiten Haut wird."

Elizabeth stellte sich vor, wie sich die Kraft, die aus der Erinnerung rührte, um sie legte wie ein mächtiger Schutzschild. Unbewusst griff sie nach dem Bergkristallanhänger. Doch sobald ihre Finger ihn berührten, wurde ihr schwindelig, und sie schloss keuchend die Augen.

Auf einmal herrschte um sie herum vollkommene Stille, als befände sie sich alleine im Raum. Kein Atemzug war zu hören.

Verwirrt öffnete sie wieder die Augen und zuckte mit einem überraschten Aufschrei zurück. Denn in der Sekunde als sie die Augen aufschlug, zerbarst der Spiegel, und die Scherben regneten klirrend zu Boden.

„Das war's", erklärte Sandra zufrieden, erhob sich und trat zu Elizabeth. Warm lächelnd half sie ihr auf die Beine. Sie nahm den Bergkristall zwischen Daumen und Zeigefinger und hob ihn etwas an. „Solange du das um den Hals trägst und an deinem magischen Gedanken festhältst, werden die Leute dich nicht wahrnehmen. Aber vergiss nicht, du wirst nicht unsichtbar sein. Blicke werden zwar nicht an dir haften bleiben, aber wenn jemand dich direkt anschaut, weil du seine Aufmerksamkeit auf dich ziehst, dann wird er dich sehen."

„Verstanden", sagte Elizabeth tonlos. Sie fühlte sich noch immer benommen, als wäre sie gerade aus tiefem Schlaf gerissen worden, und der eben geträumte Traum noch nicht ganz verflogen.

Sandra hob eine Hand an Elizabeths Gesicht. „Du hast dir viel aufgebürdet. Egal wie es auch ausgehen mag, nach heute Nacht, wird nichts mehr so sein, wie vorher." Sie neigte den Kopf auf die Seite. „Möchtest du, dass ich für dich in die Runen sehe?"

„Nein", erwiderte Elizabeth sofort. Bereits auf dem Weg zu Sandra hatte sie darüber nachgedacht, ob sie ihr Schicksal kennen wollte und die Hexe darum bitten sollte, die Runen zu befragen. Sie hatte sich dagegen entschieden. Denn was, wenn Sandra nichts Gutes in den Runen las? Würde Elizabeth die Sache mit der gleichen Energie und Entschlossenheit anpacken, oder würde es sie nur entmutigen und somit zum eigentlichen Grund für ihr Versagen werden?

Deshalb hatte sie beschlossen, dass sie auch ohne die Runen früh genug herausfinden würde, wie es endete. „Aber eine Bitte hätte ich doch noch", sagte sie zögerlich. „Besitzen Sie eventuell etwas, womit man einen Bannkreis zerstören kann?"

„Was für eine Art Bannkreis?", wollte Sandra wissen. Die Frage schien sie in keiner Weise zu verwundern, so, als würde sie etwas in der Art jeden Tag zu hören bekommen.

„Es ist ein Blutbann."

„Hm. Da kommt es auf den Untergrund an, worauf der Kreis gezogen wurde. Wenn es Stein ist, würde reines Wasser genügen. Aber wenn es Holz, Lehm oder Erde ist …" Sie ging rasch in den Laden und kam mit einem etwa dreißig Zentimeter langen Messer mit gerader Klinge zurück. „Das ist ein geschärfter Athame-Dolch. Er ist der Mondgöttin geweiht. Mit ihm sollte es eigentlich möglich sein."

„Was bekommen Sie dafür?" Elizabeth nahm den Dolch entgegen und besah ihn sich etwas genauer. Die Waffe schien alt zu sein. Der Griff war mit einem abgewetzten Lederband umwickelt, doch die Klinge war glattpoliert, spitz und sehr scharf.

„Bring ihn mir einfach wieder zurück“, sagte Sandra und reichte ihr ein Tuch, in das sie den Dolch wickeln konnte.

Elizabeth, nickte nur, schlug den Athame-Dolch vorsichtig in das Tuch ein und steckte ihn in ihre Umhängetasche. „Vielen Dank für alles, Sans“, sagte sie und umarmte die blonde Frau.

„Möge die große Mutter dich auf deinem Weg leiten und beschützen.“

Elizabeth bedankte sich auch bei den sechs anderen Hexen, die ihr für ihr Vorhaben gutes Gelingen wünschten, während sie sich für die Fortführung ihres unterbrochenen Rituals bereit machten.

Sie sah auf die Uhr: Es war kurz vor sieben, bald würde die Sonne untergehen.

Höchste Zeit aufzubrechen.

10

Auch wenn sie es kaum aushielt, blieb sie doch im Auto sitzen, bis die Sonne komplett untergegangen war. Erstaunlicherweise fürchtete sich Elizabeth kaum noch vor der Aufgabe, die vor ihr lag. Was ihren Puls in die Höhe trieb, war nicht das Risiko, trotz des Unscheinbarkeitszaubers entdeckt zu werden, sondern einzig und allein die Aussicht, Daniel in Kürze gegenüberzustehen.

Wie er wohl reagieren wird, wenn er mich sieht?, fragte sie sich. In erster Linie würde er sicherlich überrascht sein, aber würde er sich auch freuen? Oder war er so wütend auf sie, dass er, sobald sie ihn aus dem Bannkreis befreit hatte, auf Nimmerwiedersehen verschwand? Wenn er ihr nur die Chance gab, ihm zu erklären, warum sie es getan hatte …

Ruhelos spielte sie mit dem Bergkristall auf ihrer Brust. Sie hatte den Zauber getestet, sobald sie Pandora´s Box verlassen hatte. Jetzt wusste sie, wie sich Daniel fühlte, wenn er auf einer belebten Straße unterwegs war. Einige Passanten hätten sie glatt umgerannt, wäre sie nicht schnell genug zur Seite gesprungen.

Schließlich befand Elizabeth, dass es dunkel genug war, und nahm das Handy und den Dolch aus der Handtasche und ließ den Rest im Auto zurück. Dann stieg sie aus dem Wagen. Sie hatte den MG gut versteckt und in sicherer Entfernung von Camley Hall abgestellt und machte sich nun zu Fuß auf den Weg, um das Schlupfloch in der Gartenmauer zu finden, das Simon beschrieben hatte.

Fast hätte sie das zugewachsene Eisengitter übersehen. Mithilfe des Dolchs kämpfte sie sich einen Weg durch das dornige Gestrüpp und schob ächzend das schwere, rostige Gitter soweit zur Seite, dass sie hindurchschlüpfen konnte. Der Vollmond war noch nicht aufgegangen, deshalb erkannte sie kaum, wohin sie trat.

Zu ihrem Leidwesen musste sie feststellen, dass der Bachlauf nicht so trocken war, wie Simon ihn beschrieben hatte. Der Boden war schlammig, stellenweise stand das Wasser sogar einige Zentimeter hoch. Elizabeth wünschte, sie hätte Gummistiefel statt ihrer wasserdurchlässigen Turnschuhe an. In null Komma nichts hatten sich ihre Hosenbeine bis hoch zu den Knien mit kaltem Wasser vollgesogen. Womit Simon allerdings nicht übertrieben hatte, waren die Büsche und Sträucher, die entlang des flachen Grabens wuchsen, und somit eine hervorragende Deckung boten.

Geduckt folgte sie dem Bachlauf. Alles, was die abendliche Stille des Gartens durchbrach, waren das Flüstern des Windes in den knorrigen alten Laubbäumen, vereinzeltes Vogelgezwitscher und ihre schmatzenden Schritte im Morast.

Doch plötzlich hörte sie näherkommende Stimmen. Sofort kauerte sich Elizabeth auf den feuchten Boden und zog den Kopf ein. Ihre Finger schlossen sich noch fester um Sandras Athame-Dolch. Gleichzeitig beschwor sie die Erinnerung an Daniels Umarmung herauf. Sie spürte die Kraft, die in diesem Gedanken lag, und stellte sich vor, wie sie sich als schützende Hülle um sie legte.

„Hast du ihn gesehen?", fragte eine Männerstimme.

„Ja", entgegnete eine andere, ältere Stimme. „Ich habe zusammen mit Ed den Jungen untersucht. Ist ein ziemlich hübscher Bengel. Hatte vor zwei, drei Wochen einen Unfall beim Schwimmen, bei dem er fast ertrunken wäre. Für einige Minuten war er klinisch tot, aber er konnte wiederbelebt werden. Alle lebenswichtigen Zentren des Gehirns funktionieren einwandfrei, trotzdem ist da oben keiner mehr zu Hause. Körperlich ist er aber in bester Verfassung."

„Natürlich ist er gut aussehend", lachte die erste Stimme. „Alles andere hätte mich auch überrascht." Er seufzte. „Ich wäre ja zu gern dabei!"

„Ich weiß nicht", meinte Nummer zwei zweifelnd. Die Stimmen entfernten sich und wurden leiser. „Ich habe gehört, es sei kein besonders schöner Anblick."

„Und wenn schon. Stell dir doch nur vor wie …"

Elizabeth wartete, bis es wieder still um sie herum war, erst dann setzte sie ihren Weg fort. Schon wenige Minuten später sah sie das Dach des kleinen Gewächshauses, das ihr als Schutz dienen sollte. Sie konzentrierte sich auf ihren glücklichen Gedanken und lauschte angestrengt nach verdächtigen Geräuschen, bevor sie mit zwei großen Schritten aus dem Graben stieg und hinter dem Gewächshaus in Deckung ging. Sie schlotterte vor Kälte. Herbstlicher Wind, vor dem sie im Bachlauf geschützt gewesen war, fegte um sie herum und zog auch noch die letzte Wärme aus ihren nassen Beinen. Sie biss die Zähne fest aufeinander, damit sie nicht so laut klapperten. Dann spähte sie wachsam um die Ecke.

In den meisten Zimmern des Herrenhauses brannte Licht. Hinter einigen Fenstern konnte sie sich bewegende Schatten ausmachen, und auch die Küche vor ihr war hell erleuchtet.

Ihr Blick wanderte die Fassade entlang. Sie sah keine Kameras, doch einige Meter rechts von ihr konnte sie die Klappe zum Kohleschacht erkennen, die laut Simon ihr Weg ins Haus sein sollte.

Jetzt wurde ihr doch etwas mulmig. Vielleicht sollte sie lieber warten, bis sich die meisten schlafen gelegt hatten. Im Haus herrschte eindeutig zu rege Betriebsamkeit.

Seufzend schüttelte sie den Kopf. Sie konnte nicht warten. Zum einen würde sie erfrieren oder sich zumindest eine Lungenentzündung holen, zum anderen war es gut möglich, dass es heute auf Camley Hall überhaupt keine Nachtruhe geben würde. Also überprüfte sie ein letztes Mal die nähere Umgebung, dann sprintete sie zum Kohleschacht.

Wie Simon versprochen hatte, war er unverschlossen. Sie setzte sich auf die Kante, ließ die Füße baumeln und versuchte abzuschätzen, wie weit es wohl hinunterging. Alles, was sie sah, war ein schwarzes, bodenloses Loch. Zudem machte sie sich Sorgen um den Dolch in ihrer Hand. Wie sollte sie ihn halten, ohne sich bei der Landung selbst zu verletzen? Ihn in den Hosenbund zu stecken, wäre vermutlich noch gefährlicher …

Wenige Meter vor ihr wurde eine Tür geöffnet, und ein älterer Mann trat Pfeife rauchend in die kühle Nacht hinaus.

Ohne weiter über die Tiefe des Schachts oder den Dolch nachzudenken, rutschte Elizabeth hinunter. Der Kohleschacht war nicht tief, stellte sie erleichtert fest, höchstens zwei Meter, doch als sie unten aufkam, rutschte sie mit ihren feuchten Schuhsohlen aus und landete unglücklich auf ihrem Hinterteil. Der Dolch entglitt ihrer klammen Hand und schlitterte davon.

Einen Fluch unterdrückend richtete sie sich etwas auf und fand sich in vollkommener Finsternis wieder. *Verdammt, warum habe ich keine Taschenlampe mitgebracht?*, dachte sie ärgerlich. Wie sollte sie in dieser tintenschwarzen Dunkelheit den Weg aus dem Keller heraus finden? Doch da fiel ihr ein, dass sie ja ihr Handy dabei hatte. Sie holte es aus der Hosentasche und schaltete es ein.

Das fahle, bläuliche Licht des Displays reichte aus, damit sie sich ein Bild von ihrer Umgebung machen konnte. Bis auf ein paar verschlossene

Kisten war der Kellerraum völlig leer. Doch direkt vor ihr erkannte sie eine Holztreppe, die zu einer Tür hinaufführte.

Das müsste dann wohl der Weg in die Küche sein, überlegte sie. Sie bückte sich und suchte mithilfe des Handys den Kellerboden nach dem Dolch ab, bis sie einige Schritte weit entfernt etwas schimmern sah. Das schwache Licht spiegelte sich in der blank polierten Klinge. Sie nahm den Dolch auf und erhob sich. Um ihre Hände freizuhaben, schob sie die Waffe am Rücken durch den Gürtel.

Der Schritt auf die erste Treppenstufe knarzte und quietschte ohrenbetäubend laut in ihren Ohren und ließ sie augenblicklich versteinern. Sie war sich sicher, dass wirklich jede Person auf Camley Hall das gehört haben musste. Angestrengt horchte sie hinauf zur Tür und in die Küche dahinter, doch nichts rührte sich.

Sie traute sich kaum zu atmen und versuchte sich leicht zu machen, mehr Gewicht auf ihre Hand am Geländer zu legen. Dann wagte sie den nächsten Schritt. Wieder knarzte es, aber es kam ihr nicht mehr so laut vor. Auch diesmal war von oben keine Reaktion auf das Geräusch zu hören.

Sie holte tief Luft und versuchte sich zu beruhigen, bevor sie Stufe für Stufe die Treppe erklomm. Eine Karriere als Einbrecher konnte sie hiermit ausschließen, dazu fehlten ihr ganz eindeutig die Nerven!

Oben angekommen legte sie ein Ohr an die Tür und lauschte. Sie hörte Stimmengemurmel, doch es klang weit weg. Vorsichtig öffnete sie die Tür. Das Licht blendete sie, deshalb brauchte sie eine Sekunde, bis sie etwas erkennen konnte.

Vor ihr lag eine kurze Diele, die in eine riesige und dennoch seltsam heimelige Küche führte. Ausgestattet war der Raum mit ein paar sehr schönen antiken Vitrinenschränken und Anrichten, allesamt weiß gebeizt und in erstklassigem Zustand. Einzig der enorme Edelstahlkühlschrank neben dem Durchgang zur Diele wollte so gar nicht zum Gesamtbild einer Großmutterküche passen. Alles war blitzblank und aufgeräumt, nur auf dem Arbeitstisch in der Mitte des Raums hatte man neben Getränken und Schalen mit frischem Obst auch köstliche Sandwiches bereitgestellt.

Bei diesem Anblick knurrte Elizabeths Magen, was nicht verwunderlich war, hatte sie doch wieder einmal vergessen, genügend zu essen.

Jemand kam in die Küche. Unwillkürlich hielt Elizabeth die Luft an und rief sich die Erinnerung ins Bewusstsein, die den Unscheinbarkeitszauber auslösen würde.

Die zwei Männer bedienten sich bei den Sandwiches und verließen dann wieder die Küche.

Sich nach wie vor konzentrierend, schlüpfte Elizabeth durch die Tür, schlich zum Tisch und pickte eine Handvoll Weintrauben aus einer der Obstschalen.

So weit so gut, dachte sie, während sie die Trauben hastig hinunterschlang. Im Haus war sie schon mal. Jetzt musste sie den Weg in die Bibliothek finden. Sie versuchte sich an die Führung zu erinnern, die Hamilton ihr gegeben hatte. Von der Eingangshalle aus würde sie den Weg wissen.

„... schon sein. Aber es ist ja nicht das erste Mal."

Elizabeth machte einen schnellen Satz zurück und drückte sich, an nichts anderes mehr denkend, als ihre magische Erinnerung, mit dem Rücken an die Seitenwand des enormen Edelstahlkühlschranks. Das war kein Versteck, und wenn der Zauber nicht funktionierte, würde man sie auf jeden Fall entdecken, doch immerhin stand sie nicht im Weg. Sie hatte noch mindestens drei Weintrauben im Mund, aber sie traute sich kaum zu atmen, geschweige denn zu kauen oder zu schlucken.

Es waren Warren und seine beiden Freunde, oder seine Arme, wie Simon es genannt hatte, die plaudernd in die Küche kamen, um sich etwas zu essen zu holen. Alle drei sahen aus, als wären sie gerade einem Bollywood-Streifen entsprungen. Sie trugen leggingartige Hosen und knielange Seidenkurtas mit einem breiten Gürtel, alles abgestimmt in Weiß, Gelb und Goldtönen. Außerdem trugen sie ein gelbes Halstuch, das Erkennungszeichen der ursprünglichen Thuggee-Sekte. Es war fast komisch, wie deplatziert sie in der altmodischen Küche in dieser Aufmachung wirkten.

„Haben sich eigentlich dieser Bulle und die Tussi noch mal bei deinen Eltern gemeldet?", fragte der blonde Junge und steuerte direkt auf Elizabeth zu. Mit weit aufgerissenen Augen blickte sie ihm entgegen, während sie sich aufs Äußerste konzentrierte. Sie spürte, wie das Gefühl der Geborgenheit sie einhüllte, sich in ihre Brust setzte und sie von dort ausgehend wie die Wurzeln einer Pflanze durchdrang. Trotzdem bildete sich Schweiß in ihrem Nacken und lief als dünner Rinnsal an ihrem Rücken hinab.

„Nein", erwiderte Warren mit vollem Mund. „Die lassen sich bestimmt nicht mehr blicken."

Der Blonde öffnete die Kühlschranktür und holte eine Milchflasche heraus. „Mich würde ja echt interessieren, wie die auf dich gekommen sind."

„Na durch Marty", sagte Warren schulterzuckend.

Der Blonde ging an Elizabeth vorbei an einen Schrank, um sich ein Glas zu holen. Verdutzt hielt er inne und hob schnuppernd die Nase. „Riecht das hier nach Parfüm?"

Elizabeths Herz rutschte noch tiefer in die Hose. Wie konnte er ihr Parfüm riechen? Sie hatte es vor über zehn Stunden aufgelegt. Verzweifelt klammerte sie sich an ihren magischen Gedanken, versuchte alles andere auszublenden und sich von dem Gefühl der Sicherheit durchströmen zu lassen.

Warren kicherte. „In einem Haus voller Männer? Das ist wohl eher Wunschdenken."

„Vielleicht war ja Sam gerade hier", grinste der farbige Junge. „Ich wette, der hat ganze Schränke voll Duftwässerchen zu Hause." Zu Elizabeths Erleichterung kehrte er dann zum ursprünglichen Thema zurück: „Jedenfalls denke ich, wir sollten uns Marty mal zur Brust nehmen und ihm klar machen, was mit Leuten passiert, die zu viel quatschen."

„Ich glaube zwar nicht, dass Acharya davon besonders begeistert wäre", sagte der Blonde und verließ, ohne die verdächtige Duftwolke nochmals zu erwähnen, zusammen mit Warren die Küche. „Aber was er nicht weiß ..."

„Außerdem hat er in nächster Zeit bestimmt Besseres zu tun, als sich um uns zu kümmern", lachte der farbige Junge und folgte den beiden anderen.

Aufatmend schloss Elizabeth die Augen und sandte ein Dankgebet gen Himmel. *Na, wenn das eben kein Beweis für die Wirkung des Zaubers war.* Warrens blonder Freund hatte sich noch nicht mal zwei Schritte neben ihr befunden. Sie schnupperte an ihren Haaren. Es war nicht ihr Parfüm gewesen, das er gerochen hatte, sondern Sandra Headways süßlicher Weihrauch. Und dennoch hatte er sie nicht bemerkt!

Zuversichtlich, ungesehen in die Bibliothek zu gelangen, stieß sie sich ab, schnappte sich noch eine paar Trauben und machte sich dann auf die Suche.

Sie folgte einem mit dunklem Holz vertäfelten Korridor. Ein dicker, grüner Teppich dämpfte jeden ihrer Schritte. Sie ging immer an der Wand entlang, um zufällig Entgegenkommenden ausweichen zu können. Mittlerweile gelang es ihr ohne große Anstrengung, die für den Zauber notwendige Erinnerung permanent in ihrem Bewusstsein und damit das Gefühl der Sicherheit in ihrer Brust zu halten.

Es war, als würde ihr Gehirn auf zwei Ebenen gleichzeitig funktionieren, ähnlich, wie wenn sie bei Sonnenaufgang Daniels Anker gewesen war. Die erste Ebene war die Erinnerung, konstant, und alles andere überlagernd. In der zweiten Ebene nahm sie ihr Umfeld wahr, registrierte Stimmen, versuchte sich zu orientieren.

Zwei Mal begegnete sie auf ihrem Weg älteren Thuggees in weißen Kurtas, doch von keinem von ihnen wurde sie bemerkt.

Um in die Eingangshalle zu gelangen, musste sie schließlich den kleinen Salon durchqueren, in dem das Spiritistentreffen stattgefunden hatte.

Elizabeth presste sich an die Wand neben der Tür und lugte in den Raum. Etwa ein Dutzend Männer hielten sich darin auf, unter ihnen Simon und seine Freunde. Auch sie trugen diese teuren indischen Sachen und unterhielten sich mit Herren, die in gleicher Art gekleidet waren. Die restlichen Anwesenden trugen westliche Kleidung mit gelben Krawatten oder Einstecktüchern. Die Stimmung im Raum war heiter, doch lag eine Spannung in der Luft, die beinahe greifbar war. Sie alle schienen auf etwas zu warten, oder vielmehr etwas entgegenzufiebern.

Elizabeth schluckte hart. Der einzige Weg zum gegenüberliegenden Ausgang war mitten durch die sich angeregt unterhaltenden Thugs hindurch. Es gab keinerlei Deckung, dafür aber jede Menge Gelegenheiten, jemanden oder etwas anzurempeln.

Bestimmt gibt es noch einen anderen Weg in die Bibliothek, überlegte sie. Aber es würde ewig dauern, den zu finden. Also straffte sie ihre Schultern und verbannte alles aus ihrem Kopf, außer der magischen Erinnerung an Daniel. Sie visualisierte, wie sich die daraus speisende Energie um sie legte und vor allen Blicken schützte. Dann betrat sie den Salon.

Einige pochende Herzschläge lang verharrte sie in der Tür, halb einen überraschten Ausruf aus den Reihen der Männer erwartend. Als sie sicher war, dass niemand ihr Eintreten bemerkt hatte, begann sie sich im Slalomkurs ihren Weg durch die Grüppchen zu bahnen, immer darauf bedacht, kein Geräusch zu verursachen und niemanden zu berühren. Sie schlich an dem Ledersessel vorbei, in dem sie während des Spiritistentreffens gesessen hatte, und stellte verblüfft fest, dass Sam Jeffreys darin lümmelte. Das breite, arrogante Grinsen, das er zur Schau trug, hätte Elizabeth ihm am liebsten mit einer deftigen Ohrfeige aus dem Gesicht gefegt. Er trug einen dunklen Nadelstreifenanzug mit gelber Seidenkrawatte und farblich abgestimmtem Einstecktuch.

Ihm gegenüber saß ein Mann mit schütteren blonden Haaren und sonnengegerbter Haut. Sein Name fiel ihr zwar nicht ein, aber sie hatte ihn schon tausend Mal in den Nachrichten gesehen. Gehörte ihm nicht eine Fluglinie?

Sie fragte sich, was für einen Grund Sam wohl hatte, so zufrieden und selbstgerecht dreinzuschauen. Falls es die Tatsache war, dass die Star-Redaktion seit einer Woche von Poltergeistheimsuchungen verschont geblieben war, sollte er sich lieber nicht zu früh freuen!

Langsam und vorsichtig schlich sie weiter.

Sie passierte die gerahmten Poster, die den Magier und Entfesselungskünstler Harry Houdini ankündigten. *Der Große Houdini würde vor meinem kleinen Trick hier ehrfürchtig den Hut ziehen*, dachte Elizabeth leise lächelnd.

Plötzlich blies ihr jemand Zigarrenrauch direkt ins Gesicht. Um ein Haar hätte Elizabeth gehustet, doch sie hielt die Luft an und schluckte das Kratzen im Hals erfolgreich hinunter. Dennoch war sie eine Sekunde lang unachtsam und stieß mit dem Ellenbogen einen von Simons Freunden an.

Stirnrunzelnd drehte er sich um. Der dunkelhäutige Junge musste wohl Rafid sein, erkannte Elizabeth, während sie hastig zur Seite auswich und sich gerade noch rechtzeitig hinter einen Ohrensessel duckte.

Der Junge wandte sich wieder seinen Gesprächspartnern zu.

Himmel, das war knapp, dachte Elizabeth und stieß bebend die angehaltene Luft aus. Sie wischte sich die schweißnassen Handflächen an den Hosenbeinen ab, bevor sie sich zögerlich aufrichtete und ihren Weg noch vorsichtiger als zuvor fortsetzte. Sie durfte sich keine Fehler mehr erlauben!

Als nächstes musste sie eine Gruppe von Thugs umkreisen, die sich gerade mit Cognacschwenkern zutoasteten. „Auf ein langes und segensreiches Leben!“, sagten sie im feierlichen Einklang.

Jäh drehte sich einer von ihnen halb nach hinten, um einem kahlköpfigen Mann, der mit dem Rücken zu ihm stand, auf die Schulter zu tippen.

Nach Luft schnappend verharrte Elizabeth an Ort und Stelle. Keine zwanzig Zentimeter trennten sie von dem Arm des Mannes, der ihr den Weg versperrte. Als sich der Kahlkopf umwandte, um mit dem anderen zu plaudern, erkannte sie in ihm einen bekannten Industriellen und Playboy, berüchtigt für seine zahllosen Affären und Steuersünden.

Wie eine Tänzerin drehte sich Elizabeth auf Zehenspitzen um und umrundete die Gruppe in entgegengesetzter Richtung.

Dankbar erreichte sie endlich den Ausgang und blickte mit einem stolzen Grinsen zurück in den Salon. Sie hatte es tatsächlich geschafft, auch wenn es ihr vorkam, als hätte es Stunden gedauert. Doch einem Ninja gleich war sie ungesehen mitten durch die Versammlung geschlichen.

Beflügelt durch diesen Erfolg eilte sie weiter in die Eingangshalle und flog regelrecht die ausladende Treppe in den ersten Stock hinauf. Danach folgte sie dem rechten Korridor bis zu der massiven Doppelflügeltür, die in die Bibliothek führte. Ehe sie den rechten Flügel öffnete, horchte Elizabeth auf Stimmen aus dem Inneren. Es war nichts zu hören, also zog sie die Tür einen Spalt auf und schlüpfte hinein.

In der Bibliothek war es dunkel, die einzige Lichtquelle war der Vollmond, der zwischenzeitlich aufgegangen war und durch die hohen Fenster hereinschien. Trotzdem erspähte Elizabeth sofort die eiserne Wendeltreppe auf der anderen Seite des großen Raums, die auf das Dach zum Glashaus führte.

Jetzt war sie fast am Ziel. Ihr Herz führte vor Vorfreude einen kleinen Stepptanz auf, denn gleich würde sie Daniel wiedersehen!

Just in diesem Moment ging das Licht an. Elizabeth fuhr erschrocken zusammen, und mit einem heißen Schreck wurde ihr bewusst, dass sie sich nicht mehr konzentrierte. Sie beschwor den rettenden Gedanken herauf, gleichzeitig trat George links neben ihr durch eine in der Wandvertäfelung verborgene Tür. Gott sei Dank war er vollauf damit beschäftigt, eine große, mit einer Flüssigkeit gefüllte, Schale zu balancieren, sonst hätte er sie zweifelsohne bemerkt. So aber ging er, den Blick angespannt auf das goldfarbene Gefäß gerichtet, an Elizabeth vorbei zur Treppe.

Bedächtig stieg er hinauf, Elizabeth nur wenige Stufen hinter ihm. Auch George war in dieser aufwendigen indischen Tracht gekleidet, die bei ihm allerdings nicht so fehl am Platz wirkte wie bei den anderen Thugs, schließlich war orientalische Kleidung an ihm nichts Ungewöhnliches.

Auf der obersten Treppenstufe angekommen, öffnete George mit dem Ellenbogen eine Holztür und trat ins Freie. Elizabeth stahl sich direkt hinter ihm hindurch.

Kalter Wind biss ihr ins Gesicht. Sie standen auf dem Dach, und vor ihnen erhob sich das viktorianische Glashaus mit der lang gezogenen Kuppel. Die Scheiben waren blind von jahrzehntealten Ablagerungen und verhinderten so einen Blick ins Innere.

Behutsam stellte George die Schale auf den Boden und holte einen Schlüssel aus der Hosentasche.

Was für ein Glück, dachte Elizabeth. *Wenn ich nicht zufällig George herauf gefolgt wäre, stünde ich jetzt vor verschlossener Tür und hätte entweder in der Kälte warten oder eine Scheibe einwerfen müssen.*

Beinahe wäre sie George vor Ungeduld zur Hand gegangen, als er umständlich die Tür mit einem Fuß offen hielt, während er die Schale wieder vom Boden aufnahm.

Sie folgte dem Diener in das alte Glashaus, wo der Vollmond alles in ein geheimnisvolles, silbriges Licht tauchte. Die Palmen und exotischen Pflanzen, die verschnörkelten weißen Eisenbänke, Wendeltreppen und Säulen, die eingewachsenen und leise plätschernden Brunnen, alles schien aus einer mystischen Welt zu stammen.

Aber Elizabeth hatte dafür keinen Blick. Es gab nur eines, das sie sehen wollte, und das hatte sie noch nicht gefunden.

So leise wie möglich bahnte sie sich hinter George ihren Weg durch das dschungelähnliche Pflanzengewirr, bis sie den Rand der Kuppel erreichte. Vor ihr erstreckte sich eine freie Fläche, fast wie eine Lichtung, die von vier gusseisernen Säulen abgegrenzt wurde.

Und dort sah sie ihn.

Daniel saß auf dem Boden, direkt unter dem Zentrum der Kuppel, die Beine angezogen und die Knöchel überkreuzt, die verschränkten Arme auf den Knien abgelegt. Sein Gesicht konnte sie nicht sehen, denn den Kopf hatte er zwischen seinen Oberarmen vergraben. Das Hemd strahlte im Mondlicht fluoreszierend, und die Unterarme waren schneeweiß. Er schien George ebenso wenig wahrzunehmen wie dieser ihn.

Die Freude, ihn zu sehen, war überwältigend, doch gleichzeitig zerriss ihr sein Anblick das Herz.

Daniel hatte aufgegeben, um das zu erkennen, brauchte sie sein Gesicht nicht zu sehen. Ihm, der niemals aufgab, der niemals seinen Mut und seinen unerschütterlichen Optimismus verlor, war alle Hoffnung abhandengekommen.

Voller Ungeduld strebte sie ihm entgegen, wollte ihn halten, wollte ihn trösten. Wollte ihm seine Zuversicht zurückgeben! Doch Georges Anwesenheit zwang sie dazu, bewegungslos auszuharren.

Hamiltons Diener hatte indes die Schale neben einer zwei Meter hohen, blau-schwarzen Kalifigur abgestellt, die hinter Daniel am Rand der freien Fläche aufragte. Die Statue sah fast genauso aus wie die kleine Bronzefigur in der Bibliothek. Die Hindugöttin hatte zehn Arme, eine Kette aus Schädeln und einen Gürtel aus abgetrennten Armen. Das linke Bein war abgewinkelt und ausgestellt, als wollte sie aufstampfen und ihre Feinde unter ihrem Fuß zermalmen. Ihr Gesicht war eine wütende Fratze. Umrahmt wurde das Ganze von einem Sonnenrad mit züngelnden Sonnenstrahlen. Einen Unterschied zu der kleineren Version gab es allerdings doch: Die zehn erhobenen Hände der Statue waren leer. Die Dolche fehlten.

George machte sich an etwas auf dem Boden zu schaffen. Schockiert erkannte Elizabeth, dass es sich um einen Mann handelte. Er lag ausgestreckt auf einem niedrigen Sockel zu Füßen der blutrünstigen Göttin. Er schien zu schlafen, doch er konnte ebenso bereits tot sein. Elizabeth fragte sich, ob er das zehnte Opfer war.

Jetzt sah sie auch den Bannkreis. Es handelte sich nicht um eine einfache Kreislinie, wie sie vermutet hatte. Nein, er ähnelte viel mehr einem indischen Mandala. Das gesamte Gebilde hatte einen Durchmesser von etwa zweieinhalb Metern. Von der Mitte ausgehend füllten symmetrisch angeordnete, geschwungene Linien und Symbole den gesamten Kreis aus. Die feinen Linien waren mit dunkler Farbe, oder, was wahrscheinlicher war, mit Blut gezogen.

Endlich erhob sich George, verbeugte sich leicht vor der Statue und ging dann an Daniel vorbei auf Elizabeth zu. Mit einem kleinen Schritt zur Seite machte sie ihm Platz. Regungslos blieb sie stehen, bis sie hörte, dass die Tür ins Schloss gezogen wurde. Dann gab es für sie kein Halten mehr.

„Danny!“ Sie rannte auf ihn zu fiel vor ihm auf die Knie.

Doch er blickte nicht auf. Brüchig und kaum hörbar summte er eine vage vertraute Melodie, was Elizabeth noch tiefer ins Herz schnitt und ihr die Kehle zuschnürte.

Was hatte sie ihm nur angetan?

„Oh Danny“, sagte sie leise. „Es tut mir so schrecklich leid.“

Langsam hob er den Kopf und stützte das Kinn auf den Unterarm. Seine sonst so klaren, grünen Augen waren verschleiert und blickten geradewegs durch sie hindurch. Ein wehmütiges Lächeln umspielte seine Lippen. „Mein Engel“, hauchte er.

Er denkt, er fantasiert, begriff Elizabeth. *Er denkt, ich bin nicht real.* Wirkte vielleicht der Zauber noch und er sah sie tatsächlich nicht? Immerhin konzentrierte sie sich gerade tausendprozentig auf Daniel, wünschte sich nichts sehnlicher, als in seine Arme. Und sie trug den Bergkristall.

Mit einem festen Ruck riss sie sich die Silberkette vom Hals. „Danny“, sagte sie noch mal. „Ich bin hier. Sieh mich an.“ Sachte hob sie eine Hand an sein Gesicht und keuchte überrascht, als sie feststellte, dass er Substanz hatte. Er war so solide wie bei Sonnenauf- und -untergang.

Endlich fokussierten sich seine Augen auf sie. Er blinzelte verwirrt, und zwei senkrechten Furchen gruben sich in seine Stirn. „Liz?“

„Ja“, strahlte sie und streichelte seine Wange. „Ich bin hier, Danny.“

Seine rechte Hand tastete nach ihrer, strich kühl und leicht über ihre Finger, und nur einen Wimpernschlag später war sie in seinen soliden Armen. Die vorausgegangene Bewegung hatte sie nicht mitbekommen oder vielleicht hatte es auch gar keine gegeben. Bebend hielt er sie umfangen.

„Liz“, flüsterte er. „Sag, dass das kein Traum ist. Sag, dass ich nicht den Verstand verliere.“

Elizabeth drückte sich so fest wie möglich an ihn. „Wenn das ein Traum ist, Danny, dann träumen wir beide gerade das Gleiche.“ Jetzt war ihr magischer Gedanke keine bloße Erinnerung mehr. Sie war in seinen Armen, dem einzigen Platz auf der Welt, wo sie wirklich hingehörte. In diesem Moment hätte ein Vulkan ausbrechen oder ein Komet einschlagen können, es hätte sie nicht gekümmert, solange Daniel sie nur festhielt.

Und er hatte nicht nur Substanz, als würde die Sonne am Horizont stehen, es umgab ihn sogar der leichte Duft nach Sommergewitter, den Elizabeth begierig einatmete.

„Ich kann nicht glauben, dass du wirklich hier bist.“

Seufzend schmiegte sie ihren Kopf an seinen und drehte ihn dann etwas, sodass ihr Mund seine Wange erreichte. „Danny, ich …“ Doch weiter kam sie nicht, denn seine kühlen Lippen legten sich auf ihre und ließen sie nicht weitersprechen. Ihre Nackenhärchen stellten sich zu einem

Willkommensgruß auf, als seine Hand bis zu ihrem Hinterkopf hinauf wanderte und sich in ihre Locken grub. Wie eine Explosion sprengte der Kuss all die Trauer, all die Finsternis der letzten Tage hinweg. Ihr Herz sang und tanzte in ihrer Brust, denn ihre Welt war wieder im Gleichgewicht.

„Sie dürfen dich hier nicht finden", keuchte Daniel plötzlich und tippte seine Stirn an ihre. „Du musst gehen. Sofort."

„Das habe ich auch vor", erwiderte Elizabeth leise. „Mit dir." Sie küsste sein Kinn, seine Wange. „Ich werde diesen verdammten Bannkreis zerstören, damit du verschwinden kannst."

„Klingt nach einem fabelhaften Plan." Daniel lächelte etwas wacklig. Mit der Nase glitt er an ihren Augenbrauen und ihrer Schläfe entlang. „Aber wie willst du das anstellen?"

„Mit meinem Dolch hier." Es war fast unmöglich, sich von ihm zu lösen. Doch sie gab sich einen Ruck. Hierfür hatten sie später genug Zeit. Sie küsste Daniel noch ein letztes Mal und streichelte über sein mondbeschienenes weißes Marmorgesicht, dann zog sie den Athame-Dolch aus ihrem Gürtel und suchte nach einer passenden Stelle im Bannkreis, wo sie beginnen konnte.

„Denkst du wirklich, das wird funktionieren?", fragte Daniel mit noch immer belegter Stimme.

„Es muss!" Elizabeth tastete mit den Fingern an einer Linie am äußeren Rand entlang und stellte fest, dass sie sich zentimetertief ins Holz grub. So fest sie konnte rammte sie die Klinge in den Boden, doch auch wenn die resultierende Kerbe tief genug war, so durchtrennte sie dennoch nicht die Blutlinie. „Das Holz ist verdammt hart", ächzte sie nach einem weiteren erfolglosen Versuch. Doch unverdrossen machte sie weiter.

„Wie hast du erfahren, wo ich bin? Und wie bist du hier ungesehen reingekommen?", wollte Daniel unterdessen wissen. Mit einem Arm um ihre Schulter hockte er neben ihr und beobachte ihren Fortschritt.

„Simon hatte einen Anfall von Reue", erklärte Elizabeth abgehackt im Takt ihrer Hiebe. Sie hielt inne und sah stirnrunzelnd auf. „Du weißt, dass es Simon war, oder?"

„Ja, ich weiß."

„Er hat uns alles gestanden und uns von diesem Bannkreis erzählt. Er hat uns auch einen Weg an der Alarmanlage vorbei aufgezeigt. Und dann habe ich mir noch eine kleine magische Unterstützung von Sans geholt.

Ich war sozusagen unsichtbar und bin mitten durch ihre Reihen marschiert!“ Ihr selbstgefälliges Grinsen wurde zu einem Strahlen. „Ich habe Gespenst gespielt.“

„Ich wette, das hat dir unheimlichen Spaß gemacht.“ Daniel konnte sich eines kleinen Lächelns nicht erwehren, doch er wurde schnell wieder ernst. „Wieso bist du alleine gekommen?“

Den nächsten Hieb setzte Elizabeth mit extra viel Kraft. Dennoch teilte die Kerbe die Linie noch immer nicht.

Wie kann das blutgetränkte Holz nur so verdammt hart sein?, wunderte sie sich. Sie versuchte es jetzt mit kratzen und schneiden, anstatt mit hacken.

„Liz?“, fragte Daniel nach, nachdem sie ihm eine Antwort schuldig blieb.

Ohne den Blick von ihrer Arbeit zu nehmen, antwortete sie: „Es ist allein meine Schuld, dass du hier festsitzt. Warum sollte ich also auch noch Tony, Riley und Susan in Gefahr bringen?“

Daniel streichelte über ihr Haar. „Mach dir keine Vorwürfe, Liz. Sir Thomas hat uns alle erfolgreich hinters Licht geführt. Ich habe ihm genauso vertraut wie du. Himmel, ich habe dich sogar noch darin bestärkt, ihm zu vertrauen. Ich weiß, wie er dich getäuscht hat und ich weiß auch, dass du nur mein Bestes wolltest.“

Elizabeth sah auf. „Das weißt du?“

„Sir Thomas kam nicht umhin, mich an seinem Triumph teilhaben zu lassen“, erklärte er sarkastisch. „Wie ein Filmbösewicht, der dem Gefangenen seinen gesamten teuflischen Plan offenbart und sich in seiner eigenen Gerissenheit badet.“

„Wie war es, als du … als du hier angekommen bist?“

Daniel schnaubte. „Oh, man hat sich sehr über mein Eintreffen gefreut!“ Er deutete auf die Kalistatue. „Ihr Gesicht war das erste, was ich sah, als das blendende Licht nachließ, und ich war sicher, ich wäre in der Hölle gelandet … Naja, so falsch lag ich damit eigentlich gar nicht. Jedenfalls knieten Hamilton und George an je einer Seite des Kreises. Um sie herum waren ein Dutzend brennender Öllampen aufgestellt, die allesamt erloschen, sobald ich mich vollständig manifestiert hatte. Der alte Bastard war so schwach, dass er sich kaum aufrecht halten konnte. Zunächst war ich wie paralysiert und verstand nicht, was vor sich ging, doch als ich begriff, was geschehen war, dass ich nicht von der anderen

Seite, sondern von Hamilton gerufen worden war, versuchte ich natürlich sofort zu verschwinden. Aber das funktionierte nicht. Ich konnte weder entmaterialisieren, noch einen Fuß aus diesem verdammten Kreis heraus setzen.

Ich verlangte von Hamilton zu wissen, was das alles sollte, doch er sagte nur: *Später, mein Junge,* und ließ sich von George auf die Beine helfen. Als sie mich ohne eine Erklärung hier zurückließen, flippte ich aus. Ich schrie und tobte und kämpfte wir rasend gegen die Barriere an. Ich war völlig außer mir. Nur gebracht hat es leider nicht das Geringste."

Elizabeth griff nach seiner Hand. „Es tut mir so leid, Danny", flüsterte sie.

„Ich weiß nicht, wie lange ich getobt habe, aber als ich mich etwas beruhig hatte, kam Hamilton zurück, setzte sich mit einem Glas Rotwein auf eine Bank und rollte seine Pläne vor mir aus. Er genoss es sichtlich, alles lang und breit auszuführen."

„Hat er dir auch gesagt, was er mit dir vorhat?"

„Ja", sagte Daniel kaum hörbar.

Elizabeth wandte sich wieder der Linie zu, um ein weiteres Mal die Dolchspitze hineinzubohren. „Keine Angst. Das wird nicht passieren."

„Ich konnte es einfach nicht glauben", fuhr Daniel fort. „Hamilton, der Kopf der Thuggees. Der Puppenspieler, der im Hintergrund alle Fäden in der Hand hält. Der mich gesehen hat. Die ganze Zeit über! Jungs, die für die Aussicht auf Reichtum ihre besten Freunde ermorden. Simon, der mich kaltblütig geopfert hat! Diese ganze epische Geschichte von Dorian und Eleonor, erstunken und erlogen, nur um meiner habhaft zu werden. Und hat Simon dir erzählt, dass man dich nur entführt und in die Klapse gesteckt hat, damit du nicht mehr Hamiltons Beschwörungsversuchen in die Quere kommen konntest?"

„Ja, hat er. Deshalb war es so wichtig, dass ich über Sonnenaufgang hinweg betäubt werde."

„Und alles nur, weil der alte Bastard eine Energiequelle braucht."

„Soll er sich doch ein Windrad aufs Dach stellen. Dich bekommt er jedenfalls nicht!"

Daniels Blick fiel auf das geflochtene Lederband an Elizabeths Handgelenk. „Hey, ist das etwa meins?", fragte er schmunzelnd und hielt sein eigenes Handgelenk zum Vergleich daneben.

„Tony hat es mir gegeben", bestätigte sie. „Als Andenken. Ich habe ja sonst kaum etwas von dir."

Er tippte seinen Kopf an ihren. „Die letzten Tage waren bestimmt auch für dich nicht einfach."

„Verglichen mit dem, was du durchgemacht hast, waren sie vermutlich ein Spaziergang."

Eine Weile sah Daniel ihr schweigend zu, dann sagte er kopfschüttelnd: „Das dauert viel zu lange, Liz. Es kann jederzeit wieder jemand rauf kommen. Du musst verschwinden."

„Nicht ohne dich", knurrte sie. Mit einem grimmigen Lächeln sah sie auf. „Weißt du was? Wenn dir der Bannkreis Substanz verleiht, dann sollten wir so einen bei mir im Schlafzimmer anlegen."

„Naja." Daniel tat so, als würde er diese Möglichkeit ernsthaft überdenken. „In deinem Schlafzimmer gefangen gehalten zu werden, hat sicherlich seinen Reiz. Übrigens macht er mich nicht nur solide, er macht mich auch sichtbar."

„Im ernst? So wie George dich vorhin ignorierte, hatte ich angenommen, er könnte dich nicht sehen." Der Mann zu Füßen der Kalistatue kam ihr wieder in den Sinn, und sie dreht sich in der Hocke halb herum. „Wer ist das eigentlich?", fragte sie mit einem Nicken in Richtung des reglosen Mannes.

Daniel sah sie überrascht an. „Na, der Wirtskörper."

„Der was?"

„Der Wirtskörper. Hat Simon dir nichts von dem Ritual erzählt?"

„Er erwähnte ein Ritual der Wiederkehr, aber er sagte nicht, um was genau es geht." Ohne sich zu erheben, versuchte sie den Mann im silbernen Mondlicht deutlicher zu erkennen. Er war jung, Mitte bis Ende zwanzig und hatte sandblonde, nach hinten gekämmte Haare. Er trug lediglich eine weiße Hose, und obwohl sein schlanker Oberkörper entblößt war, konnte sie nicht sagen, ob sich der Brustkorb hob und senkte. „Ist er tot?"

„Nein, er ist nicht tot", erklärte Daniel gepresst. „Er liegt im Koma." Er stand auf und ging so nah an den liegenden Körper heran, wie der Bannkreis es ihm erlaubte. „Er wird Hamiltons neue Hülle werden. Sein neues Gefäß. Hamilton selbst wird nämlich das zehnte Opfer sein. George wird ihm einen Dolch in die Brust stoßen, und danach wird Hamiltons Geist in den Körper dieses Jungen wandern."

Elizabeth schluckte hart. Seelenwanderung. Darum ging es Sir Thomas also! Er wollte dem Tod von der Schippe springen und seinen alten, gebrechlichen Körper gegen einen jungen und starken eintauschen.

Das war es auch, worauf all diese Leute im Haus warteten: dass sich ihr Meister ihnen in seiner neuen, jugendlichen Hülle zeigte.

„Es ist nicht das erste Mal, dass Hamilton dieses Ritual vollzieht", sagte Daniel. „Aber er hatte dazu noch nie jemanden wie mich als Energiequelle und ein Amulett, das Seelen lenkt." Er drehte sich zu Elizabeth um. „Das ist es, was das Amulett wirklich bewirkt. Es lenkt Seelen, entweder unbewusst wie in unserem Fall, als es uns beide zusammengeführt und dabei geholfen hat, dass du mich sehen kannst, oder ganz gezielt, so wie Hamilton es getan hat. Er hat dessen Macht sofort erkannt, als er es das erste Mal an mir sah. Er hat es benutzt, um mich hierher zurufen. Und er wird es einsetzen, um seine Seele in diesen Körper zu lenken und zu verankern." Seine Stimme war nur noch ein Flüstern. „Dann wird er weitere fünfzig Jahre auf dieser Welt haben, während von mir nichts weiter bleibt, als eine verblassende Erinnerung."

Elizabeth starrte nachdenklich auf den jungen Mann. „Vielleicht sollte ich ihn töteten", überlegte sie laut. „Immerhin ist er doch schon so gut wie tot. Würde das Hamilton nicht aufhalten?"

„Es würde ihn nicht stoppen", sagte Daniel kopfschüttelnd und kam zurück an ihre Seite. „Er würde einen neuen *unbewohnten* Körper finden."

„Unbewohnt", schnaubte Elizabeth und machte sich wieder an die Arbeit. *Über diesen jungen Mann haben die beiden Männer im Garten gesprochen*, dachte sie, während sie fieberhaft an der schwarzen Linie kratzte und bohrte. Gut aussehend, in bester Verfassung … und keiner mehr zu Hause. Der perfekte Körper für die nächsten fünfzig Jahre. „Ich begreife das nicht", seufzte sie ein paar Minuten später und wischte sich über die Stirn. „Ich kann sie nicht durchtrennen. Es ist, als wäre das Blut in das Holz eingezogen und hätte es in Stein verwandelt. Vielleicht ist das ja Teil des Zaubers."

„Du hast es versucht, Liz", sagte Daniel leise. „Du hast dein Bestes getan, aber jetzt musst du gehen."

„Da ist immer noch Plan B." Auch wenn sie ehrlich gehofft hatte, dass es nicht soweit kommen würde.

„Plan B?" Argwöhnisch hob Daniel eine Augenbraue.

„Das wird dir nicht gefallen", lächelte sie schwach. „Aber Simon meinte, es gäbe noch eine andere Möglichkeit, dich aus dem Bannkreis zu befreien." Sie machte eine Pause und blickte auf den Dolch in ihren Händen. „Indem du mit mir zusammen auf die andere Seite gehst."

Es dauerte einen Augenblick, bis Daniel den Sinn ihrer Worte verstand. „Nein", flüsterte er. „Nein. Nein. *Nein*!" Er nahm ihr Gesicht in seine Hände und zwang sie dazu, ihn anzusehen. Blankes Entsetzen stand in seinen Augen. „Auf gar keinen Fall wirst du dir etwas antun!"

Als hätte sie gar nicht gehört, was er eben gesagt hatte, fuhr Elizabeth fort: „Wenn ich innerhalb des Bannkreises sterbe, kannst du mit mir zusammen hinüberwechseln und bist vor Hamilton in Sicherheit."

„Liz, nein!"

Elizabeth lächelte ihn beschwichtigend an und strich mit dem Daumen seinen zu einem Strich zusammengepressten Mund entlang. Er reagiert ganz genau so, wie sie erwartet hatte. „Es ist die einzig verbleibende Möglichkeit, dich zu retten. Und was ist schon schlimm daran, wenn wir die Ewigkeit zusammen verbringen werden."

„Was schlimm daran ist? Ich will, dass du lebst, Baby!", sagte er flehentlich. „Ich will, dass du für uns beide lebst. Das Leben ist ein einziges großes Abenteuer, das mir leider nicht mehr vergönnt ist, aber dir schon. Bitte, mir zuliebe. Geh, verschwinde von hier und lebe für uns beide!"

Elizabeth rückte etwas von ihm ab. „Und wie bitte stellst du dir das vor? Denkst du tatsächlich, ich könnte in dem Wissen weiterleben, dass es dich nicht mehr gibt? Weder in dieser Welt noch sonst wo?" Beinahe ärgerlich schüttelte sie den Kopf. War er wirklich so dumm, das zu glauben? „Als ich dachte, du seist hinübergegangen und in einer besseren Welt, da habe ich es irgendwie geschafft weiterzumachen, denn ich wusste, es gibt dich noch, du bist zwar nicht bei mir, aber du existierst, und irgendwann sehen wir uns wieder. Dieses Wissen verlieh mir genug Kraft. Aber wenn ich wüsste, dass es dich nicht mehr gibt … keine Chance auf ein Wiedersehen zu haben … allein der Gedanke …" Ihre Stimme brach, und sie rang nach Luft. „Was würdest du denn tun, wenn es anders herum wäre?"

Dem konnte Daniel nichts entgegensetzen. „Oh Baby", flüsterte er und schloss sie in die Arme. „Wenn du wegen mir dein Leben wegwirfst, werde ich mir das niemals verzeihen können."

„Das ist schon okay", sagte Elizabeth. „Solange du länger als bis morgen früh Gelegenheit hast, dir Vorwürfe zu machen, soll es mir recht sein."

„Ich kann das nicht zulassen." Daniel barg sein Gesicht an ihrem Hals. „Liz, bitte. Mir zu liebe, tu es nicht."

„Hey", sagte sie sanft. „Ich kürze doch nur den Weg etwas ab. Aber das Ziel ist noch immer das gleiche: Wir gehen gemeinsam hinüber und sind für immer zusammen."

Er seufzte ergeben. „Ich liebe dich. Es ist schon fast lächerlich, wie sehr ich dich liebe." Der darauf folgende Kuss war innig und hatte dennoch den Beigeschmack von Verzweiflung. „Auch wenn du der größte Sturkopf bist, den ich je gesehen habe."

„Hast du in letzter Zeit mal in einen Spiegel geschaut?", erwiderte sie mit rasendem Herzen.

Sie zog ihr Handy aus der Hosentasche, um Wood darüber zu informieren, auf welche Art sie Daniel aus dem Bannkreis befreien würde und dass es daher für ihn keinen Grund mehr gab, als Verstärkung anzurücken. Es amüsierte sie zu sehen, dass er zwischenzeitlich elf Mal versucht hatte, sie zu erreichen. Doch das Lächeln erstarb, denn aus irgendeinem Grund hatte das Handy im Moment keinen Empfang. Fluchend tippte sie trotzdem die Nachricht und schickte sie ab, im Stillen betend, dass das Telefon wieder ein Signal finden und die SMS Wood noch rechtzeitig erreichen würde.

Nachdem sie das Handy weggesteckt hatte, schloss Elizabeth die Augen, atmete tief durch und versuchte in sich den Mut zu finden, den sie gleich brauchen würde.

Jennifer muss nun jemand anderen bitten, ihre Trauzeugin zu sein, schoss es ihr durch den Kopf. Sie dachte auch an ihre Eltern, die wohl nie die Wahrheit über ihr Schicksal erfahren würden, sondern glaubten, dass sie der Großstadt zum Opfer gefallen war.

Wood, Riley und Susan hingegen … nun, sie verstanden es hoffentlich. Vermutlich würden sie sich schuldig fühlen, weil sie Elizabeth nicht aufgehalten hatten, aber sie alle wussten genug, um zu begreifen, dass es nicht das Ende für Daniel und sie bedeutete. Sie würden zusammen sein, auf ewig.

Kein Grund, zu trauern.

Kein Grund, sich zu fürchten.

Dennoch zitterte Elizabeth, als sie den Dolch an ihre Brust setzte. Ihre Atmung kam unregelmäßig. Schweiß trat auf ihre Stirn.

Daniel rutschte um sie herum, kniete sich hinter sie und umschloss mit beiden Armen ihren Brustkorb. Seine rechte Hand umgriff die ihre.

„Was tust du da?“, keuchte Elizabeth. „Du kannst mich nicht aufhalten.“

„Ich weiß, mein Engel.“ Unendliche Trauer schwang in seiner Stimme. „Als ob ich das jemals gekonnt hätte. Aber ich kann dich halten, bis es vorüber ist.“ Einem kühlen Hauch gleich, streiften seine Lippen über ihre Schläfe und ihr Ohr. „So wie du mich während der letzten Minuten meines Lebens gehalten hast.“

„Danke“, wisperte sie, während Daniel ihre Hände ein kleines Stück nach unten dirigierte, dorthin, wo ihr Herz saß. Bebend holte sie Luft.

Elizabeth nahm den Körper, den sie gleich zurücklassen würde, überdeutlich wahr. In ihren Ohren dröhnte das wilde Pochen ihres Herzens, dessen Schläge nun gezählt waren. In ihrer Nase lag Daniels Duft nach Sommergewitter, vermischt mit dem aromatischen Geruch der Pflanzen um sie herum. Auf ihrer Haut sorgten Daniels kribbelnde Berührung und kalter Schweiß für eine Gänsehaut. Ihr Magen zog sich schmerzhaft zusammen, und auf ihrer Zunge lag der bittere Geschmack von Galle.

Sie holte tief Luft, hob den Dolch an und spannte die Muskeln. „Also dann“, flüsterte sie. „Mach dich bereit herauszufinden, was sich hinter dem Vorhang verbirgt.“

11

Verblüfft sah Elizabeth den Dolch aus ihren Händen fliegen und spürte erst danach den Schmerz, den der Tritt gegen ihr Handgelenk hervorrief.

George zerrte sie auf die Beine, weg von Daniel, raus aus dem Bannkreis. Wie eiserne Handschellen hielten seine Hände ihre Arme hinter dem Rücken zusammen. Sie hörte Daniel ihren Namen rufen, während sie selbst einen wilden Schrei ausstieß.

Wieso hatten sie George nicht kommen hören? Hatten sie sich zu sehr auf sich selbst konzentriert, um zu bemerken, dass jemand das Glashaus betreten hatte?

Verdammt, warum habe ich so lange gezögert?, dachte sie. *Warum habe ich nicht einfach zugestoßen?*

„Elizabeth, meine Liebe. Wie immer eine Augenweide." Hamilton trat lächelnd in die mondbeschienene Fläche unter der Kuppel. Auch er war mit einer indischen Seidenkurta bekleidet. Ein goldbestickter Schal lag als Schärpe quer über seiner Brust und seine Taille drapiert. Sein dichtes Haar glänzte wie poliertes Silber. Er trug keinen Gehstock bei sich. So wie er sich bewegte, hatte er auch keinen nötig, und Elizabeth fragte sich, ob der Stock heute Mittag nur als Requisite gedient hatte.

Ihr Blick richtete sich auf Daniel. Rasend vor Wut stand er am Rand des Bannkreises und versuchte vergeblich ihn zu durchbrechen. Überall, wo er an die unsichtbare Barriere stieß, zuckten silbrig-blaue Blitze und Funken.

Hamilton folgte ihrem Blick. „Ah. Sieh an, wer zurück ist unter den Lebenden." Er zwinkerte ihr zu. „Ist natürlich nicht wörtlich gemeint." Mit erstaunlicher Behändigkeit bückte er sich und hob den Dolch vom Boden auf. „Im Grunde keine schlechte Idee, den Kreis mit einem geweihten Athame-Dolch zu zerstören." Er kam auf Elizabeth zu, legte die Klinge an ihre Kehle und strich damit geradezu zärtlich bis zu ihrem Schlüsselbein hinab. Instinktiv beugte sie den Kopf so weit wie möglich weg. „Nur leider ist er bei Weitem nicht mächtig genug, um einen von mir geschaffenen Bannkreis zu zerstören. Und glauben Sie mir, Elizabeth, Sie können dankbar sein, dass George Ihr anderes Vorhaben gerade noch unterbunden hat." Vertraulich neigte er sich ihr entgegen. „Ihr Blut ist nämlich ebenfalls Teil des Bannkreises."

Seine Stimme war gerade laut genug, sodass Daniel ihn auch hören konnte. „Mr Masons Blut stammt von einem Bhowanee-Dolch an dem auch Ihr Blut haftet, meine Liebe. Der kleine Zwischenfall, bei dem Ihnen das Amulett abhandenkam, erinnern Sie sich? Nun, wenn George nicht eingegriffen hätte, dann wären Sie jetzt zusammen mit Mr Mason in dem Blutbann gefangen." Der Dolch glitt zwischen ihren Brüsten hinab. „Und es wäre doch auch wirklich jammerschade um diesen prachtvollen Körper."

„An der Klinge können höchstens ein paar Tropfen kleben", fauchte Elizabeth.

Mit einem winzigen Zucken von Hamiltons Handgelenk durchbrach die Dolchspitze Elizabeths Haut. Es war ein kleiner, beißender Schmerz, den Elizabeth leicht hinunterschlucken hätte können, doch leider zuckte sie zusammen und konnte ein leises Wimmern nicht zurückhalten.

Daniels Zorn verlieh das nur noch weiteres Feuer. Wenn der Bannkreis es nicht verhindert hätte, wäre in diesem Moment vermutlich jede einzelne Stromleitung auf Camley Hall durchgeschmort.

Hamilton hob den Dolch vor die Augen und betrachtete fasziniert den einzelnen, im Mondlicht schwarzen Blutstropfen, der daran haftete.

„Die Magie des Blutes liegt nicht in der Menge, sondern darin, ob es freiwillig gegeben oder mit Gewalt genommen wurde. Am Mächtigsten ist es, wenn dabei ein Leben ausgelöscht wurde."

Langsam fuhr er mit dem Zeigefinger über die Klinge, wischte dabei das Blut von der Spitze und verrieb es zwischen Daumen und Zeigefinger. Dann hob er den Daumen an Elizabeth Stirn und drückte ihn zwischen ihre Augenbrauen, wo er einen blutigen Abdruck hinterließ.

Elizabeth beschlich das vage Gefühl, gerade für etwas oder jemanden gezeichnet worden zu sein.

„George, mein Bester", sagte Hamilton verschlagen lächelnd. „Sei so gut und bringe Elizabeth hinunter in ein freies Schlafzimmer." Als sei ihm plötzlich etwas eingefallen, tippte er sich mit dem Dolch an die Stirn. „Oh, wie dumm von mir. Alle Zimmer sind ja mit Gästen belegt. Bringe sie bitte in mein Schlafzimmer."

Daniel schrie auf und warf sich erneut mit der Schulter gegen die unnachgiebige Grenze des Bannkreises. Elizabeth trat tobend nach Georges

Beinen und stieß den Kopf nach hinten, in der Hoffnung, damit den seinen zu treffen.

„So viel Energie“, seufzte Hamilton sichtlich erfreut. „George, ich denke, wir lassen Elizabeth doch hier oben bei Mr Mason. Gönnen wir den Liebenden ihren Abschied.“

Elizabeth setzte sich mit vollem Körpereinsatz zur Wehr, doch George schleifte sie an die nächstgelegene Säule am Rand der Kuppel und presste sie fest dagegen, sodass die Eisensäule hart gegen ihre Rückenwirbel drückte. George war weder sonderlich groß noch kräftig gebaut, dennoch schien ihm Elizabeths Gegenwehr nicht wirklich zuzusetzen. Auch war es ihm offenbar ein Leichtes, ihre Handgelenke hinter der etwa oberarmdicken Säule zusammenzuhalten, während er sein gelbes Halstuch abnahm und sie damit fesselte.

Elizabeth blickte Hamilton in die Augen, als George die Fesseln festzog. „Lassen Sie Danny gehen“, flehte sie. „Bitte, Sir Thomas. Sie haben das Amulett. Sie brauchen ihn doch gar nicht!“

„Das ist richtig, Elizabeth.“ Er steckte Sandras Athame-Dolch in die goldene Schärpe. „Ich *brauche* Mr Mason nicht. Aber er ist dennoch von unschätzbarem Wert für mich. Und Sie haben ihn mit Ihrem Erscheinen noch um einiges wertvoller für mich gemacht.“ Er ging hinüber zu Daniel, der seine Hände noch immer gegen die unsichtbare Abgrenzung stemmte. Es sah aus, als versprühten seine Finger silberne Funken.

Hasserfüllt sah er Hamilton entgegen. „War das also wieder eine Falle?“

Der alte Mann tippte spielerisch mit einem Finger an Daniels linke Hand. Angewidert ballte dieser seine Hände zu Fäusten und trat einen Schritt zurück.

„Sagen wir mal so“, antwortete Hamilton und verschränkte die Arme hinter seinem Rücken. „Ich hatte mir etwas Sorgen um Sie gemacht, mein Junge. Ihr Energieniveau ist in den letzten Tagen bedenklich gesunken. Diese Lethargie, in die sie verfielen … nun, das hat mir gar nicht behagt. Aber dann stattete mir Elizabeth zusammen mit Mr O´Shea einen Besuch ab, und mich beschlich so eine Ahnung, dass Ihr junger Freund deshalb so verstört war, weil er eventuell über eine gewisse Begabung verfügt und Sie wahrgenommen haben könnte.“

Daniels Augen zuckten zu Elizabeth. „Du warst mit Riley hier?“

„Heute Mittag, ja“, bestätigte Hamilton. „Unsere Elizabeth versuchte mich zu überzeugen, dass sie gedenkt, sich aus den Ermittlungen zurückziehen und dass sie Ihnen noch einen letzten Dienst erweisen möchte, indem sie mir Mr O´Shea für ein Stipendium ans Herz legt.“ Mit einem anerkennenden Lächeln sah er zu Elizabeth. „Sie waren recht überzeugend, meine Liebe, das muss ich Ihnen schon lassen. Ich war mir zunächst wirklich nicht sicher, ob es Ihnen ernst ist, oder nicht. Da fällt mir ein …“ Er richtete sich an seinen Diener. „George, bitte geh und überprüfe die Alarmanlage und Kameras. Ich bin mir sicher, wo Elizabeth ist, werden Detective Wood und Mr O´Shea nicht weit sein. Und wir wollen uns doch von ihnen nicht ebenso überraschen lassen, nicht wahr?“

George kontrolliert ein letztes Mal den straffen Sitz von Elizabeths Fesseln, dann machte er sich mit einer angedeuteten Verbeugung davon.

„Wo waren wir?“, überlegte Hamilton. „Ach ja. Elizabeths Besuch mit Mr O´Shea. Nun, ich beauftragte Simon Stephens damit, herauszufinden, was Elizabeth und Detective Wood tatsächlich vorhaben. Simons Verhalten gibt mir nämlich seit geraumer Zeit Grund zur Sorge, müssen Sie wissen. Ich war zwar von Anfang an unschlüssig, ob der Junge das Zeug zu einem Arm Kalis hat, doch ich konnte der Versuchung nicht widerstehen, über ihn an Mr Masons Seelenamulett zu gelangen. Und ich muss zugeben, Simon hat sich dann doch als ziemlich vielversprechend herausgestellt. Erst, als er von Mr Masons … Zustand erfuhr, schienen ihn vermehrt Skrupel zu plagen.“

„Sie meinen, sein Gewissen kam zum Vorschein“, grollte Elizabeth.

Hamilton tat den Einwurf mit einem angedeuteten Schulterzucken ab. „Wie auch immer Sie es nennen wollen. Jedenfalls sandte ich ihn aus, in der Hoffnung, dass er die Gelegenheit nutzen und Ihnen von Mr Masons bevorstehendem Schicksal berichten würde, was Sie wiederum dazu veranlassen sollte, unverzüglich hierher zu eilen.“ Er strahlte Elizabeth an und breitete in einer herzlichen Geste die Arme aus. „Und hier sind Sie. Und Mr Mason sprüht vor Energie wie seit Tagen nicht mehr.“ Hamilton umrundete den Bannkreis und ging zu seinem zukünftigen Körper. „Pures Mana, das in diese Hülle fließen und dafür sorgen wird, dass ich dieses Mal nicht ein ganzes Jahr verliere, um wieder einigermaßen zu Kräften zu kommen.“

„Ich bin aber keine verdammte Batterie, Herrgott noch mal!“, donnerte Daniel.

„Nein, mein Junge. Sie sind mein Lebensspender. Dieses Konzept habe ich, genauso wie den Bannkreis, aus dem Hoodoo übernommen, einer magischen Tradition, die indianische mit afrikanischen Elementen miteinander verbindet. Elizabeth, erinnern Sie sich noch, was ich Ihnen bei Ihrem ersten Besuch hier erklärte? Dass es auf die Quintessenz einer jeden Religion ankommt und nicht auf die belanglosen Rituale und Bräuche?" Er erwartete wohl keine Antwort, denn er fuhr unverzüglich fort. „Nun, ich habe in meinem langen Leben die Welt bereist und mich ausführlich mit sämtlichen Religionen und magischen Traditionen befasst. Mit den großen Weltreligionen ebenso wie mit Voodoo und Hoodoo. Mit Santeria und Wicca", er klopfte zwinkernd gegen den Athame-Dolch in seiner Schärpe, „sowie mit den Naturreligionen in Afrika, Australien und Amerika. Ja, sogar mit Satanismus. Und überall habe ich Elemente gefunden, die ich nun in meiner eigenen Magie verwende."

„Das Bühnenbild für Ihre große Show morgen früh wirkt aber doch sehr durch Indien inspiriert, wenn Sie mich fragen", sagte Daniel abfällig. Er stand nur wenige Schritte von Hamilton entfernt und verschränkte nun die Arme vor der Brust.

„Einem einhundertvierundsiebzig Jahre alten Mann werden Sie doch sicherlich ein wenig Sentimentalität nachsehen, mein Junge", lächelte Hamilton. Ehrfürchtig berührte er eine Hand der Kalistatue und sah hinauf in das fratzenartige Gesicht.

„In Indien nahm alles seinen Anfang … Mein Name war damals William Finn. Ich stammte aus Portsmouth und war gerade siebzehn geworden, als ich mich freiwillig zum Militär meldete und in die indischen Kolonien geschickt wurde. Ich war zwar nicht mehr als Kanonenfutter, zum Offizier hätte ich es mit meiner niederen Herkunft niemals bringen können, dennoch war ich mächtig stolz Königin und Vaterland zu dienen. Wäre ich zu Hause in England geblieben, hätte ich vermutlich bis an mein frühes Lebensende über achtzig Stunden pro Woche in irgendeiner dreckigen Werft geschuftet. So aber lernte ich eine fremde, faszinierende Welt kennen.

Nach zwei Jahren in Indien wurde ich in eine Einheit abkommandiert, die auf der Jagd nach der berüchtigten Thuggee-Bande war. In den Augen der Briten waren sie nichts weiter als ruchlose Meuchelmörder, die sich das Vertrauen von Reisenden erschlichen und diese dann erdrosselten und ausraubten. Wir folgten einer Spur bis nach Bengalen, wo wir in einen Hinterhalt gelockt wurden. Unser Trupp bestand aus fünfzehn erfahrenen Soldaten. Die Thuggees waren nur zu dritt und kamen bei

Nacht. Zunächst erwürgten sie die Wache und dann alle meine Kameraden. Sie waren dabei vollkommen lautlos. Der unsichtbare Tod. Mich verschonten sie und brachten mich in ihr Lager, das sich in den Ruinen eines alten Maharaja-Palastes befand. Die Ruinen waren umgeben von einer weitläufigen Ebene, in der man herannahende Feinde schon von Weitem ausmachen konnte.

In meinen zwei Jahren in Indien hatte ich etwas Sanskrit gelernt, und somit verstand ich einige Brocken, wenn sie sich untereinander unterhielten. Zu meinem Entsetzen begriff ich, dass ich ihrer Göttin Kali geopfert werden sollte. Das Schicksal war mir jedoch ein weiteres Mal gnädig gestimmt. An dem Morgen, an dem ich geopfert werden sollte, hörte man dreimal das Heulen eines Schakals.

Die Thuggees deuteten das als Omen. Kali wollte meinen Tod nicht und so beratschlagten sie, was mit mir geschehen sollte. Laufenlassen konnten sie mich nicht, denn ich kannte ja ihr Versteck. Deshalb beschlossen sie, mich zu ihrem Sklaven zu machen.

In Lumpen gehüllt und angekettet wie ein Hund verrichtete ich die niedersten Arbeiten. Während der ersten Wochen hatten die Thugs jeden Tag ihren Spaß mit mir. Sie haben mich getreten und bespuckt, ließen mich kaum schlafen, und wenn ich doch einmal schlief, dann im Dreck. Dennoch war ich dankbar, am Leben zu sein. Flucht kam nicht in Frage, da das Versteck weitab von jeder Straße oder Ortschaft lag und die Pferde streng bewacht wurden.

Nach und nach verbesserte sich aber meine Situation, ja, mit einigen der Thuggees entstand sogar eine Art Freundschaft. Von ihnen lernte ich immer mehr über ihre Struktur, ihre Religion und ihre Traditionen. Ich begriff, dass sie sich gegen das herrschende Kastensystem auflehnten. Für Thuggees waren alle Menschen gleich, deshalb machten sie weder bei ihren Opfern Unterschiede, noch bei ihren Rekrutierungen. Sie nahmen jeden Mann in ihre Reihen auf, der das Zeug dazu hatte und loyal der Bruderschaft gegenüberstand, egal welcher Kaste er angehörte.

Ich fühlte mich von dieser Weltanschauung angesprochen, nein, es war wie eine Offenbarung! Schließlich herrschte auch im Westen eine Kastengesellschaft, auch wenn man es nicht so nannte. Und ich stammte aus der niedersten Schicht, ohne Aussicht auf Aufstieg."

„Dafür gibt es einen Namen", meinte Daniel beißend. „Stockholm-Syndrom. Das lässt sich behandeln."

„Nach hundertfünfzig Jahren wird das auch höchste Zeit", ergänzte Elizabeth.

Hamilton lächelte nur nachsichtig über diese Unterbrechung. „Ihr spiritueller Führer, ihr Acharya, wurde schließlich auf mich aufmerksam und stellte mich unter seinen Schutz. Er erkannte in mir einen Auserwählten Kalis und machte mich zu seinem Schüler. Er unterwies mich in den öffentlichen Zeremonien ebenso wie in den geheimen Ritualen. Anhand von Tieropferungen deuteten wir Kalis Willen, weissagten, wann der Zeitpunkt für einen neuen Raubzug gekommen war und ob er von Erfolg gekrönt sein würde. Und bei Vollmond brachten wir gemeinsam die Menschenopfer dar. Hunderte sind unter meiner Hand gestorben. Inder wie Briten. Vor Kali waren alle gleich.

Acharya war es dann auch, der das Ritual der Wiederkehr das erste Mal an mir vollzog. Ich war an Cholera erkrankt und hätte vermutlich nur noch wenige Tage zu Leben gehabt. Doch Acharya sagte, Kali liebt mich, und mein Leben wöge mehr als das von neun guten Männern.

So wechselte ich das erste Mal meine Gestalt.

Das Ritual war aber noch roh, unausgegoren. Es fehlte nicht viel, und ich hätte mich nicht in dem neuen Körper halten können. Außerdem war es so kräftezehrend, dass es Monate dauerte, bis ich wieder ich selbst war. Ich konnte kaum denken, geschweige denn sprechen. Es war, als müsste ich alles ganz neu lernen. Einige Jahre später half ich dann meinem Lehrer bei seiner eigenen Wiederkehr, doch das Ritual misslang. Seine Seele konnte sich nicht in der neuen Hülle verankern.

So wurde ich zum neuen Acharya.

Es war um 1880, als ich mich entschied, Indien zu verlassen und nach England zurückzukehren, um die Bruderschaft auch in meiner Heimat zu etablieren. Außerdem machte ich es mir zur Aufgabe, das Ritual der Wiederkehr zu perfektionieren, denn mehr als alles andere fürchtete ich, das Schicksal meines alten Meisters zu teilen.

Wenn ich also nicht in London gebraucht wurde, durchstreifte ich die Welt, immer auf der Suche nach neuen Erkenntnissen. Ich machte dabei durchaus Fortschritte, vor allem während meiner Zeit in Mittelamerika und in den Südstaaten der USA. Nirgends auf der Welt fand ich so inspirierende Einflüsse dunkler Magie."

Er deutete ein Schulterzucken an. „Auch wenn ich mich mit den christlich geprägten Bräuchen im Voodoo, Hoodoo und der Santeria nie so richtig anfreunden konnte, dafür ist meine Verehrung für Kali zu sehr in mir verwurzelt.

Dank meiner … Forschungsreisen verfügte ich bei meinen beiden vorherigen Reinkarnationen über das Wissen mächtiger Schwarzmagier und Priester, und bei meiner letzten Wiederkehr sogar über die legendäre Bhowanee-Dolche, die, wie Ihnen ja bekannt ist, im British Museum aufbewahrt worden waren. Und dennoch waren diese Reinkarnationen beinahe ebenso riskant und kräftezehrend wie die erste." Er strahlte Daniel an, als sei er die Lösung all seiner Probleme. „Aber nicht dieses Mal. Endlich ist das Ritual perfekt. Das Amulett wird dafür sorgen, dass ich mich problemlos in der neuen Hülle halten kann, und Sie, mein Junge, werden dafür sorgen, dass ich mich umgehend regenerieren und vor Kraft nur so strotzen werde."

„Sie geisteskranker Mistkerl!", explodierte Elizabeth. Sie zog und zerrte an den Fesseln. „Wie können Sie Danny auslöschen, nur um ein paar Monate Regenerationszeit zu überspringen! Das steht doch in keinem Verhältnis! Das ist Wahnsinn! Dazu haben Sie kein Recht!"

„Kein Recht?", fragte Hamilton, als hätte er sich verhört. „Ich stehe in Kalis Gunst und erfülle ihren Willen. Es steht mir zu, mir zu nehmen, was immer ich brauche, um meine Aufgabe zu erfüllen."

„Sie glauben tatsächlich, dass Sie über allen anderen Menschen stehen, oder?" Daniels Stimme war erstaunlich ruhig. Er sah Hamilton an, als betrachtete er ein ekliges, doch seltsam faszinierendes Insekt. „Was gelten schon neun Menschenleben, oder achtzehn, oder siebenundzwanzig? Was gelten hundert Leben? Was gilt meine Existenz, solange sie nur weiterleben können?"

„Weiterleben, um die Tradition der Bruderschaft fortzuführen", sagte Hamilton, als würde das den großen Unterschied ausmachen. „Einige Traditionen kann man getrost im Laufe der Zeit ablegen, denn sie erfüllen keinen Zweck. Nehmen wir zum Beispiel das vorherige Strangulieren der neun Opfer für das Ritual der Wiederkehr. Darauf verzichten wir nun, denn es erinnerte lediglich an die Wurzeln der Bruderschaft, hatte aber keinerlei Auswirkung auf das Ritual an sich und war deshalb unnötig riskant. Doch gewisse Traditionen müssen bewahrt werden, um das Gleichgewicht zu erhalten und die Ordnung zu wahren! Dazu bin ich auserwählt, daran besteht kein Zweifel. Warum sonst hätte ich es wohl schon dreimal geschafft mich in einem neuen Körper zu reinkarnieren, ohne, dass mich jemand aufgehalten hätte. Warum sind mir das Amulett und Sie, mein Junge, praktisch zugeflogen, als es Zeit für die nächste Wiederkehr wurde? Wissen Sie eigentlich, wie gering die Chancen stehen, dass ich ein mächtiges Seelenamulett finde, und dass sein Träger dann nach seinem Tod nicht direkt ins Licht geht, sondern vor meinen Augen als Geist umherstreift?" Er nickte bekräftigend, in seinen Augen lag ein fanatisches Glühen. „Ich bin begünstigt."

„Sie haben über einhundertsiebzig Jahre gelebt", versuchte Elizabeth es nun mit Vernunft. Sie zitterte, doch sie bemühte sich ebenfalls um Ruhe. Vielleicht lag unter der verkrusteten Schicht aus Irrsinn und Verblendung ja doch noch ein letzter Rest von Menschlichkeit begraben. „Sie hatten ein langes, erfülltes Leben, Sir Thomas. Länger als sonst irgendjemand. Werden Sie es denn gar nicht müde, sich abzustrampeln und jeden um sich herum zu verlieren? All die Freunde und Verbündeten, die Sie kommen und gehen sahen. All das Blutvergießen, die Kriege und Katastrophen, die Sie durchlebten. Ein langes Leben ist nicht immer auch ein gutes. Es wird Zeit, endlich etwas Ruhe und Frieden an einem besseren Ort zu finden. Warum übergeben Sie das Zepter nicht an die nächste Generation? Sollen doch Ihre Schüler die Tradition fortführen und sie weitergeben."

„Letztendlich gehört es doch zum Menschsein, dem Tod ins Auge zu blicken", nahm Daniel eilends ihren Faden auf. „Es macht uns erst zu Menschen. Nur das Wissen darum, dass unsere Zeit auf Erden begrenzt ist, macht das Leben so wertvoll."

„Ersparen Sie mir das", unterbrach ihn Hamilton mit erhobener Hand. „Jeder Sterbende wünscht sich mehr Zeit. Einen Tag, ein Jahr, ein Jahrzehnt. Ich bin mir sicher, Mr Mason, Sie wissen genau, wovon ich spreche, nicht wahr? Und jeder wäre bereit, beinahe alles dafür tun. Doch nur den wenigsten wird ein Weg aufgezeigt, das Unvermeidliche hinauszuzögern." Er legte den Kopf auf die Seite und sah Daniel abschätzig an. „Und außerdem, Mr Mason, sind Sie nun wirklich nicht der Richtige, um mir etwas darüber zu erzählen, was es bedeutet, dem Tod ins Auge zu blicken, finden sie nicht?"

„Das ist doch etwas völlig anderes!"

„Natürlich ist es das. Und was Ihren besseren Ort angeht, Elizabeth", er kam wieder zu ihr herüber und stellte sich dicht vor sie. Zu dicht für ihren Geschmack. „So ziemlich jede Glaubensrichtung ist sich darüber einig, dass Taten wie ich sie auf dem Gewissen habe, nicht unbedingt die Fahrkarte an einen besseren Ort sind. Egal, ob Sie nun an Karma oder an eine Hölle glauben. Und ich habe weder vor, meine Zukunft als Ameise zu verbringen, noch die Ewigkeit im Höllenfeuer zu schmoren."

„Ihr Vertrauen in Ihre Göttin scheint ja in der Tat grenzenlos zu sein", bemerkte Daniel sarkastisch.

Hamilton lächelte ihn ungerührt an. „Ich gehe nur kein Risiko ein, mein Junge. Das ist alles."

„Dann vollziehen Sie eben das Ritual", sagte Elizabeth. „Aber lassen Sie Danny gehen. Sehen Sie ihn an. Er ist ein guter Mann. Sie kennen und schätzen ihn. Dieses Schicksal hat er nicht verdient! Ich tue auch alles, was sie von mir verlangen." Sie senkte den Blick. „Alles!"

„Das werden Sie sowieso, meine Liebe", erwiderte Hamilton, Daniels gequältes „Liz! Nicht!", ignorierend. „Ich habe dafür so meine Methoden, seien Sie sich dessen gewiss." Er pflückte über Elizabeths Schulter hinweg eine Orchideenblüte und steckte sie in ihr Haar. Zufrieden betrachtete er sein Werk und strich mit den Knöcheln seiner Finger über ihre Wange.

Elizabeth verzog angeekelt den Mund und drehte den Kopf zur Seite.

„Keine Sorge, nicht dieser welke alte Mann hier wird sich Ihrer annehmen, sondern mein Neffe." Er deutete mit einem Nicken auf den unter der Statue liegenden Mann. „Wie Mr Mason neulich so treffend feststellte: eine ausgesprochen gute Partie. Er ist der Erbe meines gesamten Vermögens. Natürlich ist er nicht wirklich mein Neffe, aber für die Welt wird er es ab morgen sein." Genießerisch roch er an Elizabeths Kehle. „Ach, es geht doch nichts über den Duft einer hübschen Frau in der Blüte ihres Lebens. So eine Frau zu besitzen, ihren Willen zu brechen …" Er befeuchtete seine Lippen. „Oh, wenn ich nur daran denke, was ich in einem jungen, starken Körper alles mit Ihnen anstellen kann. Wir beide werden eine Menge Spaß haben, Elizabeth."

„Wenn Sie Danny nicht gehen lassen, werden Sie nur über meine Leiche auch nur einen Finger an meinen Körper legen!", schwor Elizabeth mit zusammengebissenen Zähnen.

„Wie gesagt, ich verfüge über Mittel und Wege, um Sie gefügig zu machen. Ich könnte Ihnen zum Beispiel die Erinnerung nehmen. Sie würden sich dann weder an Mr Mason, noch an irgendetwas, was hier passiert ist, erinnern." Er schüttelte den Kopf und machte eine wegwerfende Handbewegung. „Nein, ich denke, das wäre zu einfach. Wo bleibt denn da der Sportsgeist, frage ich Sie? Aber …“ Er lehnte sich noch näher an sie heran. „Ich kann er für Sie sein, wenn Sie das möchten.“

Ihr entsetzter Blick flackerte zu Daniel, der seine Hände erneut gegen die Abgrenzung des Bannkreises stemmte und sie in hilfloser Verzweiflung beobachtete.

„Durch das Ritual wird nämlich nicht nur seine Lebensenergie auf mich übergehen“, fuhr Hamilton fort, „sondern damit auch ein Großteil seiner Erinnerungen. Ich werde so gut wie alles wissen, was er weiß. Kosenamen zum Beispiel …“ Seine faltige Hand strich ihren Hals hinab zu ihrem Brustansatz, und ein gieriger Ausdruck trat in seine Augen. „Oder wie Sie gerne berührt werden.“

„Niemals“, keuchte Elizabeth. „Ich würde es wissen.“

„Wir werden sehen“, lächelte Hamilton, die Blüte in ihrem Haar zurecht rückend. „Falls es mir mit Ihnen keine Freude bereiten sollte, werde ich mir eben etwas anderes für Sie einfallen lassen müssen. Ich könnte mir zum Beispiel vorstellen, dass Sie eine ganz bezaubernde Sati abgeben würden. Von tiefer Trauer um Ihren Liebsten gebeutelt, freiwillig bereit, sich den Flammen des Scheiterhaufens zu opfern. Nun, mehr oder weniger freiwillig …“

Mit geweiteten Augen starrte Elizabeth in Hamiltons anzüglich lächelndes Gesicht, während hinter ihm Daniel seine ohnmächtige Wut hinausschrie.

„Natürlich würde die Witwenverbrennung in Ihrem Fall nicht ganz dem Brauch entsprechen“, räumte Hamilton schulterzuckend ein. „Schließlich sind Sie weder mit Mr Mason verheiratet, noch werden Sie den Scheiterhaufen in der Hoffnung besteigen, mit ihm nach Ihrem Tod vereint zu sein. Dennoch, ich finde Sati ist eine Tradition, die hierzulande nicht ausreichend gewürdigt wird.“

Elizabeth schluckte, dann sagte sie mit fester Stimme: „Ich steige tausendmal lieber auf einen Scheiterhaufen als Ihre willenlose Sklavin zu werden.“

Hamilton betrachtete sie einen Moment amüsiert, ehe er sich umdrehte und sagte: „Ich denke, es wird Zeit, dass ich mich wieder meinen Gästen widme. Wir sehen uns dann vor Morgengrauen. Genießen Sie diese wundervolle Nacht.“ Er nickte Daniel kurz zu, dann tauchte er ins Pflanzendickicht ein und verschwand.

12

„Du hattest recht“, murmelte Elizabeth, sobald sich die Tür hinter Hamilton geschlossen hatte. Ungelenk rutschte sie an der Säule entlang hinunter in eine sitzende Position. Erneut versuchte sie sich zu befreien, doch George verstand es offensichtlich einen Knoten zu binden. In Sachen *Entfesselung* war Harry Houdini ihr eindeutig überlegen.

„Womit?“, knurrte Daniel. Er beruhigte sich nur langsam wieder. Einem eingesperrten Raubtier gleich lief er mit geballten Fäusten im Bannkreis auf und ab.

„Er ist wie ein Filmbösewicht, der vor den Gefangenen seinen Plan und seine Lebensgeschichte ausrollt.“ Sie zog die Beine an und versuchte sich klein zu machen, um möglichst wenig Körperwärme zu verlieren. Das Glashaus schien zwar beheizt zu sein, aber ihre Schuhe und die Hose waren noch immer klamm, und sie hatte das Gefühl, dass sich die Kälte in ihre Knochen fraß.

„Ja“, schnaubte Daniel. „Nur dass in diesem Film die Gefangenen wohl nicht in letzter Minute vor ihrem grausamen Schicksal gerettet werden.“ Er ließ sich ihr zugewandt auf dem Boden nieder und blickte hinauf in den Nachthimmel. Der Vollmond stand nun so hoch, dass er direkt durch die Scheiben der Kuppel schien und die ganze Szenerie - Daniel, die grausige Kalistatue, den regungslosen Mann zu ihren Füßen und den kleinen Urwald um sie herum - fast taghell erleuchtete. „Nie hätte ich gedacht, dass ich mal jung sterbe“, sagte er leise. „Ich war mir sicher alt zu werden. Steinalt! Und dass ich in meinem Leben etwas erreichen, der Welt etwas hinterlassen werde. Irgendetwas, auf das ich stolz sein kann.“

„Aber das hast du doch, Danny! Du hast die Welt um so viel besser gemacht.“

„Weißt du, was die wirkliche Ironie an der Sache ist?“, fuhr er fort, ohne auf Elizabeths Einwand einzugehen. „Ich hatte nie an ein Leben nach dem Tod geglaubt. Ich dachte, wenn wir sterben, bleibt nichts zurück, außer der Erinnerung an uns. Ich glaubte, dass kein Reiseziel vor uns liegt, sondern dass es einzig um die Reise an sich geht, verstehst du? Und deshalb müssten wir aus unserem Leben das Beste machen, jeden

Tag aufs Neue, weil es alles ist, was wir haben. Kannst du dir vorstellen, wie überrascht ich war, als ich feststellte, wie falsch ich lag?" Er sah wieder hinauf in die Kuppel. „Und jetzt wird Hamilton dafür sorgen, dass ich am Ende doch noch recht behalte. Nach einer viel zu kurzen Reise wird nichts außer Erinnerungen von mir zurückbleiben."

„Tu das nicht", bat Elizabeth. „Es gibt immer Hoffnung." Sie machte eine kurze Pause und lächelte ihn an. „Das habe ich von dir gelernt."

„Im Moment fällt es mir wirklich schwer, irgendetwas positiv zu sehen", erwiderte Daniel. „Obwohl ..." Er lachte traurig und schüttelte leicht den Kopf. „Auch wenn ich dich eigentlich meilenweit weg und in Sicherheit wünsche, so bin ich im Grunde meines Herzens doch froh und dankbar, dass ich meine letzten Stunden mit dir verbringen darf." Er legte seine Hand an die Barriere. Silberne Funken umspielten seine Finger. „Ganz schön egoistisch, ich weiß."

„Nein, ist es nicht", flüsterte Elizabeth. „Und es sind nicht deine letzten Stunden, hörst du? Das darfst du nicht mal denken. Da sind Tony und Riley. Und Simon! Vielleicht gelingt es ihm ja heraufzukommen und mich zu befreien. Und dann werde ich diesen Bannkreis zerstören, und wenn ich dazu das ganze verdammte Glashaus abfackeln muss!"

„Nach Simons Verrat werden sie ihn kaum aus den Augen lassen", gab Daniel zu bedenken. „Hamilton braucht ihn zwar für das Ritual, aber danach werden sie ihn ohne Zweifel hart bestrafen."

„Okay, aber da ist noch immer Tony. Er weiß, wo ich bin und er wird mir folgen, wenn er bis Mitternacht nichts von mir gehört hat. Mein Handy hatte vorhin keinen Empfang, also wird er bestimmt schon auf dem Weg sein."

Ein kleiner Teil von ihr wusste, dass die Sache einen entscheidenden Haken hatte: Was, wenn ihr Handy wieder ein Signal gefunden und ihre SMS Wood somit doch erreicht hatte? Dann musste er davon ausgehen, dass sie schon nicht mehr am Leben war und sein Erscheinen auf Camley Hall somit zwecklos. Aber das sagte sie Daniel nicht. Sie gestand es nicht einmal sich selbst ein.

„Sie werden jetzt doppelt so wachsam sein", meinte Daniel indes. „Falls Tony sich nicht auch unsichtbar machen kann, wird er hier nicht reinkommen. Und ich hoffe wirklich, dass er Riley nicht noch tiefer reinreitet. Was hattest du eigentlich heute Mittag mit dem Kleinen hier zu suchen?"

„Wir sind dahintergekommen, dass Hamilton über die Stipendien für seine Privatschulen neue Mitglieder rekrutiert. Tony hatte die Idee, Riley in eine der Privatschulen einzuschleusen."

„Brillanter Plan", sagte Daniel bissig. „Bringen wir doch einen sechzehnjährigen Jungen mitten in die Schusslinie."

„Ich war von der Idee auch nicht gerade begeistert, das kannst du mir glauben!"

„Und wie seid ihr auf Hamilton gekommen?"

„Er hat die Inschrift auf dem Dolch und Amulett falsch übersetzt. Meine Nachbarin Shari hat uns zufällig die korrekte Übersetzung geliefert. Auf dem Dolch ist von Freundes Blut die Rede, nicht Feindes Blut."

„Na, das macht doch gleich viel mehr Sinn."

„Tony hat übrigens auch herausgefunden, wer Mr Nadelstreifen ist. DAC Stanley Gilbertson."

Überrascht neigte Daniel den Kopf zur Seite. „Über den hatten wir doch erst neulich gesprochen." Er überlegte einen Moment. „Im Zusammenhang mit deinem Artikel. Er war auf einer von Hamiltons Privatschulen, genauso wie Sam Jeffreys."

„Und Dr. Mortimer, genau." Elizabeth verzog das Gesicht. „Tja, wenn du da gewesen wärst, hätte es wohl nicht so lange gedauert, bis wir die Verbindung zu Hamilton und den Privatschulen hergestellt hätten. Ich brauchte dazu zwei Tage und ein Boxtraining!" Bei ihrer letzten Bemerkung kräuselte Daniel zwar irritiert die Stirn, aber er fragte nicht nach. „Ach ja, Tony und Susan sind jetzt wieder zusammen", wechselte Elizabeth das Thema. „Tony meinte, ihm sei durch uns klar geworden, wie kostbar ihre gemeinsame Zeit ist."

„Das ist ja toll", lächelte Daniel eher halbherzig. „Hoffentlich steht ihre Liebe unter einem glücklicheren Stern als unsere." Er seufzte und ließ den Kopf hängen. „Aber vielleicht sind ja auch nur wir beide verflucht."

„Wir sind doch nicht verflucht!"

„Wirklich nicht? Wann immer ich glaube, jetzt hätten wir es geschafft, kommt es nur noch dicker. Als ob wir uns anstrengen können, wie wir wollten, aber gewinnen können wir nie. Wie Hamster in einem Hamsterrad!" Er verbarg sein Gesicht den Händen. „Gott, wenn ich nur daran denke, was Hamilton mit dir vorhat, wird mir übel."

„Wir sind nicht verflucht", beharrte Elizabeth.

„Ich hasse es ein Spielball zu sein", grollte Daniel. „Egal wer nun der

Spieler ist. Sir Thomas oder Gott oder die Vorsehung. Ich hasse es die Regeln nicht zu kennen. Ich hasse es machtlos zu sein und nicht eingreifen zu können.“ Er stand auf und ging wieder auf und ab. „Dieses Gefühl des Ausgeliefertseins treibt mich in den Wahnsinn. Und es betrifft nicht mal mehr nur mich.“ In seinem Blick lagen zu gleichen Teilen Zorn und Trauer, als er sich umwandte und Elizabeth ansah. „Warum musstest du damals nur in den Club kommen, Liz?“

Elizabeth wich das Blut aus dem Gesicht. „Du bereust mir begegnet zu sein?“, hauchte sie. Die Worte rollten wie ein Bulldozer über sie hinweg. „Weil du ohne mich nicht in dieser Situation wärst, nicht wahr?“ Ihre Stimme klang hohl und flach. „Weil du dann schon längst ins Licht gegangen und somit vor Hamilton in Sicherheit wärst.“

„Was? Nein! Baby, so meinte ich das doch nicht!“ Schockiert riss er die Augen auf und hob ein Hand an die Barriere. „Ich bereue so einiges, aber das ganz gewiss nicht. Wenn du nicht wärst, hätte Hamilton mich bereits seit Wochen in seiner Gewalt, schon vergessen?“ Sein Blick wurde warm und unendlich zärtlich. „Wärst du mir nicht begegnet, wäre ich von dieser Welt verschwunden, ohne zu erfahren, was es heißt wirklich und wahrhaftig zu lieben. Kompromisslos und so leidenschaftlich und ungezähmt, dass es das Universum aus den Angeln hebt. Ich wäre gegangen, ohne das Wunder erlebt zu haben, wenn die eigene Liebe in gleicher Weise erwidert wird. Liz, allein dafür wäre ich mit Freuden gestorben.“ Er schüttelte den Kopf. „Aber wenn wir uns nicht begegnet wären, wärst du jetzt in Sicherheit, und ein langes, glückliches Leben läge vor dir. Du hättest nie etwas von den Thuggees gehört. Und irgendwann würdest du dich in einen guten Mann verlieben und eine Familie gründen. Das ist die Zukunft, die ich mir für dich gewünscht hätte, die dir aber in dem Moment genommen wurde, als du den Club betratst.“

Elizabeth kämpfte die aufsteigenden Tränen zurück. Er sollte sie nicht weinen sehen. Nicht heute Nacht. „Selbst wenn ich die Wahl hätte, würde ich immer ein ganzes Leben ohne dich gegen drei Wochen mit dir eintauschen, Danny. Bevor ich dich kannte, habe ich mich im Großen und Ganzen durchs Leben geschlängelt, immer darauf bedacht nirgends anzuecken. Alles, was ich hatte, waren ein paar berufliche Ambitionen, aber selbst für die war ich nie entschlossen genug und konnte mich nur selten durchsetzen. Ich habe mich nie wirklich für etwas eingesetzt, geschweige denn für etwas gekämpft. Bis du in mein Leben tratst.

Du hast mich gelehrt, an das Glück und die Hoffnung zu glauben. Und auf einmal ist da etwas, für das es sich zu kämpfen lohnt, für das es sich lohnt Opfer zu bringen und alles zu riskieren. Nur wegen dir bin ich jetzt so stark und unerschrocken wie nie zuvor in meinem Leben. Und weißt du was? Ich bin verdammt stolz darauf! Sag also bitte niemals wieder, du wünschst dir, wir wären uns nie begegnet. Das nehme ich nämlich ziemlich persönlich, Detective!"

Da war es plötzlich und ihr Herz machte einen kleinen Sprung. Eine Spur seines umwerfenden breiten Grinsens, von dem sie schon befürchtet hatte, es heute Nacht nicht mehr zu sehen, zeigte sich auf seinem Gesicht. Und auch wenn es seine Melancholie nicht gänzlich zu vertreiben vermochte, so schien es doch das Licht des Vollmonds zu überstrahlen und das gesamte Glashaus zu erhellen.

Mit aller Kraft zerrte sie erneut an ihren Fesseln, denn das rastlose Verlangen die wenigen Meter, die sie voneinander trennten, zu überbrücken, schmerzte sie nun fast körperlich.

„So etwas Dummes werde ich ganz gewiss nicht mehr sagen", versprach er. „Aber du warst auch vorher schon stark und unerschrocken, Liz. Sonst wärst du doch damals überhaupt nicht in den Club gekommen."

„Nein", keuchte sie, während sie ihre Arme verdrehte und die Muskeln anspannte. „Das ist nur ein weiterer Beweis dafür, dass unser Aufeinandertreffen Fügung war, denn so etwas hatte ich noch niemals zuvor getan. Alleine in einen Club zu gehen, um einem fremden und obendrein ziemlich unverschämten Detective Informationen zu entlocken - bei der bloßen Idee hätte ich schon kalte Füße bekommen!" Daniels Grinsen wurde etwas breiter, deshalb legte sie noch einmal nach. „Und dann die Aktion mit Sam Jeffreys. Wie oft wollte ich dieser Ratte schon die Meinung sagen, aber erst deine Gegenwart hat mir die Kraft dazu verliehen. Und vom Pokerclub will ich gar nicht erst anfangen."

„Du stellst dein Licht unter einen Scheffel, Liz."

„Tu ich nicht. Denkst du, ich hätte mich früher mit Tony angelegt? Oder hätte Clark und Stokes die Stirn geboten? Himmel, bis vor drei Wochen hat noch nie jemand zu mir gesagt, ich sei ein Dickkopf und jetzt höre ich das ständig!"

„Und darauf bist du auch noch stolz?", schmunzelte Daniel.

„Ziemlich, ja!" Mit einem frustrierten Seufzen entspannte sie ihre schmerzenden Arme und Schultern. Wie hatte George das nur gemacht?

Das war doch bloß ein dummes Halstuch, wie konnte das so bombenfest sitzen?

„Dreh dich mal um“, sagte Daniel und wedelte mit dem Zeigefinger im Uhrzeigersinn.

„Was?“

„Dreh dich um, damit ich mir den Knoten ansehen kann.“

„Oh.“ Umständlich rutschte sie um die Säule herum, bis sie mit dem Rücken zu Daniel saß. „Und?“

„Ich kann ihn in diesem Licht nur schwer erkennen“, sagte er schließlich. „Aber er sieht kompliziert aus. Kannst du dein linkes Handgelenk soweit abknicken, dass deine Finger den Knoten berühren?“ Sie versuchte es, doch es gelang ihr nicht. „Dreh das linke Handgelenk nach innen und versuch es mit den Fingern der rechten Hand“, forderte Daniel sie daraufhin auf.

Auf diese Art konnte ihr rechter Mittelfinger die Fessel erreichen und sogar etwas bewegen, aber lockern ließ sich das zusammengedrehte Tuch dennoch nicht. Ihre linke Schulter fühlte sich mittlerweile an, als wäre sie ausgekugelt, trotzdem folgte sie weiterhin Daniels Anweisungen.

„Wenn du den Finger unter die Fessel schieben könntest …“, überlegte Daniel gerade, als sie Schritte hörten. Hastig schob sich Elizabeth auf die andere Seite der Säule, sodass sie wieder Daniel zugewandt war.

Sie erkannte die schnarrende Stimme, noch bevor der Neuankömmling unter die Kuppel trat und sie sein Gesicht sehen konnte. „Wenn man vom Teufel spricht“, stöhnte sie leise.

„Es ist also tatsächlich wahr!“, sagte Sam Jeffreys zu dem blonden Mann mit dem sonnengegerbten Gesicht, dem er vorhin im Salon gegenübergesessen hatte. „Acharya hält Daniel Masons Geist gefangen.“ Beide traten an den Bannkreis heran und bestaunten Daniel wie ein exotisches Ausstellungsstück. Elizabeth übersahen sie völlig.

„Ein leibhaftiger Geist … Aber eigentlich sieht er aus wie ein ganz normaler Mensch“, stellte Jeffreys Begleiter enttäuscht fest. Er studierte Daniel mit der gleichen Faszination, mit der ein Juwelier einen lupenreinen Diamanten betrachten würde. „Sein Hemd und seine Haut leuchten ein bisschen, aber sonst … Er ist überhaupt nicht gruselig.“ Er streckte die Hand aus, als wollte er Daniel berühren, doch dann überlegte er es sich anders und legte sie stattdessen an seine eigene Brust.

Daniel hob zynisch eine Augenbraue. „Na, Sam. Wie läuft es in der

Redaktion? Riecht es noch verschmort?“

„Du warst das, oder? Du Schweinehund hast die Redaktion sabotiert und mich ein Vermögen gekostet!“

Als Antwort schenkte Daniel ihm ein breites und äußerst unverschämtes Grinsen.

„Tja.“ Jeffreys hob das Kinn und strich sich mit einer Hand über die perfekt sitzenden schwarzen Haare. „Sieht so aus, als hätten wir in Zukunft keine weiteren Probleme mit unerklärlichen Überspannungen. Ein Jammer, dass ich der Zeremonie nicht beiwohnen darf. Ich würde zu gerne dabei zusehen, wie du … naja, verpuffst.“ Zur Veranschaulichung stellte er mit seinen Händen eine kleine Explosion dar.

Elizabeth entfuhr ein wütendes Keuchen und die beiden Männer drehten sich zu ihr um.

„Oh“, sagte Jeffreys überrascht. „Wen haben wir denn da? Oxfords Antwort auf eine nie gestellte Frage. Bruce“, richtete er sich an seinen Begleiter. „Darf ich dir Elizabeth Parker vorstellen, eine ehemalige Mitarbeiterin, von der ich mich kürzlich trennen musste. Ein allzu großer Verlust ist sie allerdings nicht.“

„Der Star hinterlässt bei mir auch keine große Lücke“, erklärte Elizabeth kühl. Sie zog ihre Beine unter sich und erhob sich so graziös wie möglich. Sie wollte nicht, dass Jeffreys über ihr stand und auf sie hinabsah.

„Hat sie auch etwas mit der Zeremonie zu tun?“, fragte Bruce. Er sah sie nur kurz an, dann wurde sein Blick wieder von Daniel angezogen.

„Nein, ich glaube, sie hat eher etwas mit ihm zu tun“, entgegnete Jeffreys mit einem Nicken in Daniels Richtung. Er schob die Hände in die Hosentaschen und blickte zwischen Elizabeth und Daniel hin und her. „Oh, jetzt verstehe ich!“, rief er und wippte dabei auf den Fußballen. „Er kam mit Ihnen in die Redaktion und war Zeuge unserer Unterhaltung. Die Überspannungen waren die Revanche für den Artikel und für Ihren Rauswurf.“

„Apropos Artikel“, sagte Daniel frostig. „Mich würde doch sehr interessieren, woher eigentlich die Information mit den Spielschulden stammte.“

Jeffreys zuckte mit den Achseln. „Einer deiner Pokerfreunde gehört der Bruderschaft an und hat mir davon berichtet. Diese Sache kam Stan Gilberts auch mehr als gelegen. Sie machte es ihm um so vieles leichter, deine Kollegen auf eine falsche Fährte zu setzen.“

„Und was ist mit den Frauengeschichten und den Drogen?"

„Die Frauengeschichten kursierten wohl im Pokerclub und das mit den Drogen, nun, sagen wir, das war eine journalistische Freiheit."

„Investigativen Journalismus kann man vom Star ja auch kaum erwarten."

„Hey, Sam", meldete sich Elizabeth mit einem überlegenen Lächeln. „Verraten Sie uns, was Ihre Prüfung war, als Sie damals ein Thuggee wurden? Mussten Sie Lügen über Ihre Freunde verbreiten und damit deren Leben ruinieren?" Die Mischung aus Angst und Respekt, die sie ihrem Chef früher entgegengebracht hatte, war vollkommen verschwunden. Die einzigen Emotionen, die dieser Mann in ihr hervorrief, waren Wut und Verachtung. Jeffreys ließ sich indes zu keiner Antwort hinreißen, sondern tauschte nur einen kurzen, unbehaglichen Blick mit Bruce. „Wissen Sie eigentlich, dass ich Ihnen zu ehrlichem Dank verpflichtet bin?", fuhr Elizabeth fort, woraufhin ihr ehemaliger Chef verständnislos die Stirn kräuselte. „Sie haben Danny und mich praktisch zusammengebracht. Nur weil sie so ein gewissenloser Mistkerl sind, stand ich an jenem Abend vor der Tür der Carmichaels und bin ihm begegnet."

„Und ich hatte dank Ihnen einen Ort, um überschüssige Energie in sinnvoller Art und Weise loszuwerden", ergänzte Daniel und deutete nun seinerseits mit den Händen eine Explosion an.

Jeffreys schnaubte geringschätzig. „Ich bin gespannt, ob Sie beide morgen früh auch noch gut lachen haben!" Seine Mundwinkel verzogen sich zu einem gehässigen Grinsen. „Was muss das für ein Gefühl sein, wenn man weiß, dass einem in wenigen Stunden das Licht ausgepustet wird und man nicht das Geringste dagegen tun kann? War nett, Sie noch mal persönlich getroffen zu haben, Mr Mason. Und Sie Elizabeth, nun, ich bin mir sicher, wir sehen uns noch." Mit einem kleinen Wink gab er seinem Begleiter zu verstehen, dass es Zeit war zu gehen.

13

Der Mond jagte förmlich über das Firmament. Er schien bereits durch die trüben Scheiben der westlichen Wand, als in Elizabeth die ersten Zweifel keimten, ob es tatsächlich noch eine Rettung für Daniel und sie geben würde. Nach Sam Jeffreys und seinem Freund war niemand mehr ins Glashaus gekommen und langsam wurde die Zeit knapp.

Schon vor einer Weile hatte sie den Versuch ihre Fesseln zu lösen aufgegeben. Der Knoten war schlicht zu kompliziert. Eine Befreiung aus eigener Kraft schied damit also aus.

Elizabeth fragte sich zum tausendsten Mal, ob Wood die SMS erhalten hatte oder nicht. Hatte er sich auf den Weg nach Camley Hall gemacht? Durfte sie darauf hoffen, dass er noch immer nach einem geeigneten Weg ins Glashaus suchte und er nur deshalb noch nicht hier war, weil er mit Vorsicht und Bedacht vorging, so wie er es gesagt hatte? Sie würden es doch mitbekommen, wenn man ihn geschnappt hätte, denn sicherlich würde sich Hamilton auch in diesem Sieg sonnen …

„Die Hoffnung ist das Federding", murmelte sie, mehr zu sich selbst.

„Was?" Daniel blieb stehen und sah sie an. Während der letzten Minuten war er ruhelos mit hinter dem Kopf verschränkten Händen auf und ab gegangen.

„Emily Dickinson", erklärte Elizabeth. Leise rezitierte sie die erste Strophe des Gedichts. „Die Hoffnung ist das Federding, das in der Seel´ sich birgt, und Weisen ohne Worte singt, und niemals müde wird."

„Das ist nett." Daniel begann wieder seine Runden zu ziehen. „Vielleicht hätte ich mich doch etwas mit Literatur und Lyrik beschäftigen sollen … Und mit so vielem mehr."

„Solltest du auf den Geschmack kommen, ich habe jede Menge davon zu Hause."

„Liz", sagte Daniel etwas später. Seine Augen waren weit und bittend. „Du musst etwas für mich tun. Wenn das morgen alles vorbei ist, gib vor zu kooperieren. Spiel die Gefügige und wiege Hamilton in Sicherheit. Gib ihm keinen Grund seine Drohungen wahr zu machen. Er wird bestimmt eine Menge um die Ohren haben mit all seinen Gästen und der

Party. Er wird nicht viel Zeit für dich haben. Vielleicht bietet sich dir dann eine Gelegenheit zur Flucht.“ Sein Ton wurde noch dringlicher. „Und dann musst du London sofort verlassen, nein, du musst England verlassen. Der Kult hat hier überall seine Leute. In England wärst du deshalb nie in Sicherheit.“

„Wenn das morgen alles vorbei ist, werden wir beide zusammen nach Hause gehen und ich werde anfangen, das Material für die Presse und die Polizei zusammenzustellen“, erwiderte Elizabeth trotzig. „Damit das Treiben dieser Irren endlich an die Öffentlichkeit kommt und ihnen Einhalt geboten wird!“

„Liz“, seufzte Daniel. „Deinen Optimismus in allen Ehren, aber sieh endlich den Tatsachen ins Auge. Es wird kein Wunder mehr geschehen. Deine einzige Chance besteht darin so zu tun, als ob Hamilton deinen Widerstand gebrochen hätte und dann die erstbeste Fluchtgelegenheit zu nutzen. Bitte, versprich mir, dass du es zumindest versuchen wirst.“

Elizabeth verdrehte die Augen. „Du übersiehst da was, Danny. Sollte es wirklich soweit kommen, dann wird Hamilton deine Erinnerung besitzen. Und die schließt diese Unterhaltung mit ein.“

Mit einem frustrierten Stöhnen warf Daniel die Hände in die Luft. „Gott, es kann doch nicht auf diese Weise enden!“

„Wird es auch nicht“, sagte Elizabeth. „Ich glaube noch immer an Rettung. Ganz fest.“ So zweifelnd, wie Daniel sie ansah, hörte er deutlich heraus, dass sie sich lediglich selbst zu überzeugen versuchte. „Und falls Hamilton das Ritual doch wie geplant durchzieht, verspreche ich dir drei Dinge, Danny.“ Jetzt war ihr Ton durch und durch aufrichtig, denn sie meinte jedes Wort so, wie sie es sagte. „Hamilton wird weder einen Finger an mich legen, noch werde ich auf einem verdammten Scheiterhaufen landen. Beides werde ich auf jeden Fall zu verhindern wissen. Und am Wichtigsten: Du wirst immer, und ich meine immer, in meinem Herzen und meiner Seele weiterleben. Und zwar als ein fester Teil von mir, nicht nur als Erinnerung. Deshalb wirst du auch nie aufhören zu existieren!“

„Mein Engel“, lächelte Daniel leise und legte die Hand wieder an die Barriere. Eine Weile sahen sie sich schweigend an, dann krümmten sich seine Finger zur Faust. „Wie konnte Hamilton uns nur so täuschen. Ich dachte immer, ich hätte Menschenkenntnis.“ Seufzend ließ er sich nieder.

„Denkst du, Hamilton war schon immer ein Medium oder ist das eine Nebenerscheinung der Seelenwanderung?“

„Es kam mit dem Körperwechsel. Es ist wohl so, dass eine Seele nie so fest mit dem neuen Körper verbunden ist wie mit dem natürlichen. Deshalb ist ein Seelenwanderer Geistern näher als es normale Menschen sind."

„Weißt du das oder vermutest du das nur?"

„Hamilton hat es mir während seiner ... Begrüßungsrede lang und breit erklärt."

„Hm, wahrscheinlich ist das auch der Grund, warum Riley diese eigenartigen Schwingungen von Hamilton empfing. Er konnte sich das nicht erklären, weil er ja normalerweise nur Geister spürt."

„Riley", sagte Daniel nachdenklich. „Ob er wohl seinen Weg machen wird? Ohne auf die schiefe Bahn zu geraten, meine ich."

„Da bin ich mir ganz sicher. Er ist ein toller Junge. Und Tony wird sicherlich ein Auge auf ihn haben. Die beiden können mittlerweile richtig gut miteinander. Ich glaube, sie beide werden nicht eher ruhen, bis sie den Kult haben auffliegen lassen. Riley fühlt sich dem Wort, das er dir gegeben hat, sehr verpflichtet. Und Tony wird niemals aufgeben, bis es Gerechtigkeit für dich gibt." Erst als sie geendet hatte, bemerkte sie, wie leicht man aus ihren Worten schließen konnte, dass sie sowohl Daniel als auch sich selbst nicht mehr als Teil von Woods und Rileys Zukunft sah.

„Wahrscheinlich hast du recht", seufzte Daniel. „Bleibt zu hoffen, dass sie ihre Loyalität nicht mit dem Leben bezahlen."

Mit einem leisen Ächzen bewegte Elizabeth ihre verkrampften Schultern.

„Hast du Schmerzen?", wollte Daniel besorgt wissen.

„Schon gut." Ihre protestierenden Glieder waren im Moment ihre geringste Sorge.

Mittlerweile war der Mond untergegangen, wodurch es im Glashaus so dunkel war, dass sie Daniel kaum noch erkennen konnte. Es würde nicht mehr lange dauern, bis der Morgen anbrach.

Daniel erahnte ihre Gedanken. „Sie werden bald kommen", sagte er tonlos.

„Ich weiß." Die Zeit war ihr davon gelaufen. Schon wieder. Und wieder hieß es, dem bevorstehenden Abschied ins Auge zu sehen. Nur dass dieser Abschied millionenfach qualvoller war, denn er beinhaltete keine Hoffnung auf ein Wiedersehen.

Ihre Furcht ließ sich nicht länger leugnen. Wie Säure fraß sie sich durch ihre Adern und ätzte sich in das Mark eines jeden Knochens. „Das waren noch Zeiten, als wir dem Sonnenaufgang freudig entgegenfieberten, was?“

„Oh ja“, nickte Daniel, und nach einer kurzen Pause: „Ich wünschte, ich könnte dich noch einmal in den Armen halten. Nur ein einziges Mal.“ Seine Stimme driftete ab, als er die Augen schloss. „Ich wünschte so vieles.“ Er machte eine weitere Pause, dann sah er sie wieder an. „Ich habe eine Heidenangst, Liz“, gestand er flüsternd. „Ich kann mir das … das *Nichts* einfach nicht vorstellen. Nicht zu denken, nicht zu empfinden. Nicht zu *sein*. Das übersteigt meine Vorstellungskraft.“

Elizabeth meinte an einem Stein in ihrem Hals zu ersticken. Sie wusste einfach nicht mehr, was sie noch sagen konnte. Alles, was ihr in den Sinn kam, klang so schrecklich banal. Wie sollte sie Daniel Mut zusprechen, wo sie doch selbst in Mutlosigkeit schier ertrank? Wie konnte sie seine Angst lindern, wenn die eigene Angst tonnenschwer auf ihrer Brust lastete? „Alles wird gut ausgehen“, brachte sie schließlich hervor. „Ganz sicher.“

„Baby“, erwiderte er mit einem traurigen Lächeln. „Du bist noch immer eine lausige Lügnerin.“

Elizabeth konnte ihre Tränen nicht länger zurückhalten. Heiß rollten sie über ihr Gesicht. Sie schluchzte auf und schämte sich im nächsten Moment dafür. Wie konnte sie ihm die letzten Minuten nur noch unerträglicher machen? Wieso fielen ihr keine ermutigenden Worte mehr ein? Es musste doch etwas geben, was sie tun konnte!

Plötzlich waren leise Schritte und Gemurmel zu hören. Ein schwacher goldener Lichtschein drang durch das Pflanzengewirr.

„Es ist soweit“, hauchte Daniel und erhob sich.

Den Rücken gegen die Säule stemmend, kämpfte sich Elizabeth ebenfalls auf die Beine. Ihr war übel, und die zitternden Knie drohten ihr den Dienst zu verweigern.

„Liz, hör mir zu“, richtete sich Daniel eilig und drängend an sie. Er stand am Rand des Bannkreises und hatte beide Hände an die unsichtbare Barriere gelegt. „Auch wenn mein Weg hier zu Ende ist, deiner geht noch lange weiter. Verstehst du mich? Dein Leben ist zu kostbar, um es wegzuwerfen.“

„Danny, nicht.“ Elizabeth schüttelte mechanisch den Kopf.

Doch Daniel sprach umso lauter und schneller, je näher die Geräusche und das Licht kamen. „Liz, ich flehe dich an, hör nicht auf zu kämpfen.

Bitte, mein Engel, tu alles, was nötig ist, um zu überleben. Versprich es mir!"

Elizabeth schüttelte nur weiter leise schluchzend den Kopf. Wie konnte er das von ihr verlangen?

„Versprich es mir!", forderte er. „Versprich mir, weiterzuleben!"

Die ersten Thugs traten unter die Kuppel. Es waren sieben ältere Männer in weißen Kurtas, die in ihren Händen kleine Schalen mit brennendem Öl hielten. Sie murmelten im Sprechchor Mantras in Sanskrit und stellten sich zwischen dem Bannkreis und der Kalistatue auf.

Dank des Lichts der Öllampen konnte Elizabeth nun Daniels Gesicht erkennen. Seine Züge waren vor Anspannung verzerrt. Die Augen wirkten im goldenen Licht wie flüssiges Feuer.

„Ich verspreche es", sagte sie mit hohler Stimme. Es war hinterhältig von ihm, bis zu diesem Moment zu warten, um ihr dieses unsägliche Versprechen abzunehmen, da er natürlich genau wusste, dass sie ihm keine Bitte mehr ausschlagen konnte.

Seine Miene entspannte sich und hellte sich etwas auf. Er schenkte ihr sogar ein warmes, zärtliches Lächeln. „Meine Sonne", sagte er und trat von der Barriere zurück in die Mitte des Kreises.

„Meine Welt." Sie war sich nicht sicher, ob er sie gehört hatte, denn die Worte waren beinahe lautlos über ihre Lippen gekommen.

Beide klammerten sich an ihren Blickkontakt, bis nacheinander die neun jugendlichen Arme Kalis und zuletzt George und Sir Thomas unter die Kuppel traten. Sie alle wirkten hochkonzentriert und schenkten ihren Gefangenen keinerlei Beachtung. Hamilton ging vor seinem zukünftigen Körper in die Knie und senkte den Kopf wie zum Gebet, während George in der Schale, die er am Abend heraufgetragen hatte, ein loderndes Feuer entfachte.

„Kali-Ma", sagte er dabei mit tragender Stimme, die so gar nicht zu dem stillen und devoten Diener passen wollte. "Herrin über den Wandel, sieh wohlwollend auf deinen Sohn. Nimm unsere Opfer, und schenke ihm die Gunst der Wiederkehr, um deinen Willen fortzuführen."

Die Fläche unter der Kuppel war nun hell erleuchtet, während alles darum herum in völliger Dunkelheit lag. Fast war es, als befänden sie sich nicht mehr in einem viktorianischen Glashaus auf dem Dach eines altehrwürdigen englischen Herrenhauses. Nein, sie waren in einem vergessenen Kalitempel, mitten im indischen Urwald, und Elizabeth erwartete beinahe die Geräusche wilder Tiere zu hören, die in der Finsternis auf der Lauer lagen. Selbst die Luft war mit einem Mal dampfend schwül wie in den Tropen und sorgte dafür, dass sich Schweiß auf ihrer Stirn und im Nacken bildete.

Die neun jungen Männer stimmten in den Sprechgesang der älteren mit ein, bevor sie sich um den Bannkreis verteilten, die starren Gesichter der Statue zugewandt.

Daniel stand erhobenen Hauptes in ihrer Mitte, unbeugsam und entschlossen keine Furcht zu zeigen. Seine Augen ruhten bedeutungsvoll auf Simon, der seinem Blick auswich und aussah, als würde er jeden Moment kollabieren.

„Hört auf damit!", brach es jäh aus Elizabeth heraus. „Das ist Wahnsinn! Was ihr da tut ist Unrecht" Sie schrie so laut, dass ihre Lungen zu bersten drohten. „Hamilton will nur sein eigenes, erbärmliches, Leben verlängern, das ist alles. Ihr alle seid ihm völlig egal!"

Hamilton nickte kaum wahrnehmbar, woraufhin einer der älteren Thugs sofort seine mit Öl gefüllte Schale abstellte und auf Elizabeth zukam. Im Gehen nahm er das Halstuch ab und drehte es geschickt zusammen.

„Er würde jeden einzelnen von euch ohne zu zögern opfern, wenn er dadurch nur einen einzigen Tag länger le-" Der Thuggee hatte Elizabeth von hinten das Tuch über den Mund gelegt und zog daran, bis sich ihr Kiefer weit öffnete und der Stoff zwischen ihren Zähnen steckte. Dann verknotete er es hinter der Säule, sodass sie ihren Kopf kaum noch bewegen konnte.

Daniel sah sie inständig bittend an, als wollte er sagen: „Beruhige dich. Denk an dein Versprechen!" Doch auch wenn es ein sinnloses Unterfangen war, so brüllte sie dennoch gegen den Knebel an, während sie versuchte ihren Kiefer noch weiter zu öffnen und mit der Zunge den Stoff aus dem Mund zu schieben.

Krampfhaft atmete sie ein und aus. Sie meinte nicht genug Luft durch die Nase zu bekommen. Ihr wurde schwindelig, und so blieb ihr nichts anderes übrig, als hilflos dem albtraumhaften Schauspiel unter der Kuppel zu folgen.

Die sieben älteren Thuggees knieten nun vor der Statue. Die brennenden Schalen hielten sie mit beiden Händen über ihren Köpfen, wodurch das wütende Gesicht der Hindugöttin im zuckenden Feuerschein beinahe lebendig wirkte. Der rhythmische Sprechgesang wurde immer lauter und intensiver, bis die Luft unter der Kuppel, der Holzboden, ja selbst die Pflanzen um sie herum im Gleichklang zu vibrieren schien.

Das Ganze ähnelte auf groteske Weise der Zeremonie in Sandra Headways Hinterzimmer, nur dass die fremden Worte, die hier gesprochen wurden, keine positiven Gefühle in Elizabeth weckten, sondern lediglich Angst und Schrecken.

Rafid, Ian Carmichaels Mörder, trat zwischen den knienden Männern hindurch vor George und die Kalistatue. Er neigte demütig den Kopf und warf etwas in die große Schale, das zischend und begleitet von einer schwarzen Rauchwolke verbrannte. Dann reichte ihm George mit beiden Händen ein kleines Gefäß, das Rafid ehrfürchtig entgegennahm, um daraus zu trinken. Anschließend zog er seinen geschwungenen Bhowanee-Dolch aus dem Gürtel und schnitt damit ohne zu zögern tief in seine Handfläche.

Bevor er den Dolch George überreichte, umschloss er mit seiner blutigen Faust die Klinge, an der nun neben Ians Blut auch sein eigenes haftete.

George nahm den Dolch mit einem würdigenden Nicken entgegen, wischte mit dem Daumen über die Oberseite der Klinge und drückte ihn dann auf Rafids Stirn, so, wie Hamilton es zuvor bei Elizabeth getan hatte. „Dein Opfer wird belohnt werden“, sagte er dabei.

Während Rafid mit glasigen Augen an seinen Platz im Kreis zurückkehrte, strich George mit dem Zeigefinger die andere Seite der Klinge entlang, beugte sich über den Körper des komatösen Mannes, murmelte etwas Unverständliches und zeichnete mit dem Blut ein verschlungenes Symbol auf dessen Stirn. Danach wandte er sich Hamilton zu.

Der alte Mann hatte in der Zwischenzeit seine Kurta abgelegt und kniete nun mit nacktem Oberkörper vor der Statue. Seine Arme waren abgewinkelt, und die Handflächen zeigten nach oben, als würde er ein unsichtbares Tablett vor sich hertragen.

Georges Finger glitt ein weiteres Mal über die Klinge, dann zeichnete er das gleiche Symbol auf Hamiltons Stirn. Abschließend verneigte er sich vor der Göttin und platzierte den Dolch in ihrer untersten linken Faust.

Der nächste Junge trat vor, niemand, den Elizabeth kannte, und alles wiederholte sich, bis auf eine Ausnahme. Diesmal öffnete George dem

Mann zu Kalis Füßen den Mund und bestrich die Zunge mit dem Blut von dem Dolch.

Dieser Anblick verursachte bei Elizabeth einen Würgereiz, erst recht, als George das gleiche bei Hamilton tat. Ihr Blick huschte zu Daniel, auf dessen Gesicht sich der gleiche Abscheu spiegelte.

Es folgte Warren, mit dessen Blut, vermischt mit dem von Justin, George ein Symbol auf die Kehle des jungen und des alten Mannes zeichnete.

Nun war Simon an der Reihe, dessen Zittern nicht zu übersehen war. Sein angsterfüllter Blick huschte erst zu Daniel, dann zu Elizabeth, und sie fragte sich, ob er bereits die Bestrafung kannte, die ihn nach dem Vollzug des Rituals erwartete.

Simon zögerte, als er den Dolch an seine Handfläche setzte, doch dann schnitt er mit einem energischen Ruck hinein und umfasste mit der Faust die Klinge, an der auch Daniels und Elizabeths Blut klebte. Er reichte sie George, der mit dem Blut ein Zeichen auf Höhe des Herzens zog. Simon kehrte an seinen Platz zurück, ohne einen roten Punkt auf die Stirn erhalten zu haben. Sein Opfer würde wohl nicht belohnt werden …

Einer nach dem anderen trat vor, bis am Ende die Oberkörper der beiden Männer mit blutigen Symbolen bedeckt und neun von Kalis erhobenen Händen dolchbewehrt waren.

Alle jugendlichen Thugs hatten sich im Schneidersitz niedergelassen. Die blutverschmierten Hände vor der Stirn aneinandergelegt, wiegten sie sich murmelnd vor und zurück. Sie schienen in einer tiefen Trance versunken zu sein. Da sogar Simon in diesen Dämmerzustand verfallen war, ging Elizabeth davon aus, dass es sich bei dem Gebräu, welches ihnen von George verabreicht worden war, um eine Art von Droge handelte.

Der Himmel begann sich über der gläsernen Kuppel bereits aufzuhellen, als Hamilton etwas aus seiner Hose zog. Es war das Sonnenamulett, das im Feuerschein nicht silbern, sondern golden funkelte. Sie hatten es auf eine lange Kette gezogen, die Hamilton nun sorgsam um den Hals des jungen Mannes legte. Dann nahm er von George die Schale entgegen und trank selbst einen langen Schluck daraus.

Elizabeths Augen richteten sich wieder auf Daniel. Nun hatte also der letzte Akt begonnen, an dessen Ende Hamilton einen neuen Körper haben und Daniels Lebensenergie auf ihn übergegangen sein würde.

Daniel erwiderte ihren zittrigen Blick und zwang ein tapferes Lächeln auf sein Gesicht. Dieses Lächeln, dieser Beweis seiner Stärke und seiner

Größe brachte die hauchdünne Schicht aus Panzerglas, die bis jetzt verhindert hatte, dass die Ausweglosigkeit ihrer Situation vollends zu Elizabeth durchdrang, endgültig zum Zerspringen. Das hier durfte einfach nicht geschehen! Wie konnte ein so aufrechter Mensch, eine so strahlende Seele, einfach aufhören zu existieren? Und das, nur damit ein Monster wie Hamilton sein Leben verlängern konnte? Wo lag da der höhere Sinn, von dem Sandra gesprochen und an den sie so fest geglaubt hatte? Wie konnten die höheren Mächte das nur zulassen? Gab es denn keinerlei Gerechtigkeit?

Während Elizabeth erneut vergebens gegen den Knebel anbrüllte, hoben zwei Thuggees Hamiltons zukünftigen Körper vorsichtig an, einer an den Schultern, einer an den Füßen, und trugen ihn zum Bannkreis. Sie ließen ihn so nieder, dass sich sein Kopf und seine Brust innerhalb des Kreises befanden und seine nackten Füße auf die Statue ausgerichtet waren.

Der Sprechgesang der Älteren veränderte sich. Die Worte klangen jetzt härter, fordernder. Es klang nicht mehr wie eine ehrerbietige Bitte, sondern wie ein Befehl. Elizabeth meinte, dass sich sogar das Flackern der Flammen und ihr eigener Puls an den Rhythmus des Chors angepasst hatten.

Beinahe mitleidig sah Daniel auf den Körper des jungen Mannes hinab, dann hefteten sich seine geweiteten Augen wieder Halt suchend auf Elizabeth.

Gelähmt vor Angst und Entsetzen starrte sie zurück. Aus Furcht, er könnte schon mit dem nächsten Wimpernschlag verschwunden sein, wagte sie noch nicht einmal zu blinzeln.

Hamilton beugte sich über den reglosen Körper, nahm die linke Hand des Mannes und hielt sie sich an die Stirn, während er mit seiner eigenen Linken die Stirn des Jungen berührte. Er begann, eine sich wiederholende Formel zu sprechen, immer schneller und fiebriger, bis die Worte ineinanderflossen.

Dann ging alles ganz schnell.

Es knallte mehrmals hintereinander ohrenbetäubend laut. Scherben regneten klirrend auf die Männer unter der Kuppel herab, doch weder Hamilton, noch George oder Kalis Arme schienen das zu bemerken. Ungerührt fuhren sie fort und machten dabei den Eindruck, als ob nicht mal ein Erdbeben sie in ihrer Versunkenheit stören könnte. Allerdings fuhren die sieben älteren Thugs alarmiert in die Höhe und sahen sich nach der Quelle der Störung um.

Noch während das Glas aus der Kuppel auf die Versammlung niederprasselte, und bei nicht wenigen heftig blutende Schnittwunden hinterließ, wurde Elizabeth der Knebel aus dem Mund gezogen.

Ohne zu begreifen, was eigentlich vor sich ging, sog sie reflexartig die Luft ein, fuhr herum und sah in ein vertrautet Gesicht. „Riley!“, japste sie. „Ich war mir sicher, ihr kommt nicht mehr!“

„Schon klar“, meinte der Junge und schnitt die Fesseln durch, woraufhin ihre Arme gefühllos an ihren Seiten herabbaumelten. „Erst davonschleichen wie der Lone Ranger auf Selbstmordmission und sich dann auch noch beschweren.“ Trotz der harschen Worte grinste er sie breit an.

Elizabeth wollte Riley am liebsten küssen, so sehr freute sie sich, ihn zu sehen. „Wie habt ihr es hier rauf geschafft?“ Hastig lockerte sie ihre Armmuskeln und rollte mit den Schultern, um die Blutzirkulation anzukurbeln.

„Wir haben Justin als Verstärkung mitgebracht“, erklärte Riley eilends. Er sprach so schnell, dass er einige Wörter und Silben verschluckte. „Er hat die Lage gecheckt, die Alarmsysteme ausgeschaltet und uns an den Thugs vorbei heraufgeführt. Hier.“

Er drückte ein Jagdmesser in Elizabeths taube Finger und klopfte ihr auf die Schulter. „Mach dich nützlich. Wir müssen die Zeremonie unterbrechen, oder zumindest so lange verzögern, bis die Sonne aufgegangen ist.“

Damit sauste Riley davon, und Elizabeth versuchte sich schnellstens einen Überblick über die Situation zu verschaffen.

Auf der gegenüberliegenden Seite des Bannkreises stand Wood. Er hielt noch immer die Pistole in der Hand, mit der er eben auf die Glaskuppel geschossen hatte. Wie Riley war auch er ganz in Schwarz gekleidet. Zusätzlich verbarg ein schwarzes Baseball-Cap seine blonden Haare.

Als er Daniels ungläubigem Blick begegnete, huschte ein Lächeln über sein grimmig entschlossenes Gesicht, und er nickte seinem Freund, den er gerade zum ersten Mal seit dessen Tod wiedersah, ermutigend zu.

Da der Glasregen die erhoffte Wirkung verfehlt und das Ritual nicht gestoppt hatte, zielte er nun direkt auf Hamilton, doch drei der älteren Thugs stürzten sich auf ihn und entwanden ihm in einem wilden Gerangel die Pistole. Riley kam Wood zu Hilfe und verpasste einem der Kerle einen beidhändigen Schwinger, während Wood einen anderen mit einem gut platzierten Kinnhaken zu Boden schickte.

„Justin!", rief Daniel aufgeregt gestikulierend. „Schlag keine Wurzeln, sondern hilf ihnen! Fass die Mistkerle an und lenk sie damit ab!"

Hamilton wurde zwischenzeitlich von heftigen Krämpfen geschüttelt. Sein Körper zuckte und wand sich unter heftigen Spasmen. Seine Augenlieder flatterten, und die Augen waren so weit nach hinten gerollt, dass nur noch das Weiße zu sehen war. Schweiß rann über sein verzerrtes Gesicht und verwischte das mit Blut gezogene Zeichen auf seiner Stirn.

George stand mit gezücktem Bhowanee-Dolch über ihm, bereit, die Seele seines Meisters aus dessen altem Körper zu befreien.

Das war ihr Angriffsziel!

Wie eine leibhaftige Rachegöttin stürzte sich Elizabeth auf George, um ihn von dem alles entscheidenden Stoß abzuhalten. Nicht einen Moment lang dachte sie darüber nach, was sie tat, sondern handelte rein impulsiv. Mit dem Mut der Verzweiflung sprang sie auf seinen Rücken, krallte sich mit der freien Hand in der Kurta fest und bemühte sich, ihn aus dem Gleichgewicht zu bringen. Als George rückwärts taumelte, versuchte sie ihm das Jagdmesser in die Schulter zu stoßen, doch er langte blitzschnell nach hinten und umschloss ihr Handgelenk, verdrehte es und zwang sie dazu, das Messer fallen zu lassen.

Keuchend beugte sich Elizabeth nach vorne und biss ihm so fest sie konnte in die Hand. Sie spürte, wie ihre Zähne die Haut durchbrachen, und schmeckte den salzig-metallenen Geschmack von Blut auf der Zunge.

Doch nicht der leiseste Schmerzenslaut kam über Georges Lippen. Allerdings ließ er ihr Handgelenk los und warf sich hin und her, um sie abzuschütteln. Elizabeth rutschte dadurch zwar von seinem Rücken, aber beherzt legte sie ihm den rechten Unterarm um den Hals und zog ihn mit aller Kraft zurück, weg von Hamilton und seinem neuen Körper. George machte ein röchelndes Geräusch und versuchte mit wild wedelnden Armen sein Gleichgewicht zu halten. Den Dolch hielt er dabei noch immer fest in seiner Faust.

Aus den Augenwinkeln verfolgte Elizabeth besorgt, wie Riley von einem Thuggee auf den Boden gedrückt wurde. Er hatte ein Knie auf der Brust des Jungen und ein Messer an dessen Hals. Plötzlich schüttelte sich der Mann jedoch und sah sich verdutzt um. Ohne zu zögern, nutzte

Riley die Gelegenheit, die er sicherlich Justin zu verdanken hatte, und schlug dem Mann das Messer aus der Hand. Dann boxte er ihm kräftig in den Bauch. Als sich der Mann zusammenkrümmte, rollte Riley sich auf die Seite, sprang auf die Beine und setzte einen harten Tritt gegen die Schläfe nach, der den Thuggee bewusstlos zur Seite kippen ließ.

Währenddessen kämpfte Wood wie ein rasender Stier gegen zwei Thugs gleichzeitig. Das Baseball-Cap hatte er längst verloren und Blut lief ihm in einem dünnen Rinnsal über die Stirn in die Augen. Einem der Männer rammte er den Ellenbogen in die Kehle, woraufhin der Kerl nach Luft ringend zurückwich. Doch schon nahm ein anderer Thug seinen Platz ein und versetzte Wood einen Tritt in die Rippen, dem er nicht mehr ausweichen konnte. Er verlor das Gleichgewicht und landete auf dem Rücken. Stöhnend setzte er sich, gerade noch rechtzeitig, denn der Thug hatte bereits zu einer weiteren Attacke angesetzt.

Wood umgriff den Unterschenkel des Angreifers und verdrehte ihn mit einem Ruck, sodass sich auch der Thug nicht mehr aufrecht halten konnte und neben Wood zu Boden ging. Noch im Herumrollen versuchte er einen Hieb in Woods Magen zu platzieren, doch der lenkte dessen Arm geschickt zur Seite und nutzte den Schwung, um wieder auf die Beine zu kommen.

Immer wieder setzte Wood erfolglos an, seine Waffe zu erreichen, die nur wenige Schritte vor ihm auf dem Boden lag, aber die Thugs gaben ihm mit ihren ununterbrochenen Attacken, die es abzuwehren und zu erwidern galt, keine Chance an die Pistole heranzukommen.

Lange würden sich ihre Freunde nicht mehr halten können, erkannte Elizabeth. Die Angreifer mochten zwar nicht mehr die Jüngsten sein, aber wie alle Thugs waren auch sie ausgebildete Kampfsportler, die ihre Energiereserven einzuteilen wussten, während Wood und Riley langsam aber sicher die Puste ausging. Sie konnte bereits sehen, dass immer mehr Angriffe der Thugs ihr Ziel erreichten, wohingegen die Schläge und Tritte ihrer Freunde an Präzision und Kraft verloren.

Plötzlich hörte Elizabeth Daniels alarmierte Stimme über den Tumult hinweg: „Liz! Pass auf!“

Leider kam die Warnung zu spät. Sie hatte bereits mit dem Fuß eine der goldenen Schalen umgestoßen, die ein Thug auf dem Boden abgestellt hatte. Das brennende Öl ergoss sich auf den Holzboden wie ein flüssig gewordenes Inferno.

Erschrocken sprang sie zur Seite, um dem Feuer auszuweichen. Dabei ließ sie George zwar nicht los, doch er nutzte die Gelegenheit, beugte sich mit einem Ruck nach vorne und warf Elizabeth über die Schulter. Es ging so schnell, dass sie den Wurf selbst gar nicht mitbekam, sondern erst die harte Landung auf dem Rücken, die ihr die Luft aus den Lungen presste.

Zähnefletschend sah George auf sie hinunter. Elizabeth war sich sicher, dass er sich sofort auf sie stürzen würde, aber dann zuckten seine Augen zu Hamilton, und er stieg hastig über sie hinweg, um seine Aufgabe zu vollenden.

Ächzend wälzte sich Elizabeth auf den Bauch, weg von der sengenden Hitze der Flammen. Sie versuchte gerade an das Jagdmesser heranzukommen, das sie zuvor fallen gelassen hatte, als ein Thug kräftig auf ihre rechte Hand trat und diese praktisch auf dem Boden festnagelte.

Elizabeth schrie vor Schmerz auf.

Ohne den Fuß von ihrer Hand zu heben, bückte sich der weißhaarige Mann, dem der Glasregen einen tiefen Schnitt in der Wange verpasst hatte, und hob triumphierend das Messer auf.

„Das Öl, Liz! Benutz das Öl!“, schrie Daniel mit sich überschlagener Stimme. Er deutete auf etwas hinter dem Angreifer.

Ihr Blick folgte Daniels Geste und erspähte eine mit brennendem Öl gefüllte Schale in Reichweite. Die rechte Hand noch immer unter dem Schuh des Thugs gefangen, streckte sie sich mit der linken dem glänzenden Gefäß entgegen. Sobald sie die Schale zu fassen bekam, schüttete sie ihrem Peiniger die Flüssigkeit entgegen.

Mit einem hohen Kreischen warf der Mann die Hände vor das Gesicht. Er ließ das Messer fallen und wich stolpernd zurück. Dabei fiel er fast über Simon, aber der blonde Junge war auch dadurch nicht aus seiner tiefen Trance zu holen. Als der Thug bemerkte, dass seine Kurta Feuer gefangen hatte, versuchte er panisch die Flammen auf seiner Brust mit bloßen Händen zu löschen.

Dank des brennenden Öls war Elizabeth zwar den Thuggee losgeworden, nur leider hatten dabei auch ihre eigenen Hände und Arme Tropfen der siedend heißen Flüssigkeit abbekommen. Bestialischer Schmerz explodierte auf der Haut und trieb ihr Tränen in die Augen. Doch dann biss sie fest die Zähne zusammen und griff entschlossen nach dem Messer.

Wankend kam sie auf die Beine …

Nur um zu erkennen, dass es zu spät war.

Sie nahm das Geschehen wie das Standbild eines Films wahr, so als hätte jemand die Pausetaste gedrückt und alles um sie herum wäre plötzlich eingefroren.

Die ersten Sonnenstrahlen hatten ihren Weg durch die östlichen Scheiben des Glashauses und das Pflanzengewirr gefunden und ließen die blutigen Klingen in Kalis Händen golden und rubinrot glitzern. Das schwarze Gesicht der Göttin schien Elizabeth auszulachen, als wüsste sie, dass das Ritual nun nicht mehr aufzuhalten war.

Sowohl Wood als auch Riley wurden mittlerweile von den Thuggees mit Dolchen an der Kehle in Schach gehalten. Rileys Lippen waren aufgesprungen und seine Nase blutete. Wood war an der Stirn und am Arm verletzt. Schwer atmend hielt er sich die Seite.

Während die neun jugendlichen Thugs unverändert in ihrem Dämmerzustand versunken waren und nichts von dem, was um sie herum geschah, mitbekamen, starrten sowohl die älteren Thuggees als auch Daniel und ihre beiden Freunde wie gebannt auf Hamilton. George stand, den zehnten Bhowanee-Dolch hoch erhoben, über seinem Meister.

Was das eingefrorene Geschehen schlagartig wieder in Bewegung setzte, war Georges Arm, der zu einem perfekt geführten Stoß ausholte und den Dolch tief in Hamiltons Brust trieb. Lautlos sank der tödlich verwundete Mann neben dem Bannkreis zu Boden. Seine weit geöffneten Augen waren nach oben, auf den morgendlichen Himmel, gerichtet. Mit gesenktem Kopf kniete sich George zwischen Hamiltons altem und neuem Körper und legte ihnen jeweils eine Hand auf die Brust. Seine Lippen bewegten sich dabei zu einer stummen Formel.

Dann begann das Sonnenamulett zu glühen, auf der Brust des reglosen jungen Mannes, ebenso wie auf Daniels.

Elizabeths Herzschlag setzte aus, denn Daniel stöhnte auf und brach mit geschlossenen Augen in die Knie, als würde ihm plötzlich alle Kraft entzogen.

„Nein!“, keuchte sie. „Nein!“

Sie musste das um alles in der Welt verhindern! Nur wie? Das Ritual hatte seinen Höhepunkt erreicht. Was konnte sie jetzt noch tun, da Hamilton seinen alten Körper verlassen hatte und George dabei war, ihn in die neue Hülle zu lenken.

Ich muss Danny halten!, wurde ihr schlagartig klar. Schließlich war Sonnenaufgang und sie sein Anker. Ihr Halt war stärker als jede Magie und würde ihn davor bewahren, aufgezehrt zu werden!

Dazu musste sie nur zu ihm in den Bannkreis.

Elizabeth stürmte auf Daniel zu, aber kräftige Hände schlossen sich um ihre Hüften und brachten sie zu Fall. Sie landete halb im Bannkreis, direkt neben dem reglosen Körper.

„Danny!" Verzweifelt richtete sie sich etwas auf. Sie ließ das Messer fallen und streckte die rechte Hand nach ihm aus. Mit dem linken Arm klammerte sie sich eisern an den Körper des jungen Mannes neben ihr, da ein Thug versuchte, sie an den Beinen aus dem Kreis zu zerren. „Danny!", schrie sie abermals. Sie reckte ihm nun auch ihr Innerstes entgegen, alles, was sie aufbringen konnte. Sobald ihre unsichtbaren Arme ihn zu fassen bekamen, zog sie ihn mit aller Macht an sich.

Daniel öffnete die gepeinigten Augen und griff nach ihrer Hand wie nach einer Rettungsleine. Es sah aus, als stünde er in Flammen. Das gleißende Licht des Amuletts überstrahlte das goldene Leuchten, in das die Morgensonne ihn tauchte.

„Liz", presste er hervor. Dieses eine Wort allein schien ihm schon unendlich viel Mühe zu bereiten. Sein Gesicht verzerrte sich zu einer gemarterten Maske, als würde er tatsächlich verbrennen und Höllenqualen erleiden.

„Ich hab dich, Danny", versicherte sie atemlos, während sie blind nach dem Thug trat, der noch immer versuchte, sie zurückzuschleifen. „Keine Angst, ich lass dich nicht los. Gleich haben wir es geschafft!" Niemals würde sie es zulassen, dass er ausgelöscht wurde. Sie musste ihn nur halten, bis die Sonne über den Horizont gestiegen war, dann war er in Sicherheit.

Doch etwas stimmte nicht. Sie spürte deutlich die Verbundenheit mit ihm, dennoch drohte er ihr zu entgleiten. Sie tat alles, um ihren inneren Griff zu verstärken, doch es gab immer weniger, das sie halten konnte. Es war, als würde seine Essenz wie Sand durch ihre unsichtbaren Finger rinnen.

Plötzlich krümmte sich Daniel wie unter einem Peitschenhieb, nur um sich in der nächsten Sekunde mit einem gellenden Schrei aufzubäumen.

Die Qual, die darin lag, ließ Elizabeths Blut zu Eis gefrieren, und als Daniels markerschütternder Schrei verhallte und seine Gestalt vollständig im Licht des Amuletts aufging, war sie es, die schrie.

Sie schrie, als das blendend helle Licht zu einem Funkenregen wurde, der auf den Körper neben ihr niederging, sich über dem Anhänger sammelte und dann in die Brust eindrang.

Und sie schrie, als der Körper sich daraufhin zu regen begann. Zunächst zuckten nur die Finger, dann die Hände und die Arme. Seine Lippen öffneten sich leicht.

Als sie keine Kraft mehr hatte, um zu schreien, starrte Elizabeth wie betäubt auf den erwachenden Mann, der nun Hamiltons Seele beherbergte und mit Daniels Lebensenergie gespeist wurde.

Schleppend fraß sich die Erkenntnis durch ihr Gehirn, dass das Undenkbare eingetreten war: Sie hatte ihn nicht retten können. Daniel existierte nicht mehr.

Blind tastete sie nach dem Jagdmesser.

Hamilton durfte nicht weiter leben. Er hatte kein Recht dazu. Er war eine Abscheulichkeit, die gestoppt werden musste. Das war das Einzige, was sie noch in der Lage war zu denken und zu empfinden: Sie musste dieses Monster aufhalten!

Ihre Finger schlossen sich um den Griff des Messers. Ohne einen Moment des Zögerns setzte Elizabeth zu einem Stoß an, doch ein jäher Ruck an ihrem Hals riss sie empor, gleichzeitig wurde ihre Kehle erbarmungslos zusammengeschnürt.

Verzweifelt setzte sie sich gegen den Angreifer in ihrem Rücken zur Wehr. Sie wollte schreien, aber alles, was sie hervorbrachte, war ein leises Gurgeln. Panisch krallten sich ihre Finger in das Tuch um ihren Hals und versuchten es zu lockern, während ihre Lunge protestierend nach Sauerstoff verlangte.

Dunkle Schatten begannen vor ihren Augen zu tanzen, wurden schnell mehr und immer größer. Woods und Rileys entsetzte Rufe rollten wie hohle Echos zu ihr heran.

Ihr Blick verschleierte sich immer mehr, dennoch konnte sie ihn nicht von dem jungen Mann abwenden, der nun flatternd die Augenlider öffnete und sich desorientiert umsah. Ihre Lunge drohte zu kollabieren, und ihre Muskeln begannen zu erschlaffen. Das Herz schlug in einem holprigen, unregelmäßigen Rhythmus. Ein Teil von ihr bestand darauf weiter zu kämpfen, doch ein weitaus größerer Teil sah darin einfach keinen Sinn.

Der Boden tat sich unter ihr auf.

Das Letzte, was sie sah, ehe das Nichts sie verschlang, waren die Augen des jungen Mannes, die verwirrt ihrem Blick begegneten und sich dann vor Schreck weiteten.

Das Letzte, was sie hörte, war ein tausend Meilen entferntes: „Loslassen! Sie gehört mir!“

14

Sie trieb auf einem schwarzen Ozean unter einem sternenlosen Nachthimmel.

Alles umfassende Stille hüllte sie ein wie schwerer, schwarzer Samt.

Zeit war an diesem Ort ein unbekanntes Konzept.

Es gab weder Vergangenheit, noch Zukunft.

Es gab nur das sich in die Ewigkeit erstreckende Jetzt.

Es gab kein Erinnern.

Es gab kein Denken.

Es gab kein Fühlen.

Es gab nur gnädiges Vergessen und die friedvolle Umarmung der Unendlichkeit.

Doch dann kehrte das Denken zurück und damit auch die Erinnerung.

War diese schwarze Stille der Tod? War es das, was sich hinter dem Vorhang verbarg? Das ergab sogar Sinn, denn auf was, außer auf Leere, konnte sie ohne Daniel schon hoffen? Wie könnte es ohne ihn ein Paradies für sie geben?

Plötzlich wurde das Nichts, das eben noch barmherzig gewesen war, niederdrückend und erstickend. Instinktiv kämpfte sie dagegen an, bis die schwarze Sphäre wie eine Glaskugel zersprang und Elizabeth wieder ihren Körper wahrnahm. Sie spürte ihren schmerzenden Hals und die brennenden Arme. Aber sonst ...

Die Leere, durch die sie eben noch getrieben war, befand sich nun in ihr, füllte sie vollkommen aus. Sie empfand rein gar nichts. Keine Trauer, keine Wut, keine Angst.

Sie fühlte zwar ihren Körper, doch ihr Selbst, ihre Seele, fühlte sie nicht. Als hätte sie sich zusammen mit Daniel aufgelöst.

Selbst die Tatsache, dass sie noch am Leben war, dass der Thuggee sie nicht erdrosselt hatte, rief keinerlei Emotionen in ihr hervor. Weder war sie darüber erleichtert noch enttäuscht.

Sie war noch nicht einmal sonderlich überrascht. Sie nahm es ganz einfach nur zur Kenntnis.

Elizabeth hörte Schritte, und ihr wurde bewusst, dass sie nicht alleine war. Als sie ein klein wenig die Augen öffnete, stellte sie fest, dass sie vollständig angezogen auf einem breiten Bett in einem sehr geräumigen Schlafzimmer lag. Die seidenen Laken unter ihr waren farblich perfekt auf die hellblauen Wände abgestimmt und rochen dezent nach Lindenblüten.

Der junge Mann, der nun Hamilton war, stand mit dem Rücken zu ihr vor einem silbergerahmten Standspiegel. Das Blut war abgewaschen, und er hatte sich umgezogen. Er trug eine beige Hose und darüber ein weites, weißes Leinenhemd. Seine leicht gewellten, sandblonden Haare waren nicht mehr nach hinten gekämmt, sondern fielen ihm in die Stirn und über die Ohren.

Teilnahmslos beobachtete Elizabeth im Spiegel, wie er die Züge seines neuen Gesichts studierte. Er drehte und wendete den Kopf, verzog den Mund und fletschte die Zähne. Dann hob er die Augenbrauen und betastete seine gerade Nase und das Grübchen am Kinn. Merkwürdigerweise wirkte er dabei zwar erfreut und neugierig, aber auch ein wenig ratlos, als wäre das, was er da vor sich sah, nicht das, was er erwartet hatte.

Der Spiegel stand neben einem großen Fenster und einer Glastür, die auf eine Terrasse hinausführte. Die Vorhänge waren zur Hälfte zugezogen, sodass Elizabeth im Halbdunkel lag, während der Rest des Zimmers sonnendurchflutet war. Von draußen drangen das Plätschern eines Brunnens und leises Vogelgezwitscher herein.

Ein ersticktes Wimmern brach über Elizabeths Lippen. Wie konnte die Sonne scheinen und die Vögel singen, wenn es Daniel nicht mehr gab?

Wie konnte die Welt sich einfach weiterdrehen, als wäre nichts geschehen, wenn sie doch eigentlich erfrieren und die Sonne sich für immer verfinstern sollte?

Sie wünschte sich zurück in das weitaus angemessenere schwarze Nichts.

Hamilton drehte sich um und sah sie forschend an. Sofort schloss Elizabeth die Augen wieder ganz, doch sie hörte, wie er zum Bett kam und das Rascheln seiner Hose, als er daneben in die Hocke ging. Mit einer Gleichgültigkeit, die sie nun doch ein wenig überraschte, spürte sie seine warme Hand über ihre Wange streicheln.

„Bist du wach, Dornröschen?“, fragte Hamilton mit einer fremden Stimme.

Aber es waren nicht seine Worte. Der Bastard bediente sich Daniels Worte!

Dass Hamilton die Drohung wahr gemacht und sie in sein Schlafzimmer hatte bringen lassen – zweifelsohne, um sich später mit ihr und seinem jungen Körper zu amüsieren - hatte sie bis eben vollkommen ungerührt gelassen. Aber dass er es tatsächlich wagte, Daniels Erinnerungen zu nutzen, um sie willig zu machen, entzündete einen kleinen, wütenden Funken in ihr. Glaubte er tatsächlich, sie fiel darauf herein? Sie merkte, wie sich ihr Puls beschleunigte und ihre Wangen erhitzten.

„Liz, ich weiß, du hörst mich." Er war ihr jetzt so nah, dass sein Atem ihre Haut streifte. „Hab bitte keine Angst, mein Engel. Alles ist gut. Ich …"

Elizabeth wollte kein weiteres gestohlenes Wort aus seinem Mund hören und riss die Augen auf. Sie streckte sich nach der Nachttischlampe mit schwerem Metallfuß und schleuderte sie Richtung Hamiltons neuem, hübschem Gesicht. Sie hatte Daniel versprochen, dass der Bastard sie niemals anrühren würde. Und sie hatte ihm versprochen, weiter zu kämpfen. Gut, sie hatte auch versprochen, dass sie alles dafür tun würde, um zu überleben und Hamilton in einem Haus voller Thugs den Schädel einzuschlagen, war dem bestimmt nicht sonderlich zuträglich. Aber dieses Versprechen war sowieso hinfällig, denn innerlich war sie ja bereits tot. Sie war nicht mehr als eine wandelnde Leiche.

Eine leere Hülle.

Ein Zombie.

Hamilton hob indes blitzschnell den Arm und wehrte die Nachttischlampe ab. Der Metallfuß traf ihn trotzdem hart am Ellenbogen. „Verdammt, Liz!", rief er gleichermaßen überrascht wie verärgert. Fluchend rieb er seinen Arm.

Elizabeth rollte sich auf der anderen Seite aus dem Bett und sah sich im Raum nach etwas um, das sie als Waffe gebrauchen konnte.

Hamilton fuhr in die Höhe und hob beschwichtigend die Hände. „Liz, hör mir zu", bat er inständig. „Ich bin nicht Hamilton! Ich bin Danny."

„Blödsinn!", krächzte sie. Ihre Kehle fühlte sich an, als hätte sie einen Löffel von Woods Killer-Curry geschluckt. Oh nein, Wood und Riley! „Wo sind meine Freunde?"

„Keine Sorge. *Unseren* Freunden geht es gut. Man hat sie eingesperrt, aber vorerst wird ihnen niemand etwas tun."

Langsam, die Hände noch immer halb erhoben, kam Hamilton um das Bett herum. Sein Gesichtsausdruck war entschuldigend, nein, er war geradezu ängstlich. Was zum Teufel sollte diese Scharade?

Elizabeths gehetzter Blick schoss durch das Schlafzimmer und blieb am offenen Kamin hängen. Sie sprintete darauf zu, schnappte sich den Schürhaken und hielt ihn mit beiden Händen wie einen Cricketschläger.

„Schluss mit diesem Schmierentheater!" Auch wenn sie ihn anbrüllen wollte, ihre geschundene Kehle erlaubte nur ein raues Flüstern. „Ich habe keinen Zweifel daran, wer Sie sind und in Daniels Erinnerungen zu stochern wird Ihnen nichts bringen!"

„Baby, bitte", beschwor er sie. „Ich sage die Wahrheit. Das ist kein Trick. Hamilton würde doch niemals so plump vorgehen."

„Aufhören, sage ich! Sie haben doch, was Sie wollten. Sie haben auf der ganzen Linie gewonnen. Warum können Sie nicht endlich aufhören, Ihr Spiel mit mir zu treiben!"

„Nein, Liz". Er schüttelte den Kopf und kam wieder etwas näher. „Hamilton hat nicht gewonnen. Er ist weg, ich habe seinen Platz eingenommen." Ein Lächeln huschte über sein Gesicht. „Du hattest nämlich recht. Es gibt tatsächlich immer Hoffnung."

„Nein", flüsterte sie. „Jetzt nicht mehr." Hamilton hatte triumphiert, weil sie versagt hatte. Und Daniel hatte den höchstmöglichen Preis für ihre Schwäche bezahlten müssen. Als wäre das noch nicht genug, saßen wegen ihr auch noch Wood und Riley in der Falle und dieser Mistkerl würde die beiden mit Sicherheit nicht gehen lassen. Was für eine Hoffnung konnte es da noch geben?

„Himmel, was kann ich nur tun, damit du mir glaubst?" Hamiltons verzweifelter Ton klang beinahe überzeugend. Er setzte sich wieder in Bewegung. „Oder mir zumindest zuhörst."

„Keinen Schritt näher", zischte sie drohend. Ihre Hände hatten angefangen zu zittern. Er kam dennoch weiter auf sie zu. „Ich meine es ernst!"

„Liz, komm schon. Gib mir eine Chance. Sieh in mich hinein. Wenn du mich nicht erkennst, wer denn dann?" Er machte einen weiteren Schritt auf sie zu, sodass er nur noch eine Armeslänge von ihr entfernt stand und fürchten musste, jede Sekunde den Schürhaken übergezogen zu bekommen.

Doch plötzlich waren Elizabeths Arme zu schwach, um die Eisenstange weiter zu halten, geschweige denn kraftvoll zu schwingen, denn zum ersten Mal sah sie deutlich seine Augen. Prompt entglitt der Schürhaken ihren Fingern und fiel laut scheppernd zu Boden.

Ihr stockte der Atem.

Grüne Augen, strahlend wie Juwelen, blickten sie flehentlich an. Augen, in deren Tiefe sie sich schon unzählige Male verloren hatte und durch die sie jetzt, genau wie damals, an jenem Abend vor dem Club, das Leuchten einer wundervollen und einzigartigen Seele sah.

Ihr Herz war schneller als ihr Verstand. Noch während sie versuchte, sich darüber klar zu werden, ob es wirklich wahr sein konnte, dass dieser fremde Mann ihr Daniel war, dass es sich nicht nur um Wunschdenken handelte und dass sie nicht einem neuerlichen Schwindel zum Opfer fiel, begann ihr Herz bereits zu jubeln.

„Danny?“, hauchte sie ungläubig. Zögerlich legte sie ihre Fingerspitzen an seine Wange und strich über die weiche, leicht stoppelige Haut und über seine Lippen, die sich nun zu einem freudigen Lächeln verzogen.

Ihre Knie wurden weich. Schwankend machte sie einen Schritt zurück.

Das ging zu schnell.

Eben hatte sie diesen Mann doch noch abgrundtief gehasst. Sie hatte nicht den Hauch eines Zweifels gehegt, dass es sich bei ihm um Hamilton handelte, dem Monster, das dafür verantwortlich war, dass Daniel nicht mehr existierte.

Und jetzt war alles auf den Kopf gestellt.

Sofort griff der junge Mann – Daniel?- nach ihrem Arm und ihrer Schulter, stützte sie und zog sie näher zu sich heran. „Vorsichtig, Liz.“

Wie eine Blinde, die zum ersten Mal die Welt sieht, starrte sie ihn an und brachte dabei keinen einzigen Ton heraus. Für das hier fehlten ihr einfach die Worte. Langsam hob sie abermals eine Hand an sein Gesicht, als könnte sie ihren Fingern eher trauen, als ihren Augen.

Mit einem erlösten Seufzen, als wäre er von einer bleiernen Last befreit, lehnte er sich in ihre Hand. Dann nahm er die andere Hand und küsste ihre Finger, einen nach dem anderen.

Es war so surreal. Auch wenn ihr Herz in einen schwindelerregenden Freudentaumel verfallen war, so wollte ihr Hirn das Ganze noch immer nicht so recht akzeptieren. Was, wenn das alles nichts weiter als eine Täuschung war? Eine Art Zauber, den Hamilton über sie gelegt hatte, damit sie genau das sah, was sie sich zu sehen wünschte? Schließlich hatte Hamilton ihr eben das angedroht.

Und sie hatte miterlebt, wie Daniel sich aufgelöst hatte. Sein schmerzerfüllter Schrei hallte noch immer in ihrem Kopf.

Doch andererseits war es so erstaunlich einfach, Daniel in diesem Gesicht zu erkennen. Beinahe wie ein doppelbelichtetes Foto. Die Augen waren zweifelsfrei Daniels Augen, und auch wenn die Züge verschieden sein mochten, die Mimik war es nicht.

Erneut trat ein Lächeln auf sein Gesicht, dieses Mal etwas unsicher und verlegen, doch daraus wurde schnell ein breites Grinsen und ihre Zweifel begannen zu verfliegen. Dieses Lächeln war ebenfalls zu hundert Prozent Daniels Lächeln!

„Ich begreife das nicht. Wie hast du das bloß angestellt?“, wisperte sie schließlich, während sie staunend die perfekten Linien seines Gesichts, seines kantigen Kiefers und seines Halses nachzeichnete. Das Grübchen am Kinn gefiel ihr besonders. Und die geschwungenen, sinnlichen Lippen.

Daniels Originalgesicht war ja schon gut aussehend gewesen, aber dieses hier …

Ein solches Gesicht sah man normalerweise im Fernsehen oder auf Werbeplakaten. Und er war so jung. Er konnte keinesfalls über dreißig sein.

„Ich habe mich mit aller Kraft Hamiltons Magie widersetzt und mich dabei an dich geklammert, Liz.“ Seine Hand wanderte ihren Oberarm hinauf und legte sich um ihren Nacken. Seine Stimme war nun etwas heller, aber das samtige Timbre war eindeutig noch das Gleiche. „Doch das war nicht das Entscheidende. Ausschlaggebend waren deine Liebe und deine Entschlossenheit. Sie haben mir die nötige Stärke verliehen. Du hast dich wie ein Schutzschild um mich gelegt und mich … naja, zusammengehalten, könnte man wohl sagen, als ich in diesen Körper gezogen wurde. Das, zusammen mit der Macht des Amuletts - dagegen hatte Hamilton nicht den Hauch einer Chance.“

Konnte das tatsächlich sein? Konnten sie mithilfe des Amuletts dieses Wunder bewirkt haben? So abwegig war das gar nicht, schließlich war der Kontakt zu Daniel auf eben diese Weise zustande gekommen. Ihr beider Streben und Handeln, bewusst wie unbewusst, verstärkt durch die mächtige Magie des Amuletts … dieses verflochtene Zusammenspiel hatte dafür gesorgt, dass sie Daniel sehen und hören konnte. Dann war es doch auch möglich, dass Daniel aus dem gleichen Grund mit Hamilton auf dem Höhepunkt des Rituals den Platz getauscht und sich erfolgreich in diesem Körper verankert hatte, oder nicht?

„Gott, Danny", stieß Elizabeth mit einem leisen Schluchzen aus. „Du bist es wirklich! Und du lebst!" Die ganze Tragweite traf sie nun mit voller Wucht. Daniel hatte nicht nur das Ritual unbeschadet überstanden, er war zudem am Leben! Er sah vielleicht anders aus, aber im Inneren war er ihr Daniel und er lebte, er atmete. Er hatte einen Körper mit einem schlagenden Herzen. Einen Körper, den sie richtig berühren und mit dem er sie spüren konnte. „Ich kann es nicht fassen … du lebst!"

„Ich weiß, Liz, ich fasse es ja selbst kaum", flüsterte er und wischte mit dem Daumen ihre Tränen von der Wange. Auch in seinen Augen, in denen sie schon die gesamte Palette an Gefühlen, doch noch nie zuvor Tränen gesehen hatte, glitzerte es feucht. „Und zu verdanken habe ich das einzig und allein dir." Langsam neigte er sich ihr entgegen. Er musste sich nicht mehr so weit hinunterbeugen, denn er war nur noch einen halben Kopf größer als sie. „Danke, mein Engel!" Kurz verharrte er und sah ihr in die Augen, als wollte er sichergehen, dass sie nicht vor ihm zurückwich. Dann senkte sich sein Mund auf ihren und ihre Lippen trafen sich zum zärtlichsten und süßesten Kuss.

Elizabeths Knie gaben erneut nach.

Der Kuss war so völlig anders im Vergleich zu den bisherigen, die sie mit Daniel geteilt hatte. Sein warmer Mund, mit sanften und doch festen Lippen, strich über den ihren, drückte sich leicht auf ihn, um ihn dann etwas weiter zu öffnen und seiner behutsam forschenden Zungenspitze Platz zu machen, die ihre eigene neckend zum Tanzen einlud. Und dann der Geschmack! Dieser süße, fruchtige und zugleich etwas salzige Geschmack, so köstlich wie das Lieblingsdessert, von dem man einfach nicht genug bekommen kann.

„Der perfekte erste Kuss", hauchte Elizabeth, als sich seine Lippen etwas von ihren hoben.

„Der erste von einer Million", versprach er und ließ augenblicklich den zweiten folgen.

Dann hielt er inne und blickte sie an, und sie sah ihre eigenen überwältigenden Gefühle in ihm widergespiegelt. Diese körperliche Nähe war einfach unbeschreiblich. Natürlich war Elizabeth in den vergangenen Wochen für jede noch so flüsterzarte Berührung dankbar gewesen und hatte sie in vollen Zügen genossen. Jede einzelne für sich war ein kleines Wunder gewesen. Aber nun, da sie seine warme Haut auf ihrer fühlte, waren selbst die beinahe soliden Berührungen während des Sonnenauf- und -untergangs nur blasse Echos von menschlichen, lebendigen Berührungen gewesen.

Daniel lächelte sie an, als wüsste er genau, was sie dachte. Seine Lippen waren ein verlockendes Versprechen, und Elizabeth konnte nicht anders, als sie erneut zu kosten. Dieser Kuss war deutlich ungestümer. Er war so leidenschaftlich, so voller Feuer, dass es Elizabeth kein bisschen gewundert hätte, wenn ihre Lippen Funken versprüht und damit das Holz im Kamin entzündet hätten. Ihre Finger knoteten sich in Daniels Haare, und mit einem leisen Stöhnen zog er sie fest an sich. Trotzdem war es Elizabeth nicht fest genug.

„Gott, fühlst du dich gut an", seufzte er.

Eine Welle des Verlangens ging durch Elizabeths Körper. Nein, es war kein Verlangen, es war eine Naturgewalt. Zu machtvoll, um sich ihr entgegen zu stellen. Als könnte sie nur dann daran glauben, dass Daniel real war, wenn sie ihn überall an ihrem Körper spürte.

„Das ist weder die Zeit noch der Ort dafür", stellte sie unter rauem Keuchen fest. Gleichzeitig lösten sich ihre Hände aus seinen Haaren, glitten unter das Hemd und schoben sich seinen Rücken hinauf. Unter ihren Fingerspitzen fühlte sie seine seidige Haut und darunter jeden Muskel.

„Nein, ganz und gar nicht", bestätigte er ebenso kurzatmig. Seine Hände legten sich um ihre Hüften, und er hob sie scheinbar mühelos hoch. „Das ist vollkommen unangemessen."

Stürmisch schlang Elizabeth ihre Beine um seine Taille und ihre Arme um seinen Nacken. Ihre Lippen streiften über sein Gesicht, während er sich von ihrem Schlüsselbein ausgehend ihren Hals hinauf küsste. „Wir befinden uns noch immer in der Höhle des Löwen …" Seine hungrigen Lippen fanden die ihren und brachten sie für einen Moment zum Schweigen. „Umgeben von Feinden … und … und Tony und Riley! Sie sind eingesperrt und werden sich Sorgen machen."

„Ihnen passiert nichts." Daniel knabberte an ihrem Ohrläppchen. „Und keine Sorge, wir holen sie, bevor wir von hier verschwinden."

Er trug sie zum Bett, ließ sie sachte hinunter und zog anschließend das Hemd über den Kopf.

Das Sonnenamulett lag noch immer an der langen Silberkette auf seiner Brust.

Bewundernd betrachtete Elizabeth den makellosen, durchtrainierten Oberkörper und die schmale Taille. Die Muskulatur war nicht massiv, sondern schlank und sehnig. Seine gesamte Erscheinung war eine verführerische Einladung.

Eilig schickte sie sich an, ihre eigene Bluse über den Kopf zu ziehen, doch Daniel hielt sie auf.

„Untersteh dich", raunte er, während er sie in eine liegende Position drückte. Spielerisch strich er mit seiner Nase an ihrer entlang, dann begann er, betörend langsam, die Knöpfe ihrer Bluse zu öffnen und dabei jeden freigelegten Teil ihres Körpers mit einem sanften Kuss zu begrüßen.

„Andererseits", japste sie unter ihm, „erwarten die Thugs doch, dass du deinen Spaß mit mir hast." Ihre Hände wühlten sich wieder in seine Haare. „Wir müssen den Schein waren. Sie … sie würden sonst bestimmt Verdacht schöpfen …"

„Es wäre geradezu leichtsinnig, es nicht zu tun", stimmte Daniel ihr vollkommen ernst zu. Er hatte den letzen Knopf geöffnet und küsste ihren Bauchnabel.

Ein genüssliches Zittern durchlief Elizabeth. Hastig wand sie sich aus der Bluse. Sie küssten sich lange und hitzig, bevor er sich ihrem Gürtel widmete, ihn öffnete und dann die schwarze Jeans über ihre Hüften bis hinunter über die Knöchel schob.

Elizabeth setzte sich auf und machte sich am Verschluss seiner Hose zu schaffen, gleichzeitig öffnete Daniel geschickt ihren BH und streifte die Träger über ihre Schultern und Arme. Während er anschließend aus der Hose stieg, rutschte sie in die Mitte des breiten Bettes.

Daniel betrachtete sie mit einem Glanz in den Augen, der Elizabeth einen wonnigen Schauer über den Rücken jagte.

„Oh Baby", seufzte er und kam in ihre ausgebreiteten Arme. Seine Haut schien unter ihrer Berührung regelrecht zu glühen. Er vergrub sein Gesicht in ihren Locken und atmete tief ein. „Du riechst wundervoll", flüsterte er. „Noch viel besser, als ich es mir vorgestellt habe."

Gleichzeitig sog Elizabeth seinen Geruch in sich auf. Hauptsächlich roch er nach einem frischen Duschgel, doch da war auch die kaum wahrnehmbare Spur eines anderen Dufts. Dem Duft nach Sommergewitter.

Gemeinsam ließen sie ihre Hände und Lippen auf Erkundungstour gehen. Und zu erkunden gab es so einiges. Sein Körper war das reinste Wunderland, das Elizabeth mit all ihren Sinnen erforschte. Es war ein

Fest des Fühlens, Schmeckens und Riechens. Und endlich, endlich war es ihr auch vergönnt, Daniel so zu küssen, zu streicheln und zu verwöhnen, wie sie es sich immer gewünscht hatte. Jedes Seufzen, jedes kleine Stöhnen und jedes noch leise Keuchen, das sie ihm entlockte, war Musik in ihren Ohren. Sie ließen sich alle Zeit und liebten sich hingebungsvoll mit der perfekten Mischung aus Leidenschaft und Zärtlichkeit. Als Elizabeth schließlich auf Daniels Schoß sank und er Zentimeter für köstlichen Zentimeter in sie glitt, hieß sie ihn mit einem tiefen, glücklichen Seufzen wie einen lange ersehnten Gast willkommen.

Plötzlich verharrte er in völliger Bewegungslosigkeit und sah sie an, als sei sie eine Erscheinung, als könnte er nicht glauben, was gerade geschah. Doch dann verstärkte er den Griff um ihre Taille, und als wären sie an den Hüften verschmolzen, bewegten sie sich in vollkommener Harmonie in einem langsamen, gleichmäßigen Rhythmus, der sich allmählich steigerte, bis er am Ende nur noch von beider Verlangen nach Erlösung bestimmt wurde.

Elizabeth fand sie als erste, aber als der Höhepunkt sie hinwegfegte und sich ihre Finger in seinen Rücken krallten, sandte das auch Daniel über die Klippe. Mit einem zittrigen Stöhnen erschauderte er, bevor er seufzend gegen sie sank.

Eine Weile hielten sie sich noch fest umschlungen, wiegten sich dabei sanft vor und zurück, und genossen das warme Nachglimmen. Dann schlüpften sie zusammen unter die seidenen Laken. Elizabeth kuschelte sich an seine Brust, während Daniel beide Arme um sie legte, als fürchtete er, sie könnte sich heimlich davon stehlen.

Verträumt streichelte sie sein fremdes und doch so vertrautes Gesicht und lauschte dabei seinem starken, gleichmäßigen Herzschlag. Seine Wangen waren herrlich gerötet, und die Augen leuchteten sogar noch schöner als sonst. Erstaunlich, wie schnell sich namenloser Schrecken in grenzenloses, alles überstrahlendes Glück wandeln konnte.

„Ich muss tot sein“, seufzte sie.

„Das wüsste ich aber“, lächelte Daniel.

„Nein, im Ernst. Dieser Thug heute Morgen muss mich erfolgreich erwürgt haben. Und das hier ist mein Himmel.“

„Und wie komme ich hier her?“

„Na, du bist natürlich Teil meines Himmels. Ohne dich wäre es ja wohl kaum das Paradies.“

„Deine Logik ist bestechend, Baby." Erst küsste er ihre Stirn, dann strich er sachte an ihrem Hals entlang, und ein Stirnrunzeln störte die Makellosigkeit seines Gesichts. „Tut das sehr weh?"

„Was?", fragte sie verwirrt. Im Moment tat ihr rein gar nichts weh. Im Gegenteil, sie hatte das Gefühl, auf Wolken gebettet dahin zu schweben.

„Diese Blutergüsse."

Sie betastete ihren Hals. „Ich habe Blutergüsse? Schon wieder?" Wenn sie darauf achtete, schmerzte er tatsächlich, und das Schlucken fiel ihr schwer. Außerdem klang sie noch immer wie eine kettenrauchende Barfrau.

„Das war wirklich knapp", sagte Daniel leise. „Ein paar Sekunden länger und es wäre zu spät gewesen."

„Dennoch war es gut, dass mich der Kerl aufgehalten hat. Immerhin war ich gerade dabei, dich zu erstechen." Bei dem Gedanken daran schmiegte sie sich noch enger an ihn.

„Ja, schon wieder ein Messer in der Brust stecken zu haben, wäre in der Tat ärgerlich gewesen", meinte Daniel trocken.

„Habe ich eigentlich noch immer diesen blutigen Punkt auf der Stirn?" Nicht der Gedanke, etwas von ihrem Blut könnte sich zwischen ihren Augenbrauen befinden, störte sie, sondern dass es sich bei dem Punkt um Hamiltons Daumenabdruck handelte.

„Nein. Ich habe ihn abgewaschen, während du bewusstlos warst." Daniel nahm ihre Hand und betrachtete die roten Flecken, wo das Öl sie verbrannt hatte. An einigen Stellen hatten sich kleine Brandblasen gebildet. „Ich wünschte, die hier ließen sich auch einfach abwaschen."

Sie entzog ihm die Hand und legte sie auf seinen flachen Bauch. „Mach dir keine Gedanken." Und nach einer kurzen Pause: „Zumindest nicht darüber."

„Und worüber sollte ich mir Gedanken machen?", wollte er wissen.

„Zum Beispiel darüber", sagte sie ernst, „dass blonde Männer so gar nicht mein Typ sind und Männer, die jünger sind als ich, noch viel weniger."

Völlig perplex blinzelte Daniel sie an. Als sie den verunsicherten Ausdruck in seinem Gesicht sah, hätte Elizabeth beinahe laut losgelacht. Unglaublich, dass ihm nicht sofort klar war, dass sie nur scherzte. Sie hatte ihn geliebt, als er körperlos gewesen war und sie würde ihn lieben, selbst wenn er jetzt nicht in diesem Prachtkerl, sondern in Quasimodos Körper stecken würde. Wie konnte er das nicht wissen?

Endlich durchschaute er sie. „Oh, komm her, du!", lachte er und kitzelte sie, bis sie vor Kichern und Quietschen keine Luft mehr bekam und um Gnade flehte.

Unvermittelt klopfte es an der Tür. „Alles in Ordnung, Sir?", fragte Georges gedämpfte Stimme.

Sie sahen sich alarmiert an. „Danke, alles bestens", rief Daniel. „Ich kümmere mich um die reizende Elizabeth, und du kümmerst dich bitte um unsere Gäste."

„Natürlich, Acharya."

„Ach, und George. Bitte vergiss nicht, Mr Wood und dem jungen Mr O´Shea etwas zu Essen zu bringen."

Einen Moment herrschte Stille. „Natürlich." Dann entfernten sich leise Schritte.

„Das ist unheimlich", flüsterte Elizabeth. „Wenn du willst, klingst du tatsächlich wie Hamilton."

„Ist das so?", sagte er noch immer in Hamiltons Tonfall. „Tja, meine Liebe, vielleicht ist es ja gerade umgekehrt. Vielleicht klinge ich genau wie Mr Mason, wenn ich es will."

Elizabeth versteinerte.

Nein! Das konnte unmöglich wahr sein!

Ihr entsetzter Gesichtsausdruck schien ihn zu erschrecken. „Gott, Liz. Das war doch nur ein Scherz!", rief er und hörte sich dabei wieder wie Daniel an.

Er zog sie zurück an seine Brust, hielt ihren Kopf und küsste ihren Scheitel. „Ein wirklich dummer Scherz. Entschuldige."

Elizabeth stieß die Luft aus, die sie unbewusst angehalten hatte, und entspannte sich. „Tu das, nie, nie wieder!", keuchte sie und boxte ihm gegen den Arm.

„Es tut mir wirklich leid, Baby." Er lächelte wieder. „Aber wenigstens sind wir jetzt quitt."

„Hamilton ist doch wirklich weg, oder?", fragte sie, noch immer leicht verunsichert.

„Ja", bestätigte Daniel grimmig. „Kalis Gunst war wohl nicht grenzenlos."

„Und seine Lebensenergie ist jetzt ein Teil von dir?"

Er nickte und sah aus, als behagte ihm der Gedanke ganz und gar nicht.

„Ich spüre, wie diese Kraft mich durchströmt, aber ich weiß genau, es ist nicht meine, sondern seine.“

„Hast du auch Zugriff auf seine Erinnerungen?“, fragte Elizabeth weiter.

„Ja“, sagte er rau. „Das ist so merkwürdig. Wie ein Fremdkörper in meinem Kopf, der bislang nicht da war. Sie sind nicht wie meine eigenen Erinnerungen und nicht ständig in meinem Bewusstsein, aber ich kann sie abrufen. Manches ist klar und deutlich, als würde ich mich an einen Film erinnern und manches ist undeutlich und verschwommen wie die Erinnerung an einen Albtraum.“ Seine Stimme wurde noch leiser. „Und hin und wieder flackern plötzlich Bilder auf … wie aus einem Horrorfilm.“

Elizabeth wollte sich nicht ausmalen, wie es sein musste, nicht nur sämtliche grausigen Details aus Hamiltons Vergangenheit zu kennen, sondern die entsprechenden Bilder auch noch deutlich vor sich zu sehen. Ganz zu schweigen von dem Wissen, dass die Lebensenergie dieses Geisteskranken einen durchströmte.

So in etwa musste es sein, überlegte sie, *wenn man ein rettendes Spenderorgan von einem verurteilten Massenmörder erhält.* Tröstend presste sie ihre Lippen auf seine Brust. „Du lebst. Das ist das Wichtigste.“

„Ja, ich lebe. Und irgendwann werde ich wohl auch damit klarkommen, dass dafür acht Jungs ihr Leben lassen mussten“.

Elizabeth fuhr auf. „Das ist doch nicht deine Schuld, Danny!“

„Ich weiß, Liz“, beschwichtigte er sie. „Dennoch … Ich bin der Nutznießer ihres Todes.“

„Besser du als Hamilton! Ich sehe das so: Wir haben ihn aufgehalten. Niemand wird mehr für ihn morden oder nahestehenden Menschen Schaden zufügen. Dafür hast du es dir mehr als verdient, der Nutznießer der ganzen Sache zu sein.“

„Ich glaube, ich sagte es bereits“, schmunzelte Daniel. „Aber deine Logik ist bestechend.“

„Hast du auch Erinnerungen, die diesem Jungen gehörten?“

„Nein, da ist überhaupt nichts. Ich weiß nur, was Hamilton über ihn wusste.“

„Und das wäre?“, fragte Elizabeth neugierig.

„Er heißt … hieß Trevor Banks und ist siebenundzwanzig.“

„Zwei Jahre jünger als ich“, murmelte Elizabeth. „Das ist vertretbar.“

„Er hatte einen Sportunfall …"

„Beim Schwimmen, ich weiß", fiel sie ihm ins Wort. „Er wäre fast ertrunken und musste wiederbelebt werden."

„Richtig, aber sein Geist hatte den Körper bereits verlassen. Sie haben ihn vor etwa drei Wochen in einem Krankenhaus in Brighton gefunden, wo einer der Oberärzte der Bruderschaft angehört. Sie waren schon seit mehr als einem Jahr auf der Suche, hatten jedoch noch keinen Körper gefunden, der Hamiltons Ansprüchen genügt hätte. Aber von diesem Wirtskörper war er begeistert. Deshalb hat es Ian Carmichael und mich dann auch so kurz hintereinander erwischt. Zwischen den anderen Opferungen lagen Wochen, aber nun mussten sie sich beeilen, damit der perfekte Zustand dieses Körpers durch das Koma nicht zu sehr litt.

Letzte Woche hat dann der Oberarzt Trevors Familie eröffnet, dass sein Herz versagt hätte. Anschließend hat man ihn in einer Nacht- und Nebelaktion hier hergebracht und David Morgan aus ihm gemacht, Sir Thomas Hamiltons einzigen Verwandten und damit Alleinerben. Alle Papiere sind vorbereitet, und auch alle Urkunden und Registereinträge. David Morgan hält jeder gründlichen Überprüfung stand. Naja, eine Kleinigkeit muss nun geändert werden", räumte er ein.

„Was denn?"

„Die Augenfarbe. In seinen Papieren sind blaue Augen vermerkt."

„Ich hätte nie gedacht, dass *die Augen sind die Fenster der Seele* wörtlich zu verstehen ist."

„Ich auch nicht", grinste Daniel. „Aber es ist schön, wenigstens *etwas* Vertrautes im Spiegel zu sehen."

„Und jetzt bist du also David Morgan und erbst Hamiltons gesamtes Vermögen."

„Ich will es aber nicht", erklärte Daniel vehement.

Warum überrascht mich diese Antwort nicht?, dachte Elizabeth lächelnd. „Stell dir nur all die Pokerspiele vor, die du damit verlieren könntest", neckte sie ihn. „Nie wieder von zwielichtigen Typen Geld leihen …"

„Verrätst du mir, wie lange du mir das noch unter die Nase reiben willst?", fragte Daniel gespielt gelangweilt. „Nur, damit ich mich schon mal darauf einstellen kann."

„Das war das letzte Mal", versprach sie, und einen Moment später: „Für heute."

„Wie schön", brummte er. „Und was das Geld angeht - ich habe mir überlegt, es den Familien der Opfer zukommen zu lassen. Anonym, versteht sich und meine eigene Familie mit eingeschlossen. Und Riley und Sue sollten selbstverständlich auch einen netten Batzen bekommen."

„Tolle Idee", sagte Elizabeth. *Und so typisch Danny*, fügte sie im Stillen hinzu.

„Ich behalte gerade so viel, damit wir beide ein gutes Leben führen können."

„Zusammen?", hakte Elizabeth leise nach. Ihr Herz hämmerte wie wild, aber sie versuchte sich nicht anmerken zu lassen, wie aufregend sie die Vorstellung eines gemeinsamen Lebens fand. Eines Lebens, in dem sie Arm in Arm die Straße hinunter gehen und ein Restaurant besuchen konnten, ohne dass sie sich verstellen musste, um keine seltsamen Blicke auf sich zu ziehen. Eines Lebens, in dem mehr als nur eine Handvoll Eingeweihter von ihrer Liebe wussten und sie sich nicht ständig neue Lügen ausdenken musste. Und in dem es nicht ausgeschlossen war, dass sie irgendwann eine Familie gründeten …

„Etwa nicht?", fragte Daniel verdutzt. Wieder erschien dieser unsichere Ausdruck auf seinem Gesicht, und Elizabeths Herz schaltete einen weiteren Gang nach oben.

„Naja", entgegnete sie unschuldig und zeichnete dabei mit dem Zeigefinger kleine Kreise auf seine Brust. „Du bist jung, siehst verdammt gut aus und hast eine Menge Geld … Praktisch jede Frau wird dir zu Füßen liegen. Und du brauchst mich jetzt auch nicht mehr … Du bist frei und kannst noch mal komplett von vorne anfangen. Dir steht praktisch die ganze Welt offen."

„Ganz genau. Ich kann noch mal von vorne anfangen." Daniel strich mit dem Daumen über ihre Lippen. „Aber wie kommst du nur auf den absurden Gedanken, ich könnte dich nicht mehr brauchen? Baby, das Einzige, was ich mir wirklich wünsche, ist, dieses neue Leben mit dir zu teilen. Ich will jeden einzelnen Morgen an deiner Seite aufwachen und abends mit dir einschlafen …" Sein Daumen verharrte. „Aber natürlich nur, wenn du das auch willst", setzte er zögerlich nach.

„Als ob ich je etwas anderes gewollt hätte!", strahlte sie mit glühenden Wangen.

„Ich meine, wenn dir das alles zu schnell geht, verstehe ich das. Ehrlich. Ich könnte mir erst mal eine eigene Woh-"

Elizabeths Lippen stoppten seinen Wortschwall.

„Halt die Klappe", raunte sie.

„Ja, Miss." Ohne, dass ihre Lippen den Kontakt verloren, rollte er sie beide herum, bis Elizabeth auf dem Rücken und er halb über ihr lag. Dann nahm er ihren Arm, hob ihn über ihren Kopf und strich leicht an der sensiblen Innenseite entlang hinab bis zur Achsel.

Elizabeth schnurrte dabei wie ein Kätzchen. Sie öffnete etwas die Augen, und aus dem Schnurren wurde ein entsetztes Kreischen.

Ein rothaariger Junge in Schuluniform stand am Bett und funkelte sie vorwurfsvoll an.

Daniel fuhr herum, gleichzeitig zog Elizabeth das Laken hinauf bis zum Kinn.

„Sieht so aus, als würden sich deine beiden Kumpel umsonst tierische Sorgen um dich machen", meinte Justin feindselig. „Du bist ja echt schnell über Danny weggekommen, was?"

„Justin, nein, warte!", rief Daniel, doch der Geist war schon wieder verschwunden. „Na toll!" Stöhnend ließ er sich zurück auf das Kissen fallen. „Jetzt wird er Tony und Riley erzählen, du seist Hamiltons willige Gespielin."

„Aber vielleicht erwähnt er dabei auch, dass ich ihn gesehen habe", sagte Elizabeth und setzte sich auf. „Dann begreifen sie vielleicht, dass das nur möglich ist, wenn ich gleichzeitig dich berühre."

„Darauf würde ich wirklich nicht hoffen", seufzte Daniel. Er richtete sich ebenfalls auf. „Aber auf jeden Fall ist es interessant, dass das nach wie vor funktioniert. Das hätte ich nicht erwartet."

„Du strahlst durch", meinte Elizabeth schulterzuckend.

„Wie bitte?"

„Du sagtest doch gestern Nacht, dass Seelenwanderer nie so fest mit ihrem neuen Körper verbunden sind wie mit ihrem ursprünglichen, und dass es der Grund dafür sei, warum Seelenwanderer Geister sehen können. Außerdem hat Riley bei Hamilton ähnliche Schwingungen wie bei Geistern gespürt, und", sie lehnte sich an ihn und sog tief die Luft durch die Nase ein, „du duftest ganz, ganz leicht nach Sommergewitter. Deshalb nehme ich an, dass ein wenig von deiner Essenz durchsickert, was der Grund dafür ist, warum ich noch immer Geister sehen kann, wenn ich dich berühre."

„Elementar, mein lieber Watson", lächelte Daniel anerkennend. „Du bist ein cleveres kleines Secondhand-Medium."

„Ich persönlich würde ja den Begriff peripheres Medium bevorzugen."
Daniel lachte auf. „Aber ja, Oxford!"
„Vielleicht können wir das ja dazu nutzen, um die beiden davon zu überzeugen, dass du *du* bist und nicht Hamilton", überlegte Elizabeth.
„Das wird schwierig genug werden. Die Thugs müssen weiterhin glauben, ich sei Hamilton, während Tony und Riley die Wahrheit erfahren müssen."
Elizabeth seufzte und schmiegte sich an ihn. Schleichend meldete sich ihr schlechtes Gewissen darüber, dass sie sich die Zeit genommen hatten, Daniels Rettung und sein neues Leben, oder vielmehr, seinen neuen Körper zu zelebrieren, obwohl sie alle noch in großer Gefahr schwebten. „Dann sollten wir jetzt wohl los und sie holen." Das klang zwar furchtbar einfach, aber ihr war natürlich bewusst, dass es alles andere als leicht werden würde. Sie konnten wohl kaum ihre Freunde befreien und dann gemeinsam an den Thuggees vorbei zur Vordertür hinaus marschieren.
Daniel dachte das Gleiche. „Wir brauchen dringend einen Plan", seufzte er. „Mal wieder."

15

„Das wird wohl noch eine Weile dauern, bis ich mich an diesen Körper und vor allem an dieses Gesicht gewöhnt habe." Daniel stand vor dem Spiegel und strich sich über die Wangen.

Elizabeth trat neben ihn. „Das wird schnell gehen." Sie legte den Kopf an seine Schulter und betrachtete ihr beider Spiegelbild. Den Altersunterschied sah man nicht, stellte sie erleichtert fest. Und sie gaben durchaus ein hübsches Paar ab, auch wenn sie sich eingestehen musste, nicht mit Daniels neuem Level an Attraktivität mithalten zu können.

Dennoch sah die Elizabeth, die ihr da entgegenblickte, so blendend aus, wie lange nicht mehr.

Sie schien förmlich von innen heraus zu strahlen. Zudem waren ihre Haare gewaschen und gerichtet, und die dunkelgrüne, knielange Seidentunika mit passender Hose stand ihr hervorragend, auch wenn sie sich zunächst gesträubt hatte, die von Hamilton vorbereiteten Sachen zu tragen. Doch der Schnitt schmeichelte ihrer Figur und die Farbe ihrem olivfarbenen Teint und den dunklen Haaren. Außerdem verschwanden ihre neuerlichen Blutergüsse unter einem hellgrünen Schal, der um ihren Hals und ihre Schultern drapiert lag und dessen weichfließende Enden über ihren Rücken fielen.

„Du kommst damit richtig gut zurecht, oder?" Daniel umfasste ihre Taille und sah ihrem Spiegelbild in die Augen. „Aber warum wundert mich das überhaupt? Schließlich hattest du auch kaum Probleme, dich an einen Geist zu gewöhnen. Du bist wirklich unerschütterlich."

„Stimmt", lächelte sie. „Dich nehme ich in jeder Form und Beschaffenheit."

„Sogar in blond", zwinkerte er, seine Haare zerzausend.

„Naja, es ist ja eher dunkelblond. Das macht es einfacher." Sie wandte sich ihm zu und tippte an seine Brust. „Mir fällt es zwar tatsächlich leicht, dich da drin zu erkennen, aber dein altes Gesicht werde ich trotzdem vermissen. Vor allem deine Lachfältchen und die Sommersprossen."

„Ich hatte Sommersprossen?", fragte Daniel erstaunt.

„Vereinzelt. Hier und hier …", Elizabeth zeigte auf die entsprechenden

Stellen, „und hier. Aber wenigstens die Lachfältchen werden früher oder später zurückkommen."

„Mit dir wahrscheinlich sogar früher als mir lieb ist."

„Solange ich nicht für deine ersten grauen Haare verantwortlich bin ..." Elizabeth löste das schwarze Lederband von ihrem Handgelenk und reichte es ihm. „Hier, vielleicht hilft dir das beim Eingewöhnen."

Schmunzelnd nahm er es entgegen. „Danke fürs Aufbewahren", sagte er, strich darüber und legte es an. Dann sah er seufzend an sich hinunter. „Das ist doch einfach lächerlich." Passend zu Elizabeths Outfit trug er eine eindrucksvolle dunkelgrüne Kurta mit goldenem Gürtel. „Ich meine, du siehst atemberaubend aus. Wie eine echte Bollywood-Prinzessin. Aber ich sehe aus wie Sergeant Pepper."

„Du warst es, der sagte, wir müssen den Schein waren und uns so präsentieren, wie Hamilton es geplant hat", erinnerte sie ihn. Außerdem fand sie gar nicht, dass er lächerlich aussah. Eher wie der Prinz, der er für sie schon immer gewesen war. Kritisch betrachtete sie seine Frisur. „Du solltest die Haare nach hinten kämmen. Hamilton würde sie bestimmt nicht so ungebändigt tragen. Und was ist mit deinen Augen? Werden sie ihnen nicht auffallen?"

„Ich schätze nicht", sagte er und holte einen Kamm. „Sie werden vermutlich annehmen, dass das die Augenfarbe des Jungen ist." Nachdem er sein Haar nach hinten frisiert hatte, präsentierte er Elizabeth sein Werk. „Besser?"

„Viel besser."

Daniel atmete durch und nahm ihr Gesicht zwischen seine Hände. Die Geste war vertraut und dennoch ungewohnt, schließlich spürte sie auf ihrer Haut starke, warme Hände und nicht eine hauchzarte, von kühlem Prickeln begleitete Berührung. „Bist du bereit?"

„Nein", antwortete sie leise. „Aber ich will endlich nach Hause."

„Du vertraust mir doch, nicht wahr? Du weißt, dass alles, was ich da draußen sagen und tun werde, nur Show ist."

„Natürlich." Sie legte ihre Hände flach auf seine Brust und spürte den beschleunigten Herzschlag. „Keine Sorge. Und ich werde einen sehr glaubhaften Zombie abgeben", Sie lächelte schwach. „Darin habe ich nämlich Übung."

„Sehr gut. Es muss so aussehen, als stündest unter meinem Bann." Er drückte seine Lippen auf ihre Stirn und schloss sie noch mal fest in die

Arme. „Dann kann es ja losgehen."

Wie an jenem grauenvollen Morgen, nachdem Daniel von Hamilton erfolgreich beschworen worden war, entspannte Elizabeth bewusst alle Muskeln, bis ihr Gesicht einer leeren Leinwand glich. So fror sie sich ein. Sie durfte keinerlei Emotionen zeigen, weder positive noch negative. Aus ihr musste eine seelenlose Schaufensterpuppe werden. Um den abwesenden Ausdruck noch zu verstärken, bemühte sie sich, langsam, beinahe in Zeitlupe, zu blinzeln.

Doch als sie hinaus traten und bereits im nächsten Korridor Thuggees begegneten, die sofort ehrfurchtsvoll die Köpfe neigten und Daniel zum gelungenen Ritual gratulierten, merkte Elizabeth, dass die Schwierigkeit weniger darin bestand, eine ausdruckslose Miene zu bewahren, als darin, den Blick ins Leere gehen zu lassen und nichts und niemanden direkt anzusehen.

Daniel spielte seinen Part indes mit Perfektion. Er nahm die Respektbekundungen gutgelaunt entgegen, sprach die drei Männer mit Namen an und wechselte mit ihnen ein paar unverbindliche Worte. Hin und wieder zögerte er zwar kurz, wenn er nach den richtigen Informationen in den fremden Erinnerungen suchte, doch das fiel allein Elizabeth auf. Souverän bediente er sich erneut Hamiltons geschliffener und manchmal etwas altmodischer Ausdrucksweise, und Elizabeth fragte sich, ob ihm das dank Hamiltons Erinnerungen oder dank seines erstaunlichen Talents, Leute zu imitieren, gelang.

Die ganze Zeit über behielt er eine Hand auf ihrem Rücken. Nach außen hin sollte es den Anschein erwecken, als würde er sie lenken, gleichzeitig war sie aber auch dankbar dafür, denn mit seiner Hand zwischen ihren Schulterblättern fühlte sie sich beschützt und sicher.

Schließlich setzten sie ihren Weg fort.

„Hast du Hunger?", flüsterte Daniel, sobald die Luft rein war.

„Wie ein Bär."

„Ich auch! Lass uns zunächst einen Happen essen."

Also schlugen sie den Weg zur Küche ein, den Daniel so problemlos fand, als wäre er hier zuhause. Vereinzelt begegneten ihnen Thugs, und sie mussten immer wieder kurz anhalten, um Gratulationen entgegenzunehmen. Keiner der Männer schien sich über die apathische Frau an der Seite ihres Meisters zu wundern, offenbar wusste jeder über Hamiltons kleine Trophäe Bescheid. Und sie alle fieberten den Feierlichkeiten am

Abend entgegen, auf denen sich Hamilton innerhalb einer pompösen Zeremonie in seiner neuen Hülle präsentieren sollte. Elizabeth schloss aus den Gesprächen, dass zu der Party etwa zweihundert höher stehende Thuggees erscheinen würden. Nur die verdienstvollsten Anhänger waren bereits seit gestern Abend zu Gast und durften ihren Meister schon vorher sehen. Und sie alle fühlten sich hochgeehrt zu diesem erlauchten Kreis zu gehören. Mit Genugtuung erfuhr sie, dass ursprünglich auch Dr. Mortimer dieser Gruppe von Thugs angehörte, aber sein Versagen hatte ihn in Ungnade fallen lassen. Man rechnete jedoch damit, dass er am Abend auf der Party erscheinen würde, um bei seinem Meister Abbitte zu leisten.

„Nun, ehrlich gesagt“, meinte Daniel dazu, „hat Charles mich doch sehr enttäuscht. Ich bin mir nicht sicher, ob ich ihm sein Unvermögen einfach nachsehen soll. Ich denke vielmehr daran, ihm nahezulegen eine neue Karriere in Betracht zu ziehen. Mir schwebt da eine Laufbahn in der städtischen Abfallverwertung oder dem Kanalbauamt vor.“ Nachdem einer der Thuggees zugesichert hatte, sich unverzüglich um die Angelegenheit zu kümmern, verabschiedete sich Daniel, ein zufriedenes Lächeln im Gesicht.

Endlich erreichten sie die Küche, wo Sam Jeffreys gerade dabei war, sich großzügig bei den auf dem Arbeitstisch bereitstehenden Sandwiches zu bedienen.

Elizabeth hätte am liebsten sofort auf dem Absatz kehrt gemacht, doch Daniel streichelte beruhigend über ihren Rücken. „Sam, mein Lieber“, begrüßte er ihren ehemaligen Chef gelassen.

Jeffreys zuckte erschrocken zusammen und stellte hastig seinen Teller ab. „Acharya!“, keuchte er mit einer leichten Verbeugung. „Ich bin froh und erleichtert, dass alles gut gegangen ist. Nicht, dass ich daran gezweifelt hätte!“, ergänzte er eilends.

„Natürlich nicht“, lächelte Daniel. „Meine bezaubernde Begleitung brauche ich dir, glaube ich, nicht vorzustellen.“

„Nein, Acharya. Elizabeth und ich sind alte Bekannte. Aber das wissen Sie ja.“

Die Art, wie Jeffreys sprach und sich ständig halb verbeugte, hatte etwas abstoßend Unterwürfiges, fand Elizabeth. Sie hatte alle Mühe, ihren Abscheu nicht zu zeigen, sondern weiterhin so zu tun, als würde sie nach etwas in weiter Ferne Ausschau halten.

„Kann sie uns hören?“, fragte Jeffreys und betrachtete sie dabei mit der gleichen unverhohlenen Neugier, mit der er in der vergangenen Nacht Daniel studiert hatte. „Weiß sie, was geschehen ist und wo sie sich befindet?“

„Nein, sie ist sich nicht bewusst, was um sie herum vor sich geht.“

Jeffreys schien das zu bedauern. Sicher hätte er es vorgezogen, sie leiden zu sehen.

„Wie stehen die Dinge beim London Star, Sam?“, fragte Daniel und lenkte so Jeffreys Aufmerksamkeit weg von Elizabeth.

„Oh, ich freue mich sagen zu können, dass morgen wieder eine Ausgabe erscheinen wird!“

„Tatsächlich? Das ist ja fantastisch. Ich hätte da eine kleine Bitte.“

„Natürlich, Acharya!“ Jeffreys begann wieder auf den Fußballen zu wippen.

„Ich finde, nach allem, was wir dem dahingegangen Mr Mason und unserer Elizabeth hier zu verdanken haben, wäre es nur recht und billig, eine Gegendarstellung zu deinem letzten Bericht über die beiden zu drucken, findest du nicht? Ihre guten Namen wieder herzustellen ist doch das Mindeste, was wir tun können, nun, da alles in unserem Sinne verlaufen ist.“

Jeffreys Mund öffnete und schloss sich wie der eines Fischs auf dem Trockenen.

Elizabeth biss sich fest auf die Zunge, doch ihre Mundwinkel drohten trotzdem zu zucken. Unauffällig wandte sie sich etwas ab.

„Ich denke, die Titelseite wäre angemessen, mit einer persönlichen Entschuldigung des Chefredakteurs“, fuhr Daniel liebenswürdig lächelnd fort. „Eine übliche Gegendarstellung des Stars, in der Größe einer Kleinanzeige und versteckt auf Seite zehn, wird meinem Anliegen nicht gerecht.“

„Aber Sir, Sie sagten doch … ich meine … nachdem, was Mason in der Redaktion angerichtet hat … ich kann doch nicht …“

„Ja, Samuel? Hast du Bedenken, was diese kleine Gefälligkeit angeht?“ Eine kaum verhohlene Drohung lag in Daniels Ton.

„Nein, selbstverständlich nicht, Acharya“, sagte Jeffreys kleinlaut.

„Sehr schön. Dann schlage ich vor, du machst dich unverzüglich auf den Weg in die Redaktion, damit der Bericht gleich morgen erscheinen kann.“

Mit einem verlegenen Räuspern zupfte sich Jeffreys am Ohr. „Sir, die Party …“

„Bis dahin bist du sicherlich zurück.“

„Natürlich“, nickte Jeffreys. „Natürlich.“ Beinahe schüchtern sah er auf. „Sir, darf ich fragen, ob es stimmt, was ich gehört habe? Dass während der Feierlichkeiten nicht nur Simon Stephens bestraft werden soll, sondern dass es sogar eine Opferung geben wird?“

„Unser Sam, wie immer bestens informiert“, meinte Daniel kopfschüttelnd.

Wie beiläufig legte er einen Arm um Elizabeth und drückte leicht ihren Oberarm. Sie wusste sofort, dass es eine Vorwarnung war, damit ihr bei seinen nächsten Worten keine Reaktion entwischte. „Aber ja, es stimmt. Zwei Freunde von Elizabeth und Mr Mason, die zu ihrer Rettung geeilt kamen, sind noch immer unsere Gäste und werden heute Abend Kali als Dank für meine gelungene Wiederkehr dargebracht.“

Trotz der Warnung krampfte sich Elizabeths Magen zu einem Kieselstein zusammen. Sie war froh, gerade in eine andere Richtung geblickt zu haben, denn sie war sich nicht sicher, ob ihre Augen sie nicht doch verraten hätten. Warum hatte Daniel das ihr gegenüber nicht erwähnt? Sie hatte ja bereits geahnt, dass man Wood und Riley nicht einfach laufen lassen würde, aber dass man sie opfern wollte?

„Wenn der Bericht morgen erscheint, und du rechtzeitig zurück bist, darfst du George und mir dabei zur Hand gehen“, versprach Daniel.

„Was für eine Ehre! Danke, Acharya!“ Dieses Mal fiel die Verbeugung tiefer aus. „Danke!“ Fast rennend verließ Jeffreys die Küche.

„Widerlicher Sockellecker!“, murmelte Elizabeth, sobald er außer Hörweite war, dann wandte sie sich mit großen Augen an Daniel. „Sie sollen geopfert werden?“

„Vor der versammelten Bruderschaft, ja. Um genau zu sein, war das meine Idee.“

„Bitte?“

„Naja, auf diese Weise habe ich sichergestellt, dass ihnen bis heute Nacht nichts geschieht“, klärte er sie schulterzuckend auf. „Bis zur Zeremonie stehen sie praktisch unter meinem Schutz.“

„Verstehe. Und bis dahin sind wir längst verschwunden.“

„Genau.“ Er schnappte sich ein Gurkensandwich von dem Teller, den Jeffreys unangetastet zurückgelassen hatte und biss herzhaft hinein. „Meine Güte, ist das gut!", stöhnte er mit vollem Mund, während er Elizabeth den Teller reichte.

Amüsiert über seinen Begeisterungsausbruch schüttelte sie den Kopf und nahm sich ein Sandwich. Es war wirklich nicht schlecht, aber es war eben doch nur ein Gurkensandwich. Andererseits, wenn es das Erste war, das man nach einem wochenlangen körperlosen Dasein aß, dann war es wohl in der Tat das Köstlichste auf der ganzen Welt.

Nachdem Daniel das erste Sandwich mit wenigen Bissen verspeist hatte, folgte sofort das zweite. „Ein Bier dazu wäre jetzt die Krönung, aber ich schätze, das heben wir uns für zu Hause auf."

„Gute Idee", meinte Elizabeth, nahm sich einen rotbackigen Apfel aus der Obstschale und polierte ihn an ihrer Tunika. „Wir sollten jetzt wirklich keine Zeit mehr verlieren und verschwinden, bevor die Partygäste eintreffen."

„Ganz deiner Meinung."

„Du bist übrigens erschreckend überzeugend als Hamilton", stellte sie fest und biss in den Apfel.

„Und du bist erschreckend überzeugend als Zombie." Daniel trat hinter sie und legte die Hände auf ihre Hüften.

Lächelnd lehnte sie sich an ihn. „Niemand scheint Notiz von mir zu nehmen. Ich fühle mich beinahe wieder unsichtbar."

„Für sie bist du eben nicht mehr als schmückendes Beiwerk. Ein Accessoire mit dem IQ einer Brombeere."

„Sehr charmant, Detective."

„Nur die Wahrheit, Miss Parker." Er beugte sich über ihre Schulter und stahl sich einen Happen von ihrem Apfel. „Mmmh, köstlich!"

„Denkst du, Hamilton hätte tatsächlich eine willenlose Puppe aus mir gemacht?", fragte Elizabeth leise und drehte sich zu ihm um.

„Er hätte es zumindest versucht", erwiderte Daniel verhalten. „Aber so, wie du dich gewehrt hast, als du aufgewacht bist, hättest du es ihm schwer gemacht." Nachdenklich zog er die Stirn in Falten und Elizabeth fiel auf, dass sich nun nicht mehr zwei senkrechte Furchen zwischen seinen Augenbrauen bildeten, sondern nur noch eine. „Lass uns gehen", sagte er plötzlich und wandte sich zur Tür. Offenbar wollte er dieses Thema nicht weiter vertiefen.

Elizabeth beschlich das Gefühl, dass er sie mit den Details über das, was Hamilton mit ihr vorgehabt hatte, nicht belasten wollte und beließ es deshalb dabei. So genau wollte sie es außerdem gar nicht wissen.

Also warf Elizabeth den halbgegessenen Apfel in den Mülleimer, setzte wieder den leeren Gesichtsausdruck auf und Daniel legte ihr eine Hand auf den Rücken.

So verließen sie die Küche und liefen direkt George in die Arme. Er führte eine Gruppe von Männern und Frauen an, die alle einheitlich mit schwarzer Hose, weißem Hemd und Fliege am Kragen bekleidet waren. George selbst trug seine übliche schlichte Kleidung im orientalischen Stil. Nichts an ihm ließ darauf schließen, dass er noch vor wenigen Stunden der Zeremonienmeister eines grausigen magischen Rituals gewesen war.

„Sir, die Herrschaften sind von der Catering-Firma. Sie liefern das Buffet."

„Willkommen auf Camley Hall", sagte Daniel, der Gruppe freundlich zunickend und darauf bedacht, George nicht direkt anzuschauen. „Bei unserem George hier sind Sie in den besten Händen. Er wird Ihnen alles zeigen und Sie einweisen. Guten Tag."

Eilig schob er Elizabeth weiter, doch George sandte die Gruppe voraus in die Küche und eilte dann Daniel hinterher. „Sir, dürfte ich Sie wohl kurz sprechen?" Und mit einem scharfen Seitenblick auf Elizabeth. „Unter vier Augen?"

Elizabeth spürte, wie sich Daniels Hand auf ihrem Rücken etwas verkrampfte, aber das war auch das einzige Zeichen seiner Anspannung.

„Aber selbstverständlich, mein Junge. Und keine Sorge wegen Elizabeth, sie ist mit den Gedanken ganz woanders." Mit Daumen und Mittelfinger massierte er sich die Stirn, als hätte er leichte Kopfschmerzen und verbarg somit seine Augen.

„Es geht um Simon", sagte George vertraulich. „Um seine Bestrafung."

„Was ist damit?" Daniel ließ die Hand sinken. Es war nicht nötig, dass er seine Augen versteckte, denn George hielt seinen Blick etwas gesenkt, als wagte er es nicht, seinem Meister direkt ins Gesicht zu sehen. Doch hin und wieder schielte George zu Elizabeth und auch wenn sie seine Blicke nur aus den Augenwinkeln heraus wahrnahm, so spürte sie dennoch deutlich das Misstrauen, das darin lag.

„Wir haben ihn zu den anderen beiden gesperrt, wie Sie sagten, Sir. Und ich frage mich … sollten wir seine Bestrafung nicht auch als Teil der Feierlichkeiten vornehmen? Es würde allen zeigen, was mit Verrätern geschieht und …"

„Ausgezeichnete Idee", fiel Daniel ihm ins Wort. „Bereite alles dafür vor."
„Jawohl, Sir. Und … ich dachte, Rafid und Alexander sollten die Bestrafung durchführen. Schließlich wurde ihre Ehre durch Simons Verrat beschmutzt."
„Sehr gut", sagte Daniel ungeduldig.
„Was ist mit ihr?" George deutete mit einem kleinen Nicken auf Elizabeth. „Sollten wir sie nicht auch …"
„Nein!", entfuhr es Daniel schärfer als angebracht war, woraufhin George überrascht aufsah, direkt in Daniels Gesicht. Im nächsten Moment hatte Daniel sich wieder unter Kontrolle und fuhr lächelnd fort: „Ich werde mich noch ein Weilchen an Elizabeths Gesellschaft erfreuen." Damit lenkte er sie an George vorbei, der sich zwar leicht verbeugte, dabei jedoch beide mit einem unergründlichen Gesichtsausdruck musterte. „Und vergiss nicht", sagte Daniel im Vorbeigehen, „dass die Cateringleute bis sieben Uhr Camley Hall verlassen haben müssen."
„Hat er Verdacht geschöpft?", wisperte Elizabeth, sobald sie sich weit genug entfernt hatten.
„Ich weiß es nicht", antwortete Daniel mit gesenkter Stimme und beschleunigte seinen Schritt. Sie bogen in einen dunkel getäfelten Korridor, an dessen Ende eine Treppe nach unten führte.
„Wie soll Simons Bestrafung eigentlich aussehen?", erkundigte sich Elizabeth.
„Sie halten sich an die traditionelle Strafe für Verräter", sagte Daniel vage.
„Und was heißt das?"
„Sie schneiden ihm die Zunge raus."
„Soll das ein Witz sein?", keuchte Elizabeth fassungslos und blieb abrupt stehen.
Daniel hatte seine Hand bereits am Treppengeländer und drehte sich zu ihr um. „Was? Mit Ritualmorden, magischen Zeremonien und Seelenwanderung kommst du zurecht, aber eine althergebrachte Bestrafung, die noch immer in vielen Ländern angewandt wird, ist dir zu abwegig?"
„Naja…", druckste sie verlegen und hob die Schultern.
Augenrollend schüttelte Daniel den Kopf und streckte die Hand nach ihr aus. „Dazu wird es sowieso nicht kommen. Na los."
Hand in Hand eilten sie die Treppe hinunter ins Untergeschoss, wo es deutlich kühler war und ein wenig modrig roch. An den unverputzten

Ziegelwänden des Ganges, dem sie folgten, standen Dutzende gefüllter Weinregale. Einige der Flaschen waren mit einer pudrigen Staubschicht und Spinnweben bedeckt und sahen aus, als seien sie Hunderte von Jahren alt und unbezahlbar. Die niedrige, gewölbeartige Decke rief in Elizabeth eine leichte Beklemmung hervor. Sie fühlte sich in ein mittelalterliches Burgverlies versetzt, mit Kerkern und einer Folterkammer. Nur die Fackeln an den Wänden fehlten … Dann machte der Gang eine Biegung und leises Gemurmel war zu hören.

„Danny, warte“, flüsterte Elizabeth und zog ihn ein Stück zurück. Fragend sah er sie an. „Ich denke, du solltest das Reden mir überlassen. Mir werden sie eher glauben, als dir.“

„Wenn du denkst, das hilft …Von mir aus.“

Sie folgten dem Gang um die Kurve und steuerten auf zwei Männer mittleren Alters zu, die vor einer schweren Eisentür standen und sich gedämpft unterhielten. Die beiden Männer waren nicht indisch gekleidet, sondern westlich mit Khakihosen und dunkelbauen Poloshirts. Daniel ließ Elizabeths Hand los und legte sie auf ihre Schulter, während sie erneut sämtliche Emotionen aus ihrem Gesicht verbannte und ihren Blick ziellos in die Ferne schweifen ließ.

Als sie sich den beiden Männern näherten, unterbrachen diese ihr Gespräch und blickten ihnen entgegen. Sobald sie sahen, wer da auf sie zukam, nahmen sie wie Soldaten Haltung an.

„Bradley, Matthew“, begrüßte Daniel sie. „Wie stehen die Dinge hier unten?“

„Alles ruhig, Sir“, berichtete der größere der beiden. Er hatte extrem kantige Gesichtszüge und kurzgeschorene, dunkle Haare.

„Wunderbar. Ich würde mich gerne ein wenig mit unseren Gästen unterhalten.“

„Natürlich, Sir“, sagte der kleinere. Seine rötlichen Haare waren ebenfalls millimeterkurz getrimmt. Bevor er die Tür aufschloss, zog er eine Pistole aus einem Halfter am hinteren Hosenbund. Dann öffnete er die schwere graue Eisentür zu einem lichtlosen Raum.

„Ihr habt sie im Finsteren sitzen lassen?“, fragte Daniel aufgebracht.

Eingeschüchtert wich der kleinere etwas vor ihm zurück. „Wir dachten, das … äh, das würde sie ruhig stellen“, stammelte er. Es war eigenartig zu sehen, fand Elizabeth, wie ein Mann, der wie ein Soldat wirkte, vor Daniel kuschte und geradezu in Angststarre verfiel.

„Dann schlage ich vor, Ihr macht wenigstens jetzt das Licht an“, sagte Daniel mühevoll beherrscht. „Außer Ihr wollt, dass ich das Gespräch im Dunkeln führe.“ Das unterdrückte Brodeln entging auch den beiden Männern nicht, denn der größere sprintete sofort zu einem altertümlichen Schaltkasten und legte einen Hebel um. Eine nackte Glühbirne, die von der Decke baumelte, erleuchtete den kleinen Raum, in dem es weder Fenster noch Möbel gab.

Daniel bedachte die beiden Wachen mit einem eisigen Blick, dann schob er Elizabeth vor sich durch die Tür. Der rothaarige Thug mit der Waffe folgte ihnen.

Wood und Riley hatten an der gegenüberliegende Wand gelehnt auf dem Steinboden gesessen und erhoben sie nun, heftig gegen das plötzliche grelle Licht anblinzelnd. Ihre schwarze Kleidung war an zahlreichen Stellen aufgerissen und auch stark verschmutzt.

Simon hatte sich in der Ecke rechts neben der Tür zusammengekauert. Er trug noch immer die Sachen, die er während des Rituals getragen hatte. Auch seine Hände waren nach wie vor blutverschmiert und zitterten leicht.

Simons Zustand interessierte Elizabeth kaum, aber der bedauernswerte Anblick, den Wood und Riley boten, weckte in ihr wieder das bohrende schlechte Gewissen, weil die beiden in diesem pechschwarzen, feuchten Loch geschmort hatten, während Daniel und sie sich einem unbeschwerten Intermezzo hingegeben hatten. Irgendwie würden sie das wieder gut machen müssen …

„Elizabeth!“, sagte Wood heiser. Er sah sie gleichzeitig bestürzt und erleichtert an. Mit dem rechten Arm umfing er seinen Brustkorb, und er hielt sich leicht vornüber gebeugt. An Stirn und Schläfe klebte getrocknetes Blut. „Geht es dir gut? Wir haben das Schlimmste befürchtet.“ Als sie ihm wegen des anwesenden Thugs nicht antwortete, schleuderte er Daniel einen hasserfüllten Blick entgegen. „Was haben Sie ihr angetan?“

„Sie sieht aus wie eine Schlafwandlerin“, bemerkte Riley, fast wie zu sich selbst. Er nuschelte stark, denn seine Nase war gebrochen, und der linke Mundwinkel dick angeschwollen und gelblich verfärbt. Man sah dem Jungen an, dass er am Ende seiner Kräfte war. „Vielleicht hat er sie hypnotisiert.“

„Brad“, richtete sich Daniel mit belegter Stimme an den Thug, der ihnen gefolgt war. „Gib mir deine Waffe und warte draußen.“ Nach einem kurzen Zögern reichte ihm Bradley die Pistole, verließ den Raum und schloss die Eisentür. Endlich konnte Elizabeth ihre Maske fallen lassen, länger hätte sie es auch kaum durchgehalten. Ihr Blick klärte sich und sie machte lächelnd zwei rasche Schritte auf ihre Freunde zu, während Daniel die Waffe sicherte und in den Gürtel schob. Dann zog er sich an die Tür zurück.

„Tony! Riley!“ Nichts hätte Elizabeth lieber getan, als den beiden überschwänglich um den Hals zu fallen, aber sie traute sich nicht, aus Angst, sie könnte ihren arg mitgenommenen Körpern Schmerzen verursachen. Stattdessen ergriff sie nur jeweils eine Hand. „Ich bin so froh, euch zu sehen. Wie geht es euch? Ihr seht furchtbar aus!“ Besorgt begutachtete sie die diversen Wunden. „Seid ihr schwer verletzt? Kann ich etwas tun?“

„Was geht hier vor?“ Misstrauisch sah Wood zwischen ihr und Daniel hin und her. „Eben warst du nicht ansprechbar und jetzt sprudelst du förmlich über.“

„Bets?“ Riley entzog ihr seine Hand und schaute sie unbehaglich an. „Justin war hier und meinte, dass du … und er …“ Er deutete auf Daniel und ließ den Satz unvollendet.

„Ja, schon, aber das ist ok, weil …“, setzte Elizabeth zu einer Erklärung an, doch Wood fuhr dazwischen: „Sie haben sie dazu gezwungen, oder nicht?“, knurrte er Daniel an. „Sie würde sich doch niemals freiwillig mit Ihnen einlassen. Eher würde sie sich umbringen.“ Er zog Elizabeth hinter sich und platzierte sich schützend zwischen ihr und Daniel. Seine Worte und sein verteidigendes Verhalten verschlugen Elizabeth einen Moment die Sprache. Nach allem, was vorgefallen war, hätte sie nie gedacht, dass Wood noch immer uneingeschränkt zu ihr stand. Gerechnet hatte sie mit einer Standpauke oder einem Wutausbruch. Aber diese Ritterlichkeit?

„Steht sie unter Ihrem Einfluss? Haben Sie ihr Drogen verabreicht?“ Keuchend hielt er sich die Seite, als bereiteten ihm das Sprechen und das Atmen starke Schmerzen.

„Beruhige dich, Tony“, sagte Daniel leise, während er seinen Freund mitfühlend studierte. „Ich befürchte, du hast ein paar gebrochene Rippen. Es ist nicht gut, wenn du dich so aufregst.“

„Aufregst?“, zischte Wood. „Ich zeige dir, wie das aussieht, wenn ich mich aufrege, verflucht!“ Mit zwei hinkenden, aber dennoch schnellen Schritten ging er auf Daniel los, der seufzend die Hände in einer zugleich ergebenden wie abwehrenden Geste erhob.

„Nein!“, rief Elizabeth entsetzt, sprengte hinter Wood her und hielt ihn am Ellenbogen zurück. „Tony … das ist Danny!“

„Was?“, fragte Wood entgeistert, seine Faust auf halber Höhe in der Luft haltend.

„Das ist Danny! Er hat Hamiltons Platz eingenommen.“

„Das will dich dieser Dreckskerl doch nur glauben machen, Elizabeth.“ Er ließ die Faust sinken und wandte sich ihr zu. „Ich weiß, du wünschst dir, dass es wahr wäre. Wir alle wünschen uns das, aber wir haben gesehen, wie Danny ausgelöscht wurde.“ Sein Blick wurde bedrückt und senkte sich auf den Boden. „Er wurde ausgelöscht, weil wir zu spät kamen.“

„Nein, Kumpel, ihr kamt genau richtig“, versicherte Daniel und trat neben Elizabeth. „Nur euer Auftauchen und Eingreifen hat es Liz ermöglicht im entscheidenden Moment innerhalb des Bannkreises zu sein, um mich zu halten. Ihre Macht und die Macht des Amuletts haben dabei geholfen, dass ich mich nicht auflöste und mich in diesem Körper verankert.“

Wood blickte ihn skeptisch an. In seinem Gesicht arbeitete es, als versuchte er angestrengt, die Oberfläche zu durchbrechen, um zu sehen, was darunter lag. „Riley?“, holte er sich schließlich über die Schulter den Rat des Jungen ein, doch der wirkte ebenso unschlüssig, wie er.

„Keine Ahnung, Mann. Auf dem Gebiet fehlt mir die Erfahrung. Alles, was ich sagen kann, ist, dass seine Schwingungen genauso seltsam sind, wie die des alten Mannes.“

„Seht ihm doch in die Augen, verdammt!“, forderte Elizabeth ungeduldig. „Das sind Dannys Augen, nicht Hamiltons!“

„Es ist ein Trick.“ Alle Aufmerksamkeit richtete sich auf Simon, der noch immer in der Ecke kauerte, aber nun den Kopf erhoben hatte. Sein glasiger Blick fixierte Daniel. „Sie hätten doch niemals versagt, Acharya. Sie sind zu mächtig und Sie haben alles genau geplant. Es macht Ihnen einfach nur Spaß mit Menschen zu spielen, als wären es Puppen. Oder Schachfiguren.“ Er vergrub seinen Kopf wieder zwischen den Knien. „Bauern“, murmelte er. „Für ihn sind wir alle nur Bauern.“

Woods Miene wechselte von ratlos zurück zu feindselig. „Ich schätze, der Bengel hat recht. Das kann unmöglich Danny sein. Elizabeth, lass dich von ihm nicht einwickeln.“

Elizabeth verwünschte Simon aus tiefstem Herzen.

Hätte er doch einfach weiterhin den Mund gehalten! Wood war schon leicht verunsichert gewesen, jetzt hatte sich seine Ablehnung wieder verhärtet. In diesem Moment hätte sie Simon am liebsten selbst die Zunge rausgeschnitten. Seufzend startete sie einen neuen Anlauf. „Ihr wisst doch, dass ich Geister sehen kann, wenn ich Danny berühre. Riley, du hast es so ausgedrückt, dass ich mit ihm auf gleicher Wellenlänge schwinge, wenn ich ihn anfasse. Nun, Justin habe ich vorhin gesehen! Das kann er euch bestätigen. Wenn er nicht Danny ist, wie hätte ich Justin dann sehen sollen?“

„Du kannst dir nicht sicher sein, dass das ausschließlich mit Danny der Fall ist“, hielt Wood kopfschüttelnd dagegen. „Vielleicht schwingst du auf der Wellenlänge des Bastards, weil er dich … beeinflusst … irgendwie.“

Mit einem entnervten Stöhnen warf Elizabeth den Kopf in den Nacken. Sie hatte das für das schlagende Argument gehalten, doch Wood hatte es einfach vom Tisch gefegt.

„Okay, hör mir zu, Kumpel“, sagte Daniel nun. „Am Tag nach meinem Tod kamst du in die Gerichtsmedizin. Das hier hast du aus der Box mit meinen Sachen genommen.“ Er streift den Ärmel seiner Kurta etwas zurück und zeigte das Lederarmband.

Überrascht sah Elizabeth zu Daniel auf. Was sollte die Geschichte beweisen, schließlich hätte auch Hamilton über diese Erinnerung verfügt. Da wurde ihr klar, dass Wood und Riley das höchstwahrscheinlich nicht wussten. Sicherlich war ihnen zwischenzeitlich klar, dass es bei dem Ritual darum gegangen war, Hamiltons Seele in einen jungen Körper zu transportieren, doch mit den Details waren sie vermutlich nicht vertraut.

„Du hast alle rausgeschickt, damit du ein paar Minuten mit mir allein sein konntest“, fuhr Daniel fort, während Woods Augen immer größer wurden und sein Adamsapfel zu hüpfen begann. „Nachdem du das Tuch etwas zurückgeschlagen hast, bist du eine Weile einfach nur still dagestanden. Und dann hast du mit mir gesprochen. Nur kurz, denn eigentlich glaubtest du nicht, dass ich dich hören kann.“ Daniel trat auf Wood zu und ergriff seine Schulter. „Doch ich war dort und ich habe dich gehört. Du sagtest, dass du mich vermissen, aber immer mein Freund bleiben würdest. Und dass du persönlich dafür sorgen wirst, dass meine Mörder gefasst werden. Tony, einen treueren Freund als dich kann man sich nicht wünschen. Du hast unerschütterlich nach der Wahrheit gesucht und warst immer für Liz da, wenn ich es nicht konnte. Und heute Nacht hast du dich auf ein Himmelfahrtskommando eingelassen, um uns zu retten." Er wandte er sich an Riley. „Ihr beide. Ihr habt euer Leben für uns aufs Spiel gesetzt. Ohne euch wäre ich jetzt nicht hier und Liz vermutlich auch nicht. Ich weiß nicht, ob ich euch jemals genug dafür danken kann. Ich stehe tief, tief in eurer Schuld."

„Genauso wie ich", fügte Elizabeth leise hinzu. „Ich weiß, ich habe es euch alles andere als leicht gemacht, aber ihr wart großartig."

Einen Herzschlag lang herrschte vollkommene Stille.

Dann holte Wood tief Luft und sagte mit dicker Stimme: „Das war doch selbstverständlich." Er zuckte leicht mit den Achseln und auf seinem Gesicht wartete ein Lachen darauf durchzubrechen. „Dazu sind Freunde schließlich da."

Daniel lachte erleichtert auf und klopfte seinem Freund auf die Schulter, doch dann kam er zu dem Schluss, dass das nicht ausreichte und schloss Wood in eine bärenhafte Umarmung.

„Mann, tut das gut, dich zu sehen, Danny." In Woods Augenwinkeln schimmerten Tränen, die er vergebens wegzublinzeln versuchte. „Tut das gut, dich zu sehen. Auch wenn du aussiehst, wie ein Milchbubi auf dem Weg zum Kostümfest."

„Lass dich davon ja nicht täuschen, Kumpel."

„Na wenigstens entspricht nun dein Äußeres deinem geistigen Alter", lachte Wood, aber plötzlich stöhnte er und zog eine schmerzverzerrte Grimasse. „Ich glaube, eine Rippe hat sich gerade verschoben."

„Oh, entschuldige!" Schnell ließ Daniel ihn los und trat einen Schritt zurück.

„Schon gut", versicherte Wood gepresst, während Daniel sich Riley zuwandte, um ihn ebenfalls an sich zu drücken.

Der Junge grinste über beide Ohren, zumindest soweit es seine verschwollenen Lippen zuließen. „Du bist echt der Hammer, weißt du das? Erzähl mir ja nichts mehr darüber, dass man sich an gewisse Regeln halten muss, denn du hältst dich ganz sicher an keine einzige!"

Währenddessen schloss Elizabeth Wood nun doch vorsichtig in die Arme und drückte ihm einen Kuss auf die Wange. „Du hast ja keine Ahnung, wie froh ich bin, dass ihr euch über meinen Brief hinweggesetzt habt. Und Justin als Kundschafter mitzubringen, war genial." Dann verpasste sie auch Riley einen Schmatz auf die Wange.

„Wo wir gerade von Justin sprechen", sagte Daniel gelöst. „Wo ist die kleine Petze eigentlich?"

„Ich habe ihn weggeschickt", antwortete Riley. „Meine Kopfschmerzen sind auch so schon mörderisch, aber er kommt wieder, wenn er etwas Interessantes herausgefunden hat."

„Danny …" Simon, auf den keiner mehr geachtet hatte, kam mit verschränkten Armen und hochgezogenen Schultern auf sie zu, blieb aber einige Schritte entfernt stehen. „Danny … ich … ich wollte dir sagen …"

„Nein." Das Lächeln war mit einem Schlag aus Daniels Gesicht gewichen, und sein Ton war so kalt und hart, dass Elizabeth regelrecht erschrak. „Ich will es nicht hören, Simon. Keine Entschuldigung und ganz besonders keine Rechtfertigung. Ich will *nichts* von dir hören."

Der blonde Junge zuckte, als kämen die Worte Schlägen gleich.

Elizabeth griff nach Daniels Hand und drückte sie. „Lasst uns jetzt verschwinden", sagte sie. „Und dann bringen wir euch beide schnellstens ins Krankenhaus."

„Zunächst brauchen wir aber einen Plan, Liz", sagte Daniel.

„Soll das etwa heißen, ihr habt euch noch gar nicht überlegt, wie wir hier raus kommen?", fragte Wood verblüfft. „Ist ja toll."

„Wir wollten bei der Ausarbeitung des Plans nicht auf deine Genialität verzichten, Kumpel", meinte Daniel.

„Naja, offensichtlich hast du doch jetzt in dem Laden hier das Sagen, Danny-Boy. Warum kannst du nicht einfach unsere Freilassung anordnen?"

„Denkst du nicht, dass es etwas verdächtig wäre, wenn ich zwei erklärte Feinde der Bruderschaft einfach laufen lassen würde? Immerhin habt ihr versucht das Ritual zu stoppen und ihren Meister, also mich, zu töten. Welchen Grund sollte ich haben Gnade zu zeigen?"

„Aber du könntest doch die Polizei rufen", schlug Riley vor. „Und dann führst du sie zu Hamiltons Leiche, und wir vier bezeugen, dass er im Verlauf eines kranken Rituals getötet wurde und alle hier im Haus unter einer Decke stecken."

„Nur leider ist die Leiche schon nicht mehr hier", entgegnete Daniel. „Hamilton wird heute Abend nämlich einen tödlichen Autounfall haben, bei dem er so übel zugerichtet wird, dass er nur noch anhand seines Gebisses identifiziert werden kann. Und morgen wird mir eröffnet werden, dass mein armer Onkel verstorben ist und ich sein gesamtes Vermögen geerbt habe."

„Dein Onkel?", fragte Wood nach.

„Offiziell bin ich David Morgan, Hamiltons Neffe und einziger Erbe", klärte Daniel ihn auf.

„Aha. Gratuliere", murmelte Wood.

„Okay, vielleicht bringt es nichts, die Polizei hierher zu rufen", sagte Elizabeth nun. „Aber wir könnten trotzdem hinterher zur Polizei gehen und von dem Ritual und der Bruderschaft berichten. Immerhin hat Danny ja alle Details, die den Kult betreffen, im Kopf. Er kennt die Namen und Vergehen aller Mitglieder und..." Sie stockte, denn in diesem Moment wurde ihr klar, dass sie einen Fehler begangen hatte. Um Verzeihung bittend sah sie zu Daniel auf, der augenrollend zur Decke blickte.

„Und wie kommt es, dass du plötzlich über alle Details des Kults Bescheid weißt", wollte Wood prompt von Daniel wissen.

„Das ist eine lange Geschichte", seufzte der. „Es hat damit zu tun, dass Hamilton den Kampf um diesen Körper verloren hat und ich mit ihm Plätze getauscht habe."

Wood zog den richtigen Umkehrschluss. „Und wenn Hamilton gewonnen hätte, würde er nun über deine Kenntnisse und Erinnerungen verfügen?"

„Vermutlich."

„Erinnerungen, wie die Geschichte in der Gerichtsmedizin?"

Daniel zuckte lediglich mit den Schultern.

Kalkulierend begegnete Wood einige Sekunden lang Daniels offenen und ehrlichen Blick, dann sagte er nur: „Verstehe."

Elizabeth schluckte und suchte in Woods Miene nach Anzeichen für neues Misstrauen. Doch wenn sie mit ihrem Fauxpas seiner Skepsis neue Nahrung geliefert hatte, ließ er sich das nicht anmerken. Auch Riley sah nicht argwöhnisch, sondern nur müde und verwirrt aus.

Mit einem leisen Räuspern fuhr Elizabeth schließlich fort. „Also, wenn wir mit den Einzelheiten und Namen zur Polizei gehen ..."

„Ich werde mich stellen und aussagen." Alle Augenpaare richteten sich erneut auf Simon. Er schlotterte und starrte ins Leere. „Wenn ihr mich mitnehmt, werde ich der Polizei alles erzählen. Alles. Im Gefängnis ist es für mich immer noch sicherer als hier."

„Das bestimmt", bemerkte Daniel, den Jungen kühl musternd.

„Ist das der einzige Grund, warum du dich stellen willst?"

Flattrig richtete Simon seinen Blick auf ihn. „Ich will mit der Bruderschaft nichts mehr zu tun haben. Mit den ganzen Lügen und falschen Versprechungen … Ich bin fertig mit ihnen." All die Selbstsicherheit und Arroganz, die er am Vortag im Penthouse zur Schau gestellt hatte, war verschwunden. Er wirkte nur noch verängstigt.

„Dann wäre es wasserdicht", nickte Wood, nachdem er Simon ebenfalls durchdringend angesehen hatte. „Eine vollständige Namensliste und Einzelheiten zu den Morden von einem geständigen Mörder. Damit sind die Thuggees erledigt."

„Jetzt müssen wir es nur noch bis zur Polizei schaffen", bemerkte Riley. „Auch wenn wir aus dem Haus raus kommen, wir haben keinen fahrbaren Untersatz."

„Wie seid ihr denn hergekommen?", wollte Elizabeth wissen.

„Sue hat uns abgesetzt", erklärte Wood. „Sie sollte zwei Stunden warten und dann nach Hause fahren."

„Sie sollte nicht zur Polizei gehen?" fragte Daniel verwundert.

„Nein, nur einfach den Kopf unten behalten und abwarten." Stöhnend änderte er seine Position. Das Stehen und Sprechen schien ihn immer mehr anzustrengen.

„Geht´s, Kumpel?", fragte Daniel. „Willst du dich nicht lieber hinsetzen?"

„Dann komme ich nie wieder auf die Beine", winkte Wood ab.

„Wir müssen Susan anrufen", stellte Elizabeth indes fest. „Damit sie kommt und uns abholt."

Daniel schüttelte den Kopf. „Wir nehmen einfach einen von Hamiltons Wägen."

„Also gut … wir überwältigen zunächst die beiden Clowns vor der Tür", dachte Wood laut nach. „Wir nehmen ihnen die zweite Waffe ab und sperren sie hier rein."

„So weit, so gut", nickte Daniel. „Und weiter? Willst du uns den Weg nach draußen freischießen?"

„Nein." Ein kleines, verschmitztes Lächeln kräuselte Woods Lippen. „Denn wir halten ihren Meister als Geisel. Wir drohen, dich zu töten, wenn sie uns nicht freies Geleit geben. Und sie werden kaum ein Risiko eingehen, denn wir haben schon einmal versucht, ihren Meister umzubringen." Er sah Elizabeth an und korrigierte sich. „Zweimal."

„Brillant“, lächelte Daniel zustimmend. „Das könnte tatsächlich funktionieren.“

Elizabeth glaubte nicht, was sie da hörte. Unwillkürlich schlossen sich ihre Finger fester um Daniels Hand. „Ein ganzes Haus voller Thugs und ihr meint, sie lassen uns unbehelligt von dannen ziehen?“

„Wenn du mir eine Pistole an den Kopf hältst, schon“, meinte Daniel.

„Ich?“ Ihre Stimme bewegte sich im oberen Frequenzbereich. „Ich werde ganz gewiss keine Waffe auf dich richten!“

„Liz, Tony kann sich mit den gebrochenen Rippen kaum auf den Beinen halten und Riley zittert vor Erschöpfung. Beides sind keine besonders guten Voraussetzungen für einen ruhigen Finger am Abzug. Und Simon ist wirklich der Letzte, dem ich erlauben würde, eine Waffe auf mich zu richten.“

„Aber ich habe noch nie eine Pistole in der Hand gehalten. Was, wenn ich vor Nervosität ausversehen den Abzug ziehe. Meine Nerven sind nicht mehr die besten. Ich könnte erschrecken und zucken und …“

„Hey.“ Mit einer Hand umgriff Daniel ihren Nacken und sah ihr beruhigend in die Augen. „Du kannst das, Liz. Ich vertraue dir.“

„Wir könnten die Waffe ja gesichert lassen“, schlug Wood vor, was Elizabeth sofort mit einem begeisterten Nicken unterstützte.

Doch Daniel schüttelte den Kopf. „Unterschätzt diese Leute nicht. Sie würden eine gesicherte Waffe erkennen. Wir dürfen uns keine Fehler mit ihnen erlauben.“

„Und wenn wir die Munition raus nehmen?“, fragte Elizabeth hoffnungsvoll.

„Wenn es hart auf hart kommt, brauchen wir beide Waffen“, antworte Wood.

„Verdammt.“ Elizabeth barg ihr Gesicht an Daniels Schulter. „Und ich hatte gerade angefangen mich an diesen Körper zu gewöhnen.“

„Ja, ich mich auch“, entgegnete Daniel, über ihre Wange streichend. „Also konzentriere dich nicht darauf, was alles schief gehen könnte, sondern darauf, dass er heil bleibt, okay?“ Er zog die schwarze Pistole aus seinem Gürtel und reichte sie ihr mit dem Griff voraus. „Das hier hinten ist der Sicherungsbügel“, erklärte er, als sie die Waffe nervös entgegen nahm. „Schieb ihn nach unten, um sie zu entsichern.“

„Halte die Pistole ganz locker“, ergänzte Wood. „Du darfst keinesfalls verkrampfen. Leg den Finger nur ganz sachte an den Abzug.“

Mit rasendem Herzen folgte Elizabeth den Anweisungen. Sie wiegte das ungewohnte Objekt in ihrer Hand, versuchte sich damit vertraut zu machen. Schließlich seufzte sie und richtete die Pistole auf Daniel. Alles in ihr sträubte sich dagegen.

Das war falsch. Das war Wahnsinn.

„Entspann dich", sagte Wood. „Du musst entschlossen aussehen, nicht, als ob du gerade einen Schlaganfall hattest." Ungeduld schwang in seiner Stimme. Vermutlich wünschte er sich, er wäre in der Lage, die Aufgabe selbst zu übernehmen. Elizabeth wünschte das gleiche, denn dann wären sie schon auf halben Weg nach Hause, beziehungsweise ins Krankenhaus.

„Stell dir einfach vor, er wäre tatsächlich Hamilton", riet Riley. „Und du hättest keine Skrupel abzudrücken."

„Okay." Sie atmete tief durch und riss sich am Riemen. Vorhin hatte Daniel noch festgestellt, wie unerschütterlich sie doch sei und jetzt benahm sie sich, wie eine zimperliche Göre. „Okay."

Plötzlich zuckte Riley stöhnend zurück, gleichzeitig begann die nackte Glühbirne über ihren Köpfen zu flackern.

Auch Daniel fuhr zusammen und sah erschrocken auf. Blitzschnell langte er nach Elizabeths Hand, mit der sie die Pistole hielt, und drückte sie etwas nach unten.

„Nun schieß doch endlich!" Justin stand direkt neben Elizabeth. „Mach schon!"

„Justin", keuchte Elizabeth, während sie die Waffe ganz sinken ließ. „Du verstehst das falsch. Das ist Danny."

„Was erzählt du da für einen Schwachsinn?", brauste der rothaarige Junge auf. Die Glühbirne flackerte so hektisch, dass sie zu zischen begann.

„Sie sagt die Wahrheit, Mann", ächzte Riley, beide Hände an seine Schläfen gepresst. „Und jetzt komm endlich runter, sonst explodiert mein Schädel!"

„Oder die Glühbirne. Und wir sitzen wieder im Dunkeln", ergänzte Wood mit einem mulmigen Blick an die Decke.

„Und wieso hält sie ihm dann eine Knarre unter die Nase?", wollte Justin mit einem funkelnden Seitenblick auf Elizabeth wissen.

„Die Thugs glauben, er sei Hamilton", erklärte sie. „Deshalb werden wir so tun, als wäre er unsere Geisel und uns so den Weg nach draußen erkämpfen."

„Wir können deine Hilfe gut gebrauchen, Justin“, sagte Daniel in ruhigem Ton. „Du kannst uns lotsen, uns sagen, wo sich möglichst wenig von ihnen aufhalten. Und uns warnen, falls sie versuchen uns eine Falle stellen.“

Justin legte den Kopf schief, trat auf Daniel zu und baute sich vor ihm auf. Sie waren beinahe auf Augenhöhe. „Du bist also tatsächlich Danny?“

„Ja, bin ich.“ Daniel zwinkerte ihm zu. „Neues Modell, gleicher Fahrer.“

„Wie kann es sein, dass du immer alles bekommst?“, verlangte der Junge zu wissen. „Eine Freundin, die dich sehen und hören und sogar anfassen kann! Die du anfassen kannst! Freunde, die von deiner Existenz wissen und für dich kämpfen. Und jetzt ...“ Anklagend richtete er einen Finger auf Daniel. „Jetzt hast du einen Körper! Wieso hast du das verdient und ich nicht? Immerhin hatte ich ein viel kürzeres Leben als du und bin vor dir gestorben! Was macht dich so besonders?“

„Justin ...“, versuchte Daniel ihn zu besänftigen.

„Das ist nicht fair!“, rief der Junge trotzig. „Das ist verdammt noch mal nicht fair! Ich will auch wieder leben!“

Mit einem letzten Zischen erlosch die Glühbirne und undurchdringbare Dunkelheit umfing sie. Sofort legte Daniel einen Arm um Elizabeth und zog sie an sich.

„Fabelhaft“, brummte Wood. „Genau, was uns noch gefehlt hat.“

„Justin ist weg.“ Riley klang erleichtert. „Ich kann ihn überhaupt nicht mehr spüren. Er muss Camley Hall verlassen haben.“

„Das muss die wahre Hölle sein“, murmelte Daniel wie zu sich selbst. „Eine Ewigkeit als pubertierender Teenager.“

Jemand pochte von außen gegen die Tür. „Sir?“, drang es leise durch das mehrere Zentimeter dicke Metall. „Ist alles in Ordnung? Es gab wohl einen Stromausfall.“

„Holt Taschenlampen!“, rief Daniel. „Und beeilt euch!“

„Es muss schrecklich für euch gewesen sein, stundenlang in dieser Finsternis eingesperrt zu sein“, sagte Elizabeth leise. Eigenartigerweise war es für sie selbstverständlich, im Dunkeln mit gedämpfter Stimme zu sprechen. „Ohne zu wissen, was euch erwartet.“

„Oh, wir wussten, was uns erwartet“, antwortete Wood, ebenfalls mit gesenkter Stimme.

„Arme Susan", sagte Elizabeth nach einem Moment der Stille. „Sie ist sicher ganz krank vor Sorge."

Sie hörte ein Seufzen, das ohne Zweifel von Wood stammte. „Aber wenigstens ist sie in Sicherheit. Sie wollte uns unbedingt begleiten, aber das habe ich nicht zugelassen. Schlimm genug, dass ich Riley mit rein ziehen musste."

„Hey, das war meine Entscheidung, okay?", sagte der Junge. „Ich wusste, auf was ich mich einlasse."

„Warum seid ihr eigentlich erst so spät gekommen?" Elizabeth versuchte, nicht vorwurfsvoll, sondern lediglich neugierig zu klingen.

„Ja, genau. Ich ging davon aus, dass ihr Liz entweder gleich hinterher kommt oder gar nicht", ergänzte Daniel. „Aber im Nachhinein war euer Timing perfekt."

„So war es ja auch geplant", lachte Wood leise. „Wir dachten, unsere beste Option wäre es, während des Rituals aufzutauchen, wenn alle abgelenkt sind, und dann die Zeremonie zu stoppen und für Chaos zu sorgen. Dann wollten wir das allgemeine Durcheinander und die Verwirrung nutzen, um eure beiden Hintern zu retten und auch wieder mit heiler Haut zu verschwinden."

„So viel zur Theorie", bemerkte Riley. Man hörte förmlich sein Augenrollen.

„Gar kein übler Plan", sagte Daniel. „Und zur Hälfte hat er ja auch funktioniert."

„Und wieso gingt ihr davon aus, dass es noch etwas zu retten gab?", fragte Elizabeth verwundert. „Ich hätte Danny doch längst befreit haben können."

„Indem du im Bannkreis eine Julia abgezogen hättest, oder?", vermutete Wood.

Elizabeth spürte, wie Daniel sich versteifte und sich sein Arm noch fester um ihre Schultern schloss. „Aber wir haben das natürlich von Justin überprüfen lassen, ehe wir losgelegten."

„Justin war schon zuvor im Glashaus?", vergewisserte sich Daniel erstaunt. „Wann?"

„Kurz, nachdem die Zeremonie begonnen hatte. Er sollte sich im Verborgenen halten, damit Hamilton ihn nicht zufällig bemerkte."

In diesem Moment klopfte es wieder. „Wir haben die Taschenlampen, Sir. Sollen wir rein kommen?"

„Gib mir die Waffe, Liz“, raunte Daniel. Sobald er die Pistole in der Hand hielt, rief er: „Nur Matthew!“

Sie hörten, wie der Schlüssel im Schloss gedreht wurde, dann öffnete sich mit einem stottrigen Quietschen die Tür, und der Lichtkegel einer leistungsstarken Taschenlampe suchte zuckend den kleinen Raum ab. Die Silhouette des Mannes war dabei im Schein der zweiten Taschenlampe zu erkennen.

„Komm rein und mach die Tür hinter dir zu“, wies Daniel ihn an. Matthew kam der Aufforderung umgehend nach. „Sieh dir bitte mal Elizabeth an, irgendetwas stimmt nicht mit ihr“, sagte Daniel. Matthew richtete die Taschenlampe auf Elizabeth und leuchtete ihr ins Gesicht. Geblendet kniff sie die Augen zusammen und hätte deshalb fast nicht mitbekommen, wie Daniel hinter Matthews Rücken ausholte und ihm mit dem Griff der der Pistole einen scharfen Schlag gegen die Schläfe verpasste. Als hätte man ihm den Stecker gezogen, sackte der Thuggee zu Boden.

„Gut gemacht, Kumpel“, sagte Wood. „Scheint, du hast es noch immer drauf.“

„Ist nett, endlich wieder mitspielen zu dürfen und nicht nur Zuschauer zu sein“, meinte Daniel grimmig lächelnd, während Elizabeth die Taschenlampe aufhob. Daniel ging neben ihr in die Hocke, nahm Matthews Pistole aus dessen erschlaffter Hand und reichte sie Wood. „Liz, ich hole jetzt Bradley rein. Sobald er durch die Tür kommt, blendest du ihn, okay?“

Elizabeth nickte und brachte sich in Stellung.

Daniel öffnete die Tür und trat nach draußen in den Schein der zweiten Taschenlampe. „Bradley? Komm rein, wir brau-…“

Sein Stutzen alarmierte Elizabeth. Etwas stimmte nicht. Sie hörte, wie auch Wood hinter ihr angespannt die Luft einzog.

Dann war wieder Daniels Stimme zu hören: „Ganz ruhig. Nimm das bitte runter.“

Elizabeth tauschte erschrockene Blicke mit Wood und Riley, dann eilten sie zur Tür. Elizabeth war als erste im Gang und erstarrte, als sie sah, dass Daniel mit erhobenen Händen außerhalb des Lichtkegels der am Boden liegenden Taschenlampe stand. Zu seinen Füßen lag Bradley in einer Lache, von der Elizabeth annahm, dass es sich um Blut handelte.

„Sue“, sagte Daniel nach hinten gewandt. „Bitte. Sei vorsichtig damit.“

Überraschung und Erleichterung hielten sich in Waage, als Elizabeth erkannte, dass kein Thug Daniel bedrohte, sondern Susan, die hinter ihm stand und eine zerbrochene Weinflasche an seine Kehle hielt, die sie zuvor zweifelsohne an Bradleys Kopf zerschmettert hatte. Die Flüssigkeit auf dem Boden war Wein, nicht Blut.

Susan trug eine schwarze Hose und ein graues T-Shirt. Ihre langen schwarzen Haare hatte sie zu einem straffen Knoten am Hinterkopf zusammengefasst. Ihre Augen waren noch größer und runder als üblich.

„Sue!", rief Wood unterdessen und schob Elizabeth etwas unsanft zur Seite.

„Tony? Du siehst schlimm aus! Bist du okay?", fragte Susan vibrierend.

„Ja, Schatz, ja", sagte Wood heiser. „Du kannst die Flasche runternehmen."

Doch Susan bewegte sich keinen Millimeter. „Wieso kennt dieser Kerl meinen Namen?"

„Sue", Wood sah ihr fest in die Augen. „Das ist Danny."

„Tatsächlich?" Ihr irritierter Blick huschte zu Elizabeth, die mit Nachdruck nickte. Dann schaute sie wieder Wood an. „Bist du sicher?"

„Vertrau mir."

Das schien Susan völlig auszureichen.

Für sie ist eben nichts Übersinnliches und Magisches zu seltsam oder zu abwegig, dachte Elizabeth amüsiert. Da war es kaum verwunderlich, dass Susan Daniels Seelenwanderung von allen am ehesten Glauben schenkte.

„Ja dann, willkommen zurück unter den Lebenden", sagte Susan an Daniel gerichtet und klang dabei dann doch ein klein wenig verblüfft. Endlich ließ sie auch die Flasche sinken.

„Danke", gab er zurück und machte einen schnellen Schritt von ihr weg. „Ist aber noch ein bisschen ungewohnt."

„Schätze, dann gibt es wohl keine Poltergeistshow mehr, was?" Sie schürzte die Lippen, als wäre sie enttäuscht, doch im nächsten Moment strahlte sie ihn an. „Mann, ich freue mich wirklich irrsinnig für dich, Danny. Wie bist du denn zu diesem Körper gekommen?"

Bevor Daniel antworten konnte, schloss Wood Susan mit einem unterdrückten Stöhnen in die Arme. „Ist eine lange Geschichte." Und nach einem erstaunlich überschwänglichen Kuss: „Nicht, dass ich es nicht absolut wundervoll finde, dich zu sehen, Sue… aber was in Gottes Namen tust du hier? Du solltest doch auf uns warten!"

„Denkst du, Elizabeth ist die einzige, die in die Schlacht ziehen kann? Ich konnte doch nicht daheim sitzen und Däumchen drehen, während die hier wer weiß was mit euch anstellen!“ Vielsagend streiften ihre Finger sein geschundenes Gesicht.

„Und da bist du eben mal schnell zur Rettung geeilt.“ Wood schüttelte den Kopf und sah über Susans Schulter hinweg zu Elizabeth. „Was ist nur los mit euch Mädchen?“

Susan überging seine Kritik. „Also, was habe ich verpasst?“, verlangte sie zu wissen.

„Äh, Leute“, meldete sich Riley und hob Bradleys Taschenlampe auf. „Sollten wir den Typen hier nicht langsam zu dem anderen rein bringen und absperren? Ich meine, wer weiß, wie lange die zwei noch so friedlich schlummern…“

„Du hast recht“, stimmte Daniel ihm zu. „Und wir müssen sicherstellen, dass sie keine Telefone bei sich haben. Simon?“, wandte er sich ruppig an den blonden Jungen, der mit verschränkten Armen im Türrahmen lehnte. „Beweg deinen Hintern hierher und hilf mir.“

Während also Susan auf den neuesten Stand gebracht wurde, nahmen Daniel und Simon je einen Arm des bewusstlosen Thugs und schleiften ihn zurück in den Raum, wobei sie eine Spur aus Rotwein auf dem Steinboden hinterließen, die im Taschenlampenlicht mehr denn je wie Blut aussah. Anschließend tastete Daniel beide Männer nach Telefonen ab.

„Wie bist du an den ganzen Thugs vorbei gekommen?“, fragte Elizabeth, während Daniel die Tür absperrte und den Schlüssel einsteckte. „Ich meine, ich hatte magische Hilfe, und Tony und Riley hatten Justin. Aber du scheinst einfach hier runter marschiert zu sein.“

„Naja, mein Vorteil war es zum einen, dass ich für die Thuggees eine völlig unbekannte bin und zum anderen, dass heute wohl noch ein großes Fest steigt und eine Menge fremdes Servicepersonal ein und aus geht. Ich habe das Ganze eine Weile beobachtet, dann bin ich mit einer Gruppe Cateringleute wie selbstverständlich zum Vordereingang rein marschiert. Niemand hat Verdacht geschöpft. Dann schnappte ich mir einen Packen Tischdecken und machte mich auf die Suche nach euch. Immer, wenn mir jemand begegnete, tat ich so, als hätte ich mich verirrt und fragte nach dem Weg in die Küche. Und schließlich hörte ich, wie jemand von den Gefangenen im Keller sprach und bin ihm gefolgt …“

Elizabeth kam nicht umhin, Susans Mut zu bewundern.

Auch Daniel und Riley zeigten sich von Susans Courage beeindruckt.

Nur Wood meinte: „Ja, gar nicht übel. Aber dennoch völlig unnötig, weil wir sowieso schon so gut wie draußen waren und ich mir jetzt doch noch Sorgen um deine Sicherheit machen muss. Au! Verflucht!“ Susan hatte ihm einen kleinen Stups in die Seite verpasst. Leider in seine lädierte Seite.

„Vorsichtig, Sue, Tonys Rippen sind gebrochen“, informierte Daniel sie, sich ein Grinsen verkneifend. Vermutlich fand er, genau wie Elizabeth, dass der Hieb durchaus verdient gewesen war. Auch wenn Wood natürlich nicht unrecht hatte.

„Wirklich? Oh Gott, das tut mir so leid!“ Sofort beugte Susan sich über Wood, der nach Luft ringend zusammengeklappt war, und legte ihm einen Arm um die Schultern. „Geht´s? Lass mal sehen.“

„Schon gut, schon gut“, wehrte er mürrisch ab und richtete sich wieder etwas auf. „Los jetzt, bevor ich noch an Ort und Stelle umkippe.“

„Sue, denkst du, du könntest die Rolle des Geiselnehmers übernehmen?“, fragte Daniel.

„Klar“, nickte Susan, die Hand nach der Pistole ausstreckend.

„Nein!“, fuhr Elizabeth sofort dazwischen, und Susan zuckte erschrocken zurück. „Ich mache das!“

Daniel sah sie erstaunt an. „Ich dachte, du wärst erleichtert, wenn du das nicht machen musst.“

„Ja, schon“, druckste sie. „Aber wenn schon jemand eine Pistole auf dich richten muss, dann will ich das sein.“ Denn nachdem sie Zeuge geworden war, wie Susan die zerbrochene Flasche an Daniels Hals gehalten hatte, wurde ihr schon allein bei der Vorstellung übel, Susan oder sonst jemand könnte ihn mit einer Waffe bedrohen. Vor allem, wenn besagter jemand so schnell und unbedarft bereit dazu war.

Da übernahm sie das doch lieber selbst und behielt somit die Kontrolle.

Schmunzelnd reichte Daniel ihr die Pistole. Sie hob die Waffe auf Schulterhöhe, den Lauf nach oben gerichtet, jedoch bereit, sie an Daniels Schläfe zu setzen, sollten sie auf Thuggees treffen.

Susan stützte derweil Wood, der die zweite Waffe in der Hand hielt. Riley leuchtete mit der Taschenlampe den Gang hinunter.

„Simon, du gehst voran“, befahl Wood.

„Ist das wirklich eine gute Idee?“, fragte Susan. „Nicht, dass er seine Freunde warnt oder einfach abhaut.“

„Keine Angst", beruhigte Daniel sie. „Simon wird sich hüten. Wir sind seine einzige Option, mit heiler Haut davon zu kommen. Wir gehen über den Westflügel zur Garage", informierte er den Jungen, der sich, etwas unverständliches vor sich hin murmelnd, an ihnen vorbei drückte.

Bevor sie sich ebenfalls in Bewegung setzten, griff Elizabeth nach Daniels Oberarm und reckte sich ihm für einen letzten, versichernden Kuss entgegen.

„Ist das nicht wunderbar, die beiden endlich zusammen zu sehen?", raunte Susan laut genug für alle in Woods Ohr, woraufhin er lächelnd nickte und entgegnete: „Ja, und Gott sei Dank gibt es ab jetzt auch keine halben Unterhaltungen mehr."

Daniels Lippen, die auf denen von Elizabeth lagen, verzogen sich zu einem Grinsen. Schelmisch zwinkerte er Wood und Susan zu.

„Und auch keine Beinahe-Herzinfarkte mehr", ergänzte Elizabeth, einen kleinen Kuss nachsetzend.

„Oder durchgeschmorte Elektrik", murmelte Riley.

Dann folgten sie eilends Simon, der sich bereits außerhalb des Lichtkegels befand. Niemand sprach, alles, was zu hören war, waren ihre Schritte und Woods rasselnder Atem.

Als sie die ersten Stufen der Treppe erklommen, blieb Simon unvermittelt stehen. „Ich höre jemanden", flüsterte er. Regungslos warteten sie, bis Simon Entwarnung gab und weiter schlich. Oben angekommen lauschten sie kurz auf verdächtige Geräusche und folgten dann, so schnell es Woods Zustand zuließ, dem getäfelten Korridor zur nächsten Gangabzweigung.

Plötzlich stieß Riley einen tiefen Seufzer aus. „Justin ist zurück", sagte er wenig begeistert. „Aber wenigstens hat er sich wohl etwas beruhigt."

Und tatsächlich, als sie in den linken Gang einbogen, stand der sommersprossige Junge mit verschränkten Armen an der Wand gelehnt. Er wirkte zwar noch immer mürrisch, aber nicht mehr so aggressiv. „An eurer Stelle würde ich da nicht lang gehen", verkündete er. „Da hinten sind ein halbes Dutzend von den Typen. Inklusive Warren und seiner Freunde." Den letzten Teil hatte er beinahe geknurrt.

Simon war unterdessen weiter gegangen, blieb aber nun stehen und blickte sich fragend nach den anderen um. Daniel bedeutete ihm mit einem ungeduldigen Nicken zurückzukommen, während Elizabeth Justins Information für Wood und Susan wiedergab.

„Schön, dass du dich doch entschieden hast, uns zu helfen“, sagte Daniel.

Justin ließ die Arme sinken, trat vor ihn und sah ihm herausfordernd in die Augen. „Ich mache das nicht umsonst. Du bist wieder lebendig, also gibt es auch für mich eine Möglichkeit und ich will, dass du mir dabei hilfst!“

„Lass uns morgen darüber reden“, seufzte Daniel, Elizabeth aus den Augenwinkeln einen beredten Blick zuwerfend. Sie machte eine gedankliche Notiz, Daniel später daran zu erinnern, dieses Gespräch möglichst weit von irgendwelchen elektrischen Gerätschaften zu führen, denn es würde mit Sicherheit nicht in Justins Sinn verlaufen.

„Also wo lang, Danny?“, wollte Wood derweil wissen.

„Der rechte Korridor führt zur Haupthalle“, überlegte Daniel. „Aber von dort schaffen wir es sicherlich nicht bis zur Garage. Sue, wo hast du dein Auto stehen?“

„Etwa eine halbe Meile von hier.“ Sie sah Elizabeth an. „Direkt neben Margery.“

„Dann müssen wir es auf jeden Fall zur Garage schaffen“, stellte Daniel fest. „Es hilft also nichts, wir müssen nach links.“ Besorgt unterzog er Wood einer gründlichen Musterung. Er war kalkweiß, und Schweißperlen standen auf seiner Stirn. Es schien, als würde Susan mittlerweile das meiste seines Gewichts tragen, was ihr vermutlich nur auf Grund ihrer Ausbildung zur Altenpflegerin gelang. „Mach jetzt nicht schlapp, Kumpel, hörst du?“, sagte Daniel.

„Kleinigkeit“, lachte Wood rau und stützte sich mit der Hand, in der er die Pistole hielt, an der Wand ab.

„Warte, Mann. Ich helf dir“, murmelte Riley, der selbst kaum besser aussah als Wood, und legte sich vorsichtig dessen Arm um die Schulter.

„Danke, Riley“, sagte Daniel, dann wandte er sich an Elizabeth. „Bist du bereit?“

Ohne zu zögern richtete sie den Lauf der Waffe auf seinen Kopf. „Vorwärts … Sir Thomas.“ Auch wenn ihr Auftreten resolut war, so konnte sie dennoch nicht verhindern, dass sich ihre Finger vor Anspannung wie Zangen in Daniels Oberarm krallten. Es musste schmerzhaft sein, doch er beklagte sich nicht.

Stattdessen sagte er in bester Hamilton-Manier: „Selbstverständlich, meine Liebe. Mit dem allergrößten Vergnügen.“ Er machte eine einladende Geste den Korridor hinunter. „Wollen wir?“

Die Unterhaltung der Männer, durchwoben mit selbstgefälligem Gelächter, war schon von weitem zu hören. Je näher sie den Stimmen kamen, desto flauer wurde Elizabeth zu Mute und desto größer wurden ihre Zweifel, dass ihr Plan funktionierte. Ihre einzig wirkliche Trumpfkarte war die Waffe an Daniels Kopf. Die Waffe, die sie in der Hand hielt und die mit jedem Schritt schwerer zu werden schien. Was, wenn sie einen Fehler machte? Was, wenn man ihr die Pistole entriss?

Ihr banger Blick begegnete Daniels, der ihr ermutigend zunickte.

An der nächsten Gangbiegung wartete Justin auf sie und sagte: „Vorsichtig, sie sind gleich hier ums Eck."

Daniel drehte sich zu den anderen um und bedeutete ihnen wortlos, dass sie sich bereithalten sollten. Während Elizabeth tief durchatmete und die Schultern straffte, richtete sich auch Wood soweit es ihm möglich war auf und nahm den Arm von Rileys Schultern, um seine Schusshand frei zu haben.

Nach einem letzten vergewissernden Blick in die Runde traten sie um die Biegung und sahen sich fünf indisch gekleideten Thuggees gegenüber. Wie Justin gesagt hatte, handelte es sich um Warren und seine beiden Arme sowie um zwei der älteren Thugs, die ebenfalls am Ritual beteiligt gewesen waren.

Natürlich hatten sie sich zwischenzeitlich frisch gemacht, doch die Strapazen der frühen Morgenstunden hatten deutliche Spuren hinterlassen. Insgesamt wirkten sie zwar etwas mitgenommen, doch auch mächtig zufrieden mich sich selbst. Als sie Elizabeth, Daniel und der anderen gewahr wurden, verstummten sie und erstarrten zu Statuen.

„Sir?" Warren fand als erster seine Sprache wieder. Und er war auch der erste, der sich ihnen in den Weg stellte.

„Tu nichts Unüberlegtes, Kleiner", herrschte Wood ihn an. „Oder dein Meister wird keine Gelegenheit haben, seine neue Jugend zu genießen. Wir wollen nur hier raus, das ist alles. Wenn wir alle ruhig bleiben, muss niemanden etwas passieren."

„Geh bitte aus dem Weg, Warren", sagte Daniel eindringlich. „Das ist nicht die Zeit, den Helden zu spielen."

„Aber Acharya", fuhr nun Warrens schwarzer Freund auf. „Wir können doch nicht einfach zusehen, wie ..."

„Doch, Bill", unterbrach ihn Daniel. „Das könnt ihr und das werdet ihr. Ich bin überzeugt, Elizabeth und ihre Begleiter werden für meine

Sicherheit garantieren, solange ihr besonnen handelt." Und nach hinten gewandt: „Habe ich recht?"

„Wie gesagt", knurrte Wood. „Wir wollen nur verschwinden."

„Was?", fragte einer der beiden älteren Thuggees misstrauisch. Der Mann hatte ein blaues Auge und eine aufgesprungene Lippe, was er mit Sicherheit Wood oder Riley zu verdanken hatte. „Ihr wollt uns erzählen, dass ihr nicht auf Rache für euren Freund aus seid?"

„Rache bringt uns Danny nicht zurück", antwortete Elizabeth mit zusammengebissenen Zähnen. „Und ich will nicht noch mehr Freunde verlieren. Aber glaubt ja nicht, ich hätte auch nur den geringsten Skrupel, eurem Acharya das Hirn raus zu pusten, solltet ihr versuchen uns aufzuhalten." Sie war selbst erstaunt, wie leicht ihr diese Worte über die Lippen kamen.

Der zweite ältere Thug, der bis jetzt nur schweigend dagestanden und die Situation beobachtet hatte, richtete sich nun an seinen vermeintlichen Meister. „Sir, bei allem Respekt, aber sie werden sicher direkt zur Polizei gehen. Das können wir nicht riskieren!"

Indem er seine Haltung änderte und sich leicht nach vorne lehnte, brachte er sich in Kampfposition. Der Thug mit dem blauen Auge tat es ihm gleich.

Elizabeth spürte unter ihren Fingern, wie Daniel seine Muskeln anspannte.

„Keine Sorge, wir wissen sehr wohl, dass das nichts bringt", meldete sich nun Riley zu Wort. „Wer würde uns so eine verrückte Geschichte schon glauben." Dann wandte er sich an Warren. „*Wir* mögen vielleicht nicht auf Rache aus sein, aber bei Justin wäre ich mir da nicht so sicher…"

„Justin?", keuchte Warren und machte perplex einen Schritt zurück. „Was soll der Blödsinn?"

„Dein Freund ist hier und hilft uns", erklärte Elizabeth und deutete mit einem Nicken auf den Jungen, der nun vor Warren trat und ihn hasserfüllt anstarrte. „Und so wie er aussieht, würde er dir nur zu gerne sagen, was er von dir und dem, was du getan hast, hält."

„Du erbärmliche kleine Ratte!", flüsterte Justin, Warren eine Hand auf die Brust legend. „Du warst mein *bester* Freund! Und für *das* hier", mit der freien Hand machte er eine alles umfassende Geste, „hast du mich verraten! Du willst was Besseres sein, dabei bist du nur Abschaum!"

Zischend atmete Warren aus und krümmte sich mit verschränkten Armen nach vorne. „Nein!“ Es klang wie ein Wimmern. „Das ist nicht wahr! Justin kann nicht hier sein.“

„Oh, komm schon“, meinte Riley spöttisch. „Glaubst du wirklich, dass Daniel Mason das einzige eurer Opfer war, das keine Ruhe gefunden hat? Wer meinst du, hat uns auf deine Spur gebracht und uns den Tipp mit deinen eingeritzten Handgelenken gegeben?“

„Das war nicht Justin, das war dieser miese Verräter hier“, zischte der schwarze Junge, Bill, und machte einen Satz auf Simon zu, der eilends hinter Riley in Deckung ging. Warrens blonder Freund hielt Bill an beiden Oberarmen zurück und flüsterte ihm etwas ins Ohr.

„Nein“, sagte Elizabeth hart. „Justin wusste von Anfang an, dass Warren ihn getötet hat. Wer, meinst du, hat Warrens Geburtstagsparty mit den ständigen Stromausfällen und Überspannungen sabotiert? Und ich bin mir sicher, es wird ihm eine ausgesprochene Freude sein, Warren auch weiterhin heimzusuchen und ihm das Leben zur Hölle zu machen.“

„Worauf du dich verlassen kannst!“, nickte Justin und ließ zur Untermauern der Drohung die Glühbirne in einer Lampe, die auf einem antiken Ziertischchen hinter der Gruppe stand, zerbersten.

„Ach, und Billy?“ Elizabeths Blick richtete sich auf Warrens Freund, der erschrocken herumgefahren war. Sie begann zunehmend Gefallen an dieser Unterhaltung zu finden. „Würdest du gerne wissen, was Adam Orkafu zu sagen hat?“ Sobald Daniel vorhin den schwarzen Jungen beim Namen angesprochen hatte, hatte sie gewusst, wer dessen Opfer gewesen sein musste.

„Adam ist auch hier?“, schnappte Bill und wich ebenfalls zurück. Justin berührte auch ihn an der Brust, so dass Bill erzitterte und sich gehetzt umsah. „Es tut mir leid. Ehrlich, Adam. Es tut mir leid! Bitte. Das musst du mir glauben!“

„Also gut.“ Wood schwenkte die Waffe in die Richtung einer offenen Zimmertür. „Ich würde vorschlagen, die Herrschaften ziehen sich jetzt zurück.“

Bill und Warren waren die ersten im Zimmer, dicht gefolgt von ihrem blonden Freund. Die beiden älteren Thuggees bewegten sich erst, als Daniel in scharfem Ton sagte: „Nun folgt schon Mr Woods Anweisungen, oder ich werde mir für euch beide etwas ganz Besonderes einfallen lassen, wenn das hier vorüber ist!“

Nachdem sich alle fünf Thugs im Zimmer befanden, zog Riley den Schlüssel von der Innenseite des Schlosses ab, und Wood sagte: „Übrigens wird Adam hier bei euch bleiben und aufpassen, dass ihr nichts Unüberlegtes tut. Wie beispielsweise Alarm zu schlagen oder versuchen zu fliehen. Wir würden es in der nächsten Sekunde wissen und ihr könnt euch einen neuen Guru suchen. Ich hoffe, wir verstehen uns." Damit zog Riley die Tür ins Schloss und sperrte sie ab.

Erleichtert aufatmend ließ Elizabeth die Waffe sinken und lehnte sich an Daniel.

„Du machst das toll!", sagte er leise und drückte seine Lippen auf ihre Stirn. „Ich verstehe gar nicht, warum du dich vorhin so gesträubt hast." Und an Riley gewandt: „Justin ins Spiel zu bringen war ein wirklich cleverer Zug, Kleiner."

„Adam Orkafu ist hier?" Susan klang verwirrt und auch ein wenig ärgerlich. „Wir haben einen neuen Geist und ich weiß nichts davon?"

„Adam ist kein Geist, Sue", klärte Wood sie auf und stützte sich wieder schwer auf ihre Schulter.

„Zumindest soweit wir das wissen", bemerkte Riley.

„Elizabeth hat ihn nur aus dem Hut gezaubert, um Warrens Freund aus der Fassung zu bringen." Wood nickte Elizabeth zu. „Gut gemacht."

„Fabelhaft gemacht", pflichtete Daniel lächelnd bei. „Und ohne auch nur mit der Wimper zu zucken. Aus dir wird doch noch eine gute Lügnerin. Nur bitte", sein Ton wurde flehentlich, „bitte sag nie wieder *Hirn raus pusten.* So was sagen nämlich nur Bösewichte in richtig schlechten Filmen."

„Ja, ja, Detective", grummelte Elizabeth. „Wenn das alles ist, was du auszusetzen hast …"

„Habt ihr euch jetzt genug auf die Schultern geklopft?", meldete sich Simon, der noch immer hinter Riley stand. „Muss ich euch daran erinnern, dass wir noch lange nicht draußen sind?"

„Du riskierst schon wieder eine ganz schön dicke Lippe", stellte Susan mit schmalen Augen fest.

„Leider hat er aber recht", seufzte Wood. Er lauschte an der Tür, ob sich dahinter etwas tat, doch seine Drohung schien bei den fünf Thuggees Wirkung zu zeigen. Kein Mucks was aus dem Zimmer zu hören. „Weiter geht´s", nickte er, die Zähne zusammenbeißend.

„Wo ist eigentlich Justin", fragte Elizabeth und blickte sich nach ihm um.

Sie hatte gar nicht mitbekommen, dass er verschwunden war. „Sagt mir jetzt bitte nicht, dass er wieder nach Hause gegangen ist."

„Nein, er ist noch in der Nähe", informierte sie Riley. „Er spielt wohl wieder den Späher."

Sie setzten ihren Weg in der gleichen Formation fort, wie zuvor. Simon an der Spitze, gefolgt von Daniel und Elizabeth und zuletzt Wood, flankiert von Susan und Riley.

Einige Male gelang es ihnen, sich unbemerkt an Räumen, in denen sich Grüppchen von Thuggees aufhielten, vorbei zu schleichen oder auszuweichen. Doch dann erwartete Justin sie vor einem nach unten führenden Treppenabsatz. „Billardzimmer. Vier von ihnen."

„Wir haben es so gut wie geschafft", flüsterte Daniel, nachdem er Simon, der seinen Fuß bereits auf die erste Stufe gesetzt hatte, mit einem leisen Zischen gestoppt hatte. „Gleich hier unten ist ein Seitenausgang, und nur etwa fünfzig Meter über den Hof befindet sich die Garage. Aber leider sagt Justin, dass sich im Billardzimmer, das wir durchqueren müssen, vier Thugs aufhalten."

„Können wir sie umgehen?", fragte Elizabeth wenig hoffnungsvoll, woraufhin Daniel verneinend den Kopf schüttelte.

„Dann ziehen wir unsere Show noch einmal ab", sagte Wood. „Sind die vier bewaffnet?"

„Glaub nicht." Justin zuckte leicht mit den Achseln. „Sie spielen Billard und rauchen Zigarren."

Wachsam stiegen sie die Treppe hinunter. Der schwere Duft von teurem Tabak wehte ihnen entgegen und als sie den untersten Treppenabsatz erreicht hatten, umwob sie der dazugehörige blaue Dunst.

Die vier Männer standen locker um einen Billardtisch herum, etwa fünf Meter von der Treppe entfernt. Drei von ihnen versuchten den vierten, der mit dem Rücken zur Treppe stand und gerade mit seinem Queue eine Kugel anpeilte, mit Späßen in seiner Konzentration zu stören. Die herantretende Gruppe bemerkten sie erst einmal gar nicht. Erst als Wood sich räusperte, sahen die drei, die gerade nicht spielten, auf. Sofort weiteten sich ihre Augen, einer nahm überrascht seine Zigarre aus dem Mundwinkel und ein anderer stellte sein Cognacglas hart auf dem hölzernen Rand des Billardtisches ab. Verwundert über die Reaktion seiner Kameraden richtete sich nun auch der vierte auf und drehte sich um.

Elizabeths Herz setzte aus, und sie zog scharf die Luft ein.

„Gilbertson!“ Wood spuckte den Namen seines Kollegen von der Met Police regelrecht aus und richtete seine Waffe auf ihn.

Elizabeths vermeintlicher Retter zeigte keinerlei Überraschung. Keine Sekunde lang schien er verwirrt oder schockiert. Sein emotionsloser, analytischer Blick haftete einen Moment lang auf Daniel und Elizabeth, dann wanderte er zu den anderen und blieb schließlich auf Wood liegen.

„Damit kommen Sie niemals durch, Tony“, sagte er im ruhigen Ton eines polizeilichen Vermittlers. Bedächtig legte er seinen Queue auf den Tisch und hob etwas seine Hände. „Man wird Sie finden und dann werden Sie dafür bezahlen. Geben Sie auf, Tony. Das ist Ihre einzige Chance.“

Wood schnaubte und sagte: „Netter Versuch, Stan. Aber ich hätte da einen Gegenvorschlag. Sie und Ihre Kumpane gehen jetzt ohne großes Aufheben nach oben und wir gehen nach draußen. Alles ganz ruhig und gesittet, ohne unnötiges Geschrei und Blutvergießen.“

„Und was dann? Wer garantiert uns, dass Sie unseren Acharya gehen lassen?“ Er schüttelte den Kopf. „Ich sag Ihnen was, Tony. Sie lassen ihn hier und jetzt gehen, wir ziehen uns zurück und Sie sind frei zu gehen, wohin immer Sie wollen. Niemand wird Sie aufhalten. Niemand wird Ihnen folgen.“

„Ja natürlich.“ Elizabeths Stimme triefte vor Sarkasmus. „Und zu Weihnachten schicken Sie uns wahrscheinlich auch noch eine Karte.“

„Wenn keiner von euch Clowns etwas Dummes anstellt“, sagte Wood, „wird eurem Meister nichts passieren. Das versichere ich. Alles, was wir wollen, ist ein Auto und verschwinden.“

„Nur, um dann Ihr Leben auf der Flucht zu verbringen. Sie wissen, dass Sie nirgends mehr sicher sein werden.“

„Ein Leben auf der Flucht ist immer noch besser, als von euch Verrückten irgendeiner Göttin geopfert zu werden!“, brauste Riley auf.

Gilberstons Blick zuckte zu dem Jungen an Woods Seite. Seine Augen wurden zu Schlitzen. „Dich werden wir als ersten wieder einkassieren, Zigeuner!“

Riley setzte zu einer vehementen Erwiderung an, doch Daniel kam ihm zuvor. „Stanley, glaub mir, ich weiß deine Bemühungen zu schätzen. Doch ich befürchte, Mr Wood und seine Freunde werden nicht mit sich reden lassen.“ Er deutete mit einem seitlichen Nicken auf Elizabeth. „Außerdem hege ich große Bedenken, was die Nerven dieser jungen Dame angeht. Nach allem, was ihr kürzlich wiederfahren ist, weiß ich nicht, wie lange sie dem Drang abzudrücken noch widerstehen kann."

„Ich brenne geradezu darauf, dass mir endlich jemand einen Grund liefert", bestätigte Elizabeth.

„Da drängt sich einem doch die Frage auf, warum Sie es bis jetzt noch nicht getan haben." Alle Köpfe, einschließlich die der vier Thuggees, wandten sich dem Sprecher zu. Langsam, eine Hand auf dem Geländer, kam George die Treppe herunter. Er neigte den Kopf auf die Seite und sah Elizabeth unschuldig an. „Was hat Sie aufgehalten?"

Elizabeth schluckte hart. „Das frage ich mich ehrlich gesagt auch. Vielleicht sollte ich ja tatsächlich einfach abdrücken!"

„Nur zu. Das würde ich wirklich gerne sehen."

„George! Was ist denn nur in dich gefahren!", rief Daniel mit vermeintlicher Entrüstung.

Leise lächelnd trat George näher, nicht im Geringsten beeindruckt von der Waffe, die Wood von Gilbertson weg und in seine Richtung geschwenkt hatte. „Nun … *Sir* … die Frage sollte, denke ich, vielmehr lauten, wer in diesen Körper gefahren ist." Er richtete einen Zeigefinger auf Daniels Brust.

Ein eisiger Schreck jagte durch Elizabeths Glieder. Hamiltons Diener kannte die Wahrheit! Sie waren aufgeflogen! Sie merkte, wie ihre Hand zu zittern begann und versuchte sie mit aller Kraft ruhig zu halten.

„Aber ich schätze", fuhr George fort, „das lässt sich leicht rausfinden." Seine Hand schnellte nach vorne, packte Elizabeth an den Haaren und zog ihren Kopf mit einem Ruck nach hinten. Mit der anderen Hand knickte er ihr Handgelenk ab, bis sie die Pistole fallen ließ - alles in einer einzigen, pfeilschnellen Bewegung. Dann verdrehte er ihren Arm auf den Rücken, als wollte er ihn auskugeln, und wirbelte Elizabeth herum, womit sie sich wie ein menschlicher Schild zwischen ihm und Woods Waffe befand. Ihren Kopf zerrte er noch immer an den Haaren zurück, so dass ihr Gesicht nach oben gerichtet war, und sie fürchtete, ihr Genick könnte jeden Moment brechen wie ein Streichholz. Doch bevor sie auch nur schreien oder nach ihm treten konnte, war sein tränentreibender Griff bereits wieder verschwunden, allerdings nicht, ohne ihr vorher noch ein Büschel ausgerissener Haare zu kosten.

Keuchend griff sich Elizabeth an den Hinterkopf und fuhr herum. Dabei sah sie gerade noch, wie Daniel George halb auf den Billardtisch schleuderte und sich dann auf ihn stürzte. Mit seinem Körpergewicht und dem Ellenbogen an dessen Kehle, nagelte er Hamiltons Diener auf dem grünen Filz des Tisches fest.

„Lass deine verdammten Finger von ihr!", drohte er, sein wutverzerrtes Gesicht nur eine halbe Armlänge über Georges.

„Sieht so aus, als hätten wir unsere Antwort", stieß George halb erstickt aus.

„Was hat das zu bedeuten?", fragte einer der Thugs verwirrt. Er lehnte sich über den Tisch und streckte einen Arm nach Daniel aus, doch dann zögerte er und zog ihn wieder zurück.

Hastig nahm Elizabeth die Pistole vom Boden auf. Noch während sie sich aufrichtete, rammte George beide Fäuste in Daniels Nieren. Als Daniel vor Schmerz zusammenzuckte, nutzte George die Chance, um ihn von sich zu stoßen und sich unter ihm wegzuducken. Im nächsten Augenblick stand er schon wieder aufrecht, während Daniel sich noch stöhnend am Billardtisch abstützte.

„Ich ahnte schon immer, dass Acharya Sie beide unterschätzt", sagte George schwer atmend, eine Hand an seinem Hals. „Doch er war sich so sicher, dass nichts und niemand es mit seiner Macht aufzunehmen vermochte. Er war überzeugt, niemand könnte sich seinen Zielen in den Weg stellen."

„Tja, Hochmut kommt bekanntlich vor dem Fall." Elizabeths Augen zuckten nervös zwischen George und Daniel hin und her, der sich nun ebenfalls wieder aufrichtete und die Hand nach der Pistole ausstreckte, die sie ihm ohne zu zögern übergab.

„Soll das etwa heißen, er ist nicht unser Acharya?" Gilbertson wirkte auf einmal gar nicht mehr emotionslos und analytisch. Er wirkte bestürzt.

„Nein", schüttelte George den Kopf. „Das, meine Herren, ist der werte Mr Mason. Der Geist, den Acharya beschworen hat, um dessen Energie bei dem Ritual der Wiederkehr als Mana-Quelle zu nutzen." Ein aufgeregtes Gemurmel erhob sich, woraufhin Daniel sich mit dem Anflug eines Lächelns verbeugte, wie ein Theaterschauspieler nach der Vorstellung.

„Und wo ist dann Acharya?", fragte einer der Thugs.

„Ihm ist die Wiederkehr nicht gelungen", erklärte George bedauernd. „Und er wurde wohl selbst zur Mana-Quelle." Dann blinzelte er, als hätte er gerade eine Eingebung gehabt „So wie die Dinge liegen, bin ich nun der neue Acharya." Sein Mund verzog sich zu einem mitleidlosen Grinsen. „Der Schüler wird zum Meister. Und ich werde nicht den Fehler begehen und sie unterschätzen. Es wird sich einiges ändern! "

„Meine Güte", seufzte Riley. „Erst bringt er den Mund nicht auf und jetzt hält er gar nicht mehr die Klappe."

„Ich glaube, alle Thuggees hören sich selber gerne reden", stimmt Elizabeth ihm zu.

„Eben! Immer nur reden, reden, reden!" Simon stürmte nach vorne, entriss Wood die Pistole und zielte mit zittrigen Händen in Georges Richtung. „Genug geredet!" Die Muskeln in seinem blassen Gesicht zuckten. „Es endet jetzt. Kein Acharya. Keine Bruderschaft. Keine Lügen!"

In dem Moment, in dem Wood „Simon, nicht!", brüllte, erkannte Elizabeth, dass sie mehr oder weniger in der Schusslinie stand. Genau wie Daniel, der sie einen rasenden Herzschlag später umfing und mit sich zu Boden riss. Dabei entglitt ihm die Pistole, und sie schlitterte unter den Billardtisch. Sie waren noch nicht auf dem Boden gelandet, als der erste Schuss knallte, unmittelbar gefolgt von zwei weiteren.

„Verdammter Schwachkopf!", fluchte Daniel, Elizabeths Kopf unten haltend. „Jetzt wird es hier in Null Komma Nichts vor Thugs nur so wimmeln!"

„Ich sorge für Ablenkung." Justin, der alles von der Treppe her beobachtet hatte, war neben ihnen in die Hocke gegangen. „Ich hab da auch schon eine Idee."

Elizabeth verstand ihn kaum, denn die Schüsse dröhnten noch in ihrem Kopf. Auch das aufbrandende Geschrei um sie herum klang so gedämpft, als wären ihre Ohren mit Watte verstopft. Als kein weiterer Schuss folgte, sprang Daniel auf. Elizabeth spähte empor und sah George, der in die Brust getroffen zusammengesackt war. Ein trockenes Knacken, wie ein brechender Ast, ließ sie nach hinten blicken. Riley hatte Simon die Pistole entwunden und warf sie gerade Wood zu, der sie etwas ungelenk auffing und sofort auf einen Thug richtete, der auf sie zu gerannt kam und praktisch in der Bewegung erstarrte. Dann wirbelte Riley herum und half Susan, die sich mit einem Queue, den sie über dem Knie in zwei Teile zerbrochen hatte, einen weiteren Thug auf Abstand hielt. Riley legte seine Arme zusammen, verschränkte die Hände und ließ sie mit Schwung zwischen die Schulterblätter des Thugs niedersausen, so dass der hilflos nach vorne taumelte, direkt in das spitze Ende des zersplitterten Queues.

Röchelnd brach er zusammen. Er sah dabei mit dem gleichen entsetzten und überraschten Ausdruck auf das Holz, das aus seinem Bauch ragte, wie Susan.

Irgendwo im Haus ging ein Alarm los, und mehrere kleine Detonationen waren zu hören. Wie versprochen sorgte Justin für Ablenkung, um ihnen weitere Thuggees vom Hals zu halten.

Daniel hatte sich derweil Gilbertson vorgenommen. Die beiden lieferten sich einen harten Kampf, in dem es Schläge, Hiebe und Tritte nur so hagelte. Gilbertson schien die indische Kampftechnik der Thuggees anzuwenden, doch Elizabeth erkannte erleichtert, dass Daniel langsam die Oberhand gewann. Bei ihm sah es vielleicht nicht ganz so elegant und anmutig aus, aber er wusste dennoch sehr genau, was er tat. Es gelang ihm, die meisten Angriffe abzublocken und dafür seinerseits gezielte, kraftvolle Schläge auszuteilen, die Gilbertson immer seltener abwehren konnte und in die Defensive zwangen.

Elizabeth griff nach dem Holzrand des Billardtisches, zog sich daran empor und sah, dass Simon nicht nur George erwischt hatte, denn auf der anderen Seite des Billardtisches richtete sich gerade ein Thug auf, den eine Kugel in den Oberarm oder die Schulter getroffen hatte. Sowie er Elizabeth erblickte, fletschte er die Zähne und kam um den Tisch herum. Doch weit kam er nicht, denn Elizabeth schnappte sich eine Billardkugel, zielte und warf mit aller Kraft. Die Kugel traf den Mann an der verletzten Schulter. Er schrie auf und verharrte an Ort und Stelle. Grinsend nahm Elizabeth die Schwarze Acht vom Tisch, zielte erneut und traf ihn diesmal im Gesicht. Nicht um sonst war sie in ihrer Cricket-Mannschaft die Wurfkönigin gewesen. Sie hatte ihm wohl die Nase gebrochen, denn eine Menge Blut quoll zwischen den Fingern des Mannes hervor, als er das Gesicht in seine Hände barg und winselnd in die Knie ging.

„Ha", rief Elizabeth triumphierend, dann blickte sich nach den anderen um.

Daniel hatte Gilbertson mittlerweile am Boden. Er kniete über ihm, hielt mit der einen Hand seinen Kragen und bearbeitete mit der anderen sein bereits blutüberströmtes Gesicht. „Das ist dafür, dass du Liz entführt hast." Und beim nächsten Schlag: „Das ist für all die Lügen über mich beim Yard." Und schließlich: „Und das ist für Tonys Suspendierung."

Elizabeth legte ihm eine Hand auf die Schulter. „Ich glaube er hat genug, Danny. Er rührt sich schon gar nicht mehr."

Keuchend und mit geradezu fiebrigem Blick sah er zu ihr auf. Seine linke Augenbraue war aufgeplatzt und das Auge darunter blutunterlaufen. Außerdem verlief eine stark blutende Wunde quer über seinen rechten Wangenknochen.

Mit einem letzten verächtlichen Blick auf Gilbertson ließ Daniel dessen Kragen los, griff nach Elizabeths ausgestreckter Hand und hievte sich in die Höhe.

Nun stand nur noch der Thug aufrecht, den Wood mit der Waffe in Schach hielt. Der Mann sah nicht so aus, als wollte er sich im nächsten Moment auf irgendjemand stürzen, eher, als suchte er nach einer Möglichkeit, sich aus dem Staub zu machen.

„Los jetzt", sagte Daniel, noch immer außer Atem. „Es können jeden Moment mehr von ihnen kommen." Mit Elizabeth im Schlepptau humpelte er Richtung Tür.

„Was machen wir mit ihm?", wollte Wood wissen und deutete mit dem Lauf der Pistole auf den Thug.

Riley war unter den Billardtisch gekrochen, um die Waffe, die Daniel vorhin entglitten war, hervorzuholen. Nun baute er sich hinter dem Thug auf, und so wie es Daniel bei Matthew im Keller getan hatte, holte er aus und ließ den Griff der Waffe auf die Schläfe des Thugs niedersausen. „Problem erledigt", meinte er lapidar und wirkte dabei mächtig zufrieden mit sich.

Susan war noch immer etwas verstört und starrte auf den verletzten Mann zu ihren Füßen. „Er wird es überstehen, Schatz", beruhigte sie Wood und legte einen Arm um ihre Schultern. „Außerdem war es Notwehr."

„Ja, ich weiß", sagte sie mit leiser Stimme.

„Ich hoffe, George übersteht es nicht", murmelte Simon, der wieder seine verschlossene Haltung im Hintergrund eingenommen hatte.

„Sieht nicht so aus", kommentierte Daniel. Beredt sah er auf Georges reglosen Körper. „Bist du stolz darauf, nun zwei Leben auf dem Gewissen haben?"

„Nur um eines davon tut es mir wirklich leid", antworte Simon, einen kurzen verhaltenen Blick auf Daniel richtend, den dieser nur kühl erwiderte.

Elizabeth konnte sich nicht vorstellen, dass Daniel Simon jemals vergeben würde. Genauswenig wie sie selbst.

„Sie kommen. Macht euch vom Acker!“ Justin war in ihrer Mitte erschienen, um sie vor den nahenden Männern zu warnen.

Eilig öffnete Daniel die Tür zum Hof und winkte die anderen durch. Die Nachmittagssonne strahlte am wolkenlosen Himmel, als sie ins Freie traten und über den Kies zu dem separaten Gebäude hasteten, das früher eine Stallung gewesen sein musste, und nun als Garage für Hamiltons Fuhrpark diente. Gerade als sie das alte Fachwerkgebäude erreichten, war ein Aufruhr im Haupthaus zu hören.

Während Daniel so schnell wie möglich eine Zahlenkombination am Schloss eingab, um die Tür zu entriegeln, wandte Elizabeth sich um und sah zurück zu dem Seitenausgang, aus dem sie eben gekommen waren. Daniel öffnete gerade die Garagentür, als die ersten Männer aus dem Haupthaus gestürmt kamen.

Wood gab einen Warnschuss ab. Er zielte zwar grob in deren Richtung, aber zu hoch um jemanden zu treffen. Riley tat es ihm gleich. Das hielt die Männer tatsächlich auf, bis sich alle in der Garage befanden und Riley die Tür hinter sich zuzog. Die Neonröhren gingen automatisch an und beleuchteten diverse Nobelkarossen, manche von ihnen unter glänzendem dunkelblauem Stoff verborgen.

„Justin“, sagte Daniel, während er in einem silbernen Schlüsselkasten nach dem richtigen Autoschlüssel suchte. „Lass das Schloss durchschmoren.“ Er sah sich nach dem Jungen um. „Aber bitte nur das Schloss, okay?“ Da Elizabeth gerade keinen Kontakt zu Daniel hatte, hörte sie Justins Antwort nicht. „Royce oder Bentley?“, fragte Daniel in die Runde. „Der Jaguar wäre mir zwar am liebsten, aber da wir zu sechst sind…“

„Mann, Danny!“ seufzte Wood ungeduldig. Er musste sich wieder auf Riley und Susan stützen, um sich aufrecht zu halten. „Du und die Autos. Ist doch völlig egal, Hauptsache es bringt uns hier weg. Und zwar schnell.“

„Dann der Bentley“, meinte Daniel schulterzuckend. „Der hat mehr Power.“ Damit schnappte er sich den passenden Schlüssel und führte sie zu einem riesigen schwarzen Wagen, der trotz der Maße erstaunlich sportlich wirkte. Susan und Riley halfen Wood auf den Beifahrersitz, ehe sie selbst, gefolgt von Simon, ins Heck des Wagens stiegen. Daniel hielt Elizabeth die Tür hinter dem Fahrersitz auf und gab ihr einen kleinen Kuss. Als er dann die Wagentür hinter ihr zudrückte und sie in den weichen Sitz sank, hörte sie noch, wie jemand wild gegen die Garagentür hämmerte.

Daniel glitt hinter das Lenkrad, sagte: „Schnallt euch besser an.“, und startete den leise schnurrenden Motor. Das weiße Garagentor ließ sich mit einem Knopf am Lenkrad öffnen, doch als das sich langsam hebende Holztor den Blick auf ein Dutzend wartender Thugs freigab, wartete Daniel nicht, bis es sich vollständig geöffnet hatte, sondern gab Gas. Aus dem Schnurren des Motors wurde ein tiefes, volles Dröhnen und die Beschleunigung drückte sie alle in ihre Sitze. Das Holz des Tors zersplitterte an der Frontscheibe und dem Dach des Bentleys, wo es zwar mit Sicherheit tiefe Kratzer im Lack hinterließ, aber weiter keinen Schaden anrichtete. Die lauernden Männer sprengten auseinander, doch einen erwischte der Wagen noch am Bein. Es vielen auch Schüsse, aber sie waren so schnell außer Reichweite, dass nur eine einzige Kugel den Wagen im Kofferraum traf.

Mit quietschenden Reifen bog Daniel von der Kiesauffahrt in die Hauptstraße ein. Dabei schnitt er einen Kleinlaster, der hinter ihnen schlingernd zum Stehen kam.

Grinsend sah er in den Rückspiegel. „Nächster Halt: Krankenhaus. Und danach werden Liz und ich Simon beim Yard abliefern und den Thuggees den finalen Gnadenstoß verpassen.“

Elizabeth schloss seufzend die Augen und lehnte den Kopf zurück. „Und dann gehen wir endlich nach Hause.“

„Ja, mein Engel“, sagte Daniel, und sie konnte deutlich die Wärme eines Lächelns in seiner Stimme hören. „Dann gehen wir endlich nach Hause.“

Epilog

Kritisch betrachtete Elizabeth ihr Spiegelbild.

Betonte dieses Kleid, dieses schulterfreie Ungetüm aus Satin und Chiffon nicht zu sehr ihr Dekolleté und ihre Hüfte? Und schmeichelte die Hochsteckfrisur mit den einzeln ins Gesicht fallenden Locken wirklich ihrer Gesichtsform?

Sie sah auf die Uhr. In spätestens zwei Stunden musste sie an der Kirche sein.

Mit einem quäkenden Maunzen rekelte sich Beckett auf dem riesigen Koffer, der fertig gepackt hinter Elizabeth auf dem Bett lag. Es sah aus, als wüsste der Kater genau, dass sie ihn bald wieder alleine lassen würde und wollte sie nun mit einer Sitzblockade zum Hierbleiben zwingen.

Ihr Flieger ging am nächsten Morgen in aller Frühe. Sie begannen ihre Reise in Italien, in Florenz, so wie Daniel damals im Hyde Park gesagt hatte und dann würden sie sehen, wohin der Wind sie trieb. Sie hatten vor, erst kurz vor Weihnachten nach London zurückzukommen.

„Wow, jetzt siehst du sogar aus wie ein Engel."

Elizabeth machte einen kleinen Satz. „Hallo, du Quälgeist", sagte sie, nachdem ihr Puls wieder eingesetzt hatte. Daniel verstand sich noch immer bestens darauf, sich anzuschleichen und sie zu Tode zu erschrecken. Sie hegte den starken Verdacht, dass er es insgeheim darauf anlegte ihr zu beweisen, dass er trotz hinderlichem Körper in der Lage war, ihr früher oder später einen Herzinfarkt zu bescheren.

Mit verschränkten Armen lehnte er im Türrahmen und maß sie mit seinem unvergleichlichen schiefen Grinsen.

Sie drehte sich einmal im Kreis, damit er ihr silberblaues Kleid besser begutachten konnte.

„Also mal ehrlich, ich bezweifle, dass Jennifer begeistert sein wird, wenn die Trauzeugin ihr die Show stiehlt", meinte er mit gespielter Skepsis.

Elizabeth merkte, wie sich ihre Wangen röteten. Auch das beherrschte er nach wie vor mit Bravour. „Ich werde wohl kaum die Braut in den Schatten stellen, aber du dafür die gesamte anwesende Männerwelt!" Sie wandte sich wieder dem Schrankspiegel zu, behielt aber sein Spiegelbild im Blick. „Und allen Damen wirst du den Kopf verdrehen.“

Daniel sah aber auch wirklich unverschämt gut aus. Er trug eine dunkelgraue Nadelstreifenhose, ein weißes Hemd und eine hellgraue Weste. Sein sandblondes Haar war wie üblich zerzaust und seine Wangen und sein Kinn zierte ein Dreitagebart. Unter dem geöffneten Kragen des Hemdes spitzte das schwarze Lederband hervor, an dem das Sonnenamulett hing. Er nahm es niemals ab, als fürchtete er, der Zauber, dem er diesen Körper zu verdanken hatte, könnte sich verflüchtigen, sollte er den Anhänger je ablegen.

Es waren Augenblicke wie dieser, in denen es Elizabeth schwerfiel zu glauben, dass dieser atemberaubende Mann tatsächlich zu ihr gehörte, zu ihr allein. Und dass er sie genauso liebte wie sie ihn. Zum tausendsten Mal fragte sie sich, womit sie dieses Glück verdient hatte.

Schmunzelnd stieß sich Daniel vom Türrahmen ab und kam zu ihr herüber. Im Vorbeigehen kraulte er Beckett hinterm Ohr, woraufhin sich der Kater, der den neuen Mitbewohner ohne Weiteres akzeptiert hatte, noch genüsslicher auf dem Koffer ausstreckte. Daniel stellte sich hinter Elizabeth, legte die Hände auf ihre bloßen Schultern und küsste ihren Nacken.

„You look like an angel, talk like an angel“, sang er leise, bevor er raunte: „Das Kleid ist zauberhaft, aber ich kann es kaum erwarten, es dir wieder auszuziehen.“

„Detective!“, rief Elizabeth mit gespielter Entrüstung. „Benimm dich!“

„Ich werd´s versuchen“, versprach er, theatralisch seufzend.

„Und glaub ja nicht, ich wüsste nicht, wie der Song weitergeht.“ *Devil in Disguise* von Elvis Presley hatte sie schließlich oft genug gehört.

Leise lachend zog er an einer losen Locke und ließ sie springen. „Freust du dich genauso wie ich auf den Urlaub?“

„Wie wahnsinnig!“ Elizabeth drehte sich zu ihm um. „Die letzten sechs Wochen waren ja wirklich spannend und aufregend … aber auch irrsinnig anstrengend. Ich meine, abgesehen von den paar Tagen nach unserer filmreifen Flucht aus Camley Hall hatten wir doch kaum Zeit zum Luftholen.“

„Sprichst du eventuell von diesen drei wundervollen Tagen, in denen wir die Wohnung nur verlassen haben, um einzukaufen und Tony im Krankenhaus zu besuchen?“ Vielsagend hob er eine Braue.

„Ja, die meine ich.“ Elizabeth entwischte ein Kichern. „Und genau genommen haben wir dieses eine Zimmer hier kaum verlassen ... Aber danach hatten wir beide alle Hände voll zu tun. Ich mit dem Schreiben und du mit der Verteilung von Hamiltons Vermögen."

Nachdem sich Simon wie versprochen gestellt und neben den Mördern auch eine Reihe von hochrangigen Mitgliedern der Thuggees benannt hatte, hatten sich die Medien wie die Haie auf die Story gestürzt und dafür gesorgt, dass das Schattendasein der Bruderschaft der Vergangenheit angehörte. Dabei grenzte es an ein Wunder, dass es Daniel gelungen war, anonym zu bleiben und lediglich als Hamiltons geheimnisvoller Erbe durch die Presse zu geistern.

Während Elizabeth also in den vergangenen eineinhalb Monaten für hochkarätige Publikationen an Artikeln über die Machenschaften der Bruderschaft gearbeitet hatte, war Daniel hauptsächlich mit Finanzangelegenheiten beschäftigt gewesen. Wie angekündigt hatte er dafür gesorgt, dass sämtliche Familien der Opfer einen großzügigen Scheck erhielten, ausgestellt von einer neu gegründeten Stiftung in der Schweiz. Wood hatte ihn dabei tatkräftig unterstützt, immerhin verfügte er, was Geldangelegenheiten anging, über einschlägige Erfahrung und nützliche Verbindungen.

„Ja, die Reise haben wir uns redlich verdient", stimmte Daniel ihr zu.

„Acht Wochen ohne Termine oder Verpflichtungen. Nur wir beide und die weite Welt." Elizabeth fand diese Aussicht geradezu berauschend. Zufrieden seufzend ging sie zum Nachttisch, auf dem ihr Schmuckkästchen stand, und wählte zum Kleid passende Ohrringe und eine Kette.

Daniel setzte sich auf die Bettkante. „Tony hat übrigens angerufen. Er und Sue bringen uns morgen zum Flughafen."

„Zu dieser unchristlichen Zeit? Sein Arzt meinte doch, dass er sich noch schonen soll. Wir können problemlos ein Taxi nehmen."

„Du kennst ihn doch. Es braucht mehr als drei gebrochene Rippen und ein angerissenes Lungenfell, um ihn aufhalten."

„Er soll froh sein, dass die Lunge selbst heil geblieben ist, Himmel noch mal! Nur gut, dass Sue zu ihm gezogen ist und sich um ihn kümmert. Wenn sie nicht wäre, würde Tony vermutlich schon wieder böse Jungs jagen."

Daniel lachte leise. „Er ist eben ein harter Kerl."

„Und Rileys neues Vorbild", schnaubte Elizabeth, silberne Kreolen ans Ohr klippend. „Unglaublich, dass er das Geld für sein Studium erst von dir akzeptierte, nachdem Tony mit ihm geredet hat!"

Daniel hatte Riley nicht nur sämtliche in Rauch aufgegangene Geräte ersetzt, er hatte auch in seinem Namen einen Treuhandfond angelegt, der dem Jungen eine erstklassige Ausbildung an jedem College und jeder Universität seiner Wahl ermöglichen sollte.

„Apropos", sage Daniel, „heute hat Justins Mutter ihren Scheck erhalten. Das war der letzte."

„Hast du dich eigentlich schon von Justin verabschiedet?", wollte Elizabeth wissen, während sie mit dem Verschluss der Perlenkette kämpfte.

„Ja", entgegnete Daniel. Er erhob sich und nahm ihr die Kette aus den Händen, um ihr beim Anlegen zu helfen. „Er war heute Nachmittag hier, als du Fergie besucht hast. Leider hat er den Dreh mit dem PC noch immer nicht richtig raus. Ich glaube, er kann sich einfach nicht ausreichend konzentrieren. Aber er versucht weiter, seinen Bruder zu erreichen."

„Du hast ihm doch hoffentlich nicht gesagt, wohin wir fahren, oder?", fragte Elizabeth.

„Wo denkst du hin!" Er hakte den Verschluss ein und küsste die Mulde unter ihrem Ohr. „Und du hast Fergie noch mal daran erinnert, dass wir sie in den nächsten zwei Monaten nicht besuchen kommen?"

Sie hatten dafür gesorgt, dass Fergie, Elizabeths rettender Engel in St. Agnes, in eine der besten psychiatrischen Kliniken im Zentrum von London verlegt worden war, wo sie nicht nur eine erstklassige Behandlung, sondern auch regelmäßigen Besuch für die eine oder andere Partie Dame erhalten würde.

„Habe ich. Und sie war genauso enttäuscht wie beim ersten Mal." Sie wandte sich zu Daniel um. „Denkst du, wir können Tony und Sue darum bitten, Fergie hin und wieder auf ein Spielchen zu besuchen?"

„Klar, warum nicht?", meinte Daniel. „Wir können sie morgen fragen."

Elizabeths Blick fiel auf den Strauß weißer Rosen, der in einer Glasvase auf der Kommode stand. Sie pickte eine besonders schöne Blüte heraus und steckte sie in ein Knopfloch an Daniels Revers.

Die Blumen hatten sie vor einigen Tagen im Laden seiner Mutter gekauft, da er es sich nicht hatte nehmen lassen, den Scheck für die Familie Mason selbst zu überbringen.

Schmunzelnd dachte Elizabeth daran zurück, wie nervös er dabei gewesen war.

„Kann ich Ihnen helfen?", fragte Daniels Mutter, als sie den Laden betraten. Ihre Stimme war höflich, dennoch hörte Elizabeth deutlich die Müdigkeit und Trauer, die unter der professionellen Freundlichkeit verbogen lag. Mrs Mason blickte nur kurz auf und widmete sich dann wieder einem Blumengebinde.

„Ja … ich … äh", stammelte Daniel und starrte die blonde Frau unverwandt an. Als er bemerkte, dass sich in seinen Augenwinkeln Tränen sammelten, drehte er sich rasch um und tat so, als betrachtete er einen Bund weißer Rosen. „Sind die nicht schön, Baby?", fragte er mit leiser, belegter Stimme.

„Wunderschön", antwortete Elizabeth ebenso leise. Mitfühlend streichelte sie über seinen Rücken.

Mrs Mason trat zu ihnen heran. „Die kosten ein Pfund das Stück und halten Ihnen mit Sicherheit eine Woche."

„Ich nehme alle", sagte Daniel, ohne aufzusehen, woraufhin seine Mutter die Vase vom Tisch nahm und zur Theke trug.

„Sie sind für meine Mom", erklärte er. „Ich möchte ihr heute die Frau vorstellen, die ich liebe."

„Aha", war alles, was Mrs Mason antwortete, während sie mit dem Beschneiden der Rosen beschäftigt war.

„Meine Mom ist eine ganz besondere Frau, wissen Sie, und ich wünsche mir wirklich, dass sie uns ihren Segen gibt."

Da hob sie doch kurz den Blick und lächelte Elizabeth wohlwollend an. „Bei so einem reizenden Mädchen wird sie das ganz bestimmt."

„Danke", flüsterte Daniel.

Elizabeth lächelte etwas verlegen und dachte dabei, dass sie sich mit Daniels Mutter, ebenso wie mit seiner Schwester, ohne Zweifel prächtig verstanden hätte.

„Ist das dann alles? Das macht fünfundzwanzig Pfund."

Daniel reichte seiner Mutter das Geld und räusperte sich. „Ehrlich gesagt, Mrs Mason, sind wir nicht nur wegen der Blumen hier."

„Ach nein? Bei mir werden Sie aber nichts anderes finden, außer Blumen."

„Nun, wir … äh … wir sind von einer Lotteriegesellschaft. Ihr Sohn … Daniel, also er hat den Jackpot gewonnen."

Bei der Erwähnung seines Namens sah Mrs Mason schockiert auf und fasste sich an die Brust.

Daniel schob den Scheck über die zerkratzte Arbeitsplatte. „Und in Anbetracht dessen, dass Ihr Sohn … naja …" Er strich mit einer Hand durch die

Haare und holte tief Luft. „Also, das ist jetzt Ihr Geld."

Mrs Mason hob das Papier hoch, als hätte sie Angst, es könnte jede Sekunde in Flammen aufgehen. Als sie schließlich die Summe, die darauf stand, gelesen hatte, sackten ihr die Knie ein, und sie fasste Halt suchend nach der Thekenkante.

Das darauffolgende Schluchzen zerriss Elizabeth fast das Herz. „Alles in Ordnung, Mrs Mason?", fragte sie besorgt, während Daniel bereits auf die andere Seite des Tresens eilte.

„Es ist okay", flüsterte er, und seine Mutter sank an seine Brust.

„Ich vermisse meinen Danny so sehr", schluchzte sie.

„Ich weiß."

„Er war Polizist. Und ein gewissenloser Jugendlicher hat ihn mir einfach genommen."

Sanft streichelte er seiner Mutter über den Kopf und den Rücken, bis sie sich wieder etwas gefasst hatte und sich von ihm zurückzog.

„Normalerweise ist es nicht meine Art, Wildfremden die Hemden vollzuheulen."

„Ist schon in Ordnung", versicherte Daniel und lächelte sie dabei warm an.

In diesem Moment blickte sie ihm das erste Mal offen ins Gesicht.

Und erstarrte.

Doch noch bevor sie etwas hätte sagen können, hatte Daniel sich schon umgewandt und Elizabeths Hand ergriffen. „Wir müssen jetzt leider los, Mrs Mason. Ich wünsche Ihnen alles Gute."

Seitdem hatte der Strauß seinen Platz auf der Wäschekommode im Schlafzimmer. Wie Daniels Mutter gesagt hatte, hielt er sich sehr lange frisch. Elizabeth nahm sich vor, die Rosen morgen bei ihrer Abreise Susan zu schenken, denn es wäre ein Jammer, sie verwelken zu lassen.

„Also", sagte sie und nahm Daniels Erscheinung noch einmal in sich auf. „sind wir abmarschbereit?"

„Naja …" Er verzog den Mund. „Da wäre eigentlich noch etwas."

„Was denn?"

Als Daniel nicht antworte, sondern nur mit einem Band an ihrem Dekolleté spielte, suchte sie in seinem Gesicht nach dem Grund seines Zögerns. Doch alles, was sie erkennen konnte, war ein Hauch Nervosität. „Du weißt, du kannst mir alles sagen, Danny. Möchtest du vielleicht nicht mit auf die Hochzeit?" Ja genau, das musste es sein. Immerhin kannte er dort niemanden außer ihr. Zudem hatte sie als Trauzeugin eine Aufgabe, die es ihr nicht erlauben würde den ganzen Abend an Daniels Seite zu verbringen.

An seiner Stelle hätte ich vermutlich auch herzlich wenig Lust auf die ganze Sache, dachte sie, und wappnete sich innerlich bereits dafür, alleine auf der Feier zu erscheinen. Auch wenn sie ihn während ihrer Rede vor den Hochzeitsgästen als moralische Unterstützung bitter nötig gehabt hätte.

„Doch, Baby, natürlich möchte ich mitgehen", sagt er zu ihrer grenzenlosen Erleichterung. Er nahm ihre Hände und ließ seinen Blick erneut bewundernd über das Kleid schweifen. „Als ob ich mir deinen großen Auftritt entgehen lasse. Allerdings …" Er holte einmal tief Luft. „Allerdings würde es mich wesentlich glücklicher machen, wenn ich nicht mit meiner Freundin auf diese Hochzeit gehen und morgen verreisen würde …", er hob den Blick und sah ihr in die Augen, „sondern mit meiner Verlobten."

„Danny!", keuchte Elizabeth. Ihr Herz rutschte mit einem Ruck hinauf in den Hals. Ihre Wangen begannen erneut zu glühen. „War das etwa gerade ein Antrag?"

„Nein, natürlich nicht." Daniel schüttelte den Kopf, als hätte sie eben etwas wirklich Dummes gesagt. „Das würde ganz anders aus aussehen." Noch immer ihre Hände haltend sank er vor ihr auf die Knie. „Und zwar so." Er ließ eine Hand los, um mit Daumen und Zeigefinger einen Ring aus seiner Westentasche zu zaubern. Als er ihn dann hochhob, leuchteten seine Augen mit dem Diamanten auf dem Weißgoldring um die Wette. Beides raubte Elizabeth den Atem.

„Elizabeth Parker", sagte er feierlich. „Würdest du mir die Ehre erweisen und mich heiraten?"

Zwei Herzschläge lang starrte Elizabeth mit offenem Mund erst Daniel und dann den Ring an. Da sie beim besten Willen kein Wort herausbrachte, fiel sie stattdessen ebenfalls auf die Knie. Der Stoff ihres Kleides bauschte sich raschelnd um sie herum. Sie warf die Arme um Daniels Hals und küsste ihn stürmisch.

„Ist das ein Ja?", flüsterte er an ihren Lippen.

„Nein", lachte sie. „Das sind eine Million Jas!"

Daniel stimmte in ihr Lachen ein, nur dass es bei ihm nicht nur glücklich, sondern auch dankbar und erleichtert klang. War er tatsächlich unsicher gewesen, ob sie seinen Antrag annehmen würde? Er lehnte sich etwas zurück und nahm ihre Hand. „Du weißt nicht, wie viel mir das bedeutet“, sagte er, schob den Ring auf ihren Finger und küsste ihn. „Ich liebe dich, mein Engel. Jetzt und für immer.“

Staunend betrachtete Elizabeth den Ring an ihrer Hand. Indem sie die Finger leicht bewegte, ließ sie den Diamanten glitzern und blitzen.

Dieser Ring ist ganz genauso wie Dannys Seele, dachte sie.

Einzigartig, strahlend und wunderschön.

Und vor allem wie für sie gemacht.

Extras

Die folgenden drei Novellen schließen direkt an SOULBOUND an.

In ROSSINIS SILBERDIEB lernen Elizabeth und Daniel in Rom den Geist eines alten Mannes kennen, der sich um seine Witwe sorgt und versucht, sie vor kriminellen Machenschaften zu schützen.

In SAN FRANCISCO BLUES verlässt sich die alleinstehende Abby voll und ganz auf den Rat und die Botschaften ihrer verstorbenen Schwester. Doch ist das Medium, das diese Nachrichten überbringt, tatsächlich so selbstlos wie es vorgibt?

In DER GEIST DER WEIHNACHT steht Riley O´Shea im Mittelpunkt. Während der Weihnachtszeit machen ihm die Geister das Leben noch schwerer als sonst. Die Bekanntschaft mit einem rätselhaften, doch seltsam faszinierenden Mädchen ist da eine willkommene Abwechslung - wenn der Rotschopf ihn nicht gerade in den Wahnsinn treibt.

Rossinis Silberdieb

Um diese Jahreszeit war Rom einfach traumhaft schön.

Keine brütende Hitze. Keine Touristenschwärme. Gute, würzige Luft.

Das Licht wirkte golden, und die Laubbäume in der Stadt überstrahlten sich gegenseitig in leuchtenden Gelb- und Rottönen.

Zuhause in London ist es jetzt sicherlich grau und nass, dachte Elizabeth. Und der kalte Wind fegte vermutlich so scharf durch die Straßen, dass weder Mantel noch Schal verhindern konnten, dass er einem in die Knochen fuhr.

Doch hier herrschten noch immer milde, für englische Verhältnisse geradezu sommerliche Temperaturen.

Rom war die vierte Station auf ihrer achtwöchigen Reise. Nach ein paar Tagen in Florenz hatten sie sich mit einem Leihwagen, einem sportlichen Alfa Cabrio, Richtung Süden aufgemacht und zwei Zwischenstopps in Siena und Grosseto eingelegt.

Heute Mittag waren sie in Rom angekommen und hatten das Auto samt Gepäck auf einem gesicherten Parkplatz in der Nähe des Colosseums geparkt. Dann waren sie zu Fuß losgezogen, um erste Eindrücke der Ewigen Stadt zu sammeln. Nachdem sie sich drei Stunden lang durch die verwinkelten Gassen hatten treiben lassen, saßen sie nun in einem Straßencafé auf der Piazza Navona und genossen bei einem Cappuccino und Feigengebäck das *dolce far niente*.

„Wusstest du, dass dieser Platz früher eine Arena war?“, fragte Daniel, der müßig im Reiseführer blätterte. „In der Antike gab es hier sogar Wagenrennen.“ Er schob seine Sonnenbrille ins Haar und blickte sich auf der Piazza um. „Und der Brunnen und der Obelisk dort drüben kommen in Illuminati vor.“

„Buch oder Film?“, fragte Elizabeth grinsend und knüpfte damit an ihre andauernde Diskussion zum Thema *Können Romanverfilmungen jemals an die Buchvorlage heranreichen* an.

Daniel tat das mit einem angedeuteten Augenrollen ab und trank seinen Kaffee aus. Anschließend gab er dem Kellner mit einer Geste zu verstehen, dass er zahlen wollte. „Sollen wir uns dann mal auf die Suche nach einem Hotel machen? Der Reiseführer nennt eine romantische kleine Pension in der Nähe der Spanischen Treppe als Geheimtipp."

„Wenn es nur halb so romantisch ist wie unser Hotel in Florenz, bin ich dabei."

Daniel sah auf. Seine grünen Augen blitzten. Verführerisch lächelnd lehnte er sich ihr entgegen und raunte: „Das hat dir gefallen, was?"

„Es war ein Traum", hauchte Elizabeth und schloss die kleine Lücke zwischen ihnen. Während des Kusses dachte sie zurück an die zwei Tage und zwei Nächte, die sie zwar in Florenz verbracht, von der Stadt aber nicht das Geringste gesehen hatten. Nichts, außer ihrem bezaubernden Zimmer mit dem Engelsfresko an der Decke und den Dächern der Altstadt, die sich vor ihrem Fenster erstreckten. Erst am dritten Tag nach ihrer Ankunft hatten sie ihr Liebesnest verlassen und sich in den Trubel der toskanischen Stadt gestürzt.

Äußerst unsanft wurden sie vom Räuspern des Kellners unterbrochen, der ihnen die Rechnung auf den Tisch legte.

„*Grazie*", sagte Daniel leicht mürrisch und platzierte einen Geldschein auf der Rechnung. Er erhob sich und reichte Elizabeth die Hand.

Bevor sie ihre Hand in seine legte, kostete sie noch einen kurzen Moment lang den spektakulären Anblick aus, den er bot. Er trug ein schwarzes T-Shirt, das die schlanken, sehnigen Muskeln seines Oberkörpers perfekt zur Geltung brachte. Die langen Beine steckten in einer ausgewaschenen Jeans, die ihm locker auf der Hüfte saß. Seine honigblonden Haare waren wie immer einen Tick zu lang und zu unordentlich, doch Elizabeth gefiel es. Sie mochte auch den Dreitagebart, der sein hübsches, jungenhaftes Gesicht etwas älter und rauer erscheinen ließ – auch wenn er beim Küssen kratzte und das süße Grübchen am Kinn verdeckte.

Mein Verlobter, dachte sie staunend.

Gemächlich schlenderten sie Richtung Piazza di Spagna. Daniel naschte sich dabei einmal mehr von Gelateria zu Pasticceria zu Panetteria. Er schwelgte geradezu in all den italienischen Leckereien und ließ Elizabeth jede einzelne probieren. Auch wenn sie offensichtlich nicht über Daniels Stoffwechsel verfügte, so ließ sie sich doch bereitwillig verführen und von seiner Begeisterung anstecken. Seine Lebensfreude war einfach unbändig, und Elizabeth fragte sich nicht zum ersten Mal, wie viel davon der Tatsache zu verdanken war, dass Daniel nur zu gut wusste, was es hieß, sein Leben zu verlieren.

„Dort drüben ist es“, sagte er, als sie von der Piazza di Spagna in eine enge Seitengasse abbogen. Er deutete auf ein Gebäude mit bröckelnder, gelblicher Fassade, das großflächig mit herbstlich verfärbtem Efeu überwuchert war. „Casa Vincenzo e Rosa.“

„Oh.“ Elizabeth blinzelte, während sie nach den richtigen Worten suchte.

Die ersten Adjektive, die ihr in den Sinn kamen, waren: Heruntergekommen, winzig und renovierungsbedürftig. „Charmant“, brachte sie schließlich mit einem etwas gequälten Lächeln hervor. „Und das wurde im Reiseführer tatsächlich als Geheimtipp aufgeführt?“

Daniel sah sie amüsiert an. „Jetzt sag mir nicht, dass du die Dinge nach ihrem Äußeren beurteilst, Liz. Gerade du solltest wissen, dass es die inneren Werte sind, die zählen.“

Elizabeth erwiderte seinen Blick aus schmalen Augen. „Menschen und Häuser sind nicht unbedingt vergleichbar, weißt du.“

„Na los, geben wir ihm eine Chance.“ Daniel legte einen Arm um ihre Schultern und schob sie vorwärts Richtung Pension. „Im Reiseführer heißt es, dass Rosa selbst in der Küche steht und ihre Gäste verwöhnt.“

„Na, hoffentlich macht Vincenzo dann die Zimmer sauber“, murmelte Elizabeth.

Sie traten in die Pension und fanden den kleinen Empfangsbereich verlassen vor.

„*Buon giorgno*“, rief Daniel gut gelaunt. Neugierig sah er sich um und lehnte sich dann an den Tresen aus dunklem Holz, Messing und Marmor. „Hallo? Ist jemand da?“

Auch Elizabeth ließ ihren Blick schweifen und kam nicht umhin zuzugeben, dass die Pension tatsächlich einen gewissen Charme besaß. Alles wirkte antiquiert und angestaubt, ja, aber nicht verwahrlost. Vor allen Dingen wirkte es gemütlich.

„Ah, *buona sera*!“

Elizabeth fuhr erschrocken herum und legte eine Hand auf Daniels Rücken. Eine dunkelhaarige Schönheit schwebte lächelnd die schmale Treppe herunter. Sie hielt eine Vase mit weißen Lilien in den Händen, die sie etwas vom Körper weg hielt, um ihr schwarzes Kleid nicht mit dem Blütenstaub zu beschmutzen.

Direkt hinter ihr schritt ein grauhaariger Herr in schwarzer Hose, weißem Hemd und offener schwarzer Weste die Stufen herunter. Während die junge Frau an den Tresen trat und die Blumen abstellte, setzte sich der Mann in einen Polstersessel an der Wand.

„Englisch?“, fragte die Frau und warf ihre langen Haare in einer eleganten Bewegung über die Schultern zurück.

„Erwischt“, sagte Daniel. „Elizabeth Parker und David Morgan“, stellte er sie beide vor und benutzte dabei den Namen, der nun auf seinen offiziellen Papieren und Kreditkarten stand.

„Freut mich, ich bin Carla di Stefano“, erwiderte die Frau mit hinreißendem italienischen Akzent und perfektem Augenaufschlag.

„Und ich dachte, Sie sind Rosa“, sagte Daniel charmant lächelnd. Wenn Elizabeth es nicht besser gewusst hätte, hätte sie schwören können, er flirtete mit der hübschen Italienerin ... Unwillkürlich krallten sich ihre Finger etwas in seinen Rücken.

„Rosa ist meine Tante“, schnurrte Carla und maß Daniel dabei wie ein Eis am Stiel an einem heißen Sommertag. Sekunde, hatte sie ihm eben zugezwinkert?

Elizabeth ging fast die Galle über. In Momenten wie diesen sehnte sie sich beinahe nach den alten Zeiten, als nur sie alleine ihren Prinzen sehen und hören hatte können.

„Ah“, sagte Daniel. „Hätten Sie für ein paar Nächte ein freies Doppelzimmer, Carla?“

„Ein ruhiges und vor allem *romantisches* Doppelzimmer“, ergänzte Elizabeth schmallippig. „Wir sind nämlich sozusagen auf *Verlobungsreise*.“

Daniel warf ihr einen belustigten Seitenblick zu und versetzte ihr einen Stups gegen die Hüfte.

„Mal sehen ...“ Carla schlug ein ledergefasstes Buch auf und blätterte nach hinten. Dabei musterte sie Elizabeth verhalten und zog eine perfekt geschwungene Augenbraue in die Höhe, als fragte sie sich, was einen Mann wie Daniel wohl ritt, eine Frau wie Elizabeth heiraten zu wollen. „Wir haben leider nur noch ein Zimmer mit zwei getrennten Betten ...“

Elizabeth bemerkte Daniels Enttäuschung und wollte gerade sagen: „So ein Pech, da müssen wir wohl doch weiter suchen“, als jemand etwas aus dem Zimmer hinter dem Empfangstresen rief. Die Stimme gehörte eindeutig einer älteren aber resoluten Frau. Carla antwortete ihr und wirkte dabei, als fiel es ihr schwer, ruhig zu bleiben. Es folgte ein weiterer italienischer Wortschwall, woraufhin Carla resigniert seufzte. „Meine Tante sagt, sie können das Mansardenzimmer haben.“

„Ist es ein schönes Zimmer?“, wollte Daniel wissen.

„Unser schönstes. Wie lange möchten Sie bleiben?“

Daniel sah Elizabeth fragend an. „Drei Nächte?“, schlug sie schulterzuckend vor. „Aber können wir uns das Zimmer vielleicht ansehen, bevor wir uns entscheiden?“

„Natürlich“, sagte Carla, während der alte Herr hinter ihnen etwas murmelte.

Elizabeth verstand ihn zwar nicht, aber sie fand, dass es sehr abfällig klang. Unauffällig warf sie über Daniels Schulter hinweg einen Blick auf den Mann. Mit finsterem Blick saß er im Sessel, seine Unterarme auf den Armlehnen und die Beine leicht ausgestellt. Über irgendetwas schien er sich zu ärgern …

Carla hatte indes einen Schlüssel mit Messingschild aus einem Fach hinter ihr genommen und kam nun um den Tresen herum. „Folgen Sie mir“, sagte sie, und schritt mit wiegenden Hüften die Treppe hinauf.

Daniel nahm Elizabeths Hand. Seufzend ließ sie sich von ihm die enge, mit abgewetztem Teppich belegte Treppe hinauf führen. „Wie sollen wir hier unsere Koffer rauf bringen?“, brummte sie missmutig.

„Wir packen nur das, was wir für die nächsten Tage brauchen, in eine Tasche, den Rest lassen wir im Auto“, meinte Daniel. Offenbar hat er sich bereits entschieden hierzubleiben. Kein Wunder, bei dem Service …

Im zweiten Stock folgten sie einem Gang mit knarzenden Bodendielen. Sie kamen zu einem weiteren kleinen Treppenabsatz und einer Biegung, und Elizabeth hatte das Gefühl, sich nun in einem anderen, noch älteren Teil des Gebäudes zu befinden. Carla steuerte auf eine Tür an der Stirnseite des Ganges zu, sperrte sie auf und öffnete sie. Dann trat sie zurück und ließ Daniel und Elizabeth den Vortritt.

„Wow“, sagte Daniel, sobald er im Zimmer war. „Das ist fantastisch. Was meinst du, Liz?“

„Ganz süß“, antwortete sie und war sich dabei durchaus bewusst, dass das die Untertreibung des Jahres war. Das Mansardenzimmer war geräumig, lichtdurchflutet und einfach nur entzückend. Die Wände zierten dezente cremefarbene Seidentapeten mit türkisfarbenen Akzenten, farblich abgestimmt mit den schweren Vorhängen am Fenster und einem zweisitzigen Sofa. Es gab einen antiken Sekretär, einen goldgerahmten Standspiegel und einen Waschtisch mit Marmorbecken. Doch das Wundervollste war das Bett aus fast schwarzem Holz, an dessen Kopf-und Fußteil filigrane Perlmuttintarsien eingearbeitet waren, die, in kunstvollem Zusammenspiel mit dem dunklen Holz, langschwänzige schwarz-weiße Vögel im Sitzen und im Flug darstellten.

„Liz, komm und sieh dir das an!"

Elizabeth folgte Daniels begeisterter Stimme ins Bad. Er stand an einer freistehenden Badewanne mit Löwenfüßen und strich mit den Fingerspitzen über die goldfarbenen Armaturen. Mit großen Augen sah er Elizabeth an, wie ein kleiner Junge, der um Süßigkeiten bettelt.

„Okay, okay. Wir nehmen es", lenkte sie lächelnd ein und lehnte sich mit verschränkten Armen in den Türrahmen. Das Zimmer war einfach zu hübsch, um sich weiter dagegen zu sträuben.

„Es kostest einhundertdreißig Euro pro Nacht", informierte sie Carla vom Flur her. „Frühstück ist inklusive. Wenn sie möchten, können Sie sich von meiner Tante ein Menü kochen lassen. Das kostet extra, aber sie ist eine sehr gute Köchin. Eine … wie heißt das … eine Zauberin."

„Danke, aber wir essen außerhalb", sagte Elizabeth forsch, was ihr einen strafenden Blick von Daniel einbrachte, den sie rundheraus ignorierte.

Nachdem sie offiziell eingecheckt hatten, zogen sie los, um ihre Sachen aus dem Auto zu holen. Wie Daniel vorgeschlagen hatte, nahmen sie nur eine Reisetasche mit dem Nötigsten mit. Auf dem Rückweg kehrten sie in einer rustikalen Trattoria ein, die für ihre unverschämt gute Pasta berühmt war. Elizabeth war heilfroh, dass noch ein ausgedehnter Fußmarsch vor ihnen lag, denn einen Verdauungsspaziergang hatte sie nach dem üppigen Essen mehr als nötig.

Sie ließen sich Zeit mit dem Heimweg und setzten sich eine Weile auf die Spanische Treppe, wo Daniel sich noch ein Eis gönnte, während Elizabeth sich damit begnügte, an seine Schulter gekuschelt das bunte Treiben zu beobachten und dem melodischen italienischen Stimmengewirr um sie herum zu lauschen. Als sie leicht fröstelte, legte Daniel wärmend beide Arme um sie und flüsterte: „Lass uns zurück gehen. In der Pension wartet ein heißes Bad."

„Ich nehme an, du meinst damit nicht nur die Wassertemperatur, oder?", kicherte Elizabeth, drückte sich an ihn und küsste seinen Hals.

Den restlichen Weg legten sie eng umschlungen zurück. Elizabeth ließ Daniel auch nicht los, als sie ins Casa Rosa e Vincenzo zurückkamen und das hatte nur zweitrangig etwas damit zu tun, dass sie für Carla ein Zeichen setzten wollte.

Doch nicht die junge Frau stand hinter dem Empfangstresen, sondern eine zierliche ältere Dame. Ihr kurzes, lockiges Haar war mit grauen Strähnen durchzogen und sie trug ein schlichtes schwarzes Kleid mit kurzen Ärmeln. Elizabeth war sich sicher, dass es sich bei ihr um Rosa handelte und dass sie es gewesen war, die Carla angewiesen hatte, ihnen das Mansardenzimmer zu geben.
Rosa war gerade dabei, zwei Frauen mittleren Alters einzuchecken. Neben ihr stand der Mann, denn Elizabeth schon früher am Abend gesehen hatte. Der alte Herr schien Rosa genauestens auf die Finger zu schauen. Das war dann wohl Vincenzo.

Während Daniel einmal mehr sein begrenztes Italienisch auspackte und an niemand bestimmten gerichtet „*Buona notte*", rief, lächelte Elizabeth einfach nur freundlich in die Runde. Von allen wurde das Lächeln erwidert, außer von dem alten Mann, der sie grimmig und sogar etwas argwöhnisch musterte, bevor sich seine Aufmerksamkeit wieder auf die Frau neben ihm richtete.

Kichernd und schäkernd stiegen Elizabeth und Daniel die Treppen bis zu ihrem Zimmer hinauf, doch das Lachen gefror Elizabeth in der Kehle, als sie ihr Zimmer betraten und Carla darin vorfanden, die mit einem ertappten Gesichtsausdruck aus dem Bad kam.

„Ich habe Ihnen eine Flasche Rotwein gebracht", erklärte die junge Frau schnell und zeigte auf eine Flasche und zwei Gläser, die auf dem kleinen Tischchen vor dem Sofa standen. „Ein Gruß des Hauses."

„Danke, das ist wirklich sehr aufmerksam", lächelte Daniel und stellte die Reisetasche neben dem Bett ab.

Carla entspannte sich sichtlich. „Gern geschehen, David", gurrte sie und schenkte ihm einen ihrer Augenaufschläge. „Rufen Sie mich an, wenn Sie sonst noch etwas brauchen."

„Rufen Sie mich an", äffte Elizabeth die Italienerin nach, sobald diese aus der Tür geschwebt war. Mit mehr Schwung als nötig kickte sie ihre Turnschuhe in den Wandschrank.

Daniel umfasste sie von hinten und zog sie an sich. „Baby, du bist einfach zum Niederknien, wenn du eifersüchtig bist", raunte er ihr ins Ohr.

„Eifersüchtig? Ich? Etwa auf diese Sophia Loren für Arme, die dich anschmachtet, als wünschte sie sich deinen Hintern zum Nachtisch?"

Daniel strich mit der Nase durch ihr Haar. „Niemand außer dir bekommt meinen Hintern zum Nachtisch." Er küsste ihren Nacken. „Oder als Hauptgang." Seine Hände wanderten unter ihre Bluse. „Noch nicht mal als Vorspeise."

Ein wonniges Kribbeln breitete sich in Elizabeth aus. Dennoch entwand sie sich Daniels Armen und dreht sich um. „Wo wir gerade vom Essen reden ... Ich bin total vollgefressen, müde und die Füße tun mir weh!" Damit stemmte sie ihre Hände gegen seine Brust und versuchte ihn energisch von sich zu schieben.

Doch Daniel ließ das nicht zu. „Dann sollten wir zusehen, dass wir dich schnellstmöglich in eine liegende Position befördern." Damit begann er, sie rückwärts Richtung Bett zu manövrieren. Er neigte sich ihr für einen Kuss entgegen, doch Elizabeth entzog sich ihm, ehe sich ihre Lippen trafen.

„Was ist mit dem versprochenen Bad, hm?", fragte sie spitz. Ihr Puls raste bereits und ihr Innerstes stand unter Hochspannung, aber sie zierte sich weiterhin, denn sie wollte ihn zappeln lassen. Er sollte sich für sie ins Zeug legen, sollte beweisen, dass er nur sie wollte.

Da fing sein Mund den ihren ein und all ihre Vorsätze schmolzen dahin, wie ein Eiszapfen in glühender Julihitze. Himmel, konnte dieser Mann gut küssen.

Statt zum Bett schob Daniel sie nun ins Badezimmer, wo er sehr viel Geschick bewies, indem er es schaffte ein Bad einzulassen, sie beide auszuziehen und dabei nicht länger als fünf Sekunden seine Lippen von den ihren hob.

Wenig später saßen sie bei gedämpftem Licht in der altmodischen Wanne. Elizabeths Kopf ruhte an Daniels Schulter, ihre Schläfe an seiner unrasierten Wange.

Leise eine Melodie summend, die entfernt nach *That's Amore* von Dean Martin klang, strich er müßig mit dem Zeigefinger an ihrem Arm hinauf bis zur Schulter und dann an ihrem Schlüsselbein entlang.

Elizabeth war vollkommen entspannt. Wunschlos glücklich und zufrieden.

„Wo soll es nach Amalfi hingehen?", fragte sie mit geschlossenen Augen. Ihr Plan sah es vor, dass sie von Rom aus weiter nach Süden bis nach Neapel und die Amalifküste entlang fuhren. Wohin es im Anschluss gehen würde, hatten sie allerdings noch nicht beschlossen. Sie wussten nur, dass sie noch mehr als sechs Wochen Zeit hatten, bevor sie wieder zurück in London sein mussten, und dass Geld keine Rolle spielte.

„Ich weiß nicht“, antwortete Daniel. „Wo möchtest du denn hin?“

„Asien vielleicht. Bali oder Thailand … Oder wie wär´s mit Südafrika?“

„Oh ja, Safari“, sagte Daniel mit einem Lächeln in der Stimme. „Ich glaube, das Klima dort ist eher etwas für mich, als die schwüle Hitze Asiens.“

„Woher willst du das wissen?“, fragte Elizabeth neckend und stupste ihn mit dem Kopf leicht an. „Vielleicht verträgt dieser Körper feuchte Hitze ja besser als dein alter.“

„Glaub nicht“, murmelte Daniel. „Ich mag noch immer keine Dampfbäder.“

Sie schwiegen eine Weile und hingen ihren Gedanken nach. „Was hältst du von Kalifornien“, sagte Elizabeth dann. „Mit dem Auto von San Francisco aus die Küste hinunter bis nach San Diego.“

„Hmm“, machte Daniel zustimmend. „Das hört sich toll an.“ Er wickelte sich eine von Elizabeths dunklen Locken um den Finger. „Und wir könnten einen Abstecher nach Las Vegas machen.“ Sein Ton klang verdächtig unschuldig.

„Um zu spielen?“, fragte Elizabeth vorsichtig.

„Auch.“

„Was noch?“

„Na du weißt schon … Shows und so was …“

Elizabeth wandte sich um und sah ihm ins Gesicht. „Ist das alles?“

Daniel grinste sie verschmitzt an.

„Daniel Mason“, sagte sie drohend. „Komm ja nicht auf dummen Gedanken! Ich will auf jeden Fall meine Eltern und unsere Freunde dabei haben.“

Er strich mit seinen Fingern wie mit einem Kamm durch ihr Haar und hielt dann ihren Hinterkopf. Seine grünen Augen waren tief und geheimnisvoll. „Komisch“, sagte er. „Ich will eigentlich nur dich dabei haben.“

Darauf konnte Elizabeths nichts mehr erwidern. Zum einen, weil ihr das wild pochende Herz in die Kehle gerutscht war. Doch vor allem, weil seine Lippen ihren Mund verschlossen, während seine freie Hand über ihren Brustkorb hinab zu ihren Hüften wanderte.

Das wird wieder eine lange Nacht werden, dachte sie. Nur gut, dass sie morgen ausschlafen konnten.

Sie erwachte zu einem fröhlichen *Mambo Italiano*, das aus dem Bad schallte. Offenbar hatte ihr Prinz Dean Martin für sich entdeckt. Den Schlaf aus den Augen blinzelnd spähte Elizabeth zunächst zu den geschlossenen Fensterläden, durch deren Lamellen gerade so viel Sonne fiel, um das Zimmer in angenehmes Zwielicht zu tauchen, aber nicht genug, um Aufschluss über die Uhrzeit zu geben. Gähnend setzte sie sich auf, streckte sich und sah dann auf ihre Armbanduhr, die auf dem Nachttisch lag. Es war bereits nach halb zehn. Himmel, hatte sie gut geschlafen.

Mit nassen Haaren, nichts als einem Handtuch um die schmale Hüfte und noch immer singend, kam Daniel aus dem Bad.

Ein Anblick, der einem den Morgen versüßt, dachte Elizabeth. „Wer dich hat, braucht kein Radio", bemerkte sie, als er sich für einen kleinen Guten-Morgen-Kuss zu ihr hinab beugte. „Danny, die Jukebox."

Da es nur bis zehn Uhr Frühstück gab und sie gestern ja nun wirklich lange und ausgiebig gebadet hatte, verzichtete Elizabeth auf eine Dusche und war in weniger als fünfzehn Minuten fertig. Allerdings war sie mit ihrer Erscheinung alles andere als zufrieden, vor allem nicht mit ihren Haaren, die verdächtig einem explodierten Heusack ähnelten. Und das ausgerechnet in einer Stadt, in der sie mit Frauen wie Carla konkurrieren musste. „Ich glaube, ich sollte heute dringend einen Abstecher zum Frisör machen", sagte sie deshalb, als sie an Daniels Hand hinunter in den Frühstücksraum ging, in dem nur noch eine vierköpfige Familie saß, die gerade ihr Frühstück beendete. Die zierliche Dame, Rosa, war dabei, die Reste des Schinken- und Käse-Buffets zusammen zu räumen – ein weiteres Mal unter dem wachsamen Auge des grauhaarigen Mannes.

„Vincenzo scheint seiner Rosa ja nicht gerade viel zuzutrauen", flüsterte Elizabeth Daniel zu und grüßte dann die beiden.

Rosa grüßte lächelnd zurück, während der alte Mann sie nur stirnrunzelnd maß und dann wieder wegsah. Auch diesem Sauertopf würde sie noch ein Lächeln entlocken, nahm sich Elizabeth fest vor.

Während des Frühstücks machten sie Pläne für den Tag. Zuallererst wollte Elizabeth zum Frisör, dann würden sie sich das Forum Romanum und den Palatin ansehen und anschließend das Colosseum. Der Peters Dom, die Sixtinische Kapelle und das Vatikanmuseum waren morgen dran. Erst das antike Rom, dann das kirchliche.

Rosa blieb die ganze Zeit in ihrer Nähe und versorgte sie mütterlich mit Cappuccino, frischgepresstem Orangensaft und hausgemachtem Gebäck. Vincenzo war nicht mehr zu sehen.

Erst, als Daniel und Elizabeth Arm in Arm den Frühstücksraum verließen und sich bei Rosa bedankten, stand auch Vincenzo wieder in der Tür zur Küche. Mit ihrem strahlendsten Lächeln winkte Elizabeth dem grauhaarigen Mann zu und rief: „*Grazie! Ciao!*“

Doch anstatt unter ihrem Charme dahinzuschmelzen, sah Vincenzo sie mit versteinertem Gesicht und weiten Augen an und Elizabeth fragte sich irritiert, ob ihr Verhalten in diesem Land vielleicht als unhöflich galt. Möglicherweise hatte Vincenzo aber auch einfach nur schlechte Laune, dachte sie mit einem innerlichen Schulterzucken und trat mit Daniel auf die Straße hinaus.

„Also bis später, Baby“, sagte er und küsste sie, als würden sie sich für Monate trennen, und nicht nur für eine Stunde. „Ich warte auf der Spanischen Treppe auf dich.“

„Ich beeil mich“, versprach Elizabeth und setzte, wie sie es immer tat, einen kleinen Kuss auf seine Lippen nach. Dann drehte sie sich um und ging die kopfsteingepflasterte Gasse hinunter.

Als sie sich schon einige Schritte entfernt hatte, rief Daniel ihr noch nach: „Und wehe du kommst als Blondine wieder!“

„Nein, nein“, lachte sie. „Ich lasse sie mir nur ganz kurz schneiden. Ist praktischer!“

Einige Straßen weiter fand Elizabeth einen Salon, der ihr zusagte und in dem man sie auch nicht wieder wegschickte, weil sie vorab keinen Termin vereinbart hatte. Während sie in einem pinken Kunstledersessel am Fenster wartete, bis sie dran war, blätterte sie durch Klatschmagazine und hörte dem italienischen Geschnatter um sie herum zu. Auch wenn sie kein Wort verstand, so war für sie allein der Klang der Sprache Genuss pur. Einfach *bellissimo*. Wenn sie wieder zu Hause waren, würde sie auf alle Fälle Stunden nehmen.

Unversehens schaltete sich das Radio ein, das nur wenige Schritte von Elizabeth entfernt in einem Regal stand und spielte ohrenbetäubend laut Rockmusik. Alle anwesenden Damen im Salon, inklusive Elizabeth, machten vor Schreck einen kleinen Satz und starrten auf das Gerät, das ein paar Mal den Sender wechselte, bevor es sich wieder abschaltete.

Während die anderen Frauen sich einen Moment später lachend und kopfschüttelnd abwandten und wieder ihren Tätigkeiten nachgingen, legte Elizabeth argwöhnisch den Kopf auf die Seite und sah sich aufmerksam im Laden um. Tatsächlich! Hin und wieder flackerten die Deckenstrahler, gleichzeitig schaltete sich eine Trockenhaube ein und wieder aus. Und hatte ihr da nicht eben ein verdächtiger kühler Lufthauch, fast wie eine zarte Berührung, eine Gänsehaut verpasst? Ja, ganz eindeutig. Jetzt krampfte sich auch ihr Magen leicht zusammen, und sie verspürte den irrationalen Drang schleunigst den Salon zu verlassen. Elizabeth erkannte die Anzeichen: Hier im Salon war ein Geist, ein erregter, wenn nicht gar wütender Geist.

Und da heißt es immer, England sei das Land mit der höchsten Geisterdichte, dachte Elizabeth schmunzelnd. Dabei wurden in Italien sogar die Frisörsalone bespukt.

Ein hübsches junges Ding mit stacheligen blonden Haaren kam auf sie zu und bedeutete ihr, dass sie nun an der Reihe war und ihr folgen sollte. Sie führte Elizabeth zu einem freien Stuhl vor einem Spiegel und fragte in brüchigem Englisch nach ihren Wünschen. Mit Händen und Füßen erklärte Elizabeth, dass sie lediglich die Spitzen geschnitten und ihre dunklen Locken wieder in Form gebracht haben wollte. Als sie dann nach der Haarwäsche wieder am Spiegel saß und sich die Frisörin mit flinken Fingern um ihre Haarspitzen kümmerte, beobachtete Elizabeth besorgt, wie der Geist immer aufgebrachter wurde. Die Lampen flackerten jetzt ununterbrochen und die Föne und Trockenhauben gingen ständig an und aus.

Die Damen im Salon lachten nun nicht mehr, sondern wirkten ziemlich ratlos und wurden immer nervöser. Als Höhepunkt verabschiedete sich schließlich der PC am Empfang mit einem dumpfen Knall und einer kleinen traurigen Rauchwolke, woraufhin die Empfangsdame hinter der Theke entsetzt aufkreischte, einen Satz nach hinten machte und sich bekreuzigte.

Dann spürte Elizabeth wieder eine körperlose Berührung am Arm, die ihr einen Schauer über den Rücken jagte. Fast wäre sie aus ihrem Stuhl hoch gefahren, doch sie umgriff fest die Armlehne, atmete tief durch und gemahnte sich zur Ruhe. Immerhin war es nur ein Geist. Eine arme Seele, einsam und frustriert darüber, mit niemanden in Kontakt treten zu können. Vielleicht sollte sie später mit Daniel zurückkommen, um mit dem Geist zu reden. Da zersprang der Spiegel vor ihr und tausend feine Risse zogen sich durch die polierte Oberfläche, die ihr schockiertes Gesicht darin zu einer grotesken, zersplitterten Fratze verzerrten.

Im zerbrochenen Spiegel sah Elizabeth, dass die blonde Frisöse kreidebleich ans Waschbecken zurückgewichen war, die Augen weit aufgerissen und die Schere fest an ihre Brust gedrückt.

Elizabeth seufzte. Das war es dann wohl gewesen, mit ihrem Haarschnitt. Sie erhob sich, nahm den pinken Plastikponcho ab und legte ihn über den Stuhl. Keine der aufgelösten Frauen um sie herum schien Notiz von ihr zu nehmen, als sie zum Empfang ging, zwanzig Euro auf den Tresen legte und den Laden verließ.

Es war ein bedeckter Tag und dank der nassen Haare fröstelte sie, sobald sie im Freien war. Sie zog ihre fast knielange graue Strickjacke an und machte sich eilends auf den Weg zur Piazza di Spagna.

Daniel wartete bereits wie versprochen auf der Spanischen Treppe. Mit einer Flasche Wasser in der Hand saß auf den Stufen und grinste ihr breit entgegen. Doch dann wich das Lächeln einem äußerst irritierten Gesichtsausdruck.

Vermutlich wundert er sich, warum ich mit nassen Haaren unterwegs bin, dachte Elizabeth.

Er stand auf, und sobald sie in Hörweite war, sagte er ernst: „Erschrick jetzt nicht, Liz."

Elizabeth blieb keine Zeit, sich zu fragen, was seine kryptische Begrüßung bedeuten mochte, denn er streckte einen Arm aus, nahm ihre Hand … Und ein aufgeregter italienischer Wortschwall donnerte auf sie ein, wie Maschinengewehrfeuer. Sie zuckte zurück, gleichzeitig fuhr sie zur Seite herum und sah sich Nase an Nase dem grauhaarigen Mann aus der Pension gegenüber. Vor Schreck stolperte sie rückwärts von der Stufe und wäre fast gestürzt, hätte Daniel sie nicht sofort aufgefangen und gestützt.

„Was … Wo …", stammelte sie und sah verdattert zwischen dem Geist und Daniel hin und her. „Er … er ist mir gefolgt", erkannte sie schließlich. „Von der Pension in den Salon … Und dann hierher."

Der Geist, Vincenzo, redete weiter wild gestikulierend auf sie ein, bis Daniel energisch eine Hand hob und sagte: „Hey! Wir verstehen Sie nicht!" Er schüttelte den Kopf und hob die Schultern. „*Non capisco!* Okay?"

Jetzt ruckte Vincenzos Kopf zu Daniel und er sah ihn mit zusammengekniffenen Augen an. Dann blickte er wieder zu Elizabeth, sagte etwas, ruhiger diesmal und wedelte mit einer Hand.

„*Non capisco*", wiederholte Elizabeth entschuldigend.

Vincenzo schloss die Augen und schien in sich zu gehen. Dann sagte er: „Du … und du … könnt sehen … und … und hören." Dabei zeigte er auf seine Augen und Ohren.

„Ja", bestätigte Daniel. „Wir können Sie sehen und hören."

„Ich allerdings nur, wenn ich Danny berühre", erklärte Elizabeth und hob zur Veranschaulichung ihre Hand, die Daniels fest umschloss. „Deshalb konnte ich sie vorhin im Salon auch nicht sehen." Ein Licht ging ihr auf. „Darum wurden Sie so wütend, nicht wahr? Weil ich nicht mehr auf sie reagierte, nachdem ich Sie in der Pension angesprochen hatte. Sie dachten, ich ignoriere Sie. Es tut mir so leid, mir war nicht klar, dass Sie … naja, dass Sie tot sind. Sie sehen für uns nämlich sehr lebendig aus, wissen Sie."

Elizabeths Ausführung überstieg meilenweit Vincenzos Sprachkenntnisse, das war ihm deutlich anzusehen. Frustriert schüttelte er den Kopf. Dann sagte mit eindringlichem Blick: „Hilfe. Bitte!"

„Sie brauchen unsere Hilfe?", vergewisserte sich Daniel, woraufhin Vincenzo eifrig nickte.

„Wobei?", fragte Elizabeth.

„Rosa …", sagte Vincenzo, „Carla …" Er schien verzweifelt nach den richtigen Vokabeln zu suchen. Sein Mund öffnete und schloss sich, und seine Hände bewegten sich, als wollten sie die Worte aus der Luft pflücken. Doch alles, was er herausbrachte, war ein weiterer italienischer Wortschwall.

„Wir brauchen einen Übersetzer", meinte Elizabeth seufzend. „Vielleicht Carla?"

„Wie stellst du dir das vor? Sollen wir ihr jedes einzelne Wort weitergeben?"

„Ich habe wochenlang deine Worte weitergegeben …"

„Ja, aber in der Regel an Leute, die wussten, dass ich da war", gab Daniel zu bedenken. „Und vor allem: Du hast verstanden, was ich sagte!"

„Zumindest das Meiste davon", murmelte Elizabeth. Lauter sagte sie: "Carla ist seine Nichte. Wir können ihr doch behutsam beibringen, dass Vincenzo mit ihr sprechen möchte. Und wenn er langsam und verständlich spricht …"

Vincenzo fiel Elizabeth ins Wort. „Carla … *no, no, no! Impossibile!*" Er schüttelte heftig den Kopf und gestikulierte verneinend.

Daniel zog eine Braue nach oben. „Er ist wohl dagegen."

„Danke, Sherlock. Das wäre mir so nicht aufgefallen", erwiderte Elizabeth augenrollend. „Dann vielleicht mit Hilfe des Wörterbuchs?" Sie kramte in ihrer Umhängetasche und holte das kleine rote Büchlein hervor.

„Einen Versuch ist es vermutlich wert", brummte Daniel. „Wir sollten uns dafür aber an einen ruhigeren Platz zurückziehen."

„In ein Café?"

„Ich dachte eher an unser Zimmer."

Also begaben sie sich zu dritt zurück in die Pension. Im Foyer war niemand zu sehen, aber aus dem Raum hinter dem Empfangstresen waren Geräusche zu hören, als würde jemand Möbel verrücken. Schweigend gingen sie hinauf ins Mansardenzimmer, wo das Bett bereits gemacht und die Handtücher ausgetauscht worden waren.

Ausgestattet mit Papier, Bleistift und dem Wörterbuch setzte sich Elizabeth an den antiken Sekretär, bereit, Vincenzos Botschaft aufzunehmen und zu übersetzen. Daniel stand mit seinen Händen auf ihren Schultern hinter ihr, während Vincenzo rastlos im Zimmer auf und ab ging.

„*Allora*", sagte der Geist schließlich. „*Carla … é … iniqua.*" Er sprach bemüht deutlich und unterstrich jedes Wort mit einer Geste seiner rechten Hand.

Elizabeth blätterte durch das Wörterbuch. „Iniqua … iniquqa … Hier!" Sie tippte auf das Wort. „Böse. Boshaft. Bösartig."

„Carla ist böse?", fragte Daniel verblüfft nach und sah dabei über die Schulter Vincenzo an.

„*Sì*! Böse!", bestätigte der grauhaarige Mann. „*E esosa.*"

„Esosa … „ Elizabeth suchte das Wort. „Geizig? Nein … Hier, habgierig! Sie ist böse und habgierig!" Sie schielte zu Daniel hinauf. „Das ist jetzt nicht wirklich eine Neuigkeit."

Auf diese Weise machten sie weiter, doch die Kommunikation gestaltete sich zäher und zäher. Viele Wörter ließen sich nicht im Wörterbuch finden, entweder, weil sie in dem kleinen Büchlein nicht enthalten waren oder weil die Schreibweise zu sehr vom Klang des Wortes abwich. Vincenzo bemühte sich zwar einfache Sätze zu bilden, doch manchmal erschloss sich ihnen einfach nicht der Sinn.

Nach etwa einer Stunde hatten sie von Vincenzo lediglich erfahren, dass Carla die Tochter seines ebenfalls verstorbenen Bruders Luca war und erst seit ein paar Wochen hier in der Pension arbeitete. Sie war gekommen, nachdem Vincenzo gestorben war. Wie er gestorben war, hatten sie allerdings nicht verstanden. Carla hatte ihrer Tante Rosa Hilfe angeboten, doch Vincenzo war der Meinung, der eigentliche Grund ihres Auftauchens war die Suche nach Geld.

„Was soll das bedeuten?", fragte Elizabeth. „Dass sie Rosa die Pension abluchsen will, um damit reich zu werden? Ich kann mir nicht vorstellen, dass das hier eine Goldgrube ist."

„So kommen wir nicht weiter." Kopfschüttelnd massierte sich Daniel die Nasenwurzel. „Wie wäre es, wenn wir Vincenzos Worte aufnehmen? Ich meine, wir wiederholen einfach Wort für Wort, was er sagt, und zeichnen es auf. Dann spielen wir es jemanden vor und lassen es uns übersetzen."

„Das würde wahrscheinlich funktionieren. Nur können wir Vincenzo dann keine Fragen stellen", gab Elizabeth zu bedenken. Sie seufzte und senkte ihren Blick auf das Wörterbuch, denn bei dem, was sie gleich aussprechen würde, wollte sie Daniel nicht ansehen. „Du weißt, dass es noch eine andere Möglichkeit gibt", flüsterte sie. „Eine Möglichkeit, einen richtigen Dialog mit ihm zu führen." Als ihr nur Schweigen antwortete, sah sie ihm doch ins Gesicht, über dem auf einmal ein grauer Schleier zu liegen schien. „Hamilton sprach fließend Italienisch, nicht wahr?"

„Das ist keine Option." Daniels Stimme klang leise und gepresst.

Elizabeth erhob sich aus dem Holzstuhl, drehte sich langsam um und legte die Hände flach auf Daniels Brust. Unter ihren Fingern spürte sie seinen beschleunigten Puls. „Es ist doch nur kurz, Danny. Und die Alpträume werden auch dieses Mal wieder verschwinden." Sie hob eine Hand und strich über seine raue Wange. „Du hast selbst gesagt, dass wir so nicht weiterkommen."

„Es hat über einen Monat gedauert, bis ich Hamiltons Erinnerungen vollständig wegsperren konnte", hielt er dagegen. „Es ist verdammt schwierig, sie unter Kontrolle zu halten. Wenn ich den Safe in meinem Kopf jetzt wieder öffne …" Er sprach nicht weiter, sondern schüttelte nur den Kopf.

Elizabeth war sich sehr wohl bewusst, was sie Daniel da eben vorgeschlagen hatte und sie hasste sich dafür, es auf den Tisch gebracht zu haben. Immerhin hatte sie miterlebt, wie er wochenlang unter den grausigen Flashbacks und Alpträumen gelitten hatte. In der Zeit kurz nach den schicksalshaften Ereignissen auf Camley Hall, hatte Daniel sich noch Hamiltons Erinnerungen zunutze gemacht, die bei dem Ritual zusammen mit dessen Lebensenergie auf ihn übergegangen waren. Jedoch hatte er eines bald erkennen müssen: Je mehr er in den fremden Erinnerungen in seinem Kopf herumstocherte, desto häufiger blitzten die Horrorbilder von Hamiltons monströsen Taten vor seinem geistigen Auge auf und desto unerträglicher wurden die Alpträume. Also hatte er die Erinnerungen des alten Bastards in den tiefsten Keller seines Bewusstseins verbannt, in seinen Safe, wie er es nannte. Er hatte sich geschworen, sie nie wieder hervorzuholen, egal wie groß die Verlockung auch sein mochte, von dem enormen Wissen, was Sprachen, Geschichte, Religionen und vor allem Magie anging, Gebrauch zu machen.

Für diese enorme Willenskraft bewunderte sie ihn maßlos und nun schlug sie ihm tatsächlich vor, alles über den Haufen zu werfen! „Tut mir leid, Danny“, sagte sie verlegen. „Das war eine dumme Idee.“

„Nein, Liz. War es nicht.“ Daniel neigte seine Stirn auf ihre. „Es ist doch für einen guten Zweck. Wir können Vincenzo helfen Frieden zu finden. Dafür kann ich ja wohl ein paar lächerliche Alpträume in Kauf nehmen.“

Gott, wie sie diesen Mann liebte! Ihr Herz schwoll gerade ein weiteres Stück an und das, obwohl doch eigentlich schon seit Langem nicht mehr genug Platz dafür in ihrer Brust sein dürfte. Elizabeth umrahmte mit beiden Händen sein Gesicht, hob ihr Kinn, bis sich ihre Lippen fanden und küsste ihn zärtlich. „Ich schwöre, ich werde alles tun, um die Alpträume von dir fern zu halten“, flüsterte sie. „Dein Kopf wird so voll sein, mit positiven Eindrücken und Gedanken, dass für Hamiltons Horror-Show gar kein Platz darin ist.“

„Ich weiß, Baby.“ Daniel schenkte ihr ein schwaches Halblächeln. Dann schloss er die Augen und atmete tief durch. Nach ein paar Sekunden öffnete er sie wieder. *„Allora“*, sagte er und wandte sich um. *„Dimmi tutto*, Vincenzo.“

Eine viertel Stunde später kannten sie Vincenzos Geschichte.

Vor rund dreißig Jahren waren er und sein Bruder an einem Raub beteiligt gewesen. Luca, Vincenzos Bruder, hatte seinen Anteil der Bedeute in Null Komma Nichts durchgebracht und sich danach immer wieder in kriminelle Machenschaften hineinziehen lassen. Vor drei Jahren war er dann im Gefängnis gestorben. Vincenzo hingegen war seit dem Raub sauber geblieben. Er hatte einen Teil seines Anteils in die Pension investiert und den Rest als „Notgroschen“ für schlechte Zeiten versteckt. Er hatte vorgehabt die restliche Beute demnächst zu Geld zu machen und sich mit Rosa zur Ruhe zu setzen. Doch bevor er dazu kam, hatte er einen Unfall gehabt, und Rosa wusste weder von seiner kriminellen Vergangenheit, noch von der versteckten Beute. Bald nach Vincenzos Tod war dann Carla aufgetaucht und hatte Rosa ihre Hilfe angeboten, die diese nur allzu dankbar angenommen hatte.

Carla ging ihrer Tante zwar fleißig zur Hand, doch vom Tag ihrer Ankunft an, hatte die junge Frau jede Gelegenheit genutzt, um emsig in der Pension herumzuschnüffeln. Da Vincenzo seinem Bruder in einem Brief berichtet hatte, dass er einen Teil des Diebesguts versteckt hatte, bestand für Vincenzo kein Zweifel, dass seine Nichte davon wusste und nun danach suchte.

Auf Daniels Frage hin, wo denn der „Notgroschen“ versteckt wäre, hatte der Geist nur ausweichend geantwortet, vermutlich aus Angst, die zwei Engländer könnten sich die Beute selbst unter den Nagel reißen. Sein Vertrauen in die beiden schien seit Daniels unvermittelt aufgetretenen Italienisch-Kenntnissen ohnehin sehr gelitten zu haben, was Elizabeth nicht sonderlich überraschte. Ihr wäre es wahrscheinlich ähnlich ergangen. Es stand Vincenzo förmlich ins Gesicht geschrieben, wie sehr er sich hinters Licht geführt fühlte. Da half auch Daniels wortreiche Versicherung nichts, dass sie nichts weiter als helfen wollten.

Die einzige Information, die der Geist über das Versteck des Diebesguts herausrücken wollte, war, dass *Rossinis Silberdieb* es in seinem und Rosas Schlafzimmer verbarg.

So in etwa hatte es auch in dem Brief an seinen Bruder Luca formuliert, und das war auch die Nachricht, die er Rosa übermitteln wollte. Er war sich sicher, seine geliebte Rosa würde mit diesem Hinweis etwas anfangen können. Mit dem Geld sollte sie den Rest ihres Lebens genießen, anstelle sich auf ihre alten Tage hin mit der Pension abzuplagen.

Allerdings hatte Vincenzo keine Idee, wie genau man seiner Witwe diese Nachricht zukommen lassen sollte, da sie ja keine Ahnung von der kriminellen Vergangenheit ihres Mannes hatte, geschweige denn davon, dass er noch immer als Geist umherspukte. Doch er wollte unbedingt, dass es Rosa war, die das Geld bekam, und nicht Carla. Er ärgerte sich maßlos über sich selbst, weil er die Beute nicht längst zu Geld gemacht und sich mit Rosa zur Ruhe gesetzt hatte. Denn dann würde er jetzt auch noch leben …

„Wie ist Vincenzo eigentlich gestorben?", fragte Elizabeth. Sie saß hinter Daniel auf dem Bett und lehnte an seinen Rücken. Ihr Kinn ruhte auf seiner Schulter.

Daniel gab ihre Frage weiter und erhielt eine schnaubende Antwort, die er umgehend für Elizabeth übersetzte. „Er ist, erschöpft von einem langen Arbeitstag, die Treppe zum Weinkeller hinuntergestürzt und hat sich das Genick gebrochen."

„Tut mir leid", murmelte Elizabeth. „Das ist so ungerecht, dass er und Rosa nach all den Jahren harter Arbeit nicht ihren wohlverdienten Lebensabend zusammen genießen können."

„Weißt du, was mich wundert?" Elizabeth sah Daniel von der Seite an, während sie durch die eindrucksvollen Ruinen des Forum Romanum streiften. Vor fast zwei Stunden hatten sie Vincenzo in der Pension zurückgelassen, jedoch nicht, ohne ihm vorher zu versichern, dass sie sich einen Weg überlegen würden, wie sie Rosa seine Nachricht zukommen lassen konnten. „Du scheinst gar kein Problem damit zu haben, dass wir einem Kriminellen dabei helfen, seine Diebesbeute zu *vererben*. Immerhin fühlst du dich doch noch immer als Polizist, oder nicht?"

Daniel hob die Schultern. „Schon, aber Vincenzo hat sich seit dreißig Jahren nichts mehr zu Schulden kommen lassen. Seit dem Raub war er ehrlich und hat hart gearbeitet, da finde ich es Strafe genug, dass er die Früchte seiner Arbeit nicht mehr genießen kann. Und außerdem ist es nicht Rosas Schuld, dass er mal eine Runde auf der schiefen Bahn eingelegt hat."

„Wir sollten ihr das nicht sagen", meinte Elizabeth. „Damit wir ihr Andenken an ihren Mann nicht beschmutzen."

„Sehe ich genauso. Nur, *wie* sollen wir es ihr beibringen? Ich habe wirklich keine Idee, wie wir das anstellen sollen, ohne uns komplett zum Affen zu machen. Ich meine, wir können doch nicht einfach zu Rosa gehen und sagen: Hey, dein toter Ehemann hat dir eine nette kleine Rente hinterlassen. Rossinis Silberdieb verbirgt es in deinem Schlafzimmer. Viel Glück beim Suchen und frag uns bitte nicht, woher wir davon wissen."

Schmunzelnd kratzte sich Elizabeth an der Nase. „Tja, Danny … Jetzt weißt du wie das ist. Riley, der arme Junge, muss so was ständig mitmachen. Und was meinst du, wie ich mich fühlte, als ich damals für dich mit Tony reden musste … Oder, noch schlimmer, mit Kim! Himmel, das war übel! Ich habe mich mit Sicherheit mehr als einmal zum Idioten gemacht."

Daniel drückte einen Kuss auf ihre Schläfe. „Du warst fabelhaft, Baby. Niemand hätte das besser hinbekommen als du."

Sie blieben stehen und blickten zu den imposanten Säulen des Saturn-Tempels hinauf, die einen ähnlichen Grauton hatten, wie der bedeckte Himmel.

„Aber wir könnten das Gleiche versuchen, wie damals bei Tony", nahm Elizabeth den Faden wieder auf. „Wir könnten Rosa von Vincenzos Anwesenheit überzeugen, indem wir mit dessen Hilfe Details aus dem Hut zaubern, die nur Vincenzo wissen kann."

„Nein", sagte Daniel kopfschüttelnd. „Vincenzo hat deutlich klar gemacht, dass Rosa nicht über … über seinen Zustand Bescheid wissen soll. Er befürchtet, dass sie das völlig aus der Bahn werfen würde." Daniel machte eine kurze Pause. „Aber wie wäre es, wenn wir einen Brief verfassen und vorgeben, wir hätten ihn im Sekretär in unserem Zimmer gefunden?"

„Denkst du nicht, Rosa würde sofort erkennen, dass das nicht Vincenzos Handschrift ist?"

„Wir könnten ihn auf einer Schreibmaschine verfassen."

„Stimmt, das müsste funktionieren … Aber wie können wir sicherstellen, dass Carla Rosa nicht trotzdem zuvorkommt? Rosa würde ihrer ach so hilfsbereiten Nichte doch sicherlich den Brief zeigen."

„Warum kann uns Vincenzo nicht einfach vertrauen", seufzte Daniel und setzte sich Richtung Triumphbogen in Bewegung. „Es wäre so einfach, die Beute aus dem Versteck zu holen und sie Rosa direkt zu übergeben."

„Dann lass uns das tun."

„Was tun?", fragte Daniel verwirrt.

„Wir suchen selbst die Beute, und dann übergeben wir sie Rosa."

„Du willst auf Schatzsuche gehen?", schmunzelte Daniel.

„Sozusagen. Wir haben einen ziemlich guten Anhaltspunkt, der die Suche eingrenzt. Und wenn wir sie gefunden haben, tun wir einfach so, als hätten wir die Beute zufällig entdeckt, vielleicht in einem antiken Möbelstück in unserem Zimmer, und Rosa müsste nie erfahren, woher es stammt."

„Allerdings wäre es hilfreich, wenn wir wüssten, nach was genau wir eigentlich suchen. Goldbarren? Münzen? Schmuck … Briefmarken? Bargeld können wir ausschließen, denn Vincenzo sprach davon, dass er die Beute zu Geld machen wollte.“

„Vielleicht ein Artefakt aus der Römerzeit“, meinte Elizabeth und ließ vielsagend den Blick über die Ruinen, die sie umgaben, schweifen.

„Das bezweifle ich. Es ist schwer, so etwas unauffällig zu Geld machen. Ebenso wie Kunstgegenstände. Dafür braucht man einen Hehler, und ich kann mir nicht vorstellen, dass Vincenzo davon ausgeht, Rosa könnte über diese Art von Kontakten verfügen.“

Elizabeth lächelte zu Daniel hinauf. „Das macht dir unheimlich Spaß, oder? Wieder Polizist zu spielen, meine ich.“

„Und wie. Vor allem mit einem Partner wie dir.“

„Das ist doch lächerlich!“, rief Elizabeth aufgebracht, als sie nach Einbruch der Dunkelheit das kleine Foyer der Pension betraten. Mit weit ausgreifenden Schritten marschierte sie über den polierten Marmorboden zur Treppe und fuhr dort nochmal zu Daniel herum. „Glaubst du tatsächlich, ich falle auf deine billigen Ausreden herein? Glaubst du das wirklich?“

„Baby, warte. Hör mir doch zu …“ Daniel folgte ihr und hob besänftigend die Hände.

„Spar dir dein *Baby*, verdammt nochmal!“, schrie sie ihm entgegen. „Ich habe deine ständigen Ausflüchte satt! Ich habe einfach keine Lust mehr, verstehst du?“ Mittlerweile glühten ihre Wangen, und ihre Hände waren zu Fäusten geballt. Aus den Augenwinkeln sah sie Carla di Stefano aus dem Raum hinter dem Tresen auftauchen, dicht gefolgt von Rosa.

„Liz …“ Daniel kam auf sie zu und griff nach ihrem Arm. In dem Moment, als sich seine Finger um ihren Oberarm schlossen, sah Elizabeth Vincenzos Gestalt hinter Daniel auftauchen. Sie registrierte gerade noch den verwunderten Gesichtsausdruck des Geistes, bevor sie Daniels Hand brüsk abschüttelte und rückwärts einen Schritt die Treppe hinauf machte.

„Lass mich in Ruhe, okay?“ Sie trat einen weiteren Schritt die Treppe hinauf und schüttelte heftig den Kopf. „Lass mich einfach in Ruhe!“ Damit wirbelte sie herum und erstürmte polternd die restlichen Stufen. Von unten hörte sie Daniel resigniert seufzen und etwas auf Italienisch sagen, woraufhin ein perlendes Lachen erklang, das zweifelsohne von Carla stammte.

Mit klopfendem Herzen öffnete Elizabeth die Tür zu ihrem Zimmer, schaltete das Licht ein und ließ sich dann schwer auf das Bett fallen.

Mann, das war schwieriger, als ich gedacht hatte. Aber immerhin schien man ihnen ihre Show abgenommen zu haben. Jetzt hieß es erst einmal warten …

Von Daniel stammte die Idee, Rosa und Carla abzulenken, damit Elizabeth ungestört auf Schatzsuche gehen konnte. Er sollte die beiden Frauen in ein langes Gespräch verwickeln und Elizabeth dann per SMS Bescheid geben, sobald sie gefahrlos starten konnte. Die Eingebung mit dem lautstarken Streit hatte Elizabeth gehabt. Zum einen war es ein glaubhafter Grund, warum Daniel die Gesellschaft der beiden Frauen suchte, während seine schäumende Verlobte ihn des Zimmers verwiesen hatte. Zum anderen würde die mütterliche Rosa gewiss nicht zögern, den armen, verschmähten Mann zu umsorgen. Und was Carla anging, nun, die ließ sich die Gelegenheit Daniel zu *trösten* und dabei ihre Finger in ihn zu krallen mit Sicherheit nicht entgehen. Blieb zu hoffen, dass Vincenzo auch dieses Mal in Rosas Nähe blieb und nicht durchs Haus spukte. Nicht, dass er Elizabeth tatsächlich aufhalten konnte, aber angenehm wäre es bestimmt nicht, wenn er sie beim Herumschnüffeln erwischen würde.

Es vergingen mehr als zehn Minuten, bis Elizabeths Handy endlich piepste. „Leg los, Spürnase! Schlafzimmer ist hinter Speiseraum und Waschküche“, stand auf dem Display.

Er hat doch tatsächlich herausgefunden, wo genau ich hin muss, dachte Elizabeth belustigt und wälzte sich aus dem Bett. Daniels Charme konnte sich einfach niemand entziehen.

So leise wie möglich bewegte sie sich durch das Gebäude. Im hinteren Teil des Hauses, in dem sich ihr Zimmer befand, war es totenstill, aber im vorderen Teil plärrte in einem Zimmer ein Fernseher, und in einem anderen schimpften Eltern mit ihren Kindern. Auf Zehenspitzen schlich sie die Treppe ins Foyer hinunter. Aus dem Raum hinter dem Empfangstresen war eine angeregte Unterhaltung zu hören. Es klang, als würden alle durcheinander reden und zu Elizabeths Überraschung vernahm sie neben Daniels noch eine zweite Männerstimme, die sie nicht zuordnen konnte.

Vorsichtig durchquerte sie den kleinen Empfangsbereich Richtung Frühstücksraum. Unmengen von Adrenalin schoss durch ihre Adern und machte sie wachsam und alarmbereit, aber auch nervös, sodass ihr das Herz bis zum Hals pochte.

Komm schon, schalt sie sich. *Entspann dich. Das hier ist doch ein Spaziergang, verglichen mit dem letzten Mal, als du etwas in dieser Art getan hast.* Das hier war ein kleines Gebäude, kein riesiges, verwinkeltes Herrenhaus, bevölkert mit gewissenlosen Kultanhängern. Und was stand schon auf dem Spiel? Hier ging es schließlich nicht um Leben und Tod. Der reinste Kindergeburtstag!

Alles, was passieren konnte, war, dass man sie auf frischer Tat bei einem Einbruch ertappte.

Man würde natürlich die Polizei rufen, weil man ihr die Story nicht abkaufte, dass sie sich nur verirrt hatte.

Und dann würde man sie abführen und stundenlang auf dem Revier verhören, nur um sie anschließend die Nacht in einer Zelle verbringen zu lassen. Allein. Ohne Anwalt. Und ohne Sprachkenntnisse.

Nun beruhige dich endlich, brachte sie sich selbst zur Raison, bevor sie sich weiter in das schlimmstmögliche Szenario hineinsteigern konnte. Erstens würde Daniel das niemals zulassen und zweitens hätte er ihrer Suchaktion gar nicht erst zugestimmt, wenn er es für gefährlich halten würde.

Dennoch wagte Elizabeth kaum zu atmen, als sie am Frühstücksraum vorbei dem schummrigen Gang folgte, von dem nur wenige Türen abgingen. Es roch nach einem blumigen Weichspüler und nach ofenfrischem Gebäck. Ihre Turnschuhe verursachten leise, tappende Geräusche auf den Terrakottafliesen, als sie sich der ersten Tür zu ihrer Rechten näherte. Zaghaft drückte sie die Messingklinge herunter und öffnete die Tür einen winzigen Spalt breit, um in das Zimmer zu spähen. Doch der intensive Geruch nach Waschmittel und Weichspüler verriet ihr sofort, dass sie die Waschküche gefunden hatte, und sie schloss die Tür wieder. Die nächste Tür führte zu einer Besenkammer, aber bei der dritten Tür hatte Elizabeth Glück. Sie schlüpfte in das Zimmer, schloss die Tür hinter sich und tastete nach dem Lichtschalter. Dann sah sie sich um. Der Raum war so klein und eng, dass sie kaum zwei Schritte tun konnte, ohne irgendwo anzuecken.

„Wo soll ich anfangen …“

Die gesamte linke Seite des Raums nahm eine massive Schrankwand ein, in die ein schmales Bett eingepasst war. Auf der rechten Seite des Raums stand eine elegante Frisierkommode, die so gar nicht zum wuchtigen Schrank gegenüber passen wollte, und die mit Kämmen, Döschen, Flakons und sonstigem Schnickschnack geradezu überquoll. Außerdem gab es noch einen rahmenlosen Standspiegel und einen Polstersessel, auf dem sich ein wahrer Berg aus Kleidern türmte. Die Wände zierten dutzende Fotos, viele davon in schwarz-weiß.

„Rossinis Silberdieb", wiederholte sie leise Vincenzos Hinweis und ließ ihren Blick durch das Zimmer wandern. Das Versteck muss etwas Beständiges sein, überlegte sie. Nichts, was die ahnungslose Rosa versehentlich entsorgen könnte. Etwas Massives ... Etwas, das schon hier war, bevor Vincenzo den Brief an seinen Bruder schrieb. Und nicht zu vergessen etwas, auf das Carla noch nicht gestoßen war.

Elizabeth trat an die Frisierkommode und glitt mit den Fingern über den Rahmen des Spiegels. *Wurden Spiegel früher nicht aus Silber hergestellt?*, grübelte sie. Vielleicht war ja etwas dahinter versteckt. Mit beiden Händen umgriff Elizabeth die Kanten der Kommode und zog sie einige Zentimeter weit nach vorne. Das Möbelstück war nicht schwer und dank des Teppichbodens verursachte das Verrücken auch kein verräterisches Geräusch. Lediglich ein paar Flakons und Bilderrahmen kippten durch die ruckhafte Vorwärtsbewegung um.

Elizabeth ging in die Hocke und presste sich mit dem Rücken an die Wand, um hinter die Kommode und den Spiegel spähen zu können.

Plötzlich war von draußen ein rumpelndes Geräusch zu hören.

Elizabeth versteinerte. Wenn jetzt jemand zur Tür herein kam, war sie erledigt. Das hier würde sie niemals erklären können. Doch dann erkannte sie, dass das anhaltende Poltern von der Waschmaschine im Nebenraum herrührte. Erleichtert stieß sie die angehaltene Luft aus und begann mit den Fingern jede Fuge, jede Schraube und jede Holzplatte abzutasten. Allerdings konnte sie nichts Verdächtiges entdecken. Nichts saß locker oder wirkte fehl am Platz. Leise ächzend richtete sie sich wieder auf.

Nachdem auch die sorgfältige Untersuchung des Spiegels erfolglos blieb, schob sie die Frisierkommode wieder zurück an die Wand. Anschließend zog sie die Schubladen heraus und untersuchte gründlich deren Rück- und Unterseite. Vom Inhalt der Schubladen ließ allerdings sie die Finger. Zum einen war Vincenzos Beute sicherlich besser versteckt. Und zum anderen kam es Elizabeth einfach falsch vor, in den privaten Sachen der alten Dame herumzuschnüffeln. Sie fühlte sich auch so unwohl genug dabei, in Rosas Privatsphäre einzudringen, aber sie beruhigte sich damit, dass der Zweck in diesem Fall die Mittel heiligte. Eine erfolgreiche Suche würde schließlich niemand anderem, als Rosa zu Gute kommen. Als sie auch mit den Schubladen nicht fündig wurde, stellte Elizabeth die umgefallenen Flakons und Fotos auf und machte sich daran, den Standspiegel zu inspizieren.

Ob Carla wohl wusste, wonach genau sie suchte? Wenn ja, war sie ihnen einen deutlichen Schritt voraus. Naja, um genau zu sein, war sie ihnen mehrere Wochen voraus. In dieser Zeit musste sie doch eigentlich schon jedes mögliche Versteck abgesucht haben. So viele Möglichkeiten gab es in diesem winzigen Zimmer schließlich nicht.

Elizabeths Hand verharrte mitten in der Bewegung, als die Erkenntnis sie mit der Wucht eines Güterzugs traf: Vincenzo hatte von seinem und Rosas Schlafzimmer gesprochen. Doch das hier war das Zimmer einer alleinstehenden älteren Dame. Nicht das Schlafzimmer eines Ehepaars. Das hier war das falsche Zimmer, und die Beute befand sich noch immer in dem Raum, der früher Vincenzos und Rosas gemeinsames Schlafzimmer gewesen war.

Und ihre Nichte Carla wusste vermutlich, welcher das war.

Sofort machte Elizabeth auf dem Absatz kehrt, löschte das Licht und schlüpfte auf den Gang hinaus. Leise, aber so schnell wie möglich, eilte sie zurück ins Foyer. Dort angekommen, ließ sie alle Vorsicht fallen und marschierte am Tresen vorbei auf das Hinterzimmer zu, aus dem noch immer eine rege Unterhaltung und Gelächter zu hören war.

„Hier bist du also!", rief sie ärgerlich, als sei sie auf der Suche nach Daniel und hätte ihn nun endlich gefunden. „Du scheint dich ja köstlich zu amüsieren, was?"

Tatsächlich saß Daniel zwischen Carla und Rosa an einem runden Holztisch, auf dem neben einer Rotweinflasche und Gläsern auch Keramikschälchen mit Käse, Oliven und Brot standen. Ebenfalls am Tisch saß ein schlaksiger junger Mann, der nicht älter als zwanzig sein konnte und sich lässig in seinem Stuhl zurück gelehnt hatte. Die Runde schien sich bestens zu unterhalten.

„Liz!" Daniel sah in gespielter Überraschung auf. „Setz dich doch zu uns.“ Einladend zeigte er auf den leeren Stuhl zwischen Carla und dem jungen Mann. Eine Sekunde lang hob er fragend eine Augenbraue, und ebenso schnell gab Elizabeth ihm mit dem Hauch eines Kopfschüttelns zu verstehen, dass sie nicht fündig geworden war. Für die anderen war dieser geheime Austausch unmöglich erkennbar gewesen.

„Nein, danke“, erwiderte Elizabeth spitz. Sie sah grimmig in die Runde und widmete vor allem Carla einen frostigen Blick, dem diese mit einem sowohl hochmütigen wie mitleidigen Lächeln begegnete. Rosa hingegen sah Elizabeth eher peinlich berührt an, und der junge Mann einfach nur neugierig. „Da du die Gesellschaft ja offenbar sehr genießt, will ich nicht weiter stören.“ Als wäre sie aufs Tiefste beleidigt, machte sie kehrt und schritt, ohne ein weiteres Wort oder einen Blick zurück, die Treppe hinauf.

Nur wenige Minuten später klopfte es drei Mal an der Tür. Als Elizabeth eilig öffnete, lehnte Daniel mit einem steinerweichenden Hundeblick im Türrahmen und hielt ihr eine langstielige rote Rose entgegen. „Darf ich bitte wieder rein kommen, Baby?“

Elizabeth trat zurück und machte ihm Platz. „Na gut“, sagte sie theatralisch seufzend. „Auch wenn ich wirklich nicht weiß, ob ich dir so schnell verzeihen kann.“

Ein Grinsen verkneifend trat Daniel ein, schlang einen Arm um ihre Taille und schob sie zurück, bis sie zwischen seinem Brustkorb und der Wand eingekeilt war. Mit der Hand, in der er die Rose hielt, drückte er die Tür ins Schloss. „Natürlich kannst du das“, raunte er und strich mit der Nasenspitze über ihren Wangenknochen. Seine Lippen streiften kurz ihren Kiefer und sandten einen prickelnden Schauder ihren Rücken hinunter. „Ich mache es auch wieder gut.“

„Ach ja?“, hauchte sie. „Und wie?“ Eigentlich hatte sie darauf gebrannt, Daniel umgehend von ihrer Erkenntnis, was das falsche Schlafzimmer anging, zu berichten. Doch nun konnte sie an nichts anderes mehr denken, als an seine wundervoll geschwungenen Lippen so nah an ihren, und an seinen Körper, der eine Hitze ausstrahlte, die einen Gletscher zum Schmelzen bringen konnte.

„Wünsch dir was“, flüsterte Daniel. Er hob die Rose und ließ die volle, rote Blüte an ihrer Schläfe, ihrer Wange und der Unterlippe entlang gleiten, bevor er damit betörend sanft an ihrem Hals hinab bis zum Rand des Dekolletés strich. Zarter Rosenduft stieg Elizabeth in die Nase, vermischt mit dem holzigen Geruch des Rotweins, den Daniel zuvor getrunken hatte.

Sie legte beide Hände in seinen Nacken und reckte sich, bis ihr Mund an seinem Ohr war. „Ich wünsche mir dein T-Shirt als kleines schwarzes Häufchen auf dem Boden."

Als sich nur einen Moment später ihr Wunsch erfüllt hatte, begann sie mit ihren Fingerspitzen die überaus reizvollen Linien seines Oberkörpers nachzuzeichnen. Nicht ohne eine gewisse Genugtuung nahm sie dabei zur Kenntnis, dass es zur Abwechslung Daniel war, der unter ihrer Berührung erschauderte, sobald ihre Finger über seinen festen, flachen Bauch weiter Richtung Gürtelschnalle wanderten.

Elizabeth war froh, die Wand im Rücken zu haben, denn als Daniel nun auch ihr das T-Shirt über den Kopf zog und seine Hände und Lippen auf sinnliche Wanderschaft schickte, verwandelten sich ihre Knie in Wackelpudding. Ehe sie sich versah, hatte er sie hochgehoben und trug sie die wenigen Schritte bis zum Bett. Er küsste sie lange und ausgiebig, und Elizabeth begann sich zu wundern, woher er die Kraft in seinen Armen nahm. Doch dann setzte er sie sachte ab und beugte sich über sie, um sie von ihrer restlichen Kleidung zu befreien.

Plötzlich hatte er wie durch Zauberei die Rose wieder in der Hand und begann, mit der Blüte Muster auf ihren Körper zu zeichnen. Leise seufzend schloss Elizabeth die Augen und ergab sich den samtig-seidenen Küssen der Rosenblätter auf ihrer Haut. Es fühlte sich fast an wie damals, als Daniel sie mit körperlosen Lippen liebkost hatte. Alles, was fehlte, war das kühle, elektrisierende Kribbeln.

Sie nahmen sich viel Zeit, sich gegenseitig zärtlich zu verwöhnen, bis sich Elizabeth schließlich rittlings auf Daniel sinken ließ und ihn in sich aufnahm. Sein genussvolles Stöhnen, tief wie ein Knurren, klang wundervoll in ihren Ohren. Lächelnd beugte sie sich nach vorne, um ihn zu küssen, während sie ihre Schenkel an seine Hüfte presste und ihr Becken kreisen lies.

Es war Daniel, der als erster die Ziellinie erreichte, doch Elizabeth folgte ihm fast augenblicklich nach. Während sich seine Hände in ihre Taille gruben, krallten sich Elizabeths Finger in die angespannten Muskeln seiner Oberarme. Erschöpft ließ sie danach ihren Kopf auf seiner Brust sinken und lauschte seinem galoppierenden Herzschlag, der sich mit ihrem eigenen ein Wettrennen zu liefern schien.

Daniels Hände wanderten gemächlich an ihrem Rücken nach oben. „Mann, bei dem Versöhnungssex sollten wir öfter streiten", grinste er.

„Seit wann haben wir dafür einen Streit nötig", murmelte Elizabeth und rollte sich eher unwillig von ihm runter. Doch zu ihrer Freude behielt Daniel nicht nur seine Arme um sie, sondern zog sie auch fest an seine Seite. In der warmen Geborgenheit seiner Umarmung dauerte es nicht lange, bis Elizabeth selig weggeschlummert war, doch wurde sie jäh aus dem Schlaf gerissen, als Daniel sich schreiend im Bett aufsetzte. Blitzartig war sie wieder wach. „Danny?" Sie setzte sich ebenfalls auf und schaltete die Lampe auf dem Nachttisch ein.

Daniel saß keuchend und nach vorne gebeugt im Bett. Seine Augen zuckten gehetzt durch das Zimmer, als wüsste er nicht, wo er sich befand und jede Sekunde einen Angriff erwartete.

„Danny." Sie legte eine Hand auf seine Schulter und die andere an seine Wange. „Es ist alles in Ordnung. Du hattest nur einen Alptraum."

Daniels flackernder Blick richtete sich auf sie. „Liz", seufzte er erleichtert und ließ sich gegen sie sinken. „Tut mir leid, dass ich dich geweckt habe."

„Sei nicht albern." Elizabeth strich die verschwitzten Haarsträhnen aus seiner Stirn. „Willst du mir von dem Traum erzählen?"

„Gott, nein!" Entsetzt schüttelte er den Kopf. „Es reicht, wenn der alte Bastard in meinem Kopf herumspukt." Er streifte ihre Arme ab, hauchte einen Kuss auf ihre Wange und wälzte sich aus dem Bett. Er ging ins Bad und lehnte die Tür hinter sich an. Elizabeth hörte, wie er den Wasserhahn am Waschbecken aufdrehte und dabei ein tiefes Seufzen ausstieß.

Sie fühlte sich schuldig. Immerhin war sie es gewesen, die ihn mehr oder weniger dazu gedrängt hatte, Hamiltons Erinnerungen hervorzuholen, um die Kommunikation mit Vincenzo zu vereinfachen, wohlwissend, was das für Konsequenzen hatte. Verdammt, sie hätten es weiter mit dem Wörterbuch versuchen sollen …

Einige Minuten später kam Daniel wieder aus dem Bad und schenkte ihr ein müdes Halblächeln. „Du siehst aus, als hättest du etwas ausgefressen", stellte er fest.

„Ich habe ein schlechtes Gewissen wegen der Alpträume", gestand Elizabeth und kuschelte sich an ihn, sobald er wieder im Bett lag.

„Wieso denn das?"

„Ich habe dich dazu gebracht, den Safe in deinem Kopf zu öffnen."

„Oh, Baby! Früher oder später hätte ich das doch sowieso getan. Weißt du", Daniel drehte sich Elizabeth zugewandt auf die Seite und stützte seinen Kopf auf den Arm, „langsam beginne ich Hamiltons Horrorshow als Preis für dieses neue Leben zu akzeptieren." Er lehnte sich vor und küsste sie auf die Nasenspitze. „Als einen sehr, sehr geringen Preis." Das breite Grinsen, das Elizabeth so sehr liebte, breitete sich auf seinem Gesicht aus. „Jetzt erzähl mir von deiner Schatzsuche, Liz. Warum hast du so schnell abgebrochen? Ich rechnete damit, dass du noch mindestens ein, zwei Stunden beschäftigt bist."

Elizabeth stützt ihren Kopf nun ebenfalls auf eine Hand. „Es war das falsche Zimmer", erklärte sie. „Vincenzo sprach doch von seinem und Rosas Schlafzimmer. Doch Rosa muss dieses Zimmer nach Vincenzos Tod bezogen haben. Es ist viel zu klein für ein eheliches Schlafzimmer, und enthält nur ein Einzelbett."

Daniel nickte nachdenklich. „Vielleicht ertrug Rosa es nicht, nach dem Tod ihres Mannes alleine in ihrem gemeinsamen Bett zu schlafen."

„Das könnte ich mir gut vorstellen", sagte Elizabeth. „Außerdem ist ein Zimmer im Erdgeschoss für sie bestimmt praktischer, als ein Schlafzimmer irgendwo sonst im Haus."

„Ich werde morgen versuchen, Rosa zu entlocken, wo sie und Vincenzo geschlafen haben", versprach Daniel.

„Wer war eigentlich der junge Mann, der da mit euch am Tisch saß?"

„Angelo. Carlas jüngerer Bruder. Er wird nun auch in der Pension mitarbeiten."

„Ah. Carla hat also Verstärkung geholt", meinte Elizabeth sarkastisch.

„Sieht so aus. Und die arme Rosa ist vollkommen arglos und einfach nur dankbar für die familiäre Unterstützung. Vincenzo hingegen war verständlicherweise nicht sehr glücklich über den Neuzugang."

Sie redeten noch eine Weile weiter, selbst nachdem Elizabeth die Nachttischlampe ausgeknipst hatte. Dann schlief sie wieder ein.

Nur, um ein weiteres Mal von Daniel geweckt zu werden.

Diesmal jedoch vorsätzlich.

„Liz", rief er und rüttelte an ihrer Schulter. „Liz, wach auf. Ich weiß, in welchem Zimmer die Beute versteckt ist!"

„Kann bis morgen warten", nuschelte sie in ihr Kissen.

„Komm schon, Baby. Wo bleibt dein Abenteuergeist?"

Missmutig blinzelte sie Daniel an. Als sie jedoch das erregte Blitzen in seinen Augen sah, war sie hellwach. „Und in welchem?“, fragte sie und rappelte sich in eine sitzende Position auf.

„Na in diesem!“ Daniel machte eine den Raum umfassende Geste.

Elizabeth versuchte ihm zu folgen. Leider erfolglos.

„Ein gemütliches, geräumiges Zimmer mit einem wunderschönen Doppelbett. Einem Ehebett“, half Daniel nach. „Im ältesten, etwas abgeschiedenen Teil des Gebäudes. Ein Zimmer, das Carla uns zunächst gar nicht geben wollte.“

„Und in dem wir sie gestern Abend überrascht haben“, ergänzte Elizabeth, als endlich der Groschen gefallen war. „Vermutlich beim Rumschnüffeln.“

„Genau“, grinste Daniel. „Das hier war Vincenzos und Rosas Schlafzimmer. Die Beute ist irgendwo hier versteckt, und zwar so gut, dass Carla auch nach Wochen noch nicht fündig geworden ist.“

„Vielleicht, weil die Beute in irgendetwas verborgen ist, das Rosa von hier in ihr neues Schlafzimmer mitgenommen hat“, überlegte Elizabeth und dachte dabei vor allem an die zahlreichen Fotografien an der Wand von Rosas Zimmer „Irgendein Erinnerungsstück, das sie nie wegwerfen würde.“

Daniel schüttelte den Kopf. „Dann hätte Vincenzo es uns gegenüber anders formuliert“, sagte er mit Überzeugung. „Es ist noch hier.“ Er stand auf und zog seine Jeans an. Als er sich umdrehte und Elizabeth noch immer im Bett sitzend vorfand, sagte er ungeduldig: „Kommst du, oder was?“

Ergeben seufzend kämpfte sich Elizabeth aus der warmen Bettdecke und zog nicht nur Hose und T-Shirt an, sondern schlüpfte auch in ihre graue Strickjacke. „Womit willst du anfangen?“

Daniel sah sich im Zimmer um und dreht sich dabei einmal im Kreis. „Mit dem Sekretär“, entschied er dann.

„Was ist mit Vincenzos Hinweis?“, fragte Elizabeth, während sie Daniel half, das antike Möbelstück von der Wand wegzurücken. „Rossinis Silberdieb.“

„Ich habe keine Ahnung, was das bedeuten soll“, gestand Daniel, in die Hocke gehend.

So wie Elizabeth früher am Abend Rosas Frisierkommode untersucht hatte, inspizierte er nun die Rück- und Unterseite des Sekretärs. „Hast du eine Idee?“

„Die einzige Idee, die ich bisher dazu hatte, war, dass Spiegel früher aus Silber hergestellt wurden." Sie sah zu dem goldgerahmten Standspiegel. „Vielleicht wurde dieser Spiegel ja von einem Signore Rossini hergestellt ..." Während Daniel sich also weiter dem Sekretär widmete, besah sich Elizabeth den Standspiegel. Die Rückseite, den Fuß und den Rahmen. Ohne Erfolg. Sie kratzte sogar etwas Farbe vom Rahmen, um zu prüfen, ob es sich tatsächlich nur um Holz und nicht etwa um pures Gold handelte.

„Ich versuch´s mal im Bad", verkündete Daniel, nachdem er den Sekretär wieder zurück geschoben und den alten Waschtisch samt Marmorbecken einer genauen Musterung unterzogen hatte. „Carla kam gestern Abend aus dem Bad, als wir sie überrascht haben. Vielleicht hat sie dort noch nicht so intensiv gesucht."

Zwischenzeitlich widmete sich Elizabeth den Bodendielen. Auf allen vieren arbeitete sie sich durch das Zimmer und suchte nach lockeren, quietschenden Bohlen. Selbst die Bretter unter dem Bett tastete sie ab, doch nachdem sich kein einziges bewegen ließ, hockte sie sich, Wollmäuse von ihrer Brust zupfend, neben das Bett und ließ den Blick schweifen. Ihre Augen wurden von einem silbrigen Blitzen angezogen. Es stammte von einem der Perlmutteinlassungen im Fußteil des Bettes, in dem sich das Licht der Deckenleuchte fing. Das Perlmutt gehörte zum gespreizten Flügel eines schwarz-weißen Vogels mit langem, eleganten Schwanz.

„Rossinis Silberdieb." Elizabeth meinte förmlich das Klicken in ihrem Kopf zu hören. „Respekt, Vincenzo", flüsterte sie anerkennend, bevor sie „Danny!" rufend in die Höhe schoss.

Eine Sekunde später stand er neben ihr. „Hast du was gefunden?", wollte er aufgeregt wissen.

Elizabeth strahlte ihn an. „Sagt dir Gioachino Rossini etwas?"

Daniel schüttelte stirnrunzelnd den Kopf.

„Er war Komponist", klärte Elizabeth ihn auf. „Von ihm stammt zum Beispiel *Der Barbier von Sevilla*. Sowie die Oper über einen sehr berühmten Silberdieb." Sie zeigte mit dem Daumen über ihre Schulter zurück auf das Bett. „Sehen diese Vögel für dich zufällig aus wie Elstern?"

Verdutzt sah Daniel auf die filigranen Vögel aus dunklem Holz und Perlmutt. „Die diebische Elster", flüsterte er, als ihn die Erkenntnis traf. Dann brach er in Lachen aus, schlang seine Arme um Elizabeth und hob sie hoch. „Oh, ich liebe dich, Oxford!" Übermütig wirbelte er sie herum.

„Du bist brillant!“ Er setzte sie ab, und sie begannen eilends, das Bett abzusuchen.

Doch wieder war ihnen kein Erfolg vergönnt. Sie konnten nichts finden, weder am massiven Holzrahmen, noch am Lattenrost. Nachdem sie die Matratze wieder an ihren Platz gelegt hatten ließ sich Elizabeth enttäuscht auf die Bettkante sinken. „Vielleicht hat Vincenzo es ja in die Matratze eingenäht“, seufzte sie. Die Vorstellung, die Matratze aufzuschlitzen, behagte ihr gar nicht.

„Hm“, machte Daniel, der mit den Fingerspitzen an den Perlmutteinlassungen entlang strich. „Oder etwas befindet sich hier drunter … Wir brauchen etwas Flaches und Spitzes, um das Perlmutt herauszuheben.“

„Sollen wir in der Küche nachsehen?“, schlug Elizabeth vor, ein Gähnen unterdrückend.

Daniel richtete sich auf. „Ja, lass uns das tun.“ Auf dem Weg zur Tür hob er sein T-Shirt vom Boden auf und zog es über.

Wachsam schlichen sie durch die nächtliche Pension, deren Gänge und Treppen mit gedämpften Nachtlichtern beleuchtet wurden. Mittlerweile schien sich jeder Bewohner schlafen gelegt zu haben. In der Küche angekommen, schalteten sie das Licht ein und durchsuchten die Schubladen nach geeignetem Werkzeug. Sie entschieden sich jeweils für spitze Fleischmesser mit breiter Klinge.

„Hallo“, sagte da jemand von der Tür her. „Kann ich euch helfen?“ Den Kopf zur Seite gelegt, lehnte Carla im Türrahmen und sah die beiden argwöhnisch an. Sie trug ein weißes Baumwollnachthemd und darüber eine hellblaue Strickjacke. In der Hand hielt sie ein leeres Wasserglas.

Während Elizabeth ertappt das Messer hinter dem Rücken versteckte und spürte, wie ihr verräterische Hitze ins Gesicht schoss, hatte Daniel seine Überraschung bereits überwunden.

„*Buona sera*, Carla“, sagte er und zeigte dabei sein herzlichstes Lächeln. „Liz und ich haben oben auf unserem Zimmer einen kleinen Mitternachtssnack, aber leider fehlt uns das Besteck.“ Mit einem entschuldigenden Schulterzucken hob er das Messer hoch. „Ich hoffe, es ist okay, wenn wir uns zwei Messer ausleihen?“

„Sicher“, erwiderte Carla langsam. Mit einer skeptisch nach oben gezogenen Augenbraue maß die junge Frau das große Fleischmesser in Daniels Hand, und Elizabeth fragte sich, ob sie Carlas Antwort als Zustimmung oder eher als sarkastischen Kommentar deuten sollte.

Mit einer lässig-eleganten Bewegung schwang die junge Italienerin ihre fast schwarze Mähne hinter die Schultern, stieß sich vom Türrahmen ab und schlenderte zum Kühlschrank. „Bringt es morgen Früh wieder mit runter, okay?“, sagte in mit diesem Akzent, der jedes R wunderbar rollen ließ. Ohne sich weiter um Daniel und Elizabeth zu kümmern, nahm sie eine Flasche aus dem Kühlschrank und füllte ihr Glas.

„Aber klar.“ Daniel ergriff Elizabeths Hand und zog sie mit sich aus der Küche. Dann eilten sie zurück ins Mansardenzimmer, wo ein Schatz darauf wartete, geborgen zu werden.

„Erinnere mich daran, dass wir morgen Früh als erstes einen Sekundenkleber kaufen“, murmelte Elizabeth, während sie gebannt beobachtete, wie Daniel am ersten Vogel ein Perlmuttblättchen entfernte. Vorsichtig fuhr er mit der Spitze des Messers die Ränder des weiß-silbernen Blättchens nach, das die Brust einer sich in die Luft schwingenden Elster darstellte. Anschließend fuhr er sachte mit der Klinge unter das Perlmutt und hebelte es heraus.

Elizabeth hielt die Hand auf, so dass er die dünne Scheibe hineinlegen konnte. „Und?“, fragte sie ungeduldig. Daniel hatte sein Gesicht so nah an das schwarze Holz gebracht, dass Elizabeth nicht sehen konnte, was unter dem Perlmutt zum Vorschein gekommen war.

Er seufzte und schloss die Augen.

Elizabeth sank das Herz. Offenbar hatten sie schon wieder Pech gehabt.

Doch dann begann Daniel mit noch immer geschlossenen Augen zu singen. *„A kiss on the hand“*, sang er leise, öffnete die Augen und zwinkerte ihr zu, bevor er sich wieder über das Holz beugte. *„May be quite continental.“* Mit der Messerspitze stocherte er in die freigelegte Stelle und hielt dabei die andere Hand unter. Schließlich zog er die Messerspitze zurück und zeigte sie Elizabeth, der es bei dem Anblick schier den Atem verschlug.

„But diamonds are a girl's best friend!“, hauchte sie den Rest des Textes.

Zwei funkelnde Diamanten, etwa so groß wie Kieselsteine, lagen auf der Klinge. Zögerlich nahm sie einen der glitzernden Steine zwischen Daumen und Zeigefinger und hob ihn ins Licht. „Grundgütiger“, flüsterte sie ehrfurchtsvoll. „Ob sich unter allen Perlmuttblättchen Diamanten verbergen?“

„Wahrscheinlich“, entgegnete Daniel und betrachtete zufrieden lächelnd den zweiten Stein. „Diese Klunkerchen garantieren Rosa mehr als nur ein sorgenfreies Leben." Er reichte Elizabeth den Diamanten und machte sich daran, die nächste Perlmuttscheibe zu lösen. Zwanzig Minuten später hatte er alle herausgehebelt, und Elizabeth hielt dreißig kalt-funkelte Steine auf der offenen Handfläche.

„Wie viel die wohl wert sind?", überlegte sie, mit den Fingerspitzen behutsam durch das kleine Häufchen streifend.

„Zwischen fünfhunderttausend und einer Million, würde ich schätzen", antwortete Daniel. Grinsend sah er auf. „Auf den Fund sollten wir anstoßen, findest du nicht?"

„Oh, aber auf jeden Fall", nickte Elizabeth. „So etwas sieht man schließlich nicht alle Tage!" Sie stand auf und ging ins Badezimmer, wo sie die Diamanten vorsichtig in einen Zahnputzbecher rieseln ließ.

Daniel wartete bereits an der Tür. „Lass uns sehen, ob wir unten einen Champagner oder was Ähnliches finden."

„Vincenzo war wirklich einfallsreich, was das Versteck angeht", flüsterte Elizabeth, als sie ein weiteres Mal durch die stillen Gänge der nachtschlafenden Pension schlichen. „Wo er jetzt wohl gerade ist?"

„Wenn er schlau ist, hockt er nicht Trübsal blasend herum und wacht über seine schlafende Witwe, sondern nutzt die Nacht, um sich die Welt anzusehen", entgegnete Daniel.

Elizabeth kicherte leise. „Also, ich kannte da mal einen Geist, der die Gesellschaft seiner schlafenden Liebsten der großen weiten Welt vorzog."

„Nicht jede Nacht", stellte Daniel mit einem verschmitzten Grinsen richtig. „Auch wenn er sich nur schwer vom Anblick seines schlafenden Dornröschens loseisen konnte."

Sie waren in der Küche angekommen und Daniel steuerte geradewegs auf den Kühlschrank zu, während Elizabeth in den Hängeschränken nach zwei Gläsern suchte. Normalerweise wäre es für sie nicht in Frage gekommen, sich in einer fremden Küche einfach selbst zu bedienen, doch zum einen hatte sie der Fund der Diamanten in himmelhohe Euphorie versetzt, ja, es fehlte nicht viel, und sie würde anfangen zu tanzen, und zum anderen fühlte sie sich hier schon fast wie zuhause. Dennoch sagte sie: „Wir bezahlen den Champagner doch morgen, nicht wahr Danny?"

„Ja ... *Danny*", kam es von der Tür her. „Ihr bezahlt den Champagner doch hoffentlich."

Himmel nochmal, schlief diese Frau denn nie, dachte Elizabeth entnervt und drehe sich zu Carla um, die ein weiteres Mal mit schief gelegtem

Kopf in der Tür stand. Allerdings trug sie nun nichtmehr ihr Nachthemd, sondern einen schwarzen Trainingsanzug. Ihre langen dunklen Haare waren zu einem lockeren Knoten am Hinterkopf zusammengefasst. „Ich wusste gar nicht, dass Danny eine Kurzform für David ist", bemerkte sie beißend.

„Habe ich Danny gesagt?", japste Elizabeth. Ihre Stimme klang schwach und fiepsig in ihren Ohren. Sie wollte gerade zu einer Erklärung ansetzten, doch Carlas eisiger Blick fror ihr die Stimmbänder ein.

„Ihr habt was zu feiern?", fragte die Italienerin und sah nun Daniel und die Champagnerflasche in seiner Hand unverwandt an.

„Ja, wir haben uns wieder versöhnt", sagte Daniel ohne zu zögern. Er wirkte zwar gelassen, doch er lächelte nicht, weder charmant noch entschuldigend und das war für Elizabeth ein Alarmsignal. Er deutete mit einem Nicken auf die Flasche. „Und natürlich werden wir hierfür aufkommen." Mit zwei schnellen Schritten war er neben Elizabeth, legte eine Hand auf ihren Rücken und steuerte sie auf die Tür zu.

Da trat Angelo, Carlas jüngerer Bruder aus dem Schatten und stellte sich neben seine Schwester, womit der Durchgang zum Flur versperrt war. Der junge Mann war einen Kopf größer als Carla und ebenfalls ganz in schwarz gekleidet. Er wirkte nun weniger schlaksig als vielmehr drahtig muskulös. Und vor allen Dingen wirkte er sprungbereit, wie eine Raubkatze, die ihre Beute anvisiert. Die linke Hand legte er auf Carlas Schulter, die rechte war hinter seinem Rücken verborgen.

Unwillkürlich drückte sich Elizabeth an Daniels Seite. „Okay, hört zu", sagte er und stellte die Flasche auf den Arbeitstresen. „Tut mir leid, dass wir uns selbst bedient haben. Wir lassen den Champagner einfach hier, gehen nach oben und feiern unsere Versöhnung auf andere Weise."

Während Angelos Gesicht völlig unbewegt bliebt, verzogen sich Carlas volle Lippen zu einem spöttischen Grinsen. „Wer seid ihr wirklich?", wollte sie wissen. „Wer hat euch geschickt?"

„Geschickt?", entfuhr es Elizabeth. „Niemand hat uns geschickt! Die Pension war im Reise-…"

„Unsinn!", schnitt Carla ihr das Wort ab. Dann wandte sie sich mit einem abgehackten Nicken an ihren Bruder „*Forza,* Angelo." Es klang wie ein Befehl, auf den Angelo blitzschnell reagierte. In einer geschmeidigen Bewegung packte er Elizabeth, zog sie von Daniel weg und drehte sie dabei herum, sodass sie mit dem Rücken gegen Angelos Brust taumelte.

Sofort schloss sich ein Arm wie ein Schraubstock um sie und hielt sie fest umklammert. Das Ganze war so schnell gegangen, dass Elizabeth vor Überraschung nicht mal Luftholen, geschweige denn schreien konnte.

„Liz!“, schrie dafür Daniel, beide Arme nach ihr ausstreckend, doch dann zog er sie ruckartig zurück und hob die Hände. Im gleichen Augenblick spürte Elizabeth das kalte Metall einer Pistole an ihrer Schläfe. „Krümm ihr nur ein Haar und du bist tot“, knurrte Daniel, das Gesicht wutverzerrt. Seine Nasenflügel bebten und einige Adern an seiner Stirn und seinem Hals traten deutlich hervor.

Angelo versetzte Elizabeth einen kleinen Stoß und schob sie vor sich in die Küche. Daniel machte mit erhobenen Händen Platz, wobei sich sein angespannter Blick für keine Sekunde von Elizabeth hob. „Hab keine Angst“, gab er ihr stumm zu verstehen und Elizabeth tat ihr Bestes, nicht den Kopf zu verlieren. Es war ja weiß Gott nicht das erste Mal, dass sie bedroht wurde …

„Also nochmal“, sagte Carla, die noch immer in der Tür stand. „Wer seid ihr?“

„Wir sind von Interpol“, log Daniel, ohne die Italienerin dabei anzusehen. Seine Züge entspannten sich etwas. Der Ausdruck schierer Mordlust wich dem höchster Konzentration. „Und wir sind hier, weil wir einem Hinweis auf den Verbleib von Diebesgut folgen.“

Elizabeth hatte alle Mühe ihre Überraschung zu verbergen. Über Daniels Geistesgegenwart und Einfallsreichtum konnte sie einfach nur noch staunen.

„Interpol?“, keuchte Angelo. Nervös verlagerte er das Gewicht, doch weder seine Umklammerung, noch der Druck des Pistolenlaufs an Elizabeths Schläfe ließen auch nur das kleinste Bisschen nach.

„Ja“, nickte Daniel. „Wir verfolgen eine heiße Spur zu einem Diamantenraub vor dreißig Jahren. Und diese Spur führte uns zu den Brüdern Luca und Vincenzo di Stefano.“ Er klang jetzt wieder ganz wie der Detective, der er noch bis vor kurzem gewesen war. „Wir haben die Abschrift eines Briefes, den Vincenzo an seinen im Gefängnis sitzenden Bruder geschrieben hat. Aber ich glaube, die Einzelheiten sind euch beiden durchaus vertraut, nicht wahr?“

„Interpol beschäftigt sich mit einem Jahrzehnte zurückliegendem Raub?“, fragte Carla verunsichert. Sie blinzelte und ihre dunklen Augen huschten zwischen Daniel und ihrem Bruder hin und her.

„Du weißt wohl nicht, *wer* damals bestohlen wurde, oder?“, sagte Daniel mit hochgezogener Augenbraue.

So, wie Carla aussah, wusste sie das tatsächlich nicht. Genauso wenig wie Daniel und Elizabeth. Das eben war nichts weiter, als ein heikler Bluff gewesen.

„Und habt ihr die Diamanten gefunden?“, fragte Angelo hinter Elizabeth. Es war das erste Mal, dass sie ihn Englisch sprechen hörte. Sein Akzent war noch ausgeprägter als der seiner Schwester, aber man konnte ihn deutlich verstehen. Und man könnte deutlich die steigende Nervosität heraushören.

„Deine Schwester sucht schon seit Wochen erfolglos danach. Denkst du wirklich, wir sind zwei Nächte hier und haben mehr Glück?“, sagte Elizabeth sarkastisch.

„Aber das verstehe ich nicht. Wieso seid ihr dann …“

„Zermartere dir nicht das Hirn, Angelo. Du tust dir dabei nur weh“, fuhr Daniel dazwischen. „Leg einfach die Knarre weg und lass meine Partnerin los, okay? Dann kommen du und deine Schwester straffrei davon, das verspreche ich.“

„Angelo*, no*!“, herrschte Carla ihren Bruder an und hob warnend die Hand.

Elizabeth spürte die Unschlüssigkeit des jungen Mannes in ihrem Rücken. „Ich weiß nicht …“, sagte er.

Daniel schüttelte ungeduldig den Kopf. „Es gibt vieles, was du nicht weißt. Zum Beispiel, wann eine Waffe entsichert ist, und wann nicht.“

„*Cosa*?“ Angelo klang verwirrt. Der Pistolenlauf an Elizabeths Schläfe bewegte sich und der Griff um ihre Brust lockerte sich etwas.

Daniel wedelte mit einer unbestimmten Geste in Richtung der Waffe. „Der kleine Hebel da hinten muss nach vorne gedreht werden, um die Knarre zu entsichern, du Möchtegern-Mafiosi“, erklärte er in einem beinahe mitleidigen Ton.

Endlich hoben sich der Pistolenlauf und der Arm von Elizabeth. Ohne zu zögern nutzte sie ihre Chance. Sich duckend rammte sie Angelo mit voller Kraft ihren Elenbogen in den Magen. Sie hörte einen winselnden Aufschrei und stürmte nach vorne, weg von dem jungen Mann und seiner Pistole – egal ob gesichert oder ungesichert. Gleichzeit machte Daniel einen Satz auf Angelo zu, entwand ihm die Waffe und versetzte ihm damit einen gut platzierten Schwinger, der den jungen Mann zur

Seite kippen ließ. Während Elizabeth eilig hinter ihm in Deckung ging, entfernte Daniel mit schnellen, geübten Handgriffen das Magazin aus der Waffe und warf anschließend die beiden Teile in entgegengesetzte Richtungen.

Fluchend hastete Carla in die Küche und ging neben ihrem Bruder in die Hocke. „*Stupido*!", schimpfte sie, half ihm aber dennoch fürsorglich in eine sitzende Position. Mit vor Zorn funkelnden Augen sah sie auf. „Und was jetzt?", fauchte sie. „Sind wir verhaftet?".

Daniel kratzte sich am Nacken, als würde er diese Möglichkeit ernsthaft in Betracht ziehen. „Wir haben unsere Vorgesetzten zwar bereits über euch beide informiert, aber wenn ihr jetzt sofort eure Sachen packt und verschwindet, wird es, denke ich, kein Nachspiel für euch geben."

„Aber vergesst nicht, Interpol weiß über euch Bescheid und hat ein Auge auf Rosa di Stefano", ergänzte Elizabeth. „Wenn ihr also jemals wieder in ihrer Nähe auftaucht, seid ihr dran."

Carla flüsterte ihrem Bruder etwas ins Ohr und half ihm auf die Beine. Bevor sie die Küche verließen, drehte sie sich aber nochmal um. „Eure Tarnung war miserabel", spuckte sie Daniel und Elizabeth gehässig entgegen. „Das verliebte, turtelnde Pärchen habe ich euch keine Sekunde lang abgekauft."

Daniel legte einen Arm um Elizabeths Schultern. „Dann sollten wir das wohl noch weiter üben, was Partnerin?", sagte er lächelnd.

Wegen des plötzlichen und unerklärlichen Verschwindens ihrer Nichte und ihres Neffen war Rosa am nächsten Morgen am Boden zerstört. Die beiden waren so hilfsbereit gewesen und dann ließen sie ihre alte Tante über Nacht im Stich.

Mit über den Mund gelegter Hand saß sie Daniel und Elizabeth am Frühstückstisch gegenüber. Kopfschüttelnd und von leisem Schluchzen unterbrochen, murmelte die alte Dame in ihre Hand.

„Sie fragt sich, wie es mit ihr weitergehen soll", übersetzte Daniel leise für Elizabeth. „Wie es mit der Pension weitergehen soll."

Vincenzo, der einem eingesperrten Tiger gleich um den Tisch herum wanderte, polterte etwas, das sich verdächtig nach einem Fluch anhörte und die Lampen im Frühstücksraum zum Flackern brachte.

„Er denkt, Carla und Angelo hätten die Diamanten gefunden und seien deshalb abgehauen", informierte Daniel Elizabeth.

„Wird Zeit, dass wir die Katze aus dem Sack lassen", flüsterte sie und holte aus ihrer Tasche ein verknotetes Stofftaschentuch, das sie vor sich auf den Tisch legte und zu Rosa schob.

Überrascht ließ die alte Dame ihre Hand auf die Tischplatte sinken und blinzelte das kleine Bündel vor sich an. Auch Vincenzo blieb stehen und blickte verdutzt auf das Säckchen. Dann sah er mit großen Augen auf und starrte Daniel und Elizabeth an.

„Wir haben das in unserem Zimmer gefunden", sagte Daniel. „Es ist von Vincenzo und er will unbedingt, dass Sie es haben."

„Vincenzo?", hauchte Rosa verständnislos. Mit zittrigen Fingern knotete sie das Stofftaschentuch auf und faltete es auseinander. Beim Anblick der funkelnden Steine stieß sie einen spitzen Schrei aus und Elizabeth fürchtete fast, die alte Dame würde ohnmächtig vom Stuhl kippen.

Vincenzo wirkte ebenso fassungslos wie seine Witwe und sagte etwas in einem sehr flehentlichen Ton.

„Keine Sorge", flüsterte Daniel. Lauter sagte er. „Ich habe letzte Nacht von Vincenzo geträumt, Rosa.

„Geträumt? Von Vincenzo?" Rosa sah aus, als sei sie sich nicht sicher, ob sie eben richtig verstanden hatte.

„Er sagte mir, dass das Bett, in dem Liz und ich schlafen, früher Ihr Ehebett war."

„Ja", bestätigte Rosa mit tränendicker Stimme. Ihre Hand wanderte flatternd vor den Mund. „Dieses Zimmer war unser …" Mit tippendem Zeigefinger suchte sie das richtige Wort. „Unser Schlafzimmer."

Daniel nickte. „Vincenzo sagte, er mache sich große Sorgen um Sie und Ihre Zukunft. Deshalb zeigte er mir die Diamanten, die unter den schwarz-weißen Vögeln am Bett verborgen waren. Er nannte diese Vögel Rossinis Silberdiebe."

„*Santi Numi*!", entfuhr es Rosa. Es war eine Mischung aus Schluchzen und Lachen. „*La gazza ladra*!"

„Genau", lächelte Daniel. „Die diebische Elster."

„Diese … diese Oper", sagte Rosa aufgeregt. „Wir beide haben sie geliebt. Dort haben wir uns kennengelernt. Deshalb sind die … die *gazzi* am Bett."

Daniel tausche einen vielsagenden Blick mit Elizabeth. Das war also der Grund, weshalb Vincenzo so sicher gewesen war, dass seine Rosa den Hinweis verstand.

Rosas Lachen erstarb, und sie sah nachdenklich auf das kleine Häufchen Diamanten vor sich. „Aber woher …"

„Oh", sagte Daniel schnell. „Die stammen von seinem Bruder. Ich habe Vincenzo so verstanden, dass Luca vor Jahrzehnten an einem Raub beteiligt gewesen war und seinem Bruder ein paar der erbeuteten Diamanten geschenkt hat."

Der Geist hatte Daniel wohl weitgehend verstanden, denn er seufzte erleichtert und flüsterte: „*Grazie!*"

„Da die Diamanten Diebesgut sind", fuhr Daniel fort, „wollte Vincenzo sie nicht zu Geld machen, sondern hat sie für schlechte Zeiten versteckt. Und jetzt will er, dass Sie die Diamanten nehmen und sich damit zur Ruhe setzen."

Einen langen Moment herrschte Schweigen am Tisch. Dann stieß Rosa ein Seufzen aus, das tief aus ihrer Seele zu kommen schien, und rieb sich über das Gesicht. Lächelnd sah sie auf und sagte etwas auf Italienisch.

„Sie will sich nicht zur Ruhe setzen", übersetzte Daniel. „Die Pension war Vincenzos und ihr Lebenswerk und sie will es so lange es geht weiterführen. Aber mit dem Geld wird sie sich Angestellte leisten können und selber nicht mehr so hart arbeiten müssen."

„Das klingt toll", sagte Elizabeth, und auch Vincenzo sah aus, als wäre er mächtig stolz auf seine Rosa. Elizabeth stupste Daniel an und warf einen schnellen, aber beredten Blick auf den Geist. „Vincenzo hat doch noch etwas gesagt, nicht wahr?"

Daniel sah sie nur fragend an.

„Hat er nicht gesagt, wie sehr er Rosa liebt und vermisst, und dass er von dort, wo er jetzt ist, immer über sie wachen wird?"

„Ach, ja", bestätigte Daniel. „Klar. Das hat er gesagt."

Tränen kullerten über Rosas lachendes Gesicht. Dann erhob sie sich und kam mit ausgebreiteten Armen um den Tisch herum. Auch Daniel stand auf und erwiderte herzlich ihre Umarmung.

„*Grazie*", flüsterte Rosa und küsste seine Wangen. „*Mille, mille grazie!*" Sie nahm auch Elizabeth in den Arm und drückte sie mit erstaunlicher Kraft an sich. „Natürlich seid ihr meine Gäste. So lange ihr wollt! Und heute Abend koche ich für euch! Ein Festessen für meine Freunde!"

Auch Vincenzo strahlte und sagte etwas zu Daniel.

„Er hat sich eben als unser privater Reiseführer durch Rom angeboten", flüsterte Daniel. „Er will uns die schönsten Plätze und Lokale zeigen, die normalerweise von Touristen nicht gefunden werden."

„Fabelhaft", entgegnete Elizabeth. „Aber weißt du, was am Schönsten ist?"

Daniel schüttelte den Kopf.

„Dass wir diesen alten Sauertopf letztendlich doch noch zum Lachen gebracht haben."

San Francisco Blues

Wie glücklich er aussah. Ganz und gar in seinem Element.

Für die restlichen Musiker hatte Elizabeth keine Augen, nur für diesen verboten gutaussehenden Kerl mit den honigblonden Haaren, der die Bass-Gitarre mit einer unvergleichlichen Lässigkeit in der Hüfte hielt und immer wieder schief lächelnd zu ihr hinunter sah.

Als sie Daniel das letzte Mal auf der Bühne gesehen hatte, war er noch ein anderer gewesen. Zumindest äußerlich.

Aber schon damals war ihr aufgefallen, wir glücklich er auf der Bühne wirkte und sie hatte sich gefragt, ob Musiker nicht Daniels wahre Berufung war.

Leise seufzend nahm sie einen Schluck von ihrem Drink und stellte das Glas dann auf die klebrige, verkratzte Theke. Seit sie diese schummrige Blues Bar in Little Italy betreten hatten, dachte sie laufend an den Abend zurück, an dem sie sich kennengelernt hatten. Vor allem, nachdem Daniel mit dem Schlagzeuger ins Gespräch gekommen und von diesem eingeladen worden war, zusammen mit der Band auf der Bühne zu jammen. Seit dem konnte sie an praktisch nichts anderes mehr denken, als an diese schicksalsreiche Nacht in Soho, die ein so tragisches Ende genommen hatte. Dabei bemühte sie sich einzig die schönen Erinnerungen in ihr Bewusstsein zu lassen, doch konnte sie nicht verhindern, dass sich hin und wieder auch traumatische Bilder vom Überfall vor ihr geistiges Auge schoben.

Aber das hier war San Francisco, nicht London, und seit jener Nacht in Soho war fast ein Viertel Jahr vergangen, auch wenn sie manchmal das Gefühl hatte, als seien die letzten Monate einem Schnellzug gleich an ihr vorbeigerauscht. Erst nachdem sie vor etwas mehr als drei Wochen ihre ausgedehnte Reise angetreten hatten, war sie ein Wenig zur Ruhe gekommen. Das Dolce Vita in Italien, sich treiben und fallen lassen, hatte ihr unheimlich gut getan.

Seit zwei Tagen waren sie nun in San Francisco, dem Ausgangspunkt ihrer nächste Reiseetappe, und sowohl Daniel als auch Elizabeth hatten sich sofort in diese hügelige Stadt mit ihrem rauen aber doch milden Küstenklima und den charmanten, pastellfarbenen Vierteln verliebt.

Die Band spielte noch *Black Magic Woman*, dann gingen sie unter spärlichem Applaus von der Bühne. Daniel wechselte ein paar Worte mit den fünf Bandmitgliedern, bevor er breit grinsend zu Elizabeth an die Bar kam und auf den Hocker neben ihr glitt. „Und? Haben wir es in die Angesagt-Spalte des Szene-Guides geschafft?"

Offenbar war Elizabeth nicht die Einzige, die Déjá-Vus von der Nacht ihres Kennenlernens hatte.

Schmunzelnd stieg sie darauf ein. „Ja, das war ganz nett", sagte sie gedehnt.

„Ganz nett, soso." Mit einem Handzeichen bestellte Daniel beim Barkeeper den gleichen Drink, den Elizabeth vor sich stehen hatte. Anschließend wandte er sich ihr wieder zu. „Mir ist nicht entgangen, dass du mich da oben beobachtet hast", führte das Spiel fort. Er senkte verschwörerisch die Stimme. „Ich glaube sogar, du hast mit mir geflirtet."

„Kaum", entgegnete Elizabeth gelangweilt, hob ihre rechte Hand und zeigte ihren Diamantring. „Ich bin verlobt."

Daniel fing ihre Hand ein und hauchte einen Kuss auf den Ring. „Und dennoch sitzt du den ganzen Abend alleine rum."

„Das liegt daran, dass sich mein Verlobter heute seiner anderen großen Liebe widmet."

„Was muss das für ein Idiot sein, wenn er sein Mädchen dermaßen vernachlässigt."

„Ich wusste vorher, auf was ich mich einlasse. Es war von Anfang an klar, dass das so eine Dreierkiste werden würde."

Daniel lachte auf. „Tatsächlich? Trotzdem ein Vollidiot."

„Vorsichtig. Er ist ein Ex-Cop."

„Oje. Die Ehemaligen sind die Schlimmsten." Der asiatische Barkeeper brachte den Drink, und Daniel erhob das Glas zu einem kleinen Toast: „Darauf, dass dieser Ex-Cop weiß, was für eine hinreißende und verständnisvolle Verlobte er hat." Er nahm einen Schluck und verzog angewidert das Gesicht. „Puh! Was ist das denn?"

„Ein Lemon Drop", kicherte Elizabeth. „Lecker, findest du nicht?"

Daniel schüttelte sich und schob ihr das Glas zu. „Du darfst gerne auch meinen haben." Er winkte den Barkeeper nochmal heran, um sich ein Bier zu bestellen. Dann lehnte er sich Elizabeth entgegen und raunte: „Du weißt, dass es für mich nur eine einzige große Liebe gibt, nicht wahr?“

„Ja“, antwortete sie theatralisch seufzend. „Ich wusste immer, dass ich gegen die Musik keine Chance haben würde.“

„Mein kleiner Knallkopf.“ Schmunzelnd zupfte Daniel an einer ihrer Schläfenlocken.

Elizabeth beugte sich nach vorne, um ihm einen kleinen aber zärtlichen Kuss auf den Mund zu geben. „Übrigens nehme ich zurück, was ich heute Nachmittag sagte. Die Dinger sehen doch gut aus.“ Mit dem Zeigefinger strich sie an einem der dunkelgrauen Hosenträger entlang, die Daniel trotz – oder vielleicht auch gerade wegen - Elizabeths wortreichem Protest in einem Retroladen in der Castro Street gekauft hatte und nun zu einer schwarzen Stoffhose und einem weißen Hemd trug, das locker in der Hose steckte. Unter dem geöffneten Kragen spitzten das Lederband und sein silbernes Sonnenamulett hervor.

Sie selbst trug an diesem Abend schwarze Leggins und ein ärmelloses, goldglänzendes Minikleid mit Stehkragen. Ihre dunkle Lockenmähne hatte sich wieder mal nicht bändigen lassen und fiel ihr lose auf die Schultern.

„Du findest sie also nicht mehr albern … nein, warte…*affig*?“, vergewisserte sich Daniel mit hochgezogener Augengenbraue. „Und sie erinnern dich auch nicht mehr an deinen Großvater?“

„Ich sagte, sie erinnern mich an Charlie Chaplin“, stellte Elizabeth richtig. „Aber nein, sie stehen dir richtig gut.“

„Dann kann ich mir ja auch den passenden Hut dazu holen. Vielleicht einen Fedora…“

Elizabeth sah ihn warnend an. „Übertreib es nicht, Detective.“

„Hey, Dave. Das war echt ziemlich cool vorhin!“ Der Schlagzeuger der Band hatte sich an die Bar gesellt und klopft Daniel kameradschaftlich auf die Schulter. Er nannte ihn Dave, weil Daniel sich ihm zuvor mit seinem neuen, offiziellen Namen vorgestellt hatte: David Morgan. Etwas, woran sich Elizabeth noch immer nicht so recht gewöhnt hatte.

„Danke.“ Daniel nickte dem jungen Mann mit der platinblonden Stachelfrisur zu und hob die Bierflasche, die der Barkeeper mittlerweile gebracht hatte, um mit ihm anzustoßen. „Hat Spaß gemacht.“

„Wer hätte gedacht, dass ein Inselaffe den Blues im Blut hat.“

„Inselaffe?“, fragte Elizabeth mit einem pikierten Stirnrunzeln nach.

„Nichts für ungut", lachte der Schlagzeuger gutmütig und stieß auch mit Elizabeth an. „Ehrlich, ich dachte immer, ihr Briten seid kühl und steif und, naja, immer auch leicht blasiert. Aber dein Mann hier hat echt Soul."

Schmunzelnd fing Elizabeth über den Rand ihres Glases hinweg Daniels Blick ein. „Zweifellos."

„Ey, Chris. Was geht ab?" Der schwarze Saxophonist hatte sich nun ebenfalls zu ihnen an die Bar gesellt, dicht gefolgt von der zierlichen Sängerin mit dem frechen Pagenschnitt und den dunkelrot geschminkten Lippen. Nicht nur ihre Erscheinung, auch die Stimme erinnerte Elizabeth an Lisa Stansfield, und sie fragte sich, wie so ein zartes Persönchen ein so eindrucksvolles Stimmvolumen zustande brachte.

„Mann, was war das heute für ein lahmes Publikum", beschwerte sich die junge Frau.

„Ja, das war schlimmer als der Gig letzte Woche im Castro", stimmte ihr der Saxophonist seufzend zu.

„Wie lange seid ihr in der Stadt?", wollte der Schlagzeuger, Chris, an Daniel gewandt wissen.

„Keine Ahnung." Daniel hob leicht die Schultern. „Solange es uns gefällt. Wir haben keinen festen Terminplan, und die Stadt und die Umgebung haben viel zu bieten. Gut möglich, dass wir noch eine Weile hier sind. Warum?"

„Naja, nächsten Samstag haben wir einen Gig in einem Laden in Sausalito. Wenn du Lust hast, bist du dabei." Chris zwinkerte Elizabeth zu. „Und es wäre nett, wenigstens einen Groupie im Publikum zu haben."

Sichtlich erfreut bedankte sich Daniel mit einer Runde Drinks. Eine Weile unterhielten sie sich mit ihren neuen Freunden über die Musikszene in San Francisco, dann fragte der Saxophonist plötzlich: „Ey, Chris, gibt´s eigentlich was Neues von deiner verrückten Tante? Hat sie wieder Gespenster gesehen?"

Daniel tauschte einen verhaltenen Blick mit Elizabeth, während der Schlagzeuger tief seufzte und sagte: „Frag nicht, Mann. Es wird immer schlimmer."

„Ist sie ein Medium?" Elizabeth versuchte sich an einem beiläufigen Ton.

Chris schüttelte den Kopf. „Nein, aber sie konsultiert eins. Regelmäßig. Weil sie glaubt, dass es in ihrem Haus spukt. Und diese Frau, dieses

Medium, setzt ihr die verrücktesten Flausen in den Kopf. Es ist echt nur peinlich …"

„Wie macht sich der Geist bemerkbar?", wollte Daniel wissen.

„Und hat deine Tante eine Ahnung, wer der Geist ist und was er von ihr will?", ergänzte Elizabeth.

Chris maß beide mit einem skeptischen Blick, als überraschte ihn nicht nur ihr Interesse sondern vor allem die Ernsthaftigkeit, mit der sie ihre Fragen stellten.

Schließlich zuckte er mit den Achseln. „Tante Abby sagt, sie spüre eine… eine Präsenz im Haus und manchmal wird ihr ganz plötzlich kalt, und ihre Nackenhaare stellen sich auf. Und sie sagt, dass sich Geräte immer wieder von alleine an- und ausschalten und sie ein seltsames Flimmern oder Schatten sieht."

Der Saxophonist prustete los und machte Spukgeräusche, während die Sängerin versuchte ihr Kichern hinter einer vorgehaltenen Hand zu verbergen.

Chris sah seine beiden Freunde ärgerlich an und trank einen Schluck Bier, bevor er fortfuhr: „Tante Abby meint, dass es der Geist ihrer Schwester Beatrice ist, die vor ein paar Monaten starb. Wisst ihr, die beiden haben ihr ganzes Leben lang zusammen in diesem alten Haus gelebt. Keine von beiden war je verheiratet…"

„Und du glaubst, deine Tante bildet sich alles nur ein, weil sie ihre Schwester vermisst", mutmaßte Daniel.

Chris nickte. „Ja, und dieses Medium macht alles nur noch schlimmer. Sie übermittelt Tante Abby Botschaften von Beatrice. Ratschläge, wie sie ihr Leben führen und ihr Geld anlegen soll."

„Das Medium gibt deiner Tante Anlagetipps?", fragte Elizabeth verblüfft nach. „Das ist ja mal was ganz Neues!"

Nun wirkte Chris irritiert. „Kennst du dich denn mit so was aus?"

„Naja...", druckste Elizabeth. Sie suchte in ihren Gehirnwindungen nach einer passenden Antwort, die nicht zu verrückt und abwegig klang. Als sie die neugierigen Augen der ganzen Gruppe auf sich spürte, schoss ihr prompt verlegene Hitze ins Gesicht.

Doch wie immer konnte sie sich darauf verlassen, dass Daniel für sie in die Bresche sprang, ehe sie sich vollends lächerlich machte. „Liz ist Journalistin und beschäftigt sich beruflich mit Geschichten wie dieser. Sie hat reichlich Erfahrung auf dem Gebiet. Denkst du, wir dürften deine Tante mal besuchen? Wir würden ziemlich schnell rausfinden, wie viel an der Geistergeschichte und dem Medium dran ist."

Elizabeth warf Daniel einen flehenden Blick zu, in den sie die Worte: „Bitte, nicht schon wieder!" legte. Aber es war zu spät. Chris war schon ganz Feuer und Flamme. „Aber klar!", rief er erregt. „Wie wäre es gleich morgen Abend? So gegen sechs? Wir besuchen sie zusammen. Sie lebt in einem viktorianischen Haus in Pacific Heights."

Na immerhin, dachte Elizabeth mit einem innerlichen Seufzen. Dann bot sich ihnen auf diese Weise wenigstens Gelegenheit, eines der berühmten viktorianischen Anwesen von innen zu bewundern.

Als sie etwa eine Stunde später vor die Tür traten, regnete es leicht und kalter Wind trieb Nebelschwaden von der Bucht hinauf in die Stadt.

„Ist ja fast wie daheim", murrte Daniel, griff nach Elizabeths Hand und eilte mit ihr zum nächsten Taxistand.

„Wir sollten uns mal ernsthaft über deine Auffassung von Urlaub unterhalten, Danny", brummte Elizabeth, sobald sie auf dem Rücksitz des Taxis saßen.

Schmunzelnd legte Daniel einen Arm um sie, zog sie heran, bis ihr Kopf an seiner Schulter ruhte und gab ihr dann einen dicken Schmatzer auf die Stirn. „Bist du denn gar nicht neugierig, was da vor sich geht? Du hast selbst gesagt, wie merkwürdig es ist, dass dieses Medium Anlagetipps gibt. Was, wenn Chris´ Tante in ihrer Trauer das Geld aus der Tasche gezogen wird?"

„Ich weiß, ich weiß." Elizabeth unterdrückte ein Gähnen. „Trotzdem geht mir dein Helferkomplex zuweilen mächtig auf die Nerven." Sie hatte da so eine Ahnung, was der eigentliche Grund für die ganze Aktion war. Daniel hatte es zwar nie laut ausgesprochen, aber Elizabeth war sich sicher, dass er es als seine Aufgabe, nein, als seine Bestimmung ansah, sein neues Talent in den Dienst der Hilfsbedürftigen zu stellen – egal ob lebend oder tot. Er hatte von Gott, dem Schicksal oder wem auch immer ein unglaubliches Geschenk erhalten: Ein zweites Leben, die Fähigkeit, mit Geistern zu kommunizieren und darüber hinaus noch eine Menge Geld. Und für Daniel stand fest, dass er all das sinnvoll einsetzen musste.

Das Gray´s Hotel lag zentral, ganz in der Nähe des Union Square, auf dem bereits ein riesiger Weihnachtsbaum stand, obwohl selbst bis zu Thanksgiving noch über eine Woche Zeit war und bis Weihnachten noch mehr als einen Monat. Die Fahrt dauerte nicht mal zehn Minuten, trotzdem war Elizabeth schon fast eingeschlafen, als das Taxi vor dem kleinen, aber schicken Hotel hielt. Die Kombination aus Jetlag, stundenlangem Spazieren durch geradezu grotesk hügelige Straßen und, nicht zu vergessen, zwei Lemon Drops, hatte Elizabeth praktisch ausgeknockt. Deshalb fiel sie auch sofort in einen komaähnlichen Schlaf, sobald sie sich in ihrem Bett unter der flauschigen Decke zusammengerollt hatte. Sie bekam weder mit, wie Daniel aus dem Bad und ins Bett kam, noch ob er in dieser Nacht unter den grauenvollen Alpträumen litt, die ihn seit Rom wieder regelmäßig heimsuchten.

Dafür erwachte sie bereits um halb sechs, war putzmunter und hatte keine Chance, wieder einzuschlafen. Eine Weile lauschte sie Daniels gleichmäßigen Atemzügen und genoss bewusst seine Wärme und die Schwere seines Arms auf ihrer Taille. Doch dann schlüpfte sie vorsichtig aus der Umarmung, stieg aus dem Bett und tappte so leise wie möglich zu der kleinen Sitzecke am Fenster. Bevor sie sich mit ihrem Notizbuch im bequemen Polstersessel niederließ, holte sie noch ihre lange graue Strickjacke und wickelte sich darin ein wie in eine Decke.

Bei gedämpftem Licht und mit unter den Körper gezogenen Beinen schrieb sie in ihr Reisetagebuch, das sie seit Neapel führte. Gelegentlich wunderte sie sich noch immer darüber, dass sie damit erst mehr als zwei Wochen nach Antritt ihrer Reise begonnenen hatte. Immerhin war Schreiben nicht nur ihre Profession sondern auch ihre Leidenschaft. Und dennoch war ihr die Idee erst gekommen, nachdem die tausend neuen Eindrücke gedroht hatten, in ihrer Erinnerung zu verschwimmen.

Nach etwa eine Stunde rührte sich Daniel im Bett. „Hey, Baby“, murmelte er verschlafen. Auf einen Unteraram gestützt richtete er sich etwas auf und blinzelte sie an. „Wie spät ist es?“

„Noch nicht mal sieben. Du musst noch nicht aufstehen.“

„Komm wieder ins Bett.“ Mit der flachen Hand klopfte er auf die leere Matratze neben ihm.

„Ich kann nicht mehr schlafen“, gab Elizabeth kopfschüttelnd zurück. Sie wollte sich schon wieder ihren Notizen widmen, als sie das schelmische Blitzen in Daniels grünen Augen bemerkte.

„Wer hat was von schlafen gesagt?“, fragte er grinsend. Jede Müdigkeit war aus seinem Gesicht gewichen.

„Oh!“ Ihr Herz machte einen kleinen, freudigen Hüpfer. Das Buch landete mit einem dumpfen „Plomp“ auf dem Beistelltisch. Im Aufstehen streifte sie die Strickjacke ab, und auf dem Weg zum Bett landeten dann das T-Shirt und die Pyjamahose auf dem Boden.

Daniel hob einladend die Bettdecke, so dass sich Elizabeth sofort an seinen warmen Körper schmiegen konnte.

„Guten Morgen, meine Schöne“, raunte er. Das freche Glitzern in seinen Augen war einem verführerischen Glimmen gewichen, das Elizabeths Körpertemperatur mit einem Schlag um einige Grad nach oben trieb.

„Guten Morgen, mein Prinz“, gab sie lächelnd zurück und half ihm eilig aus seinen Boxershorts.

Daniel schloss die Arme um sie und zog sie mit sich, als er sich zurücklegte, so dass sie auf seinem flachen Bauch lag, einen Schenkel zwischen seinen Beinen. Ihre Arme über seinen Schultern abgestützt, sah sie auf ihn hinab, wobei ihre Haare Daniels Gesicht wie ein zerfledderter Vorhang umrahmten. Ganz langsam neigte sie den Kopf. Mit ihrer Nasenspitze streifte sie seine Stirn entlang, seine Augenbrauen und auch seiner Nase. Doch dann legte Daniel den Kopf etwas in den Nacken und fing auf diese Weise ihren Mund ein. Zunächst waren ihre Küsse sanft und zärtlich, doch sie wurden schnell leidenschaftlicher, drängender, ja regelrecht hungrig. Auch die Berührungen und Liebkosungen wurden immer erregender und lustvoller, und plötzlich, ohne, dass sie so recht mitbekommen hätte, wie ihr geschah, lag Elizabeth auf dem Rücken, und Daniel war über ihr. Er sah sie mit diesem ganz besonderen Ausdruck an. Diesem Ausdruck, den er nur für sie alleine übrig hatte und der ihr immer wieder zeigte, wie einzigartig und kostbar sie in seinen Augen war. Genauso einzigartig und kostbar wie er für sie. Elizabeths Herz hatte schon vorher bis zum Hals gepocht, doch jetzt drohte es schier zu zerbersten und sie fragte sich, ob es so viel Glück auf Dauer gewachsen sein würde.

Er senkte sich auf sie, gleichzeitig hob sie ihm ihr Becken entgegen und schob die Hände auf seinen unteren Rücken. Ein wonniger Schauer durchlief sie, als sie ihn in sich aufnahm und er ein langes Seufzen ausstieß, das fast wie ein Aufatmen klang. Als sei er nach langer Abwesenheit endlich zu Hause angekommen.

Dann begann Daniel sich zu bewegen und das intensive, durchdringende Gefühl stoppte augenblicklich jeden bewussten Gedanken. Bereitwillig ergab sich Elizabeth dem Rhythmus, bis sich ihr keuchender Atem mit Daniels vereinte. Es war wie Musik, eine vollkommene Symphonie, und als sie schließlich fast gleichzeitig zum Höhepunkt fanden, glaubte Elizabeth tatsächlich eine Arie in ihrem Kopf zu hören.

Mittlerweile war der Morgen angebrochen und blasses Dämmerlicht fiel durch die nicht ganz zugezogenen Gardinen auf das Bett. Daniel barg sein erhitztes Gesicht an ihrer Schulter, während Elizabeth liebevoll durch seine zerzausten Haare strich. Seine Bartstoppeln kitzelten an ihrem Hals, als er das sensible Grübchen unter ihrem Ohr küsste und flüsterte: „Kommt das jetzt auch in dein kleines schwarzes Buch?"

„Ja." Elizabeth reckte sich genussvoll. „Im Kapitel *Die einzig wahre Art den Tag zu beginnen.*"

Eine ausgedehnte gemeinsame Dusche später waren sie dann tatsächlich bereit, in den Tag zu starten. Da es über Nacht wieder aufgeklart hatte, beschlossen sie den Tag am Meer zu verbringen. Also verzichteten auf das Frühstück im Hotel und brachen, ausgestattet mit sportlicher, wetterfester Kleidung, Richtung Golden Gate auf. In Marina legten sie einen Frühstücksstopp ein und liefen von dort aus frisch gestärkt zur berühmtesten aller Brücken. Von dort genossen sie den imposanten Blick auf die Stadt, die Bucht und das offene Meer. Auf der anderen Seite angekommen, nahmen sie ein Taxi und ließen sich in einen malerischen Küstenort fahren, der ihnen am Vorabend von Chris empfohlen worden war, da er von Touristen weitgehend unbeachtet blieb. In einem rustikalen Fischrestaurant gönnten sie sich fangfrische Krabben und hatten einen Heidenspaß dabei, sich mit Hilfe von herkömmlichen Heimwerkerzangen eine Schlacht mit den tellergroßen Krustentieren zu liefern. Den restlichen Nachmittag verbrachten sie dann am fast menschenleeren Sandstrand und ließen sich aneinander gekuschelt die salzige Pazifikbrise um die Nase wehen. Sie brachen erst auf, nachdem die Sonne - von einem spektakulären Farbenspiel begleitet - hinter dem Horizont verschwunden war und es sofort unangenehm kühl wurde.

Sie fuhren direkt zurück ins Hotel, machten sich frisch und wechselten ihre sportlichen Klamotten gegen salonfähigere Kleidung. Dann fuhren sie zu der Adresse in Pacific Heights, die Chris ihnen genannt hatte. Als sie dort ankamen, hätte Elizabeth in dem jungen Mann, der vor dem eisernen Gartentor auf sie wartete, fast nicht den Schlagzeuger vom Vorabend erkannt. Statt Jeans und schwarzem T-Shirt mit schrillem

Aufdruck, trug er Khakihosen und ein gestärktes blaues Hemd. Auch seine blondierten Haare standen nicht wie kleine Stacheln vom Kopf ab, sondern lagen glatt getrimmt am Kopf an. Kurzum, er sah nicht länger aus wie ein Musiker, sondern wie ein strebsamer, braver College-Student.

„Hi, Leute. Da seid ihr ja", begrüßte er Daniel und Elizabeth. Er wirkte nervös und verlagerte ständig das Gewicht von einem Fuß auf den anderen.

Elizabeth ließ ihren Blick über das Anwesen schweifen. Das Haus war ein Schmuckstück im Queen Anne Stil. Es bestand komplett aus Holz, war hellblau gestrichen und hatte weiße Fensterrahmen und Türen. Auch die Geländer und die filigranen Säulen der Veranden, die sich im Erdgeschoss und ersten Stock um das Haus wanden, erstrahlten in jungfräulichem Weiß. Neben verspielten Erkern gab es sogar ein Türmchen, aus dessen Spitze eine gusseiserne Wetterfahne ragte. Umgeben wurde das Haus von einem etwas verwilderten Garten, was jedoch den verzauberten Eindruck des Anwesens nur noch verstärkte.

Auch Daniel zeigte sich sichtlich beeindruckt. „Großartiges Haus", sagte er. „Und erst diese Aussicht."

Tatsächlich lag das Haus auf einer Hügelkuppe, wodurch man selbst von der Straße aus einen fantastischen Blick bis hinunter zur Bucht hatte. „Wie kommt man zu so was?"

„Es ist seit den Dreißigern in Familienbesitz", erklärte Chris, während er das Gartentor öffnete und es für Daniel und Elizabeth aufhielt. „Mein Ur-Großvater hat es dem ursprünglichen Besitzer, einem Mr William Erhardt, praktisch für einen Apfel und ein Ei abgekauft. Erhardt, hatte nämlich beim großen Börsencrash sein Vermögen verloren und war dadurch zum Verkauf gezwungen. Aber es heißt noch heute Erhardt House."

„Tja, des einen Pech, des anderen Chance", sagte Elizabeth mehr zu sich selbst, doch Chris hatte sie gehört und sah beinahe beschämt zu Boden. Fast, als plagte ihn ein schlechtes Gewissen, weil sein Ur-Großvater vor achtzig Jahren aus der Notlage anderer Kapital geschlagen hatte.

Chris ging die Verandastufen hinauf zur Haustür und klingelte.

Nur einen Moment später war von drinnen eine Frauenstimme zu hören. „Einen Moment!" Es piepste ein paar Mal, dann folgte ein langgezogener Signalton, begleitet von einem unterdrückten Fluchen. Dann abermals Piepsen. Schließlich wurde die Tür von einer älteren Dame geöffnet.

Erwartet hatte Elizabeth eine rundliche Frau mit ergrautem Haar und altmodischer Kleidung. Eben ein altjungferliches Tantchen. Doch Chris´ Tante Abby war schlank und hatte kastanienbraunes Haar, das in einer adretten Kurzhaarfrisur geschnitten war. Bekleidet war sie mit einer ausgebeulten Jeans und einem grau-weiß-karierten Holzfällerhemd, dass sie offen über einem gelben T-Shirt trug. Sie schien sich ehrlich über den Besuch ihres Neffen zu freuen.

„Christopher!“, rief sie. „So eine nette Überraschung.“ Ihre grünen Augen wanderten zu Elizabeth und Daniel, die hinter Chris auf der Veranda standen. „Du hast Besuch mitgebracht?“

„Ja, Tante Abby. Das sind Freunde aus England. Elizabeth und David.“

Daniel trat vor und streckte die Hand aus. „Schön, Sie kennenzulernen, Miss Belford.“

„Bitte, nennen Sie mich Abby.“ Freundlich lächelnd schüttelte sie erst Daniel die Hand und dann Elizabeth, die sagte:„ Sie haben ein ganz wundervolles Haus, Abby. Wirklich bezaubernd.“

„Vielen Dank“, erwiderte Abby Belford mit kaum verhohlenem Stolz. „Möchten Sie nicht hereinkommen?“ Mit einer einladenden Geste trat sie zur Seite.

„Macht die Alarmanlage Probleme, Tante Abby?“ Chris deutete mit dem Kinn auf das weiße Kästchen neben der Tür, welches wohl für das Piepsen und Fluchen verantwortlich gewesen war.

„Ach nein“, winkte seine Tante mit einem ärgerlichen Blick auf das Gerät ab. „Es ist nur so furchtbar kompliziert. Aber ich gewöhne mich schon noch daran.“

„Ist das denn hier eine gefährliche Gegend?“, fragte Daniel. Mit Elizabeth an seiner Seite folgte er Abby durch den Flur in das rückwärtig gelegene Wohnzimmer.

Elizabeth stockte schier der Atem. Der ganze Raum und auch der angrenzende Wintergarten waren ein wahrgewordener Jugendstiltraum. Alles - die Buntglasfenster und Tiffanylampen, die Polstermöbel, Vorhänge und Teppiche – einfach alles war in Goldgelb, Rot- und Grüntönen gehalten und mit verspielten floralen Mustern versehen. Die Holzdielen, Bücherschränke und Tische waren aus glänzendem dunklem Holz und bildeten somit einen soliden Kontrast. Es gab auch einen offenen Kamin vor dem zwei Polstersessel standen. Auf einem der Sessel hatte sich eine riesige, orangene Katze lang ausgestreckt.

„Eigentlich nicht, nein“, beantwortete Abby derweil Daniels Frage. „Aber vor ein paar Wochen, als ich gerade übers Wochenende eine Freundin in Sacramento besuchte, wurde hier eingebrochen.“ Sie führte ihre Gäste in den Wintergarten und bedeutete ihnen in den champagnerfarbenen Rattansesseln im Kolonialstil Platz zu nehmen, die von drei großen Palmen mit ausladenden Wedeln eingerahmt wurden. „Gott sei Dank wurde nicht viel gestohlen, aber ich fühle mich einfach nicht mehr so sicher. Vor allem, da ich ja nun ganz alleine in diesem großen Haus lebe…“

„Chris hat uns von Ihrem Verlust erzählt“, sagte Daniel mitfühlend. „Beatrice, nicht wahr? Mein aufrichtiges Beileid.“

Abbys freundliches Lächeln wurde traurig. „Beatrice, ja. Meine Schwester hätte jeden Einbrecher in die Flucht geschlagen …“ Sie atmete durch und straffte ihre Schultern. „Also“, sagte sie energisch. „Wer möchte einen Tee und Zitronenkekse?“

„Und?“, fragte Chris leise, sobald seine Tante in der Küche verschwunden war. Verschwörerisch beugte er sich nach vorne. „Was denkt ihr?“

„Deine Tante macht einen sehr bodenständigen und vernünftigen Eindruck“, meinte Elizabeth. „Zumindest auf den ersten Blick scheint sie mir nicht der Typ zu sein, der sich etwas einbildet. Ich fürchte, das ist alles, was sich im Moment sagen lässt.“ Das und dass Beatrice nirgendwo zu sehen war. Elizabeth hatte die meiste Zeit über Kontakt mit Daniel gehalten und sich unauffällig nach dem Geist umgesehen. Ohne Erfolg.

Ausgerüstet mit einem Tablett kam Abby zurück in den Wintergarten. Sie stellte ein entzückendes Porzellanservice mit bunten Schmetterlingen auf den runden Tisch, goss den Tee ein und reichte jedem eine Tasse. „Darjeeling Tee“, sagte sie, während sie sich in dem freien Sessel zwischen Chris und Elizabeth niederließ. „Nicht, dass Sie denken, wir hätten in Amerika keine Kultur. Beatrice und ich haben jeden Tag hier im Wintergarten Tee getrunken. Es war unser kleines Ritual.“ Sie lachte leise auf. „Sozusagen eine Teezeremonie.“

„Darf ich fragen, wie Ihre Schwester gestorben ist“, fragte Elizabeth. Sie führte ihre Tasse mit beiden Händen zum Mund und pustete etwas hinein.

„Oh, sie hatte im Schlaf einen Schlaganfall. Eines Morgens ist sie einfach nicht aufgewacht.“ Wieder dieses traurige Lächeln. „Ich schätze, das ist die friedvollste Art zu sterben, die man sich vorstellen kann, nicht wahr?“

„Und dennoch denken Sie, dass Beatrice keine Ruhe findet", sagte Daniel. Als Abby ihn überrascht anblinzelte, fügte er schnell hinzu. „Verzeihen Sie, Chris hat uns auch davon erzählt. Um ehrlich zu sein, ist das auch der Grund, warum wir hier sind. Liz und ich verfügen nämlich über einige Erfahrung auf spirituellem Gebiet und haben ihrem Neffen unsere Dienste angeboten."

„Erfahrung auf spirituellem Gebiet?" Abby sah befremdet zwischen Daniel und Elizabeth hin und her. „Inwiefern? Und was für Dienste bieten sie an?" Dann traf ihr strafender Blick ihren Neffen. „Du solltest doch mit niemand darüber reden, Christopher. Das ist eine Familienangelegenheit."

„Tut mir Leid, Tante Abby." Der junge Mann lehnte sich in seinem Sessel zurück und verschränkte die Arme vor der Brust. „Aber ich mache mir einfach Sorgen. Eine zweite Meinung einzuholen kann doch auch nicht schaden, oder?"

„Wir stehen dem Ganzen mehr als aufgeschlossen gegenüber", versicherte Elizabeth nun. „Wir sind nicht hier, um Sie zu überzeugen, dass Sie falsch liegen. Wir wollen einfach nur sichergehen, dass Sie die Zeichen richtig deuten."

„Und vor allem keinem Schwindel aufsitzen", ergänzte Daniel mit Nachdruck.

„Wir haben beides erlebt", fuhr Elizabeth fort. „Geister, die tatsächlich versuchen, mit den Lebenden in Kontakt zu treten, aber auch Hinterbliebene, die sich in ihrer Trauer an einen Strohhalm klammen und verzweifelt auf ein Zeichen ihrer hinübergegangenen Lieben hoffen. Und dann sind da natürlich auch noch Menschen, welche die Trauer und Verletzlichkeit Hinterbliebener für ihren eigenen Vorteil nutzen."

„Menschen, die behaupten mit Geistern kommunizieren zu können", erklärte Daniel. „Falsche Botschaften übermitteln und den Trauernden ihr Geld aus der Tasche ziehen."

„Cynthia will aber gar kein Geld von mir!", sagte Abby mit einem vehementen Kopfschütteln. „Im Gegenteil, sie lehnt jede finanzielle Zuwendung strikt ab!"

„Ist Cynthia das Medium, dass Sie konsultieren?", fragte Daniel nach.

„Ja, Cynthia Henrickson. Sie tut das nicht für Geld. Sie ist berufen."

„Na, das ist doch schon mal ein gutes Zeichen", lächelte Daniel beschwichtigend.

Er schnappte sich einen Zitronenkeks vom Teller, der dann mit einem Happs im Mund verschwand.

„Ich habe Cynthia auch nicht selbst aufgesucht", verteidigte sich Abby weiter. „Sie kam zu mir, wenige Tage, nachdem ich Beatrices Geist das erste Mal im Haus gespürt hatte. Cynthia sagte, Beatrice hätte sich an sie gewandt, weil sie es nicht geschafft hatte, mit ihrer Nachricht zu mir durchzudringen."

„Und was war Beatrices Nachricht?", wollte Elizabeth wissen. Auch sie bediente sich nun bei den Keksen.

„Die erste Nachricht war, dass ich mir eine Alarmanlage zulegen sollte. Sie machte sich um meine Sicherheit Sorgen."

„Sehr vernünftiger Ratschlag", bemerkte Daniel.

„Fand ich auch, deshalb habe ich mich umgehend darum gekümmert. Cynthia hatte glücklicherweise einen Elektriker an der Hand, der kurzfristig Zeit hatte, und mir die Alarmanlage zu einem Freundschaftspreis einbaute."

„Sie meinten, das wäre die erste Nachricht gewesen", sagte Daniel, und Elizabeth fragte sich, ob sie die einzige war, die merkte, dass er wie ein Polizist klang. „Es gab also weitere Nachrichten?"

„Die gab es in der Tat", nickte Abby. Sie hatte ihre abwehrende Haltung abgelegt und erzählte nun bereitwillig ihre Geschichte. „Die nächste Botschaft betraf mein Auto. Meine Schwester bat mich, es schnellstens zur Inspektion zu bringen. Und der Mechaniker fand dann heraus, dass sich kaum noch Bremsflüssigkeit in den Leitungen befand. Die Bremsen hätten jederzeit versagen können."

„Da haben Sie wirklich Glück gehabt", sagte Elizabeth. Erschaudernd dachte sie daran, wie es sein musste, wenn in diesen abschüssigen Straßen die Bremsen versagten. „Wie ging es weiter?"

„Es gab ein paar recht private Botschaften", sagte sie ausweichend. „Aber dann hat Beatrice mir von dem Geld erzählt." Abby nahm ihre Tasse in die Hand und rührte den kleinen Silberlöffel. „Sie muss es vor Jahren als Notgroschen in ihrem Zimmer versteckt haben. Es waren fast zehntausend Dollar, versteckt unter ihrer alten Nähmaschine. Sie hat mich auch wissen lassen, wie ich es anlegen und an wen ich mich damit wenden soll. Sie macht sich nämlich auch etwas Sorgen, um meine finanzielle Situation, müssen Sie wissen."

Abby seufzte. „Leider nicht ganz zu Unrecht. Aber die Investition hat sich als äußerst lukrativ herausgestellt. Innerhalb kürzester Zeit hat sich das Geld verdoppelt."

„Wow", sagte Daniel. „Ich kenne mich zwar nicht besonders gut mit Finanzgeschäften aus …"

Was für eine Untertreibung, dachte Elizabeth mit einem innerlichen Augenrollen.

„…aber das erscheint mir bei der heutigen Wirtschaftslage fast wie ein Wunder."

„Ja, nicht wahr?", schmunzelte Abby. Sie warf ihrem Neffen einen triumphierenden Blick zu. So überrascht, wie Chris dreinsah, hatte er noch nicht gewusst, dass die von einem angeblichen Geist, beziehungsweise einem Medium angeregte Geldanlage erfolgreich gewesen war. „Dabei war Beatrice zu Lebzeiten in Geldangelegenheiten fast ebenso unbedarft wie ich."

„Ich nehme mal an, dass sich Ihre Schwester auch nicht sonderlich gut mit Autos auskannte", sagte Daniel.

Abby lachte auf. „Ganz sicher nicht, nein. Sie hatte noch nicht mal einen Führerschein. Ich musste sie überall hin chauffieren. Laut Cynthia hat sich aber dort, wo meine Schwester jetzt ist, ihr Blickwinkel auf die Dinge grundlegend verändert."

„Und wo genau ist Beatrice jetzt, laut Cynthia?", fragte Elizabeth.

„Nun, in der nächsten Welt natürlich", entgegnete Abby mit irritiert gerunzelter Stirn. „Im Himmel, Jenseits, wie immer sie es nennen möchten."

„Sie glauben also nicht, dass sie hier, in dieser Welt gestrandet ist und einen Weg ins Licht sucht?"

Diese Vorstellung schien Abby ehrlich zu erschrecken. „Grundgütiger, nein! Sie ist doch kein Poltergeist oder sowas! Sie kommt nur, um nach dem Rechten zu sehen und mir Nachrichten zu übermitteln."

Daniel sah sehr nachdenklich aus. „Woher wissen Sie, wenn Beatrice in der Nähe ist. Sie sagten, sie konnten Ihre Anwesenheit spüren…"

„Kennen Sie das Kribbeln im Nacken, wenn jemand in Ihrem Rücken Sie beobachtet? Das war das erste Anzeichen. Ich fühlte mich permanent beobachtet. Ich begann, am Rande meines Sichtfelds Flimmern oder Schatten wahrzunehmen, die ich aber nie wirklich mit den Augen zu fassen bekam. Und dann diese plötzliche Kälte. Ach ja, und der Fernseher und das Radio im Wohnzimmer schalteten sich von selbst ein und aus."

„Was ist mit der Mietze?" Daniel deutete mit einem Nicken Richtung Wohnzimmer, wo die orangene Katze noch immer im Sessel schlummerte. „Verhielt sie sich vielleicht seltsam?"

„Und ob!", bestätigte Abby. „Noch bevor ich etwas spürte, ist sie wie ein geölter Blitz aus dem Haus. Aber mittlerweile hat sie sich daran gewöhnt." Abby seufzte. „Glauben Sie mir, ich bin von Natur aus ein sehr rationaler Mensch. Immerhin habe ich über dreißig Jahre lang an der Highschool unterrichtet. Deshalb war ich mir zunächst sicher, dass ich mir alles nur einbilde. Dass ich den Verstand verliere! Ich war so erleichtert, als Cynthia eines Morgens vor meiner Tür stand und alles in ihrer vernünftigen Art erklärte. Ohne diesen ganzen Hokuspokus und Esoterik-Mist. Zudem wusste sie eine Menge über Beatrice und mich. Dinge, die sie nur von Beatrice selbst wissen konnte. Und auf einmal machte alles einen Sinn."

„Spürst du Tante Beatrices Anwesenheit eigentlich noch immer oder ist sie verschwunden, seit diese Cynthia auf der Bildfläche erschien?" Es war das erste Mal, dass Chris sich in die Unterhaltung einschaltete.

„Nun, ich spüre sie in der Regel immer, wenn Cynthia hier ist, aber auch hin und wieder, wenn ich alleine bin. Vor allem hier im Wintergarten. Vermutlich, weil das Beatrices Lieblingsplatz war."

Im Flur erklang die melodische Türklingel, und Abby erhob sich mit einer gemurmelten Entschuldigung. Nur zwei Minuten später kam sie mit einer etwa vierzigjährigen, blonden Frau zurück.

„Wenn man vom Teufel spricht", strahlte Abby. „Darf ich Cynthia Henrickson vorstellen. Cynthia, das sind mein Neffe Christopher und zwei seiner Freunde."

Sie machte eine Pause in der sie verlegen mit einem Zeigefinger an ihr Kinn tippte. „Oh, das ist mir jetzt unangenehm, aber ich habe Ihre Namen vergessen."

„David Morgan, und das ist meine Verlobte Elizabeth Parker." Daniel war aufgestanden und schüttelte der gerade angekommenen Frau charmant lächelnd die Hand.

Das Medium war sportlich-elegant mit engen Jeans, Pumps und einem dunkelblauen Blazer über einer zartrosa Bluse mit üppigem Dekolleté bekleidet. Um den Hals trug sie eine Kette an der ein goldener Skarabäus hing. Sie hatte eine sportliche Figur, und ihre blauen Augen waren so hell, dass sie aus ihrem runden, sonnengebräunten Gesicht, geradezu herausstachen. Ihr breites Lächeln offenbarte strahlendweiße Zähne. Ein waschechtes Californian Girl, dachte Elizabeth. Auf der Highschool war sie bestimmt Chef-Cheerleader gewesen.

„Die beiden kommen aus England. Und sie beschäftigen sich mit Spiritismus!“ Abby klang, als wäre beides kaum zu fassen.

„Tatsächlich?“ Cynthia Henrickson musterte erst Daniel interessiert und dann Elizabeth. „Wo aus England?“ Ihre Stimme war für ihre Erscheinung ungewöhnlich tief und etwas rauchig.

„London“, antwortete Daniel.

„Eine reizende Stadt mit sehr viel spiritueller Aktivität.“

„Ja, wir Briten sind stolz auf unsere Geister“, zwinkerte Daniel.

„Und das zu Recht. Darf ich fragen, wie es kommt, dass Sie beide sich für Spiritismus interessieren? Besitzen Sie vielleicht auch eine Gabe?“

„O nein“, sagte Elizabeth schnell. „Ich kam berufsbedingt mit der Materie in Kontakt. Ich arbeite als Journalistin und habe mich seit Kurzem praktisch auf dieses Gebiet spezialisiert. Hauptsächlich gehe ich Berichten über Geistererscheinungen nach.“

„Sozusagen, um die Streu vom Weizen zu trennen“, ergänzte Daniel. Elizabeth beobachtete genau die Reaktion der blonden Frau auf seine Worte.

Cynthia schenkte ihnen zwar weiterhin ein freundliches Lächeln, doch Elizabeth war sich sicher, dass ihre Augen ein klein wenig schmaler und kühler geworden waren. „Sie meinen, Sie entlarven die Scharlatane unter den Spiritisten und Medien“, sagte Cynthia. „Das ist sehr löblich, denn davon gibt es ja leider reichlich und die bringen uns wahre Berufene in Misskredit.“ Sie wandte sich an Daniel. „Und was ist mit Ihnen?“

„Nun, ich hatte vor ein paar Monaten eine sehr einschneidende persönliche Erfahrung, die mich diesem Thema näher brachte.“

Cynthia nickte verstehend. Ihre Hand wanderte zu dem goldenen Skarabäus auf ihrer Brust, als sich zu Abby umdrehte, die gerade mit einer weiteren Porzellantasse aus der Küche kam. „Abby, meine Liebe, ich glaube Beatrice hat mich heute wegen deinem Besuch hergeschickt. Sie war sehr vage und bat mich nur, bei dir vorbeizuschauen. Jetzt denke ich, sie wollte, dass die zwei mich kennen lernen, damit sie sich ein Bild von mir machen können.“

„Beatrice wusste, dass die beiden kommen würden?“, fragte Abby aufgeregt. Ihre Hände schossen dabei hinauf zu ihrem Gesicht.

Plötzlich hatte Elizabeth das Gefühl, als würde um sie herum die Luft erzittern. Begleitet von einem Schauder, stellten sich ihre Nacken- und Armhärchen auf und sie merkte, wie sich ihr Herzschlag und ihre Atmung beschleunigten. Auch die Temperatur schien innerhalb von Sekunden um mehrere Grad gefallen zu sein. Daniel spürte es ebenfalls. Er legte eine Hand auf ihren linken Unterarm, und Elizabeth umschloss mit ihrer rechten Hand die seine. Beide sahen sich aufmerksam um, doch konnten sie weder Beatrice noch einen anderen Geist entdecken.

„Sie ist hier, oder?“, flüsterte Chris. Fröstelnd schlang er die Arme um den Körper. Seine weit aufgerissenen Augen suchten den Wintergarten ab.

„Ja, sie ist hier“, bestätigte Cynthia. Mit geschlossenen Augen sank sie auf den Stuhl, in dem zuvor Abby gesessen hatte, und zog tief die Luft durch die Nase ein. Beide Hände lagen flach auf dem Tisch. „Sie freut sich über Elizabeths und Davids Anwesenheit, doch leider hat sie heute nur sehr wenig Zeit. Aber sie will, dass sie… übermorgen… ja, übermorgen Abend wieder kommen. Sie hat Abby etwas Wichtiges mitzuteilen und sie will, dass die beiden als Zeugen dabei sind und Abby ihre objektive Meinung sagen.“

„Warum erst übermorgen“, wollte Chris mit zittriger Stimme wissen. „Warum kann sie es nicht jetzt sagen?“

„Sei nicht so ungeduldig!“, tadelte ihn seine Tante. „Da wo Beatrice jetzt ist, gehen die Uhren eben anders.“

„Sie geht jetzt wieder“, sagte Cynthia. Sie atmete tief ein und fasste sich an die Brust. „Aber sie freut sich schon auf das nächste Gespräch.“

„Bis bald, Liebes“, flüsterte Abby.

Und mit einem Mal normalisierte sich alles wieder. Die angespannte Stimmung verflüchtigtes sich, und die Luft im Wintergarten wurde wieder wärmer.

„Interessant“, murmelte Daniel.

Elizabeth fand, dass „mysteriös“ das passendere Wort gewesen wäre. Sie konnte sich einfach keinen Reim auf das machen, was eben passiert war. Zwar hatte sie eindeutig etwas gespürt, eine unbestimmbare Präsenz, doch es hatte sich völlig anders angefühlt als sonst. Da war kein kühles, elektrisches Prickeln gewesen, eher ein Vibration der Luft, oder besser, eine Störung in der Atmosphäre, welche eine seltsame Beklemmung ausgelöst hatte. Normalerweise waren Geister jedoch nur zu spüren, wenn sie einen anfassten, und unangenehme Gefühle, wie Beklemmung, wurden nur ausgelöst, wenn der Geist sehr aufgebracht war. Doch sie hatte keinen Geist gesehen. Weder aufgebracht noch sonst wie. Was ging hier nur vor?

„Wahnsinn!“ Chris trank sein Bier in einem Zug halb leer. „Absoluter Wahnsinn. Das glaubt mir keiner!“

Sie saßen zu tritt in einem Mexikanischen Restaurant in der Union Street und diskutierten den denkwürdigen Besuch bei Chris´ Tante. Der Junge stand noch immer vollkommen neben sich.

„Ich dachte wirklich, Tante Abby bildet sich alles nur ein … Aber das war echt!“ Seine blauen Augen flackerten vor Aufregung. „War es doch, oder?“

„Was auch immer es war“, sagte Elizabeth, die nachdenklich mit dem kleinen Zierkaktus vor ihr auf dem Tisch spielte, „es war kein normaler Spuk.“

Daniel bedachte sie mit einem strafenden Blick, den sie sofort mit einem entschuldigenden Lächeln entschärfte. Daniel konnte die Bezeichnung „Spuk“ genauso wenig leiden, wie „Gespenst“. In seinen Augen war das Geistern gegenüber respektlos und herabsetzend. „Bisher wussten wir nur von Geistern, die in dieser Welt gestrandet sind“, gab er zu bedenken. „Vielleicht ist das hier so anders, weil Beatrice bereits hinübergegangen ist und nur auf kurze Besuche vorbei schaut. Eventuell gelten hierfür ja andere Regeln.“

„Aber Riley sagte, dass es für Seelen, die ins Licht gegangen sind, kein Zurück in diese Welt gibt“, hielt Elizabeth dagegen.

„Ich kann mich gar nicht daran erinnern, dass Riley das gesagt hat“, meinte Daniel erstaunt.

„Naja, das war, als du … äh, Gast auf Camley Hall warst“, erwiderte Elizabeth. Bei der Erinnerung jagte ein kleiner, aber scharfer Stich durch ihre Brust. Rasch griff sie nach Daniels warmer, solider Hand.

„Oh“, sagte er flach und schluckte. Seine Finger schlossen sich fest um die ihren.

„Wer ist dieser Riley, von dem ihr da redet?“, wollte Chris wissen.

„Ein Freund, der sich mit Geistern noch wesentlich besser auskennt, als wir beide“, erklärte Elizabeth. Sie wünschte, Chris würde nicht mit ihnen am Tisch sitzen, damit sie offen mit Daniel reden konnte. „Allerdings hat sich in der Vergangenheit gezeigt, dass Riley vieles, aber auch nicht *alles* weiß. Besonders ein Geist konnte ihn immer wieder aufs Neue überraschen."

„Was mich am Meisten an dieser Geschichte stört, ist die Tatsache, dass Beatrice angeblich über zukünftige Ereignisse Bescheid weiß", sagte Daniel. „Und über Dinge, von denen sie zu Lebzeiten keine Ahnung hatte."

„Du hast es doch gehört", antwortete Chris. „Da, wo Tante Beatrice jetzt ist, hat sie eine veränderte Sicht auf die Dinge."

„Also erdgebundenen Geister haben die nicht, soviel steht mal fest", brummte Daniel in sein Glas, während Elizabeth an Chris gewandt sagte: „Du scheinst ja jetzt vollkommen überzeugt zu sein."

„Was kann es denn nach diesem Abend noch für Zweifel geben", rief der junge Mann und strich er durch seine blonden Haare. „Ich habe Tante Beatrices Geist selbst gespürt! Wir alle haben sie gespürt! Und das, was Tante Abby erzählte… Darüber, dass Cynthia ihr mit den Nachrichten praktisch das Leben gerettet hat. Und dann die Geschichte mit dem Geld. Woher hätte Cynthia denn von dem Versteck unter der Nähmaschine wissen sollen?"

„Das ist schon richtig", gab Elizabeth zu. „Abby scheint in der Tat von diesen Nachrichten nur zu profitieren. Immerhin will Cynthia kein Geld für ihre Dienste und die empfohlene Geldanlage hat sich als profitabel herausgestellt. Es scheint keine Haken und Ösen zu geben."

„Ok", sagte Daniel und stellte sein Glas auf den kleinen Papieruntersetzer in Form eines Sombreros. „Also mal angenommen, das alles geht mit rechten Dingen zu. Beatrice ist wirklich problemlos ins Licht gegangen und kommt nur hin und wieder zurück, um ihre Schwester an ihren neugewonnen Einsichten teilhaben zu lassen. Und Cynthia hat tatsächlich die Gabe, mit Beatrice zu kommunizieren, aber kein Interesse an einem eigenen Vorteil." Mit ernstem Blick sah er von Elizabeth zu Chris und wieder zurück. „Wenn Seelen auf der anderen Seite wirklich mehr wissen, als in dieser Welt, und es einen Weg zurück gäbe… Denkt ihr nicht, es würde hier von Geistern nur so wimmeln, die versuchen, mit ihren Hinterbliebenen Kontakt aufzunehmen, um sie vor kommenden Ereignissen zu warnen und Einfluss auf deren Leben zu nehmen?"

„Vielleicht gibt es ja nicht für alle Geister einen Weg zurück", antwortete Chris.

„Wie auch immer", seufzte Elizabeth. „Im Moment scheint es Abby mit der ganzen Sache ja recht gut zu gehen. Warten wir also ab, was das nächste Gespräch mit ihrer Schwester bringt. Vielleicht wissen wir dann mehr."

Am nächsten Morgen mieteten sich Daniel und Elizabeth ein Auto und fuhren ins Nappa Valley. Daniel lenkte mit seiner Linken den schwarzen Chrysler souverän durch die kurvigen Straßen, während seine Rechte mit Elizabeths Hand auf der Mittellarmlehne verschränkt war.

Die hügelige und dicht bewaldete Landschaft war wunderschön und bildete das perfekte Kontrastprogramm zum rauen Pazifik am Vortag. Nur konnte Elizabeth beim besten Willen nicht verstehen, warum alle Welt Nappa Valley mit der Toskana verglich. Immerhin kamen sie gerade aus Italien, und sie hatte den direkten Vergleich.

Wenn Elizabeth nicht gerade in höchsten Tönen von Abbys hübschem Haus schwärmte, redeten sie viel über die Ereignisse am Vorabend. Zwar wurden sie aus dem, was sie gehört und vor allem auch gespürt hatten, nicht wirklich schlau, doch nach und nach arrangierten sie sich mit der Idee, dass es in äußerst seltenen Fällen möglich war, von der anderen Seite für kurze Besuche zurückzukehren.

„Ich könnte mir vorstellen", sagte Daniel, „dass es eine Rolle spielt, wie friedvoll der Tod ist. Wenn das Sterben kein Schock ist, dann … dann …"

Ihm schienen die richtigen Worte zu fehlen, also vollendete Elizabeth seinen Satz.

„Dann ist die Seele … weniger traumatisiert?" Sie dachte daran, was Daniel ihr einmal über die ersten Tage nach seiner Ermordung erzählt hatte. Über die Verwirrung. Die Finsternis und das Chaos … Darüber, wie schwer es war, zu akzeptieren, dass das Leben ohne einen weitergeht.

„Genau!", nickte Daniel. „Und dadurch ist sie freier."

„Ok." Für Elizabeth klang das einigermaßen nachvollziehbar. Bis auf eine Sache: „Aber warum können wir Beatrice weder sehen noch hören?"

Daniel hob die Schultern. „Vielleicht haben Seelen, die uns von der anderen Seite besuchen kommen, eine andere energetische Schwingung als erdgebundene Geister. Und auf die reagieren wir nicht." Er dachte einen Moment nach. „Riley vermutlich ebenso wenig. Und weil er noch nie mit einem solchen Geist Kontakt hatte, geht er automatisch davon aus, dass es keinen Weg zurück gibt."

„Ich bin ja mal gespannt, was Beatrice morgen Abend so Wichtiges zu erzählen hat, dass sie uns als objektive Zeugen dabei haben möchte."

Sie legten einige Stopps ein, um zu Essen und durch Vintage- und Weinläden zu stöbern, allerdings mit dem festen Vorsatz nichts zu kaufen, denn nach Elizabeths diversen Einkaufstouren in Italien und Daniels ausgedehntem Bummel durch die Plattenläden und Retroshops in der Castro Street war ihr Gepäck schon fast auf das Doppelte angewachsen. Dennoch erstand Daniel drei Flaschen Rotwein von einem lokalen Winzer, und Elizabeth kam nicht an einer nostalgische Teedose vorbei, von der sie schon genau wusste, wo in ihrer Küche sie ihren Platz finden würde. Außerdem kaufte sie eine Auswahl an Postkarten, manche davon ziemlich kitschig, von denen sie einige verschicken und den Rest in ihr Reisetagebuch legen wollte.

Den Vormittag des folgenden Tages verbrachten sie getrennt, denn Elizabeth wollte sich in einem chinesischen Massagesalon einem ausgedehnten Wellnessprogramm hingeben. Daniel nutzte derweil die Zeit, um weitere Musikläden abzuklappern. Zum Mittagessen trafen sie sich dann in Chinatown und setzten anschließend ihr Sightseeing fort. Allerdings war Elizabeth nach dem Entspannungsprogramm am Vormittag gar nicht nach körperlicher Betätigung zu Mute, und so war ihre Laune nach kaum zwei Stunden Hügelauf und Hügelab im tiefsten Keller angekommen. Sie hob sich erst wieder ein wenig bei einer heißen Schokolade und einem Cupcake in einem charmanten kleinen Café. Doch ihre Stimmung erreichte einen neuen Tiefpunkt, als Daniel sie dazu überredete oder vielmehr *nötigte*, zu Fuß den Telegraph Hill zu ersteigen, um das Panorama San Franciscos vom Coit Tower aus zu genießen. Der Blick war ohne Zweifel grandios, aber bei den Sturzbächen, die ihr über den Rücken flossen, fiel es ihr schwer, ihn wirklich zu würdigen.

Als Daniel dann auch noch vorschlug, den Weg zurück zum Hotel zu Fuß zurückzulegen, streikte sie endgültig. „Wenn du nicht willst, dass ich nachher bei Abby erst um ein heißes Fußbad bitte, nur um dann völlig entkräftet vom Stuhl zu kippen, rate ich dir dringend, dass wir zurück ins Hotel *fahren*!"

Eine Sekunde später stand die Welt auf dem Kopf und alle Atemluft wurde aus ihren Lungen gepresst. Daniel hatte sie mit Schwung hochgehoben und sich über die Schulter gelegt, so dass Elizabeth nun bei jedem Schritt, den er tat, mit der Nasenspitze gegen seinen Rücken stieß.

„Hey!“, quiekte sie. „Hast du sie noch alle? Was soll das werden?“

„Nach was sieht es denn aus, Liz? Ich schone deine Füße.“ Daniel, tätschelte ihren Hintern und begann zu allem Überfluss auch noch gutgelaunt die Melodie aus *Die Brücke am Kwai* zu pfeifen. Die zusätzliche Last schien ihm nicht das Geringste auszumachen.

„Lass mich sofort wieder runter, du Spinner!“, verlangte sie und unterstrich ihre Forderung mit mehr oder weniger ernstgemeintem Getrommel gegen seinen Rücken. „Was bin ich? Ein Sack Kartoffeln?“ Daniel pfiff einfach weiter, als würde er nichts hören und nichts spüren. „Die Leute gucken schon! Die denken wahrscheinlich, ich werde entführt und rufen die Polizei!“ Aus dem empörten Kreischen war ein atemloses Lachen geworden. “Werd erwachsen!“

„Das wäre ja noch schöner.“ Elizabeth konnte zwar sein Gesicht nicht sehen, aber Daniels unverschämtes Grinsen konnte sie mehr als deutlich hören. Endlich setzte er sie ab und Elizabeth hielt sich ihre schmerzende Seite.

Allerdings war sie sich nicht sicher, ob der Schmerz von Daniels harter Schulter oder ihrem Lachen herrührte. Vermutlich von beidem.

Fünfzehn Minuten später waren sie – dank eines Taxis – im Hotel und ruhten sich noch ein wenig aus, bevor sie sich frisch machten und nach Pacific Hights aufbrachen.

Sowohl Cynthia Henrickson als auch Chris hatten sich bereits im Wintergarten eingefunden, als Elizabeth und Daniel eintrafen. Abby Belford hatte sich diesmal richtig in Schale geworfen und trug eine schwarze Hose, eine lavendelfarbene Seidenbluse sowie eine Perlenkette mit passenden Ohrsteckern. Auf dem Tisch hatte sie neben Tee auch Sandwiches und Kuchen angerichtet. Offenbar wollte Abby ihren Besuch aus England mit waschechtem Afternoon Tea beindrucken. Chris, der auch heute wieder für seine Tante den braven College-Studenten gab, hatte sich schon bei den Sandwiches bedient und lächelte ihnen mit großen Augen entgegen. Auch Cynthia ließ zur Begrüßung ihre strahlend weißen Zähne aufblitzen.

Nachdem sie eine Weile lang Höflichkeiten ausgetauscht und Small-Talk betrieben hatten, fragte Daniel an Cynthia gewandt: „Wann haben Sie eigentlich das erste Mal gemerkt, dass Sie die Gabe besitzen, mit Geistern zu sprechen?“

„Kurz nachdem mein Vater starb“, entgegnete die blonde Frau. „Meine

Großmutter kam mich eines Tages besuchen, um mich zu trösten und hat mir dann von meiner Aufgabe erzählt."

„Und Ihre Großmutter war zu diesem Zeitpunkt schon tot, oder?", wollte Chris aufgeregt wissen.

Als Antwort lächelte Cynthia nur hintergründig. Ihre Hand wanderte zu dem goldenen Skarabäus auf ihrer Brust. „Sie hat mir erklärt, was von mir erwartet wird."

„Und dazu gehört auch, dass Sie von Ihren... Klienten kein Geld annehmen dürfen?", meldete sich Elizabeth zu Wort. „Das ist sehr ungewöhnlich."

Anstelle von Cynthia antwortete Abby. „Nun, ich denke, daran erkennt man wahre Berufene, nicht wahr? Ich meine, nur Scharlatane verdienen ihr Geld mit dem Leid anderer." Sie legte eine Hand auf Cynthias. „Aber du weißt, dass ich mich nur zu gerne bei dir erkenntlich zeigen würde, meine Liebe", sagte sie vertraulich. „Wenn ich irgendetwas für dich tun kann, dann..."

„Vielen Dank, Abby. Aber das ist wirklich nicht nötig."

„Darf ich fragen, was Sie dann hauptberuflich machen, Cynthia?" Es war Daniel, der die Frage gestellt hatte und das Medium dabei charmant anlächelte.

„Mein Bruder hat einen Elektroladen in Oakland. Ich helfe ihm im Büro." Sie sah zu Elizabeth. „Für die Miete ist also gesorgt."

„Ich finde es ja besonders interessant", sagte Daniel, „dass Sie zu Seelen Kontakt herstellen können, die bereits ins Licht gegangen sind. Bis jetzt hatten wir nur von erdgebundenen Geistern gehört und waren deshalb der Ansicht, dass es von der anderen Seite kein Zurück in diese Welt gibt."

„Oh, aber das kommt öfter vor als Sie glauben", antwortete Cynthia. „Allerdings sind erdgebundene, oder wie ich sie nenne, unerlöste Seelen leichter wahrzunehmen, weil sie... nun, lauter sind. Sie haben noch nicht völlig losgelassen und sind deshalb noch immer auf eine gewisse Art mit dieser Ebene verhaftet, weswegen sie hier auch mehr Macht besitzen als erlöste Seelen. Für erlöste Seelen ist es viel schwieriger, sich uns bemerkbar zu machen und sie tun es in der Regel auf andere Weise." Sie lachte leise auf. „Sie müssen sich so richtig ins Zeug legen, um bemerkt zu werden, und das ist vielen einfach zu anstrengend. Da lehnen sie sich lieber zurück, lassen den Dingen ihren Lauf und spielen nur den Beobachter."

„Das heißt, ihr Anliegen oder ihre Botschaft muss ihnen wirklich wichtig sein, wenn sie diese Mühen auf sich nehmen“, schloss Daniel.

„So ist es. Und sie brauchen ein sehr sensibles Medium. Ansonsten können sie sich anstrengen, wie sie wollen, aber die Lebenden würden aus den seltsamen Dingen, die um sie herum geschehen nie schlau werden.“

Daniel nickte verstehend. „Erdgebundene… Verzeihung, unerlöste Seelen sind dagegen stärker präsent und können deshalb auch von weniger sensiblen Medien wahrgenommen werden.“

„Genau.“ Cynthia lächelte wie eine zufriedene Lehrerin, die ihrem Schüler gerade etwas beigebracht hatte.

Elizabeth musste zugeben, dass Cynthia diese Dinge in der Tat sehr anschaulich und plausibel erklären konnte. Es war, wie Abby während ihres ersten Besuches gesagt hatte: Ohne Hokuspokus und Esoterik-Blabla besaß das Ganze eine viel höhere Glaubwürdigkeit.

Plötzlich erschauderte Cynthia, und auch Elizabeth hatte das Gefühl, als ob die Luft um sie herum erbebte. Ihre Brust schien sich zu verkrampfen und ihr das Atmen zu erschweren. Am ganzen Körper bildete sich Gänsehaut.

Während Daniels Hand sich um ihre schloss, sah Elizabeth sich im Wintergarten um. Doch außer den fünf Personen am Tisch war niemand zu sehen, auch wenn sie alle diese unbestimmte Präsenz im Raum spürten. Auf einmal dachte sie aus den Augenwinkeln ein Flimmern an einer der Scheiben zu sehen. Doch sobald sie den Kopf drehte, war es verschwunden.

„Beatrice ist hier“, hauchte Abby.

Cynthia schloss die Augen und legte beide Hände auf den Tisch. „Ja“, nickte sie. „Aber sie ist diesmal nicht allein.“ Das Medium atmete tief durch die Nase ein. „Sie hat jemanden mitgebracht, der mit Elizabeth sprechen möchte.“

„Mit mir?“ Elizabeth sah verblüfft auf. Wer konnte das sein? Einer ihrer Großeltern? Oder vielleicht Sarah, ihre Jugendfreundin, die vor knapp zwei Jahren bei einem Autounfall ums Leben gekommen war? Gespannt sah sie die sichtlich konzentrierte Frau an, die nun leicht die Stirn in Falten zog.

„Er ist nicht so deutlich zu erfassen, wie Beatrice“, sagte das Medium. „Es ist das erste Mal, dass er zurückkommt. Aber Beatrice versucht ihm zu helfen.“

„Er?“, murmelte Elizabeth. Großvater Charles? Er war gestorben, als Elizabeth siebzehn gewesen war. Der Vater ihrer Mutter war der Inbegriff eines gutmütigen, verständnisvollen Großvaters gewesen und hatte eine schmerzliche Lücke in der Familie hinterlassen.

„Bis sich der zweite Besucher ausreichend auf dieser Ebene manifestiert hat, um zu kommunizieren, hat Beatrice eine sehr wichtige Nachricht für Abby.“

Elizabeth lehnte sich enttäuscht zurück. Sie wollte zu gerne wissen, wer da mit ihr sprechen wollte.

„Ich bin ganz Ohr, Liebes“, sagte Abby.

„Sie will, dass das leidige Geldthema endlich vom Tisch ist“, sagte Cynthia nun. „Du sollst finanziell abgesichert sein und dich um nichts mehr sorgen müssen. Sie weiß, dass eine größere Reparatur der Wasserleitungen ansteht und das Dach wieder abgedichtet werden muss. Sie sagt, das würde deine gesamten Finanzreserven aufbrauchen.“

„Ja, das stimmt“, antwortete Abby. „Aber was willst du dagegen tun, Liebes?“

„Beatrice möchte, dass du Mr Roberts, den Banker, den sie dir beim letzten Mal empfohlen hat, auf eine ganz bestimmte Investitionsmöglichkeit ansprichst. Und zwar auf den China-Com Deal. Sie sagt, nur Insider wüssten davon.“ Cynthia klang plötzlich etwas zögerlich, als glaubte sie nicht, was sie da von Beatrice hörte. „Sie sagt, wenn du dreihunderttausend Dollar investierst, werden daraus bis Ende des Jahres eine Million.“

„Eine Million Dollar?“, keuchte Chris. „Wow!“

„Aber Beatrice, Liebes“, sagte Abby verwirrt. „Du weißt doch genau, dass ich keine dreihunderttausend Dollar habe.“

Cynthia saß einen Moment stumm und mit gerunzelter Stirn am Tisch. Dann sagte sie leise: „Bist du dir da ganz sicher, Beatrice?“ Nach einem weiteren Moment der Stille öffnete sie die Augen und sah Abby ernst an. „Beatrice sagt, du sollst eine Hypothek auf das Haus aufnehmen. Sie sagt, es bestünde keinerlei Risiko, die Investition sei narrensicher.“

„Aber …“ Abby blinzelte erschrocken. „Ich kann doch nicht … ich meine … das Haus!“

Hilfesuchend sah sie zu ihrem Neffen, der begeistert nickte, und dann zu Elizabeth und Daniel.

„Wenn Sie mich fragen, ich persönlich, halte nicht viel von Investitionen mit Geld, das man nicht als, naja, als Spielgeld zur Verfügung hat“, sagte Elizabeth und zuckte dabei entschuldigend mit den Achseln.

„Vor allem, wenn es existenzgefährdend wird, falls es daneben geht“, stimmte Daniel ihr zu.

Cynthia nickte lächelnd. „Deshalb wollte Beatrice die beiden bei diesem Gespräch dabei haben. Du sollst sämtliche Meinungen dazu hören, bevor du eine so wichtige Entscheidung triffst.“

„Aber Tante Abby“, rief Chris. „Eine. Million. Dollar! Bis Ende des Jahres!“ Elizabeth war sich sicher, Dollarzeichen in den Augen des Jungen aufblitzen zu sehen. „Bisher konntest du Tante Beas Ratschlägen doch auch vertrauen. Denk doch nur an die letzte Geldanlage, die sich innerhalb kürzester Zeit verdoppelt hat.“

„Beatrice sagt, du sollst in Ruhe darüber nachdenken“, meldete sich Cynthia wieder zu Wort. „Es reicht, wenn du Mr Roberts bis Ende der Woche aufsuchst. Er kann das dann auch gleich mit der Hypothek übernehmen.“

Abby nickte langsam. „Ich werde darüber nachdenken, Liebes. Du weißt, ich vertraue dir, aber es geht um das Haus, in dem wir unser ganzes Leben verbracht haben.“

„Das versteht sie“, versicherte Cynthia. „Sie wäre sogar enttäuscht gewesen, wenn du leichthin dazu bereit gewesen wärst.“ Das Medium schloss wieder die Augen und atmete tief durch. „Der zweite Besucher ist nun bereit zu kommunizieren.“ Sie schien einen Moment zuzuhören. „Er ist hier, um Ihnen zu danken, Elizabeth. Für alles, was Sie wegen ihm auf sich genommen haben, für Ihren Mut und dafür, dass nicht aufgegeben haben.“

Elizabeth wechselte einen ratlosen Blick mit Daniel. „Hast du eine Ahnung, wer das ist?“, flüsterte er.

„Ähm, können Sie ihn bitte nach seinem Namen fragen“, bat Elizabeth zögerlich.

Cynthia öffnete die Augen und lächelte sie an. „Sie können Ihre Fragen direkt an ihn richten, Elizabeth. Nur weil Sie ihn nicht hören, heißt das nicht, dass er Sie nicht hört.“

„Okay.“ Elizabeth räusperte sich. „Wer bist du?“

„Er sagt sein Name sei Daniel. Daniel Mason.“

Elizabeths Mund klappte nach unten.

Neben sich hörte sie ein halbverschlucktes: „Also, das kam jetzt doch unerwartet."

Fassungslos starrte sie Daniel an, der sich bemühte, sich nichts anmerken zu lassen und ein neutrales Gesicht zu bewahren.

„Wer ist er?", fragte Chris neugierig. „Ich meine … wer war er?"

„Ich … äh …" Elizabeth versuchte sich wieder in den Griff zu bekommen, aber ihre Gedanken und auch ihre Emotionen gingen komplett mit ihr durch. Es war, als würde der Druck in ihrem Kopf kontinuierlich ansteigen und brächte ihn gleich zum Explodieren. Ihr Herz hämmerte wie wild, und sie hatte das Gefühl, nicht genug Luft zu bekommen.

„Er rechnet es Ihnen hoch an, dass Sie Ihr eigenes Leben riskiert haben, damit seine Mörder und die der anderen gefasst werden. Und natürlich, dass Sie seinen Namen reingewaschen und dann die ganze Geschichte an die Öffentlichkeit gebracht haben."

Chris war sichtlich beindruckt. „Ist das wahr?"

„Ist es", nickte Daniel ausdruckslos. Seine Miene war undurchdringlich. Allein an den zuckenden Kiefermuskeln und den leicht bebenden Nasenflügeln erkannte Elizabeth, wie sehr es in ihm brodelte. Sein Griff um ihre Hand war jetzt so fest, dass ein scharfer Schmerz durch ihre Knochen fuhr und ihre Gedanken wieder auf Kurs brachte.

Sie räusperte sich erneut, lauter diesmal. „Es ist wirklich schön, von dir zu hören, Danny", sagte sie steif. „Deine Nachricht bedeutet mir sehr viel." Ihr Blickte huschte wieder zu Daniel, der Cynthia mit funkelnden Augen fixierte. „Ich denke sehr viel an dich und ich bin erleichtert, dass du den Weg ins Licht problemlos gefunden hast. Wie geht es dir dort, wo du jetzt bist?"

„Ihm geht es sehr gut, Elizabeth", versicherte Cynthia leise lächelnd. „Er freut sich darüber, dass Sie sich um Margery kümmern, aber er möchte sie daran erinnern, dass die alte Lady sehr viel Pflege und Zuwendung bedarf."

„Und wer ist jetzt Margery?", fragte Chris verwirrt.

„Daniels Oldtimer", erklärte Elizabeth tonlos. „Ein roter MG, den ein gemeinsamer Freund für mich gekauft hat."

„Oh!", nickte Chris. „Cool."

„Es gibt nur eines, was Daniel wirklich bedauert", fuhr Cynthia fort. „Und zwar, dass er keine Gelegenheit hatte, Sie besser kennenzulernen, aber er ist dankbar für diesen einen gemeinsamen Abend und ganz besonders dafür, dass Sie bei ihm waren, dass er nicht allein war, als er starb."

„Sie war nicht einfach nur bei ihm", sagte Daniel mit zusammen gebissenen Zähnen. Offenbar fiel es ihm schwerer und schwerer, sich zu beherrschen. „Sie hielt ihn und kämpfte um sein Leben."

„Oh, Elizabeth", rief Abby bestürzt. „Das ist ja schrecklich! Er ist in ihren Armen gestorben?"

„Daniel ist sehr stolz auf Sie", fuhr Cynthia fort. „Und er hofft von Herzen, dass Sie Ihr Glück gefunden haben."

„Das habe ich, Danny", sagte Elizabeth erstickt. Tränen waren ihr in die Augen gestiegen, obwohl sie gar nicht so recht sagen konnte, warum. Das Ganze war doch einfach nur lächerlich. Ein Schwindel, ein Trick, um sie zu manipulieren. So viel zu Cynthias Henricksons Glaubwürdigkeit! Sie war nichts weiter als eine Schauspielerin.

Aber warum schlug ihr dieser ganze Zirkus dann so dermaßen aufs Gemüt?

„Alles okay, Liz?" Daniel hatte sich zu ihr gebeugt und streichelte sanft über ihr Gesicht.

Haltsuchend sah sie in seine besorgten Augen. Dann nickte sie und rang sich ein Lächeln ab.

„Das arme Mädchen", sagte Abby mitfühlend. „Möchten Sie vielleicht einen Drink, Elizabeth?"

„Machen Sie zwei daraus", knurrte Daniel.

„Drei!", meldete sich Chris.

„Dieses verdammte Miststück! Ich war so nah", Daniel hielt Daumen und Zeigefinger bis auf wenige Millimeter zusammen, „so nah dran, ihr zu glauben!"

„Hey, was ist denn auf einmal los mit euch", verlangte Chris zu wissen.

Sie befanden sich auf der Straße, etwa hundert Meter hügelabwärts von Abbys Haus. Elizabeth lehnte mit vor der Brust verschränkten Armen und hochgezogenen Schultern an Chris´ Auto, während Daniel auf dem Gehweg auf und ab tigerte.

„Sie ist eine Betrügerin, Chris", erklärte Elizabeth so ruhig wie möglich. Sobald sie das Haus verlassen hatten - nicht ohne Abby zuvor noch das Versprechen abzunehmen, diesen Banker, Mr Roberts, nicht vor Ende der Woche aufzusuchen – hatte Elizabeth sich wieder voll und ganz unter Kontrolle gehabt. „Damit, dass sie vorgab, Kontakt zu Daniel zu haben, hat sich Cynthia selbst ins Knie geschossen."

„Aber sowas von ins Knie geschossen!", kommentierte Daniel aufgebracht. „Zweifellos wollte sie uns damit auf ihre Seite ziehen, uns von ihrer Echtheit überzeugen. Und die Ironie an der Sache ist, dass wir ihr eigentlich schon geglaubt haben … *bevor* sie diese Show abzog!"

Chris sah verwirrt zwischen Elizabeth und Daniel hin und her. „Aber … warum seid ihr euch denn so sicher, dass sie nicht wirklich mit diesem Daniel gesprochen hat. Hat sie etwas Falsches gesagt?"

„Nein", lachte Daniel kopfschüttelnd. „Nein, sie hat genau das Richtige gesagt."

„Aber …"

Elizabeths Blick fing kurz Daniels ein. „Die Sache ist die, Chris", sagte sie langsam und wandte sich wieder dem Jungen zu. „Die Berichte über Daniels Tod sind ein wenig übertrieben … Um es mal frei nach Mark Twain zu sagen."

„Du meinst, dieser Typ ist gar nicht tot?", vergewisserte sich Chris.

„Ich kann dir versichern, er weilt unter den Lebenden und erfreut sich bester Gesundheit", sagte Daniel.

„Wieso hat Cynthia dann …"

„Es ging durch die Presse", fiel Elizabeth ihm ins Wort. „So einfach ist das. Nach unserem ersten Treffen hat Cynthia wohl befürchtet, dass wir von dir beauftragt worden waren, sie auffliegen zu lassen. Also nutzte sie die letzten zwei Tage, um Nachforschungen über uns anzustellen. Und wenn sie nach mir gesucht hat, stieß sie unweigerlich auf die Berichte über den Mord." Sie sah wieder Daniel an. „Über David gibt es keine brauchbaren Stories." *Dafür hatte Daniel schließlich gesorgt*, ergänzte sie in Gedanken. David Morgan war ein völlig unbeschriebenes Blatt, an dem sich jeder Journalist oder sonstige Schnüffler die Zähne ausbiss. „Deshalb hat sie sich auf mich konzentriert."

Chris kratzte sich am Kopf und wirkte dabei immer verlorener. „Wenn aber dieser Daniel doch gar nicht tot ist, warum stand es dann in der Zeitung?"

„Es war eine Finte", sagte Daniel, bevor Elizabeth eine passende Erklärung parat hatte. „Während einer polizeilichen Ermittlung wurde mit Elizabeths Hilfe sein Tod vorgetäuscht, um eine Bande verrückter Kultanhänger zu überführen." Er winkte ab. „Lange Geschichte."

„Verstehe", sagte Chris. „Nun, damit hat sich Cynthia dann wohl tatsächlich disqualifiziert." Er seufzte enttäuscht. „Schade um die Million."

„Ich wette, das ist es, worum es hier eigentlich geht." Daniel war endlich stehen geblieben und zeigte nun mit dem Zeigefinger auf Chris' Brust.

„Um was? Die Million?"

„Nein", erwiderte Daniel ungeduldig. „Die dreihunderttausend Dollar Einsatz."

„Du denkst, dass Cynthia und dieser Banker unter einer Decke stecken?", fragte Elizabeth.

„Ganz bestimmt sogar", nickte Daniel. „Der Deal wird platzen, Abbys dreihunderttausend sind damit weg und die Bank, beziehungsweise Mr Roberts, holt sich das Haus." Er schüttelte lachend den Kopf. „Eigentlich ist es eine der ältesten Trickbetrügereien überhaupt. Gewinne zunächst das Vertrauen des Opfers. Gib ihm keinen Anlass, an deinen Motiven zu zweifeln. Dann überrede es zu einem Geschäft mit niedrigem Einsatz, das allerdings einen riesigen Gewinn abwirft. Wenn dann das Ködergeschäft abgewickelt und das Vertrauen in dich felsenfest ist, holst du zum eigentlich Beutezug aus, wobei es dann um das richtig große Geld geht. Und wenn du zuvor alles richtig gemacht hast, wird das Opfer dir mit Vergnügen all seine Ersparnisse überlassen."

„Und weil ja beim ersten Mal alles so wunderbar und reibungslos geklappt hat", sagte Elizabeth verstehend, „kann man für das zweite Geschäft schon mal ein höheres Risiko eingehen. Zum Beispiel eine Hypothek auf das geliebte Haus."

Daniel schnaubte. „Cynthia hat das wie aus dem Lehrbuch abgezogen. Sie sagte sogar, dass Abby sich alles in Ruhe durch den Kopf gehen lassen soll, damit sie sich nicht unter Druck fühlt, aber gleichzeitig hat sie ihr eine Deadline gesetzt. Und mit dem Auffinden von Beatrices verstecktem Notgroschen schlug sie gleich zwei Fliegen mit einer Klappe. Sie hat Abby bewiesen, dass sie tatsächlich mit Beatrice spricht und nicht auf ihren eigenen Vorteil bedacht ist, und sie hat damit das nötige Kapital für das Ködergeschäft geliefert, denn ohne den überraschenden Geldsegen wäre Abby vermutlich nicht auf die Investition eingestiegen."

Chris schüttelte ehrfürchtig den Kopf. „Mann, weißt du eigentlich, dass du dich genau wie ein Cop anhörst?"

„Ex-Cop", berichtigte Elizabeth lapidar.

„Echt? Junge, Cynthia hat sich da wirklich mit den Falschen angelegt, was?"

Daniel lächelte ihn grimmig an. „Das darfst du aber glauben."

„Aber wenn Cynthia gar nicht mit Tante Beatrice spricht, woher wusste sie dann von den zehntausend Dollar unter der Nähmaschine. Oder auch von der fehlenden Bremsflüssigkeit im Auto und all den anderen persönlichen Dingen, die nur Beatrice wissen konnte."

Darüber musste Daniel erst einen Moment nachdenken. Dann erschien ein triumphales Lächeln auf seinem Gesicht. „Cynthia wusste von dem Geld, weil sie es selbst dort platziert hatte. Abby erzählte uns doch, dass vor ein paar Wochen im Haus Eingebrochen worden war. Ich wette, dahinter steckt Cynthia, die bei der Gelegenheit das Geld deponiert hat. Und wahrscheinlich hat sie auch in Beatrices Sachen rumgeschnüffelt und dabei die privaten Informationen gesammelt, die sie später in die angeblichen Botschaften einbaute."

„Und die Bremsflüssigkeit hat sie auch selbst abgelassen?", fragte Chris skeptisch.

Daniel zuckte mit den Schultern. „Entweder sie oder ein Komplize. Wir wissen zumindest von einem, dem Banker, aber vielleicht hat sie auch noch einen Mann für das Grobe."

„Bleibt eine Frage offen", sagte Chris. „Wieso haben wir alle Beatrices Anwesenheit gespürt? Ich meine, da war doch wirklich etwas, oder? Das war so abgefahren! Wenn das alles nur Schwindel ist, wie kommt es dann, dass wir alle im gleichen Augenblick ein unheimliches Gefühl hatten?"

„Das ist eine wirklich gute Frage", stimmte Daniel ihm zu. „Auf die ich im Moment noch keine Antwort habe. Aber ich verspreche, dass wir auch das rausfinden und Cynthia mit Pauken und Trompeten auffliegen lassen werden."

„Und wie willst du das anstellen?"

Auf Daniels Gesicht breitete sich ein boshaftes Grinsen aus. „Indem wir sie mit ihren eigen Waffen schlagen."

„Tony, du musst mir einen Gefallen tun."

„Danny Boy! Das ist aber eine nette Überraschung. Und dann auch noch so früh am Morgen."

Woods Stimme, die blechern über den Lautsprecher des Handys kam, ertrank schier in Ironie. „Wie´s mir geht? Gut, danke der Nachfrage.

Und wie geht´s dir und Elizabeth? Seid ihr noch immer in Italien und gebt euch als Interpol Agenten aus?"

Daniel verdrehte seufzend die Augen.

Elizabeth bedachte ihn mit einem strafenden Blick, setzte sich neben ihn auf das Bett, und rief: „Hi, Tony. Schön, deine Stimme zu hören. Tut uns wirklich leid, dass wir dich geweckt haben."

Über den Lautsprecher war ein breites Gähnen zu hören. „Schon gut, Elizabeth. Der Wecker hätte eh bald geklingelt. In circa zwei Stunden", ergänzte er seufzend.

„Sind das etwa Danny und Elizabeth", meldete sich da Susans verschlafene Stimme. „Wo stecken sie denn gerade?"

„Hallo, Sue. Wir sind seit ein paar Tagen in San Francisco", erklärte Elizabeth. „Eine fantastische Stadt, wenn auch etwas arg hügelig, aber das Klima ist …"

„Elizabeth, wenn du uns jetzt erzählst, wie das Wetter bei euch ist, lege ich auf", drohte Wood.

Das konnte Daniel nicht riskieren. „Tony", sagte er schnell. „Kumpel, wir brauchen wirklich deine Hilfe."

„Also gut, was gibt´s", seufzte Wood ergeben.

„Kannst du bitte über die Kollegen in San Francisco versuchen, alles über eine gewisse Cynthia Henrickson in Erfahrung zu bringen. Sie ist weiß, zwischen vierzig und fünfundvierzig und arbeitet angeblich in einem Elektroladen in Oakland, der ihrem Bruder gehört."

„Warum interessierst du dich für diese Ms. Henrickson?"

„Nun, sie ist ein Medium, und heute Abend wurden wir Zeuge ihrer außerordentlichen Fähigkeiten. Während einer Séance hat sie es doch tatsächlich geschafft, Liz Botschaften von mir zu überbringen. Und ziemlich glaubhafte noch dazu."

„Sie hat was?!" Wood klang plötzlich hellwach. „Und wieso treibt ihr euch eigentlich schon wieder auf Séancen rum? Versteht ihr das etwa unter Urlaub?"

„Meine Rede!", rief Elizabeth.

Daniel überging ihren Einwurf und erzählte stattdessen seinem Freund was in den letzten Tagen vorgefallen war.

„Sieh an", sagte Wood. „Das erklärt dann wohl den Anruf, den ich gestern erhielt."

„Anruf?"

„Ja, angeblich ein Reporter, der über … den Überfall und Elizabeths Rolle dabei sprechen wollte. Er hatte auch Fragen über eure Beziehung zueinander und darüber, was Elizabeths Part bei der Aufklärung war."

Daniel schaute Elizabeth vielsagend an. Daher kamen also die Informationen, die Cynthia unmöglich in der Presse hatte finden können. „Und was hast du ihr gesagt, Kumpel?"

„Ihr? Nein, das war ein Kerl." Wood lachte leise. „Und zwar einer, der vergeblich versuchte, seinen Yankee Akzent zu verbergen."

„Das war dann vermutlich Cynthias Komplize. Also, was hast du *ihm* gesagt?"

Wieder ein leises Lachen. „Wann habe ich jemals mit Pressefuzzis, gesprochen, hm? Nichts für ungut, Elizabeth", schob er schnell hinterher. „Alles, was er aus mir herausbekam, war, das über die ganze Geschichte schon mehr als genug geschrieben wurde. Allerdings habe ich mitbekommen, dass er auch mit einigen unserer Kollegen gesprochen hat, die wohl etwas auskunftsfreudiger waren als ich." Er machte eine kurze Pause. „Ich hörte sogar, wie Kims Name fiel."

„Du denkst, er hat Kimmy ausgehorcht?" Daniels Lippen wurden zu einem schmalen Strich. Wenn es um seine Schwester ging, war er überaus empfindlich. Falls Cynthia und ihr Kumpan also Kim tatsächlich als Informationsquelle für ihre perfide Show genutzt hatten, dann sollten sie sich vor Daniel von nun an wirklich in Acht nehmen.

„Sie und wahrscheinlich auch noch andere Leute aus eurem Umfeld", bestätigte Wood.

„Das muss merkwürdig gewesen sein", meldete sich Susan, die bestimmt alles mitgehört hatte. „Sich selbst auf einer Séance zu begegnen."

„Merkwürdig ist gar kein Ausdruck", erklärte Daniel schnaubend. „Das war beinahe so bizarr, wie Zeuge der eigenen Beerdigung zu sein."

„Und ihr alle habt zur gleichen Zeit eine unheimliche Präsenz gefühlt?", fragte Susan neugierig nach. Diese Geschichte war natürlich mal wieder ganz nach ihrem Geschmack.

„Ja, das war wirklich seltsam", sagte Elizabeth. „Als ob auf einmal etwas nicht stimmte …"

„Genau, als ob plötzlich etwas … unheilvolles in der Luft lag", ergänzte Daniel. „Das Gefühl war ziemlich unangenehm. Beklemmend."

„Heute Abend habe ich sogar was gesehen. Ein Flimmern, dass ich mit den Augen aber nicht zu fassen bekam."

„Und die Raumtemperatur ging auch deutlich nach unten.“

„Ich fasse zwar nicht, was ich gleich sagen werde“, murmelte Wood, „aber ich glaube, ich habe in den vergangen Monaten schon verrückteres von mir gegeben …“ Er räusperte sich kurz. „Kann es sein, dass diese Frau euch hypnotisiert hat? Ich meine, so eine Art Gruppenhypnose.“

Daniel lachte auf. „Also wenn sie das geschafft hat, ziehe ich den Hut vor ihr.“

„Na, dann hat sie es vielleicht ganz einfach durch Suggestion geschafft“, schlug Susan vor. „Mit solchen Methoden arbeiten diese Typen doch.“

„Nein, Leute. Wir haben uns das nicht eingebildet. Da war wirklich etwas, das uns eine Gänsehaut und Herzklopfen verursacht hat.“

„Also schön“, sagte Wood. „Ich werde mich heute mit der Polizei in San Francisco in Verbindung setzen, und sehen, was ich über diese Cynthia Henrickson herausfinde. Falls das ihr richtiger Name ist. Und wie war nochmal der Name ihres Komplizen?“

„Mr Roberts“, antwortete Elizabeth. „Von ihm wissen wir nur, dass er Banker ist.“

„Hm. Das ist nicht gerade viel. Ich sehe, was ich tun kann.“

„Danke Tony“, sagte Daniel. „Ich schulde dir was.“

„Ja, ja. Ich schreib´s auf den Deckel.“

Elizabeth saß im Schneidersitz auf dem Bett und betrachtete versonnen das Foto, dass sie damals aus Daniels Wohnung mitgenommen hatte. Es zeigte ihn ausgelassen lachend nach einem Fußballspiel, mit entblößtem Oberkörper und umringt von einigen Freunden. Ursprünglich war Daniel größer und breitschultriger gewesen, und hatte dunklere Haare gehabt. Die strahlend grünen Augen hatte er Gott sei Dank noch immer, aber in seinem immerhin sieben Jahre älteren Gesicht waren sie von vielen kleinen Lachfältchen umspielt gewesen.

„Wer ist der gutaussehende Typ?“, fragte Daniel grinsend. Er hatte eine der Rotweinflaschen aus dem Nappa Valley entkorkt und ließ sich mit zwei gefüllten Gläsern neben Elizabeth nieder.

Traurig lächelnd lehnte sie sich an ihn und nahm ihm eins der Gläser aus der Hand. „Manchmal habe ich Angst, ich könnte vergessen, wie du ausgesehen hast.“

Daniel legte einen Arm um Elizabeth und fuhr mit der Nasenspitze durch ihr Haar. „Das heute ging dir ziemlich an die Nieren, was?“

„Dir doch genauso", erwiderte sie ohne ihn anzusehen.

„Naja, ich war eigentlich nur stinkwütend. Aber du ... du warst verletzt." Er schnupperte am Wein und trank dann einen Schluck.

„Ich weiß, ich hätte gelassener auf diesen lausigen Schwindel reagieren sollen, aber ..." Mit einem angedeuteten Schulterzucken nippte auch sie an ihrem Wein. Der Rotwein schmeckte leicht und fruchtig. Genau die Art von Wein, die sie mochte.

„Aber was?", fragte er sanft nach.

Seufzend wandte sich Elizabeth zu Daniel um, der nun eine Hand in ihren Nacken legte und sie aufmerksam ansah. „Ich weiß nicht warum, aber in letzter Zeit denke ich ständig daran, was damals passiert ist ... oder was beinahe passiert wäre. Und Cynthias Show heute Abend ..." Sie ließ ihren Kopf auf seine Schulter sinken, damit er nicht sah, dass ihr schon wieder die Tränen kamen. „Nachdem ich dich damals habe gehen lassen ... während dieser schrecklichen Zeit, als du von Hamilton festgehalten wurdest und ich dachte, du seist hinüber gegangen, und ich würde dich bis ans Ende meines Lebens nicht wiedersehen ... da hätte ich alles, *alles* für eine solche Botschaft wie die von Cynthia gegeben. Und bei dem, was sie gesagt hat, hätte ich ihr auch ohne Zweifel geglaubt."

„Verstehe. Sie hat damit eine kaum verheilte Wunde wieder aufgerissen."

"Sieht so aus", flüsterte Elizabeth. „Dabei besteht dafür doch gar kein Grund. Alles ist gut – nein, sogar viel besser als gut. Du lebst, und du bist bei mir." Mit ihrem freien Arm umklammerte sie seine Taille und drückte sich fest an ihn. „Dafür bin ich so unendlich dankbar. Und dennoch ... obwohl ich so glücklich bin wie noch nie zuvor in meinem Leben, habe ich manchmal das Gefühl, als ob mir die bloße Erinnerung an das, was wir durchgemacht haben, den Boden unter den Füßen weg zieht."

„Das ist doch nur verständlich, Baby. Denkst du vielleicht, ich steck das alles einfach so weg?"

„Naja, du bist immer so fröhlich und unbeschwert ..."

Daniel hauchte einen Kuss auf Elizabeths Schläfe. „Das heißt aber noch lange nicht, dass ich das, was passiert ist, voll und ganz verarbeitet habe." Er lachte leise auf. „Himmel, ich erschrecke noch immer jedes Mal, wenn ich mich im Spiegel sehe. Und glaub mir, nicht alle Alpträume, die ich habe, rühren von Hamiltons Erinnerungen her. Das, was wir erlebt haben, zu verarbeiten braucht seine Zeit, doch bis vor Kurzem waren wir noch viel zu beschäftigt damit, Hamiltons Vermögen zu verteilen und die Machenschaften der Thuggees an die Öffentlichkeit zu bringen, als das wir wirklich Gelegenheit gehabt hätten, das alles so richtig zu verdauen." Er küsste ihr Haar und streichelte tröstend über ihre Schultern und den Rücken. „Weißt du, Baby, Cynthia war tatsächlich ziemlich gut. Im Großen und Ganzen hätte das, was sie sagte, wirklich von mir stammen können. Aber einen großen Fehler hat sie doch gemacht."

„Welchen denn?", murmelte Elizabeth gegen seinen Hals.

„Sie hat nicht erwähnt, dass ich dich liebe." Daniel nahm die Hand von ihrem Rücken und legte den Zeigefinger unter ihr Kinn. Er hob es an, bis sie ihm in die Augen sah. „Es gibt keine Worte dafür, wie sehr ich dich liebe, mein Engel. Und ich verspreche, nein, ich schwöre, dass ich dich jeden Tag aufs Neue glücklich machen werde."

Die Intensität, mit der er das sagte und sie dabei ansah, berührte Elizabeth so sehr, dass sich ihr die Kehle zuschnürte und sie ihre Antwort kaum herausbrachte. Sie legte eine Hand an Daniels stoppelige Wange und lächelte ihn zärtlich an. „Du bist mein Wunder", flüsterte sie. Mit dem Daumen zeichnete sie seine geschwungenen, leicht geöffneten Lippen nach. „Mein übermütiger, kindsköpfiger Musiker mit der strahlenden Seele." Sie lehnte sich ihm so weit entgegen, dass ihre Nase seinen Wangenknochen streifte. „Ich kann es kaum erwarten, deine Frau zu werden."

„Mrs Mason", hauchte Daniel und schloss die letzte winzige Lücke zwischen ihnen.

Leider nur für uns beide und eine Handvoll eingeweihter Freunde, dachte Elizabeth, während ihre Lippen mit Daniels zu einem innigen Kuss verschmolzen. Für alle anderen würde sie Mrs David Morgan sein, denn für die Welt war Daniel Mason tot.

In dieser Nacht hatte Daniel wieder Alpträume. Ob es seine eigenen waren, oder ob sie durch die fremden Erinnerungen in seinem Kopf verursacht wurden, konnte Elizabeth nicht sagen, und Daniel weigerte sich wie immer über das zu reden, was er in diesen Träumen gesehen hatte.

Keuchend saß er im Bett und fuhr sich mit beiden Händen durch die verschwitzten Haare.

Auch Elizabeth hatte sich aufgesetzt. „Ich wünschte so sehr, ich könnte etwas gegen die Alpträume tun." Sie drückte einen Kuss auf sein Schulterblatt, umfing mit ihren Armen seinen nackten Oberkörper und schmiegte ihr Gesicht an seinen Rücken. Unter ihren Fingern konnte sie deutlich seinen rasenden Herzschlag spüren. Neben dem würzig-maskulinen Duft seines Körpers nahm sie auch den vagen Geruch von Sommergewitter wahr, dem Zeugnis seiner Seelenwanderung.

„Vielleicht gewöhne ich mich ja irgendwann daran und ich schrecke nicht jedes Mal auf", seufzte Daniel. Er nahm Elizabeths linke Hand von seiner Brust und führte sie an seine Lippen. Langsam normalisierten sich seine Atmung und sein Puls. „Dann kannst wenigstens du durchschlafen."

„Das macht mir nichts aus", schwindelte Elizabeth, auch wenn es ihr natürlich sehr wohl etwas ausmachte. Aber nicht, dass sie regelmäßig von Daniel aus dem Schlaf gerissen wurde, bereitete ihr Kummer, sondern das Wissen, dass er fast jede Nacht aufs Neue die Hölle durchlebte und sie nicht das Geringste dagegen tun konnte. „Außerdem habe ich noch gar nicht geschlafen."

„Nicht?"

„Nein. Ich habe nachgedacht..." Daniel drehte sich in ihren Armen um. Im schwachen Licht der Straßenlaternen, das durch die Vorhangspalten drang, konnte Elizabeth seinen fragenden Gesichtsausdruck erkennen. „Du sagtest doch, wir sollen Cynthia mit ihren eigenen Waffen schlagen", fuhr sie fort. „Deshalb habe ich überlegt, dass wir auch eine Séance veranstalten könnten, praktisch eine *echte*, in der Abby von Beatrice selbst die Wahrheit über Cynthia erfährt."

„An sich eine gute Idee, Liz. Nur leider haben wir keinen Kontakt zu Beatrice."

„Zu Beatrice nicht, nein." Lächelnd tippte Elizabeth mit einem Zeigefinger an das Grübchen auf Daniels Kinn. „Aber was, wenn jemand anders in ihre Rolle schlüpft?"

Punkt zwölf Uhr Mittag standen sie ein weiteres Mal auf der Golden Gate Bridge, dem einzig möglichen Treffpunkt mit jemanden, der beim Namen San Francisco vermutlich nichts, als das berühmte Wahrzeichen vor Augen hat.

„Wie genau funktioniert das eigentlich mit dem Springen, Danny?" Elizabeth hielt sich mit der rechten Hand an einem rot gestrichenen, armdicken Stahlseil fest und blickte über die Brüstung gebeugt in die Tiefe, wo gerade ein Frachtschiff die Brücke passierte. Ihre Locken hatte sie mit einer Haarklammer zu bändigen versucht, dennoch wehte ihr der Wind immer wieder lose Strähnen in die Augen. „Man stellt sich einfach einen bestimmten Ort vor und wünscht sich dort hin?"

„Im Prinzip ja", antwortete Daniel, der mit vor der Brust verschränkten Armen am Geländer lehnte und sich nach allen Seiten umsah. Bis eben hatte er leise *California Dreaming* von The Mamas and The Papas vor sich hin gesungen und damit wie gewöhnlich für die passende musikalische Untermalung gesorgt. „Ich führte mir einfach einen Ort vor Augen und stellte mir vor, dort zu sein. Dabei spielte es keine Rolle, ob ich schon mal dort war oder ihn nur von Bildern oder aus Filmen kannte."

„Und brauchtest du dafür viel Konzentration, beziehungsweise Energie?"

„Überhaupt nicht. Das ging wie von selbst. Egal wie weit entfernt der Ort war."

Elizabeth seufzte und richtete sich wieder auf. „Dann bin ich mal gespannt, was Justins Erklärung für seine Verspätung ist."

„Vielleicht hat Riley unsere Nachricht nicht weitergeben können", überlegte Daniel. „Oder er hat was mit der Zeitverschiebung durcheinander gebracht."

Elizabeth rechnete kurz nach. Zuhause in London war es jetzt acht Uhr abends. „Oder Justin hat einfach keine Lust", murmelte sie.

Noch in der Nacht hatten sie Riley O´Shea angerufen und ihn gebeten, Justin Moreland zu kontaktieren und ihm auszurichten, dass sie seine Hilfe bräuchten. Riley war darüber nicht sonderlich glücklich gewesen. Zum einen, weil er zunächst keine Idee gehabt hatte, wie er Justin überhaupt erreichen sollte, zum anderen, weil ihm die meist negativen Schwingungen des Geistes üble Kopfschmerzen verursachten.

„Etwas mehr Geduld, Miss Parker." Schmunzelnd nahm Daniel Elizabeth in die Arme und zog sie an sich. „Der Kleine ist noch nicht mal drei Minuten zu spät." Er wickelte sich eine ihrer Locken um den Finger und ließ sie dann springen. „Genieß einfach noch ein wenig die Aussicht."

„Das tu ich", flüsterte Elizabeth, die gerade wieder dabei war, sich in der unergründlichen Tiefe seiner grünen Augen zu verlieren und darüber alles um sich herum zu vergessen. Als würden sie magnetisch voneinander angezogen fanden sich ihre Lippen.

„Also echt. Nehmt euch ein Zimmer!"

Erschrocken fuhr Elizabeth herum und sah in Justin Morelands rundes Sommersprossengesicht. Der rothaarige Teenager in Schuluniform lehnte seitlich an der Brüstung und schenkte ihnen ein spöttisches Grinsen. „Ihr habt nach mir geschickt?"

„Hi Justin", sagte Daniel. „Schön, dass du gekommen bist."

Der Junge hob gleichgültig eine Schulter. „Ich hab ja sonst nichts zu tun. Also, was ist los? Ich nehme nicht an, dass ihr einfach nur Sehnsucht nach mir hattet."

„Wie stehen die Dinge daheim?", fragte Daniel, ohne auf Justins Frage oder seine Stichelei zu reagieren.

„Scheiß Wetter" lautete die knappe Antwort.

Elizabeth seufzte innerlich. So sehr sie den Jungen und die Situation, in der er steckte, auch bedauerte, aber seine negative und zuweilen regelrecht bissige Art raubte ihr noch jedes Mal den letzten Nerv.

Daniel zeigte sich da deutlich geduldiger. Immerhin verfügte er auch über jahrelange Erfahrung in der Polizei- und Jugendarbeit, die seine Nerven gestählt hatte. „Und sonst? Hast du Fortschritte bei deinem Bruder gemacht?"

„Ich versuch nicht mehr Marty zu erreichen."

„Wie kommt´s?", wollte Daniel überrascht wissen.

Justin seufzte. „Marty hat jetzt eine Freundin. Jede freie Minute hängt er mit ihr rum." Er wandte sich ab und ließ seinen finsteren Blick über die Bucht schweifen. „Wir hatten vor zwei Wochen unseren achtzehnten Geburtstag… *Er* hatte seinen achtzehnten Geburtstag, denn im Gegensatz zu ihm werde ich nie meinen Führerschein bekommen und wählen gehen. Oder meinen Schulabschluss machen und die Uni besuchen. Und ich werde auch nie eine Freundin haben, mit der ich knutschend in meinem Zimmer rumhänge."

Jetzt hatte Elizabeth doch echtes Mitleid mit dem Jungen. Das Leben seines Zwillingsbruders ging weiter, und Justin konnte dabei nur zusehen… „Tut mir leid, Justin", sagte sie leise.

Der sommersprossige Junge zuckte mit den Achseln. „Was soll´s."

„Vielleicht kannst du ja doch bald loslassen und weiterziehen", sagte Daniel vorsichtig.

„Und wie soll das gehen?"

„Da fragst du leider den Falschen." Daniel lächelte entschuldigend.

„Aber ich bin mir sicher, dass du es weißt, wenn es soweit ist."

„Na toll. Das hilft mir weiter." Justin drehte sich wieder um. „Können wir jetzt darüber reden, warum Riley mich hierher gelotst hat? Er hat meiner Mum doch tatsächlich weismacht, dass er ein paar Straßen weiter wohnt und für ein Schulprojekt eine Arbeit über sein Viertel schreibt und dafür Nachbarn interviewen muss. Mum hat ihm das tatsächlich abgekauft und ihn rein gelassen."

In diesem Moment klingelte Daniels Handy. Er ging ran und schaltete auf Lautsprecher. „Tony, Kumpel. Gutes Timing. Gerade ist die Verstärkung zu uns gestoßen."

„Ja, ich habe schon von Riley gehört, dass er Justin zu euch schicken sollte." Wood sprach mit gedämpfter Stimme, und im Hintergrund waren die typischen Geräusche eines betriebsamen Großraumbüros zu hören.

„Du bist noch am Yard?", fragte Daniel.

„Ja, ich habe heute einen neuen Fall bekommen. Die Entführung einer reichen Erbin." Woods Stimme wurde noch leiser. „Ziemlich großes Ding. Deshalb konnte ich mich auch nicht länger gegen einen neuen Partner wehren."

Daniel verzog mitfühlend das Gesicht. „Und wen haben sie dir aufs Auge gedrückt?"

„Wilkens!" Wood klang entrüstet. „Ausgerechnet! Nicht genug damit, dass er ein Schleimer und noch grün hinter den Ohren ist, er steckt seine Nase auch in alles, was ihn nichts angeht. Ich hatte heute reichlich damit zu tun, ihn mir vom Leib zu halten, während ich die Erkundigungen für euch einholte."

„Du weißt schon, dass sein Onkel mit dem Commissionar Golf spielt, oder?"

„Und? Soll mich das jetzt beeindrucken? Mein Onkel spielt Golf mit dem Innenminister."

Elizabeth musste lächeln. Dass Wood sich von Autorität, Status oder Macht nicht im Geringesten einschüchtern ließ, war eine Eigenschaft, die sowohl sie selbst als auch Daniel an ihrem Freund sehr zu schätzen wussten.

„Und was hast du rausgefunden, nachdem du Wilkens auf Gänsejagd geschickt hast?", wollte Daniel grinsend wissen.

„Um ehrlich zu sein, nicht viel", seufzte Wood. „Cynthia Henrickson, dreiundvierzig, geborene Erhardt, wohnhaft in Richmond“, las er vor. Bei der Erwähnung ihres Mädchennamens rührte sich etwas in Elizabeth, doch bevor sie es zu greifen bekam, fuhr Wood bereits fort. „Vor vier Jahren geschieden, keine Kinder. Sie besaß einen New Age Laden in Berkeley, den sie aber im letzten Jahr aufgegeben hat.“

„Kein Eintrag im Strafregister?“, vergewisserte sich Daniel. „Keine Ermittlungen gegen sie? Keine Anzeigen?“

„Nein, nichts“, sagte Wood. „Blütenreine Weste.“

Daniel war sichtlich enttäuscht. Er hatte darauf gebaut, dass die eine oder andere von Cynthias Betrügereien der Polizei bekannt waren und sie Cynthia damit vor Abby hätten bloßstellen können. Aber so hatten sie nichts gegen das falsche Medium in der Hand…

„Mir ist klar, dass euch das nicht wirklich weiterhilft“, sagte Wood. „Aber dafür hat Sue vielleicht etwas Interessantes ausgegraben. Sie hat sich an einen Artikel erinnert, den sie vor einer Weile gelesen hat. Darin ging es um eine Studie zu Spukerscheinungen in zugigen alten Herrenhäusern und Schlössern…“

Eine halbe Stunde vor Sonnenuntergang standen sie vor Abby Belfords Haus und warteten auf Chris, der für sie noch eine Besorgung machte. Es war ein kühler und windiger Spätnachmittag. Elizabeth hatte die Arme um den Oberkörper geschlungen und wechselte ständig von einem Fuß auf den anderen, um sich etwas aufzuwärmen. Normalerweise hätte sie sich an Daniel gekuschelt und sich von ihm wärmen lassen, doch nach einem ganzen Nachmittag mit Justin empfand sie es als Wohltat, den mürrischen Teenager eine Weile lang nicht sehen und hören zu müssen.

Nach Woods Anruf waren sie zu Dritt zurück in die Stadt gegangen und hatten ihre Strategie für den heutigen Abend ausgearbeitet. Es hatte Wood zwar ein wenig überrascht, aber sowohl seine als auch Susans Informationen waren genau das gewesen, was sie gebraucht hatten, um die Bühne für die Demaskierung des selbsternannten Mediums zu bereiten. Besonders Susans Nachricht hatte Daniel in helle Aufregung versetzt.

„Wo bleibt er nur.“ Zum zigsten Mal sah Daniel auf seine Armbanduhr.

„Etwas mehr Geduld, Detective“, entgegnete Elizabeth ironisch lächelnd.

„Wenn er nicht bald kommt, verpassen wir den Sonnenuntergang.“

Und nach einer kurzen Pause. „Ja, aber das möchte ich nicht riskieren." Eine weitere Pause, dann massierte sich Daniel mit Daumen und Zeigefinger die Nasenwurzel. „Halte dich einfach an den Plan, ok Justin?"

Elizabeth seufzte ergeben und streckte eine Hand nach Daniel aus. Noch nervtötender als der tote Junge, war es, nur die Hälfte einer Unterhaltung mitzubekommen. Sobald ihre Finger Daniels Arm berührten sah sie Justin in gelangweilter Pose auf der Motorhaube eines geparkten Cadillac sitzen. „Wenn du möchtest, kannst du ja schon mal rein gehen und dich etwas umsehen", schlug sie vor.

„Gute Idee", stimmte Daniel ihr sofort zu. „Aber reiß dich zusammen, hörst du?"

Justin verdrehte die Augen. „Meine Güte, mach dir nicht ins Hemd." Und damit war er verschwunden.

Fünf Minuten später sahen sie endlich Chris blauen Wagen die Straße heraufkommen. Er parkte auf der gegenüberliegenden Straßenseite und eilte dann zu ihnen herüber. „Wisst ihr eigentlich, wie schwer es ist, so ein Ding zu bekommen?", rief er und schwenkte dabei die gelbe Jutetasche, deren Henkel er um sein rechtes Handgelenk gewickelt hatte. „Ich dachte, das bekommt man im Spielwarengeschäft, aber die haben mich in so einen obskuren Hexenladen geschickt."

Daniel begrüßte ihn mit einem Klaps auf die Schulter. „Hast du darauf geachtet, dass das Schiffchen Rollen hat?"

„Ja, hat es." Chris sah zweifelnd zwischen Daniel und Elizabeth hin und her. „Glaubt ihr echt, damit können wir Kontakt herstellen?"

„Ich habe so ein Gefühl, dass die Geister uns heute gewogen sind", erwiderte Elizabeth. „Hast du deiner Tante unseren Besuch angekündigt?"

Chris nickte. „Und wie ihr vermutet habt, sagte sie sofort, dass sie Cynthia dabei haben will."

„Na schön", sagte Daniel. „Dann wollen wir mal."

Abby Belfords Begrüßung fiel an diesem Abend deutlich reservierter aus als üblich und das Lächeln in ihrem Gesicht wirkte aufgesetzt. „Ich verstehe wirklich nicht, was das bringen soll, Christopher", sagte sie zu ihrem Neffen, als sie ihre Besucher durch das Haus in den Wintergarten mit seiner tropischen Pflanzenpracht und den kolonialen Rattanmöbeln führte. Diesmal bot sie ihnen nichts an. Nicht einmal ein Glas Wasser.

„Sieh es als eine Rückversicherung an, Tante Abby", versuchte der blonde Junge zu beschwichtigen. „Immerhin geht es um dein geliebtes

Haus. Ich bin mir sicher, Tante Beatrice und Cynthia verstehen das.“

„Aber natürlich verstehe ich das“, meldete sich das selbsternannte Medium. Sie hatte mit überschlagenen Beinen in einem der champagnerfarbenen Sessel gesessen und erhob sich nun. Mit einem breiten aber nicht weniger falschen Lächeln als Abbys schüttelte sie allen die Hand. „Immerhin habt ihr im Grunde nichts weiter als mein Wort. Allerdings fürchte ich, dass es damit nicht funktionieren wird.“ Sie deutete mit einen Nicken auf den Karton, den Chris aus der Jutetasche holte.

„Ein Versuch kann sicherlich nicht schaden, nicht wahr?“, sagte Elizabeth. Verstohlen sah sie sich nach Justin um. Sie entdeckte den Geist in der linken Ecke des Wintergartens, halb versteckt zwischen üppigem Grün.

„Ich hab´s gefunden!“, verkündete er auf den Boden zeigend und trat dann mitten durch die sich keinen Millimeter bewegenden Zweige, Blätter und Blüten hindurch an den runden Tisch.

Daniel, der eine Hand auf Elizabeths Rücken hatte, nickte dem Jungen kaum wahrnehmbar zu und warf dann einen schnellen Blick auf seine Armbanduhr. „Noch zehn Minuten bis Sonnenuntergang“, flüsterte er Elizabeths ins Ohr.

Sie musste schmunzeln. Es war fast wie früher, als sie beide jedem Sonnenauf- und untergang voller Ungeduld entgegen gefiebert hatten, weil Daniel dann für die wenigen Minuten, während die Sonne den Horizont berührte, einen beinahe soliden Körper gehabt hatte.

Skeptisch beobachtete Abby, wie Chris ein Brett mit Buchstaben und Zahlen sowie ein vage herzförmiges Holzschiffchen aus dem Karton holte und auf dem Tisch platzierte. „Was ist das?“, verlangte sie dann zu wissen.

„Das ist ein sogenanntes Ouija-Brett“, klärte sie Cynthia milde lächelnd auf. „Laien, die Spiritismus als Hobby betreiben oder einen billigen Nervenkitzel suchen, nutzen es, um mit Geistern zu kommunizieren.“

Sie warf Elizabeth einen fast mitleidigen Blick zu.

„Ehrlich gesagt bin ich ein wenig enttäuscht. Ich dachte, Sie würden sich mit dem Ganzen ernsthaft befassen und nichts auf solchen Mumpitz geben.“

„Es wird sie vielleicht überraschen, Cynthia“, erwiderte Elizabeth kühl, „aber ich wurde in der Vergangenheit Zeuge, wie ein Geist erfolgreich mit Hilfe eine Ouija-Brettes kommuniziert hat.“

„War anstrengend genug“, kommentierte Daniel nur für ihre Ohren.

„Hm." Cynthia zog eine perfekt gezupfte Augenbraue in die Höhe, ließ sich wieder in ihren Sessel sinken und lehnte sich zurück.

„Wie funktioniert das denn überhaupt?", fragte Abby. Ungeduld hatte sich zu der Skepsis in ihrer Stimme gesellt.

Elizabeth nahm das Holzschiffchen in die Hand und hob es hoch. „Derjenige, der Kontakt zu einem Geist aufnehmen möchte, legt einen Finger auf das Schiffchen und stellt eine Frage. Der Geist antwortet, indem er das Schiffchen auf *Ja* oder *Nein* bewegt." Elizabeth zeigte auf die beiden entsprechenden Felder auf dem Brett. „Oder er formuliert eine Botschaft mit Hilfe dieser Buchstaben und Ziffern hier." Sie strich mit den Fingerspitzen über die verschnörkelten, im Halbkreis angeordneten Lettern.

Cynthia tat das mit einem verächtlichen Schnauben und einem Kopfschütteln ab, während Abby stirnrunzelnd auf das Ouija-Brett blickte. „Also ich weiß nicht … Sie glauben tatsächlich, dass das funktioniert, Elizabeth?"

„Ja, das tue ich."

„Setzt dich, Tante Abby", drängte Chris. „Du musst diejenige sein, die mit Tante Beatrice spricht."

„Jetzt sofort? Aber ich habe doch gar keine Ahnung, was ich tun soll!", protestierte Abby.

„Es ist ganz einfach", sagte Daniel ruhig, legte eine Hand auf die Schulter der alten Dame und drückte sie sanft in den Sessel. „Legen Sie Ihren Zeigefinger ganz sachte auf das Schiffchen und konzentrieren Sie sich auf Ihre Schwester. Es sind keine Zaubersprüche oder dergleichen nötig. Stellen Sie sich nur intensiv vor, nach ihr zu rufen."

Abby blickte hilfesuchten zu Cynthia die daraufhin sagte: „"Mach dir keine Sorgen. Das ist völlig harmloser Unsinn."

„Ach, quatsch nicht", murmelte Justin, der nun hinter Abby stand und auf seinen Einsatz wartete.

Während die alte Dame sich in ihr Schicksal fügte und seufzend den rechten Zeigefinger auf das Holzschiffchen legte, ließen sich Elizabeth, Daniel und Chris in den Sesseln um den Tisch herum nieder. Abby schloss die Augen und schien sich ehrlich zu konzentrieren. Chris machte einen erregten Eindruck, Cynthia einen eher gelangweilten.

„Beatrice?", sagte Abby schließlich. Ihre Stimme klang zaghaft, beinahe angstvoll. „Kannst du mich hören, Liebes?"

„Beatrice nicht, aber ich schon", meinte Justin und legte der alten Dame beide Hände auf die Schultern.

Sofort zuckte Abby zusammen und zog den Finger vom Ouija-Brett zurück. „Was war das?", rief sie und blickte erschrocken in die Runde.

„Hast du etwas gespürt, Tante Abby?", fragte Chris aufgeregt.

„Ich… ich weiß nicht. Da war etwas… Unangenehmes… Etwas Kaltes."

Elizabeth wusste genau, was Abby gespürt hatte. In der Vergangenheit hatte Justin auch sie angefasst, und seine über die Monate aufgestauten Gefühle der Einsamkeit und Frustration hatten dafür gesorgt, dass die kribbelnde, kühle Berührung von einem nicht fassbaren Unbehagen begleitet wurde.

„Das war bestimmt nur ein Luftzug, Abby", meinte derweil Cynthia. „Ich kann keine Präsenz spüren."

Abby blinzelte die blonde Frau irritiert an. Dann streckte sie ihre Hand wieder nach dem Brett aus. „Beatrice?", fragte sie erneut.

Daniel kratzte sich wie beiläufig an der Wange und bedeutete Justin damit, Abbys Gesicht zu berühren

„Da!", rief Abby. Es war eine Mischung aus Keuchen und Kreischen. Ihre Hand flog hinauf zu ihrer Wange und strich über die Stelle, auf der eben noch Justins Hand gelegen hatte. „Da war etwas. Ganz sicher!"

„Das kann nicht sein!", erklärte Cynthia mit Bestimmtheit, doch da berührte Justin auch ihre Schultern, und Cynthia zog zischend die Luft ein. „Was zum…"

„Ich spüre sie auch", verkündete Elizabeth da. „Ich habe den Eindruck, dass sie über irgendetwas sehr aufgebracht ist."

„Tatsächlich?" Chris war in seinem Sessel nach vorne gerutscht und saß nun auf der Kante. „Warum?"

„Abby", sagte Daniel, nachdem er flüchtig auf die Uhr gesehen hatte. „Legen Sie Ihren Finger wieder auf das Schiffchen. Geben Sie Ihrer Schwester die Chance zu sagen, was sie so aufregt."

„Das ist doch alles …", murmele Cynthia, doch Abby hatte bereits die Hand ausgestreckt.

„Beatrice", sagte sie. „Bist du böse, weil ich damit gezögert habe, die Investition zu tätigen, zu der du mir geraten hast?"

„Also dann …" Justin beugte sich neben Abbys rechter Schulter über den Tisch und legte seinen eigenen Finger neben ihren. Mit vor

Konzentration schmalen Augen schob er das Holzschiffchen in Zeitlupe Richtung *Nein*.

„Grundgütiger", entfuhr es Abby. Staunend folgten ihre Augen der Bewegung. Ihr Neffe sah aus, als hielte er es kaum in seinem Sitz aus und wollte jeden Augenblick aufspringen.

Aus Cynthias Gesicht war alle Farbe gewichen. Ungläubig starrte sie auf das sich langsam, aber konstant bewegende Schiffchen. „Was zum Teufel geht hier vor?"

„Warum bist du dann böse?", fragte Abby atemlos.

Millimeter für Millimeter schob Justin das Holschiffchen auf den Buchstaben *L*. Doch mit einem Mal wurde die Bewegung zügiger.

Daniel warf Elizabeth einen erleichterten Blick zu. Die Sonne stand nun am Horizont, was bedeute, dass der Geist während der nächsten Minuten mühelos die Botschaft übermitteln konnte. In Null Komma Nichts hatte Justin das Wort *Lügen* buchstabiert.

„Lügen?", sagte Abby verwirrt. „Was ist eine Lüge?"

In Windeseile buchstabierte Justin *Cynthia*.

„Was?", entfuhr es dem selbsternannten Medium. Hektische Flecken hatten sich auf ihrem erbleichten Gesicht gebildet. „Abby, warum tust du das?"

„Ich? Ich tu gar nichts! Das Ding bewegt sich von ganz alleine!" Wie zur Demonstration hob Abby ihren Finger.

Justin verharrte und blickte fragend zu Daniel, der ihm stumm zu verstehen gab, weiterzumachen. Schließlich hatten sie nur wenige Minuten, in denen der Geist Substanz hatte und problemlos zu Werke gehen konnte. Also schob Justin das Schiffchen weiter von Buchstabe zu Buchstabe.

In sprachlosem Erstaunen beobachteten alle, wie sich scheinbar von allein ein neues Wort ergab.

„Erhardt?", setzte Chris die Botschaft schließlich zusammen. „Etwa wie in Erhardt House?"

„Oder vielleicht auch wie in Cynthia Erhardt", schlug Daniel vor.

Während Abby noch verständnislos blinzelte, fauchte Cynthia: „Das ist ein billiger Trick!" Sie sprang auf und nahm das Holzschiffchen vom Tisch. Sie drehte und wendete es auf der Suche nach einem versteckten Mechanismus. Nachdem sie nichts fand, richtete sie einen anklagenden Finger auf Elizabeth: „Sie! Wie machen Sie das?" Ihr Blick schoss zu Abby, die schockiert zu der wutentbrannten Frau aufblickte. „Glaub ihnen kein Wort, Abby. Das sind Betrüger! Sie wollen dich rein- ..." Ihr Kopf schnellte zur Seite, und sie plumpste zurück in ihren Sessel. Nach Luft schnappend rieb sie ihre Wange. Elizabeth musste sich fest auf die Unterlippe beißen, um nicht lauthals loszulachen. Justin hatte doch tatsächlich ausgeholt und Cynthia mit Schwung eine Ohrfeige verpasst. Das war zwar nicht Teil ihres Plans gewesen, aber der Effekt dieser Improvisation war äußerst wirkungsvoll.

Keuchend griff Cynthia nach dem goldenen Skarabäus an ihrer Kette. „Abby", sagte sie, sichtlich um Fassung ringend. „Bitte, du darfst das nicht glauben. Ich weiß zwar nicht, wie die zwei das anstellen, aber es ist ein Schwindel."

Daniel sah Cynthia herausfordernd an. „An Ihrer Stelle wäre ich vorsichtig mit irgendwelchen Anschuldigungen, Ms *Erhardt*."

Abbys Gesicht wirkte wie eingefroren und ließ keinerlei Rückschlüsse darauf zu, was in ihr vorging. Ihre flache Hand lag noch immer neben dem Ouija-Brett.

„Spürt ihr das auch?", sagte Chris plötzlich. Fröstelnd zog er die Schultern hoch.

Tatsächlich, da war es wieder. Diese unbestimmte Vibration in der Luft, dieses Erzittern der Atmosphäre. Ein Schauder jagte Elizabeths Rücken hinunter und sie spürte, wie sich ihr Puls beschleunigte.

„Beatrice ist nun tatsächlich hier", sagte Cynthia mit neuem Selbstbewusstsein. „Sie will diesen Lügen ein Ende bereiten."

„Beatrice, Liebes?", hauchte Abby verstört. „Ich bin so schrecklich durcheinander ..."

„Sie ist wütend", verkündete Cynthia. „Nein, sie ist geradezu außer sich, denn sie fühlt sich von den beiden hintergangen." Sie blickte Abby eindringlich an und legte ihre Hand auf die der alten Dame. „Abby, deine Schwester fürchtet du könntest ihnen Glauben schenken und sie fleht dich an die zwei rauszuwerfen."

Daniel gab Justin das verabredete Zeichen. Im nächsten Moment knallte und zischte es hinter ihnen, und der Gestank von verschmortem Plastik lag schwer in der Luft. Elizabeth schreckte zusammen, auch wenn sie natürlich gewusst hatte, was kam. Das beklemmende Gefühl und die Gänsehaut ebbten ab und waren schnell ganz verschwunden.

Mit einem kleinen, grimmigen Lächeln erhob sich Daniel und schob sich durch das Pflanzengwirr in die Ecke des Wintergartens. „Was ist denn das?“, sagte er in gespielter Überraschung. Er ging in die Hocke und tauchte einen Moment später mit einem schwarzen, würfelförmigen Kasten in den Händen wieder auf.

Elizabeths Blick huschte zu Cynthia. Die blonde Frau saß kerzengerade aufgerichtet da, beide Hände in die Armlehnen gekrallt. Erneut war ihr das Blut aus dem Gesicht gewichen.

„Ist das etwa ein Subwoofer?“, wollte Chris verdutzt wissen.

„Sieht ganz so aus“, bestätigte Daniel, den Würfel in der Mitte des Tisches absetzend. „Ein kompakter Hochleistungsbass.“

„Wieso hast du denn sowas, Tante Abby?“

„Ich denke nicht, dass das deiner Tante gehört“, meinte Elizabeth. „Aber das Ding erklärt so manches.“

„Ach ja?“, sagte Chris. Was zum Beispiel?“

Elizabeth begann gerade mit einer Erklärung, doch in diesem Moment fuhr Cynthia ein weiteres Mal aus ihrem Rattansessel und schoss Richtung Tür. Sie war zwar schnell, aber das war Daniel auch. Als hätte er nur darauf gewartet, hechtete er hinter der fliehenden Frau her. Cynthia hatte das Wohnzimmer gerade mal zur Hälfte durchquert, da hatte Daniel sie schon eingeholt, am Arm gepackt und herumgewirbelt.

„Sie wollen doch nicht etwa schon gehen, wo wir doch gerade noch so nett am Plaudern sind“, sagte er, während Cynthia mit ihrem freien Arm wild auf ihn einschlug. Dabei zog und zerrte sie und wand sich wie eine Schlange. Immer wieder versuchte mit dem Absatz ihrer High-Heels nach Daniel zu treten. Er hatte im wahrsten Sinne des Wortes alle Hände voll zu tun, der tobenden Frau Herr zu werden. Als Cynthia Fingernägel zwei lange Kratzer in Daniels Gesicht hinterließen und er daraufhin einen wüsten Fluch ausstieß, sprang Elizabeth auf, um ihm zu Hilfe kommen. Daniel schlug ja vielleicht keine Frauen, sie selbst hatte jedoch nicht geringe Lust, diesem Miststück mehr, als nur ein paar Kratzer zu verpassen. Aber da explodierte die Birne in der Tiffany-Lampe neben Cynthia und dann die Birne der Deckenlampe. Eine kleine Kaskade aus Funken und winzigen Glassplittern regnete herab.

Damit war aller Kampfgeist aus der blonden Frau gewichen. Den Arm halb zum Schlag erhoben, blickte sie völlig verdattert hinauf zur Decke und ließ sich dann widerstandslos von Daniel zurück in den Wintergarten führen, wo er sie in ihren Sessel drückte und mit beiden Händen auf ihren Schultern dafür sorgte, dass sie keinen weiteren Fluchtversuch unternahm.

Cynthias „California Girl"-Look hatte deutlich gelitten. Ihr Haar war derangiert und sah aus, als hätte sie eine Nacht im Heu verbracht. Außerdem waren zwei Knöpfe ihrer Bluse aufgesprungen, sodass ihre drallen Brüste gleich herauszupurzeln drohten. Letzteres schien vor allem Chris etwas aus dem Konzept zu bringen.

Zwischenzeitlich war Abby voll und ganz aufgegangen, was vor sich ging. In ihren Zügen lag grenzenlose Enttäuschung, dich sich langsam in Wut wandelte. „Nicht die beiden sind die Betrüger", flüsterte sie. Ihr anklagender Blick haftete sich auf Cynthia, die ihn trotzig erwiderte. „Du bist es! Du hast niemals mit Beatrice gesprochen. Du hast mir die ganze Zeit etwas vorgemacht." Dann fiel das letzte Puzzlestück an seinen Platz. „Du bist eine Erhardt! Eine Nachfahrin von William Erhardt. Du hast mich nicht des Geldes wegen hereingelegt … Du willst mein Haus!"

„*Dein* Haus!", fauchte Cynthia. „.Mein Ur-Großvater hat es für unsere Familie gebaut. Als ein Zuhause für alle kommenden Generationen. Und *dein* Großvater hat diesen Traum zunichte gemacht. Er hat die Notlage meines Ur-Großvaters ausgenutzt und ihm das Haus für einen Bruchteil des Wertes abgekauft. Das war schändlich!"

„Das war vielleicht nicht fair", meldete sich da Chris zu Wort, der sichtlich Probleme hatte, seinen Blick von Cynthias erweitertem Dekolleté zu heben. „Aber das liegt über achtzig Jahre zurück. Was damals geschah, hat nichts mit Tante Abby zu tun. Und auch nichts mit Ihnen."

„Und ob es etwas mit mir zu tun hat!", rief Cynthia. „Seit damals liegt ein Fluch auf meiner Familie. Mein Ur-Großvater war ruiniert. Er ist finanziell nie wieder auf die Füße gekommen. Er starb verbittert, mit dem Gefühl als Familienoberhaupt, als Patriarch versagt zu haben, und keiner seiner Nachkommen hat es seitdem geschafft, trotz harter Arbeit, zu Wohlstand zu kommen.

Nicht mein Großvater, der sich mit knapp fünfzig Jahren eine Kugel in den Kopf gejagt hat, nachdem er von seinem Geschäftspartner betrogen worden war und auch nicht mein Vater, der vor zwei Jahren einem Herzinfarkt erlag, kurz nachdem ihm die geplatzte Immoblienblase sein Haus und all seine Ersparnisse gekostet hat."

„Das alles ist schrecklich, aber sicherlich nicht die Schuld von Abby", sagte Elizabeth.

„Meine Großmutter musste all das miterleben", fuhr Cynthia fort, als hätte sie Elizabeths Einwurf gar nicht gehört. „Aber der Tod meines Vaters hat ihr dann endgültig das Herz gebrochen. Doch bevor sie starb, hat sie mir und meinem Bruder das Versprechen abgenommen, das Haus, das ihr Vater gebaut und in dem sie die glücklichste Zeit ihres Lebens verbracht hat, wieder zurück in Familienbesitz zu holen."

„Und als sie von Beatrice Belfords Tod hörten, sahen Sie Ihre Chance gekommen", vermutete Daniel. „Denn Sie sind vielleicht kein echtes Medium, aber mit Spiritismus, Okkultem und dergleichen kennen Sie sich doch recht gut aus."

„Immerhin nannten Sie bis vor Kurzem ja noch einen New-Age-Laden Ihr eigen", ergänzte Elizabeth. „Da konnten Sie mit Ihrer Kundschaft sicherlich reichlich Feldforschung betreiben." Sie klopfte auf den schwarzen Kasten vor ihr auf den Tisch. „Und ihr Bruder kennt sich mit Elektronik aus. Sehr praktisch."

„Was hat dieses Ding denn nun eigentlich mit der ganzen Sache zu tun?", fragte Abby nach.

„Infraschall", seufzte Chris, als wäre ihm gerade ein Licht aufgegangen und er würde sich am liebsten an die Stirn fassen, weil es so lange gedauert hatte. Er begegnete Elizabeths verblüfften Blick und erklärte mit einem beinahe verlegenem Schulterzucken: „Ich studiere seit zwei Jahren Physik in Berkeley *und* spiele Schlagzeug in einer Band."

„Infraschall?", wiederholte seine Tante verständnislos.

„Der Kasten ist ein Hochleistungsbass", erklärte Chris. „Ein Lautsprecher, der extreme Niedrigfrequenztöne erzeugt, die für das menschliche Ohr nicht hörbar, aber spürbar sind." Er grinste kurz Daniel an. „Musiker kennen das. Besonders tiefe Bässe spürt man eher im Bauch, als dass man sie hört."

Elizabeth nickte und gab die Informationen wieder, die sie von Susan erhalten hatten. „Vor einer Weile gab es eine Studie in England, die Spukerscheinungen in Schlössern, alten Herrenhäusern und Kirchen untersuchte. Dabei kam heraus, dass fast überall, wo Menschen wiederholt von merkwürdigen und unheimlichen Erfahrungen berichtet haben, niederfrequente Schwingungen herrschen, hervorgerufen durch Zugluft, Hohlräume, alte Rohre unter dergleichen. Man hat das weiter untersucht und festgestellt, dass diese Schwingungen für Beklemmung, Herzklopfen und Gänsehaut sorgen. Sie können sogar ein Gefühl von plötzlicher Kälte hervorrufen sowie Angstzustände und Sehstörungen auslösen. In besonderen Fällen kann das sogar bis zu Halluzinationen gehen."

„Ich würde sagen, der Wintergarten war der perfekte Resonanzkörper", meinte Daniel. „Der Bass war auf das Glas gerichtet, so dass um uns herum alle Scheiben vibrierten." Er griff nach Cynthias Skarabäus-Amulett und zog einmal kräftig daran. Cynthia kreischte kurz auf, als die Kette riss und Daniel den Anhänger für alle sichtbar hochhob. „Und ich würde jede Wette eingehen, dass das die Fernbedienung für den Bass ist."

„Der Einbruch hier vor einigen Wochen", nahm Elizabeth wieder den Faden auf und fühlte sich dabei wie Miss Marple am Ende eines Agatha Christie Romans, wenn der Schuldige vor der versammelten Gruppe mit allen belastenden Fakten konfrontiert wurde. „Dahinter steckten Sie auch, nicht wahr, Cynthia?"

Mittlerweile ging der Blick des falschen Mediums nur noch ins Leere. Weder gab sie etwas zu, noch leugnete sie es. „Bei dieser Gelegenheit platzieren Sie und Ihr Bruder den Bass. Und natürlich manipulierten Sie die elektrischen Geräte, damit diese sich plötzlich wie von selbst ein und ausschalteten. Es war auch Ihr Bruder, der die Alarmanlage einbaute, oder? Damit konnten Sie ungestört ein- und ausgehen, wenn Abby nicht zu Hause war. Um persönliche Informationen zu sammeln, oder auch um das Geld, Beatrices angeblichen Notgroschen, unter der Nähmaschine zu verstecken. Und wahrscheinlich war es auch Ihr Bruder, der die Bremsflüssigkeit an Abbys Auto abließ."

„Was ist mit Mr Robertes, dem Banker?", fragte Chris. „Dahinter kann sich nicht auch ihr Bruder verbergen. Das hätte Tante Abby ja gemerkt, wenn der Mann, der die Alarmanlage eingebaut und der Banker, bei dem sie die erste Investition getätigt hat, der Selbe gewesen wären."

Daniel dachte einem kurzen Moment nach: „Ich bin sicher, das Ganze sollte in der Familie bleiben. Was für eine Art Verwandter ist er, Cynthia? Ein Onkel? Ein Cousin? War er es, der Ihnen erklärt hat, wie Sie Abby manipulieren müssen, damit sie schließlich bereit ist, eine Hypothek auf ihr Haus aufzunehmen? Immerhin halte ich Sie nicht für eine professionelle Betrügerin. Irgendjemand muss Ihnen die Masche mit dem Ködergeschäft beigebracht haben."

Cynthia Augen flackerten kurz, aber sie sagte noch immer nichts.

Abby seufzte tief und legte die gefalteten Hände an ihr Kinn. „Und wie geht es jetzt weiter?"

„Das liegt ganz bei Ihnen, Abby", sagte Daniel. „Aber ich an Ihrer Stelle würde Anzeige wegen Betruges und Einbruches erstatten."

„Wenn ich nur daran denke, wie die Polizisten mich ansehen werden", murmelte sie unglücklich. „Wie eine dumme, leichtgläubige alte Frau, die an Gespenster glaubt."

„Nicht doch, Abby. Sie sind weder dumm noch leichtgläubig", versicherte Elizabeth. „Cynthia hat Sie sehr gekonnt manipuliert. Und vergessen Sie nicht, heute hatten Sie tatsächlich Kontakt." Vielleicht nicht zu ihrer Schwester, aber immerhin zu einem echten Geist, ergänzte sie im Stillen.

Jetzt kehrte doch wieder etwas Leben in Cynthia zurück. „Das war doch auch nichts weiter als ein billiger Budenzauber!", spuckte sie Elizabeth entgegen. „Ihr seid keinen Deut besser als …" Sie stieß einen spitzen Schrei aus und machte einen kleinen Satz, nur um von Daniel postwenden wieder in den Sessel gedrückt zu werden. Sie zuckte erneut zusammen und zappelte dann wie ein Fisch an Land unter Daniels unnachgiebigen Griff.

„Jemand scheint das mit dem Budenzauber persönlich zu nehmen", kommentierte er, mühsam ein Grinsen verkneifend.

Elizabeth überlegte kurz, was Justin wohl getan hatte. Eine weitere Ohrfeige hatte er Cynthia sicherlich nicht verpasst, die Sonne war ja längst untergegangen. Und eine normale Berührung hätte Cynthia nicht dermaßen erschreckt, auch wenn sie noch so kribbelnd und elektrifizierend gewesen wäre. Da erinnerte sie sich daran, wie Daniel damals das Schnippen entdeckt hatte. Es hatte sich angefühlt, wie kleine Elektroschocks, so ähnlich, wie wenn man einen elektrischen Weidezaun anfasst.

„Ehrlich, Cynthia, Sie sollten wirklich mehr Respekt vor den Toten an den Tag legen", bemerkte Elizabeth. Sie beugte sich nach vorne über den Tisch und sah Cynthia sehr eindringlich in die geweiteten blauen Augen. „Und noch etwas", sagte sie drohend. „Sollten Sie jemals wieder den Namen Daniel Mason in den Mund nehmen, werde ich persönlich dafür sorgen, dass Sie jede Nacht Poltergeistbesuch bekommen und nie wieder durchschlafen werden!" Wie zur Untermauerung ließ Justin die mittlerweile sehr eingeschüchtert wirkende Frau ein weiteres Mal zurückschrecken.

„Beatrice, Liebes", sagte Abby, die natürlich davon ausging, dass es der Geist ihrer Schwester war, der Cynthia so zusetzte. „Lass gut sein. Ich bin dir unendlich dankbar, dass du eingegriffen und mich vor dieser … dieser … *Person* gewarnt hast. Du hast das Haus gerettet. Du hast mich gerettet! Wenn du nicht gewesen wärst …“ Sie sah von Daniel zu Elizabeth und zuletzt zu ihrem Neffen. „Wenn *ihr* nicht gewesen wärt …“ Sie rang nach Worten und schüttelte den Kopf. „Ich wage gar nicht daran zu denken, was aus mir geworden wäre.“ Ihr Blick wurde kalt, bevor er sich auf Cynthia richtete. „Und jetzt rufe ich die Polizei.“

Der Geist der Weihnacht

Weihnachten! Was für ein Humbug!

Die Arme vor der Brust verschränkt lehnte Riley an der verkratzten und mit Aufklebern verunstalteten Verkaufstheke eines Musikladens und wartete auf den Verkäufer. Warum brauchte der Typ nur so lange?

Rileys Kopfschmerzen wurden immer schlimmer. Um genau zu sein, waren sie gerade dabei, sich in neue, ungekannte Höhen zu schrauben. Mit einem unterdrückten Stöhnen massierte er seine Schläfen und schloss die Augen.

Wie sehr er die Weihnachtszeit doch hasste.

Und das nicht nur, weil seine Mom auch in diesem Jahr die Trauer um seinen Vater in literweise Eggnog ertränkte, während Nan, seine Großmutter, verbissen versuchte, für Festtagsstimmung zu sorgen.

Nein, es lag an diesen verdammten Geistern.

Denn so, wie die Weihnachtszeit die Heilsarmee auf die Straße trieb, um abgeschmackte Christmas Carols zum Besten zu geben, so lockte sie auch die Geister aus ihren Löchern. Wo auch immer sie sich das restliche Jahr über herumtrieben, wenn Heiligabend näher rückte, tummelten sich erdgebundene Seelen um ihre Hinterbliebenen, folgten ihnen, redeten auf sie ein, versuchten auf jede erdenkliche Weise deren Aufmerksamkeit zu erhaschen.

Nur dass Lebende die Geister in der Regel nicht wahrnehmen konnten.

Dazu musste man ein Medium sein. Oder, wie Nan es ausdrückte, eine Gabe haben. Riley besaß diese Gabe, auch wenn sie in seinen Augen eher einen Fluch darstellte. Denn er konnte Geister zwar nicht sehen, doch er hörte sie und - was viel schlimm war - er spürte sie auch. Jede ihrer Emotionen konnte er empfangen, und zwar umso intensiver, je näher sie sich aufhielten.

Einige wenige dieser Empfindungen waren durchaus positiv. Es gab

Geister, die damit zufrieden waren, diese besondere Zeit des Jahres an der Seite ihrer Lieben zu verbringen. Die große Mehrheit jedoch haderte mit ihrem Schicksal und es waren deren finstere Stimmungen, die sich nicht gerade förderlich auf Rileys Wohlbefinden auswirkten.

Normalerweise, wenn er es mit vereinzelt auftretenden Seelen zu tun hatte, konnte er ziemlich genau bestimmen, wo ein Geist sich aufhielt und was er empfand. Dann gelang es ihm problemlos, entsprechend zu reagieren und ihm gegebenenfalls auszuweichen. Aber nun stürmten permanent unterschiedlichste Gefühle und Schwingungen auf Riley ein, die seinen sechsten Sinn überlasteten. Auch wenn sich vermutlich nie mehr als drei oder vier Geister gleichzeitig in seinem etwa fünfzig Meter umfassenden Wahrnehmungsradius befanden, so herrschte in seinem Kopf dennoch ein unerträgliches Chaos. So, als würden sich in seinem Hirn mehrere Radiosender überlagern, inklusive infernaler Störgeräusche, und es ihm unmöglich machen, einzelne Signale herauszufiltern. Alles, was er hörte und spürte, war weißes Rauschen.

Und da reden die Leute vom Geist der Weihnacht, dachte Riley sarkastisch. Die Geisterlegion der Weihnacht traf die Sache schon eher.

„Hey", sagte eine leise Stimme. „Alles klar mit dir? Geht´s dir nicht gut?"

Riley öffnete die Augen. Die Stimme gehörte einem Mädchen, das sich neben ihn gestellt hatte und ihn verhalten musterte. Sie war etwa in seinem Alter, also siebzehn und das Erste, das Riley an ihr auffiel, waren die feuerroten Zöpfe, die ein blasses Gesicht einrahmten. Dann stellte er fest, dass dieses Gesicht wirklich süß war. Und ein einziger Widerspruch. Es wirkte neugierig, doch gleichzeitig auf der Hut. Energisch und selbstbewusst, aber auch überaus verletzlich. Dazu passend strahlten aus ihren hübschen grün-blauen Katzenaugen in gleichem Maße Unschuld wie Lebenserfahrung.

„Hi", sagte Riley verlegen und schob die Hände in die Hosentaschen. „Ja … ähm … alles klar. Mein Schädel brummt nur ziemlich."

„Kopfschmerzen sind übel", sagte der Rotschopf mitfühlend. „Da will man sich doch eigentlich nur verkriechen und die Welt aussperren, oder?"

„Wem sagst du das", murmelte Riley. Wenn da nicht die Schule und die regelmäßigen Besorgungen für seine Mutter und Nan wären, würde er sich im Dezember am liebsten in seinem Zimmer verbarrikadieren.

Endlich kam der Typ, dem man den verkappten Musiker schon von weitem ansah, mit der CD. „Hier haben wir das gute Stück", verkündete er und trotte hinter den Verkaufstresen. „*Die zwanzig romantischsten Akkordeon-Melodien.*"

Das Mädchen unterdrückte ein Kichern und las auffällig konzentriert in einem Flyer.

„Die ist nicht für mich!", beeilte sich Riley richtigzustellen. „Es ist ein Weihnachtsgeschenk für meine Großmutter. Die steht auf so nen Mist …"

„Hey, ganz ruhig. Ich hab doch gar nichts gesagt!" Selbst ihr Lächeln konnte Riley nicht hundertprozentig einordnen. War es frech? Spöttisch? Oder doch eher scheu?

Fasziniert studierte er ihr Sommersprossengesicht und versuchte daraus schlau zu werden. Dabei schlug es ihn dermaßen in seinen Bann, dass er den erneuten Ansturm spiritueller Energie, der gerade über ihn hereinbrach, fast schon mit Leichtigkeit beiseiteschieben und ausblenden konnte.

„-zehn Pfund."

„Was?" Irritiert wandte sich Riley dem Verkäufer zu.

„Ich sagte, das macht dreizehn Pfund", wiederholte der Typ, bevor er über die Schulter ins Hinterzimmer rief: „Gail? Leg mal ne andere Scheibe ein. Die gerade läuft hat nen Schuss und springt andauernd."

Nervös holte Riley die Geldbörse aus seiner Schultasche und bezahlte, wobei er den unverwandt auf ihn gerichteten Blick des Rotschopfs wie kleine Nadelstiche in seinem Nacken spürte. Warum befasste sie sich überhaupt mit ihm? Er war doch nur ein unauffälliger, eher schmächtiger Junge mit stoppeligen dunklen Haaren, der zudem im Augenblick leicht kränklich wirkte. Also wirklich nichts Besonderes und schon gar nicht in ihrer Liga.

Dennoch musste sich Riley eingestehen, dass er sie näher kennenlernen wollte. Nur wie? Er hatte keinen Schimmer, wie man mit einem solchen Mädchen ein Gespräch begann. Während er CD und Geldbeutel in seiner Tasche verschwinden ließ, versuchte er sich etwas Passendes zurechtzulegen. Doch als er schließlich aufsah und die Kleine nach ihrem Musikgeschmack fragen wollte, war ihr Gesichtsausdruck so abweisend und verschlossen, dass ihm die Worte im Hals stecken blieben.

Er murmelte eine Verabschiedung, die nur vom Verkäufer erwidert wurde und verließ eilig den Laden.

Mann, das mit dem Signale deuten üben wir aber noch!, dachte er säuerlich, als er mit eingezogenem Kopf Richtung Oxford Circus stapfte. Es dämmerte bereits und die über den Straßen gespannte Weihnachtsbeleuchtung sandte ihr kaltes, blaues Licht in die vor Betriebsamkeit vibrierende Stadt hinaus. *Als ob sich so eine Braut für einen Freak wie mich interessiert! Ja, klar!*

Riley seufzte frustriert. Im Moment konnte er noch nicht einmal mit den vertrauten Signalen der Toten umgehen, wie sollte er da imstande sein, die Signale von lebenden Frauen richtig einzuordnen? Mit denen hatte er schließlich so gut wie keine Erfahrung!

Er beschloss, einen Abstecher nach Soho zu machen, um bei seinem Lieblings-Comicladen vorbeizuschauen. Vielleicht konnten die *X-Men* diesen lausigen Tag ja doch noch retten.

Das Geschäft lag etwas abseits der größeren Einkaufsstraßen und bot eine enorme Auswahl an Mainstreamheften und Raritäten. Riley grüßte den Besitzer mit einer lässigen Geste und steuerte auf die Ecke mit den Marvel-Comics zu. Er nahm sich Zeit, das Angebot durchzugehen, und versuchte sich dabei ausschließlich auf die Titel und die Coverbilder zu konzentrieren. Den Tumult in seinen Kopf blendete er bestmöglich aus. Schließlich entschied er sich für eine ältere Ausgabe von *Daredevil*, die noch nicht Teil seiner Sammlung war.

„Ist das auch für deine Großmutter?"

Überrascht blickte Riley auf und sah in ein Paar amüsierter Katzenaugen.

„Hi", sagte er mit heiserer Stimme. Viel mehr fiel ihm gerade nicht ein.

„Hi", erwiderte das rothaarige Mädchen lächelnd. „Du verfolgst mich, oder?"

Riley blinzelte perplex. Machte die Braut Witze? „Wie soll das gehen?", brachte er schließlich hervor. „Immerhin war ich vor dir hier."

„Na, dann verfolge ja vielleicht ich dich." Eine rotbraune, mit einem Piercingring verzierte Augenbraue bog sich in die Höhe. Als sie keine Antwort erhielt, sagte das Mädchen: „Was machen die Kopfschmerzen?"

„Etwas besser, danke", log Riley und kämpfte verbissen gegen die erneut aufbrandenden Wogen an.

„Ich bin übrigens Fiona."

„Riley."

„Freut mich, dich kennenzulernen, Riley." Und mit einem Nicken auf den Comic in seiner Hand: „Dein Ding sind also die klassischen Superhelden, was? Old School und so …"

In Wahrheit hatte das nichts mit Old School zu tun, sondern damit, dass Riley einfach sehr gut nachvollziehen konnte, wie es war, besondere Fähigkeiten zu besitzen, die einen von der Masse abhoben und zum Außenseiter machten. Zum Freak. Aber das sagte er natürlich nicht. Stattdessen fragte er schroffer, als er eigentlich beabsichtigte: „Und was liest du? Etwa *Sailor Moon*?"

„Schon eine Weile nicht mehr." Fionas Lächeln wackelte etwas und um ihre Augen legte sich ein bedrückter Zug. Sie zeigte ihm das Heft, das sie bei sich trug. „Ich bin jetzt mehr auf dieser Schiene unterwegs."

„Uh, nett", kommentierte Riley. Das in Schwarz-Weiß gehaltene Cover zeigte eine walküren hafte, schwertschwingende Frau, die gegen geifernde Vampire kämpfte. „Aber ein bisschen düster, oder?"

„Lies erst mal rein, bevor du dir ein Urteil bildest. Ich könnte mir vorstellen, dass es dir gefällt."

Ein weiteres Mal studierte Riley das Gesicht des Mädchens und suchte nach versteckter Ablehnung oder einem Zeichen dafür, dass sie sich nur über ihn lustig machte. Doch zu seiner Verblüffung war alles, was er erkennen konnte, echtes Interesse, vermischt mit einem Hauch von Unsicherheit. Also nahm er all seinen Mut zusammen und sagte: „Hör mal, hast du vielleicht Lust auf einen Kaffee? Um die Ecke ist ein Starbucks …"

„Nein, wirklich nicht!" Fiona sah aus, als fände sie allein die Idee abstoßend.

Hitze schoss in Rileys Wangen und breitete sich bis zu den Ohren aus. Den neuerlichen spirituellen Aufruhr um ihn herum sowie das resultierende Donnergrollen in seinem Kopf beachtete er kaum, denn er wollte nur im Erdboden versinken. Kaum zu glauben, dass er sich schon wieder zum Idioten gemacht hatte!

Doch dann verzog Fiona ihre hinreißend geschwungenen Lippen zu einem Grinsen. „Aber ich kenne da eine Bar ganz in der Nähe, wo es echten italienischen Kaffee gibt."

„Im Ernst? Du bist ein Pavee? Lebst du dann in einem Wohnwagen, oder was?"

Riley verdreht die Augen. „Ja, klar. Und wenn wir nicht gerade brave

Bürger über den Tisch ziehen, singen und tanzen wir am Lagerfeuer, während meine Großmutter aus der Kristallkugel liest." Er seufzte und fuhr dann weniger sarkastisch fort: „Ich wohne mit meiner Mom in Kilburn. Aber meine Großeltern sind tatsächlich noch auf der Straße unterwegs gewesen. Allerdings nicht das ganze Jahr über, sondern nur im Sommer."

„Cool!"

Seite an Seite saßen sie an der Bar des gemütlichen Cafés, in das Fiona sie geführt hatte. Riley kannte die Gegend gut, aber das nostalgisch eingerichtete Lokal war ihm noch nie zuvor aufgefallen. Aus den kleinen Lautsprechern an den Wänden drangen ununterbrochen Weihnachtspopklassiker wie *Last Christmas* oder *Jingle Bell Rock,* und die Bistrotische sowie die Theke, an der sie saßen, quollen fast über mit grünroter Weihnachtsdekoration.

Na, wenn hier keine Weihnachtsstimmung aufkommt, wo dann?, dachte Riley.

Nach einer Tasse Cappuccino waren sie mittlerweile bei Cola angelangt und ihre anfangs recht zaghafte Unterhaltung hatte an Fahrt gewonnen. Während Riley Schwierigkeiten gehabt hatte, sich voll und ganz auf das Gespräch zu konzentrieren, war Fiona zunächst sehr zögerlich mit persönlichen Informationen gewesen. Doch nun wussten sie voneinander immerhin die vollen Namen und wo sie zur Schule gingen. Zudem hatte Riley erfahren, dass Fiona sich neben Manga und Anime auch für Punkrock und Fotografie interessierte.

„Die Wenigsten finden das *cool*", meinte er nun. Seine Finger spielten ununterbrochen mit einem Zuckertütchen. „Die Vorurteile gegenüber meinen Leuten sitzen bei den meisten ziemlich tief."

Fiona tat das mit einem Schulterzucken ab. „Auf Vorurteile gebe ich nichts. Ich bilde mir meine Meinungen selbst."

„Was ist mit dir? Wo wohnst du?"

Da war sie wieder, diese plötzliche Wachsamkeit in ihren Augen, als hätte er sie nach ihrer Bankverbindung und der PIN gefragt. Doch nach kurzem Zögern antwortete sie: „In Balham. Wir sind aber erst vor ein paar Monaten aus Birmingham hergezogen."

„Warum seid ihr umgezogen?"

„Ach, das Übliche." Die von einem Achselzucken begleitete Antwort war einen Tick zu schnell gekommen, und genauso eilig wechselte Fiona das Thema. „Woher stammt eigentlich diese Narbe an deiner Oberlippe?

Die sieht ganz schön verwegen aus." Auch sie nahm nun ein Zuckertütchen und begann, es zwischen ihren Fingern hin- und herzudrehen.

Grinsend strich Riley mit dem Daumen über die noch immer leicht rötliche Narbe. „Naja, um ehrlich zu sein, habe ich mich mit ein paar echt üblen Typen geprügelt, um zwei Freunden die Haut zu retten."

„Wow, jetzt kenne ich also einen echten Superhelden vom Schlage eines *Daredevil*."

Prompt erstarb Rileys stolzes Lächeln, und er senkte den Blick auf sein Glas. Ihr Spott ärgerte ihn, denn er hatte nichts als die Wahrheit gesagt, auch wenn es vielleicht so geklungen hatte, als wäre es ein Alleingang gewesen, was nicht der Fall war. Trotzdem hatte er damals für andere sein Leben riskiert!

Ihr Knie stieß an seins. Die überraschende Berührung wischte sämtlichen Groll beiseite und ließ ihn wieder auf sehen.

Fionas rätselhafte Augen ruhten auf ihm und schienen nach etwas zu suchen. „Ich glaube, in dir steckt wirklich ein Held, Riley O´Shea", sagte sie schließlich und klang dabei vollkommen ernst.

Verdutzt erwiderte Riley ihren Blick. Erst machte sie sich über ihn lustig und dann kam so etwas? Die Kleine trieb ihn in den Wahnsinn! Deshalb war er umso erstaunter, als er sich selbst fragen hörte: „Sag mal, gibst du mir vielleicht deine Telefonnummer?"

Fiona runzelte die Stirn. „Nein."

Riley hätte schwören können, dass da Bedauern in ihrer Stimme lag. Doch selbst wenn er ihren Tonfall richtig deutete, so war es dennoch eine klare Abfuhr und hatte die Wirkung einer eiskalten Dusche.

„Oh, okay", murmelte er. Hastig leerte er sein Glas. Er hatte endgültig genug von diesem roten Gift und ihren Spielchen. Er wollte nur noch raus hier und nach Hause.

„Glaub mir, du willst mich gar nicht näher kennenlernen", sagte Fiona, während sie vom Barhocker rutschte und den Mantel anzog. Ihre Miene hatte sich in eine kalte, abweisende Maske verwandelt. Sie nahm ihre Tasche vom Boden auf und hängte sie sich über die Schulter. „Niemand will etwas mit Verrückten zu tun haben. Und erst recht nicht mit Mördern."

Fassungslos sah Riley ihr hinterher, als sie sich im Zickzackkurs ihren Weg durch die engen Stuhlreihen zum Ausgang bahnte. Das wütende Pochen in seinen Schläfen und die wild flackernden Wandlampen hinter der Bar registrierte er dabei nur am Rande.

Weiber! Sind die alle so unberechenbar? Von diesen Stimmungsschwankungen bekommt man ja ein Schleudertrauma! Mit hinter dem Kopf verschränkten Armen lag Riley auf seinem Bett und starrte zur Decke. Er trug Kopfhörer, damit die laute Musik seine Mom nicht in ihrem Eggnog-Koma störte. Wäre er nicht so sauer gewesen, hätte er die relative Ruhe in seinem Kopf genossen, denn momentan nahm er lediglich die Schwingungen eines einzigen Geistes wahr, und der musste sich einige Stockwerke unter ihm befinden.

Das rote Gift ging ihm einfach nicht aus dem Sinn. Was hatte sie mit diesem Gerede von Verrückten und Mördern bezweckt? War das als Abschreckung gedacht? Sie konnte doch unmöglich so von sich denken! Obwohl … etwas irre war sie ihm schon vorgekommen. Seufzend holte er seine Hände hinter dem Kopf hervor und rieb sich die Augen.

Vielleicht sollte ich mal mit Tony und Danny reden, dachte er. Die beiden waren deutlich älter als er und verfügten über jede Menge Erfahrung mit Frauen. Eventuell konnten sie ja Fionas merkwürdiges Verhalten deuten. Er konnte es nämlich definitiv nicht.

Die Grübeleien über das seltsame Mädchen begleiteten Riley noch bis weit nach Mitternacht, und als um halb sieben der Wecker klingelte, fühlte er sich alles andere als ausgeschlafen. Stöhnend wälzte er sich aus dem Bett und schleppte sich ins Bad, um zu duschen. In der kleinen Wohnung war es dunkel und still, was Riley nicht weiter überraschte. Nach einem Abend wie dem Letzten kam seine Mutter für gewöhnlich erst aus den Federn, wenn Nan hier auftauchte und für Trubel sorgte. Er war sich sicher, dass seine Grußmutter wieder für alle gekocht haben würde, wenn er aus der Schule kam.

Eine schnelle Tasse Instantkaffee später verließ Riley in Schuluniform und dicker Winterjacke die Wohnung, hastete die Treppen hinunter und eilte zur Bushaltestelle. Er war verdammt spät dran, aber der Bus hatte Verspätung und so musste er sogar noch einige Minuten inmitten einer Gruppe von kichernden Mädchen warten, bis der rote Doppeldecker endlich vorfuhr. Seine Kopfschmerzen hatten sich bis eben im Zaum gehalten. Aber das änderte sich, sobald der Bus in die belebte Kilburn High Road einbog, und als Riley zehn Minuten später an seiner Schule ausstieg, hatte sein übersinnlicher Empfänger vor Überlastung bereits in den „Weißes Rauschen“-Modus geschalten. Gott, wie sehr er sich doch auf eine einsame Insel wünschte!

Den mürrischen Blick auf den Boden geheftet, trottete er hinter seinen Mitschülern auf das schmucklose Betongebäude zu. Drei Tage noch. Dann waren Weihnachtsferien und er brauchte sein Zimmer nicht mehr zu verlassen.

„Auweia, da sieht ja jemand noch übler aus als gestern!"

Oh, Mann. Nicht doch, seufzte Riley innerlich. Er schloss kurz die Augen, zählte bis drei und sah dann auf.

In einen efeugrünen Mantel gehüllt und mit einer orangefarbenen Pudelmütze auf dem Kopf saß Fiona auf einer niedrigen Mauer vor dem Haupteingang und grinste ihm entgegen. Die Kälte hatte ihrer Nase und den Wangen eine zarte Röte verliehen. Riley ertappte sich bei dem Gedanken, dass sie richtig niedlich aussah. Als er sich allerdings eine Sekunde später an ihr Verhalten am Vortag erinnerte, wäre er am liebsten einfach an ihr vorbeigegangen. Er blieb trotzdem stehen und blickte sie mit zur Seite geneigtem Kopf an.

„Guten Morgen. Ganz schön weiter Weg von Belham hierher. Wenn du extra wegen mir so früh am Morgen quer durch die Stadt gefahren bist, sollte ich mich wohl geehrt fühlen." Dass seine Stimme ärgerlich und sarkastisch klang, störte ihn kein bisschen. Und Fiona offenbar ebenso wenig.

„Ja, solltest du", meinte sie und rutschte von der Mauer. „Hattest du schon Frühstück? Ich bin nämlich am Verhungern."

„Auch wenn du anscheinend schon Ferien hast, aber ich muss in den Unterricht." Damit wollte Riley sie stehen lassen, doch die rothaarige Nervensäge stellte sich ihm in den Weg.

„Ach, komm schon", sagte sie mit einem verführerischen Sirenenlächeln. „Als ob du noch nie blaugemacht hättest."

Riley seufzte. „Doch, hab ich. Aber dafür gab es jedes Mal einen besseren Grund, als meine Zeit mit ´ner launischen Braut wie dir zu vergeuden."

„Du hältst mich für launisch?" Fiona klang ehrlich überrascht. Als Riley nur vielsagend das Gesicht verzog und sich anschickte, an ihr vorbei zur Eingangstreppe zu gehen, sagte sie schnell: „Hey, jetzt spiel doch nicht das beleidigte Mimöschen!"

„Ich bin nicht beleidigt! Ich bin nur kein Idiot, mit dem du deine blöden Spielchen treiben kannst!", brummte er im Weitergehen.

„Das weiß ich!" Rief Fiona hinter ihm her. „Deshalb bin ich ja auch hier."

Genervt fuhr Riley herum. „Was?“

Das Mädchen wirkte plötzlich verlegen. „Du bist anders. Und anders ist gut.“

„Ich verstehe kein Wort.“

„Dann gib mir die Chance, es zu erklären.“ Sie nahm eine Plastiktüte von der Mauer und präsentierte sie ihm „Bei einem Frühstück.“

Einen Moment lang blieb Riley unentschlossen auf der Treppenstufe stehen und wägte die Optionen ab. Er konnte problemlos schwänzen. Die Lehrer schlugen sowieso nur die Zeit bis zu den Ferien tot, und für seinen Freund Mick war es ein Leichtes, Rileys Fehltage aus dem Schulcomputer zu löschen. Das hatte er bereits mehrmals unter Beweis gestellt. Die Frage war nur, ob er sich tatsächlich mit diesem unberechenbaren Mädchen einlassen wollte. Immerhin hatte er auch ohne sie schon genug am Hals.

Andererseits jedoch hatte es die Kleine gestern nicht nur geschafft, ihn in den Wahnsinn zu treiben, sie war zeitweise auch eine sehr effektive Ablenkung von seinen Kopfschmerzen gewesen. Und nicht zu vergessen war er ihr gegenüber nun im Vorteil. Er wusste von ihren plötzlichen Kursänderungen, also konnte sie ihn damit nicht mehr aus der Fassung bringen.

Riley atmete tief durch. „Okay“, sagte er. „Gehen wir frühstücken.“

„Wie ist das so, das Leben eines Pavee?“, fragte Fiona, in der Tüte kramend.

Riley hatte vorgeschlagen, in den nahegelegenen Kilburn Grange Park zu gehen, um so für etwas Ruhe und Abgeschiedenheit zu sorgen. Doch Fiona hatte nur den Kopf geschüttelt und war zu einem von Läden umgebenen Platz marschiert, wo sie sich gegenüber dem festlich geschmückten Christbaum auf einer Bank niedergelassen hatte. Riley vermutete, dass sie sich in seiner Gesellschaft noch nicht sicher genug fühlte, um mit ihm in einen um diese Uhrzeit so gut wie menschenleeren Park zu gehen. Da er das nachvollziehbar, ja, sogar vernünftig fand, war er ihr ohne zu murren gefolgt und beobachtete nun, wie sie den Inhalt der Tüte zwischen ihnen auf der Holzbank ausbreitete. Offenbar hatte sie sich Mühe gegeben, für jeden Geschmack etwas parat zu haben.

Eine goldbraun gebackene Pastete ließ ihm das Wasser im Mund zusammenlaufen. Hungrig griff er zu. „Nicht anders, als in einer großen Familie, schätze ich. Nur dass wir uns vermutlich mehr umeinander kümmern." Er verdrehte die Augen. „Was allerdings hin und wieder lästig werden kann. Geheimnisse zu wahren, ist echt eine Herausforderung!"

„Ich habe gehört, ihr heiratet sehr jung." Fiona bemühte sich sichtlich, nicht allzu neugierig zu wirken.

„Ja, das stimmt. Meine Tanten fangen auch schon an, mir geeignete Kandidatinnen anzupreisen. Die reinsten Kupplerinnen!"

Fiona reichte ihm einen Becher Kaffee und sah ihm dabei in die Augen. „Und? War schon was Annehmbares dabei?"

Riley zuckte mit den Schultern. „Nachdem sie nur in der hiesigen Gemeinschaft Ausschau halten, ist die Auswahl nicht besonders groß." Außerdem war er bis vor kurzem an diesem Thema nicht sonderlich interessiert gewesen. Aber das behielt er vor Fiona lieber für sich.

„Ist es denn eine Art Gesetz, dass ihr nur innerhalb der Gemeinschaft Verbindungen eingehen dürft?"

„Naja, Brauch trifft es wohl eher." Er wollte das Ganze wirklich nicht weiter vertiefen. Schon gar nicht mit ihr. Und erst recht nicht jetzt.

„Aber du bekommst doch hoffentlich keine Probleme, weil du dich mit mir triffst, oder?"

„Zumindest nicht mit meinen Leuten", meinte Riley, bevor er in die Pastete biss.

Fiona war die Doppeldeutigkeit seines Kommentars nicht entgangen, denn ihr Lächeln machte einem angespannten Ausdruck Platz. Sie schraubte ein Marmeladenglas auf und tunkte ein Stück Scone hinein. Anstatt es sich aber in den Mund zu schieben, hielt sie es einfach nur in der Hand und flüsterte: „Nun, frag schon endlich."

„Was soll ich fragen?"

Sie zögerte kurz. „Warum ich gestern sagte, ich sei verrückt und eine … eine Mörderin."

„Also das mit der Verrückten brauchst du mir echt nicht zu erklären", sagte Riley und konnte sich ein kleines Grinsen nicht verkneifen.

Fiona entlockte das jedoch nicht die geringste Reaktion. Sie sah ihn nur weiter mit ernsten Augen an.

Riley seufzte und legte die Pastete beiseite. „Okay, Finny. Warum denkst du, dass du irre bist? Und eine Mörderin."

„Finny?" Ihre Stimme klang wie ein Fiepen. „Kein Mensch nennt mich *Finny*!"

„Jetzt schon." Mit einem unterdrückten Stöhnen fasste er sich an die

Nasenwurzel. Seine Kopfschmerzen schoben sich dank einer besonders heftigen Woge zurück in sein Bewusstsein. Es bereitete ihm große Mühe, sie auszublenden und sich auf sein Gegenüber zu konzentrieren. „Also, hast du jemanden abgeknallt oder erstochen?"

„Es gibt viele Arten, für den Tod eines Menschen verantwortlich zu sein", lautete die kryptische Antwort. Als Riley nicht nachfragte, sondern sie nur auffordernd ansah, fuhr sie fort: „Ich habe das hier in London noch nie jemanden erzählt …"

Verwundert fragte sich Riley, warum sie sich dann ausgerechnet ihm anvertraute. Einem unbedeutenden, nahezu fremden Jungen. Nur, weil er *anders* war, wie sie vorhin gesagt hatte?

Fiona atmete tief durch und schien Kraft zu sammeln, um weitersprechen zu können. „Zuhause in Birmingham gab es einen Nachbarsjungen. Owen. Wir sind zusammen aufgewachsen. Seit wir im Sandkasten gespielt haben, waren wir unzertrennlich. Wir haben alles gemeinsam gemacht. Alles geteilt. Unsere Spielsachen genauso wie unsere Geheimnisse. Er hat mich verteidigt, wenn die anderen Kinder mich wieder wegen meiner Haare und der Sommersprossen gehänselt haben und ich habe ihn getröstet, wenn er sich eine blutige Nase geholt hat. Nichts und niemand hätte sich zwischen uns stellen können. Außer der Liebe." Ihre bereits leise Stimme war zu kaum mehr als einem Hauchen geworden. Sie schluckte hart. „Es begann, als ich vierzehn und Owen sechzehn war. Auf einmal sah er mich anders an, verhielt sich anders. Linkisch, als wüsste er nicht, was er sagen oder wie er mich anfassen sollte. Diese Vertrautheit, die keiner Worte bedurfte, war plötzlich nicht mehr da. Alles war … komplizierter. Irgendwann traute er sich dann, mich zu küssen. Ich ließ es geschehen, empfand aber nicht das Geringste dabei."

„Du warst noch zu jung", vermutete Riley.

„Ja, das war ich", bestätigte Fiona. „Ich hatte keine Ahnung, wie ich mich verhalten sollte, denn ich wollte Owen nicht wehtun. Und mehr als alles andere wollte ich meinen Freund nicht verlieren. Doch nach dem Kuss dachte Owen, dass ich genauso empfand wie er, dass auch auf meiner Seite aus unserer unschuldigen Kinderfreundschaft mehr geworden war." Sie senkte den Blick auf ihre Hände. „Und ich ließ ihn in dem Glauben. Ich habe gespürt, wie sehr er in mich verliebt war und immer, wenn er mich geküsst und berührt hat, ließ ich es einfach über mich ergehen."

„Auf Dauer hat das aber nicht funktioniert, oder?“

Fiona schüttelte den Kopf. „Nein. Ich hab zwar immer wieder Anläufe gestartet und versucht, ihm zu verstehen zu geben, wie ich wirklich fühlte, aber die Botschaft kam nie an. Zu meinem sechzehnten Geburtstag wollte er dann … naja … du weißt schon … das ganze Programm. Aber ich wollte nicht. Ich *konnte* nicht! Nicht mit dieser Lüge zwischen uns.“

Riley ahnte langsam, auf was das Ganze hinauslaufen würde. Als Fiona nicht weitersprach, sondern nur ins Leere starrte, nahm er zögerlich ihre Hand und drückte sie leicht.

„Ausgerechnet an diesem Abend, den er voller Vorfreude bis ins kleinste Detail geplant hatte, habe ich mit ihm Schluss gemacht. Er hatte extra ein Hotelzimmer besorgt und stand mit sechzehn roten Rosen vor meiner Tür, um mich abzuholen. Und anstatt dieses eine Mal noch mitzuspielen und ihm die Freude nicht zu verderben, hab ich … hab ich ihm gesagt, dass ich ihn zwar liebe wie einen Bruder, aber mehr auch nicht. Dass das immer schon so gewesen war und immer so bleiben würde. Und dass ich ihm nicht weiter etwas vorlügen könnte. Ich habe ihn angefleht, einfach wieder Freunde zu sein, so wie früher. Aber er hat mich angesehen, als hätte ich ihm gerade mit bloßen Händen das Herz aus der Brust gerissen und ist gegangen. Das war das letzte Mal, dass ich ihn gesehen habe.“

„Was ist passiert?“, fragte Riley leise. Das Dröhnen in seinem Kopf wollte sich gerade wieder in den Vordergrund drängen, aber das ließ er nicht zu.

„Owen hat sich umgebracht.“ Fionas Stimme klang mit einem Mal kalt und hart. „Er ist in das Hotel gefahren, hat in das Penthousezimmer, das er für uns beide gebucht hatte, eingecheckt und ist gesprungen.“

„Das tut mir sehr leid. Aber Finny“, Riley nahm auch ihre andere Hand und suchte ihren Blick, „das ist nicht deine Schuld.“

„Ha!“, machte Fiona höhnisch. „Das habe ich ja noch nie gehört.“ Sie entzog ihm ihre Hände und verschränkte die Arme vor der Brust. „Ich habe ihn vielleicht nicht über die Brüstung gestoßen, aber ich habe ihn trotzdem auf dem Gewissen. Den Jungen, der mir seit meiner Kindheit am Allerwichtigsten war. Wenn ich ihm von Anfang an die Wahrheit gesagt hätte … oder wenn ich zumindest einen besseren Zeitpunkt gewählt hätte …“ Tränen schimmerten in ihren Augen, die sie verbissen zurückkämpfte. „Aber weißt du, was am Schlimmsten ist? Ich bin mir jetzt sicher, dass es schlussendlich mit uns funktioniert hätte. Wenn ich uns nur ein wenig mehr Zeit geben hätte, dann wäre ich fähig gewesen, ihn wirklich und ehrlich zu lieben."

Riley schüttelte skeptisch den Kopf. „Ich glaube nicht, dass das so funktioniert. Vermutlich sind das nur die Schuldgefühle, die dir das einreden."

„Was bist du? Ein Freizeitseelenklempner?", fauchte Fiona. Als Riley vor ihr zurückzuckte, sagte sie schnell: „Tut mir leid."

„Schon okay."

„Es ist nur so, dass mich meine Eltern zu so vielen Therapeuten geschleppt haben, dass ich deren Namen vergessen habe. Und sie alle erzählten mir, dass es nicht meine Schuld war. Als meine Eltern dann mit ihrem Latein und ihrer Geduld am Ende waren, sind wir umgezogen, damit ich in einer anderen Umgebung neue Freunde finde und *abgelenkt* bin. Nur leider …" Das leise, gequälte Schluchzen, dass sie vergebens zurückzuhalten versuchte, schnürte Riley die Kehle zu. Nur knapp widerstand er dem Drang, sie in die Arme zu schließen und zu trösten. „Nur leider versteht keiner, dass Owen mich nie loslassen wird. Egal, wohin wir auch ziehen. Er wird mich nie aufgegeben und mich verfolgen, bis ich endlich zu ihm komme."

Rileys Magen krampfte sich zusammen. Hatte er sie eben richtig verstanden? „Du glaubst, Owen ist noch in deiner Nähe?", fragte er mit belegter Stimme, betend, dass sich seine Befürchtung nicht bestätigte und Fiona das anders gemeint hatte. Gleichzeitig versuchte er das Brodeln in seinem Kopf unter Kontrolle zu bekommen und vorsichtig seine Fühler auszustrecken. Doch auch jetzt gelang es ihm nicht, einzelne Signale herauszufiltern. Stattdessen öffnete er einem frischen Schwall spiritueller Energie Tür und Tor, sodass er meinte, sein Schädel müsse gleich explodieren,

Ein trauriges Lächeln erschien auf Fionas Lippen. „Ich sagte doch, ich bin verrückt."

„Du bist nicht verrückt", presste Riley mit zusammengebissenen Zähnen hervor. „Erzähl mir, warum du denkst, dass Owen dich verfolgt."

Fiona hob eine Schulter. „Ich spüre ihn. Seine Liebe genauso wie seinen maßlosen Zorn. Manchmal glaube ich sogar, ihn zu hören. Er ruft mich … Ruft mich zu sich."

„Hörst du ihn auch jetzt? Oder spürst du ihn?"

„Nein. Wenn ich an belebten Orten bin, ist es neuerdings besser. Deshalb wollte ich mit dir auch nicht in den Park. Je weniger Menschen um mich rum sind, desto schlimmer ist es." Plötzlich lachte Fiona auf. „Mann, man könnte ja fast denken, dass du mir glaubst!"

„Das tu ich", versicherte Riley. Konnte es tatsächlich sein, dass Fiona zu Owens Geist Kontakt hatte? Vielleicht war sie ja ohne es zu wissen ein latentes Medium und für spirituelle Energien empfänglich. „Hattest du schon früher ähnliche … äh, Erfahrungen?"

„Du meinst, ob ich Gespenster gesehen habe?", fragte sie abfällig. „Nein, ganz sicher nicht. Und ich weiß auch nicht, ob ich Owen wirklich spüre, oder ob alle anderen vielleicht doch recht haben und ich ein Fall für die Klapse bin!"

Riley wünschte, sie befänden sich an einem ruhigen Ort, weitab von anderen Menschen, und er könnte ihr diese Frage eindeutig beantworten. „Finny", sagte er. „Ich kann dir helfen. Wenn wir …"

„Hör auf, mich *Finny* zu nennen!", rief sie ungehalten. „Und sag nicht, dass du mir helfen kannst. Alle wollen mir immer nur *helfen*! Ich dachte, du bist anders."

„Ach ja, das …" Riley runzelte die Stirn. „Warum eigentlich?"

„Na, weil du den Eindruck machst, als hättest du selbst genug Probleme. Ich dachte, mit dir könnte ich reden, ohne dass du gleich meinst, mich therapieren zu müssen."

„Ich will dich nicht therapieren, ich will dir helfen …"

„Das kommt auf's Gleiche raus", fiel Fiona ihm ins Wort. „Aber alles, was ich brauche, ist jemand, bei dem ich mal ich selbst sein kann. Der meine Geschichte kennt und akzeptiert. Der mich nicht schräg ansieht oder sich jedes Wort dreimal überlegt. Kannst du so jemand für mich sein, oder nicht?"

„Ich glaube, das kann ich", antwortete Riley, ohne großartig darüber nachzudenken. Und nur weil Fiona seine Hilfe ablehnte, hieß das noch lange nicht, dass er sie ihr nicht trotzdem geben würde. Dieses *Er ruft mich zu sich* bereitete ihm nämlich ziemliche Sorgen. Nur leider schaffte er das in seiner derzeitigen Verfassung nicht alleine. Er brauchte die Unterstützung eines anderen Mediums.

Fiona atmete indes tief durch und sagte schlicht: „Danke."

Riley lächelte sie aufmunternd an. „Hör mal, Finny, ich treffe mich heute Abend mit ein paar Freunden im Pub *The Globe* in Southwark. Hast du eventuell Lust, auch hinzukommen?"

Riley saß an dem runden Tisch, der fast schon zum Stammplatz der „Scooby-Gang" geworden war, und fragte sich, ob es eine gute Idee gewesen war, Fiona ausgerechnet heute einzuladen. Schließlich waren Daniel und Elizabeth erst am Morgen von einer achtwöchigen Reise heimgekehrt. Die beiden hatten sicherlich eine Menge zu erzählen. Zudem wusste Riley ja bereits, dass sie einiges in Zusammenhang mit Geistern erlebt hatten, worüber sie in Fionas Gegenwart nicht sprechen konnten.

Er sah auf die Uhr. Es war schon sieben vorbei. Fiona hatte er extra erst um halb acht herbestellt, sodass er vorher noch genug Zeit hatte, um die anderen vorzubereiten. Wenn sie denn pünktlich wären …

Die Tür schwang auf, und ein Mann Ende zwanzig, mit dunkelblonden Haaren und einem für die Jahreszeit ungewöhnlich sonnengebräunten Teint betrat den Pub, rieb sich die kalten Hände und sah sich um. Als er Riley entdeckte, winkte er ihm breit grinsend zu.

Amüsiert registrierte Riley, wie Daniel Mason die Blicke zahlreicher Frauen auf sich zog. Manch eine schien ihn regelrecht mit den Augen auszuziehen. Andere stellten ziemlich offensichtlich Vergleiche zwischen ihm und ihrer männlichen Begleitung an, wobei Letztere in der Regel schlechte Karten hatten.

Doch wie üblich schien Daniel das gar nicht zu bemerken, und Riley wusste auch, warum das so war: Daniels Interesse galt einzig und allein der hübschen Dunkelhaarigen, die nun durch die Tür trat. Elizabeth Parker schlug Daniel in Sachen Urlaubsbräune noch um Längen, was daran lag, dass sie von Natur aus ein eher dunkler Typ war. Ihre großen braunen Augen blitzten auf, sobald sie Riley gefunden hatten.

Jetzt sieht Bets wirklich aus wie eine temperamentvolle Südländerin, dachte er, während er beobachte, wie Daniel ihr aus dem Wintermantel half und beide dann auf ihn zugesteuert kamen.

„Hey!" Daniel zog Riley, der zur Begrüßung aufgestanden war, in eine überschwängliche Umarmung. „Wie geht´s unserem Geisterflüsterer?" Er trat zur Seite, um Elizabeth Platz zu machen.

„Schön, dich zu sehen!", sagte sie, schloss Riley ebenfalls in die Arme und drückte einen Kuss auf seine Wange.

„Mann Leute, das ist ja echt widerlich, wie erholt ihr ausseht."

Daniel maß ihn kritisch. „Im Gegensatz zu dir. Ist alles in Ordnung, Kleiner?"

Riley zuckte mit den Achseln und setzte sich wieder. „Naja, es ist bald

Weihnachten … Und alle Jahre wieder drehen die Geister durch und machen mir das Leben zur Hölle. Seid bloß froh, dass ihr sie nur sehen und hören könnt, und nicht fühlen!"

„Klingt übel", sagte Elizabeth mitfühlend. „Kannst du nichts dagegen tun?"

„Doch. Nach Sibirien auswandern."

„Na, solange du noch in der Lage bist, Sprüche zu klopfen …" Sie wandte sich an Daniel. „Einen Pint Lager?"

„Du bist ein Schatz", antwortete er lächelnd und setzte sich, während sich Elizabeth Richtung Theke davon machte. „Also Riley, wie geht´s dir? Ich meine abgesehen von den Geistern."

„Ach, die alte Leier. Schule, Lernen und Stress daheim."

„Aber von Ärger hast du dich hoffentlich ferngehalten, oder?"

Riley verzog das Gesicht. Daniel gehörte zwar schon seit Monaten nicht mehr der London Metropolitan Police an, aber den Bullen würde er wohl nie ganz abstreifen können. Und warum erwarteten eigentlich immer alle, dass er sich Ärger einfing? Seit einer Ewigkeit hatte er sich nichts mehr zuschulden kommen lassen!

„Entspann dich, Mann", brummte er. „Nan sitzt mir schon genug im Nacken. Übrigens lässt meine Großmutter dich und Bets schön grüßen." Sie redeten über Rileys Familie und gemeinsame Bekannte, bis Elizabeth mit den Getränken zurück an den Tisch kam. Dann sagte Riley: „Übrigens habe ich ein Mädchen kennengelernt. Ich geh mal davon aus, es ist okay, dass ich sie für heute eingeladen habe?"

Daniel lachte auf. „Ein Mädchen? Mann, da ist man mal ein paar Wochen nicht im Lande und unser Kleiner wird flügge."

Elizabeth lehnte ihren Kopf an seine Schulter und seufzte übertrieben. „Ja, sie werden so furchtbar schnell erwachsen, nicht wahr?"

„Wenn ihr gerade vom Erwachsenwerden sprecht, kann es sich kaum um Danny drehen, oder?" Alle am Tisch drehten sich zu Wood um, der zusammen mit Susan unbemerkt herangetreten war. „Willkommen zurück in Dear Old Blighty."

„Sieh an, wen den Flut hereingeschwemmt hat!", rief Daniel erfreut. „Je später der Abend, desto schöner die Gäste." Er und Elizabeth erhoben sich für eine weitere Runde herzlicher Begrüßungen und Umarmungen. Riley wurde von Wood mit einem freundschaftlichen Klaps auf den Rücken bedacht, und Susan winkte ihm lächelnd zu.

„Riley erzählte uns eben, dass wir heute noch seine neue Flamme kennenlernen werden“, berichtete Elizabeth, sobald Wood und Susan Platz genommen hatten.

„Im Ernst?“ Mit Schwung warf sich Susan den schwarzen Pferdeschwanz über die Schulter. „Du hast eine Freundin? Seit wann?“

„Fiona ist nicht meine Flamme und schon gar nicht meine Freundin“, stellte Riley richtig.

„Fiona.“ Susan schien sich das Wort regelrecht auf der Zunge zergehen zu lassen. „Sehr schöner Name. Du magst sie aber, oder?“

Riley seufzte. „Offen gesagt weiß ich die meiste Zeit über nicht, ob ich sie küssen oder ihr den Hals umdrehen soll.“

Wood zwinkerte Susan zu. „Kling für mich nach wahrer Liebe.“

„Es ist kompliziert“, vermutete Daniel, woraufhin Elizabeth murmelte: „Ist es das nicht immer?“

„Komplizierter, als ihr glaubt“, meinte Riley und erzählte seinen Freunden, wie er Fiona kennengelernt und wie widersprüchlich sie sich ihm gegenüber verhalten hatte. Dann berichtete er, was sie ihm anvertraut hatte sowie von seiner Vermutung, was ihre übersinnliche Begabung anging und von seiner eigenen Misere. „Ich mache mir ziemliche Sorgen, dass ihrer Schuldgefühle sie irgendwann auffressen und sie etwas Dummes anstellt …“

Als Riley Elizabeths angespannte Miene bemerkte, wurde ihm bewusst, dass sie vermutlich Fionas Gefühle aus eigener Erfahrung nur zu gut kannte. Und natürlich war Daniel das ebenfalls klar, das musste er nicht erst in ihrem Gesicht lesen. Liebevoll küsste er Elizabeths Haar und nahm ihre Hand, wie um ihr zu versichern, dass alles gut ausgegangen und er wohlbehalten bei ihr war. Sofort entspannte sie sich und schmiegte sich an seine Seite.

Wie hatte Fiona das heute Morgen ausgedrückt? *Eine Vertrautheit, die keiner Worte bedarf* … Genau das war es, was zwischen den beiden herrschte.

„Und ist dieser Geist jetzt wirklich hinter deiner Fiona her oder bildet sie sich das nur ein?“, wollte Wood unterdessen wissen.

„Eben das will ich ja herausfinden“, sagte Riley. „Nur leider kann ich das im Moment nicht alleine, weil mein Sensor wie gesagt komplett lahmgelegt ist.“

„Aber Liz und ich könnten Owen gegebenenfalls sehen“, folgerte Daniel. „Deshalb hast du Fiona hierher eingeladen.“

„Genau. Ich weiß, es ist nicht der beste Zeitpunkt, aber sie macht einen echt labilen Eindruck.“

Wood strich sich nachdenklich durch die blonden Haare. „Da hast du dir ja ein Mädel mit ziemlichem Gepäck geangelt, Kleiner. Das wird nicht einfach für dich werden.“

„Wenn er sie wirklich gern hat, dann packt er das“, entgegnete Elizabeth und lächelte Riley warm an. „Er hat schon ganz anderes bewältigt.“

„Dann hoffen wir mal, dass sich Owen, sollte er tatsächlich nicht hinübergegangen sein, heute Abend keine Auszeit nimmt“, meinte Daniel.

„Das werden wir gleich wissen, da kommt sie“, informierte ihn Riley und winkte Fiona zu, die gerade den Pub betreten hatte und sich die Pudelmütze vom Kopf zog. Ihre Haare trug sie offen, sodass die roten Locken bis über ihre Schultern fielen. Direkt hinter ihr drängte eine größere Gruppe junger Männer durch die Tür und schob sie etwas unsanft zur Seite.

„Die ist ja süß“, flüsterte Susan und knuffte Riley in die Seite. Brummend rückte er ein Stück von ihr ab. So sehr er Susan auch mochte, aber manchmal benahm sie sich alberner als jede seiner Klassenkameradinnen.

Fiona hatte ihn zwischenzeitlich entdeckt. Sie lächelte zaghaft, kam aber nicht näher. Um genau zu sein, wirkte sie, als wollte sie am liebsten auf dem Absatz kehrt machen.

„Nun geh schon zu ihr“, drängte Daniel. „Wir schrecken sie ab.“

Leicht verwundert folgte Riley dem Rat. „Hi!“

„Hallo“, sagte sie. „*Das* sind deine Freunde? Sind die nicht ein bisschen … alt?“

Jetzt verstand Riley, was Daniel gemeint hatte. Natürlich wirkte die Runde auf Fiona merkwürdig. „Keine Sorge, die sind cool“, versicherte er.

„Und ich stör auch nicht?“

„Hätte ich dich dann eingeladen? Na komm.“ Riley griff nach ihrer Hand. Er dachte überhaupt nicht darüber nach, sondern merkte es selbst erst, als sich seine Finger um ihre schlossen. Eine Sekunde lang spürt er ihren Widerstand und er war sich sicher, sie würde ihm ihre Hand entziehen, aber dann entspannte sie sich und ließ sich an den Tisch führen.

„Leute, das ist Finny. Und das sind Sue, Tony, Danny und Bets.“

„Elizabeth“, korrigierte Letztere sofort.

„Fiona", kam prompt die Antwort, und beide tauschten ein Augenrollen und ein verstehendes Lächeln. Zwischen den Zweien schien das Eis schon mal gebrochen.

Während Riley einen Stuhl für Fiona heranzog und ihn zwischen seinem und Susans platzierte, beobachtete er Daniel, der sich unauffällig aber dennoch aufmerksam im Raum umsah. Die lärmende Gruppe junger Männer, die nun verteilt im gut besuchten Pub herumstand, machte es ihm sicherlich nicht leicht, Owen auszumachen. Dann schien er plötzlich jemanden im Auge zu haben. Er flüsterte Elizabeth etwas zu, die daraufhin über die Schulter gedreht nach hinten blickte und seine Hand losließ. Geister sahen für die beiden wie ganz normale Menschen aus, aber Elizabeth konnte sie nur wahrnehmen, wenn sie Kontakt zu Daniel hatte. Wäre der fragliche Junge also ein Geist, würde er vor ihren Augen verschwinden, sobald sie Daniels Hand losließ. Doch sie schüttelte den Kopf und drehte sich wieder um.

Fehlanzeige.

Vielleicht hätte ich Finny fragen sollen, was Owen an dem Abend, als er starb, anhatte, dachte Riley missmutig. Er bemerkte, dass Wood leise räuspernd seine Aufmerksamkeit suchte. Vielsagend blickte sein Freund auf ein Glas und dann auf Fiona.

„Oh!", sagte Riley schnell. „Was möchtest du trinken, Finny?"

„Eine Cola ohne Eis, danke." Sie schien es als ganz selbstverständlich anzusehen, dass er für ihr Getränk sorgte. Dabei dachte er immer, dass Mädchen heutzutage nichts mehr auf diese überholte Gentleman-Tour gaben. Mit einem innerlichen Achselzucken begab er sich zur Theke und bestellte ihr die Cola.

Als er zurückkam, hatte Susan Fiona bereits in ein Gespräch verwickelt. Was bedeutete, dass Susan redete und Fiona hin und wieder nickte. Er warf Daniel und Elizabeth einen fragenden Blick zu, doch sie hoben bedauernd die Schultern und sahen sich weiter um.

Riley fürchtete schon, dass es zwecklos war und überlegte, wie er Susan unterbrechen und Fiona damit aus deren Belagerung befreien konnte, als Elizabeth plötzlich aufgeregt nickte.

Daniel lehnte sich über den Tisch und winkte Riley heran. „Er steht an der Wand zwischen dem Dartautomaten und der Treppe zu den Toiletten", sagte er in sein Ohr. „Er hält sich von den Leuten fern, was nur verständlich ist. Vermutlich kann er es nicht leiden, wenn man durch ihn hindurchläuft. Aber Finny lässt er nicht aus den Augen."

„Wie sieht er aus?"

„Groß, schlank, wirre blonde Haare. Er trägt eine dunkle Hose und ein halb aufgeknöpftes, weißes Hemd. Soll ich mit ihm reden?"

„Nein, ich mach das schon", erklärte Riley mit Bestimmtheit. Aus den Augenwinkeln sah er zu Fiona. Sie wirkte zwar etwas verkrampft, aber nicht so sehr, als dass sie sofort vor Susan gerettet werden müsste. Zudem hatte sich Wood eben in die Unterhaltung eingeklinkt, da Susan voller Stolz erzählt hatte, dass er Polizist war, und das schien Fiona wirklich zu interessieren.

Nach einem tiefen Schluck von seinem Gingerbeer entschuldigte er sich bei Fiona mit dem Vorwand, zur Toilette zu müssen. Er atmete tief durch und bahnte sich dann seinen Weg zum Dartautomaten. Während er vorgab, das aufgeklebte Schild mit der Gebrauchsanleitung zu studieren, flüsterte er: „Hi, Owen. Ich weiß, dass du da bist. Du brauchst nichts zu sagen, das bringt im Moment nichts, denn ich kann dich nicht hören. Aber wenn du heute Nacht zu mir nach Hause kommst, können wir uns unterhalten." Er nannte die Adresse. „Ich will, dass es Finny wieder gut geht. Und ich glaube, tief in dir drin willst du das auch, richtig?" Wie zur Bestätigung sprang der Automat an und gab einen durchdringenden Piepton von sich. Gleichzeitig schwoll das Brummen in Rileys Schädel zu einem quälenden Getöse an. Stöhnend massierte er sich die Stirn. „Ich interpretiere das mal als Ja", presste er hervor. „Sieh zu, dass du gegen Mitternacht da bist und dich vorher möglichst abreagiert hast, okay?"

„Du scheinst ihn ziemlich verblüfft zu haben", bemerkte Elizabeth, sobald sich Riley wieder auf seinen Stuhl niedergelassen und das restliche Gingerbeer hinuntergestürzt hatte.

„Ja, seine Kinnlade steht noch immer weit offen", grinste Daniel. „Aber du hast ihm ja auch gerade eröffnet, dass du von ihm weißt. Dafür hält er sich erstaunlich gut."

„Also ist keine Lichtshow, oder noch schlimmer, ein totaler Stromausfall zu befürchten?", fragte Wood, der sich etwas zur Seite gelehnt hatte, um mitzuhören.

„Nein, er scheint sich ziemlich gut unter Kontrolle zu haben."

„Dann ist ja gut. Ich habe weder Lust, wiedermal Funken abzubekommen, noch im Dunkeln rumzusitzen."

„Du wirst mir das noch vorhalten, wenn wir alt und grau sind, oder?“, fragte Daniel augenrollend.

„Darauf darfst du wetten, Danny Boy. Allerdings werde nur ich grau. Du wirst kahl.“

Eine Hand legte sich auf Rileys Schulter, und er richtete sich erschrocken auf.

„Hast du wieder Kopfschmerzen?“ Fiona sah ihn besorgt an. „Du solltest echt mal zum Arzt gehen, weißt du?“

„Das vergeht schon wieder“, versicherte er und rang sich ein Lächeln ab. Er legte einen Arm auf die Rückenlehne ihres Stuhls und beugte sich ihr etwas entgegen. „Sag mal, weißt du eigentlich, dass Danny und Bets erst heute von einer richtigen Weltreise zurückgekommen sind?“

„Im ernst?“ Staunend sah Fiona die beiden an. „Wo wart ihr überall?“

Zu Rileys Erleichterung übernahmen Elizabeth und Daniel bereitwillig das Ruder und berichteten von ihrer Reise, die sie über Italien nach Kalifornien und zuletzt nach Mexiko geführt hatte.

„Acht Wochen lang die Welt sehen …“ Fiona klang zu gleichen Teilen ehrfürchtig wie wehmütig. „Nach der Schule will ich auch erst mal auf Reisen gehen. Ich würde so gerne nach Paris. Oder Amsterdam.“

„Ja, macht das unbedingt“, meinte Elizabeth. „Es gibt keinen besseren Zeitpunkt. So frei wirst du nie wieder sein. Ich habe damals auch zusammen mit einer Freundin eine Europatour unternommen.“

Interessiert fragte Fiona Elizabeth auch nach dieser Reise aus. Anschließend erzählten Wood und Susan von ihren diversen Urlaubsplänen für das nächste Jahr.

Mittlerweile schien Fiona sich in der Runde richtig wohl zu fühlen, was kein Wunder war, denn seine Freunde behandelten sie, als wäre sie bereits ein fester Teil der Truppe, und die Stimmung war ungezwungen und heiter.

Plötzlich stupste Fiona mit ihrem Fuß Rileys Schienbein an. „Hey, und was ist mit dir? Als Pavee bist eigentlich du derjenige, der auf Wanderschaft gehen sollte.“

„Da hat sie Recht“, lachte Susan. „Aber pass auf, dass dich nicht auch die Geister verfolgen und zur Verzweiflung treiben!“

Rileys Herzschlag setzte aus. Er hörte Wood scharf Luft holen, gleichzeitig spürte er, wie sich Fiona neben ihm versteifte. Dank Elizabeths und Daniels alarmierter Blicke merkte auch Susan, dass sie etwas Falsches gesagte hatte. „Oje, das tut mir jetzt leid", sagte sie betreten, aber das machte die Sache nur noch schlimmer.

„Du hast es ihnen erzählt!" In Fionas Worten schwangen Anklage und tonnenschwere Enttäuschung. In den vorwurfsvoll auf Riley gerichteten Augen sammelten sich Tränen. „Wie konntest du das tun? Ich habe dir vertraut!"

„Finny, das war nicht …"

Doch sie ließ ihn nicht ausreden. Mit einer abwehrenden Geste schoss sie in die Höhe. Kopfschüttelnd raffte sie ihre Sachen zusammen und schob sich energisch an den Pubgästen vorbei zum Ausgang.

Sofort setzte Riley ihr nach, dennoch hörte er Wood noch seufzen: „Sue, du weißt, ich liebe dich dafür, dass du dein Herz auf der Zunge trägst. Aber mitunter wünschte ich wirklich, es gäbe einen Filter!"

Da er in diesem Moment eine besonders heftige und von wildem Lampenflackern begleitete Schmerzwelle niederkämpfen musste, für die ohne Zweifel Owen verantwortlich war, hatte Riley alle Mühe, Fiona einzuholen.

„Finny! Lauf nicht weg!", rief er vor der Tür.

Aber Fiona blieb nicht stehen, sondern zog im Gehen ihren Mantel an und tat so, als würde sie ihn nicht hören.

Riley rannte ihr nach und griff nach ihrer Schulter, um sie aufzuhalten.

„Fass mich nicht an!", fauchte Fiona und wirbelte herum. Ihre grünen Augen verschleuderten Blitze. In der winterlichen Luft bildeten sich Wölkchen vor ihrem Mund, wodurch sie wie ein feuerspeiender Drache wirkte. „Habt ihr euch gut auf meine Kosten amüsiert, ja? Hattet ihr euren Spaß mit dem verrückten Mädchen?"

„Niemand hat sich über dich lustig gemacht! Sue hat auch nicht dich gemeint, sondern Danny und Bets. Sie …" Er überlegte kurz, ober er ihr die Wahrheit sagen sollte, und entschied, dass er es nun kaum mehr verheimlichen konnte. „Sie können Geister wahrnehmen. Sie sind Medien … Genau wie ich …"

„Ja, klar", lachte Fiona höhnisch. „Was auch sonst." Sie drehte sich um und schickte sich an, weiter Richtung London Bridge zu marschieren.

Mit zwei ausgreifenden Schritten war Riley an ihrer Seite. Ihm war eisig kalt, denn die Temperaturen näherten sich dem Gefrierpunkt, und er hatte seine Jacke im Pub gelassen. „Ich schwöre, es ist die Wahrheit."

„Du bist also ein Medium." Ihr beißender Ton machte klar, dass sie ihm kein Wort glaubte. „Dann hast du bestimmt Owen gesehen, ja?“

„Danny und Bets haben ihn gesehen. Ich kann Geister nur hören und fühlen.“

„Also hast du ihn gehört … Was hat er denn gesagt? Du hast doch bestimmt eine Botschaft für mich. Irgendwas Erbauendes, wie: Ich werde dich immer lieben, aber du musst endlich dein Leben in die Hand nehmen und glücklich werden!“

„Nein, ich … es ist kompliziert. Ich weiß zwar, dass er da ist, aber im Moment bin ich nicht in der Lage, ihn zu hören.“

„Na, wie praktisch. Du bist ja ein tolles Medium, das Geister weder hören noch sehen kann!“

„Finny, ich will dir doch nur helfen. Wenn du mir einen Moment lang zuhören würdest …“

„Helfen! Helfen, helfen, *helfen*!“ Mit erhobener Stimme warf sie die Hände in die Luft, woraufhin nicht wenige Passanten neugierig in ihre Richtung blickten. „Ich dachte du wärst …“

„… anders. Ich weiß. Und das bin ich ja auch!“

Endlich blieb sie stehen und wandte sich ihm zu. „Besonders. Ich dachte, du wärst besonders.“ Auf ihren Wangen glitzerten Tränen, denen sie nun freien Lauf ließ. Wie gerne hätte Riley die Hand ausgestreckt und sie weggewischt. Und Fiona anschließend fest in den Arm genommen und getröstet.

Schniefend senkte sie den Blick. „Und dabei bist du noch viel schlimmer als alle anderen! Eine so kranke Masche wie du hatte echt noch keiner drauf.“

Als sie sich diesmal umdrehte und davon ging, folgte Riley ihr nicht. Zitternd und wie an Ort und Stelle festgefroren, sah er ihr hinterher, bis die Nacht sie verschluckt hatte.

Wieder einmal haftete Rileys Blick an der Zimmerdecke. Wie hatte der Abend nur dermaßen schief gehen können? Alles war nach Plan verlaufen, sogar besser, als gehofft, bis dann ein einziger, unbedachter Satz alles zerstört hatte …

Sollte er versuchen, Fiona wiederzusehen und es zurechtzurücken? Immerhin wusste er, wo sie zur Schule ging, also konnte er es ihr gleichtun und dort auf sie warten. Aber vermutlich würde sie ihm keine Chance geben und ihn zum Teufel jagen.

Alles, was ihm blieb, war die Hoffnung, dass er Owen überzeugen konnte, Fiona endlich in Ruhe zu lassen. Dann hätte er ihr wenigstens diesen einen Dienst erwiesen …

Riley drehte den Kopf und sah auf den Radiowecker neben dem Bett. Halb eins. Vielleicht tauchte Owen nach dem heutigen Desaster aber gar nicht erst auf. Überraschen würde es ihn nicht.

Nach weiteren fünf Minuten löschte er das Licht und schloss die Augen. Doch an Schlaf war nicht zu denken. Seine Gedanken waren bei Fiona, bei ihrem enttäuschten, verletzten Gesicht. Konnte er sie tatsächlich so einfach aufgeben und ihrem Schicksal überlassen? Er hatte sie wirklich gern, und wahrscheinlich war er in ihrem Leben der einzige, der sie wirklich verstand.

Wenn sie mir nur fünf Minuten lang zuhören würde, dachte er. *Wenn ich die Chance hätte …*

Sein Magen krampfte sich zusammen, gleichzeitig breitete sich in seinem Inneren ein Summen aus, das sich vor allem in seinen Schläfen und den Fingerspitzen sammelte, bis er das Gefühl hatte, sein ganzer Körper würde leicht vibrieren. Ein Geist war in der Nähe. Und da sich das Brummen in seinem Kopf langsam zu einem Donnergrollen steigerte, war der Geist offenbar nicht sonderlich gut gelaunt.

Stöhnend setzte Riley sich auf und knipste die Nachttischlampe an. Die Härchen auf seinen Armen stellten sich wie statisch geladen auf, was ein untrügliches Zeichen dafür war, dass sich der Geist nun in unmittelbarer Nähe befand.

„Hi, Owen“, sagte er in den Raum. „Schön, dass du doch noch gekommen bist. Ich bin Riley, aber das weißt du ja bestimmt schon.“

Einen Moment lang herrschte Stille, dann hörte er ein zögerliches: „Du kannst mich also wirklich wahrnehmen?“

„Ja, das kann ich.“ Owens Emotionen ließen sich nur schwer deuten, dafür waren sie zu vielschichtig. Doch die Verwirrung des Geistes konnte Riley deutlich spüren.

„Du bist der erste Mensch, mit dem ich rede, seit …“ Er machte eine kurze Pause. „Aber warum konntest du mich vorhin im Pub nicht hören?“

„Dort gab es zu viele Störsignale“, beantwortete Riley die Frage so knapp wie möglich. „Hör zu, Owen, wir müssen uns unterhalten. Über Fiona.“

„Ja, ich würde mal sagen, das ist heute nicht wirklich gut gelaufen, was Kumpel?“ Die Schadenfreude in seiner Stimme war kaum zu überhören.

Riley schluckte seinen Ärger so gut wie möglich hinunter. „Mir ist klar, dass du Finny noch immer liebst. Aber du musst aufhören, sie zu verfolgen. Das treibt sie in den Wahnsinn.“

„Denkst du etwa, ich wüsste das nicht?“

„Warum, verdammt noch mal, tust du es dann?“ Riley hatte alle Mühe, ruhig zu bleiben.

„Manchmal kann sie mich spüren. Und hin und wieder hört sie mich sogar. Sie will es nur noch nicht so recht wahrhaben, aber mit der Zeit wird sie …“

„… entweder in der Klapse landen, oder sie wird deinem Beispiel folgen und sich etwas antun!“

Ein scharfer Schmerz zuckte durch Rileys Kopf. Gleichzeitig schalteten sich nicht nur zischend sämtliche Lampen ein, auch die Stereoanlage und der Fernseher legten mit voller Lautstärke los. Sofort sprang Riley aus dem Bett und drehte an beiden Geräten den Ton leise. Keuchend lauschte er, ob seine Mutter wach geworden war. Nachdem sich vor seinem Zimmer nichts rührte, flehte er: „Bitte, versuch dich unter Kontrolle zu halten, okay? Wenn mein Schädel platzt, hilft das keinem von uns.“

„Ich habe keinen Selbstmord begangen“, knurrte Owen. Riley spürte, wie sehr er sich um Beherrschung bemühte.

„Hast du nicht?“, fragte er verduzt. „Aber Finny sagte …“

„Alle denken das! Meine Familie und meine Freunde glauben, ich wäre in den Tod gesprungen, weil Fiona mich abserviert hat.“ Er lachte freudlos auf. „Dabei war es nur ein total bescheuerter Unfall! Ich hab mich in dem Hotelzimmer, das ich für uns beide gebucht hatte, voll laufen lassen und schrieb Fiona einen Brief. Als mir nichts mehr einfiel, was ich noch schreiben konnte, bin ich damit auf die Terrasse, um einen klaren Kopf zu bekommen. Es wehte ein ziemlich heftiger Wind, der mir den Brief aus der Hand riss. Ich wollte ihn noch einfangen und streckte mich zu weit über das Geländer … und verlor den Halt.“

„Tja, hättest du mal lieber eine E-mail geschrieben.“

„Ich lach mich tot.“

„Und jetzt versuchst du, Fiona zu dir zu rufen?“

„Natürlich nicht“, fauchte Owen, und die Lampen flackerten erneut. „Ich will, dass sie die Wahrheit erfährt und aufhört, sich Vorwürfe zu machen. Und auch meine Familie soll endlich erfahren, dass es ein Unfall war. Ich will nicht, dass sie weiterhin glauben, ich hätte mein Leben so sinnlos weggeworfen."

„Verstehe." Das setzte alles in ein gänzlich anderes Licht. „Wenn ich Fiona also erkläre, was wirklich passiert ist, wirst du sie in Ruhe lassen?" *Und vielleicht sogar auf die andere Seite gehen*, setzte er in Gedanken hinzu.

„Das würde ich ja echt gerne, aber nach der Nummer heute Abend glaube ich kaum, dass sie dir noch mal zuhören wird." Riley hörte ein Schnauben. „Um ehrlich zu sein, verstehe ich sowieso nicht, was sie an einem Freak wie dir gefunden hat. Was hast du ihr schon zu bieten?"

„Wirklich clever", kommentierte Riley. „Da triffst du endlich jemanden, der dir helfen kann und nennst ihn einen Freak." Er zuckte mit den Schultern. „Andererseits, was kann man schon von jemanden erwarten, der seine übernatürlich begabte Freundin um den Verstand bringt, nur um ihr zu sagen, dass er keinen Selbstmord begangen hat."

„Du kennst sie doch überhaupt nicht! Fiona ist stark, das war sie schon immer! Manchmal braucht sie nur einfach länger, um Dinge zu akzeptieren. Genauso, wie sie erst jetzt einsieht, dass sie mich liebt und dass es mit uns funktioniert hätte."

„Blödsinn!", entfuhr es Riley. „Das redet sie sich doch nur ein."

„Du hast keine Ahnung", antwortete Owen abfällig. „Früher oder später wird sie sich für mich öffnen und mir zuhören! Ich muss nur an ihr dranbleiben und immer wieder versuchen, sie zu erreichen."

Riley schüttelte den Kopf. „Du bist ein egoistisches Arschloch, weißt du das? Du behauptest, sie zu lieben und trotzdem ist es dir egal, dass Fiona daran kaputt gehen könnte?"

„Das wird sie nicht. Bald kennt sie die Wahrheit, und dann wird sie sich wieder fangen. Also danke für das Plauderstündchen. War nett, aber ich bekomme das schon alleine hin."

Owen verschwand, und in Rileys Kopf kehrte wieder Stille ein. Er lag noch lange grübelnd wach, doch schließlich hatte er sich einen Plan zurechtgelegt. Er würde Fiona nicht einfach im Stich lassen. Gleich morgen wollte er mit Mick reden und ihn bitten, sich in den Computer ihrer Schule einzuhacken, um an Fionas Daten zu gelangen. Und dann würde er das erste Mal in seinem Leben einen Brief verfassen. Auf diese Idee hatte Owens Geschichte ihn gebracht. Zunächst hatte er an eine E-mail gedacht, doch die konnte man zu leicht löschen. Ein echter Brief hatte gewiss eine größere Chance gelesen zu werden. Darin wollte er ihr alles erklären und sie auffordern, sich ihren medialen Fähigkeiten zu stellen, anstatt weiter dagegen anzukämpfen. Mit einem hatte Owen nämlich Recht: Wenn Fiona von ihm persönlich hörte, dass er sich ihretwegen nicht umgebracht hatte und sie auch nicht in den Tod rief, würde sich ihr psychischer Zustand sicherlich stabilisieren.

Mit dem guten Gefühl, der Situation nicht hilflos gegenüberzustehen, schlief er endlich ein.

„Riley!“

Murrend rollte er sich auf die andere Seite und zog die Decke über den brummenden Schädel. Es war zum Heulen! Sobald Geister wussten, dass man sie wahrnehmen konnte, ließen sie einen nicht mehr in Ruhe! Er spähte unter der Decke hervor auf die Uhr. Halb sieben. Er musste erst in einer dreiviertel Stunde aufstehen. Genug Zeit, um noch mal wegzudösen.

„Wach auf, verdammt noch mal! Ich brauche dich!“

Etwas knirschte und zischte.

„Verschwinde, Owen“, murmelte Riley in sein Kissen. „Ich erledige keine Botengänge.“

„Es geht um Fiona! Ich fürchte, du hattest Recht damit, dass sie etwas Dummes anstellen könnte …“

Die Worte wirkten wie ein Stromschlag. Hellwach richtete Riley sich im Bett auf. „Was ist passiert?“ Er versuchte die Nachttischlampe anzuknipsen, doch sie funktionierte nicht. Der ekelhafte Gestank von durchgeschmortem Plastik stieg ihm in die Nase, und auch die Digitalanzeige seines Weckers war dunkel, doch das alles interessierte ihn im Augenblick kein bisschen.

„Nachdem ich bei dir war, bin ich zurück zu Fiona. Sie war völlig aufgelöst“, berichtete Owen. „So hatte ich sie schon lange nicht mehr gesehen. Ich habe wieder versucht, sie zu erreichen. Himmel, ich wollte sie doch nur trösten!“ Der letzte Teil klang verdächtig nach einer Rechtfertigung.

„Aber du hast es damit noch schlimmer gemacht, oder?“, vermutete Riley. Er spürte die Erregung des Geistes, die sich mit seiner eigenen aufkeimenden Angst vereinte.

„Sie hat die ganze Nacht nicht geschlafen, sondern nur wie besessen gezeichnet. Echt schräges, finsteres Zeug. Und vorhin …“ Er zögerte, und Rileys schon zuvor beschleunigter Puls begann zu rasen. „Vorhin hat sie sich die Schüssel ihres Dads genommen und das Haus verlassen. Ich bin mir sicher, sie will zu diesem halbfertigen Bürohaus in der City, wo ihr Dad als Bauleiter arbeitet.“

„Oh Gott!“ Riley rappelte sich aus dem Bett, zog die Vorhänge auf, um wenigstens das spärliche Mondlicht ins Zimmer zu lassen, und suchte dann hektisch nach seinem Handy, um die Polizei zu verständigen. „Weißt du, welches Gebäude das ist?“

„Ja.“ Owen nannte ihm die Anschrift.

Endlich hatte Riley sein Handy in der Hosentasche gefunden. Er versuchte, es einzuschalten, doch es war tot. „Toll! Ich darf mir schon wieder ein neues Handy kaufen. Danke, Owen!“ Fluchend rannte Riley in den Flur und versuchte es mit dem Festnetztelefon. Auch das funktionierte nicht. Genau wie Daniel vor einigen Monaten, hatte Owen einen Totalausfall in der Elektrik verursacht.

„Du musst persönlich hinfahren und sie stoppen“, drängte der Geist. „Wer weiß, was sie tut, wenn die Polizei auftaucht. Und beeil dich! Sie wird höchstens eine halbe Stunde dorthin brauchen.“

Riley kam nicht umhin, Owen Recht zu geben. Wenn die Polizei sie nicht vorher abfing, würden die Beamten die Situation nur noch verschlimmern. Während er also in der dunklen Wohnung seine Klamotten zusammensuchte, überlegte er fieberhaft, wie er am schnellsten in die City kam. Der Finanzdistrikt war nicht unbedingt eine Gegend, in der er sich oft aufhielt. Er würde mindestens einmal die U-Bahn-Linie wechseln müssen … Hoffentlich waren so früh am Morgen noch nicht allzu viele Pendler unterwegs.

„Es kann sein, dass ich bald den Kontakt zu dir verliere“, informierte er Owen, während er sich im Flur die Turnschuhe zuband. „Aber du gehst nicht zu dem Bürohaus und wartest dort auf Finny, okay?“

„Warum nicht?“

„Weil sie dich nicht spüren und schon gar nicht hören soll, darum!“ War der Kerl denn wirklich so schwer von Begriff?

„Vielleicht kann ich sie aber aufhalten … zumindest, bis du kommst.“

„Viellicht verpasst du ihr damit aber auch den letzten Schubs!“

„Riley? Mit wem redest du da? Hast du etwa Besuch?“

Oh, verdammt! Er war zu laut gewesen und hatte seine Mutter geweckt. „John ist am Telefon“, rief er Richtung Schlafzimmer. „Er hat mich daran erinnert, dass ich heute früher in der Schule sein muss. Wegen einer … ähm, Projektarbeit. Bis später, Mom!“

Er schnappte sich seine Jacke, stürmte zur Wohnung hinaus und die Treppen hinunter. Er spürte, dass Owen an seiner Seite war. Hoffentlich blieb das auch so. Bis jetzt war Riley unschlüssig gewesen, ob er den Bus zur nächsten U-Bahn-Station nehmen oder lieber laufen sollte. Doch als er vor die Tür trat und sah, dass es über Nacht geschneit hatte, entschied er sich spontan fürs Laufen. Schnee brachte in London den Verkehr praktisch zum Erliegen, also rannte er, was seine Beine und seine Lungen hergaben. Die eiskalte Luft schmerzte in seinem Hals, und schon bald gesellte sich heftiges Seitenstechen dazu. Aber der Gedanke an Fiona und an das, was sie vorhatte, trieben ihn immer weiter an. Als er endlich die Station erreichte, war sein Pulli unter der dicken Winterjacke schweißgetränkt.

Mittlerweile herrschte das übliche Chaos in seinem Kopf, doch Owens Aufregung spürte er noch immer, wenn auch nicht mehr so deutlich wie zuvor. Riley hatte schon öfter erlebt, dass er vertraute Schwingungen stärker empfing als fremde, somit überraschte ihn das nicht sonderlich.

„Ich weiß, dass die U-Bahn wegen der vielen Menschen auf engem Raum die Hölle für dich ist“, keuchte er, die Hände in die Seiten pressend. „Außerdem will ich es nicht riskieren, dass du da unten für einen Stromausfall sorgst. Also warte in der Liverpool Street auf mich, okay? Und versprich mir, dich von Finny fernzuhalten!“ Falls Owen eine Antwort gab, hörte er sie nicht, doch nur eine Sekunde später konnte er den Geist nicht mehr spüren.

Die U-Bahn-Fahrt war auch für Riley die reinste Qual. Erst Warten, dann Umsteigen und schließlich noch ein kurzer Stillstand in der Röhre. Er meinte bald durchzudrehen und sandte ein ums andere Stoßgebet gen Himmel, dass er nicht zu spät kam. Schließlich erreichte er die Station in der Liverpool Street und hetzte zum Ausgang, wo er sich erst kurz orientieren musste, bevor er sich so schnell wie möglich durch die Berufstätigen schlängelte, die zielstrebig auf ihren Arbeitsplatz in der Londoner City zusteuerten.

Er hatte erst wenige Schritte zurückgelegt, als er Owens Präsenz erneut neben sich fühlte. Gemeinsam hetzten sie auf das neu errichtete Bürogebäude zu, das sich etwa fünfhundert Meter vor ihnen in den dämmrigen Himmel erhob. Es verfügte über mindestens dreißig oder vierzig Stockwerke, wobei das obere Drittel noch nicht ganz fertiggestellt war.

Um den Eingang zu erreichen, musste sich Riley durch einen Gitterzaun zwängen und über schneebedeckte Metallträger und Geröllhaufen klettern. Komplett außer Atem erreichte er die unverschlossenen Glastüren. Entweder hatten einige Bauarbeiter ihre Schicht bereits angetreten oder Fiona hatte hinter sich nicht mehr abgesperrt, als sie die Türen mit dem Schlüssel ihres Vaters geöffnet hatte.

„Sie ist bestimmt schon auf dem Dach!" Owens aufgeregte Stimme klang gedämpft, aber verständlich. „Ich sehe nach."

„Nein, wa-."

„Ich sehe nach, und komm sofort wieder runter! Sie wird mich nicht spüren, keine Angst!" Seine Schwingungen verschwanden, nur um zwei Herzschläge später wieder aufzutauchen. „Sie ist gerade oben angekommen! Los, beeil dich!"

Riley sprintete durch die unbeleuchtete und mit Planen ausgelegte Eingangshalle zu den Aufzügen und drückte einen Knopf. Doch nichts geschah. Offenbar waren sie nicht in Betrieb. Hatte Fiona etwa die Treppe aufs Dach genommen? Wenn Riley ihr auf dem gleichen Weg folgte, würde er vermutlich auf halben Weg zusammenbrechen! Fluchend sah er sich bereits nach dem Treppenhaus um, als sich mit einem hallenden Ping die Aufzugtüren öffneten.

„Steig ein", drängte Owen.

Riley zögerte. „Bist du sicher, dass du dich gut genug im Griff hast? Ich hab echt keine Lust abzustürzen oder stecken zu bleiben, nur weil du einen Kurzschluss verursacht hast."

„Vertrau mir. Ich kann mich kontrollieren."

Tief durchatmend betrat Riley die Kabine und drückte den obersten Knopf. Das Herz trommelte wild in seinem Hals, während er beobachtete, wie die im Display angezeigten Etagennummern immer weiter anstiegen. Bei 42 angekommen, öffneten die Türen den Blick in einen kahlen, dunklen Korridor.

Riley stürmte hinaus und folgte Owens Stimme, die ihn an Leitern, Farbeimern und Kabelrollen vorbei zur Treppe aufs Dach dirigierte. Da Owen hier oben weit und breit der einzige Geist war, hatte Riley keine Probleme, ihn klar und deutlich zu hören und zu spüren.

Immer zwei Stufen gleichzeitig nehmend erklomm er die Treppe, bis er schließlich im Freien stand. Es hatte wieder zu schneien begonnen, und eisiger Wind schnitt ihm ins Gesicht. Er drehte sich im Kreis und sah sich auf dem Flachdach um, doch er konnte Fiona nirgends entdecken. Nun ergriff die Panik endgültig von ihm Besitz. War er zu spät? War sie schon gesprungen?

„Hier drüben!“, hörte er Owen rufen.

Riley wirbelte herum. Halb verborgen hinter dem Aufstieg einer Feuerleiter erspähte er ihren Haarschopf, der sich kupfern vom silbrig-grauen Morgenhimmel abhob. Sie saß auf der Betonumrandung des Dachs, die Beine baumelnd über dem Abgrund. Rileys erste Reaktion war grenzenlose Erleichterung, sie zu sehen, doch dann wurde ihm klar, dass sie nur ein winziges Stück nach vorne zu rutschen brauchte, um in die Tiefe zu stürzen. Er durfte sie also keinesfalls erschrecken oder gar in die Enge treiben.

Vorsichtig näherte er sich ihr. „Echt schöne Aussicht hier oben. Nur ein bisschen zugig für meinen Geschmack“, sagte er, sobald er in Hörweite war. Er versuchte, seine Stimme so gelassen wie möglich klingen zu lassen, aber dennoch zitterte sie.

Fiona zuckte zusammen und drehte sich zu ihm um. Ihre behandschuhten Finger umklammerten eine Strebe der Feuerleiter.

„Wie hast du mich gefunden?“, fragte sie, das Gesicht eine bleiche Maske, aus der die Augen flackernd herausstachen.

„Ich habe ihn geholt“, sagte Owen. „Damit er dich zur Vernunft bringt.“

Fiona verkrampfte sich und biss auf die Unterlippe.

„Du hast ihn gehört, nicht wahr?“, fragte Riley sanft und trat einen Schritt näher. „Finny, du bist wie ich. Du bist ein Medium. Nur nicht ganz so … sensitiv.“

„Nein“, hauchte Fiona und schüttelte vehement den Kopf. „Ich habe gar nichts gehört. Und ich spüre auch seine Anwesenheit nicht. Ich bilde mir das nur ein, weil ich langsam irre werde. Oder ich bin es schon längst. Und du … du willst das ausnutzen.“

„Du weißt, dass das nicht stimmt.“ Ein weiterer kleiner Schritt auf sie zu. „Und im Grunde deines Herzens weißt du, dass ich die Wahrheit sage.“

„Komm nicht näher oder ich springe!“, drohte sie. Im Widerspruch zu ihren Worten umklammerte die Strebe nur noch fester.

Riley hob beschwichtigend die Arme.

„Was soll ich wissen?“, fuhr sie fort, sobald sie sicher war, dass Riley auf Abstand blieb. „Dass ich ein Medium bin und Owen höre, wie er mich zu sich ruft?“ Ihr Lachen klang fast hysterisch. „Hey, dann kann ich doch nur gewinnen, wenn ich springe. Falls ich verrückt bin, will ich so nicht weiterleben. Und wenn ich es nicht bin, dann werde ich bei Owen sein.“

„Aber ich will nicht, dass du bei mir bist!“, rief Owen aufgebracht. „Wie kommst du nur darauf? Das habe ich doch nie gesagt!“

„Owen ruft dich, das ist richtig“, erklärte Riley. „Aber nicht zu sich. Du hörst nur Bruchstücke, Finny. Du wehrst dich gegen deine Gabe und versuchst Owen auszublenden.“ Ein kleiner Teil seines Gehirns registrierte, dass er eben das erste Mal selbst von einer Gabe gesprochen hatte. „Öffne dich und lass es zu. Ich verspreche dir, dass du es dann verstehen wirst.“

Fiona starrte ihn mit geweiteten Augen an.

Ganz langsam trat Riley wieder einen Schritt vor und als sie nicht darauf reagierte, legte er auch die letzten Meter zurück, bis er neben ihr stand. Unfreiwillig glitt sein Blick über den Rand hinaus in die Tiefe. Sofort drängte ihn sein Instinkt zurückzuweichen, doch stattdessen setzte er sich auf den schneebedeckten Beton. Allerdings ließ er sich dem Abgrund abgewandt nieder, sodass er noch immer festen Boden unter den Füßen hatte. „Vertrau mir“, sagte er eindringlich. „Wehr dich nicht länger, sondern versuche ihm zuzuhören.“

Tränen rannen über ihr Gesicht und ihre Lippen bebten. Sie schien einen gewaltigen inneren Kampf auszufechten. Doch plötzlich richteten sich ihre Augen über Rileys Schultern hinweg nach oben und weiteten sich ungläubig. „Oh mein Gott“, hauchte sie.

Verwirrt drehte Riley sich um. Der Anblick war in der Tat faszinierend. Nein, er war geradezu magisch. Kein Wunder, dass Fiona so fassungslos reagierte.

Schneeflocken lagen auf Owens Kopf, Schultern und Armen, sodass sich seine Kontur deutlich abzeichnete. Immer mehr kamen hinzu, bis sogar Teile seines Gesichts und seiner Brust zu erkennen waren.

„Hey, seht ihr mich etwa an?“, fragte Owen verdutzt.

Riley nickte lächelnd. Auch für ihn war das etwas völlig Neues. „Die Sonne muss gerade am Horizont stehen. Dadurch erhältst du Substanz, und zwar solange, bis sie ganz aufgegangen ist.“ Er wandte sich an Fiona, die noch immer die schneebedeckte Silhouette anstarrte. „Du kannst ihn jetzt sogar berühren“, meinte er, stand auf und hielt ihr die Hand entgegen. Ohne zu zögern ergriff Fiona sie, schwang die Beine über die Umrandung und ließ sich in die Höhe ziehen.

Dann trat sie auf Owen zu und blickte zu ihm auf. „Ich bilde mir das doch nicht nur ein,

oder?“ Unsicher tasteten ihre Finger über sein Gesicht.

„Keine Sorge, du bist nicht verrückt, kleine Fee.“ Er lachte auf. „Gott, wie oft habe ich mir gewünscht, dass du mich siehst!“

Fiona runzelte die Stirn und schüttelte den Kopf. „Ich höre deine Stimme, aber ich verstehe nicht, was du sagst.“

Riley stellte sich neben sie und umfasste ihre Schulter. Wenn Elizabeth Geister nur wahrnahm, solange sie Kontakt zu Daniel hielt, dann würde seine Berührung es Fiona vielleicht ermöglichen, Owens Schwingungen besser zu empfangen. „Versuch es noch mal“, sagte er leise.

„Fiona?“, fragte Owen. „Kannst du mich jetzt hören?“

„Ja!“ Ein strahlendes Lächeln erschien auf ihrem Gesicht. Gleichzeitig liefen neue Tränen über ihre Wangen. „Laut und deutlich!“

„Oh, kleine Fee, es tut mir alles so schrecklich leid. Ich wollte das nicht. Ehrlich! Nie hätte ich gedacht, dass du ...“ Owen stockte, doch dann sprudelte es nur so aus ihm heraus: „Ich wollte nur, dass du die Wahrheit erfährst, Fiona. Das ist alles. Ich habe mich nicht umgebracht! Es war ein Unfall. Ein lächerliches Missgeschick. Bitte, du musst das auch meinen Eltern sagen.“

„Du bist nicht gesprungen?“, flüsterte Fiona. „Aber ich dachte …“

„Ich weiß, was ihr alle dachtet. Aber mal im Ernst, wie konntet ihr nur glauben, ich hätte euch so etwas angetan? Für wie egoistisch haltet ihr mich?“

„Für ziemlich egoistisch“, murmelte Riley wie zu sich selbst.

„Ja, das stimmt wohl“, gab Owen kleinlaut zu. „Aber bitte glaub mir, Fiona, dass ich dir nie schaden wollte. Niemals! Ich Idiot habe nur nie richtig verstanden, was in dir vorgeht. Nicht, während wir zusammen waren und erst recht nicht während der letzten Monate.“

„Mach dir keine Vorwürfe“, antwortete Fiona mit tränendicker Stimme. „Ich wusste ja selbst nicht, was mit mir los ist.“

„Owen“, sagte Riley. „Im Moment ist der Schleier zwischen den Welten sehr dünn. Ich meine … falls du willst … wäre jetzt ein guter Zeitpunkt, um auf die andere Seite zu wechseln.“

„Nein!“, rief Fiona. „Nein, geh nicht! Jetzt, wo ich weiß, dass du wirklich da bist und ich dich hören kann! Ich brauch dich doch! Ich … ich liebe dich, Owen."

„Nein, das tust du nicht." Zärtlich berührte er ihr Gesicht. „Riley hat Recht, kleine Fee. Du redest dir das nur ein. Ich hab dir wirklich nichts als Kummer bereitet und jetzt, wo du die Wahrheit kennst, sollte ich dich endlich in Frieden lassen."

„Owen, nicht …"

Er hob den Kopf und blickte nach oben. „Wow, seht ihr das?"

Riley folgte seinem Blick, doch er sah lediglich grauen Himmel und wehenden Schnee. Allerdings spürte er etwas: Einklang und Ruhe. Und ein unglaubliches Hochgefühl. Erstaunt erkannte er, dass er diese Emotionen von Owen empfing.

„Der reinste Wahnsinn", hauchte der Geist ehrfürchtig, bevor er sich noch einmal eindringlich an Fiona richtete. „Egal, wie dumm ich mich auch benommen habe, aber ich habe dich immer geliebt."

„Daran habe ich niemals gezweifelt", schluchzte sie. „Ich wünschte nur, ich hätte dich genauso lieben können."

„Das hätte ich mir auch gewünscht, mehr als alles andere. Aber jetzt verstehe ich, dass man so etwas nicht erzwingen kann. Leb wohl, kleine Fee." Er beugte sich vor und küsste sie auf die Wange. „Ich wünsche dir ein langes, sorgenfreies Leben. Das hast du verdient." Er sah sie noch einen Moment lang an, dann wandte er sich an Riley. „Du passt auf sie auf, okay? Auch wenn du ein Freak bist, aber du bist in Ordnung."

„Das mache ich", versprach er. „Keine Sorge, Kumpel. Und wenn du da drüben meinem Dad begegnest, grüß ihn von mir. Sag ihm, wir vermissen ihn."

„Geht klar." Damit verblasste Owen. Erst rieselte der Schnee von seiner Silhouette, bis er nicht mehr zu erkennen war, dann ließen seine Schwingungen nach, bis kein Zweifel daran bestehen konnte, dass Riley und Fiona alleine auf dem Dach standen.

Fiona schluchzte noch immer. Sanft dreht Riley sie herum und nahm sie in den Arm. Sie presste sich an ihn und vergrub das Gesicht an seiner Schulter. Eine kleine Ewigkeit ließ sie ihren Tränen freien Lauf, während er tröstend über ihren Rücken streichelte. In seinem Kopf herrschte ein Frieden, wie seit langem nicht mehr, und Fiona so nah zu sein, sorgte für neue, überaus positive Gefühle. Am liebsten hätte er sie nie wieder losgelassen.

Doch schließlich beruhigte sie sich und rückte ein wenig von ihm ab. Mit einem Ärmel wischte sie sich über Wangen und Nase und blickte zu ihm auf. „Danke", sagte sie ernst. „Du hast mir das allerbeste Weihnachtsgeschenk gemacht. Ein echtes Weihnachtswunder."

„Gern geschehen", lächelte Riley und zupfte eine verirrte Schneeflocke von ihren wunderschönen, langen Wimpern. Dann nahm er sie bei der Hand. „Na komm, Finny. Lass uns frühstücken gehen. Ich bin am Verhungern. Außerdem muss ich dir wohl eine Menge über die Welt der Geister beibringen, was? Immerhin bist du ja jetzt ein frisch gebackenes Medium."

Fiona rümpfte die Nase und folgte ihm zur Treppe. „Du meinst wohl ein Freak."

„Ja", grinste Riley. „Genauso wie ich."

Fortsetzung folgt in:

spellbound

ghostbound, band 3